Franz X. Geiger

Tamines, Agentin für Terra

Nach dem kosmischen Aufbruch der Menschheit kristallisiert sich eine latente, aber zunehmende Gefahr für die junge Weltenallianz Terras heraus. Um dieser nicht nur prophylaktisch vorzubeugen, sollten Agenten die Machenschaften eines diktatorischen Sternenimperiums ausspionieren. Unter anderen scheint ein junges Mädchen für diese Aufgabe wie geschaffen . . .

Ein Science-Fiction-Roman und *eine in sich abgeschlossene Handlung*, in logischer Folge zu den Romanen
„Den Sternen plötzlich so nah" und
„Die Frau, der Mann und das andere Geschlecht", sowie
„Wunderbare Welten".

4. Sciencefiction – Roman des Authors.

D1640997

Bibliografische Information der Deutschen Nationalbibliothek

Die Deutsche Nationalbibliothek verzeichnet diese Publikation in der
Deutschen Nationalbibliografie;
detaillierte bibliografische Daten sind im Internet über
http://dnb.ddb.de abrufbar.

Book Print Verlag
Karlheinz Seifried
Weseler Straße 34
47574 Goch
http://www.verlegdeinbuch.eu

Hergestellt in Deutschland • 1. Auflage 2008

© Book Print Verlag, Karlheinz Seifried, 47574 Goch

© Alle Rechte beim Autor: Franz X. Geiger

© Cover: Franz X. Geiger

ISBN: 978-3-940754-46-2

VORWORT

Ich liebe es immer noch, Möglichkeiten aufzuweisen.

Aber ich möchte jedem Leser die Gelegenheit lassen, auch in meine Bücher nur `hineinzuschnuppern´. Somit entstand mittlerweile eine kleine Serie von in sich abgeschlossenen Romanen, jeder Teil mit einer eigenen gerundeten Geschichte. Vorliegendes Buch ist bereits der vierte Roman in der Maximilian-Rudolph-Science-Fiction-Serie.

Ich habe mich selbst verpflichtet, meine Bücher möglichst auf Fakten basierend zu schreiben. Ich hatte es leid, SF zu lesen, welche Probleme häufen, um einen Spannungsschub zu implementieren und anschließend Lösungen präsentieren, die in meinen Augen unnachvollziehbar sind, ja schon eher den Bereich Fantasy oder gar Magie streifen. Ich zum Beispiel möchte wissen, warum jemand auf einem Besen reiten kann! Welchen Antrieb hat der Besen? Wie wird er gesteuert? Wer hat ihn gebaut? Geben Sie sich mit einer Antwort „Ja, das ist halt so" zufrieden?

Nein! Ich möchte die Realität so nah wie möglich erfassen.
Und ich möchte über die Zukunft schreiben, denn die Vergangenheit war nun schon einmal und daran lässt sich (auch in Zukunft) nichts mehr ändern. Ich denke dabei auch an Zeitmaschinen, die es sicher nie geben wird! (Zeitparadoxon) Stellen Sie sich vor, jemand reist in die Vergangenheit und aus irgendwelchen Umständen kommt dabei dessen Urgroßvater ums Leben. Dann existiert dieser jemand nicht mehr und reiste also nicht in die Vergangenheit. Damit erlöschen auch die Umstände um den Tod des Urgroßvaters und dieser lebt also. Damit lebt aber auch der Urenkel wieder und reist erneut in die Vergangenheit. Damit also ereignen sich wieder diese Umstände . . .
Nein! Zeitreisen in die Vergangenheit? Nie. Aber in die Zukunft ja! In dieser Zeitrichtung sind wir ja ohnehin schon unterwegs und so eine Reise könnte beschleunigt werden. (Zeitdilatation)

Andere Lebensformen im All?
Ich denke nicht so vermessen, dass wir die Einzigen in diesem riesigen Universum wären! Eher glaube ich daran, dass Leben immer dort entsteht, wo es entstehen kann. Mehr noch. Es wäre mir nicht verständlich, wenn es ein Universum gäbe und keine vielfältigen Betrachter dafür! Niemand baut ein Theater und inszeniert Aufführungen ohne Zuschauer. Alleine unsere Milchstraße hat 200 Milliarden Sonnen. Wie viele Sonnensysteme dabei

3

sind, kann auch mit heutiger Technik noch nicht genau bestimmt werden, aber gering geschätzt ein Prozent davon wären noch zwei Milliarden. Wieder ein Prozent davon für Planeten in einer Biosphäre, also 20 Millionen. Wieder ein Prozent für Leben auf solchen Welten wären 200000. Nochmal ein Prozent für intelligentes Leben, also immerhin 2000. In unserer Galaxie! Neueste Erkenntnisse per Hubble sprechen von über fünfzig Milliarden Galaxien in unserem Universum! Dabei wird diese Zahl sicher künftig noch öfters nach oben korrigiert. Außerdem denke ich, dass diese Einprozentthese den absolut untersten Bereich des Möglichen streift.

Also nach wie vor, Sciencefiction mit Phantasie statt Fantasy ohne Science. So beschreibe ich auch eine Technik, die einmal entdeckt, den bekannten `Aha-Effekt´ erzeugen könnte.
Schon oft standen wir vor den verschiedensten Problemen und als die Lösungen nahe waren, wunderten wir uns, warum wir nicht schon eher auf diesen oder jenen Gedanken diesbezüglich gekommen waren.

`Meine Technik´ lehne ich an Erkenntnisse aus der Quantenphysik, der fast ultimativen Relativitätstheorie, wissenschaftlichen Abhandlungen und weitgreifende Theorien, dann natürlich mit ein wenig Phantasie als Verbundmaterial.
Nachdem ich `Den Sternen plötzlich so nah´, `Die Frau, der Mann und das andere Geschlecht´ und `Wunderbare Welten´ schrieb, mein Kopf immer noch so vor Ideen brummte, musste ich auch mit dieser Geschichte bald beginnen.
Um Einsteigern einen Überblick zu verschaffen oder auch den Lesern, welche die vorangegangenen Bücher bereits kennen, eine kurze Zusammenfassung zu schildern, beginne ich in diesem Teil mit einer Zeittafel in Bezug auf die Geschehnisse der Büchervergangenheit.

Für die inhaltliche Überarbeitung und für wertvolle Tipps bedanke ich mich sehr herzlich bei einem guten Freund der Familie,
Herrn Dr. Günther Erich Seidl.

4

ZEITTAFEL:

Ende September 2093:
Auf dem Oktoberfest hatten Max Rudolph und Georg Verkaaik die Idee zum Bau eines Versuchswafer, welcher eine Materieresonanzfrequenz erzeugen konnte.
Voraussetzung dafür war ein von Georg, Mitarbeiter des damaligen Fraunhofer-Institut, Dresden, entwickelter, neuer Nanoprinter.
Ein Nanoprinter funktioniert ähnlich wie ein Rasterelektronenmikroskop, nur dass dieser von Hochleistungscomputern angesteuert wird und einzelne Atome oder Moleküle dreidimensional kombinieren, also printen können.
(Den Sternen plötzlich so nah)
Maximilian arbeitete in der Behörde für Luft- und Raumfahrt, DLR, welche später in die TWC (Tachyon Wafer Company) integriert wird.
Patentrechtsfragen wurden geklärt und es begannen die großen Versuche.
Einem Raumgefährt, einer Raumgondel wird so ein Wafer mit Abermilliarden kleiner Nanohornantennen aufgesetzt. Diese können in der Frequenz gesteigert werden, eine Annäherung an die Materieeigenfrequenz bewirkt, dass die Tachyonen von jeweils oben oder vorne, neutralisiert oder abgelenkt werden und die, die Erde noch durchdringenden Tachyonen heben dann dieses obig von der Raumandrückkraft abgeschirmte Objekt von unten an. Ein Quasischwerelosigkeitszustand kann eingemessen werden. Auch bedeutet dies, dass im umgebenden Universum eine winzige `Delle´ (künstliche Raumkrümmung) entsteht, die aber vernachlässigbar bleibt. Diese schließt sich bei `Vollschub´ (Vollresonanz) und erzeugt ein Miniuniversum. Je weiter sich dieser Wafer der vollkommenen Materieresonanzfrequenz nähert, desto mehr Druck kommt nun `von unten´ und das Objekt schwebt nicht nur, nein es wird praktisch in die entstandene, energetische Vakuole hinein geschoben. Ab einem bestimmten Abstand zur Erdoberfläche gibt es auch wesentlich mehr ungebremste freie Tachyonen `von unten´ und dadurch auch einen besseren Wirkungsgrad. Die Raumandrückkraft bewirkt, was wir die Gravitation nennen, also die Anziehungskraft von Massen, nur die Betrachtungsweise ändert sich um 180 Grad!

Ein `distanzloser Schritt´ ähnelt folgendem Vergleich:
Ein Gummiring wird von Punkt A nach Punkt B gespannt. Dieser dehnt sich, hat aber immer noch die gleiche Masse und Gewicht. Wird er nun von Punkt A gelöst, befindet er sich schnell an Punkt B.

Auch entstehen keine Beschleunigungskräfte, wenn man von diesen Tachyonen `geschoben´ wird, da sie die gesamte Materie im subatomaren Bereich schieben! Jedes einzelne Atom von einer Raumgondel, deren Einrichtung inklusive der Passagiere, wird also von dieser theoretisch unendlich schnellen Energie der Tachyonen beschleunigt oder bei Vollresonanz in ein dadurch entstehendes Mikrouniversum eingebettet, welches dem Zugriff unseres gegebenen Universums kurz entgleitet. (Die Delle im Universum schließt sich als Raumüberkrümmung.)

Keine Zerrkräfte entstehen, ähnlich, wie man in einem Heißluftballon keinen Wind spüren kann, denn dieser Ballon bewegt sich mit dem Wind. Auch ein Vergleich, der bedingt diesen Effekten beigelegt werden kann, denn dieser Wind durchdringt ja nicht die Materie. Darum gibt es unterhalb der Tachyonenwafer auch nur subjektive Schwerelosigkeit!

(Erinnern Sie sich, dass doch einmal ein Mondfahrer einen Hammer und eine Feder im luftleeren Raum fallen ließ und beide Gegenstände fielen gleich schnell zu Boden! So auch die gleichmäßige Beschleunigung aller Atome von Raumgefährt und den Passagieren per Tachyonenfluktuation.)

In diesem Sinne schrumpften kosmische Entfernungen nun zum geringsten Problem einer Raumfahrt.

Ende 2093:
Erste Testfahrt mit einer umgebauten Taucherglocke (MOONDUST) zum Mond. Die Wafertechnologie bewährt sich.

Nachdem ein Containerschiff der alten Antriebe für die Versorgung der Marsbasis abgestürzt war, die Marsbasis, die den chinesischen Namen für `Drachenflucht´ bekommen hatte, mit der TWINSTAR, dem Raumschiff nach den Plänen der Erfinder Max, Georg, und dem Logiker Bernhard Schramm gerettet wurde, war die neue Art von Raumfahrt schon voll etabliert. Nun konnte auch eine Tachyonenmodulationsantenne auf dem vierten solaren Planeten installiert werden, die entsprechend der Natur der Tachyonen millionenfach überlichtschnelle Signale transportierte. Auch Echtzeitortungen von extrasolaren Systemen und Welten waren nun möglich.

Frühjahr 2094:
Flugzeuge erhielten anstatt ihrer Flügel Seitenausleger mit aufgebrachten TaWaPas, also Tachyonen-Waferkomplex-Pakete, die ohne Kondensatoren für Schwebebetrieb angebaut wurden. Auf den Auslegern deswegen, denn würden diese Wafer auf dem Rumpf montiert, hätten die Passagiere das Problem der Schwerelosigkeit oder Raumandruckneutralität. Mit diesem Prinzip wurden dann auch schon Lastkräne gebaut, Brücken

6

konnten nun auf dem Land ebenerdig zusammengebaut und dann später im Ganzen über einen Fluss gelegt werden.

Ralph Marco Freeman hatte die Idee, Atmosphärereiniger zu konzipieren, die mit der Desintegratorwirkung, also eines Feldes, welches die atomaren Bindungskräfte aufhebt, die Schmutzschicht in der Lufthülle der Erde einzufangen und zu desintegrieren. Weiter konnten Molekularverdichter gebaut werden, die aus fast jedem Material eine harte Substanz formen konnten. Unter anderem Brasilien bekam somit neue, resistente Strassen. Übrigens ein Segen für dieses Land!

Eine Friedenswelle überrollte die Menschen der Erde! Auch weil die neue Technik von den Erfindern oder Entdeckern für friedliche Zwecke proklamiert wurde. Psychologen erklärten dies nun folgendermaßen: Die Menschen verloren das Gefühl der Abhängigkeit von Grund und Boden. Durch die allgemeintaugliche Raumfahrt und die Unbeschränktheit, was Entfernungen betraf, gab es plötzlich ausreichend Platz für alle und für jede Interessengruppe! Man brauchte nicht mehr um Landgewinne oder Rohstoffe kämpfen! Die Hoffnung, bald andere Planeten besiedeln zu können war geboren und befand sich in greifbarer Nähe!

Araber interessierten sich für den Bau von Mondhotels und großen Kuppeln und mit Zubringerschiffen richtete sich ein lebhafter Tourismus ein.

Erstmals konnten auch fremde Intelligenzen nachgewiesen werden, mehr noch: Ein Imperium etwa vierhundertdreißig Lichtjahre entfernt im Siebengestirn, den Plejaden. Diese sendeten bereits mit Tachyonenmodulation und nun sollte es auch dem letzten Menschen klar geworden sein, warum man nie andere Intelligenzen mit den normalen Radioteleskopen fand! Eben weil sich fortschrittlichere Intelligenzen nicht mehr oder nur noch zum Teil dieser veralteten Kommunikationstechnik bedienen!
Wir hatten aber bis Oktober 2093 für diese neue, universumsnatürliche Übertragungsart noch keine Empfangsmöglichkeiten! Dieses Imperium der Chorck, wie sich dieses fremde Volk selbst in deren Übertragungen nannte, sollte aber erst noch von den Erdbewohnern, welche sich nun einheitlich Terraner nennen, gemieden werden, denn die Chorck wollen nur ihr Imperium ausdehnen und würden sicher auch die Menschen integrieren. Das wäre ebenso sicher das Ende der Freiheit. Diese Chorck haben Feinde, Kreaturen, die denen auch ähnlich sind, sehr sicher also ein Brudervolk, welches rebelliert. Diesen war es gelungen, künstliche Lebensformen zu

7

entwickeln, welche den Chorck das Leben schwer machen sollten. Selbstreproduzierende intelligente Maschinchen auf Siliziumbasis, den Siliziumpatras.

Ein Geheimzirkel des Weltsicherheitsrates beschloss also, vorläufig niemanden von der Existenz dieser noch fernen Gefahr in Kenntnis zu setzen, aber dauerhaft die Entwicklung dort zu beobachten. Man begann mit der Katalogisierung der extraterrestrischen intelligenten Lebensformen. Die Chorck waren nun ETI I, die Rebellen, die sich Chonorck nannten, dann ETI II und während eines Abstechers nach der zweiten Marsmission Anfang Januar 2094, fanden Max mit Gabriella und Georg mit Silvana einen Planeten im Biosphärenbereich innerhalb eines Systems der Kentauren. Sie sollten innerhalb einer diplomatischen Mission wieder dorthin zurückkehren und entdeckten die Oichoschen, das Volk der drei Geschlechter. *(Die Frau, der Mann und das andere Geschlecht)* Also ETI III. (Extra Terrestrial Intelligence) Sie nennen ihre Welt Oichos und ihre Sonne Blisch.

Dieses Volk erklärt sich zum absoluten Freundschaftspakt mit den Menschen. Sie sind gelehrig und die Weltföderation wandelt sich zur Weltenföderation. Erste Frachtraumschiffe treiben den Handel an. (BLISCHCARGO) Norsch Anch, der ehemalige Fischer von Oichos wird zum ersten Konsul für Terra, er nahm seine Ehefrau Seacha und sein Eheneutro Schrii mit.

Juni 2094:
Darauf hatte die Menschheit gewartet! Eine neue Raumgondel wurde entwickelt, größer als die in kurzer Zeit zur Legende gewordene TWINSTAR. Mit der WEGALIFE sollte dem Namen entsprechend, das relativ nahe gelegene Wegasystem erforscht werden. Niemand ahnte auch nur, welch wunderbare Welten sich im Biosphärenbereich dieses riesigen Sonnensystems befinden. *(Wunderbare Welten)*
Der ursprüngliche Plan, die Wegawelten zu erobern, wurde leicht abgeändert, als Morin Xinyat, der 16. Dalai Lama in Oberpfaffenhofen seine Vision vorträgt. Er wird zum Sonderbeauftragten der TWC.

Juli 2094:
Das Wegasystem überrascht mit vielen Planeten im Lebensbereich, eine Welt (W12 – zwölfter Planet der Wega) davon wird dem tibetischen Führer als Naturreservat zu Verfügung gestellt und erhält den Namen New-Lhasa.
Auch die Kurden bekommen eine eigene Welt, damit waren schon zwei alte irdische Probleme gelöst. (W8 – achter Planet der Wega) Wahal Öletzek, der Kurdenführer nannte die neue Welt Mada, nach der Herkunft der Kurden und Abstammung von den Meder.

8

Die bewohnbaren Monde um W11 teilen sich die Japaner, Koreaner und Taiwanesen. Dabei ziehen diese nicht komplett von der Erde weg, sondern halten je einen Außenposten. Aborigines, Indios und andere Naturvölker tun sich zusammen um sich W7 zu teilen. Als Name für W7 wurde Arnhem gewählt. (Nach einem Naturreservat Australiens – Arnhemland)

Auf der Erde wurden riesige Frachtschiffe gebaut, die Passagierzellen erhielten, um die Ausreisewilligen zu transportieren. Airbus Frankreich innerhalb der TWC (Tachyon Wafer Company) baute den 380-Meter-Frachter DANTON, Australien die KATIE FREEMAN, Boing innerhalb der TWC den Frachter ALDRIN, die Russen KOSMOFLOT, die BLISCHCARGO konnte zweimal die Woche zur Wega abkommandiert werden. Doch die Frachter wurden immer mehr und auch viele Oichoschen wurden bereits zu Raumfahrern.

Das Plejadenvolk, die Chorck, senden nach wie vor ihre Werbebotschaften per Tachyonenmodulation. Planetenvölker, welche schon diese Technik nutzen, sollten nach dem Willen dieser dem Imperium beitreten. Sie garantieren Arbeit, Handel, drogengestütze Geburtenkontrolle, drohen aber auch mit einer Zwangsintegration, sollte sich ein Volk nicht bei ihnen melden, welches bereits die Tachyonentechnik nutzen kann.

Der Logiker Bernhard Schramm verfolgt ständig alle Sendungen des Plejadenimperiums und möglicherweise wurden die Chorck schon auf uns Terraner aufmerksam, denn sie könnten einen modulierten Tachyonenimpuls aufgefangen haben. Die latente Gefahr wird immer greifbarer!

September 2094:
Der erste oichoschische Konsul auf Terra, Norsch Anch wird Vater, seine Frau Seacha Mutter, das Neutro Schrii wird Elter und gebiert die Zwillinge des Ehetrios auf der Erde. Zwei Kinder vom dritten Geschlecht. Die ganze Welt feiert dieses Ereignis. Neutros bekommen Namen mit einer Doppel-i-Endung. So nennt dieses Ehetrio ihre Kinder nach den Patinnen Gabriella und Silvana, Gabrii und Silvii.

Der Umzug fast aller Tibeter und weiterer Anhänger des Dalai Lama zum Wegasystem wird weitgehend abgeschlossen. Die Völkerwanderung der Kurden hingegen dauert noch an.

Die Inder bringen den Wasserglastempel von Anantanpur, einer neueren Exilgemeinde welche Dharmsala ersetzte, des 15. und 16. Dalai Lama nach New-Lhasa. Zum Transport bauten sie einen eigenen Raumfrachter mit integrierten Waferkränen, die GHANDI.

Ende 2094:
Bernhard Schramm hörte alarmierende Meldungen von dem Imperiumsvolk der Chorck. Immer wieder konnten Warnungen vernommen werden, sodass möglicherweise die Chorck zwar von unserer Existenz wissen, aber nicht unsere Koordinaten kennen. Das Sicherheitsgremium der Weltenföderation beschloss, in keinem Fall dem Imperium der Plejaden beizutreten, sondern Vorbereitungen für den Fall der Fälle zu treffen. Für den Fall der endgültigen Entdeckung Terras, Oichos oder den alliierten Kolonien. Die *Federal Space Security Agency* wird gegründet. Es kommt die Zeit der kosmischen Spione, denn wird eine Gefahr einmal bekannt, soll diese Gefahr auch eine geringere sein! Ein brasilianisches Mädchen überrascht mit Intelligenz und Kombinationsgabe! Ihre Fähigkeiten bewies sie bereits bei den Wegamissionen.

Sie eignet sich besonders gut für den neuen Geheimdienst und wird in aller Welt und in Deutschland als Agentin ausgebildet.

Sie heißt Tamines und sie arbeitet nun als Agentin für Terra.

Die Hauptfiguren des Romans stellen sich vor:

Maximilian Rudolph	Der genkorrigierte Ingenieur wird zum begeisterten Raumfahrer. Seine Genkorrektur entspricht der zweiten Generation und stabilisierte den Körper, erschloss auch den Zugang zu brachliegenden Gehirnkapazitäten. Max wurde am 31.12.2059 geboren.
Gabriella Rudolph	Die schöne Frau von Max. Sie studierte die chinesische Kunst des Gokk. Diese Lehre soll den Frauen ermöglichen, ihre Männer so zu unterstützen, dass diese produktiver werden.
Georg Verkaaik	Der beste Freund und nun Kollege von Max. Ebenfalls genkorrigiert hat er auch eine Lebenserwartung von etwa 160 Jahren.

10

Silvana Verkaaik	Die schwarzhaarige Schönheit kennt auch die Gokk-Lehren und steht ihrem Mann Georg immer zur Seite.
Prof. Dr. Joachim Albert Berger	Vorstandmitglied der deutschen Behörde für Luft- und Raumfahrt in Oberpfaffenhofen (DLR), mittlerweile Vorstandsvorsitzender der TWC (Tachyon Wafer Company). Scherzhaft Yogi oder der Yogi-Bär genannt.
Ralph Marco Freeman	Australienstämmiger deutscher Programmierspezialist, Erfinder der Atmosphärereiniger.
Dr. Dr. Sebastian Brochov	Vorstandsvorsitzender der Hamburger Airbus-Werke, nun auch integriert in der TWC.
Dr. Leopold Weigel	Bayrischer Ministerpräsident zu dieser Zeit. Echter Nachkomme des legendären Theodor.
Patrick Georg Hunt	Reporter von FreedomForWorld-TV und Mitstreiter für den Weltfrieden.
Bernhard Schramm	Ein Genkorrigierter der ersten Generation. Seine Korrektur hatte den kindlichen Spieltrieb verkümmern lassen und er wurde ein Logiker sondergleichen. Sein Gehirn konnte nur noch von Hochleistungscomputern übertroffen werden. Max und Georg hatten ihn das Lachen gelehrt.
Adelheid Jungschmidt	Deutsche Bundeskanzlerin in diesen Jahren.
Jutta Jungschmidt	Terranischer Konsul auf Oichos; Schwester von Adelheid.
Norman Hendric Floyd	US-Präsident in diesen Jahren.
João P. Bizera da Silva	Brasiliens Präsident in diesen Jahren.
Tamines Santos Reis	Eine höchstneugierige Brasilianerin.
Valdemir Oliveira S. de J.	Kollege Tamines´ und Astrovermesser
Dr. Akos Nagy	Erster terranischer Exo-Mediziner und Exo-Biologe ungarischer Abstammung.
Morin Xinyat	Der 16. Dalai-Lama.
Wahal Öletzek	Der Kurdenführer

Norsch Anch	Ein ehemalige Fischer der Oichoschen, nun erster oichoschischer Konsul auf Terra.
Seacha Anch	Die Ehefrau des Fischers.

11

Schrii Anch	Das Eheneutro, das dritte Geschlecht der Oichoschen.
Gabrii und	
Silvii Anch	Die beiden Zwillingskinder des dritten Geschlechts.

Chorub	Der uralte Kaiser der Chorck.
Chandor Valchaz es Sueb	Ein Chorck wird zum Verräter.
Mereth Lehan are Cho	Verwalter der Kommunikation.
Salemon Merdoz co Torch	Der Halumet, Stationsleiter, Oberpriester und Verfechter der Diktatur.
Kolan	Der Kuppelwärter und Beschützer des Kaisers

Technische Begriffe aus den Jahren 2093/2094:

IEP	Implanted Ear Phone. Nachfolger des Handy, schon im Innenohr eingebaut.
ID-Chip	Elektronischer Personalausweis, im Brustbein eingepflanzt.
Gokk-Lehre	Lehre für Frauen, sich der femininen Aufgabe zu widmen, Männer produktiver zu machen.
TaWaPas	Tachyonenresonanzfeld-Wafer-Pakete. Die Nanoprintererzeugnisse zur teilweisen oder gänzlichen Neutralisierung der Raumandrückkraft. Oder auch zur Ausführung eines `distanzlosen Schrittes´. Sie nahmen den Flugzeugen die Flügel.
Sempex	Steuercomputer für Airbus dieser Zeit, auch nach der Waferrevolution. Auch verwendet in der Mond- und Marsgondel sowie in anderen Raumschiffen.
Selepet	Das einheitliche Computersystem der Chorck.
Tachkom	Überlichtschnelles Kommunikationssystem per Tachyonenmodulation.
Nanoprinter	Ein Drucker, oder ein Produktor, der ähnlich einem Rasterelektronenmikroskop arbeitet, aber von der geladenen Nadel Elektrolyte abschießt und so Atom für Atom Gegenstände zusammenbaut. Nanoprinter der TWC können 117 Elemente verwenden, wobei auch angereicherte, künstliche

12

	Elemente im Repertoire stehen. Mit solchen hochschnellen Printern werden die Wafer erzeugt.
Floatdustprinter	Ein Drucker, der aus recyclebarem Staub komplette Ausdrucke erzeugt. Text, Bilder und Trägermaterial in allen Dicken und Formaten. Die Ausdrucke kann der Printer auch sofort wieder einziehen und `zerlegen´.
MOONDUST	Die umgebaute Taucherglocke, die für den Testflug zum Mond verwendet wurde.
TWINSTAR	Die Raumgondel, die auseinandergeklappt werden kann. Sieht voll einsatzbereit wie eine Sanduhr aus, kann im offenen Verbund schweben, dann sieht sie aus wie zwei Bongotrommeln. Kann auch komplett entkoppelt als zwei Schwebeeinheiten separat gesteuert werden. Bernhard Schramm entwarf dieses Fahrzeug nach der Logik der anzuwendenden Technik.
TWINDRAKE	Die zweite Raumgondel der TWINSTAR-Klasse.
SPIRIT OF EUROPE	Erster französischer, flügelloser Airbus, komplett für die neue Technik ausgerichtet.
LANGER SCHRITT	Erster chinesischer Airbus der neuen Technik.
BLISCHCARGO	Der erste Großraumtransporter für die Handelsbeziehungen Terra - Oichos. (Alpha-Centauri)
WEGALIFE	Das neue Erkundungsraumschiff für Max und Georg.
Drachenflucht	Die Marsbasis. Der Name stammt von den Chinesen.
DANTON	Neues, riesiges Frachtschiff der Franzosen.
GHANDI	Indischer Raumtransporter
BIG NIPPON	Japanischer Raumtransporter
KATIE FREEMAN	Australischer Raumtransporter
KOSMOFLOT	Transporter der TWC-Tupulev, Russland
SHERLOCK	Tamines Spionageraumgondel
WATSON	Weitere Spionageraumgondel, baugleich.
SMALL MAGELLAN CLOUD	Die Raumstation der Weltenföderation für die kleine Magellansche Wolke
VICTORIA	Die Zubringerraumgondel für die Raumstation
HALUMAL	Die `heilige´ Raumstation in den Plejaden
APOSTULA	Das Missionsschiff wird gestohlen.

1. Kapitel

Nicht jeder Anfang ist schwer – oder zur Agentin geboren.

Mein Name ist Tamines Santos Reis.
Seit etwas mehr als einem halben Jahr hat sich mein Leben komplett verändert, ich will sagen, komplett auf den Kopf gestellt. Ich wurde auf der Insel Itaparica vor Salvador in der Allerheiligenbucht geboren. Ich wurde vor kurzem fünfundzwanzig Jahre alt, doch das genaue Datum verrate ich natürlich nicht.
Mein Vater war Möbelhändler in Salvador da Bahia und ich hatte Gelegenheiten bekommen, mit ihm nach Deutschland zu fahren und in Coburg Polstergarnituren einzukaufen. Schon damals interessierte mich die deutsche Sprache sehr, welche ich schnell zu lernen imstande war. Auch gehöre ich zu den Genkorrigierten der zweiten Generation, denn mein Großvater diente 2055 in der ostafrikanischen Föderation, als es doch zum Atomschlag mit der Gemeinschaftsregierung von Iran und Irak kam und er leicht verstrahlt wurde. Somit wurde meine Mutter korrigiert und als diese mich heranreifen ließ, hatte auch ich noch im Mutterleib einen programmierten Korrekturvirus bekommen. Das war eine Vorsorge des *Global Health Project*, welche sich für Wiedergutmachungen einsetzte.

Ich bemerkte meine Gabe für Computer, Transputer und Logikprogramme, sodass ich in der Lage war, solche Systeme zu durchschauen oder auch manche davon zu knacken. Sicher hat mir dabei die Genkorrektur stark geholfen, denn wir Genkorrigierten konnten wesentlich mehr von den ansonsten brachliegenden Gehirnzellen aktivieren. Ich will nicht sagen, dass wir damit Genies wären.
Doch die reformierten DNA-Stränge mit den angereicherten, aufgestockten Reparaturgenen und der initiierten Zwangsbildung von körpereigenen Stammzellen zur Organdefektrückbildung lassen auch bezüglich der Gesundheit nichts mehr zu wünschen übrig. Meine Lebenserwartung stieg damit auch auf etwa 160 Jahre an, wobei ich ab dem dreißigsten Lebensjahr wesentlich langsamer altern sollte. Aber das interessiert mich momentan herzlichst wenig.
Ich habe mich anderen Dingen verschrieben! Mein Vater verdiente mit den tollen, hochqualitativen Möbeln aus Deutschland soviel Geld, dass er mir bald einen Transputer kaufen konnte. Dazu meinte er nur: „Damit wirst du eines Tages auch viel verdienen oder du wirst eine Bank um viel Geld erleichtern, sodass die Unkosten wieder zurückkommen." Ich wählte aber doch den legalen Weg, obwohl ich mich natürlich des Öfteren auf illegalen

Pfaden bewegte. So bekam ich immer wieder gutes Geld, wenn ich eine bekannte Bank ausspionierte und diese im Anschluss darauf aufmerksam machte, dass deren Systeme nicht lückenlos sicher waren. Klar doch, dass ich ein *Trojan Horse* in deren Rechner eingeschleust hatte, würden sie mich auflaufen lassen, sie würden tagelang keine einzige Buchung mehr machen können! Doch wollte ich legal bleiben, zumindest wie meine Neugierde und mein Forscherdrang es zulassen sollten.

Meine Schule hatte mich an die neue Universität von Mata de São João empfohlen.

Die Universität für Kosmologie, Planetenkunde und Exobiologie.

Das wiederum war eine Folge der Errichtung einer Zweigstelle dieser deutschen Gesellschaft in Camaçari.

Diese TWC oder Tachyon Wafer Company, welche anläßlich der neuen Erfindung der Materieresonanzfrequenztechnologie gegründet wurde.

Nachdem sich die Raumfahrt gigantisch etablieren konnte, Brasilianer mit den Deutschen schon auf dem Mars arbeiteten, um dort langsam eine Atmosphäre zu stabilisieren, also ein Projekt namens Terraforming, kristallisierte sich die Zusammenarbeit mit den Deutschen als Segen für unser Land heraus.

Die Ereignisse überschlugen sich förmlich! Die TWC unterstütze natürlich die neue Universität, hatte sich auch mit den Transputersystemen dort vernetzt, sperrte sicherheitshalber aber Zugriffe auf Geheimdaten der eigenen Rechnersysteme.

Dem konnte ich nun absolut nicht mehr widerstehen!

Ich loggte auch meinen Rechner mit ein, schrieb ein Programm für laufend wechselnde Identifikationen und letztlich schaffte ich es, mit einem modifizierten Analysedurchlauf an einige Geheimcodes zu kommen.

Mit diesen Codes war ich dann auch bald in den Rechnern der TWC und was ich dort alles zu wissen bekam, ließ mir fast die Haare zu Berge stehen!

Wir, also die Menschheit im Gesamten gesehen, waren kaum im Weltall, die Raumfahrt hatte sich kaum als alltagstauglich herausgestellt, schon erfuhr ich von einer latenten Gefahr bezüglich eines anderen Intelligenzvolkes aus den Plejaden.

Erst vor noch nicht allzu langer Zeit wurde die Frage, ob wir alleine im All wären, beantwortet. Ein gewisser Maximilian Rudolph und ein Georg Verkaaik hatten diese Wafer entwickelt, urproduziert und retteten mit einer Mission die Marsbasis. Später entdeckten sie das Kentaurenvolk der Oichoschen, mit denen heute bereits Handel betrieben wurde. Schon weilt eine ganze Oichoschenfamilie auf der Erde und weitere Konsulate werden zur Zeit eingerichtet. Seltsame, aber liebe Leute sind das! Etwas unverständlich, weil dieses Volk aus drei verschiedenen Geschlechtern besteht.

Wie gesagt! Als ich dann Zugriff auf geheime Daten der TWC erhielt, schockte mich das neue Wissen über ein Imperium in den Plejaden! Chorck, war der Name für dieses Volk dort. Und es schien so, als wäre dort eine Art Krieg gegen ein Brudervolk ausgebrochen, welches sich Chonorck nannte. Auch konnte ich mir die gespeicherten Sendungen ansehen, eine Art Werbung, gerichtet an alle Intelligenzen der Galaxis, welche die neue Technik schon zu nutzen imstande waren. Ich projizierte diese Aufnahmen per Hologrammprojektor der Universität und erschrak, als ich diesen Nachrichtensprecher der Chorck nach Rekonstruktionsdaten lebensgroß sehen konnte! Drei Meter große Wesen sollten das sein. Fast dürr, aber mit sichtbaren Speckpolstern. Gut dass ich einen Raum mit drei Meter zweiundzwanzig Höhe nutzte! `Zehenläufer´ stand in den von einem Herrn Schramm verfassten Datenstock. Und wirklich! Diese Chorck trugen Röcke mit multifunktionalen Applikationen, liefen in Schuhen, die lediglich über die Zehen gestreift wurden, die Fersen waren sehr hochgestellt und wirkten wie weitere Knie nach hinten.

Weiter hatten diese Wesen eine Skelettstruktur, also je zwei Beine, zwei Arme aber zwei Brusttentakel. Membrannasen und lippenlose Münder kennzeichneten die Chorck, da gab es aber noch ein Organ auf der Stirn, von dem keine Funktion bekannt war. Herr Schramm hatte in einer Bemerkung angedeutet, dass es sich dabei um ein angezüchtetes Organ handeln könnte, welches zum Beispiel auf Radioaktivität und andere Strahlungen reagieren sollte.

Die Haut dieser Chorck wirkte schlaksig und flatterte ähnlich wie der Satinmorgenmantel meiner Oma in einer Morgenbrise.

Doch waren diese Außerirdischen Humanoide, wie wohl zu bemerken ist.

Ich studierte all diese Aufzeichnungen und Wiederholungen der Werbesendungen, auch registrierte ich die versteckten Warnungen, was passieren würde, wenn sich ein Volk in der `Tachyonendimension´ nicht melden sollte, schon überliefen mich eiskalte Schauer und ich entwickelte währenddessen einen Hass auf diese Wesen, obwohl ich noch kein einziges persönlich getroffen hatte.

Die Menschheit wusste zum gegenwärtigen Zeitpunkt noch nichts von diesem Plejadenvolk, was sich aber ändern sollte.

Auch studierte ich die Aufzeichnungen von den Wandersatelliten der Chonorck und deren Projekt der Siliziumpatras. Wieder überkam mich meine ungebremste Neugierde und ich experimentierte mit den Rohdaten der Siliziumpatras. Dabei stellte sich ein Ende der Kapazitäten meines

Transputersystems ein. Kurzerhand koppelte ich mein Terminal aktiv mit dem Hostrechner der TWC und nutzte damit ein gigantisches Reservoir! Mehr noch! Ich entdeckte den kompletten Bauplan eines dieser Patras. Diese Daten bearbeitete ich mit einem selbstgeschriebenen Compiler, um die Grundstruktur erkennen zu können. Dabei entdeckte ich viel Datenmüll aus vorangegangenen Programmierungen. Diese Programmfetzen wusste ich zu dechiffrieren, was mich erkennen ließ, dass diese Patras einem anderen Urzweck zu dienen hatten, also wahrscheinlich von den Chonorck oder anderen Chorck-Gegnern manipuliert wurden. Doch konnten sich diese Siliziumpatras selbst rekonstruieren! Alleine Sand und Sonnenenergie reichte dafür aus. Sie arbeiteten in ähnlicher Weise entsprechend unserem Nanoprintersystem.

Patras konnten auch auf einem einfachen, codierten Befehl hin zerstört werden. Dabei schloss ich bald auf ein Muster von acht Oktaven mit Disharmonischen, welche die Zerstörungssequenz einleiten sollte.

Schon experimentierte ich und fand auch einen `Umkehrschlüssel´, also eine kleine Programmänderung, welche bewirkte, dass ein Patra sich bald selbst zerstört, wenn er kein Signal erhalten sollte!

Später hatte ich erfahren, dass dies eine von vielen Möglichkeiten wäre, wie sich unsere junge Weltenföderation gegen eine Übernahme der Chorck wappnen könnte.

Jedenfalls hatte ich in den Labors der TWC einen Patra entstehen lassen, der auch die anderen Patras mit einem `Umkehrschlüsselprogramm´ infizierte und ich wurde mit meinen Machenschaften entdeckt. Ich wusste zwar, dass der Siliziumpatra in einem hermetisch dichten Hochreinraum entwickelt worden war, aber später wurde mir doch die Gefahr der Umwandlung von Umgebungsmaterialien klargelegt. Was wäre gewesen, hätte der Patra genügend Zeit gehabt, zum Beispiel eine Glaswand atomar zu zerlegen und wäre draußen auf einen Sandboden gefallen?

Mir schlug das Herz bis zum Hals, als die Sicherheitsbeamten der TWC erschienen und mich abführten. Ich wurde verhört und musste genauestens erklären, wie ich es fertig brachte, einen vier Mal acht Bit Codeschlüssel zu knacken. Ich erklärte bereitwillig von meinem Programm, welches die Wärmematrix von atomlaserbeschriebenen Speicherkristallen aufspürte und erntete blankes Staunen.

Ich fühlte mich hundeelend, wusste ich doch, dass mein Studium auch von der TWC gesponsert wurde, dann arbeiteten diese Leute Pro-Brasil und ich befürchtete schon, ich hätte einen Keil in die neuentstandene, hochgelobte deutsch-brasilianische Freundschaft getrieben.

17

Umso erstaunter war ich dann auch, als ich bei der TWC in Camaçari vorgeladen wurde. Noch erstaunter war ich aber, als ich vor den obersten Chef dieser Zweigstelle zitiert wurde und unter anderem sich auch der brasilianische Präsident dort befand! João Paulo Bizera da Silva, unser Präsident, bemühte sich fast väterlich um mich. Der Vorstandsvorsitzende der TWC-Brasil, Herr Dr. Siegfried Zitzelsberger, ein Name, den ich trotz meiner sehr guten Deutschkenntnisse kaum auszusprechen imstande war, sah mich anfangs mit Blitze verschleudernden Augen an. Er sprach gutes Portugiesisch! „Moça! O que você estava fazendo la no universidade? Normalmente vai receber uma denúncia! Bom, que tenho um dia bem hoje!" (Mädchen! Was hast du dort in der Universität gemacht? Normalerweise würdest du eine Anzeige bekommen! Gut, dass ich einen guten Tag heute habe!)

Ich antwortete obercool: „Sehr geehrter Herr Dr. Zitzebsegerl, äh, Zitzersbelger – entschuldigen Sie bitte, aber ihr Name ist trainingsbedürftig für mein Sprachorgan. Sie können ruhig Deutsch mit mir sprechen. Ich kenne Deutschland und habe also auch Ihre Sprache erlernt. Außerdem wollte ich mich sowieso soweit emporarbeiten, dass ich innerhalb ihrer Company einmal wirken könnte. Nun befürchte ich allerdings, dass diese meine Träume hier in brasilianischem Sand verlaufen werden!"

Herr Dr. Zitzelsberger und der Präsident sahen mich an, als wäre ich nun zu einer Chorckfrau gewandelt!

Sie hatten regelrecht ihre Münder offen!

Nach einer Minute klang auch der Tonfall des Vorstandsvorsitzenden gänzlich anders. Fast väterlich beugte sich Herr Zitzelsberger etwas vor und meinte: „Ich warte noch, bis Sie meinen Namen richtig auszusprechen imstande sind, dann möchte ich Ihnen einen Vorschlag zur Wiedergutmachung unterbreiten!"

Ich sah mir das Namensschild auf seinem Schreibtisch genau an und las laut vor: „Doktor Siegfried Zitz-els-ber-ger! Nochmal: Herr Doktor Siegfried Zitzelsberger! Gut so?"

Wieder sah mich dieser ältere Herr väterlich rügend an. Plötzlich erschien ein breites, undefinierbares Grinsen in seinem Gesicht, welches er aber wieder abrupt unterbrach.

„Frau Tamines Santos Reis, richtig?" „Nein. Fräulein Tamines Santos Reis." „Oh, gut. Also Fräulein Tamines Santos Reis. Wissen Sie, was sie eigentlich mit Ihrem Eindringen in die TWC-Computersysteme ausgelöst haben?"

„Nun, ich kann es mir zumindest denken. Ich nehme an, dass Ihre Sicherheitsbeamten einen Schock bekamen und sich nun auch im Klaren sind, dass es nie eine hundertprozentige Sicherheit gibt! Wir sollten uns

Gedanken machen, wie wir diese Sicherheitslücken schließen könnten. Dabei würde ich mithelfen, aber nun muss ich doch wahrscheinlich ins Gefängnis. Ich hoffe dabei, dass ich nicht zulange einsitzen muss. Zwar habe ich eine hohe Lebenserwartung aufgrund meiner Genkorrektur, aber Sie könnten mir einen Transputeranschluss legen lassen, dann helfe ich von dort aus, Ihre Sicherheitslücken zu schließen. Ich bin absolut positiv für Ihre Gesellschaft eingestellt. Auch in Anbetracht meiner kommenden Strafe.

Wieder eine Minute des Schweigens.
Wieder schnellte ein Grinsen in das Gesicht des Herrn Dr. Zitzelsberger.
„Sie sind ein ganz ein ausgekochtes Früchtchen, nicht war, liebe Tamines?"
„Ich liebe solche Vergleiche, Herr Dr. Zitzelsberger, auch wenn ich sicher beim Auskochen keinen Fruchtextrakt abzugeben hätte. Was ich abzugeben imstande bin, schaffe ich auch ohne große Hitzeeinwirkung!"
„Auch noch besonders schlagfertig, nicht wahr?"
„Ich besuchte eine Kapoeira-Schule und lernte auch etwas Karate."
„So meinte ich das nicht."
„Auch das habe ich mir schon gedacht, aber Sie wissen ja: Die Logik!"
„Auch noch Logikfan?"
„Wie hätte ich denn sonst Ihren Geheimcode erfahren? An meinen zehn Fingern alleine war der nicht mehr abzuzählen!"
Die Situation entschärfte sich zunehmend, denn Zitzelsberger grinste immer breiter und der Präsident wusste bald sein Lachen nicht mehr zu halten.

„Sei es drum, Fräulein Tamines Santos Reis. Ich habe Ihnen nun einen Vorschlag zu machen. Trotz der Spionage, welche Sie betrieben haben, verzichtet die TWC auf eine Anzeige. Eigentlich sind wir noch besonders froh, dass Sie es waren, welche uns ausspionierte und nicht die immer noch nicht zu unterschätzenden Chinesen, welche die Blamage der Waferpatentbestellung noch nicht ganz verdaut haben. Sie wissen davon?"
„Habe ich gelesen und was nicht öffentlich war, habe ich Ihren Geheimakten entnehmen können. Die Erfinder waren doch dieser Maximilian Rudolph und dieser Georg Verkaaik, nicht wahr? Der eine bei der DLR und der andere beim Fraunhofer-Institut Dresden. Beide Organisationen gingen mit der Airbus und vielen anderen in eine Company ein, also die Tachyon Wafer Company oder kurz TWC. Damit wurde auch die Basis für Ihre Arbeitsstelle geschaffen."
Herr Doktor Siegfried Zitzelsberger sah mich perplex an! Hatte ich ihn an einer schwachen Stelle getroffen? Doch ich jonglierte, ich liebte solche provokanten Spiele.

„Meine Arbeitsstelle hier stellte sich für mich als eine Alternative zu einer ohnehin schon sehr guten Stelle dar. Ich hatte damit kaum einen Karrieresprung geschafft. Ab einem gewissen Salário ist es egal, wie viel man noch theoretisch mehr verdienen kann. Ich bin Geheimnisträger der TWC und . . .‟

„Ich auch!‟

Nun musste ich aber etwas lockerer lassen, denn Dr. Zitzelsberger schaute mich wieder böse an!

„. . . und ich wurde vereidigt! Ich habe für meine Geheimnisse einen Eid geleistet! Der Eid ist sinnvoll, denn noch sollte niemand von diesen latenten Gefahren aus dem All wissen!‟

Noch konnte ich mich nicht ganz zurückhalten, hatte mir dieser Doktor doch wieder einen Angriffspunkt gewiesen.

„Ich wurde zwar nicht vereidigt, aber ich bin ebenso pro-human und möchte der Menschheit im Gesamten nie schaden. Ebenso möchte ich der TWC nicht schaden und schon gar nicht den Erfindern der neuen Technologie. Wo doch dieser Maximilian Rudolph so ein süßer Kerl ist! Für ihn würde ich alle Eide der Welt ablegen und ihm trotzdem alles verraten. Aber nur ihm!‟

Dr. Siegfried Zitzelsberger sah mich durchdringend an, dann zuckten seine Mundwinkel. Plötzlich lachte er lauthals auf und auch der brasilianische Präsident konnte sich nicht mehr zurückhalten. Nun wurde ich wieder etwas unsicherer, denn so wie diese Situation im Ablauf war, konnte auch ich sie nicht von vornherein abschätzen. Was hatten sie vor? Warum war eigentlich der Präsident hier?

„Ihr Herr Rudolph wird wohl bald mal in Camaçari vorbeikommen, nehme ich an. Bald steht eine weitere Mission auf dem Plan.‟

„Ja, die Wega, ich weiß.‟ Er überging meinen Einwand.

„Vielleicht können Sie ihn auch persönlich sprechen, aber ich warne Sie, Fräulein Tamines! Herr Rudolph ist glücklich verheiratet! Seine Frau Gabriella wird ja, wie Sie sicher wissen, in Brasilien hochverehrt. Herr Rudolph gilt als äußerst treu!‟

„Alles hat seine Zeit, jeder bekommt seine Zeit und wer seine Zeit zu nutzen imstande ist, bekommt auch seine Chancen. In diesem und im übertragenen Sinne.‟

„Sie mögen damit Recht haben, aber das ist sicherlich nicht die Basis, über die wir uns nun zu unterhalten haben. Ich muss zugeben, Sie hätten es fast fertig gebracht, mich zu verwirren, aber nun kann ich Sie auch schon durchschauen!‟

„Oh, lieber Herr Doktor Zitzelsberger. Dafür bin ich Spezialistin! Sie waren früh verheiratet, haben zwei Kinder aus erster Ehe, diese scheiterte nach zehn Jahren, dann wechselten Sie in die Vorstandschaft von Thyssen-Krupp, hatten eine Affäre mit einer verheirateten Philippinin, später haben sie dem Tennis-Ass Sven Schimmelpeng die blonde Freundin ausgespannt und diese zieht nun den Sohn alleine groß, doch mit finanzieller Unterstützung ihrerseits. Seit einem halben Jahr leiten Sie die TWC-Niederlassung von Camaçari und fahren regelmäßig mit Ihrem Firmenstratogleiter nach Belém, wo Sie wiederum zwei Freundinnen unterhalten. Aber ich sage Ihnen zu, ich mache von meinem Wissen keinen Gebrauch!"

Stille!

Auch João Paulo Bizera da Silva machte nun ein betroffenes Gesicht.

„Wissen Sie auch von meinem Muttermal auf der linken Pobacke", wollte der TWC-Vorstandsvorsitzende böse dreinblickend noch wissen.

„Haben Sie sich dieses nicht vor zwei Monaten wegmachen lassen, als die Diagnose kam, dass es sich um ein latent gefährliches Geschwür handelte? Wurde nicht ein Karzinom festgestellt?"

„Fräulein Tamines Santos Reis! Ich hätte eigentlich einen Ihnen angenehmen Vorschlag zu machen! Nun aber zeigen Sie, dass Sie mit ihrer Neugierde wohl zu weit gegangen sind. Wissen Sie denn alles aus den TWC-Rechneranlagen?"

„Fast alles. Ich habe auch noch einige Kopien der wichtigsten Daten erstellt, um zeigen zu können, wie groß Ihre Sicherheitslücken sind. Trotzdem! Der Kopierschutz Ihrer Daten ist wirklich gut, die Chiffrierung ebenfalls, aber ich habe beides geknackt. Aber keine Angst, ich habe bereits einen besseren Kopierschutz entwickelt und nach einer gütlichen Einigung werde ich Ihnen diesen auch kostenfrei zur Verfügung stellen."

Der Präsident Brasiliens setzte sich leichenblass.

Doktor Siegfried Zitzelsberger sah mich entgeistert an. Dann murmelte er aber fast unverständlich:

„Wir können nur von Glück sprechen, dass diese Person nicht der falschen Seite angehört! Gewissermaßen gehört sie aber auch noch nicht zur richtigen Seite."

Er holte tief Luft und versuchte überzeugend zu wirken.

„Fräulein Tamines Santos Reis. Angesichts der Tatsache, dass wir auch solch aktive Personen suchen, wie sie sich bewiesen haben, auch wenn Ihre Beweiserbringung fraglichen Umständen entsprang, möchte ich Ihnen den Vorschlag machen, mit sofortiger Wirkung von der Universität direkt zur TWC überzuwechseln. Ihr Aufgabenbereich dürfte hier schon klarliegen. Verbesserung der Sicherheitssysteme, Forschung mit den Patra-Daten. Forschung bezüglich der relativ unbekannten Chorck-Technologie . . ." Ich unterbrach ihn wieder, er staunte nicht schlecht als ich dann fragte: „Bekomme ich auch Zugang zu dem Wrackteil von dem zweitausend Jahre alten Chorck-Schiff, welches Max und Georg auf dem Oichosmond fanden?" „Äh! Ja, ich denke schon. Dazu müssten Sie aber einmal nach Deutschland gehen, denn dieses Teil liegt in Oberpfaffenhofen und wird dort untersucht. Aber wenn Sie bezüglich der Chorck-Techniken Ideen aufbringen, dann könnte eine befristete Abkommandierung dorthin schon auch in Frage kommen!" „Das ist schön! Ich mache alles, um einmal in die Nähe von diesem Maximilian zu kommen!" Dr. Zitzelsberger sah mich an, als wenn ich ein Glasblock wäre und er meinte: „Leben Sie ihre Träume wie Sie wollen, aber träumen Sie nicht während Ihrer Arbeit. Also weiter im Text, was für Sie noch in Frage käme. Da bedürfte es noch weiterer Grundlagenforschung bezüglich der Tachyonenmodulation und Astronavigation. Weiter würden Sie ein eigenes Labor bekommen, um mit allen - ich wiederhole - mit allen technischen Möglichkeiten der TWC zu forschen, experimentieren und zu arbeiten. Auch werden Sie die Gelegenheit bekommen, andere TWC-Niederlassungen kennen zu lernen. Es gilt nur, eine einzige Voraussetzung zu leisten!"

„Die Vereidigung, nicht wahr?" „Nicht nur erraten, sondern exakt getroffen." „Ist eigentlich unser Präsident vereidigt? Warum darf Herr Bizera da Silva immer dabei sein?"

Wieder ein betroffenes Schweigen. Doch der Präsident erklärte selbst.

„Bei der Rettung der Marsbasis hatte ich schon einiges an Geheimnissen mitbekommen und nachdem der Vorschlag bald Form annahm, Brasilien könnte ein AMAZONIEN II – Projekt auf dem Mars gründen, machte ich mich stark für die Zusammenarbeit der Deutschen mit den Brasilianern. Wie Sie sehen, habe sogar ich noch dazu gelernt und diese Zusammenarbeit hat auch schon viele Früchte getragen. Ich bin der beliebteste Präsident Brasiliens aller Zeiten."

„Auch der erste, dem keine Korruption nachzuweisen ist!"

„Nicht nur nicht nachzuweisen, sondern auch wirklich korruptionslos! Brasilien steigt auf in der Welt und Korruption ist nicht mehr notwendig. Zumindest nicht mehr in meiner politischen Ebene. Ich habe auch nicht vor, es vergangenen Präsidenten noch gleichzutun!"

Nun ergriff Herr Doktor Zitzelsberger wieder das Wort. Seine Stimme wirkte fast flehend, als er mich um meinen Eid bat! Er wusste sicher, wie gefährlich meine `Sicherheitskopien´ werden könnten.

„Fräulein Tamines, ich bitte Sie nun, ihre Zusage zu erteilen, dass Sie sich für die TWC vereidigen lassen. Ihre Mitarbeit in unserer Company ist davon vorerst unabhängig. Doch erwarte ich von Ihnen, auch ihrer Neugierde wegen, dass die TWC Sie als Mitarbeiterin begrüßen dürfte. Tun Sie mir doch diesen Gefallen! Sagen Sie doch bitte ja und geben Sie uns Ihre Computerdaten und Sicherheitskopien. Sie bekommen auch eine gute Entschädigung und ich kann Ihnen auch ein überdurchschnittliches Gehalt versprechen. Wollen Sie zuerst über das Gehalt verhandeln? Es wird viel sein, sehr viel!"

„Ich denke, das ist nicht notwendig. Ich bin von meinen Fähigkeiten überzeugt und wenn Sie nicht genügend bezahlen, dann kündige ich einfach und lasse mir von den Chorck ein Angebot machen."

„Dann erschieße ich Sie persönlich mit Pfeil und Bogen!"

„Ihre Daten vom Schützenverein besagen zwar, dass Sie ein miserabler Bogenschütze sind, aber ich fürchte Zufallstreffer mehr als einen Blattschuss. Also, dann lassen Sie mich lieber gleich unterschreiben und meinen Stimmprint abgeben. Scannen Sie auch meinen ID-Chip mit ein. Ich wollte schon immer für die TWC arbeiten, ich will für die TWC arbeiten und ich werde für die TWC arbeiten. Darf ich mal zum Mars?"

Dr. Zitzelsberger schob mir einen Pack Akten zu, die der Floatdustprinter ausgespuckt hatte und ich las diese nicht einmal genau, denn ich wusste, bei dieser Show, die ich hier abgeliefert hatte, würde ich bald eine ganz besondere Stellung bei dieser TWC oder allgemein bei der TWC einnehmen können. Ich sprach die Eidformel vor einer Rechnereinheit für den Stimmprint und dabei wurde auch mein ID-Chip gescannt. Wiederum wurden einige Sonderbefugnisse in die Daten meines ID-Chips eingespeichert. Damit war ich vereidigt. Etwas ähnlich war der Ablauf mit dem Anstellungsvertrag.

Nach all diesen Formalitäten zog Herr Doktor Zitzelsberger eine kühle Flasche Sekt aus einem alten Server und schenkte drei Gläser voll ein:

„Fräulein Tamines Santos Reis, ich begrüße Sie hiermit herzlichst in den Kreisen der TWC-Vereidigten und in den Kreisen der TWC-Mitarbeiter. Ich gestehe, dass ich schon Angst hatte, Sie würden `Nein´ sagen! Ehrlich gesagt, ist mir nun ein Stein vom Herzen gefallen."

„Ich hatte ihn plumpsen gehört, Herr Doktor Zitzelesbeger – oh – Zitz-els-ber-ger, entschuldigen Sie, ich bin doch tatsächlich etwas aufgeregt. Habe ich nun einen Traum erreicht, aber meine Träume sollten weitergehen."

„Das werden sie. Sicher werden Sie auch einmal den Mars besuchen, wenn ich auf ihre Frage von vorhin zurückkomme. Wer weiß? Das Universum hat seine Tore für uns geöffnet. Vielleicht auch einmal Oichos oder andere, neuere Missionen? Arbeiten wir gemeinsam an einer guten Zukunft und lassen uns von der Vergangenheit lehren."

„Schöne Worte, denen ich mich gerne anschließe! Saúde!" „Ah, ja. Prost!"

Das war mein Einstieg in diese TWC.

Von nun an wurde es aber richtig interessant! Ich forschte und entwickelte am liebsten alleine, ich verbesserte fast täglich die Sicherheitssysteme der gesamten Company, ich arbeitete weiter an den Patra-Programmen und konnte die superaufgelösten Übertragungen der Chorck weiter analysieren. Letzte Sprachprobleme hatte ich ebenso entschlüsselt und gewann auch den Eindruck, dass die Chorck sich einmal eine neue, mathematische Sprache zugelegt hatten, welche aber im Zuge deren Technik wieder veraltete. Ich diagnostizierte, dass sich die Chorck bereits in einer Phase der Degeneration befanden. Meine Erkenntnisse wurden bewundert und auch einem Herrn Schramm nach Deutschland übergeben. Diesen Mann kannte ich noch nicht, aber er befand meine Forschungen als bemerkenswert.

Die TWC bekam auch den internen Auftrag, Geräte für die astrale Fernvermessung zu konstruieren. Das war wieder so ein Gebiet, in dem ich voll aufgegangen war. Dabei gab es aber höchste Sicherheitsvorkehrungen, denn wie ich nun wusste, durfte in Richtung der Plejaden kein einziger modulierter Tachyonenstrahl gelangen. Die Gefahr der endgültigen Entdeckung wäre zu hoch gewesen. Ich kam auch auf die Idee, eine leicht gestreute Tachyonenmodulation zu generieren, welche sich bei den entgegenkommenden Tachyonen minimal reflektiert, beziehungsweise die leichte Aufmodulation abgibt und fast in Echtzeit zurückkommt. Damit ließen sich schon mal Planetenzusammensetzungen schätzen. Des Weiteren wäre dieses System in Kombination mit einem ordinären, alten Radioradar ideal zur genauen Vermessung von Planetensystemen. Die Reflektion der Normalradiowellen lässt auf die Entfernung rückschließen und die Tachyonenaufmodulation auf Planetengröße, spezifisches Gewicht und einige Materialzusammensetzungen. Teilweise auch schon auf die Atmosphäre! Ich testete mein Konzept schon mal nach einigen Genehmigungen mit den solaren Planeten, wobei ich immer einen Sicherheitsrechner dazwischengeschaltet hatte, um keine Streuung zu den Plejaden zuzulassen. Die Ergebnisse überzeugten. Sicher dauerte das Verfahren auch wegen der Normalradioreflektion. Doch wenn man sich innerhalb eines Planetensystems befindet, dann ist mein Verfahren hochgenau! Innerhalb von einer bis eineinhalb Stunden waren gute Ergebnisse zu erwarten. Mit diesem Verfahren erreichte ich bereits eine Meldung bei der TWC-Hauptniederlassung in Oberpfaffenhofen.

Dort wurde mein Verfahren geprüft und als exzellent eingestuft.

Im Mai 2094 gelang mir gewissermaßen der Durchbruch!

Ich hatte mein System der Planetenvermessung noch weiter verfeinert, dabei hatte mir auch ein Kollege geholfen, Valdemir Oliveira Santos de Jesus. Sogar unser Präsident meldete unsere Erfolge bei der TWC in Deutschland und so erhielt ich eine Anfrage von einem gewissen Herrn Dr. Dr. Sebastian Brochov aus Hamburg, ob wir nicht als Astrovermesser an der Wegamission teilnehmen möchten.

Ich war außer mir vor Freude, wusste ich doch, dass diese Mission mit der neuen WEGALIFE – Raumgondel unter dem Kommando von Maximilian Rudolph geführt wurde! Und ich sollte eventuell dabei sein? Drei Nächte konnte ich nicht schlafen. Ich mit diesem Maximilian in einer Raumgondel? Ich konnte es mir immer noch nicht vorstellen, war aber sofort dazu bereit und es gab keine Sekunde des Überlegens. Nur etwas beunruhigte mich! Hoffentlich fährt sein Blondchen nicht mit!

Ich sollte zu einer Raumfahrerin werden, Ich sollte als erste Frau das Wegasystem kennen lernen dürfen. Fantastisch! Womöglich mit diesem Max auch noch in einem See unter einer anderen Sonne baden, wie er dies damals mit seiner Gattin auf Oichos tat.

Doch bald sollte ich einen kleinen Rückschlag erhalten.

Als ich wieder die Geheimdaten studierte, mittlerweile hatte ich ja Zugriff bezüglich meiner Vereidigung, verfolgte ich die Anstellung eines gewissen Morin Xinyat in diese TWC. Da war doch was faul! Wieso stellte die TWC den Dalai Lama ein? In den Anmerkungen war zu lesen, dass es galt, einen eventuellen Planeten der Wega für die Tibeter zu reservieren, um alte Probleme der Erde zu lösen und zu entschärfen. Dabei wurde auch erklärt, dass der Dalai Lama eine eventuelle Welt für zehn Jahre als Hüter eines Naturreservates übernehmen sollte.

Später könnte dieser Planet aus dem Schoß der TWC gehoben werden und dem Dalai Lama, den Tibetern und anderen Anhängern der tibetisch-buddhistischen-Heiligkeit eigenverantwortlich übergeben werden.

Warum dieses Spiel so in diesen Ablauf kam, war mir anfangs noch nicht ganz klar, aber ich dachte mir schon, dass ansonsten die Chinesen wieder eine Weltreklamation ausrufen würden, wenn nicht alles so funktionierte, wie diese es gerne hätten!

Ich hatte die letzten Jahre die Entwicklungen ja ausreichend verfolgen können. Die Chinesen stiegen in fast allen Sparten des Handels zu Weltmonopolisten auf, wären nicht diese beiden Erfinder Maximilian Rudolph und Georg Verkaaik auf das Prinzip der Materieresonanzfrequenz gestoßen. Und auch hierbei hatten die Chinesen noch versucht, den beiden dieses Patent streitig zu machen. Das hätte vielleicht auch einmal den Rücksturz in ein kommunistisches System á la Volksrepublik China bedeutet. Ich musste innerlich noch lachen, als ich mich an die Livesendung von FreedomForWorld-TV erinnerte, als sich dieser chinesische Außenminister bei der beneidenswerten Frau von diesem Maximilian Rudolph entschuldigen musste. Von da an waren die Chinesen nur noch froh, dass sie wenigstens Zugeständnisse bekamen, die neue Technik unter Vertrag nutzen zu dürfen.

Deutschland hatte mit dieser Erfindung eine Friedenswelle für die ganze Erde ausgelöst! Diese im Endmittelalter kriegsgebeutelte Nation liebte doch nichts mehr als Frieden und wurde in den letzten Jahrhunderten wegen der geografischen Lage immer wieder in einen Krieg getrieben. Ich wusste auch von diesem Scheusal Adolf Hitler, der damals vor über hundertfünfzig Jahren ein drittes Reich entstehen lassen wollte. Ich zweifelte manchmal schon daran, ob dieser Mann nicht ursprünglich gute Ideen hatte, aber nach und nach waren der Gräueltaten zu viele. Ursprünglich wollte er Rache für den ersten Weltkrieg, als plötzlich die umliegenden Staaten einfach Deutschland als schuldig erklärten, obwohl Roosevelt einfach einen Waffenstillstand vorschlug. Das war ja auch einfach! Zuerst einen Waffenstillstand vereinbaren und dann erst einen Schuldigen suchen, der bereits nicht mehr kämpft.

Und so musste ich diese Deutschen immer wieder bewundern.

Immer wieder ein Krieg und immer wieder standen diese Mitteleuropäer auf und bauten, forschten. Die Städte brillierten immer wieder neu, sie waren einfach nicht unterzukriegen! Sogar diese damalige Teilung ihres eigenen Landes hatte sie nur kurze Zeiten geschwächt.

Und für Brasilien waren die Deutschen immer wieder ein Segen.

Schon alleine diese Fuscas, also die damaligen uralten bodengebundenen Fahrzeuge mit den Motoren im Heck und die Kombis erwiesen sich als Schub in der langsamen, leider korrupten Wirtschaft Brasiliens. Zumindest konnte sich Brasilien immer gut über Wasser halten. Später kamen auch noch diese vielen kleinen Mercedes und auch diese Mercedes-Busse. Brasilien schaffte es aber nie, so richtig über eine gewisse Entwicklungsschwelle zu springen.

Dann aber, 2039, als die Weltflut mit den nacheinander verrutschenden Kontinentalplatten, den vielen Tsunamis und dem gleichzeitig abkalbenden Poleis kam, stellten sich schwarze Jahre für Brasilien ein.

Nur manche unvorbereitete Inselstaaten wie die Philippinen waren noch schlimmer dran als wir. Ich hatte mich gut über die Vergangenheit informiert und wusste, damals kam auch viel Hilfe aus Deutschland, obwohl die Deutschen auch einige Städte oder Stadtteile verloren hatten. Doch waren die Deutschen wenigsten von deren Überwachungssystemen her ausreichend vorgewarnt. Die Holländer wurden von den Deutschen wie Brüder aufgenommen, als deren Dämme brachen. Ach ja! Dieser Georg Verkaaik war doch so ein Holländer. Jener Freund des doch so süßen Maximilian. Und ich sollte die beiden bald mal treffen!

Am achten Juni 2094 sollte sich in meinem Leben wieder etwas Entscheidendes ereignen! Von meinem Präsidenten erfuhr ich, dass dieser Maximilian und sein Kollege Georg persönlich nach Camaçari kommen. Sie würden uns als Astrovermesser mit an Bord nehmen, um zur Wega zu starten.

Ich kann mich gut erinnern, als damals an einem wolkenverhangenen Tag diese WEGALIFE majestätisch auf dem Gelände der TWC hier landete. João Paulo, mit dem ich mittlerweile ein gutes und freundschaftliches Verhältnis pflegen durfte, holte die beiden mit einem von Studenten gebauten VW-Käfer ab. Das war aber kein normaler Fusca, so wie wir den Käfer hier in Brasilien nannten, dieser hatte ein komplett modifiziertes Innenleben nach der neuen Wafertechnologie. Ein Cabriolet!

Ich beneidete den Präsidenten, aber später durfte ich mich ja mit Max an einem Kapetastand lange unterhalten und er wies mich auch sofort in die Schlafkoje der WEGALIFE ein, damit ich mich schon mal an die neue Umgebung gewöhnen sollte.

Ich ließ aber die Schlafkoje geteilt, damit mein Kollege Valdemir nicht auf dumme Gedanken kommen würde und ich doch vielleicht die Chance bekäme, Max zu verführen! Ha! Ich war mir dessen eigentlich schon mehr als sicher, leider hatte ich mich diesbezüglich etwas zu früh gefreut. Das war vielleicht ein harter Brocken.

Das Maximale, was ich während der Wegamission erreichte, waren zwei Umarmungen und zwei Küsschen auf meine Stirn. Aber wenigstens waren wir Freunde, sogar seine Frau Gabriella bot mir ihre Freundschaft an, obwohl sie doch genau mitbekommen hatte, dass ich hinter ihrem Max her war. Ich musste schon zugeben, dass sie ein großes Herz hat und auch einen besonderen Weitblick.

Wir hatten sogar eine Welt für den Dalai Lama entdeckt und später für die Kurden, für die Aborigines und anderen Indiovölkern und Kolonialwelten beziehungsweise Kolonialmonde für Japaner, Koreaner und Taiwanesen.

Die Oichoschen hatten auch den Weltraum erobert, natürlich mit Hilfe der Menschheit und sie betrieben Handel mit Terra und den Wegawelten. Dabei entwickelten sie bereits die ersten Generationsschiffe, wo sich ganze

Familiensippen darauf befanden und fast keinen Planetenboden mehr betreten sollten.

Ich verfolgte die weiteren Meldungen von den Chorck und mein Freund Max empfahl mir, mich zur Agentin ausbilden zu lassen, denn der Plan, dieses Plejadenvolk auszuspionieren, nahm immer mehr Form an, spätestens, als die Federal Space Security Agency gegründet wurde, eine Organisation, welche die Menschheit vor außerirdischen Gefahren schützen sollte.

Als die gesamte Weltenföderation per Sondernachrichten am 27. 12. 2094 von den Chorck erfuhr, war auch meine Stunde als Agentin gekommen.

So wurde beschlossen, dass ich als Agentin für Terra und die Weltenföderation ausgebildet werden und auch ein Spezialraumschiff bekommen sollte.

Die ersten Entwürfe standen schon fest, doch auch bei dieser Entwicklung wurde ich bereits gefragt und ich hatte viele Ideen, was Ausrüstungen und Beschaffenheiten des kleinen Raumgleiters ausmachen sollten. Ich hatte die Idee zum `Karpfenmaulwafer´, also dreh- und einziehbare Wafersysteme, die bei einem intersolaren Raumflug nicht mehr die Sicht behindern würden. Als Ersatz für den nun fehlenden Antrieb konnte auf normale Streifenwafer oder so genannte TaWaPas umgeschaltet werden. Sicher war auch die Sicht in so einem Raumgleiter etwas Relatives, denn bei den Ausdehnungen von ganzen Sonnensystemen konnte man bei weitem nicht alles überblicken, doch eben auch nach einer Idee, unter anderem von mir, konnten alle weiteren Informationen auf die Frontscheibe projiziert werden. Damit würde diese Frontscheibe auch zum Universalinstrument.

In einer Holosimulation konnte ich bereits durch die SHERLOCK marschieren, meinem Raumgleiter, bevor er fertig gestellt war. Die Namensvergabe oblag mir, diese Ehre wurde mir gestattet. Was lag näher, als einen Spionageraumgleiter nach Sherlock Holmes zu benennen?

Das war ja lustig! Die Idee zu diesem Namen kam mir, als ich einige Tage in London verbrachte um mich von der MI6 ausbilden zu lassen und wo ich Kniffe und Tricks der weltbesten Agenten verraten bekommen hatte. Es war nicht zu glauben, wie diese Leute zu arbeiten pflegten. Nicht so wie dieser James Bond, den alle Welt vom Namen her kannte, zumindest in seinen Filmen. Ich hatte den hundertsten Jubiläumsfilm vor kurzem gesehen! Nein, nein! Die meisten Tricks hatten sie sich einstudiert! Diese Leute konnten die eigenen Stimmen dermaßen verändern, dass auch keine Computer mit Stimmprintdaten sie mehr analysieren sollten. Alleine das Training, um die

Mimik zu verfälschen, konnte eine Erkennung per biometrische Daten verhindern. Ein unglaublich hartes Training!

Dann diese Masken! Unglaublich! Masken, die teilweise die Gesichtstruktur verformten und mit Nanomotoren Muskelzucken und andere Muskelarbeiten simulierten. Oft maskierten sich Agenten als Bettler oder Trödler oder sogar als Behinderte. Sicher, Masken in dieser Art würde ich wohl bei den Chorck oder in den Plejaden nicht brauchen, wenn ich überhaupt mit den Intelligenzen dort zusammentreffe. Ich selbst dachte mir aber, dass ich doch einmal einem dieser hässlichen Riesen gegenübertreten werde, denn ich wollte ein großspuriges Auftreten riskieren.

Ein gewisser Plan stand auch schon fest. Ich sollte mich als eine Gesandte eines anderen Imperiums ausgeben, welches aber aus den Magellanschen Wolken stammen sollte. Dort wollen wir, also die Weltenföderation, eine Raumstation einrichten, um auch den Eindruck zu erwecken, wir wären den Chorck um einige Längen des technischen Fortschritts voraus. Dazu sollte mein Raumgleiter auch noch mit einem Effektensimulator ausgestattet werden. Unter Anderem bekommt mein Gleiter eine erste Tachyonenintervallkanone zur Verteidigung und einen Miniatomreaktor, der gebündelte Radioaktivitätsstrahlen abzugeben imstande ist. Bernhard Schramm hatte dazu geraten, denn er nahm an, dass sich die Chorck auf einem Gentrip befinden, um ihre Körper immer perfekter zu gestalten und dabei bereits in ein Entwicklungsloch stürzten. Also, so meinte dieser Logiker, hätten ja die Chorck ein angezüchtetes Organ auf der Stirn, um Radioaktivität und andere Strahlungsarten registrieren zu können. Mit der simplen radioaktiven Strahlung sollte ich also im Notfall schon einmal einen Chorck das Fürchten lehren!

Mit der Tachyonenintervallkanone muss ich aber vorsichtig sein, denn wenn ich mit dieser an einem Objekt danebenschoss, dann sollte der Strahl solange durch das Universum irren, bis er auf feste Körper traf und dort konnte Unheilvolles geschehen.

Somit hatte ich auch die Idee geboren, dass sich der Strahl so einer Kanone automatisch fokussieren sollte, wie bei den alten Fotoapparaten, die noch keine Gaslinse hatten. Also wurde eine gewisse Fächerung eingestellt, die sich nach und nach in Distanzen fast verlieren muss.

Die Tachyonenintervallkanone erhielt zwei Funktionsarten. Einmal als Intervallhammer, der alles, was unter Beschuss kommt zerschlägt oder zumindest stark deformiert; dazu wurde der Schiffskörper meines Gleiters versteift und ein Heckwafer sollte mich vor einem gewaltigen Rückstoss bewahren, zum zweiten könnte ein gebündelter Strahl von Resonanzstrahlung emittiert werden, damit alle Atombindungskräfte in einem Feld von bis zu hundertfünfzig Metern vor dem Gleiter aufgehoben werden. Also eine aktive Desintegratorfunktion. Auch bekam ich bald Handwaffen dieser Art und mehrere Desintegratormesser.

Im Januar 2095 kam ich vom MI6 zurück und wurde von der CIA eingeladen. Dort hatte ich noch einen weiteren `Kurs´ zu belegen. Immer wieder erntete ich Staunen von diesen Spezialisten, als ich ihre Computercodes entschlüsselte und sogar deren Intranet für einen Tag lahm legte. Fast wäre mir ein Vollskandal gelungen!

Im Februar 2095 besuchte ich mit Herrn Dr. Dr. Sebastian Brochov die alten und neuen Hallen der Airbus-Industries von Hamburg, die ja voll in der neuen TWC integriert war, dabei traf ich auch öfters mit `meinem´ Max, wie ich diesen süßen Kerl so für mich nannte, zusammen. Sie bauten die SMALL MAGELLAN CLOUD, also die Raumstation, die für die kleine Magellansche Wolke, in einhundertzweiundsiebzigtausend Lichtjahren Entfernung Richtung Andromeda zum Einsatz kommen sollte und dort ein anderes Imperium zu simulieren hatte. Man vermutete, dass die Chorck an einem Volk aus dieser kleinen Wolke nicht oder zumindest weniger interessiert wären.

Immer wieder wurde ich zum MAD (Militärischer Abwehrdienst) gerufen, um neue Gerätschaften zu testen. Ich muss schon sagen, die Deutschen haben mit dieser Tachyonentechnologie weiterhin die Nase vorne! Kein Wunder, denn einer der Erfinder war ja ein Deutscher, oder besser gesagt, alle beide, denn auch Georg hatte einen deutschen Pass, er wurde ja schon in Deutschland geboren. Doch erwähnte Georg manchmal, dass er sich doch noch ein bisschen als Holländer fühlte. Das neu aufgebaute Amsterdam beeindruckte ihn. Zwar betonte er immer neu, dass sein persönliches Identifikationsgefühl einfach `terranisch´ wäre, aber die Spuren der Vergangenheit sollten nicht übersehen werden. Ich lachte ihn manchmal aus und sagte: „Eine Katze, die im Kuhstall geboren wurde ist auch noch lange keine Kuh! Du darfst dich also auch noch ein bisschen als Holländer fühlen – back to the roots – aber nicht zu weit zurück, sonst schwingst du wieder den Knüppel." Er sah mich böse an, dieser Georg, aber lange konnte er sein gespielt ernstes Gesicht nicht behalten und er musste lauthals loslachen.

Die Raumstation bestand aus einem Mittelsegment und vier Konnektorsegmenten und sollten von der DANTON in diese Wolke gebracht werden. Eines dieser Segmente wird noch einen weiteren Raumgleiter bereithalten, falls mir etwas zustoßen würde, sollten Max und

Georg den Auftrag bekommen, mich nach Möglichkeit irgendwie wieder raus zu schlagen.

Auch ein neues Schiff der Twinstar-Beta-Klasse kommt zum Einsatz. Fast baugleich wie die WEGALIFE bleibt diese Doppelgondel einmal an der SMALL MAGELLAN CLOUD angedockt.

Zuerst sollte die neue VICTORIA also die Zubringergondel für Max und seine Gabriella, sowie Georg und seine Silvana sein.

VICTORIA deshalb, weil das Schiff damals von Fernão de Magalhães als einziges seiner Flotte nach seiner Ermordung von Kapitän Juan Sebastián Elcano wieder in den Heimathafen von Sevilla gesteuert wurde. Die Heimkehr sollte das uns begleitende Omen sein. Weitere Einsätze für die VICTORIA würden nach Bedarf bestimmt. Doch sollte noch ein weiterer Spionageraumer in der Station in Reserve gehalten werden. Auch war der Name dafür doch schon vollkommen klar. Ich schlug WATSON vor, den Partner von Holmes und der Vorschlag wurde sofort angenommen!

Ein paar Wandersatelliten hatten wir mitzunehmen, um eine gewisse Verbindung halten zu können, wenn ich in die Plejaden vorstoße.

Ha! Eine defensive Waffe stammte aus meiner Entwicklungsarbeit. Ich hatte schon vor einiger Zeit mit einem Tachyonenstreuprojektor experimentiert. In Zusammenarbeit mit einem guten Rechner sollte es den Effekt erzeugen, als wären irgendwo ganze Geschwader an Raumfahrzeugen unterwegs. Damit hoffte ich die Chorck beeindrucken zu können, wenn ich denen einfach so erzähle, dass ich ein derartiges Geschwader unter meinem Befehl hätte.

Ich hatte auch vor, wenn es einmal soweit ist, dass ich einen Geschwaderanflug simuliere, den Geschwaderprojektor und die Rechnereinheit in einem Wandersatelliten hinter mir zurücklasse und alleine zu einer Kontaktaufnahme zu den Chorck vordringen würde.

Damit müssten diese Imperiumshalter doch schon befürchten, ich wäre nicht alleine in deren Reich vorgedrungen. Zuerst würde ich wirtschaftliche Verbindungen vorschlagen und abwarten, wie diese Herrschaften dann darauf reagieren.

Wieweit so ein Manöver funktionieren würde, konnte natürlich bislang auch von uns niemand sagen, denn keiner wußte, ob die Imperiumsgarde nicht auch solche technischen Möglichkeiten in deren Repertoire haben.

Man macht eben alles irgendwann einmal zum ersten Mal.

Eine Verbindung zur Erde wird natürlich auch über ein weiteres Satellitennetz eingerichtet. Dabei werden aber sieben solcher Satelliten nach einem Zufallsprinzip verteilt, um von der Raumstation aus zuerst in Richtung Andromeda zu senden, von dort zum ersten, zweiten und so weiter Satelliten, um die Erde und die Föderation auf keinem Falle zu verraten.

Dabei wird der letzte Satellit sogar noch weiter von der Erde weg sein, als der erste. Eine falsche Fährte legen, nannte man dieses Prinzip schon Ewigkeiten.

Mein einziger Wehrmutstropfen: Wahrscheinlich würden die beiden Frauen von Max und Georg zur Zeit dieser Mission in die Raumstation ziehen. Wie lange es dauern sollte und wie viele Informationen wir den Chorck wohl entreißen können, bis unser Tarnkappenspiel auffliegt, stand wieder einmal in den Sternen. Ein Ausdruck, der doch nun so häufig benutzt wird und irgendwie seinen Sinn verdoppelt hatte.

Mitte Februar war es dann soweit, meine SHERLOCK und auch die parallel gebaute WATSON standen für Testfahrten bereit.

Also traf ich wieder `meinen´ Max in Oberpfaffenhofen, als wir für die Tests gerufen wurden. Obwohl ich die SHERLOCK schon von den Simulatoren her auswendig kannte, beeindruckte mich die Gondel noch sehr, begleitet von dem Wissen, hier stand das Original! Auch Max stand etwas entgeistert vor der WATSON, betrachtete diese eingehend. Diese Schiffe hatten einen Grundriss von einer gefüllten aber gedehnten 8. Im vorderen und im hinteren Rund waren die Rundwafer für die `distanzlosen Schritte´ untergebracht. Sie sollten auf einer Vorrichtung ausfahren und sich dann vor und hinter dem Schiff aufstellen. Für die Pseudoschwerkraft war ein simpler Bodenwafer angebracht, der Gegendruck für diese wurde von einer sinnvollen Anordnung von Streifenwafern oder diesen TaWaPas unter anderem auf Auslegern erzeugt. Sechs Kugelwafer, drei vorne und drei hinten, standen für die Dreiachssteuerungen zur Verfügung. Ich hatte für heute einen leichten Thermooverall angezogen, denn das Wetter war furchtbar schlecht. Es nieselte und schneite abwechselnd.

„Hallo, schönes Kind der brasilianischen Sonne, bist du aufgeregt?" Dieser Max! Er begrüßte mich immer in einer Art, die mich provozierte. Aber ich bin ja eine Brasilianerin und kann auch provozieren! „Sicher bin ich aufgeregt, Max. Aber weniger wegen der SHERLOCK oder der WATSON, mehr weil ich dich sehe!" „Ach diese Brasilianerinnen! Euer Blut kocht auch noch, wenn man euch drei Tage in den Gefrierschrank stecken würde, oder?" „Wenn ich wüsste, dass du vor dem Gefrierschrank stehen würdest, dann sicherlich!" Max lachte und schüttelte seinen Kopf. Schon wandte er sich der WATSON zu und ich schritt aus, um mit ihm zeitgleich starten zu können. Diese Spezialschiffe waren nur mal achtundzwanzig Meter lang und gute sechs

Meter breit. Die mittlere Höhe betrug vier Meter und vierzig Zentimeter. Im Mittelteil öffnete sich je eine Luke und auch in den Luken waren die Antigravwafer untergebracht, welche uns nach oben hievten, nicht so hoch wie es bei den TWINSTAR-Modellen notwendig war.

Bald saß ich in meiner Orginal-SHERLOCK. Ein erhebendes Gefühl durchflutete mich, auch aus dem Bewusstsein heraus, da ich mir bewusst war, mit dieser Operation auch einen Weitenrekord zu brechen, sogar gleich zweimal.

Bislang waren die Menschen fast siebenundzwanzig Lichtjahre in den Kosmos vorgedrungen, also bis zum Wegasystem. Die logischen Schritte nach der Entdeckung der Oichoschen in etwas mehr als vier Lichtjahren Distanz offenbarten sich.

Nun galt es, eine ganze Raumstation in der kleinen Magellanschen Wolke zu verstecken, zwei, beziehungsweise drei Schiffe dorthin zu bringen und ich mit meiner SHERLOCK werde gewissermaßen in einem anderen Winkel zurückkehren und noch über vierhundert Lichtjahre weiter die Plejaden besuchen.

Doch erst einmal sollten ein paar Testfahrten unternommen werden.

Der Normalradiokom schaltete sich hoch und das Konterfei Maximilians erschien. Schnell noch schnallte ich mich im Pilotensitz an und aktivierte den Standartbetrieb des Bordrechners, wieder ein bewährter Sempex.

„Erst einmal einen Distanzfahrt in eine Höhe von 1200 Kilometern, dann wagen wir den ersten Justierungssprung zum Mond, alles klar Tamines?"

„Was? Nur bis zum Mond? Aber Max, wie kannst du mir das antun. Wollen wir nicht gleich einen Abstecher zum Wölkchen machen?"

„Tamines! Die Wafer müssen feinjustiert werden! Luna also." „Wenn du meinst. Luna! Aber dann surfen wir ein bisschen, ja?" „Zu weiteren Feinjustierungen selbstverständlich."

Die SHERLOCK und die WATSON konnten die Steigfahrten sowohl waagrecht als auch aufgestellt unternehmen. Damit erschloss sich die Möglichkeit für das bedingt aerodynamische Fahrzeug, eine Planetenatmosphäre schneller verlassen oder schneller einzufahren, als es mit den anderen Gondeln der Fall war. Die Höhe von diesen 1200 Kilometern würden wir schon in weniger als vierzig Minuten erreichen, wobei nach wie vor gilt: keine Überschallfahrt unterhalb von achtzig Kilometern, damit kein Knall provoziert wird. Diese Sicherheitsmaßnahmen waren auch im Grundprogramm des Sempex verankert worden.

Nur ein Notbefehl an den Bordrechner konnte diese Maßnahmen unterbinden.

Programmgemäß steuerte ich den Sempex zuerst verbal, ließ mit ein Koordinatennetz auf die Innenfrontscheibe legen, der Treffpunkt im All wurde als blinkender Punkt dargestellt. Ich wollte ebenso wie Max `meine SHERLOCK´ mit dem Joystick steuern. Zuerst stieg ich etwa fünfzig Meter auf, stellte die Gondel aber dann vertikal und beschleunigte zuerst sanft, aber in einer Höhe von ab einem Kilometer drückte ich meinen Hebel nach vorne, durchstieß schnell die Regenwolken und ließ mich weiter in den Himmel tragen. Der Sempex regelte automatisch nahe der Schallgrenze ab und die Beschleunigung konnte erst ab den achtzig Kilometern weiter zunehmen.

Nach etwas mehr als dreißig Minuten befand ich mich auch schon an den Treffpunktkoordinaten. „Flottes Mädchen! Wenn du so bei den Chorck erscheinst, übergeben sie dir schon vor Angst die Vollmacht von deren Imperium. Das dürfte der Maximalgeschwindigkeit entsprochen haben." Max musste scheinbar immer übertreiben.

„Ein paar Sekunden könnte ich sicher noch herausholen, aber noch sind wir nicht in einem Rennen, oder?" „Hmmh, gewissermaßen schon, was die Bedrohung durch die Chorck betrifft, aber sicherlich noch nicht akut. – So ich parke mal neben dir, dann justieren wir den ersten Schritt zusammen, aber mit einem leichten Drift voneinander weg, damit wir nicht irgendwo kollidieren." „Mir würde eine Kollision mir dir nichts ausmachen, aber dabei möchte ich nicht von einem Raumfahrzeug umgeben sein." „Wäre aber hier im All auch nicht besonders sinnvoll! Fahre doch lieber einmal deine Wafer für die Schrittvorbereitung aus!" Ich glaubte, ich musste etwas zurückstecken und tat, was Max geraten hatte.

Lustig anzusehen, wie diese Wafer vorne und hinten ausfuhren! Fast wie aus Schubladen von antiken CD-Playern für diese schillernden Scheiben, nur dass eben sich unsere Scheiben um 90 Grad aufstellten und die Gondel von vorne und hinten komplett beschatteten. Die Wafer waren leicht transparent, ich konnte den Mond noch durch die vordere Scheibe erkennen. Der technische Trend war abzusehen: irgendwann sollten sich diese Wafer auf jedes und auf jegliches Material aufbringen lassen, dabei galt es aber eine Richtungssynchronisation zu finden, damit bei Vollresonanz nicht der Träger auseinander gerissen würde. Aber mit der zunehmenden Transparenz waren die ersten Schritte dazu auch schon eingeleitet.

Max leitete weitere Maßnahmen ein: „Sempexvernetzung von WATSON zu SHERLOCK zwecks Schrittsynchronisation. Wir gehen mal dreihundertachtzigtausend Kilometer, dann sehen wir, wie weit die Daten der WEGALIFE nutzten, diese Rechner schon vorzusynchronisieren."

Ich bemerkte, wie sich meine SHERLOCK immer wieder leicht drehte, also automatisch zu den Zielkoordinaten ausgerichtet wurde. Weiter befahl Max den verbundenen Rechnern: „Schritt nach Programm einleiten", zu mir gewandt erklärte er noch „wir müssten etwa achthundert Kilometer über dem Mare Imbrium, über der Hotelkuppelanlage von Scheich Abdul Malish Shabrai wiedereintreten."

Das Einzige was mich nun störte, war einfach, dass ich nur so da saß und nichts zu tun hatte. Ich war in meinem eigenen Raumgleiter zur Passivität verurteilt, solange die Synchronisationen anzudauern hatten.

Nachdem auch dieser Schritt automatisch von den Rechnern gesteuert wurde, ich auch wusste, dass Max ebenfalls nicht allzu viel machen konnte, fügte ich mich so meinem Schicksal. Meine Tage werden ohnehin noch kommen, vielleicht würde mir dies alles noch einmal zuviel werden. Wer weiß?

Dieser kleine Schritt wurde initiiert. Ich konnte den Countdown mitverfolgen, der Sempex zählte mit einer Männerstimme, was meinen Gleiter betraf, bis Null und nach einem kurzen Blitz, einer kurzen Dunkeltransparenzphase und einem weiteren Aufblitzen befand ich mich über dem irdischen Mond.

„Hallo Max! Lass mich ja nicht hängen! Ich habe Angst, alleine so weit von Zuhause weg." Es dauerte etwas, bis der Sempexverbund wieder bestand, sich unsere beiden Schiffe also wieder fanden und auch die Normalradioantennen ausrichteten. Toll an dieser alten Übertragung war noch, wenn meine Sendung noch nicht empfangen wurde, sie wurde zwischengespeichert, bis die Stationen sich erneut verlinkt hatten. Damit bekam Max in jedem Fall meine Aussage zu hören, wenn auch zeitverzögert.

„Du warst schon weiter von zuhause weg als nun! Menschen, die sich der Raumfahrt verschrieben haben, haben kein Zuhause mehr, Fräulein Tamines! Hier ist unser Zuhause – und dort drüben und hinter uns und unter uns und über uns . . ." „Jaja, ich weiß schon. Und im Wegasystem und auf Oichos und bald in den Magellanschen Wolken und so weiter." „Ganz genau! So, lass uns doch mal die Schrittdaten vergleichen. Hoho! Du bist wieder einmal schneller als ich gewesen. Höhendaten zur relativen Mondoberfläche: du siebenhundertachtundachtzig Kilometer, ich achthundertvierzehn. Du hast aber fast eintausendvierhundert Längenkilometer mehr als ich, wobei du vom Sollwert ins Plus abweichst und ich etwas ins Minus. Sempex: Datenabgleich zur Synchronisation!" Die beiden Rechner bestätigten, eine Frauenstimme bei Max und eine Männerstimme bei mir!

„Von wem hast du dir die Männerstimme entliehen, wenn ich fragen darf, hochverehrtes Fräulein Tamines?" „Stimmprintdaten aus dem TWC-Hauptrechnerverbund. Ich habe aber die Wortfolgen synthetisiert, weil der eigentliche Stimmprint noch nicht ausgereicht hätte." „Jaja, aber nach welchem Orginal-Stimmprint hast du synthetisiert?" „Ach, da habe ich mal so einen Versuchsstimmprint in den Rechnern gefunden. Von einem süßen Kerl, der in Deggendorf geboren wurde und nun bei der TWC eine der Hauptpersonen darstellt. Auch gerne mal ins All fährt und so."

„Soso. Ich dachte mir es doch. Diese Stimme kommt mir doch irgendwie bekannt vor. Nun gut! Nächster Schritt wird vorbereitet. Wir gehen bis kurz vor den Mars und sagen mal unseren Freunden dort guten Tag."

„Ich bin bereit, doch komm doch erst einmal wieder näher heran, damit ich dich zumindest optisch auch sehen kann. Im Übrigen habe ich mein Teleskop auf die Hotelanlage im Mare Imbrium gerichtet. Dort entsteht ja schon wieder eine weitere Kuppel!"

„Tja, unser Freund Abdul hatte den richtigen Riecher, als er schon bald die Einkaufsmeile errichtete und auch das Gravitationssanatorium für Knochenkranke. Seine Hotelkuppeln sind regelrecht ausgebucht. Er bietet viel zu bezahlbaren Preisen."

„Warst du eigentlich nach deinem spektakulären Mondflug wieder einmal dort?"

„Sicher doch! Ich hatte bei der Erstellung von den ersten Kuppeln auch als Berater fungiert. Das schönste Ereignis war, als ich innerhalb einer Aktivglaskuppel mit geschalteten Lichtfiltern stand, wohltemperierte Luft umgab mich und ich wanderte barfuss über den Sand des Mondbodens. Aber dieser manchmal sehr feine Sand steckt ganz schön tief in den Hautporen, kann ich dir sagen. Gut dass Wasser immer wieder recycled wird, ansonsten hätte mein Fußbad ein Vermögen gekostet."

„Haha! Drum fährst du lieber auf andere Welten mit Lufthülle, um zu baden, damit du deine Wasserrechnung zuhause billig halten kannst, nicht wahr?"

„Nicht ganz, aber sei's drum. Siehst du mich nun?"

„Ja, ich kann dich sehen. Also gut. Nächster Schritt."

„Der Mars liegt nicht gerade günstig nah, also optimal für eine Schrittkalibrierung. Ich bekomme gerade eingeblendet, dass der Mars fast 1,4 astronomische Einheiten entfernt ist. Wir müssen quer durch das Sonnensystem. Pass also auf, dass du nicht versehentlich neben der Sonne rauskommst!" „Georg würde sich wohl bei dieser Gelegenheit eine Zigarre anzünden, oder?" „Das ist gut möglich, müsste er dann aber Sauerstoff in die Tabakröllchen schon einbauen. Also, teure Freundin! Los geht's!"

Und der Sempex zählte wieder den Countdown herab. Wieder dieser Effekt des Schrittes, zuerst dehnte sich alles um mich, stauchte sich von vorne und hinten, ging in eine seltsam transparente Dunkelphase und im gleichen Sinne wieder rückwärts, schon reflektierte ein roter Planet das Sonnenlicht.

Der Sempex gab die ersten Daten aus: Toleranzgrenze wurde einbehalten, aber dennoch, wieder war ich weiter geschritten als Max. Der Sempex vermaß die Daten erneut und bestätigte verbal: „Programmierte Schrittlänge plus zweitausendzweihundertsiebzig Kilometer. Reduziere künftige Prozesse der Kondensatorladungsdauer um zweiundneunzig Komma zwei Promille."

„He du brasilianischer Schmelzofen! Ich habe die Schrittlänge fast genau eingehalten! Ich habe eine Abweichung von unter einem Promille minus! Warte, ich schließe wieder auf!"

Ich wartete bis Max wieder auf Sichtweite war. Die Aktivscheiben unserer Raumgleiter regelten die Filter etwas weiter zurück, da nun die Sonne auch etwas weiter weg war.

„WATSON unter Kapitän Maximilian Rudolph ruft `Drachenflucht`! Wir haben eine Testfahrt zu absolvieren. James Thomas Shelter oder Minjiko Akido Yamashi, habt ihr auf ein Pläuschchen Zeit oder erntet ihr gerade Marshimbeeren für Marsmarmelade?" Es dauerte etwas, nachdem Max die beiden Missionsleiter der Basis am Marsäquator rief, da meldete sich Minjiko: „Ich glaube es wohl nicht ganz! Unser Freund, Retter und Weltraumsüchtiger Max ist in der Nähe! Entschuldige bitte die Übertragungsqualität, aber ich linke mich nur mit einem Mobilteil in die Station ein, denn wir sind in der AMAZONIEN II – Plantage! Seit die Brasilianer auf dem Mars sind, haben wir hier schon einen kleinen Urwald, zwar eher einen Bonsai-Urwald, aber unter einem neuen Atmosphärenzelt. Ich mache schon wieder Atemversuche und diese gelingen immer besser! Hast du Zeit, Max? Komm doch runter!" „Hallo Minjiko, schön dass ich dich sprechen kann. Nein wir haben keine Zeit. Wir machen Kalibrierungsfahrten mit den neuen Spezialraumgleitern. Ich kommandiere momentan die WATSON und im anderen Gleiter SHERLOCK sitzt das mittlerweile berühmte Fräulein Tamines Santos Reis."

„Hoho! Die Astrovermesserin der Wegamission? Das wäre ein doppelter Grund, doch zu landen. Wenigstens für uns hier wäre dies eine Attraktion. Moment mal! Da kommt Admilson, der Chef der Brasilianer. Er möchte ein paar Worte mit Tamines reden!"

Es dauerte etwas, dann meldete sich der Leiter des AMAZONIEN II – Projektes: „Welche Ehre hier auf dieser einsamen, noch relativ leblosen Welt! Sind Sie es wirklich, Fräulein Tamines?"

„Ich grüße Sie, Herr Admilson. Sie sehen ja an der Normalradioübertragung, dass ich zweifellos in der Nähe bin. Machen die genetisch gepuschten Urwaldpflanzen Fortschritte?" „Aber sicher doch! Anfangs wuchsen die Setzlinge enorm, dann stagnierte der Hochwuchs. Nach Einsatz von auch genetisch verändertem Biodünger sprießt unser

Experiment wieder regelrecht. Wir entlassen teilweise schon etwas Sauerstoff aus dem Atmosphärendach. Die Marsoberfläche rühmt sich nun bereits mit einem Sauerstoffgehalt von null Komma neun Prozent! Vor all den Experimenten lag der Sauerstoffanteil ja bei null Komma zwei!" „Ich weiß lieber Admilson. Gratuliere zu diesen kleinen Erfolgen. Es wird ja wohl irgendwann zu einer Art Kettenreaktion kommen oder?" „Wir rechnen mit autarkem Pflanzenwuchs bereits in drei bis fünf Jahren! Ein Experiment mit den Schwarzfoliendünstern schafft noch eine Beschleunigung. Diese Solarfolien entziehen dem Marsboden das Eis als Dampf und dieser wird in die Atmosphärenzelte geleitet. Hier kommt es schon zu kleinen Rinnsalen, welche die Botanik nährt." „Respekt mein Freund. Wie geht es euch ansonsten?" „Seit Max und Georg die Wafer erfunden haben, fehlt es uns an nichts mehr hier! Wir können nun auch öfters in den Hilbisclub gehen. Der ist ja nur ein paar Rovermeilen von hier entfernt." „Hilbisclub?"
Max half mir aus. „Tamines! Ein gewisser Herr Hilbis hat doch auch auf dem Mars ein Hotel errichtet. Ähnlich wie die Mondkuppeln. Er hofft, dass er die Kuppeln in etwa fünfzehn bis zwanzig Jahren abbrechen kann, und in der Senke sich ein See füllt, also genau vor dem Hotel. Doch auch das Marshotel ist nicht schlecht besucht. Schlauerweise hat dieser Mann auch einen Club im Hotel integriert, welcher von einer Extraschleuse zugänglich ist. Damit hat er sicher schon um die Marsbasisbesatzung spekuliert. Dieser Herrschaften verdienen ja nicht schlecht und können die Preise dort im Club gerade noch bezahlen."
Nun meldete sich James Thomas Shelter, der Chef der Amerikaner: „Hallo Max! Hallo noch unbekannte Tamines! Ich bin gerade im Club, habe mich von einem Hotelfon aus zugeschaltet. Der Club ist ein Segen, aber das letzte Monatsdrittel kann ich leider nicht mehr herkommen. Die Preise sind so hoch, dass am Ende des Geldes noch viel zuviel Monat übrig ist!"
„Hallo James! Aber du verträgst dich doch jetzt mit Minjiko, oder? Ich hoffe doch dass alles in Ordnung ist bei euch."
„Alles bestens Max. Wir sind wie Brüder geworden. Auch freut sich Minjiko über New Lhasa und dass die Tibeter eine eigene Heimat bekommen hatten! Im Übrigen haben wir die Nachrichten der Weltenföderation mitbekommen, war ja lange genug angekündigt. Gibt es etwas Neues von diesen Chorck? Die sehen ja aus wie fleischige Heuschrecken!"
„Neues in diesem Sinne gibt es nicht. Sie senden immer wieder das Gleiche und hoffen mit den Warnungen, dass sie nicht mehr suchen müssen, sondern andere Völker einfach sich so denen anschließen. Wir aber nicht! Gewissermaßen sind wir aber aus diesem Grund auf Testfahrt."

„Verstehe! War ja auch ein Teil der Nachrichten, dass nun Maßnahmen ergriffen werden um den potentiellen Gegner besser kennen zu lernen, nicht wahr?" „So ist es!"

Nun blendete ich mich noch dazu: „Hallo James! Ich habe schon viel von Ihnen gehört und gelesen. Ich bin im anderen Gleiter, den ich SHERLOCK nannte. Ich grüße Sie also und ihre Mannschaft. Sind alle im Club?"

„Hallo Fräulein Tamines! Sie sprechen aber ein gutes Englisch für eine Brasilianerin, meinen Glückwunsch. Aha! Ihr Schiff heißt also SHERLOCK? Nomen est omen, nicht wahr?"

„So ist es. Damit wissen zumindest die belesenen Terraner, für welchen Zweck diese beiden Schiffchen konstruiert wurden."

„Ja richtig! Meine Mannschaft ist fast vollständig hier im Club. Wir haben schichtfrei. Nachdem sich nun auch alle möglichen Volksgruppen hier auf dem Mars aufhalten, gibt es auch etwas mehr Freizeit. Im Übrigen hat die Deutschlandcrew einen neuen Chef hier – Max, das dürfte für dich interessant sein, denn du kennst ihn sicher!" „So? Wen denn?"

„Ein Ingenieur Ludwig Obermeier. Er sagte, dass er dich persönlich kennt!"

„Klar kenne ich den alten Motorradfahrer Lucky, wo ist er denn?"

„Moment!" Kurze Zeit später übernahm Lucky die Sprechzelle von James.

„Ich glaube es ja nicht. Max! Bist du es wirklich? Was treibt dich zum Mars?" „Hallo Lucky! Hast du deine alte Harley mitgenommen? Auf dem Mars musst du aber auch eine Sauerstoffflasche an den Luftfilter anschließen, damit dein altes stinkendes Benzin noch brennen kann! Was mich zum Mars treibt? Eine Testfahrt mit einem ökologisch sauberen Gefährt, Mann! Keine solche Benzinstinker wie du sie noch bevorzugst!"

„Mit einem Brenzinstinker würdest du dich wohl kaum in die Nähe des Mars kommen, mein Lieber. Außerdem habe ich meine Harley komplett abgefiltert und ich fahre mit Reinäthanol. Mit geht es nur um das Rummsen der Kolben. Ein bisschen Nostalgie muss sein, mein Freund."

„Ich gönne es dir. Aber dabei hast du deine Maschine nicht, oder?"

„Nein doch. Geht ja noch nicht! Und wenn ich innerhalb der Station fahren würde, dann hallt es ja bis zum *Olympus Mons* im *Tharsisgebiet*."

„Ah, dem riesigen Vulkan? Wenn der mal wieder aktiv würde, dann könntest du auch ruhig Harley fahren." „Das schon, aber er ist ruhig. Glücklicherweise!"

„Also dann, wir verabschieden uns wieder! Macht es gut und haltet den Mars sauber!" „Moment mal! Wer ist denn diese Dame im anderen Raumgleiter? Ich bekomme gerade noch ein paar Bilder rein – Kompliment, Kompliment!"

Da ließ ich es mir aber nicht mehr nehmen, mit diesem Ludwig zu sprechen. Natürlich in Deutsch! „Hallo Ludwig, ich habe schon von Ihnen gehört, sie

waren doch in Lhasa, in Tibet, oder? Wurden Sie dort abkommandiert?"
„Oha! Eine Brasilianerin, die Deutsch spricht? Das ist aber selten."
„Na. So selten ist das auch wieder nicht."
„Ich war schon einige Male in Brasilien, aber noch nie traf ich ein
Mädchen, welches so gut Deutsch sprach wie Sie! Also mein Kompliment,
sehr geehrte Tamines. Um auf ihre Frage einzugehen: Was sollte ich noch
in Lhasa? Die Tibeter sind ja fast alle im Wegasystem und Lhasa wurde voll
von den Chinesen eingenommen. Eine Geisterstadt momentan. Nur der
Tourismus hatte etwas zugenommen, um die Kultur der Tibeter
anzuschauen. Fast hätte man meinen können, die Chinesen freuen sich
darüber! Aber für mich gab es dort keine erfüllende Aufgabe mehr, darum
bat ich um eine Versetzung und so wurde mir diese Stelle hier auf dem
Mars angeboten. Ich mache unter Anderem auch Forschungsbohrungen. Ich
durchlöchere den Mars und habe interessante Ergebnisse erarbeitet. Der
Mars hatte tatsächlich einmal Leben! Primitives Leben zwar, aber
immerhin! Stellt euch vor, ich fand sogar geringe Mengen an Erdöl." Nun
unterbrach mich Max schnell. „Da ist ja super, Lucky! Dann kannst du dir
ja wieder Benzin raffinieren und deiner Harley zum Geschenk machen. Wie
in alten Zeiten!" „Das wäre aber dann ein teures Benzin, Max. Aber nein.
Ich mache hier meine Aufgabe, aber ich möchte vielleicht auch einmal in
eine Flotte versetzt werden. Auch mich drängt es weiter hinaus!"
„Komm bald, mein alter Freund. Die Weltenföderation baut zurzeit so viele
Schiffe, dass auch für einen fähigen Mann wie dich ein Kommando dabei
ist! Wir könnten dich sicher gut brauchen, wenn die nächste Mission zum
Erfolg wird. Aber da sollten wir uns dann noch einmal persönlich
unterhalten."
„Machen wir! Und, liebe Tamines? Keine Kurzlandung auf dem Mars?"
Lachend lehnte ich ab: „Vielleicht ein andermal, mein Freund. Aber ich will
auch die mir gestellten Aufgaben so gut wie möglich erledigen!"
„So was von schade . . . „
Wir verabschiedenden uns nochmal von allen diesen führenden Personen
und legten ihnen auf, auch die jeweiligen Mannschaften von uns zu grüßen.
Mittlerweile arbeitete Max am nächsten Schritt mit bekannter Länge, um
weitere Datenexaktheit zu bekommen.
Oichos sollte unser nächstes Ziel sein. Also 1,41 Parsec (Parallax Second)
was vier Komma sechs Lichtjahren entsprach und uns ins Sternbild des
Kentaur führt.
Wieder verlinkte Max die beiden Sempex-Rechner, um auch einen internen
Datenabgleich bezüglich des letzten Schrittes zu erhalten. Zwar juckte es
mich in den Fingern, diese Verbindung zu unterbrechen und auf eigene
Faust loszudonnern, aber ich durfte es mir natürlich auch mit

gewissermaßen meinem Vorgesetzten nicht verscherzen. Auch handelte es sich um notwendige Maßnahmen. Umso genauer die `distanzlosen Schritte´ programmiert werden und ablaufen, umso mehr hoffte ich auch bei den Chorck einmal Eindruck schinden zu können.

Auch programmierte Max eine Parallelenöffnung der Einzelfahrtstrecken unserer Gleiter von einem Bruchteil einer Bogensekunde, um auch bei dieser Entfernung eine ohnehin kaum mögliche Kollision zu vermeiden. Der Schritteffekt trat nun bereits merklicher auf. Dabei meinte ich zu erfahren, dass diese seltsame Dunkeltransparenzphase länger dauerte. Nach dem Wiedereintritt aus dem künstlichen Fadenuniversum leuchtete ein blaugrüner Planet angenehm von `oben´ in die Pilotenkanzel.

Oichos! Die Welt dieser dreigeschlechtlichen Intelligenzen, welche sich voll und ganz auf die Seite der Menschen gestellt hatten. Auf den Orterschirmen erkannten wir bereits eine hohe Anzahl an künstlichen Satelliten. Oichos wurde zunehmend industrialisiert und der Lebensstandart dieser lieben und äußerst fleißigen Oichoschen steigerte sich fast im Zusehen. Ähnlich der Wirtschaft von China anfangs diesen Jahrhunderts.

Ein Satellit drängte uns automatisch zur Identifizierung! „Sonderfahrt zu Testzwecken der beiden Raumgleiter SHERLOCK und WATSON unter den Kommandos von Maximilian Rudolph und Tamines Santos Reis. Gleiteridentifikationen werden ausgegeben – Sempex! Beide Gleiterdaten übermitteln!" Der Rechnerverbund übermittelte.

„Na Tamines, was sagst du nun? Wir haben annähernd bereits gleiche Werte. Du bist immer noch etwas zu weit geschritten, aber das sind nur noch Meter, nicht mal mehr ein Kilometer! Auf eine solche Distanz, toll was?" „Das hätte ich per Handsteuerung mittlerweile noch besser hinbekommen, mein lieber Max!"

„Ach, diese Brasilianerinnen! Das Übertreiben kann man ihnen einfach nicht austreiben und wenn man mit dem Logikhammer zuschlägt!" „Es sei denn, der Logikhammer wurde von einer Brasilianerin hergestellt!" „Auch das noch! Öffnet euch etwas dem Gokk, dann wäre auch dem Geist geholfen." „Ich will mehr dem Körper helfen!" „Auch dazu steht das Gokk ein. Aber lassen wir das jetzt. Ich möchte auch hier einmal guten Tag sagen." „Du sprichst von Logik? Schau mal das eingeblendete Koordinatennetz an, wo möchtest du denn guten Tag sagen? In Oiolamortak und in Abramortak ist es fast Mitternacht!"

Fast als hätte es so sein sollen, meldete sich die Kommunikationsanlage mit dem Symbol des terranischen Konsulats von Oiolamortak, das Symbol wechselte und das Konsulatszeichen von Jutta Jungschmidt blendete ein und schnell wieder aus. Jutta selbst war an der Gegenstelle! „Hallo Max! Welche Freude dich wieder zu sehen! Ich wünsche einen schönen Abend oder eine schöne Nacht!" Starrköpfig blickte Max über die kleine Holoübertragung zu mir und meinte zu Jutta: „Äh, guten Tag oder gute Nacht. Wir sehen hier die Sonne Blisch, darum auch guten Tag. Ich habe hier eine sehr trotzige Brasilianerin dabei. Sie steuert bereits ein eigenes Schiffchen, wir müssen nur mal die Waferkondensatoren abgleichen, um die Schrittlängen eichen zu können." „Oh! Fräulein Tamines Santos Reis! Es ist mir eine Ehre, Sie im Blisch-System und im Namen der Oichoschen herzlichst begrüßen zu können. Einen Moment noch, da ist ein Mann, der Sie bereits persönlich kennt – hier bitte." „Hallo gesegnete terranische Schönheit, erinnerst du dich an mich?" Jarvisch war in den Aufnahmebereich getreten.

„Aber sicher doch! Jarvisch, welche Ehre und Freude, auch Freude, da du dich an mich erinnerst!"

„Ach wäre ich doch ein Terra-Mann und noch ein paar Jährchen jünger, liebe Tamines, ich würde dir jeden Tag einen Strauß an roten Rosen schenken." Jetzt konnte ich aber einhaken!

„Wenn du ein Terra-Mann währst, dann würde ich dich, lieber Jarvisch dafür jeden Tag verwöhnen, aber ich bin schon froh, dass ich eine so erfrischende junge Freundschaft mit dir teilen kann. Höflichkeit scheint auch etwas zu sein, was den Terra-Männern langsam abhanden kommt." Ein Kommentar von Max drang durch: „Schmalztiegelköchin!" Und ich wusste sofort darauf zu sagen: „Na, ein bisschen etwas von Höflichkeit scheint doch übrig geblieben zu sein. Wenigstens wurde mir der Titel einer Meisterköchin zugesprochen." „Tschuldigung! So höflich war das aber auch wieder nicht gemeint!" Max wurde fast böse, also sollte ich ein anderes Thema wählen. „Jarvisch! Was macht der Fußball auf Oichos? Nach der kleinen Niederlage gegen Terra/Russland wird doch sicher fleißig trainiert oder?" „Keine Niederlage kann einem Oichoschen wirklich wehtun, wenn er dafür dich, schönes Kind sehen darf. Eine Niederlage wandelt sich so sofort in einen Sieg! Dein Anblick wäre Lohn für jahrelange Arbeit wert." „Nanana!" Wetterte Max bereits. Doch Jarvisch war immer noch nicht am Ende seiner Preisung angekommen. „Die Evolution hat mit dir als Geschöpf einen absoluten Höhepunkt erreicht. Man könnte meinen, die Zeit nach dir sollte sinnlose Zeit werden." Wieder Max: „Sag mal Jarvisch, hat dich die Raumkrankheit erwischt, als du letztes mal nach Terra fuhrst? Weißt du denn nicht, wenn du so einen Dauersalut an Komplimenten einer Brasilianerin offerierst, dass diese Damen dann für Terraner unhaltbar werden, weil sie regelrecht überschnappen? Wir Terra-Männer müssen das dann wieder ausbaden! Weniger ich, weil ich ja vergeben bin, aber ich fühle mit möglichen Partnern mit! Jarvisch, ich bitte dich!" Jarvisch blickte etwas traurig mit seinen großen Augen, dann lächelte er aber so dass man fast alle sechs Gebissleisten erkennen konnte. „Zum einen mag ich dieses Mädchen sehr, Max. Zum anderen finde ich sie auch wirklich süß, des Weiteren weiß ich, dass ich keine Chance bei ihr hätte, da ich aus Instinktgründen ja ein Ehetrio zu gründen hätte. Mir würde ein Neutro fehlen. Hierbei stoßen wir an Grenzen, denn wie ich weiß wollen Terra-Frauen niemanden sonst in einem Bunde. Und wenn Tamines wirklich so schwierig sein sollte, was ich nicht glaube, dann muss es ja nicht ich ausbaden!"

Damit zwinkerte er mit seinen Augen, wie er es sicher von den Terranern gelernt hatte. Ein unverschämtes Grinsen begleitete seine letzten Worte zudem! Ein gerissener Bursche, dieser Jarvisch. Aber mir kam er gelegen, wollte ich doch `meinen Max´ auch ein bisschen ärgern, weil er sich so gar nicht auf ein Abenteuer mit mir einlassen wollte. Doch nun übernahm wieder Max die Gesprächsführung. „Jarvisch! Wie geht es unserem Freund Uberisch? Ist er noch so vergesslich, wie damals als ich ihn kennen lernte?"

„Keine Spur, mein großer Freund Max! Uberisch besuchte bereits Transputerkurse und er schreibt schon eigene Programme. Unter seiner Leitung wurde ganz Schmorrartak vernetzt. So alt wie er ist, so gerissen ist er auch, wenn ich dies nach terranischer Art so erwähnen darf!" „Und Zerccosch, der Uhrenbauer?" „Ha! Der hat ein Uhrengeschäft. Er kauft die Laufwerke von Terra, programmiert sie für Oichoszeit um und macht ein riesiges Geschäft. Noch mit Armbanduhren versteht sich. Uhrenimplantate, wie ihr sie mit den IEP´s zusätzlich habt, konnten bei unseren Oichoschengehirnen erst versuchsweise eingesetzt werden. Das hat aber noch Zeit. Ein Schritt nach dem anderen. Doch ich muss schon sagen – ich bin wirklich dieser natürlichen Schönheit dieses Erdenwesens namens Tamines verfallen. Schau doch mal diese braunen Augen an! Diese Augen strahlen nur so vor Ehrlichkeit und heilendem Feuer. Diese Kombination mit einem tollen Körper und seiner natürlichen Behaarung, dieses Näschen und der volllippige Mund mit den blendenden Beißleisten, ich würde als . . ." „Jarvisch! Sei still oder ich sag´s deiner Frau und deinem Neutro, dass du einer Terranerin den Hof machst!"

„Spielverderber!" Warf ich dazwischen.

„Hebe dir deine Energie für die Chorck auf, vielleicht wirken deine brasilianisch-femininen Waffen auch dort!"

„Nochmal Spielverderber!"

„Willst du dieses schöne Mädchen an die bösen Buben ausliefern, Max? Das kannst du doch nicht machen! Das wäre ja . . ."

„. . . mehr als gerecht! Statt Hölle bekommt eine Brasilianerin noch mal die Chance, sich per Fegefeuer zu rehabilitieren. Ein bisschen Gerechtigkeit in der Galaxis!"

„Und nochmals: Superspielverderber! Du weißt ja gar nicht, welches Erdenglück dir entgeht, wenn du nicht eine Zweisamkeit mit einer Brasilianerin probiert hast!" „Ha! Denkst du? Ich war schon mal mit Brasilianerinnen zusammen!" „Hast du mir nie erzählt!" „Muss ja nicht sein! Es gibt gewisse Zeiten, an die will man sich einfach nicht erinnern!" „Dann warst du mit den Falschen zusammen! Oder glaubst du, dass wir Brasilianerinnen alle gleich sind?" „Zumindest mental fast baugleich! Ein Fastserienprodukt sozusagen!" „Das ist sehr schofel von dir!" „Gutes Deutsch! Kompliment!" „Wenigstens etwas, danke!" „Bitte! Jetzt aber Schluss mit dem Gesülze, wir haben noch etwas zu tun! Jarvisch, wir verabschieden uns und ich hoffe, wir sehen und hören uns bald wieder!" „Alles klar Max, mein großer Freund. Viel Glück bei der Mission! Meine Verehrung, Fräulein Tamines, auch hoffe ich deine Schönheit noch oft und lange bewundern zu dürfen. Lass dich nicht unterkriegen!" „Sicher nicht mein Freund Jarvisch. Mit dir würde ich fast auch ein Ehetrio akzeptieren!" „Uuiiiiiiihhh – der Himmel öffnet sich und wirft mit Goldstücken, auch schon der Klang dieser Stimme wirkt wie ein Fluss aus flüssigem Silber!" Böse meinte Max: „Ja! Giftiges Quecksilber!"
Nun beendete ich also die Verbindung. Kurz meldete sich noch Frau Jutta Jungschmidt, auch sie wünschte uns noch einen Missionserfolg.

„So", kommentierte Max die Angelegenheit, „Tamines! Noch ein Schritt zur Wega, dann müssten die größten Intoleranzen ausgemerzt sein. Wenn wir erst einmal zur kleinen Magellanschen Wolke aufbrechen, dann gilt es ohnehin gewissermaßen Neuland zu betreten und neu zu vermessen. Aber unsere Schiffe, besonders die SHERLOCK und die WATSON müssen gut übereinstimmen. Georg wird dann die VICTORIA in den nächsten Tagen eichen und die Mission sollte bald starten. Also, bist du bereit?"
„Du kennst mich doch. Für dich bin ich immer bereit!"
„Das mit dem Quecksilber kommt der Wahrheit bald am nächsten. Sag mal, lässt dein Akku nie nach?"
„Ich habe keinen Akku, ich habe ein Kraftwerk!" Max murmelte, aber ich hatte trotzdem verstanden, was er darauf sagte: „Sollte mal für ein paar Jahre zur Generalinspektion abgeschaltet werden." Auch hier ließ ich mich nicht unterkriegen! „Wartungsfrei und Highpower! So was solltest du einmal nacherfinden." Nun hatte mir `mein Max´ aber das letzte Wort gelassen. Er wusste sicher schon, dass ich immer wieder etwas auf Lager hätte. Ich betrachtete das Übertragungshologramm von ihm und bemerkte, dass er etwas indigniert dreinblickte. Fast tat er mir schon leid und ich war in Versuchung, dieses Hologramm zu streicheln, was natürlich nicht möglich war. Aber er war doch so süß! Warum lies sich diese Nuss nicht

knacken? Ich war mir doch meiner erotischen Ausstrahlung so bewusst, ich bemerkte oft, wenn er mich ansah, dass er mich regelrecht ausgezogen hatte und besonders seine Blicke an meinem Po haften blieben. Aber er war hart! Hart zu mir und hart zu sich selbst. Dabei wäre doch einmal keinmal, wie man so schön zu sagen pflegt. Sicher! Ob ich mit einmal . . ."

„Schrittsequenz einleiten. Wir gehen bis kurz vor New-Lhasa im Wegasystem. Minimale Parallelenöffnung berücksichtigen. Ausführung automatisch." Mit diesen Anordnungen an den Sempex hatte er meine erotischen Gedankengänge vollkommen unterbrochen. Eigentlich müsste ich ihm dafür dankbar sein, denn meine Sehnsucht nach ihm steigerte sich dabei. Die WATSON richtete sich neu aus und meine SHERLOCK ebenfalls. Minimal wurde die Richtung korrigiert und die Parallelenöffnung oder der Streufaktor konnte aber optisch nicht mehr erfasst werden. Das war absolut die Aufgabe des Sempex-Rechnerverbundes.

Ich hörte noch den Countdown und spürte das Nachlassen der Pseudoschwerkraft. Diese konnte bei jener speziellen Bauart unserer Gleiter etwas länger in Betrieb gehalten werden.

„ . . . vier, drei, zwei, eins, null . . ." Der Sempex zählte und nun hatten wir einen tollen Schritteffekt. Das Universum wich im Achtergürtel der Gondel auseinander, von vorne und von hinten entstand der Eindruck, als wenn mich zwei Leuchtscheiben zerquetschen möchten, diese bemerkenswerte Dunkeltransparenz zog mich für einen Sekundenbruchteil in den Bann, aber bis ich es richtig greifen hätte könne, kehrte sich der Effekt wieder um und – tatsächlich – wir standen kurz vor New-Lhasa! Die kleinen Rahmenmonitore, die rund um das Frontfenster angebracht waren, informierten mich schnell über die geschrittene und verbleibende Distanz zum Planeten. Eintausendvierhundertvierundzwanzig Kilometer bis zur Oberfläche. Max stand mit seiner WATSON fast zweitausend Kilometer neben mir, aber ich in gleicher Schrittlänge. Also hatten wir die Eichung erfolgreich durchgeführt. Minimale Abweichungen sollten dem Alltagsbetrieb aber nichts abtun. Das waren ja nur mal zweihundertvierundzwanzig Kilometer auf eine Distanz von sechsundzwanzig Lichtjahren! Und mit zunehmenden Fahrten werden die Fahrzeuge immer besser. Max näherte sich mit der WATSON, auch meine SHERLOCK kam ihm entgegen, wie ich nun mitbekommen hatte, denn die Gondeln standen wieder im Rechnerverbund. Auch das Hologramm erschien wieder an meiner Seite. Max machte einen äußerst zufriedenen Eindruck. Schon aktivierte er das Normalradiofunkgerät und linkte sich auf den WEGAKOM-2-Satelliten ein. Das Logo erschien und mein Partner rief Morin Xinyat, den sechzehnten Dalai Lama, den ehemals einsamsten Mann des Wegasystems, als er schon alleine hier wegen seiner zur Realität gewandelten Vision ausharrte. Diese Geschichte erachtete ich als bemerkenswert. Der Dalai Lama wurde als Feinfühler bezeichnet, denn er konnte unter anderem auch in seinen Meditationen Lebensströmungen aufspüren. Sofort schaltete sich die Kennung von New-Lhasa zu. Der Wasserglastempel, den die Inder als Geschenk hierher brachten, zierte diese Kennung und nur eine oder zwei Sekunden später wurde das strahlende Gesicht eines überglücklichen Mannes erkennbar.

„Mein Bruder, meine Schwester, meine Freunde! Ich bin gerührt und glücklich, euch in der Nähe zu wissen. Herzlich willkommen im Wegasystem!" Max antwortete schnell, möglicherweise auch, damit ich ihm nicht zuvor kommen sollte. „Mein großer weiser Bruder mit den greifbaren Visionen. Ich freue mich, dich gesund und munter wieder zu sehen. Was macht New-Lhasa-City, wie laufen die Geschäfte?" „Oh, Max, mein Bruder. New-Lhasa-City ist ein schönes Städtchen geworden. Wir haben auch schon ein Restaurant und eine reservierte Bank darin für euch, wie ich es zugesagt hatte. Die provisorischen Zeltanlagen werden nunmehr nur noch für Neusiedler verwendet. Wir produzieren schon kleine Fertighäuser, sogar im alttibetischen Stil! Auch die Wasserversorgung wurde weitgehend verrohrt. Unsere Fischkonserven werden uns regelrecht von den Mondkolonien um Goliath, also der Planet W11 aus den Händen gerissen. Auch die ersten zwei Wegakonverenzen waren ein riesiger Erfolg! Ich wurde fast einstimmig zum Wega-Administrator gewählt. Wahal der Kurdenführer von W8 hat mir auch Tapirbauchspeckkonserven überlassen und ich muss sagen, auch Mada, die Kurdenwelt hat viel zu bieten." „Hast du auch Kontakt zu den Aborigines auf W7, also Arnhem?" „Habe ich, aber nur mehr über Wegakom. Die Naturvölker sind nicht so arg an Technik interessiert, ich ja eigentlich auch nicht, doch die neuen Tibeter oder besser die New-Lhasaner wollen nicht den gleichen Fehler begehen wie auf der Erde! Lange abwarten, bis uns wieder jemand die Heimat wegnimmt. Das sollte niemals mehr geschehen!" „Verständlich."

Dann wandte sich Morin Xinyat an mich: „Und meine Schwester aus dem heißen Land Terras? Ich spüre so viel Energie in dir, dass ich fast Angst bekomme. Was brennt in dir?"

„Die Flamme einer natürlichen Sehnsucht, die derjenige nicht löschen will, für den sie brennt und die nächste Mission, die uns unmittelbar bevorsteht." Morin schien erraten zu haben, was ich damit meinte oder er wusste sogar von meiner Schwärmerei für Max.

„Hüte das Feuer so gut du ein Feuer hüten kannst! Auch das innere Feuer sollte nicht außer Kontrolle geraten, denn wie du weißt, kann Feuer mehr zerstören, als es nutzen könnte. Feuer und Wasser sind diese zwei Elemente, die der Mensch wohl zu dosieren hat! Zuwenig schwächt und zuviel zerstört! Aber nun etwas anderes! Werdet ihr landen? Ich würde euch zu gerne auf guten Fisch hier einladen!" Da übernahm Max wieder das Wort. Er war sichtlich froh über die mahnenden Worte seiner Heiligkeit. „Mein Bruder, ich danke dir für deine immer angepassten und schönen Worte, die auch der jeweiligen Situation fein entsprechen. Aber leider muss ich deine Einladung ablehnen. Wir absolvieren offizielle Testfahrten im Auftrag der Weltenföderation und eine Landung war nicht vorgesehen. Sicher würde niemand reklamieren, doch leisten wir uns ja immer wieder einen `Ausrutscher´ und dies sollte eben nicht zur Regel werden. Aber wenn unsere Mission vorbei ist, dann werden wir uns sicher wieder persönlich treffen. Dann komme ich dich besuchen. Versprochen!"

„Ich komme dann auch!" Musste ich einfach hinzufügen. Morin Xinyat neigte seinen Kopf leicht und meinte:

„Ich spürte es und ich spüre es immer noch. Eure Mission wird schwierig aber erfolgreich. Nur das Ergebnis wird fraglich bleiben, denn eine erfolgreiche Mission leitet sofort weitere ein. Das ist das Rad des Lebens! Doch spüre ich auch, dass eure Mission für die gesamte Weltenföderation wichtig sein wird! Ich habe die Nachrichten verfolgt!" Damit sprach er die Nachrichten vom 27. Dezember 2094 an, der Tag, an dem alle Völker der Weltenföderation der Neun von der Existenz des Plejadenvolkes und dessen Imperium erfuhren.

„Bitte sag deinem Volk die besten Grüße, auch den anderen Weganern. Wir müssen unsere Testfahrt zu Ende bringen!" Morin verneigte sich mit gefalteten Händen vor der Aufnahmeeinheit, dann wünschte er uns: „Beste Erfolge, meine Geschwister! Ich werde euch in meine Meditationen einbeziehen und versuche euch auf diesem Weg etwas zu begleiten."

„Danke vielmals, schon dieses Wissen wird uns stärken!" Auch ich verabschiedete mich: „Zieh bitte den Max etwas mehr in die Meditation ein, denn das ist so eine harte Nuss, dass ich . . . „ Ich stockte! Max sah mich nun dermaßen böse über die Holoübertragung an, dass ich mich tatsächlich nicht mehr traute, weiterzusprechen. Morin beeilte sich aber noch vor der Abschaltung etwas zu sagen: „Meine Schwester! Du bist ein Teil von uns und das *Wir* ist die Summe der Individuen! Damit bist du immer in bester Begleitung! Auch Freundschaft ist eine Art Liebe und in dieser Form wirst du mehr geliebt als viele andere Menschen. Suche nicht *mehr* an Stellen, wo nicht *mehr* ist! Und wenn, dann stelle die Zeit nicht in Frage. Ungeduld ist eine Untugend!" „Ich verstehe, mein Bruder und Freund. Aber zuviel Geduld beschneidet das Leben. Trotzdem danke für den Rat." Morin verneigte sich nochmal, er sah mich besorgt an, doch dann kam ihm ein kleines, aufmunterndes Lächeln aus, genau in dem Moment, als sein Bild mit der Kennung des WEGAKOM wechselte.

Bevor Max den Schritt nach Hause einleitete, meinte er mit einem väterlichen Ton: „Wir sollten öfters hier in der Wega vorbeischauen, besonders bei W12, also New-Lhasa. Der einzige Ort im Universum, an dem Brasilianerinnen erziehungstechnisch noch etwas dazulernen können, nicht wahr, meine teure Freundin?" „Chauvinist!" „Aber, aber! Ich meine es doch nur gut mit dir. Du weißt doch, dass ich dich mag. Wir sind doch Freunde, oder?"

„Wenn wir es nicht wären, würde ich dir mit den Krallen über das Gesicht fahren und erst bei den Zehen aufhören!"

„Das könnte aber vor allem im Mittelbereich sehr wehtun!"

„Da würde ich mir auch noch extra Zeit nehmen!"

„Aber da ist doch das Gesicht schon lange zu Ende!"

„Für mich nicht!" „Weh dem, der dich einmal heiratet!" „Wer mich einmal heiratet, bräuchte nicht mehr ins All hinaus, dieser wird den Himmel anders bekommen!" „Lieber unter der Knechtschaft der Chorck enden!"

„Was? Werde nicht unverschämt, mein Freund, denn wenn ich meinen Himmel ausstatte und gleichzeitig ins All fahre, dann gibt es eben Doppelglück!" „Zuviel Glück könnte aber auch einmal zuviel sein!" „Nicht mit mir! Glück mit mir wirkt wie eine Dauerdroge!"

„Wahrscheinlich immer etwas trallala." Dabei drehte doch dieser unverschämte Kerl seinen rechten Zeigefinger an der Schläfe! Doch konnte ich ihm einfach nicht böse sein, denn er lächelte ja so süß.

„Jetzt aber, du überhitzter Atomreaktor! Wir müssen weitermachen, sonst entdecken uns die Chorck noch deswegen, weil du immer so trödelst!" „Was? Ich trödle? Wenn du doch einmal einfach die Klappe halten würdest, wenn ich etwas sage, dann wäre die Raumstation schon lange in der kleinen Wolke!"

„Das hättest du doch gerne, was? Du Novellendarstellerin! Hebe dir deine Intrigenstrategien für das Chorck-Imperium auf!"

„Sag mal, hast du diese Testfahrten mit mir nur unternommen, um mich zu beleidigen?"

„Ich beleidige niemanden! Ich rede nur geradeheraus, wie es nun mal ist."

„Du solltest Regierungssprecher für die Chinesen werden: Viel schön reden und viel unter den teuren Teppich kehren."

„Empfehle mich doch mal, wenn du solche Beziehungen zustande bekommst." „Dafür fehlen dir aber noch chinesische Augen, Würden dir sogar gut stehen."

„Uff!" Machte Max und ich lachte innerlich. Habe ich ihn doch mal wieder etwas geschafft. Ich war mir schon bewusst, dass mich dieses kleine Teufelchen dabei reitet, welches in fast jeder Brasilianerin steckt. Doch wenn ich ihn ein wenig ärgern kann, ist mir schon geholfen. Würde er sich anderweitig mit mir einlassen, könnte ich auch einem Waffenstillstand zustimmen. So aber natürlich nicht! Das war ich dem Brasilianerinnenstolz schuldig!

„Sempex! Schrittsequenz zurück nach Terra. Datenabgleich und Feinjustierung nach den Daten des letzten Wiedereintritts. Parallelenöffnung beibehalten. Ausführung automatisch bitte, da mich das Fräulein Tamines so lange genervt hatte, dass ich meinen Aktionsknopf vor lauter Zittern nicht mehr treffen würde!"

Nun antwortet der Sempex-Rechnerverbund: „Teils unverständliche Daten. Soll der Tätigkeitshinweis über Tamines Santos Reis in der Befehlsfolge in das automatische Bordlogbuch aufgenommen werden?" Max erschrak förmlich! „Nein! Bis inklusive `Ausführung automatisch´ die Befehlsfolge ausführen, Rest ignorieren!" „Verstanden. Achtung! Die Pseudogravitation wird heruntergefahren. Bestätige die Nutzung der Gurte."

Unsere Gondeln wurden wieder ausgerichtet, dabei drehten sie sich aber nur knapp an New-Lhasa vorbei. Wir kamen ja von Oichos und fuhren wieder nach Terra. Jetzt würde es sich zeigen, ob die Kalibrierung gut gelungen war. Wieder der Schritteffekt und wir befanden und fast genau 1200 Kilometer über der Erde.

Hier ließen wir also unsere Wafer wieder `einfahren´. Vorne und hinten öffneten sich diese `Schubläden´, wie ich diese Einzüge einfach nannte, die Wafer kippten um neunzig Grad und wurden so als flache Scheiben eingezogen.

„Du Max!" „Was ist denn, meine liebe Nervensäge?" „Oh Danke, aber ich möchte nur wissen, warum dieser Schritteffekt so eine dunkle Transparenzphase hat. Warum wird es nicht ultrahell oder ultradunkel?" „Hmmh. Ganz genau hat noch niemand diese Effekte erforschen können, aber wir verlassen ja kurzzeitig unser angestammtes Universum, in dem wir in ein künstliches flüchten. Damit schlägt eine Raumfalte zu und wir werden in Relation zum Normaluniversum ja fast unendlich dünn und fast so lang wie die Schrittdistanz. Aber dies wiederum innerhalb des erzeugten Universums, welches für uns selbst ja alle normalen Dimensionen beibehält, auch die vierte Dimension, also die Zeit. Minimale Verschiebungen gibt es, weil ja die Tachyonen auch nicht ganz unendlich schnell sind, sowie es auch keine absolut ruhende Masse geben kann. Irgendwann werden wir bei der Ausdehnung aber auch zu dünn für die Lichtstrahlen, also die Photonen. Dies könnte die Dunkeltransparenz auslösen. Ein paar dieser Photonen werden aber auch noch in unserem Tachyonenabsorbionsfeld mittransportiert und `verbogen´. Für uns wurde ja das Normaluniversum fast zu einer Scheibe. Möglicherweise würde es zu einer vollkommenen

Scheibe, wenn wir theoretisch unser Universum komplett durchqueren würden, aber dazu müssten wir einen Anfang wissen und den gibt es nicht!"

„Hat nicht alles einen Anfang und ein Ende?"

„Sicher doch. Aber unser Universum hat da einfach noch eine Dimension mehr, diese an allen Punkten sich einnehmende Raumkrümmung. Stell dir vor es gibt eine zweidimensionale Ameise."

„Also eine Ameise, die nur vor und zurück, links und rechts kennt."

„Richtig. Und nun stellst du diese Ameise auf einen dreidimensionalen Ball und befiehlst der Ameise, sie soll ihren Ereignishorizont aufsuchen und den Anfang oder das Ende ihrer Welt finden, was passiert dann?"

„Die Ameise würde immer um den Ball laufen, weil ihr die dritte Dimension unbekannt ist."

„Ganz genau so verhält es sich für uns in unserem so genannten dreidimensionalen Universum, weil die Raumkrümmung eben eine weitere Dimension darstellt, die wir dreidimensionalen Wesen genauso wenig verstehen können als eine zweidimensionale Ameise einen runden Ball. Wenigstens haben wir schon ein paar mathematische Grundlagen für diese vierte oder fünfte Dimension."

„Wieso fünfte Dimension?" „Das ist etwas irreführend. Einstein hatte die Zeit als vierte Dimension erklärt und die Wissenschaftler haben es dabei belassen. Besser wäre es gewesen, Einstein hätte die Raumkrümmung als vierte und die Zeit als fünfte Dimension definiert! Dann gäbe es diesbezüglich weniger Missverständnisse!"

„Du bewunderst Einstein sehr, nicht wahr?"

„Ein Wissenschaftler kann nicht umhin, ein solches Gehirn zu bewundern. Einstein hatte zwar festgestellt, dass auf normalem Wege und innerhalb unseres Universums die Lichtgeschwindigkeit nicht überschritten werden kann, dennoch hatte er den Tunneleffekt schon vorausgesagt, der schon vor über hundert Jahren experimentell nachgewiesen werden konnte. Nur wurden damals eben auch die Tachyonen unbewusst `getunnelt´, wenn du verstehst, was ich meine. Also wurde ein Tunnel mit einer Art Trichter erzeugt, durch den Moleküle geschossen dann überlichtschnell wurden. Mit unserer Technik werden die Tachyonen, also der energetische Universumsinnendruck vor uns neutralisiert und von hinten werden wir Atom für Atom angeschoben. Damit entsteht der Tunnel von selbst aufgrund einer Raumfalte, also eine überzogene Raumkrümmung, die sich bei `Vollschub´ oder Vollresonanz der Wafer fast absolut schließt. Diese Raumfalte wird so lang, wie unsere Reisedistanz sein sollte. Vielleicht könnte man auch Riss dazu sagen. Das war der Schlüssel zur universellen Raumfahrt! Nicht einen Tunnel erzeugen, der die Tachyonen richtet, sondern die Tachyonen richten, damit diese einen Tunnel erzeugen! Genau

50

das war der springende Punkt! Im Übrigen hatte schon Einstein die Möglichkeiten für überlichtschnelles Reisen offen gelassen. Auch damit hatte er Recht, denn nicht einmal wir bewegen uns in unserem Kunstuniversum. Wir verharren eigentlich darin, nur dieses Universum dehnt sich lediglich aus und zieht sich dann wie eine Raupe wieder zusammen – aber an der anderen Seite. Ein Geheimnis, welches uns das Universum selbst schenkte! Und Einstein gab den Wink dazu. Dieser musste nur verstanden werden."

„Du und Georg habt also den Wink verstanden?"
Unsere beiden Gleiter waren bereits in Sinkfahrt übergegangen, schon konnten wir Europa nicht mehr ganz überblicken.

„Wir haben diesen Wink anfangs noch nicht ganz verstanden. Aber ich muss auch gestehen, das uns meine Frau gedanklich damals hervorragend auf die Sprünge geholfen hatte."

Nun sprach er wieder von seiner Frau! Sicher. Ich hatte darüber gelesen, dass dieses Weib ihn in allen Belangen beflügelte. Gabriella war zweifelsohne eine gute Frau. Sie wusste von meiner Zuneigung zu ihrem Gatten und nennt mich trotzdem eine Freundin. Irgendwie wusste ich nun nichts mehr zu sagen, war ich doch in meiner Ehre oder in meinem Ehrgeiz etwas gekränkt. Doch die Ausführungen meines Freundes, wie ich ihn ja nennen darf, machten mich auch nachdenklich.

Das Universum gibt seine Geheimnisse löffelweise ab. Damit auch die Notwendigkeit zur Entwicklung von Intelligenzen, also doch kein Theater ohne Zuschauer.

Ohne Entwicklung von Intelligenzen wäre ein Universum nicht sinnvoll und kein Kreislauf möglich. Hier schließt sich dann eigentlich die Logikerlehre an. Das Kollektiv und die Absurdheit, was Menschen damals taten, sich in Kriegen gegenseitig zu töten. Damit sich selbst und das Kollektiv zu dezimieren, was wiederum unser gemeinsamer Träger ist!

Tötet ein Mensch den anderen, tötet er auch einen Teil von sich selbst!
Wer diese Tragweite einmal richtig erkannt hat, erschrickt vor der Menschheitsgeschichte!

Mittlerweile konnten wir München schon erkennen. Wir sanken aber sehr langsam ab. Keine Eile mehr. Unsere Spezialraumgondeln hatten sich bewährt und konnten in den Einsatz gehen.

Ich verspürte Hunger und Durst. Zwar hatte ich zwischendurch ein paar Happen aus der Bordverpflegung zu mir genommen, aber nun hatte ich auch

Appetit auf etwas `Handfestes´, wie diese Bayern immer wieder zu einer guten, umfangreichen Brotzeit sagten. Ich würde so was ja ein `Tira Gosto´ nennen, aber nun hatte ich auch schon so viel Kontakte hier, dass ich auch schon imstande war, Deutsch zu denken.

Langsam setzten unsere Gondeln oder Spezialraumgleiter auf dem glassitähnlichen, molekularverdichteten Boden des immer wachsenden Raumhafens von Oberpfaffenhofen auf. Schon wartete diese Gabriella auf ihren Max! Ich bekam keine Lücke mehr zu fassen. Als mich das Abwärtsfeld des Antigravgenerators in der Luke entließ, winkte auch Gabriella mir zu. Teils mit gespielt fröhlicher Miene kam ich ihr entgegen und begrüßte sie ebenfalls nach brasilianischer Manier. Doch sie wusste zu überraschen. „Hallo Tamines! Ich freue mich wirklich, dich zu sehen. Wie waren die Testfahrten?" „Danke Gabriella. Ach die Testfahrten? Eigentlich wie erwartet. Kalibrierungen waren notwendig und nun liegt die Fehlertoleranz in einem vernachlässigbaren Bereich."
„Wir gehen zum `Stammtisch´ in der Pressehalle. Dort wartet ein guter Freund von dir." „Ein Freund von mir? Wer denn?" „Wirst du gleich sehen. Komm!"
Und wir wanderten langsam zu dieser Pressehalle, welche natürlich momentan nicht in diesem Sinne genutzt wurde.
Einsam und verlassen saß ein älterer Herr mit dem Rücken zu uns auf der Bank und blickte um, als er uns kommen hörte. „Hallo Tamines, mein schwieriges Kind! Hallo zusammen!" So begrüßte er uns und ich erkannte ihn natürlich! Dr. Siegfried Zitzelsberger!
„Hallo Herr Doktor Ziterzbeger, ah Zitzersbeiger – Moment mal, ich krieg´s schon hin – Herr Doktor Zitz-els-ber-ger, na sagte ich doch."
„Du sprichst so gut Deutsch, aber meinen Namen bringst du noch nicht auf Anhieb heraus!" „Ist ja auch ein Zungenbrecher, Herr Zitzer- ah – Herr Siegfriedi! So ist´s einfacher."
„Es wird ja auch Zeit, dass wir uns duzen, liebe Tamines. Wenn schon gut Deutsch, dann auch auf gut Deutsch!" „Oh, ich danke für diese Ehre, was macht mir das Vergnügen, dass ich auf diese Verbalordnung verzichten darf?" „Nun, wir sitzen gewissermaßen alle in einem Boot und arbeiten für die gleichen Ziele. Außerdem bist du mir nun gleichgestellt worden. Ich bin nicht mehr dein Vorgesetzter! Das ist auch eine bessere Basis für die künftigen Projekte, Freundin Tamines!" „Oh Freund Siegfriedi, das ist aber schön. Damit kannst du mir auch keine Rüge mehr erteilen, nicht wahr?" „Im Falle von erziehungstechnischen Maßnahmen nehme ich mir aber das Recht des Älteren heraus und versohle dir deinen Hintern!" Siegfried lachte aber so nett, dass ich ihm dafür nicht böse sein konnte. Aber eins musste ich

noch drauf setzen: „Mein Hintern wurde bereits des Öfteren bewundert! Ich erlaube daher eine Misshandlung dieses edlen Stückes in keinem Fall, ist es doch auch ein Teil meiner Persönlichkeitsdarstellung. Stell dir vor, ich bekäme Striemen dort! Dann die Pressemeldung live via Patricks TV: Gesetzter Doktor und Vorstandsvorsitzender der TWC-Brasil misshandelt die Kehrseite der Agentin für Terra, ich weiß nicht, lieber Siegfried, ob du dann nicht den Chefstuhl mit dem Kehrbesen tauschen müsstest!"

Siegfried sah mich halb starr vor Schreck an, doch wieder zuckte es in seinen Mundwinkeln. „Mann! Überhaupt nicht auf den Mund gefallen diese Tamines. Eins zu Null für dich!"

„Zehn zu Null für mich!" „Wieso denn zehn zu Null?"

„Die vergangenen Diskussionen gingen auch zu meinen Gunsten aus. Außerdem habe ich gerne immer etwas Vorsprung, damit ich mich auch nicht immer auf euer Gefasel konzentrieren muss und so könnte ich auch gelegentlich etwas übergehen!"

Siegfried resignierte. „Also Gut. Zehn zu Null!" „Nun aber Elf zu Null!"

„Wieso nun elf zu Null!" „Ha! Diese Runde ging auch auf mich!"

„Ach weißt du was Tamines! Machen wir doch gleich Zwölf zu Null und wechseln das Thema. Ich geb´s auf, mit dir so was zu diskutieren."

„Ein äußerst weiser Entschluss. Ich erkenne, dass du deinen Doktortitel doch nicht umsonst bekommen hast. Also einverstanden. Danke."

Siegfried Zitzelsberger schüttelte nur noch seinen Kopf und murmelte leise vor sich hin, was ich gerade noch verstanden hatte: „Derjenige, der diese Person einmal heiratet, sollte Raubtierdompteur gelernt haben."

„Danke, das nehme ich als Kompliment!" „Hören tut sie auch noch wie ein Luchs!" „Unter anderem eine Eigenschaft, die mir zu meinem neuen Beruf verhalf!" Siegfried gab noch ein kurzes „Hmmpf" von sich, das war es dann aber. Max grinste so breit, ihm gefiel diese Unterhaltung, wahrscheinlich aus dem Grund, weil er nicht den Gesprächspartner darzustellen hatte. Gabriella setzte sich mittlerweile auf die andere Seite der Bank und hatte mit auf der Hand aufgestütztem Kopf zugehört. Dabei ließ auch sie ein Schmunzeln erkennen.

Der nächste, der sich zu dieser noch kleinen Runde gesellte war dieser Logiker Bernhard Schramm. Bernhard sah Siegfried ein paar Sekunden an und meinte: „Nach all dem, was ich aus den Mienen von Basisunlogischen heraus lesen kann, komme ich zur Deutung von etwas Verwirrtheit, Herr Zitzelsberger." Dabei sah dieser Logiker aber dermaßen ernst aus der Wäsche, dass es wieder lustig wirkte. Auch Zitzelsberger stützte seinen Kopf mittlerweile auf beide Hände, drehte ihn dabei nur leicht in die Richtung des Genkorrigierten der ersten Generation und sprach traurig: „Eine Verschwörung? Habt ihr ein Komplott gegen mich organisiert?"

Dazu meinte Schramm aber: „Bislang haben Ihre Tätigkeiten keinen Anlass gegeben, eine Verschwörung zu inszenieren. Wieso sollte dann dies der Fall sein?"

Ich wollte erklären: „Na Bernhard. Es begann alles eigentlich wegen meines Hinterteils!" „Bitte? Wieso sorgt ein Hinterteil für diese Verwirrtheit eines Titelträgers? Ich erkenne keine logische Grundlage dafür. Ach ihr Basisunlogischen! Jedes Mal, wenn ich mit euch in ein Grundsatzgespräch kommen möchte, dann könnte man zu dem Schluss gelangen, ihr möchtet meinen Intellekt beleidigen."

„Aber nein, Bernhard", ich versuchte nun, die Situation zu bereinigen, „das vorangegangene Gespräch hatte schon alle Pointen durchlaufen. Aus dem Rest kann man sicher keine logischen Schlussfolgerungen mehr ziehen. Außerdem hatte die inhaltliche Wichtigkeit nicht den Faktor von zehn Prozent überschritten und ist deshalb auch nicht der näheren Erklärung wert. Des Weiteren gehe ich davon aus, dass dein Erscheinen einen wesentlich höheren Wichtigkeitsfaktor besitzt und schlage vor, geringwertiges Gefasel nun auch einzustellen, um den Rahmen für heutige Basisgespräche zu schaffen!"

Bernhard staunte! „Endlich eine Gesprächspartnerin, die verbale Strukturierung versteht und Themen nach Wichtigkeit ordnet. Absolut logische Grundzüge, Respekt, Respekt, so was muss ich einfach loben!"

Dr. Siegfried Zitzelsberger staunte ebenfalls mit offenem Mund. Er wollte etwas sagen, aber irgendwie blieben ihm die Worte im Halse stecken. Er schloss den Mund wieder und doch war ihm scheinbar als hätte er noch einen Kommentar übrig, öffnete ihn sodann, aber wieder schien ihn ein Filmriss zu plagen. Derweilen waren Silvana mit Georg gekommen.

Georg sah den Dr. Zitzelsberger an und fragte ihn: "Kriegst du den Kaugummi nicht mehr raus oder was?" Siegfried sah zu Georg, dann zu Silvana, aber sie meinte: „Holt mal den Dr. Akos Nagy, Siegfried hat die Maulsperre, das kann gefährlich werden." Max sprang nun auch auf den Zug auf. „Akos hat sich nun auf Exobiologie spezialisiert! Der kann dem Siegfried nicht mehr helfen." Aber Silvana ließ nun auch nicht mehr locker: „Kann ja auch ein extraterrestrischer Virus sein. Vielleicht wäre es doch besser, wir stecken Siegfried erst mal drei Monate in Quarantäne."

Dr. Zitzelsberger schloss nun den Mund wieder und schüttelte wieder den Kopf. Dann murmelte er leise: „Und das alles nur wegen eines Hinterteils!" Schon diagnostizierte Georg: „Jetzt haben wir´s. Hört ihr? Wegen eines Hinterteils! Wahrscheinlich die Hämorrhoiden. Das kann schon so schmerzhaft sein, dass einem die Körperöffnung auf der anderen Seite offen bleibt. Wir sollten ihm doch Zäpfchen holen, dann wäre sein Leid in zwei, drei Tagen gelindert.

54

„Jetzt reicht es aber!", wetterte Siegfried. „Ich habe keine Hämorrhoiden! Ich lebe ja mittlerweile in einem überwiegend heißen Land. Da kann man sich so was kaum holen!" Aber auch Silvana kannte keine Gnade. „Aber wenn du des Nachts einmal auf einem kalten Stein gesessen wärst, oder zu lange in kaltem Wasser . . ." „. . . in Bahia gibt es keinen kalten Stein. In Bahia gibt es auch kein kaltes Wasser!"

Da fiel mir aber ein, dass Siegfried mit einer seiner Gespielinnen auf der Kunsteisbahn in Salvador Schlittschuhlaufen war!

„Schockartige Abkühlung des Hinterteils kann aber diese knotenförmige Venenerweiterung, also diese Hämorrhoiden hervorrufen, Siegfried. Bei deiner letzten Pirouette auf der Kunsteisbahn in Salvador bist du doch auf dem Hinterteil gelandet und diese Herlantia musste dich ja sogar stützen, weil du kaum mehr stehen konntest. Also, nimm lieber ein Zäpfchen und schone dich, wir brauchen dich noch!"

„Wo- wo- woher weißt du, dass – äh – also ich und Herlantia . . ." Siegfried begann zu stottern, wunderte sich auch, weil ich über ihn so gut Bescheid wusste. Und ich wusste noch mehr! „Klar doch, du und Herlantia! Logisch, weil Cremilda an diesem Tag arbeiten musste. Nur Herlantia hatte ihren freien Tag." „Cre- Cre- Cremilda? Sag mal Tamines, kennst du mein Leben komplett auswendig?" „Nein. Komplett nicht, aber was ich weiß ist schon sehr interessant. Weiß Herlantia, dass du damals auf der Kunsteisbahn die Hämorrhoiden bekommen hattest?"

„Zum Teufel, jetzt reicht´s aber wirklich! Ich habe keine Hämorrhoiden! Ich will auch keine und ich brauche keine. Auch habe ich keine Maulsperre und keinen extraterrestrischen Virus! Mein offener Mund bezog sich auf Staunen, weil euer Geschwätz überhaupt keinen logischen Ursprung mehr nachvollziehen ließ! Ist das nun klar?"

Seltsamerweise schloss unser Hartlogiker nun auf.

„Das kann ich verstehen, Siegfried! Wenn ein Gespräch keinen logischen Ursprung hat. Diese Basisunlogischen schaffen es doch immer wieder, einen Logiker an Wunder glauben zu lassen, weil keine Schemata mehr zu erkennen ist. Dennoch würde ich dir auch raten, falls du wirklich auf so eine kalte Eisbahn geknallt bist, lass dich von deinem Hausarzt untersuchen, ob nicht doch ein Ansatz von solchen Verdickungen vorhanden ist. Wenn diese einmal da sind, kann es schon zu spät sein!"

Dr. Siegfried Zitzelsberger sah den Bernhard an, als säße ein Chorck vor ihm. „Jetzt du auch noch? Ein Logiker will mich auch noch veräppeln? He Getränkeserver, bitte bringe mir eine Maß von dem neuen Hackerbräubier extramalzig! Ich habe etwas zu vergessen. Nämlich, dass ich ein Intrigenopfer sein sollte."

Ich hatte mir schon gedacht, dass Siegfried sich etwas bestellen wollte und programmierte mit meinem Pocketboy, einem Kleinstcomputer schnell eine Medizinalsequenz in den Getränkeserver.

Innerhalb von Sekundenbruchteilen übertrug der Pocketboy per Funk an den Server, dieser fuhr um den Tisch herum direkt zu Siegfried und fragte in seiner typischen wohlmodulierten Frauenstimme zurück: „Soll ich ein schnellwirkendes Hämorrhoidenmittel beimischen? Damit könnten Ihre schlimmsten Beschwerden schon einmal wesentlich gelindert werden."

Wieder staunte Siegfried mit offenem Mund und starrte so den Server an.

Georg: „Also doch Maulsperre! Sogar chronisch. Server! Mische lieber ein krampflösendes Mittel bei!"

„Du mischt gar nichts bei, Blechtrottel! Stell mir mein Bier her, pur und kalt und mach dich wieder auf deine Räder und ab in die Ecke! Kein weiterer Kommentar und kein weiterer medizinaler Ratschlag! Sofort!!!"

Nachdem Siegfried dem Server verboten hatte, noch etwas zu sprechen, schrieb dieser auf sein Wartungsdisplay in einer Laufschrift: „Ich empfehle, das Bier nicht zu kalt einzunehmen, denn dies könnte auch Schwellungen begünstigen."

„Kalt! Kalt! Kalt!" Schrie Siegfried und der Server lieferte endgültig die Bestellung aus. Er schüttete die Hälfte des Kruges in sich hinein und ließ ein ausgedehntes „Ahhhhhhh" vernehmen.

Ich sah zu Georg, er zu mir und ich sah es in seinem Gesicht zucken! Ich konnte mir schon denken was nun kommen würde, also sprach Georg: „Habt ihr gehört! Glücklicherweise hat sich nun der Krampf gelöst! Es rollen wieder Töne." Dr. Zitzelsberger hatte dies vernommen, blickte auf den Maßkrug, atmete tief durch und schaffte in einem weiteren Zug den Rest. Absichtlich gab er nochmal ein lang anhaltendes „Ahhhhhhh" von sich. Aber im Anschluss sofort: „Dasselbe nochmal, aber schnell!" Der Server war noch gar nicht richtig in seiner Ecke, rollte er wieder an und räumte ab, stellte einen weiteren Krug auf den Tisch.

Zitzelsberger umfasste den Krug mit beiden Händen und stierte auf das flüssige Gold.

Georg wusste noch: „Maulsperre ist abgeklungen. Was machen wir bei Augenkrampf?"

Nun wusste Siegfried aber einen letzten Vers in dieser Abhandlung:

„Hebt euch diese Verbalattacken für die Chorck auf. Damit könnt ihr dieses Volk absolut unschädlich machen, wenn sie euch auch nur einmal fünfzehn Minuten zuhören müssen, das dürfte reichen. So! Zurück zum Thema. Wo war ich stehen geblieben?" Er sah wieder zu unserem Logiker. Bernhard staunte und antwortete: „Nirgends! Du hast die ganze Zeit hier gesessen!"

„Wo war ich thematisch stehen geblieben?" „Dies entzieht sich meiner

Information, Siegfried, ich kam später." „Beim Hinterteil!" Musste ich den Faden nochmal aufnehmen. Nun schüttelte Bernhard den Kopf. „Was soll da ein Logiker machen! Alles ist kaputt, nichts geht mehr. Fragt er mich doch, mich wo er stehen geblieben war, wobei er die ganze Zeit saß. Dann die Antwort: Auf dem Hinterteil. Wer kann mit einem Hinterteil stehen?" Siegfried: „Alles nur wegen erziehungstechnischen Maßnahmen. Unglaublich. Ach bitte, seid doch so lieb und kehren wir zu unserem Hauptthema zurück! Nicht zurückkehren sondern das Hauptthema wieder aufnehmen."

Seine Bitte schien zu wirken, denn wirklich wurde nun davon Abstand genommen, ihn weiter veräppeln zu wollen.

Bernhard der Logiker erklärte nur kurz und bündig: „Warten wir noch auf Joachim, er müsste bald da sein. Sebastian schaltet sich über eine codierte Holokomleitung zu.

Also hatten wir noch ein wenig Zeit und ich rutschte zu Siegfried, lächelte ihn von der Seite her an, weil er mir schon leid tat und bestellte ebenfalls ein kleines Bier, so wie fast alle hier.

Siegfried flüsterte leise in mein Ohr:

„Tamines! Ich verspreche, ich werde nie mehr etwas über dein Hinterteil sagen! Niemals mehr!" „Nun gut, ich hatte es ja ohnehin als Kompliment aufgefasst, überhaupt die Tatsache, wenn etwas ins Gespräch kommt, dass es sich dabei dann um etwas Hochwertiges handelt." „Schon, trotzdem. Niemals mehr, aber was ich dir noch zu gestehen habe: Du hast auch einen sehr schönen Busen!" „Ah! Alter schützt vor Torheit nicht! Trotzdem danke. Da kommt Yogi-Bär!" Endlich kam Prof. Dr. Joachim Albert Berger. Damit waren also die Spaßeinlagen erstmals abgeschaltet.

„Hallo zusammen", begrüßte uns Joachim. „Sebastian kontrolliert die mittlerweile fertig gestellte Raumstation für die kleine Magellansche Wolke. Die DANTON steht bereits in Hamburg und wird beladen. Georg! Wie verhält sich die VICTORIA?"

„Klasse, Yogi. Ich musste kaum nacheichen. Nachdem alle Daten vom Sempex der WEGALIFE überkopiert waren, hatten sich die Schrittlängen fast identisch erwiesen. Grüße von Wahal Öletzek, von Yilmaz und von Miriah und Yasemin." „Danke. Damit wissen wir auch schon wo du gewesen bist. Hast du dort wieder Tapirbauchspeck bekommen?" „Nein, nein. Ich landete nicht. Ich wollte doch auch bald wieder zuhause sein. Aber ich hatte mit den Weganern gesprochen. Sie treffen sich bald wieder zu einem Weganertreffen. Diesmal lädt der Dalai Lama."

„Schön, wenn sich die Menschen plötzlich alle so gut verstehen. Das ist schon einige Planeten wert. So. Da kommt noch Norsch. Wir können loslegen."

Damit fühlte sich Bernhard angesprochen. Er wartete nun noch, bis der Oichosche Platz genommen hatte, welcher alle Anwesenden mit einem freundlichen Kopfnicken begrüßte.

„Stand der momentanen Kenntnisse!" Bernhard zog einen Stapel Floatdustprinterfolien hervor. „Nach meinen Recherchen wissen die Chorck die Koordinaten unserer Sonnensysteme nicht. Was die Chorck möglicherweise aufgeschnappt haben könnten war ein Testsignal des WEGAKOM-1-Satelliten." „Des WEGAKOM-1-Satelliten?" Echote Max. „Warum genau von diesem?" „Weil dieser doch, als ihr die erste Wegamission absolviertet, von den Kleinstmeteoriten beschädigt wurde! Die Selbstabgleichautomatik hatte kurz ausgesetzt und er sendete schon das Testsignal auf Tachyonenmodulation, als er frei im intersolaren Raum der Wega die Restkorrekturen vornahm. Ich kann euch aber beruhigen! Nachdem was ich nun weiß, hatte er in einer Drehung gesendet und das Signal, welches nicht einmal die Plejaden streifte, dürfte nur einen Bruchteil von einer Sekunde gedauert haben. Es hat sich höchstens wegen der Black-Hole-Abtastung im galaktischen Zentrum erahnen lassen. Nur die mathematische Struktur einer künstlichen Aufmodulierung lässt die Chorck wissen, dass es sich um ein Signal eines technisch versierten Volkes handelt.

Wir ihr wisst, verfügen die Chorck über einen solchen Black-Hole-Taster, der die ruhige Zone um das schwarze Loch in unserer Galaxie abtastet. Damit wissen die Chorck zwar nicht, von wo ein Signal kommt, zumindest nicht genau, aber sie wissen, wenn wieder eine Lebensform den technischen Durchbruch schaffte. Damit beginnt wieder eine neue Suche. Wir hatten bereits das Glück, sofort nach der Entdeckung der Tachyonentechnologie die Sendungen der Chorck aufzufangen und alleine dieses Wissen rettete vor einer Invasion. Die Warnungen in den Chorck-Sendungen sollen natürlich auch als Angstmache gedacht sein!

Nichtsdestotrotz darf ich auch keine Entwarnung geben! Die Chorck fangen immer dann zu suchen an, wenn sich niemand meldet! Zwar ohne große Eile, denn sie müssen auch ihren Bruderkrieg führen, also gegen diese Rebellen Chonorck, aber, so denke ich, wenn nach einem Signal sich niemand meldet, dürfte nach spätestens einem oder zwei Jahren eine Kleinsuche eingeleitet werden. Nach vielleicht fünf Jahren würde die Suche verstärkt und nach vielleicht zwanzig Jahren würde diese weiter intensiviert!"

Max hatte da eine Frage: „Auf was beruhen denn diese Fakten oder Daten?"

„Das sind Annahmen, die ich logisch begründen möchte: Ich gehe davon aus, dass wir Terraner ein technisch gutentwickeltes Volk sind und gewissermaßen eine Sonderstellung einnehmen. Die Oichoschen haben uns gezeigt, dass wir eine sehr kurze Mittelalterphase hatten. Auch das technische Zeitalter raste an uns heran und wir sind nicht mehr geschritten sondern gesprungen. Des Weiteren hatten wir eine glückliche Parallelentwicklung von verschiedenen Techniken, ich will sagen, Groß- und Nanotechnik, sowie Genforschung gleichzeitig. Darum war für uns eine sofortige Weiterentwicklung möglich. Mit anderen Worten, die Chorck warten sicher eben diese fünf Jahre und lassen einem Volk Zeit, sich zu melden. Nach vielleicht zehn Jahren suchen sie mehr, nach zwanzig Jahren wieder intensiver und nach vielleicht hundert Jahren gibt es möglicherweise eine Art Alarm. Alarm deshalb, denn es könnte sich ja ein Volk entwickeln und die neue Technik dermaßen zu beherrschen lernen, dass eben dieses Volk während einer freien Entwicklung den Chorck schon wieder gefährlich werden könnte.

Wir haben noch einen Vorteil!

Das Wrackteil, welches wir auf dem Rotmond im Blisch-System fanden, stammte eindeutig von so einem Chorck-Kugelraumer. Dieses Unglücksschiff befand sich zufällig vor über zweitausend Jahren zwischen dem Planeten Oichos und diesem Mond, als Oichos einen Polsprung durchmachte. Der Eisenkern im Rotmond wirkte wie ein Blitzableiter und das Chorck-Schiff stand schicksalshafterweise genau dazwischen, sodass es auch noch als Katalysator wirkte. Bei so einer Planetenentladung reicht die ungeheure Spannung, auch begleitet von einer ungeheuren Stromstärke aus, um das Schiff zu neutralisieren, also sämtliche Waferzellen zu zerstören oder kurzzeitig inaktiv zu machen. Damit stürzte dieser Kugelraumer auf den Rotmond und war verloren. Wenn dies also ein Forschungsraumer war, hatte er ein gewisses Gebiet zu untersuchen. Die Mentalität der Chorck dürfte auf Imperiumssicherheit gedrillt sein. Also: Ein Raumer kehrt nicht zurück bedeutet Gefahr aus einem Gebiet, welches dann künftig gemieden wird. Für uns Menschen von heute nicht vorstellbar, denn Menschen würden sofort weitere Expeditionen losschicken um den Vorfall zu untersuchen, aber wie gesagt, bei einem Volk, welches bereits seit tausenden von Jahren die überlichtschnelle Raumfahrt beherrscht, könnten Prioritäten anders verteilt sein. Imperiumssicherheit geht in allen Belangen vor! Vielleicht eine Art Mentalität wie bei den Ameisen. Verzicht auf ein paar tausend Soldaten, um den Bau und die Königin zu erhalten und zu schützen.

Weiter habe ich ein paar Schlüsselinformationen aus verschiedenen Nachrichten ausgefiltert. Das Zusatzorgan, welches die Chorck auf der Stirn haben wurde nicht rein künstlich gezüchtet, sondern es handelte sich um andere Wesen, vielleicht sogar teilintelligent, welche die Chorck oder ein Hilfsvolk genetisch angepasst hatten, so dass deren Körper es nicht abstoßen. Diese Wesen hatten Sinne, welche eben auch die Chorck haben wollten. Symbionten also. Was mir noch nicht klar ist, werden die Chorck nun mit diesen Symbionten schon geboren, haben sie diese Informationen schon in die Stammzellen übernommen oder werden diese Wesen nach einer Chorck-Geburt implantiert. In diesem Falle muss eine gentechnische Anpassung erfolgen!

Erfreulich dürfte sein, dass ich verkünden kann, dass unsere Wafer dermaßen perfekt sind, dass sie besser funktionieren, als die Wafersysteme auf den Chorck-Kugelraumern! Diese durch Nanobots, also mikroskopischen Robotern aufgebrachten Waferzellen arbeiten nicht so genau und so effektiv wie unsere Printwafer. Das bedeutet für uns: Wir können schneller Schritte einleiten, wir können schneller einen Notschritt einleiten und wir können weiter schreiten, theoretisch sogar das Universum durchqueren!

Hier komme ich zum springenden Punkt!

Die Idee, mit einer Raumstation ein fremdes Imperium in der kleinen Magellanschen Wolke zu simulieren, wird die Chorck mit relativer Sicherheit davon abhalten, auch dieses Imperium in ihres integrieren zu wollen. Einfach zu weit weg! Damit wächst aber eine weitere Gefahr heraus. Die Chorck könnten, wenn unsere Agentin oder unsere Agenten sich einmal zu den Plejaden begeben, deren Gondeln beschlagnahmen wollen. Einfach deshalb, da sie bald feststellen werden, dass unsere Technik effektiver ist und sie diese eben dann auch haben wollen.

Abhilfe kann nun dieses Flottensimulationsprogramm schaffen, welches Fräulein Tamines Santos Reis entwickelt hat. Ein paar ausgeworfene Satelliten simulieren tausende von verschiedenen Raumschiffen, die tachyonentechnisch geortet werden können, aber diese sollten dann zurückbleiben und unsere Agentin geleiten, also dann auch durchlassen um den Kontakt der Imperien zu ermöglichen. Natürlich in erster Linie glaubhaft zu gestalten! Eine Ausrede sollte Fräulein Tamines jedoch bereithalten. Wenn ein Chorck fragen sollte, warum `unser Imperium´ mit Printwafern schreitet, sollte sie eben aussagen, dass die verschiedenen Phasen von nanobotmontierten Wafern durchexperimentiert wurden und eine imperiumsweite Revolution der alten Printwafer stattgefunden hatte.

Bei unseren hochsauber gearbeiteten Wafern dürften diese Angaben durchaus glaubwürdig sein. Auch die Desintegratorwaffen sollten überzeugen.

Weiter gehe ich davon aus, dass die Chorck an einem Handel mit dem Magellanschen Imperium interessiert sind. Aber in erster Linie Waffen! Sie brauchen diese ja wegen des Krieges mit den Chonorck. Also bekommt unsere Agentin schon einmal eine Probesendung von verschiedenen Waffen

mit, in denen aber ein Selbstzerstörungsprogramm läuft. So können wir hoffen, dass diese Waffen nicht in den Einsatz gegen andere Intelligenzen kommen. Damit haben wir aber auch schon eine Sicherheit für unsere Agentin geschaffen, denn, würde die Agentin nicht mehr zurückkehren, gäbe es auch keine Waffenlieferung in Stückzahlen. Für die ersten Waffen sollte Fräulein Tamines aber auch Chorcktechnik eintauschen, ebenfalls Proben, die wir dann näher untersuchen.
Haben wir einmal verschiedene Chorckgeräte und vielleicht auch komplette Computersysteme, dann können wir uns immer besser auf den Tag vorbereiten, an dem die Chorck wissen werden, wo die Welten unserer Föderation sich befinden!
Noch möchte ich erwähnen, dass Fräulein Tamines auch Interesse an Alltagsgeräten zeigen sollte. Alles vom Staubsauger und Fernseher, Radio und Mixer, Rasenmäher und Gartenschere ist für uns interessant, denn so können wir auch die einzelnen Entwicklungschritte des Plejadenvolkes erkennen und auch sehen, wie deren Gewichtung ausfällt."
Maximilian fragte genau nach:
„Wieso meinst du, dass solche Dinge für uns wichtig sein könnten?"
„Aus zwei verschiedenen Gründen. Zum einen, dass die Chorck wirklich überzeugt werden, dass wir eine imperiale Handelsbeziehung aufbauen möchten und zum zweiten, weil ich mich an die Geschichte des kalten Krieges erinnere. Damals hatten die Russen den Kommunismus und dieser ließ keine freie Forschung und keinen freien Fortschritt zu. In der offiziellen Version hieß es natürlich: Alles für das Volk! Aber die inoffizielle Version besagte mehr: Soviel wie möglich für eine Elite, die sich selbst ausgewählt hatte. Damit stellte sich für die freie Forschung eher eine Art Lustlosigkeit ein. Die ehemaligen Kommunisten wurden von den Erfolgen der freien Welt regelrecht überrannt. Doch hatte ja auch die freie Welt Nachteile! Die Demokratie hatte später kein Konkurrenzprodukt mehr und so wandelte sich auch die Demokratie in eine Machtballung. Allerdings musste die Demokratie zum Beispiel das Volk manipulieren um wieder zu schärferen Gesetzen zu gelangen. Auch dies war ein Grund warum so viele Antiterrorgesetze erlassen wurden, nämlich auch darum, dass der gemeine Bürger genauso beobachtet werden konnte wie es George Orwell schon einmal voraussah. Hätte seine Geschichte dreißig Jahre zugelegt, dann also `2014´ geheißen, so hätte er fast vollkommen ins Schwarze getroffen.
Doch zurück zu den Russen des kalten Krieges. Dieses Land hatte sich damals darauf spezialisiert, Techniken aus dem Westen nachzubauen und auszuspionieren. Die eigene Technik war hingegen nie mehr zeitgemäß, veraltet, aber robust und langlebig. Und genauso schätze ich die Chorck ein! Dieses Plejadenvolk hat gewissermaßen alle Hände voll zu tun, um das

Imperium zu erhalten und Aufstände niederzuringen. Sie haben keine Zeit mehr um zu forschen und neue Techniken zu gewinnen. Darum war auch das Wrackteil ein Kugelraumer mit abgeplattetem Boden, genauso, wie in den heutigen Nachrichten von denen. Keine Änderung mehr, keine neuen Ideen mehr. Sie würden sicher neue Technik dringend nötig haben und speziell dies könnte unser Erfolgsschlüssel sein!"

„Hmmh. Das leuchtet mir allerdings schon ein, Bernhard", bestätigte Max. Auch ich hatte das Gefühl, das da etwas absolut Wahrscheinliches dran war. Ein unfreies Imperium mit Zentraldiktatur zu halten, erfordert eine starke Exekutive. Damit auch extrem viel Personal und horrende Kosten dafür. Auch Terra hatte in seiner Geschichte einige Beispiele dafür. Das alte Rom, also das römische Imperium. Nur die Römer selbst konnten in den Genuss der Eroberungen kommen, die vielen Soldaten, die nötig waren, um dieses Imperium vor Übergriffen zu schützen, wurden immer stets und gut bezahlt. Damit war auch das Imperium selbst relativ sicher verteidigt. Nur holten sich die Römer eben die Werte aus den Eroberungen, um auch bezahlen zu können. Die eigene Produktivität hätte beileibe nie dafür ausgereicht, oder zumindest nicht solange. Aber die Kreise wurden immer weiter gezogen und immer weiter. Wie es bei einem Kreis doch auch so üblich ist, verdoppelt sich der Radius, vervierfacht sich der Umfang und um die Grenzen weiter abzusichern, bräuchte man auch viermal soviel Personal beziehungsweise Soldaten. Damit steigt aber auch der Aufwand und dieser Teufelskreis brachte die Römer schließlich zu Fall. Die Grenzen des Reiches konnten nicht mehr ausreichend überwacht werden, ergo auch nicht gehalten. Ein weiteres Beispiel wäre doch auch der Atlantikwall, den dieser Hitler damals konstruieren ließ. Zwölftausend Kilometer lang war er auch nicht gegen die damals Alliierten ausreichend zu sichern.

Nur bei den Chorck handelt es sich doch einfach um andere Dimensionen, vielleicht in diesem Sinne der heutige Standart für sie, weil es andere Plejadenvölker gibt, welche hierbei noch unterstützend eingreifen. Die Frage war nur: unterstützend eingreifen auf freiwilliger Basis oder unter Zwang. Sollte Zwang vorliegen, würden viele Völker doch gerne einen Aufstand wagen, ergäben sich Aussichten dafür.

Wieder ein weiterer Punkt, bei dem man einhaken könnte.

Bernhard war aber mit seiner Deklamation noch nicht fertig.

„Wir schreiben heute den 26. Februar 2095. Ich bedanke mich natürlich bei allen, dass ihr trotz des heutigen Sonnabend auch die Zeit genommen hattet. Aber für Raumfahrer gibt es nun mal keine genaue Wocheneinteilung mehr, da ja auch die Zeit viel zu relativ geworden ist. So habe ich auch die günstigsten Zeiten errechnet, an denen der Start der SMALL MAGELLAN

CLOUD erfolgen sollte. Wie wäre es nächste Woche am Donnerstag, den vierten März? Die Raumstation sollte von allen Beauftragten anschließend eine knappe Woche bewohnt werden, es sollte das Umfeld vermessen werden, um schnelle Operationen garantieren zu können und es sollten natürlich auch Sternkarten angefertigt werden, welche in den Kartentanks der Raumfahrzeuge fest einzuspeichern wären.

Sozusagen als Heimatkartensystem. Die Koordinaten der Föderationswelten werden zwischenzeitlich aus den Fahrzeugen genommen, sollte es zu einem Gewaltübergriff kommen, dass, wie gesagt diese nicht verraten werden. Dabei wagen wir eine Mixtur! Koordinaten aus den Magellanschen Wolken werden mit Nahaufnahmen von Terra und Mars und so weiter gekoppelt, auch um den Chorck ein Imperium weiter vorgaukeln zu können. Sogar diese Falschdaten werden aber verschlüsselt, damit soll unser Trick noch echter wirken! Die Raumstation wird aber nicht ins Zentrum der Wolke gebracht. Eher eine gute Randposition, welche mit dortigen Gegebenheiten ausgewählt wird. Wieder sollten diese Positionsdaten nie in einen logischen Zusammenhang mit der Erde gebracht werden können.

Fräulein Tamines Start von dort zu den Plejaden sollte möglichst um den Mittwoch den zehnten März erfolgen. Ich habe in den mittlerweile vielen Nachrichten von diesem Imperium erfahren, dass alle Chorckjahre die Imperiumsgründung gefeiert wird. Der nächste diesartige Feiertag sollte an einem der darauf folgenden Tage sein. Exaktere Bestimmungen waren oder sind mir noch nicht möglich. Im Übrigen haben die Chorck auch eine Art Kaiser, der sich aber in den Nachrichten nicht sehen lässt. Möglicherweise ist dies der eigentliche Drahtzieher, wieder möglicherweise von einem geheimen Ort aus, um auch vor Attentaten sicher zu sein. Dieser Kaiser wird, so viel habe ich schon aus den Textnachrichten herausfiltern können, künstlich am Leben gehalten. Er dürfte ziemlich alt sein und bekommt Überdosen an Reparaturgenen per programmierte Trägerviren. Das Gehirn dieses Kaisers ist angeblich mit einem riesigen Analogcomputer verbunden, welcher ihn vor dem Irrsinn bewahren sollte. Dabei wurde in diesen Textnachrichten aber auch von Eiweißkorrektoren geschrieben. Nun gehe ich davon aus, dass die Erinnerungen des Kaisers eben in einem Analogrechner liegen und wenn er sich an etwas erinnern will, so muss dieser Rechner die Eiweißmolekularketten wiedererstellen. In einem alten Gehirn gar nicht so einfach! Darum auch die Korrektoren, ansonsten mixt er seine Erinnerungen blind und das Resultat kann sich ein jeder sicher vorstellen. Diese Informationen bekommt ihr per Floatdustausdruck und ihr könnt sie weiter studieren. Vor dem Aufbruch in die Plejaden bitte ich euch jedoch, diese Ausdrucke wieder einem Drucker zum Recycling zu

übergeben. Natürlich, dass sie niemandem in die Hände oder Klauen oder was sonst fallen. Danke für die Aufmerksamkeit!"
Sogar ein ehrenvolles Klatschen wurde unserem Logiker gespendet. So was nahm er ja an, denn Lob oder Ehre hatten in seinen Beurteilungen einen festen und logischen Platz.

Nun übernahm Dr. Siegfried Zitzelsberger noch einmal das Wort:
Zum Abschluss aller Bemühungen möchte ich Fräulein Tamines Santos Reis einem Abschlusstest unterziehen. Fräulein Tamines war beim MAD, beim CIA und beim MI6 zu Schulungen. Sie hat sich überall mit Bravour geschlagen, sogar der CIA das Fürchten in Bezug auf Datenklau gelehrt.
Ich selber bin absolut überzeugt, dass Fräulein Tamines für diese Aufgabe gut gewählt und gut vorbereit wurde. Doch bitte ich um Verständnis, dass ich aus absoluten Sicherheitsgründen und ein bisschen aus Neugierde noch eine Aufgabe stellen möchte."
„Das ist aber lieb, Herr Zipfelsbegerl, ah, Herr Ziberlpe . . , ah, dieser Name, um aller Galaxien Willen – Siegfriedi, was soll ich machen?" Ich konnte mir schon denken, was er will, da wird er aber Augen machen, denn ich überwachte ihn sowieso schon geraume Zeit, nachdem ich nichts Illegales mehr tat, schon mal als Agentin . . .
„Meine Aufgabe ist: Entschlüsselung eines Codes, den ich selbst vor einiger Zeit für den Zugang zu normalen Digitalfotos angewandt hatte. Des Weiteren habe ich auch die Fotos total entfremdet und umrechnen lassen, sodass diese wie Datenmüll aussehen. Also zweiter Punkt: Recodierung der Fotos! Sollte dir dies gelingen, liebe Tamines, dann hast du mich total überzeugt!"
„Ganz einfach lieber Siegfriedi! Der Code heißt `3-5-7-11-13-Herlantia-17-Cremilda-deirfgeis-senimat-Spezialtest´, und hier habe ich ein paar schöne Fotoausdrucke von deinem Sturz auf der Eisbahn in Salvador da Bahia." Ich nahm dazu hochglänzende Fotofolien aus meiner kleinen Aktentasche und überreichte diese dem staunenden Siegfried.
„Sag mal, Tamines. Überwachst du mich ständig?" „Nein, aber ich dachte mir schon so etwas wie einen kleinen, internen Test bestehen zu müssen und dadurch habe ich auf grobe Änderungen in den Rechnern geachtet. Eine Serie von Primzahlen lockte mich natürlich schon an und nachdem dann noch Namen von deiner, äh deinen – naja, du weißt schon kamen, dachte ich zuerst an einen Scherz und wollte dem gleich mal vorgreifen. Als dann dein Name und mein Name auch noch umgedreht erschienen, gefolgt von `Spezialtest´, war mir gewissermaßen schon alles klar. Hier bitteschön. Und? Test bestanden? Ich denke ja, denn Agenten sollten doch auch vorausschauend agieren können, nicht wahr, lieber Siegifriedi?" „Jetzt wenn

du nur noch diese überflüssigen „i" weglassen könntest, dann wäre ich für heute hundertprozentig zufrieden!" „Niemand sollte niemals Hundertprozent zufrieden gestellt sein, lieber Siegifriedi, darum werde ich dir diesen Wunsch nicht erfüllen, so doch dies ein Resultat meiner eigenen Sprachkultur ist. Außerdem! Wenn du schon weißt, dass du nach Brasilien gehst und so einen komplizierten Namen hast, warum nimmst du dann keinen anderen an? Zum Beispiel Sigmundo oder so; und für Zitzelsberger könntest du auch Silva da Bega oder in dieser Richtung nehmen."
„Gnade! Bitte liebe Tamines, hör´ auf und lasse Gnade walten! Ich kann nicht mehr – da fällt mir doch gerade auf, dass du soeben meinen Nachnamen absolut akzentfrei ausgesprochen hattest! Du Luder du! Du kannst ja, wenn du willst, nicht wahr?" Er starrte mich an, alle anderen außer Bernhard schmunzelten. „Sicher doch. Ist denn mein Deutsch nicht gut genug dafür?" Da drückte es mir nun aber doch ein echtes Lachen heraus und die Runde am Tisch stimmte mit ein.

Siegfried erklärte zum Abschluss dieses Tages:
„Wir haben also die beste Agentin in unseren Reihen. Auch habe ich diesen Test unter der Vorahnung erstellt, dass Tamines Weitsicht besitzt. Auch hier wurde der Beweis erbracht. Ich kann nur gratulieren und glaube fest, Tamines wurde zur Agentin geboren."

„Ha! Und nun schickst du Tamines zu den Plejaden, damit du mit deiner Cremilda Eis laufen gehen kannst!", schockte Georg unseren Siegfried.
Doch Siegfried grinste breit und antwortete: „Nein, nicht mit Cremilda! Mit Herlantia, lieber Georg. Mit Herlantia!"

2. Kapitel

Der erste extragalaktische Außenposten der Menschheit und Mitglieder der Weltenföderation.

Bericht Maximilian Rudolph:
Ich musste schon zugeben; Tamines war eine unglaublich begabte Person. Ich wäre ja eigentlich geneigt, sie als `Persönchen´ zu bezeichnen, aber so weit ging die Liebe nun auch nicht. Eines hatte sie ja geschafft! Ich musste oft an sie denken, so oder so.
Während der Wegamission wollte sie mich ja laufend verführen, doch ich blieb eisern. Ich hatte ja ohnehin eine unglaubliche Frau. Auch wenn die Treue in unseren Zeiten nicht mehr sonderlich hochwertig erscheint, ich wollte mich keinen Skandalen aussetzen. Auch wollte ich wieder mehr ein Beispiel sein, was ich meinen mittlerweile zahllosen Fans doch sicher irgendwie schuldig war. Nicht nur gut sprechen, sondern auch gut tun, war meine Devise.
Ich gebe ja zu, dass mich dieses Energiebündel aus dem Sonnenland Brasilien schon enorm angeheizt hatte und es hätte sicher nicht mehr viel gefehlt, bis ich mir so einen Tritt zur Seite erlaubt hätte. Doch was wäre die Folge gewesen? So wie ich die Brasilianerinnen kenne, würden auch Tamines ihr persönliches Wissen einsetzen, um noch mehr zu erreichen. Oder vielleicht nicht? Dann wäre zwar Tamines eine Ausnahme, aber diese unterschwellige Gefahr hätte Bestand gehabt.

`Ähnlich wie die Sache mit den Chorck´, dachte ich gerade bei mir, als mich meine Frau wecken wollte.
„Liebster! Du bist schon wach? Komm doch gleich, denn ich habe den Kaffee schon fertig."
„Sicher komme ich. Ich musste viel denken. Wir sollen heute soweit ins All vorstoßen, wie noch nie zuvor. Wie wir immer schon sagten: Nach dem ersten Schritt kommt der zweite, dann der dritte und der vierte und so weiter. Nachdem wir den ersten großen oder relativ einfachen Schritt ins All taten, sind wir fast schon dazu verdammt, diesen Weg weiterzugehen. Auch wegen dieser latenten Gefahr, die da auf uns lauert.
Wer weiß, ob es nicht noch mehr Gefahren dieser Art für uns gegen wird, von denen wir noch nichts wissen?"
„Nachdem schon eine Gefahr bekannt ist, der wir entgegenwirken können, sind andere Gefahren nicht mehr so akut. Sammeln wir ausreichend

66

Erfahrungen mit den Chorck, dann können uns ähnliche Probleme nicht mehr so schockieren."

„Sicher hast du Recht mein Schatz. Was bin ich froh, dass du mit zur Besatzung der SMALL MAGELLAN CLOUD gehörst." „Auch Georg ist froh, dass Silvana mit von der Partie ist."

„Wer steuert die DANTON?" Wollte ich wissen. „Dieses sympathische Raubein, also dieser Wuschelbär, der schon die Tibeter nach Wega brachte. Wie hieß er doch gleich wieder?" „Ach ja! Gerard Laprone. Ich erinnere mich. Kommen auch Techniker mit? Bist du da informiert?"

Gabriella dachte nach. „Hmmh. Ich weiß von einem Oichoschentrio, welches dabei sein wird. Sie haben sich auf Medizin spezialisiert und der Föderationsrat meinte, wenn Oichoschen dabei wären, könnten wir eventuellen Virengefahren entgegenwirken. Wer weiß, mit was für Viren Tamines konfrontiert sein wird, wenn sie doch so einen Chorck trifft. Des Weiteren die Besatzung der DANTON, von dieser sollten noch zwei Techniker auf der SMALL MAGELLAN CLOUD bleiben. Auch von hier, also Oberpfaffenhofen werden noch drei Techniker abkommandiert. Und natürlich der Kollege von Tamines, dieser Valdemir Olivera Santos de Jesus."

„Also gut dann, mein Schatz. Dann legen wir mal los."

Gabriella nahm ihren Pilotenkoffer, ich hatte alle anderen Utensilien schon an Bord der VICTORIA bringen lassen. Auf dem mittlerweile riesigen Landefeld von Oberpfaffenhofen standen Raumschiffe, Raumfrachter und Raumgondeln. Ein Bild, welches ein jeder noch vor anderthalb Jahren als Sciencefiction abgetan hätte. Ein Landefeld weiter, also nach einer extra Absperrung befanden sich die ersten Privatjachten und Solarjets für die Abenteuernaturen. Wie war doch die Raumfahrt normal und alltäglich geworden! Die TWINDRAKE startete gerade wieder einmal zum Mars, die TWINSTAR befand sich in der Wega und die BLISCHCARGO wurde soeben um die Güter von Oichos erleichtert. Wahrscheinlich handelte es sich bei den Waren in erster Linie um Nesselweine und Bimuswurzeln. Auch die Aimoseneier waren eine Delikatesse. Einen Container konnte ich ausmachen, der bereits Steuerungskugelwafer beinhaltete! Die Oichoschen bauten schon Raumschiffszubehör.

Tamines stand bereits neben ihrer SHERLOCK und Silvana mit ihrem Georg warteten neben der WATSON. Wir steuerten geradewegs auf die VICTORIA zu. „Der Max muss natürlich wieder das größere Schiff haben!" Georg wollte etwas schäkern. „Das letzte Mal hast du die VICTORIA eingefahren, jetzt muss ich einfach mal testen, ob du deine Arbeit gut gemacht hattest. Außerdem fahren wir ja nur bis Hamburg, dort werden die WATSON und die SHERLOCK in die Hangare der Raumstation gebracht

und diese in die DANTON. Dann fahren wir sowieso erst einmal mit der VICTORIA, mein Freund. Es wird ein langer Schritt werden!"
„Wieder eine Premiere. Schon etwas fast Alltägliches."
Tamines kam herangelaufen, Gabriella begrüßte sie freundlich und wir im Anschluss. „Hallo, du Weltraumhäschen, hast du Lampenfieber vor deinem großen Auftritt?" Wollte ich scherzend wissen. „Hallo Max, Hi Georg und Silvana. Nein. Der große Auftritt wird wohl ja erst noch bevorstehen. Aber ich möchte los. Ich habe Fernweh!" „Das haben wir alle. Brr. Es ist kalt! Tamines! Sag mal, du hast ja nur diesen leichten Lycraanzug an. Ist dir nicht kalt?" „Wie soll es einer Brasilianerin kalt werden? Wir haben die Hitzen sozusagen eingebaut. Aber ich muss schon sagen, diese Aircleaner haben bislang eine tolle Arbeit geleistet. Jetzt hat Deutschland wieder das Schmuddelwetter wie von vor einhundert Jahren."
„Auch ein Grund, loszufahren. Also, alle Mann an Bord, wir sehen uns in Hamburg! Dort ist das Wetter noch schmuddeliger!"
Leichtfüßig sprang Tamines unter die Antigravluke und war schwups in ihrer SHERLOCK verschwunden. Wir hatten ihr zugesehen und so lächelten wir alle. Tamines hatte einen glasklaren Geist, einen wunderbaren Körper und ein kindlich wirkendes Verhalten. Aber da kann man sich auch knallhart täuschen.
An Bord der VICTORIA aktivierte ich zuerst die automatische Logbuchaufzeichnung und schaltete den Sempex aus seinem Standby-Betrieb auf vollaktiv. Nach Hamburg wollte ich aber per Handsteuerung fahren. Nur mit Hilfe einer eingeblendeten Navigationshilfe, auf die ich aber auch schon verzichten hätte können.
„Aktive Logbuchaufzeichnung ab jetzt!", befahl ich dem Bordrechner und dieser meldete sich erst einmal mit dem Datum und der Uhrzeit. „Vierter März 2095, neun Uhr und neunundzwanzig Minuten nach mitteleuropäischer Zeit. Automatisches Logbuch läuft!"
Also zog ich an dem 3D-Joystick und die VICTORIA hob langsam von dem molekularverdichteten Landefeld ab. Die SHERLOCK und die WATSON blieben artig hinter mir, obwohl diese durch die flachere Form inneratmosphärische Fahrten schneller durchführen könnten als die VICTORIA. Nach nur eineinhalb Stunden Niedrigfahrt, also lediglich in einer Fahrthöhe von fünfundzwanzig Kilometern kamen wir in dem ausgelagerten Raumhafen von Hamburg an. Schon aus großer Entfernung konnten wir die gigantische DANTON ausmachen. Der Raumfrachter stand in zwei Teilen auf dem Feld. Ein Teil hatte zwei Segmente und der andere Teil auch diese zwei aber mit dem angeflanschten Mittelteil, aus dem die Hangare der SMALL MAGELLAN CLOUD ragten, in die unsere Spionagegondeln eingefahren werden sollten.

Als wir noch näher kamen, konnten wir auch feststellen, dass die zweigeteilte DANTON schwebte, also waren die einzelnen Streifenwafer aktiv. Ein Landekreuz unweit des Frachters begann zu blinken und ich steuerte darauf zu. Die SHERLOCK und die WATSON wurden direkt in die Hangare der Station dirigiert.

Während des Ausstiegs aus der VICTORIA konnten wir schon beobachten, wie sich die DANTON-Module koppelten. Schwebend näherten sich die beiden, also das Dreiermodul und das Zweiermodul und fuhren mit den Drehbolzen zusammen. Es herrschte ein Lärm, ein Knirschen wie bei der Karambolage von zwei Hochseedampfern, als die Drehbolzen arretierten. Anschließend hallten die einzelnen Segmenthüllen des Riesenschiffes wie Glocken nach. Die DANTON verblieb aber schwebend und wartete nur noch auf den endgültigen Start. Ich hatte die DANTON erst zweimal gesehen, aber noch nie so nah! Einmal in Darjeeling in Indien und das zweite Mal auf New-Lhasa im Wegasystem. Aber so direkt wie nun? Einfach gigantisch. Fast vierhundert Meter lang und der Frachter schwebte so einfach. Ein leichtes Flimmern über den Streifenwafern, oder den TaWaPas konnte wegen des diesigen Wetters ausgemacht werden. Es nieselte sogar leicht.

Irgendwie erfüllte es mich doch mit Stolz, zu wissen, dass diese Technologie von mir miterfunden wurde, auch wenn sich die Anwendungen nun dermaßen breit einsetzen lassen oder eingesetzt werden. Unser Freund und Logiker Bernhard Schramm hatte auch schon prophezeit, dass noch viel größere Frachtschiffe gebaut werden.

Dr. Dr. Sebastian Brochov kam uns mit seinem Porsche-Stratogleiter entgegen. „Meine Verehrung, Fräulein Tamines, meine Verehrung Gabriella und Silvana, hallo Freunde! Na, seid ihr vielleicht schon etwas aufgeregt?"

„Hallo Bastl! Aufgeregt? Ja und nein. Zuerst schon ein wenig, da wir den größten `distanzlosen Schritt´ machen werden, den jemals Menschen unternommen hatten, aber in letzter Zeit löst eine Premiere die andere ab und bald gibt es wohl keine Premieren mehr." „Es wird immer wieder Premieren geben, Max. Schaut euch erst einmal ein wenig in der Magellanschen Wolke um, dann werdet ihr wieder eine Menge an Premierenmöglichkeiten sehen."

„Oh ja! So gesehen muss ich dir Recht geben. Ich bin schon extrem neugierig auf die kleine Wolke zwischen uns und Andromeda! Mich überkommt ein kleines Frösteln, wenn ich an diese Abermilliarden Sonnen denke, die diese Wolken und Andromeda haben. Andromeda ist ein Mythos!"

„Auch ich will einmal nach Andromeda!" Rief Tamines fast etwas vorlaut. Dabei antwortete Sebastian gelassen: „So gut kenne ich unsere Agentin schon, wenn sie sagt, `ich will´, dann wird sie!" Unsere Frauen schmunzelten, besonders Gabriella, weil sie wusste, dass bei einmal `ich will´ ihr Ehrgeiz enttäuscht wurde.

Sebastian fragte routinemäßig nur noch: „Habt ihr die Simulationen mit der Raumstation gefahren? Kennt ihr diese nun schon in- und auswendig?" Wie aus einem Mund: „Ja!"

„Na dann! Auf was wartet ihr noch? Ich wünsche euch alles Gute. Die SMC-Kom-Satelliten werden unsere Verbindung sichern."

Schnell überlegte ich. SMC-Kom? Kann nur von *Small Magellan Cloud* kommen. „Wir grüßen das Wölkchen von dir, Sebastian. Pass auf unsere gute alte Erde auf!" „Mache ich."

Ein Variolifter, also einer der Schwebebusse fuhr vor die VICTORIA und dort stieg die Wartungsmannschaft für die Raumstation aus. Des Weiteren waren drei Oichoschen dabei, ein Oichoschen-Ehetrio.

Diese drei kamen mir sofort entgegen und begrüßten mich eifrigst. Zuerst sprach der Mann des Trios: „Hallo Herr Maximilian. Ich habe Sie schon in Schmorrartak auf Oichos gesehen, als Sie mit Zerccosch, dem Uhrenbauer zusammentrafen. Im `Bohrwal´, erinnern Sie sich? Im Übrigen, ich heiße Tukosch Piroch, das sind meine Frau Aluscha und unser Neutro Kalii."

„Doch ja! Ich kann mich an dein Gesicht erinnern! Respekt! Ein gutes Deutsch sprichst du, also bleiben wir bitte auch gleich bei der persönlichen Anrede, hallo Aluscha, hallo Kalii!" Etwas schüchtern erwiderten die Beiden ein „Hallo", damit war mir auch klar, dass Tukoschs Ehepartner noch kein Deutsch oder Englisch sprachen.

Vor meiner Frau Gabriella verneigten sich diese drei tief! Gabriella galt auf Oichos sehr, sehr viel. Doch meine Frau vereinfachte das Begrüßungsritual, indem sie alle drei auf einmal umarmte und ein „herzliches Willkommen" ausrief.

Drei der Techniker stellten sich vor der VICTORIA auf, der letzte, der den Variolifter verlassen hatte, war Valdemir Olivera Santos de Jesus. Er würde die Astrovermessungen auf der Station leiten. Tamines begrüßte ihren Landeskollegen freudig, dann kann sie auch zu dem Oichoschentrio und umarmte diese. Valdemir winkte uns zu.

Mittlerweile traten wir wieder näher an die VICTORIA heran und begrüßten auch die Techniker per Handschlag.

„So!" Stellte ich fest und fragte: „haben wir alle durch? Können wir an Bord gehen?" „Wir können!" Stellte Silvana fest und Sebastian rief nur noch: „Ihr könnt!"

Die drei Stationstechniker gingen mit Georg und Silvana an Bord des B-Moduls, Tamines und das Oichoschentrio schlossen sich mir und Gabriella an und kamen mit in das A-Modul des offenen Verbundes der VICTORIA.

Valdemir rief mir noch zu, dass er an Bord der DANTON gehen werde. Er hatte sich mit Gerard Laprone verabredet und wie er mir schon einmal mitteilte, möchte er die Frachterführerlizenz machen, er träumte von einem eigenen Raumtransporter und einer kleinen Raumjachtenwerft vielleicht auf Oichos oder einer der Wegawelten. Niederlassungen auf Oichos wurden von der Weltenföderation stark gefördert, wenn Fabriken eine Null-Schadstoffemission bescheinigen können.

Ich befahl dem Bordrechner entsprechend der Anzahl der Personen Sitze auszufahren, was innerhalb von einer Minute vollzogen war. Ich nahm den Pilotensitz ein, Gabriella den Platz zu meiner Rechten, diesen verteidigte sie bis aufs letzte, so blieb Tamines nichts anderes übrig, als sich zu meiner Linken niederzulassen. Ich registrierte Testblicke zwischen den Frauen, welche aber nun mal nicht unbedingt feindselig wirkten.

Das Oichoschentrio nahm hinter der Navigatorkonsole beim Kartentank Platz. Dazu hatte der Rechner noch zwei zusätzliche Sitzmöglichkeiten aus der Mittelsäule ausgefahren.

„Teilprogramm. Vorläufige Fahrt bis zu einer Relativhöhe von tausendzweihundertfünfzig Kilometer, wir bleiben fünfzig Kilometer vor der DANTON. Initiiere ebenfalls den Start des Frachters." Meine Anweisung an den Sempex und dieser reagierte unverzüglich. Schon hob die VICTORIA lautlos vom Boden ab, auch die DANTON hob an und folgte uns. Von einer gewissen Höhe aus wirkte der riesige Frachter aber gar nicht mehr so riesig. Wie doch alles sich immer wieder neu relativiert, solche Gedanken schossen mir in solchen Momenten immer wieder durch den Kopf. Plötzlich fröstelte mich. Nun wurde mir erst bewusst, welchen Start wir heute absolvierten! Es sollte eine Reise von 172000 Lichtjahren werden! Noch vor etwas mehr als anderthalb Jahren wirklich nicht auszumalen! `Kleine Magellansche Wolke, wir kommen!´ Nun drängte sich der Pioniergeist in den Vordergrund und mich umhüllte eine eigenartige Stimmung, seltsamerweise aber auch eine Stimmung, als wenn ich nachhause fahren würde.

Nach fast zwei Stunden Automatikfahrt waren wir am ersten Kombinationspunkt angekommen und die DANTON verharrte genau fünfzig Kilometer hinter der VICTORIA.

„Gerard, Valdemir! Ist alles OK bei euch?" Musste ich mich erkundigen, denn der erste Schritt sollte gleichzeitig noch eine Feinkalibrierung der Wafersysteme beinhalten. Zwar war die DANTON schon einmal mit der WEGALIFE in einem Konvoi unterwegs, aber die VICTORIA könnte noch ein paar minimale Korrekturen nötig haben.

Dröhnendes Lachen bekam ich zur Antwort. Gerard hatte sich zugeschaltet. „Hahaha, was könnte uns denn fehlen, wenn wir unter dem Kommando der Erfinder dieser Technologie Dienst tun? Noch dazu, wenn der Bord-Sempex der VICTORIA die Steuerung übernommen hat. Wenn ich nicht einen Arbeitsvertrag mit der TWC hätte, ich würde glatt glauben, ich fahre in Urlaub!" Diese Aufnahme hatte auch eine Hologrammkopplung und wir konnten erkennen, wie sich Valdemir über die Schulter von Gerard beugt, um einigermaßen das Mikrofon zu erreichen. „Meus Deus", klagte Valdemir, „ist dieser Gerald Laprone vielleicht eine Fleischlawine! Wenn der vor der Sonne steht, dann ist es hinter ihm absolut dunkel, wie bei einer Eklipse!" Von Laprone: „Hahahahaha." Dieser Mann hatte vielleicht eine Frohnatur, glücklicherweise aber eine in der Art, die ansteckend wirkte. Doch Valdemir ergänzte fröhlich: „Aber es ist alles OK hier. Die Brücke hier auf diesem Frachter ist aber bei Weitem nicht so luxuriös wie zum Beispiel auf der WEGALIFE oder auf eurer VICTORIA." „Sei froh, dass du nicht damals beim Apollo-Programm dabei warst! Da hättest du lange nach einem Cafesinho rufen können!" Gerard öffnete den Mund und fiel in ein Lachgebrüll ein, sodass Valdemir zuerst wieder einen Meter Abstand einnahm und sich die Ohren zuhielt.

Tamines übernahm kurz das Gespräch und fragte Laprone: „Wie unterhaltet ihr euch eigentlich? Du kannst Deutsch aber kein Portugiesisch, Valdemir spricht auch Deutsch, aber kein Französisch." „Wir reden Intergalak!" „Intergalak? Kenne ich noch nicht, wie hört sich dies denn an, Gerard?" Und Gerard brüllte nur noch so vor Vergnügen, seine blitzweißen Zähne strahlen wie Perlmutt aus seinem pechschwarzen Vollbart. „In Deutsch würde man sagen: Mischmasch! Hahahaha. Das Portugiesisch ist dem Französischen doch etwas ähnlich und mit ein bisschen Überlegen und Flexibilität kommt man dann schon dahinter, was der andere meint. Was nicht auszuplappern ist, nehmen wir uns in Deutsch vor! Hahahaha."

Ich blickte Tamines an, wie sie fast ratlos auf das Hologramm blickte und vier Zahnreihen weiße Zähne präsentiert bekam. Auch Valdemir grinste breit, er fühlte sich in der Gesellschaft des Raubeins sichtlich wohl.

„Na", meinte unsere Brasilianerin schließlich, „vielleicht springt bei euren Versuchen doch tatsächlich eine verwendbare Kunstsprache heraus, die wir einmal für eine galaktische Gemeinschaftssprache weiterentwickeln könnten." „Hahahaha!"

Nun sprang ich noch einmal ein. „Letzter Kommentar von Gerard ist bereits Intergalak!" Laprone fragte nach: „Welcher?" Und ich gab ihm eine Lautkopie seines Gelächters zur Antwort. Dabei verstellte ich meine Stimme auf Vollbass: „Hahahaha!"

Gerard sprang in seinem Pilotensitz, dass dieser mir schon fast Leid tat. Auch ein Quietschen und Knirschen wurde übertragen. „He Gerard! Schalte doch die Pseudoschwerkraft kurz ab! Die Sitze brechen ansonsten!" Kurz schaute mich dieses Wollknäuelgesicht an, dann brach er endgültig in einen Lachkrampf aus, stand auf und ließ sich wieder in den Sitz plumpsen.

Nun hatte er es doch geschafft! Der Sitz riss aus der Bodenverankerung, nur ein Kabelstrang zeugte von dem Innenleben eines so modernen Pilotenplatzes. Gerard rappelte sich vom Boden auf, blickte verdutzt auf den Sessel, seine Mundwinkel verzogen sich langsam. Plötzlich schlug er Valdemir seine rechte Pranke auf die linke Schulter, dass dieser in die Knie ging. Laprone schüttelte sich nur noch, momentan war seine Lache aber leise, denn er bekam fast keine Luft mehr. Doch mit einem Mal sog er ausreichend Luft ein und brüllte sein Lachen wieder hinaus. Die Audioanzeige der Übertragungseinheit zeigte eine Übersteuerung an und regelte zurück. Das Ergebnis war, dass, als Laprone sich wieder einigermaßen beruhigt hatte, wir fast nichts mehr verstanden, da der Pegel auf Minimal stand. Nur langsam regelte die Automatik wieder hoch.

Zwei Techniker nahmen sich des Pilotensitzes an und nach ein paar Minuten war dieser wieder montiert und einsatzfähig. Vorsichtig setzte sich Gerard, machte aber ein zufriedenes Gesicht.

„So! Ich leite nun den ersten `distanzlosen Schritt´ ein! Es wird etwas dauern, da wir anhand der mageren Daten zuerst einmal die Realposition der kleinen Magellanschen Wolke berechnen, beziehungsweise per Tachyonenrasterteleskop abtasten müssen. Tamines! Das ist deine Arbeit!"

„Aye aye, Captain! Wir zielen den Nordrand der Wolke an, nicht wahr?"

„So war es geplant! Auch um an der großen Magellanschen Wolke gut vorbeizukommen. Letzter Wiedereintritt sollte in einem sternenarmen Gebiet sein. Erster Schritt sollte fünftausend Lichtjahre nicht überschreiten. Nach dem zweiten Schritt werden wir die ersten Menschen im intergalaktischen Leerraum sein." Nun war aber ein grollendes „Hohoho" von der DANTON zu vernehmen. „Gerard! Nicht!" Rief ich aus. Da hielt sich Laprone die Hand vor den Mund und wir konnten seinen stark unterdrückten Heiterkeitsausbruch doch noch vernehmen.

„Daten liegen vor!" Meldete sich Tamines. „Der Versatz zur Lichtwahrnehmung ist gar nicht einmal so extrem! Die Wolke hatte sich etwas gedreht – halt! Sie hatte sich einmal um sich selbst gedreht! Darum! Ja das kann stimmen. Einhundertzweiundsiebzigtausend Jahre, die Gasschleier drifteten weiter nach außen, es gibt real etwa fünf Prozent mehr junge Sonnen, also wächst unser Universum immer noch. Auch der Abstand wurde etwas größer, wobei aber der Abstand zu Andromeda abnimmt.

Andromeda kommt auf uns zu!" „Stimmt Tamines. In ein paar Milliarden Jahren werden sich unsere Milchstraße und Andromeda kreuzen. Es werden aber kaum Kollisionen erwartet. Dazu sind die Sternengefüge zu distanziert. Wie sich allerdings die Gravitationsverhältnisse ändern werden, kann noch niemand vorhersagen. Besonders die Einflüsse der dunklen Materie weiß keiner zu berechnen. Vielleicht in ein paar Jahren, wenn wir unsere eigene Galaxie besser kennen, vielleicht entsteht dann ein anderes Verständnis dafür."

„Der Weltraum ist schön. Aber auch schön beängstigend!" „Tamines! Du beginnst ja fast zu philosophieren, das kenne ich doch gar nicht von dir." „Ach, wenn ich mich so mit diesen Entfernungen befasse, da überkommt mich doch manchmal das Gefühl, als wäre ich kleiner als ein Atom. Kaum zu begreifende Entfernungen und nun programmieren wir einfach einen Schritt und machen ihn." „Versuche dieses Gefühl abzuschütteln. Mir geht es ebenfalls so." Gabriella gab Tamines einen freundschaftlichen Rat.

„Wir sind soweit!" Ich musste schon etwas lauter werden, denn keiner passte mehr auf mich auf, jeder hatte seine These vom Weltraum auf den Lippen. „Ich bitte zu beachten, dass wir heute wieder Geschichte schreiben werden. Also, konzentrieren wir uns doch bitte auf diesen Schritt von den fünftausend Lichtjahren, ja?"

„Wie langweilig! Jeden Tag Geschichte schreiben. Das kenne ich ja nun schon ausreichend aus meiner Schule." „Ich werte deine Aussage als Aufregung, liebe Tamines! Doch wenn es nun angenehm ist, möchte ich trotzdem weiter an dieser Geschichte arbeiten, darf ich?"

Letztlich hatten alle es doch gecheckt, was ich zwischen den Zeilen hervorquellen ließ. So ein Ereignis sollte, auch wenn die Raumfahrt nun alltäglich geworden war, doch nicht lapidar abgeschwächt werden. Fünftausend Lichtjahre! Eine Distanz, die zum ersten Mal programmiert wurde. Also machte ich ernst und befahl dem Bordrechner: „Sempex, Schritt nach korrigiertem Programm, entsprechend der Eingabe von der Navigationskonsole. Automatische Ausführung und Schrittimpuls für die DANTON mit Zeitverzögerung." So meldete der Sempex: „Zwei Personen sind nicht angeschnallt! Verlust der Pseudogravitation!" „Sekunde! Schon angeschnallt!" Tamines selbst hatte vor es lauter Übermut oder Ähnlichem versäumt, sich den Sitzgurten anzuvertrauen. Von der B-Gondel kam endlich auch die Meldung: „Fertig, kann losgehen!" Einer der Techniker hatte unsere Unterhaltung per Holokontakt dermaßen konzentriert verfolgt, dass er sich einfach nicht angeschnallt hatte.

Die Anzeigen auf den Rahmenmonitoren schalteten endlich auf Grün und der Sempex bestätigte die Schritteinleitung.

Die Pseudogravitation wurde langsam heruntergefahren und der geschlossene Verbund der Gondelmodule hergestellt, sodass die VICTORIA einer Sanduhr glich. Minimalstkorrekturen für die Richtung stellte der Sempex noch nach, dann blinkten die Warnlampen und der Rechner zählte den Countdown: „. . . vier, drei, zwei, eins, null."
Etwas war anders als bei den bisherigen `distanzlosen Schritten´. Logischerweise die Distanz, ja, aber ich hatte ein leichtes Lichtwabern vernommen. Dabei war ich mir aber auch sicher, dass ich mich nicht getäuscht hatte! Der Schritteffekt zeigte sich wesentlich intensiver und auch etwas länger als gewohnt. Das Auseinanderdriften des Universums im Breitensinn konnte nun schon fast bewusst erlebt werden, ebenso der Stauchungseffekt betreffend der Länge. Auch die Lichtaufbauschung und diese `transparente Dunkelheit´. Aber es war noch etwas! Eine Art Pulsieren. Nach ein paar Sekunden meldete sich aber die DANTON und ich dachte doch, mich getäuscht zu haben. Der Abstand zur DANTON war etwas geringer als geplant, aber doch innerhalb der Toleranzen.
„Tamines! Versuche doch die Schrittweite festzustellen. Hast du einen Bezugspunkt in der kleinen Wolke für eine Messung?"
„Ja, habe ich. Moment ich suche noch nach dieser Konstellation. Hier ist das Nordkreuz, ich hatte die Verlängerung genommen und eine Sonne des G4-Typs nach Tachyonenerfassung als Referenz genommen. Ah, hier ist sie! Demnach war unsere Schrittweite viertausendvierhundert Lichtjahre. Warum so eine hohe Abweichung entstand, ist mir noch nicht ganz klar!"
„Habt ihr auch dieses eigenartige Pulsieren bei der Lichtstauchung vernommen?"
„Habe ich!" Tamines sofort, alle anderen bestätigten diese Wahrnehmung ebenfalls.
Ich rief unseren bärtigen Freund von der DANTON. „Gerard! Hast du, oder habt ihr auch so ein seltsames Pulsieren während des Schrittes festgestellt?"
„Habe ich, ja! Ich dachte eigentlich an einen Effekt der größeren Schrittweite. Doch dass wir dadurch vorher berechnete Distanz verloren haben, das ist mir auch ein Rätsel. Was könnte dies verursacht haben? Müssen wir nun die Wafer neu kalibrieren?"
„Das kann ich auch noch nicht genau sagen, mein Freund." Wieder war es meine Frau Gabriella, die uns nahe der Lösung brachte: „Ein Effekt, der nach größerer Distanz eintritt? Könnte es sich dabei nicht um die schon so lange gesuchten Gravitationswellen handeln, die Einstein vorausberechnet hatte, aber nie nachweisen konnte?" „Wie? Gravitationswellen? Also Tachyonenschübe nach heutigen Erkenntnissen? Donnerwetter, liebe Gattin, du könntest wieder einmal voll ins Schwarze getroffen haben. Einstein behauptete doch, dass der Urknall noch Wellen nach sich zog, die sich bis

heute erhalten haben müssten. Haben wir noch ausreichend Zeit, können wir Bernhard informieren?" „Wir können. Die Streuung der Sendung wäre nicht so offen, dass sie im Winkel die Plejaden erreichen könnten. Wir sind ja noch nicht weit weg." Tamines erklärte dies und sandte die Kennung der VICTORIA nach Terra. Prompt meldete sich auch die Gegenstation per Logo und schaltete zu Bernhard Schramm durch.

„Gibt es Unregelmäßigkeiten?" Der Logiker in seinem gleichgültig wirkenden Tonfall.

„Hallo Bernhard", fast hätte ich noch lachen müssen, aber sollte ich doch diese Erkenntnis auch logisch schildern, „Wir haben trotz kalibrierter Schrittdistanz einen Längenverlust von sechshundert Lichtjahren. Beide Schiffe! Es trat ein optischer Effekt auf und zwar ein Pulsieren der Lichtstauchung und ein negatives Pulsieren der Lichtflucht. Nun hat meine Frau vermutet, es könnte sich um Gravitationswellen beziehungsweise um Tachyonenschübe handeln. Das war doch der Effekt, den Einstein noch suchte, nicht wahr?"

Bernhard Schramm saß eine Weile ruhig da und überlegte. Man konnte so richtig sehen, wie die kleinen Zahnräder in seinem Gehirn arbeiteten. Bald hatte er eine Antwort parat: „Meinen herzlichen Glückwunsch und auch meinen Glückwunsch an Gabriella zu ihrem logischen Gedankenfluss. Es kann sich nur um diese gesuchten Gravitationswellen handeln. Das war der erste große Schritt von über sechsundzwanzig Lichtjahren Distanz. Berechnet waren nun fünftausend Lichtjahre und ihr habt viertausendvierhundert Lichtjahre zurückgelegt. In diesem Ablauf fehlen sechshundert. Nun! Für eine Distanz bis nach Oichos mit diesen etwas mehr als vier Lichtjahren oder zur Wega mit den sechsundzwanzig Lichtjahren fällt eine Gravitationswelle nicht auf, da ihr euch gewissermaßen nur in einem Wellental oder auf einem Wellenkamm bewegt. Nun habt ihr aber mehrere Wellen durchdrungen, was sich optisch erkennen ließ. Diese Wellen schlagen von dem `natürlichen´ Universum noch durch und lassen eine leichte Bremswirkung erkennen. Nun ist mir auch klar, warum die Chorck mit ihren relativ ungenau arbeitenden Wafern noch keine solche Distanzen bewältigen oder einfach nur ein Imperium in deren näheren kosmischen Umfeld gegründet haben. Wir haben den Beweis für einen gewissen Vorteil, da unsere Wafer nicht stärker gebremst werden, als diese etwa fünfzehn Prozent. Bei größeren Distanzen könnte der Bremseffekt stärker auftreten, aber nie gegen hundert Prozent gehen. Doch nun zu meiner weiteren Analyse:

In unserem herkömmlichen, natürlichen Universum konnten wir diese Gravitationswellen nicht oder so gut wie nicht nachweisen, weil sich bei verstärkter Gravitation auch die Zeit beschleunigt, ergo in einem Wellental auch die Zeit verlangsamt. Diesen Grundsatz könnte man mit einem Meterstab vergleichen. Wenn ihr zum Beispiel die Länge von einem Gummistrang messen wollt, und der Meterstab besteht auch aus dem gleichen Gummi, ihr dehnt beides, dann ist beides immer gleich lang, laut Messskala. Nun haben wir aber den Effekt, dass ihr kurzzeitig ein künstliches Universum geschaffen habt, welches von unserem Universum nur noch minimal beeinflusst wurde. Ihr habt die eigene Zeitskala oder Messskala dabei! Somit habt ihr den endgültigen Beweis für Einsteins letztes Rätsel erbracht.

Ich setze nun noch eines hinzu. Gewissermaßen ist unser Universum ein Klangkörper wie eine Kirchenglocke und der Pendel oder die Klangkörperschwingungen klingen immer noch hin und her. Im übertragenen Sinne also die Gravitationswellen des Urknalls. Die Größe unseres Universums legt auch klar, warum noch kein Schwingungsende erreicht war. Demnach war ja der Urknall erst vor kurzem – nur ein paar Milliarden Jahre halt. Nachdem Gravitation auch der Effekt der Raumandrückkraft ist, die Raumandrückkraft durch den Universumsinnendruck, also die Tachyonenfluktuation in fast unendlicher Schnelle, erscheint es nur immer weiter logisch, das sich die Tachyonen so in Schüben sammeln. Eine schwingende Wandung prinzipiell gesehen, genauso, als stupst man an einer mit Wasser gefüllten Schale und es entstehen diese Wellenkreise, nur alles plus einer weiteren Dimension.

Nichts desto trotz habt ihr eine weitere Tür zu neuen Erkenntnissen aufgestoßen, also nochmal: Meinen herzlichen Glückwunsch!"

„Das war aber eine Erklärung, lieber Bernhard! Diese füllt alleine schon eine wissenschaftliche Abhandlung. Doch sie bestätigt voll und ganz unsere Theorie, besser die Theorie, wie sie Gabriella schon angestoßen hatte. Das bedeutet nach wie vor . . ." „ . . . das Einstein doch der größte und weitsichtigste Physiker aller Zeiten war!" So hatte mich Bernhard nochmal ergänzt und er gab noch eine Zugabe: „Ich kann mir immer noch nicht erklären, wie es so einem Mann gelungen war, Logik dermaßen einzukreisen, ohne genkorrigiert gewesen zu sein. Herr Einstein hatte so eine unlogische Frisur und so einen unlogischen Bart!"

„Da muss ich dir aber gegensprechen, Bernhard! Einstein hatte keinen unlogischen Bart und keine unlogische Frisur!"

„Doch! Der Bart behinderte ihn doch bei Speis und Trank!"

„Nein! Einstein hatte soviel zu forschen und zu arbeiten, er hatte einfach logischerweise keine Zeit, aufwendige Schab- und Schneidearbeiten an körperlicher Abfallproduktion vorzunehmen. Auch wartete er auf den logischen Haarausfall per Testosteronüberproduktion, welche ihn aber nie vollkommen in Besitz nahm."

„Hm. Hört sich zwar logisch an, ist es aber nicht. Besser erwähne ich nun meine Absicht, dieses Gespräch nicht weiter mit euch Basisunlogischen fortzuführen, da sich euer Spaßimpuls wieder durchzusetzen scheint. Ein voraussichtliches Ergebnis wäre demnach ein Haareausraufen, um es mit eurem Wortschatz klarzulegen. Bitte lassen wir Fakten sprechen. Ihr habt mit diesem bislang längsten Schritt eben diesen Effekt klargelegt und nun haben wir auch eine weitere Schwäche der Chorck aufgewiesen. Damit hat nun auch Tamines ein weiteres Druckmittel in ihre Hände bekommen. Sie kann den Chorck klarlegen, dass wir Menschen in unserem gespielten Magellanschen Imperium vom Kugelschiff zu den Waferschiffen zurückgekehrt waren, um noch größere Distanzen zu überbrücken. Für die Chorck dürfte demnach eine Distanz bis zu den Magellanschen Wolken nur mit sehr vielen Einzelschritten möglich sein. Ein weiterer Aspekt könnte sich auftun, wenn Tamines bei den Chorck um Informationen bittet, wie man diese Tachyonenschübe besser egalisieren könnte. Die Chorck haben sicher keine Lösung bereit, dennoch dürfte ihnen dieser Effekt aber bekannt sein und sie würden erkennen, dass auch die Menschheit sehr weit entwickelt ist, wenn schon einmal diese Frage gestellt würde.

Weiter wird auch die Herkunft mit solchen Erklärungen nicht mehr in Frage gestellt. Man wird diese Wolke als unsere Heimat wohl akzeptieren. Doch nun linke ich mich wieder aus, damit ihr eure Reise fortsetzen könnt. Ich wünsche euch also weiterhin alles Gute. Meldet euch dann über die Satelliten. Übrigens denke ich, wir könnten auch für die Gravitationswellen eine Lösung finden. Man müsste diese Wellen anmessen können und anschließend die Bordrechner mit entsprechenden Ladungsverzögerungen programmieren, welche die Scheibenkondensatoren der Wafer mit einem Gegentakt versehen. Aber das muss wohl erst noch besser durchdacht, durchgemessen und getestet werden. Doch wird das universale Prinzip immer deutlicher. Das Verständnis für unser Universum steigt wieder! Schramm, Oberpfaffenhofen, Terra, Ende!"

Das ging aber schnell! Dieser Bernhard! So hart an der Logik aber wenigstens haben wir ihn schon einmal lächeln und lachen sehen, wenn er sich ein wenig überreden lässt, ein Gläschen Wein mitzutrinken.

Auch wenn er der Ansicht war und ist, mit angemessener Dosierung seinem Körper etwas Gutes zu tun.

Ich dachte noch über diese `Schrittbremse´ nach. Sollte ich versuchen, eine Kompensation für den zweiten Schritt zu programmieren? Können wir schon eine Kompensation berechnen? Eigentlich nicht, denn letztlich wäre eine Angleichung ohnehin notwendig und nachdem wir auch noch nicht genau wussten, wo wir unsere Raumstation parken würden, sollten wir uns auch ein wenig vom Schicksal führen lassen. Vorerst gab es aus diesem Grunde nichts zu verlieren und auch nichts zu gewinnen. Eher könnten wir mit erhöhter programmierter Schrittweite auch die Zunahme der Abweichung feststellen. Verläuft diese logarithmisch oder linear? Bei diesen fünftausend Lichtjahren hatten wir eine Bremswirkung von zwölf Prozent. Wie wird es sich bei den nächsten fünfzigtausend Lichtjahren verhalten? Auch zwölf Prozent oder ansteigend? Dieses Wissen könnte einmal wichtig sein.

Doch was sollte uns nun weiter übrig bleiben, als ganz einfach den nächsten Schritt einzuleiten, auch um zu sehen, wie hoch die nächste Abweichung sein würde? Somit forderte ich den Sempex auf, einen Schritt zu initiieren, der nach den alten Fakten fünfzigtausend Lichtjahre betragen würde.

„Berechnungsgrundlage wie gehabt. Vorbereitungen für einen Schritt von fünfzigtausend Lichtjahren.

Ausführung automatisch mit Sequenzübermittlung an die DANTON kurz vor dem Eigenimpuls."

Der Sempex bestätigte, doch ich erkannte ein paar besorgte Gesichter in den Reihen und über die Holoübertragung.

Mittlerweile konnte ich auch die Mimik der Oichoschen besser deuten. Der lippenlose Mund vibrierte leicht, als ich Tukosch beobachtete. Allerdings hatten diese Vertreter des Freundschaftsvolkes bei Weitem nicht die Raumerfahrung wie wir Terraner. Vielleicht haben die Oichoschen auch nicht diese Abenteuerlüste durchlebt, wie die Menschheit schon dicke Bücher damit füllen konnte.

Erneut zählte der Sempex einen Countdown. Also wieder ein neuer Rekord in Aussicht. Bei Countdownnull achtete ich hochkonzentriert auf das Panoramafenster und auf die Rahmenmonitore. Ein noch deutlicherer Effekt dieser Tachyonenschübe begleitete unseren Schritt. Fast bewusst meinte ich, durch diese Wellen zu tauchen. Die Transparentphase schien sich immer wieder zu unterbrechen, oder eben abzubremsen.

„Hurra! Ich erkenne ein System oder ein Muster!"

Tamines ganz außer sich! „Wie? Was für ein System oder was für ein Muster erkennst du?" Wollte ich wissen. Bevor Tamines antwortete kam aber auch schon eine Meldung von der DANTON. Damit verhielt sich die Schrittbeeinflussung durch die Gravitationswellen wenigstens auf alle Objekte beziehungsweise Raumflugkörper gleich. Lediglich die Kursspreizung, die gewollt war, erzwang eine höhere Distanz der beiden Schiffe als beim Schrittbeginn. Und diese Distanz konnte bereits berechnet werden.

Gerard Laprone wollte wieder einen seiner Späße an den Mann bringen: „He, Max! Schau mal in den Rückspiegel! Wir können unsere Milchstraße in einem Stück sehen! Das war noch nie da."

Ich blickte zu einem dieser Monitore, welche rund um das Panoramafenster angebracht waren und wirklich! Wir konnten die Milchstraße schräg als eine Spirale erkennen. Natürlich stieg nun auch die Gefahr, bei einer weiteren Tachyonenemission von den Chorck `gesehen´ zu werden. Eine Tachkom-Verbindung würden wir also erst am Ziel anstreben, da auch die Satelliten besser ausgerichtet sein würden. Das Logo der Tachkom-Verbindung, wenn sie einmal steht, sollte auch die beiden Magellanschen Wolken zeigen und wenn die Chorck Signale davon bekommen, müssten diese doch von logischen Gesichtspunkten ausgehend den Absender auch wie gewollt erkennen.

„Tamines. Wiederhole noch einmal, wie du dies gemeint hattest, dass du ein Muster erkannt haben willst." „Ganz einfach Max. Ich bin der Überzeugung, wenn wir dem Bordrechner erlauben würden, nach Durchschreiten der ersten Welle eine Kompensation der Waferkondensatoren vorzunehmen, also Energieabnahme bei einem Wellental und Energiezufuhr bei einem Wellenberg, in Bemessung der Länge des ersten Vollsinus, dann könnte eine Angleichung von mindestens achtzig Prozent vollzogen werden. Damit würden sich die Schrittweiten um mindestens neunzig Prozent korrigieren!" „Wie kommst du darauf?" „Ha! Nimm doch einmal einen Hundertmeterläufer, Dieser kann mit relativ gleichem Energieaufwand seine Strecke bewältigen. Also fast gleiche Energie pro Meter, als physikalisches Beispiel genommen. Nun nimm doch mal einen Hürdenläufer. Was macht dieser im Vergleich zu einem normalen Läufer? Er sieht das Hindernis und beschleunigt kurz davor, springt ab, ergo er nimmt mehr Energie auf, die er aber anschließend kurzzeitig nicht benötigt, wenn er den Gipfelpunkt der Hürde verlässt und wieder zum Boden kommt. Also eine Energiereduzierung, die er wieder mit einem verstärkten Anlauf kompensiert. Müsste er die Hürden umrennen, dann würde er gebremst werden, so wie wir. Unser Universum entstand durch Strahlungen, Resonanzen und Harmonischen, leider auch Disharmonischen und genauso müssen wir diesem auch entgegentreten oder besser uns einordnen. Nachdem ein Tachyonenschub auch `gestaute Zeit´ bedeutet, sollten wir `schneller für die Zeit´ werden."

„Tamines hat Recht!" Ich staunte. Meine Frau Gabriella nahm den Faden auf. „ Wenn wir zu diesem Phänomen in Resonanz treten, dann sollte dieses auch egalisiert werden. Die erste Welle zur Anmessung und in der Folge könnten die nachkommenden Wellen übersprungen werden. Wir sollten es versuchen und erst eine Simulation mit dem Bordrechner starten."

Ich konnte nicht umhin, als dem Sempex sofort eine Simulation aufgrund der Daten des letzten Schrittes zu befehlen. Schon auch aus dem Grund, da ich von Natur aus ebenfalls sehr, sehr neugierig war.

Die einzigen Zweifel, die mich plagten waren einfach, ob der Sempex in dieser Geschwindigkeit des fast zeitlosen Schrittes auch eine Synchronisation bewerkstelligen könnte, also eine Kompensation aufgrund der ersten Welle zu erzeugen.

Auch Georg schien sich mit dieser Art von Gedanken befasst zu haben, denn er meldete sich vom B-Modul: „Max! Ich empfehle ein kurzzeitiges Splitting der Rechner, also die Parallelschaltung innerhalb der Sicherheitsstufe. Damit könnte ein Rechnerteil für die minimale Dauer des Schrittes die Bordkontrolle halten und ein anderer Teilrechner rein für diese Kompensationsberechnung arbeiten. Davon ließen sich wieder zwei Rechner schalten, denn unser Sicherheitspaket hat ohnehin vier Rechnereinheiten. Auf diese Art und Weise könnten wir künftig vielleicht auch alle Gravitationswellen während einer solchen Schrittperiode einmessen und aktuell anpassen. Vielleicht noch etwas zuviel verlangt für den Moment und für unsere Bordmittel, aber der Gedanke ist da und der Gedanke bildete schon immer das Fundament."

„Ich höre den brillanten Wissenschaftler in deinen Argumenten, lieber Freund! Schlage doch bitte dem Sempex deine Ideen vor."

Ich sah, wie sich Georg aber am Terminal beschäftigte. Er wollte diesmal mit einer Verbalprogrammierung warten – auch das Systemsplitting der Rechnereinheiten konnte nicht mit einem Verbalprogramm eingeleitet werden. Das war eigentlich gar nicht vorgesehen. Hierzu musste ja direkt in die Sicherheitsprogrammierung eingegriffen werden.

Nach einiger Zeit erklärte Georg:

„Es kann funktionieren! Tamines! Hast du die Reduzierung der Schrittweite schon berechnet?"

Die Brasilianerin arbeitete noch an ihren Instrumenten. „Es ist etwas schwieriger, als beim ersten Schritt, aber ich möchte mindestens eine Dreipunktmessung durchführen. Also hier kommen die Daten. Demnach hat sich unser Schritt fast halbiert! Statt fünfzigtausend haben wir etwa achtundzwanzigtausend Lichtjahre geschafft. Wieder ein Effekt: Mit zunehmender Distanz erhöht sich auch die Bremswirkung. Doch schon können wir doch erkennen, dass unsere Wafer wesentlich exakter arbeiten, als Chorck-Wafer oder deren Nanoschichten auf ihren Schiffen.

Es hat sich ausgezahlt, dass die Menschen sich parallel mit der Nanotechnologie beschäftigt hatten. Ich denke ebenso wie Bernhard, dass wir hier den Chorck sogar etwas überlegen sind, zudem die Chorck sich scheinbar auf ihren Lorbeeren auszuruhen scheinen. Nun schlage ich einen weiteren Schritt von gleicher Distanz vor. Wir sollten den intergalaktischen Leerraum für unsere Versuche nutzen. Hier treffen die Tachyonenschübe oder veraltet gesprochen Gravitationswellen ungetrübt ein. Der gesplittete Bordrechner dürfte es bei den ersten Anmessversuchen auch leichter haben."

„Eine gute Idee", lobte Georg per Holo. „So können wir sofort erkennen, zu welchem Prozentsatz sich die Schritte kalibrieren lassen. Auf was wartest du Tamines? Starte doch einmal eine Simulation nach den vorhandenen Daten. Ich habe den Rechner soweit, dass er oder sie sich splitten, wenn ein Schritt eingeleitet wird. Dabei arbeiten dann zwei Einheiten weiter für die Bordsysteme, ein Rechner misst die Wellen und der andere regelt die Kondensatoren der Wafer nach. Anschließend koppeln sich die Rechner wieder. Die Schrittdaten werden aber gespeichert, damit wir immer wieder eine Simulation starten könnten."

Tamines arbeitete auch noch ohne Verbaleingabe. Sie nutzte momentan den 3D-Fingerscan für Dateneingabe und Simulationsabgleich.

„Ich lege die Simulation auf das Haupholo und veranlasse eine hundertfache Zeitverzögerung, damit wir sie besser beobachten können."

„Schicke sie aber auch auf dem Datenkanal!" Laprone von der DANTON. „Ich möchte auch dabei sein, wenn ihr Intelligenzbolzen etwas Neues erfindet!"

„Intelligenzbolzen?" Tamines sah den bärtigen Franzosen, der immer wieder an ein Wollknäuel erinnerte an, als wäre dieser von den Plejaden. Wir sind nun mal in die Suppe gesprungen und nun schwimmen wir mit den Nudeln!"

Gerard Laprone sah Tamines über das Holo an, verzog langsam seinen Mund und stand sichtlich kurz vor einem Heiterkeitsausbruch.

„Nein! Nicht! Steh wenigstens auf, Gerard!"

Tamines sah dermaßen entsetzt zur Holoübertragung, dass Laprone stockte. Doch er stand auf wie geheißen und brach in eine leicht abgeschwächte Version seiner berüchtigten Lachsalven aus. Aufgrund der Konstruktionsart des Frachters konnte nach einem Schritt sofort auf die Pseudoschwerkraft umgeschaltet werden, da sich auch Streifenwafer auf den Auslegern befanden und der Rumpf ebenfalls mit so einem Erzeugnis bestückt war.

Die VICTORIA hingegen bot diesen Service nicht, sie müsste in den offenen Verbund gehen um auf Schwerkraft schalten zu können. Aber ein paar Stündchen ließen sich schwerelos und ohne großes Gesundheitsrisiko genießen.

Als sich Laprone wieder etwas beruhigte und noch kopfschüttelnd immer wieder „Suppe, Nudeln, Nudelsuppe" sprach, startete Tamines die Simulation, die der Sempex ausgab.

Nach der dritten Simulation sollten die Schrittweitendifferenzen bis auf unter zehn Prozent kompensiert werden können. In der Simulation wohlgemerkt! In der Praxis wären wir ja auch mit fünfzehn Prozent bei der Distanz von fünfzigtausend Lichtjahren voll zufrieden.

Tamines wandte sich an Georg: „Georgie! Ich glaube wir können es wagen. Die Ergebnisse sind viel versprechend. Das Splitting hast du sehr gut hinbekommen, ich gratuliere."

„Dann sollten wir uns wieder aufmachen. Ich übertrage die Splittingdaten noch zur DANTON, damit uns Laprone durch diese Suppe folgen kann."

Und Laprone stand wieder auf, nachdem er erst kurz saß, schaffte es aber, einen weiteren Lachanfall im Rahmen zu halten.

„Wir laden also die Kondensatoren der Wafer für eine Schrittweite von weiteren fünfzigtausend Lichtjahren, die Waferladung wird vom Sempex per Pufferung variabel gehalten. Also Energierücknahme bei einem Wellental und Push bei einem Wellenberg um eine Neutralisierung der Tachyonenschübe zu generieren. Wenn das klappt, dann haben wir sicher schon weitere Vorteile gegenüber den Chorck!"

Tamines sprach, als hätte sie in ihrem Leben nichts anderes getan, als die Chorck zu studieren. Doch war mir auch klar, dass sie langsam ihre Mission aufnehmen möchte. Dieser neu entdeckte Effekt hatte uns mittlerweile doch etwas aus dem Plan geworfen. Doch was soll es? In einem Universum, welches in Jahrmilliarden rechnet, sollten Verzögerungen von ein paar Stunden nicht auffallen.

Die Brasilianerin nickte mir zu. Sie hatte also die Rechner wieder direkt gekoppelt, keine Simulation würde mehr folgen, sondern nur praktische Ausführungen.

Also gab ich den Befehl an die Rechnereinheiten. „Neues Programm fahren. Schrittweite wieder fünfzigtausend Lichtjahre in Richtung der Ursprungsprogrammierung. Verwendung der Daten von der Navigationskonsole. Ausführung sofort und automatisch, Remotesteuerung für die DANTON mit Zeitverzögerung."

Der Sempex, oder nach dem Splitting müsste ich `die Sempex´ sagen, korrigierte den leichten Seitendrift aus und zählte den Countdown. Ich dachte, ich könnte es spüren, wie wir durch die Wellen glitten. Der optische Effekt dieser Hürden konnte kaum mehr vernommen werden. Nach nicht mehr als zwei Minuten meldete sich auch Laprone wieder: „Euer Plan scheint gelungen! Mit euch würde ich auch die gesamte Universumssuppe durchschwimmen, haha!"

„Tamines! Hast du schon Daten?" „Ich bin dran. Moment, laut Simulation sollten wir eine Abweichung von unter zehn Prozent erfahren. Die Tatsächliche Abweichung ist – unter acht Prozent! Fast unglaublich! Ich bin mir sicher, wir können eines Tages die Abweichungen unter fünf Prozent drücken! Wir haben echte sechsundvierzigtausendzweihundertvierzehn Lichtjahre bewältigt! Damit sind wir bereits rund neunundsechzigtausendzweihundert Lichtjahre von der Erde entfernt. Wir programmieren also den nächsten Schritt auf einhunderttausend Lichtjahre, einverstanden?"
„Wir sind schon unterwegs! Übernimm ruhig diese Programmierung, Kind der heißen irdischen Subtropen. Wir haben noch eine Raumstation einzurichten!

Die Brasilianerin ging in ihren Aufgaben zusehend auf. Sie programmierte also die Sempexeinheiten für die nächste Distanz, gab die Ausführung frei und zunächst durften wir uns an den optischen Effekten erfreuen, die noch nie so lange andauerten wie dieses Mal. Sicher nicht einmal eine halbe Sekunde.
Wieder knappe zwei Minuten später meldete sich unser Wollknäuel von der DANTON: „Immer besser! Immer besser! Ich konnte unsere Radioverbindung und die Antennenrichtung bereits mit Bordmitteln vorberechnen. Ha! Ist es doch schön, mit euch das Universum zu bereisen!"

`Unter uns´ sah ich ein Band ähnlich unserer Milchstraße. Die kleine Magellansche Wolke und weiter zurück den fahlen Schimmer einer weiterer Wolke, welche aber aus dieser Perspektive schon wieder wesentlich kleiner aussah. Die große Magellansche Wolke wirkte gar nicht so groß. Doch die Rasterdaten sagten mehr aus, als der optische Eindruck verriet.

„Abweichung?" Ich fragte in Richtung unserer Agentin von Terra.
„Wieder unter acht Prozent! Entweder konnte der Sempex schon besser ausgleichen oder die Methode ist schon gut genug für diese immer noch

geringen Distanzen auf das gesamte All bezogen." „Eher eine bessere Abstimmung. Also, demnach haben wir nun eine Gesamtdistanz von über 171600 Lichtjahren bewältigt. Nun müssen wir uns langsam auf die Suche nach einem guten Fleck für unsere Station machen. Nachdem Tamines sich hier in ihrem Erstoperationsgebiet befindet, möchte ich meinen, sie sollte die Rasterteleskope führen und einen guten Platz auskundschaften. Was meinst du dazu?"

Ich lächelte zu unserer südamerikanischen Teamkollegin, dabei fiel mir doch auf, dass meine Gattin meine Art der Blicke zu entschlüsseln versuchte. So ganz dürfte auch die beste Gokk-Schülerin nicht gegen Eifersucht gewappnet sein. Spielt es auch eine Rolle, dass wir so fast unbegreiflich weit von zuhause weg sind?

Ich gab vorerst einmal die Anweisung an den Bordrechner, den geschlossenen Verbund aufzulösen, die beiden Gondeln nur parallel zu halten, sodass wir diese Pseudoschwerkraft vorerst einregeln konnten.

Sofort schnallten sich die Besatzungsmitglieder alle ab, atmeten erleichtert auf und spazierten auf dem Brückendeck hin und her, als das Blut wieder in die Beine schoss.

Besonders Aluscha, Kalii und Tukosch genossen die Rückkehr der Schwerkraft sehr, waren diese drei doch kaum an Raumfahrt gewöhnt. Ich selbst hatte glatt vergessen, dass sich nun auch mein Magen meldete. Die Anspannung und die Aufregung wegen der Entdeckung der Einsteinschen Gravitationswellen und die ersten Maßnahmen, gegen deren Effekte vorzugehen, hatten mich der körperlichen Bedürfnisse vergessen gemacht.

Auch die anderen Besatzungsmitglieder schienen auf diese willkommene Pause ähnlich zu reagieren, denn ich hörte den Serverschacht unaufhörlich summen, da er laufend die verschiedensten Speisen auszugeben hatte.

Gabriella wartete, bis das Oichoschentrio ihre Mahlzeiten bekommen hatten, dann bestellte sie deftige Mahlzeiten für sie und mich. Nachdem ja wieder diese Pseudoschwerkraft herrschte, stellte sie mir einen Teller aufs Pilotenpult. So konnte ich mein erstes Gulasch nahe der kleinen Magellanschen Wolke einnehmen. Dazu nahm ich mir einen Energydrink mit Waldmeistergeschmack. Ich ließ mich vom Oichoschentrio dazu verleiten, denn diese Waldmeisterlimonaden machte die ersten extraterrestrischen Freunde der Menschen halb süchtig. Das war ein Importschlager auf Oichos.

Tamines ließ die VICTORIA leicht um zwei Achsen drehen, um mit ihren Vermessungsarbeiten zu beginnen.

Ich erschrak regelrecht, als ich die Andromedagalaxis erkannte! Was waren wir schon nah und doch noch so fern! Die Spirale von Andromeda zeigte sich schräg gestellt und ich dachte nach. Andromeda hatte eine Entfernung von zwei Komma zwei Millionen Lichtjahren von der Erde aus gesehen. Also stand immer noch eine Entfernung von zwei Millionen Lichtjahren dazwischen und sie wirkte schon so groß, diese Nachbargalaxie! Werden wir Menschen eines Tages noch damit fertig, zu forschen, unsere Neugierde zu befriedigen? Nach diesen An- und Einsichten sicher nicht.

M31 oder NGC 224 wurde der Andromedanebel in den Katalogen bezeichnet. Seitlich stand eine kleine Begleitgalaxie, die vom Navigationsrechner mit M32 per Einblendung bezeichnet wurde. Nachdem wir nun nördlich der SMC, als der `Small Magellan Cloud´ standen, wurde auch erkennbar, dass diese kleine Wolke einen Sternenfaden in Richtung Andromeda zog. Wieder erinnerte ich mich an die Theorie, dass die Kometen oder Meteore mit den Lebensursporen aus dieser Richtung gekommen waren. Ich hielt mittlerweile diese Theorie schon als Basis, nachdem auch die Oichoschen und die Chorck ein gewisses humanoides Aussehen hatten.

Alles Leben unter ähnlichen Bedingungen entwickelt sich auch ähnlich. Wenn auch noch die Ursporen die gleichen waren, dann erst recht.

Nach einer weiteren Zweiachsdrehung der Doppelgondel zeigte sich doch die relativ nahe stehende Große Magellansche Wolke. Zwanzigtausend Lichtjahre nur zu deren Rand.

Probeweise schaltete ich das Panoramafenster auf Negativdarstellung, sodass die Sonnen und alle beschienenen Objekte schwarz auf weißem Grund dargestellt wurden. Nun war das Ausmaß dieser Wolke aber wesentlich besser zu erkennen! Der Navigationsrechner blendete blinkende Pfeile ein, die den Drehsinn der Wolke verrieten. Einzelne Sonnen, die der Standortberechnung dienten, wurden neongrün unterlegt.

Plötzlich stoppte die leichte Zweiachsdrehung der VICTORIA und Tamines befahl dem Navi, einen transparent-farbigen Kreis in die Darstellung der kleinen Wolke einzublenden.

„In diesem Bereich werden wir unsere Satelliten aussetzen, damit stehen diese Wandersatelliten außerhalb des leichten Halos der Wolke und relativem Gravitationsneutral, sie drehen sich mit der Wolke, allerdings für uns kaum nachvollziehbar langsam. Nordnordwestlich ist eine Vertiefung, oder besser ausgedrückt, eine sternenarme Region in der Wolke, welche unserem Spiralarm der Milchstraße ähnelt, was die astrophysikalischen Verhältnisse betrifft. Also ein relativ ungefährdete Region. Dort wäre ein gutes Plätzchen für unsere Station! Nachdem wir etwas schräg dazu stehen, was unsere bisherige Fahrtstrecke betrifft, müssen wir noch einmal weitere

– Moment mal, ich kann es euch genau sagen – die restlichen etwa tausendvierhundert plus dreihundertzwölf Lichtjahre absolvieren. Eintausendsiebenhundertzwölf Lichtjahre also, dann kann Gerard auspacken!"

Gerard hörte seinen Namen und zeigte seinen erhobenen Zeigefinger über die Holoübertragung in Richtung Tamines. „Wirf nicht so mit diesen Lichtjahren rum, liebes Fräulein aus dem Land der saftigen Rindersteaks! Noch vor zwei Jahren hättest du gejammert, wenn du zwei Kilometer zu Fuß laufen solltest!"

„Nein, nein, lieber Gigant aus dem Land der trockenen Baguetten und bröseligen Croissants, ich hatte von klein an schon ein Fahrrad und ich machte damit immer wieder Ausflüge von mindestens zwanzig und mehr Kilometern. Ich bin Distanzen bereits gewöhnt. Nachdem mir aber die Bodenhaftung irgendwie bei diesen neuen Ausflügen verloren ging, musste ich auch das Transportmittel wechseln. Bist du jemals Fahrrad gefahren, Gerard?"

„Doch, verehrte Schönheit der südlichen irdischen Sonne, ich habe mein Fahrrad immer noch! Es steht da wie neu. In den letzten zwanzig Jahren habe ich doch glatt so um die hundertzehn Kilometer damit abgespult! Doch in einem Punkt muss ich dir ja Recht geben. Auch ich habe die Bodenhaftung verloren, haha!"

Tamines wollte noch etwas sagen, doch als Gerard den Satz mit einem kleinen Lacher abschloss, fürchtete sie vielleicht auch, dass er wieder in ein Gebrüll ausbrechen könnte und wandte sich wieder ihren Kontrollen zu.

„Kann ich die Schrittsequenz einprogrammieren, Max?" „Du kannst Tamines. Es wird Zeit, dass wir in die doch etwas bequemere Station wechseln. Der Zusammenbau wird ja ohnehin noch etwas dauern. Also Tamines, übernimm die Steuerung."

Nach kurzer Zeit blinkten die Warnanzeigen für den Wechsel zum geschlossenen Verbund auf, der Sempex forderte alle Besatzungsmitglieder auf, sich wieder anzuschnallen, da die Pseudogravitation wieder heruntergeregelt werden musste.

Die Steuerung sah ebenfalls wieder vor, einen Remotebefehl an die DANTON zu senden, diese dann zeitverzögert uns zu folgen hätte. Ein wenig mehr als siebzehnhundert Lichtjahre, dann würden wir zwischen zwei Sonnensystemen `parken´.

Ein Blick in die Runde überzeugte mich, dass diese Stunden der Anspannung sich doch in allen Gesichtern ablesen ließen.

Auch ich sollte froh sein, wenn der vorläufige Zielort einmal gefunden und eingenommen sein sollte.

Nun wurde mir erst einmal bewusst, welche Distanzen wir im Sinne waren, zu bewältigen. `Nur noch etwas mehr als siebzehnhundert Lichtjahre`. Wieder relativiert sich eine Ansicht. Nach den 170000 Lichtjahren sind diese 1700 wieder ein Katzensprung. Noch vor einigen Wochen tummelten wir uns in einem Bereich von maximal siebenundzwanzig Lichtjahren herum. Ein ungewollt kalter Schauer lief mir über den Rücken, auch mit der Erkenntnis, dass ich an dieser gesamten Entwicklung federführend mitgewirkt hatte.

„Schwere Gedanken, Liebster?" Meine Gabriella schien mich bereits so gut zu kennen, dass sie meine Gedanken erraten kann.
„Doch, schon. Wieder diese Relativität. Wir brechen seit fast zwei Jahren einen Rekord nach dem anderen und kommen immer noch nicht zur Ruhe. Nimmt dies einmal ein Ende oder beginnt alles jetzt erst?"
„Die Menschen haben eine andere Ebene erreicht und diese gilt es ebenso zu überqueren, wie die vorangegangenen Ebenen, mitsamt aller Hürden und Blockaden. Wir haben sicher noch keine Vergleichsmöglichkeiten, aber ich denke, dass wir mit dem Erreichen dieser Ebene sicher schon zu einem gewissen Elitebereich gehören dürften. Aber nun folgt noch ein Schritt. Konzentrieren wir uns!"

Der von Tamines berechnete Schritt wurde per Countdown eingeleitet. Wir sollten genau zwischen zwei Sonnensystemen den Wiedereintritt absolvieren. In einer ansonsten sternenarmen `Einbuchtung´ der kleinen Magellanschen Wolke.
Dem war auch so. Tamines hatte ein feines Händchen und ein sagenhaftes Gespür für die Raumfahrt entwickelt.
Der offene Verbund wurde erneut hergestellt und die DANTON meldete sich aus ganz in der Nähe. Relativ gesehen!
Laprone steuerte den Frachter heran und wollte nur noch wissen: „Milchkaffeemädchen! Sind wir in unserer neuen Heimat angekommen? Kann ich auspacken?"
Erleichtert lachte die Brasilianerin: „Du kannst auspacken. Mann bin ich froh, dass doch alles so geklappt hat. Irgendwie stresst die Sache dann doch. Aber wir stehen im exakten Gravitationsneutral zwischen diesen beiden Systemen. Ein guter Platz, denke ich. Diese beiden Sonnensysteme gilt es bald zu erkunden, denn eines davon sollte unsere offizielle Heimat sein, wenn ich den Chorck einen Absender nenne."

Laprone verlor keine Zeit mehr. Wir wurden Zeugen, wie sich die riesige DANTON selbst zerlegte. Die ersten Module der Raumstation schoben sich langsam aus dem Frachter. Zwischendurch rasterte Tamines schon die beiden Sonnensysteme.

„Ein System hat nur sechs Planeten und eine etwas kleinere Sonne als Sol, das andere System hat zwei Planeten mehr und eine etwas größere Sonne als wir zuhause, allerdings moderate Unterschiede. Wir sind in einem ruhigen Viertel des Universums gestrandet. Zumindest ein System bietet eine Biosphäre, das westliche nach unserer Definition, oder das mit der kleineren Sonne. Ich messe auch eine hohe Strahlung vom zweiten Planeten an. Allerdings keine Strahlung künstlicher Art. Strahlung im Gammabereich, Radioaktivität in dieser Dosis hat kaum natürlichen Ursprung. Aber ansonsten keine Zeichen eines technisierten Volkes. Die Strahlung liegt in einem Bereich von etwa drei Mal höher als nach dem atomaren Blitzkrieg von 2055 auf der Erde. Man könnte meinen, dort haben es welche nicht geschafft!"

„Was meinst du, Tamines?" Gabriella wurde neugierig. „Du meinst, dass die Strahlung noch von Atomwaffen oder Atomreaktoren kommen könnte, welche die Bevölkerung vernichtete?"

„Das ist meine Spekulationsgrundlage. Wie könnte es denn sonst sein, dass genau der zweite Planet ums fünfzigfache im Gammaspektrum heller strahlt, als seine Systemkollegen. Außerdem stehen wir in einem strahlungsarmen Bereich der SMC. Hier war was, aber was genau, das kann ich noch nicht sagen. Auch sollten wir uns nicht sonderlich groß im Moment darum kümmern, denn unsere Mission ist eine andere. Trotzdem müssen wir diese Erkenntnisse ins Logbuch mitaufnehmen. Zumindest gehe ich davon aus, dass, sollten sich hier Intelligenzen einmal selbst ausgelöscht haben, die Strahlung früher noch wesentlich höher war. Ihr wisst ja, die Halbwertszeit. Die Strahlung kommt nämlich von weniger flüchtigen Elementen. Das heißt, dass es zum Beispiel kein Cäsium 137 mehr gibt, welches bei der Kernspaltung entstünde. Cäsium 137 ist ein sehr gefährliches Radionuklid mit einer Halbwertszeit von etwa dreißig Jahren. Davon strahlt nichts mehr. Der Super-GAU, wenn es sich hier um einen solchen handelt, liegt schon sehr lange zurück! Die Strahlung selbst ist zumindest soweit zurückgegangen, dass wir diesen Planeten dennoch besuchen könnten. Zwar nicht für eine Besiedelung und sicherheitshalber in Strahlenschutzanzügen, aber ein Aufenthalt unter Vorsichtsmaßnahmen von bis zu einem Monat halte ich für unbedenklich. Was haben wir auf der Erde schon für Strahlungen aufgenommen, welche sich aber nun glücklicherweise reduzieren."

Gabriella sinnierte: „Das bedeutet unter Umständen, dass wir nun eine Welt gefunden haben, dessen Bewohner diesen Schritt, diese Ebene, welche wir Menschen nun betreten, nicht oder gerade nicht mehr erreichten. Eine traurige Angelegenheit. Mich würde das Schicksal dieser Welt sehr interessieren. Wieder könnten wir alle etwas daraus lernen."

„Wir können aus Allem etwas lernen", meldete Georg. „Auch mich würde diese Sache sehr interessieren, unsere Raumstation wird ja ohnehin nicht mehr zurück nach Terra gebracht. Wenn diese Mission beendet ist, könnten wir sicher von hier aus weitere Forschungen oder Nachforschungen betreiben."

„Ich sehe schon, es wird interessant bleiben."

„Ich bitte nun darum, dass alle, die nichts mit dem Zusammenbau der Raumstation zu tun haben, eine Ruhephase antreten. Besonders Tamines möchte ich dazu auffordern. Sie unterlag einem besonderen Stress in den letzten Stunden."

Ohne zu meckern, erhob sich dieses Milchkaffeemädchen, wie Laprone unsere Brasilianerin nannte und schwang sich in die Rohrleiter ins Unterdeck. Die Oichoschen folgten wortlos.

Auch mich überfiel die Müdigkeit und Gabriella nahm mich an der Hand, auch sie wollte sich an meiner Seite ausruhen.

Ich übergab nur noch mit einem Verbalbefehl dem Sempex die Kontrolle und ließ mich von meiner Gattin führen.

„Gute Nacht!" Hörte ich von der DANTON. Laprone grinste breit über die Holoübertragung. Auch Georg schielte über ein Holo zu uns. Auch er würde sicher bald seine Ruhephase antreten, hatte er doch schon gerötete Augen.

Wir konnten noch erkennen, wie die drei Techniker ihre Raumanzüge anzogen. Sie würden bei dem Vorhaben mithelfen und ihre Ruhephase mit den Technikern an Bord der DANTON absprechen.

„Gute Nacht!" Winkte ich zurück und verschwand mit Gabriella ebenfalls in der Rohrleiter.

Doch ein Gläschen Wein würden wir uns schon noch gönnen wollen.

Das erste Gläschen Wein in der kleinen Magellanschen Wolke!

Auch dieses Mal hatte ich mir einen kleinen Privatvorrat im Rahmen des Möglichen mitgenommen.

Silvana und Georg aber sicher auch.

Als ich mit meiner Frau auf ein gutes, weiteres Gelingen unserer Mission anstieß, zeigte der Bordchronometer den fünften März 2095, kurz nach zwei Uhr früh. Dieses Bisschen an Wein sorgte bald dafür, dass sich unsere Körper deren Müdigkeit besannen, wir uns also vollkommen dem

Gelschaumbett hingaben. Gabriella rollte schon im Halbschlaf an mich heran und schlang einen Arm um mich, drückte ihren Kopf an meine Brust. Dabei stammelte sie wie im Traum: „Ich bin deine Frau. Ich werde an deiner Seite sein und an deiner Seite bleiben. Niemand sonst wird ...“ So musste sie eingeschlafen sein.

Fünfter März 2095, 09:51 Uhr nach dem Bordchronometer der DANTON. Bericht Gerard Laprone:

Zufällig blickte ich zum Chronometer, oder war es ein innerer Impuls, weil ich mich ertappte, dass ich öfters diesen Blick suchte. Vielleicht weil der Bezug zum Sonnenstand fehlte, so wie es auf Planeten der Fall war. Leider sollte ich nicht lange hier, beziehungsweise in der Station bleiben. Mich würde interessieren, wie dieses System der Lichtwellenabschwächung funktionierte, welches sich Silvana und Gabriella ausgedacht hatten und welches in diese Station eingebaut war. Angeglichen zur Erdzeit sollten die Beleuchtungskörper gegen Abend und gegen Morgen ein höheres Potential an Infrarot emittieren, um den Leuten etwas Zeitgefühl zu simulieren.
Die Techniker hatten bis jetzt gearbeitet. Die Module der Station fügen sich zwar größtenteils durch eigene Antriebe zusammen, aber bei dieser Größe gab es immer wieder ein paar Komplikationen und der Mensch ist einfach in seiner Kombinationsgabe immer noch nicht zu ersetzen.

Die erste lange Schicht war aber zu Ende und die Männer mussten eine Pause machen, zudem das Arbeiten in Raumanzügen trotz Waferstabilisatoren gegen wildes Drehen besonders ermüdet.
Gerade konnte ich noch mitbekommen, wie die ersten Roll´s-Royce-Generatoren angeschlossen wurden und schon in Betrieb gingen.
Die Station leuchtete bereits aus einigen ihrer Fenster und die Positionslichter blinkten, obwohl ich fragte, für was diese hier ihren Dienst antreten sollten. Aber da gab es ja immer noch diese Vorschriften aus der Fliegerzeit.
Die ersten Anzeigen flackerten auf, welche per UKW-Signale Anflugkorridore bereitstellten.
Ich hatte ein paar Stunden geschlafen, hatte die Brücke einem meiner Techniker und diesem Valdemir Oliveira dos Santos überlassen. Der andere Techniker kehrt gerade von seinem Raumeinsatz zurück.

André war ein feiner Kerl. Ein Franzose aus Marseille. Zwar gab es immer noch das Nord-Süd-Gefälle auch in Frankreich, aber wir verstanden uns trotzdem gut. Er zeigte mir gegenüber einen ungeheuren Respekt, vielleicht auch deshalb, weil ich fast einen halben Meter größer und fast fünfzig Kilo schwerer war als er. Ich bemerkte, dass mein Äußeres auch diesen Ingenieuren der TWC gefiel und ich fand Max und Georg auch besonders natürlich und sympathisch. Diese Jungs hatten ihren Ruhm nicht in Überheblichkeit gekleidet, wie es viele andere Leute tun würden, nein, das waren richtig gute Freunde. Auch ihre Frauen sind ja so etwas von anständig und kumpelhaft, ich konnte für diese Personen nur meinen äußersten Respekt aussprechen.

Das ist wahre Intelligenz, wenn Leute sich auch ihre Natürlichkeit bewahren können, obwohl sie immer weitere Sprossen an ihre Karriereleiter anschrauben.

Besonders lieb fand ich diese Tamines, diese Brasilianerin. Ein so hübsches Mädchen, ich könnte ihr glatt verfallen. Aber wie würde so ein Paar denn aussehen? Ein Riese wie ich mit weit über hundert Kilo Gewicht und so ein zierliches Ding wie diese Tamines mit ihren fünfundfünfzig Kilo? Wir würden ein optisches Spektakel abgeben, so als wird ein Panzer von einem Fahrrad begleitet. Doch ich mochte sie wirklich gerne, irgendwie so etwas wie eine geheime Liebe.

Auch ich schien ihr sehr sympathisch zu sein. Glücklicherweise muss ich sagen, denn nur so kann eine Zusammenarbeit funktionieren.

Die letzten Teile der Station wurden aus dem letzten Ring der DANTON entladen und nun konnte ich meinen Frachter wieder komplett verkoppeln. Ich würde noch so lange warten, bis die Station komplett beschaltet sein würde, dann heißt es für mich: zurück nach Terra und wieder den Frachtdienst antreten.

Es wird doch noch einige Zeit dauern, bis ich meinen Plan, eine eigene Raumspedition zu gründen, realisieren können würde.

Die Raumstation, die dummerweise, so fand ich, SMALL MAGELLAN CLOUD hieß, schwebte noch in zwei Rundsegmenten und fünf Langsequmenten vor der DANTON. Langsam schoben sich die Rundsequmente zusammen und koppelten. Mir war, als hörte ich den Kopplungsvorgang, obwohl dies doch unmöglich sein sollte, da jedes Übertragungsmedium im freien Raum fehlte. Doch! Ich hörte wirklich was! Ich drehte mich um und André grinste mich frech an.

„Die erste Live-Übertragung von der CLOUDIE! Der obere Bereich der Station wurde mit dem Luftgemisch geflutet und sendet bereits im VHF-Bereich. Ich habe den Empfänger eingeschaltet!" „Ah! Darum konnte ich das Kopplungsgeräusch hören. Ich dachte schon, ob ich vielleicht spinne oder sonstigen Einbildungen unterliege, weil ich solche Geräusche gehört hatte."

„Nein, Gerard! Aber nachdem Teile der Station ohnehin autark arbeiten, dachte ich, ich könnte den Kommandoteil schon einmal durchtesten und habe die VHF-Sender in Betrieb gehen lassen. Nur keine Zeit mehr verlieren."

„Nun machst du aber, dass du in die Heia kommst, André! Du musst ja wirklich schon komplett fertig sein."

„Ja Gerard, das bin ich wirklich. Ich habe einen Muskelkater bekommen. Dieser Raumanzug schien sich immer zu sträuben, wenn ich zum Beispiel den Arm beugte, so drückte er meine Bewegung durch die Innenatmosphäre zurück. Auch wenn die modernen Anzüge schon teilweise mit diesen Servermotoren ausgestattet sind, aber diese sprechen ja auch erst ab einem bestimmten Druck an. Wenigstens arbeiten diese kleinen Kugelwafer dermaßen gut, dass ich im freien Raum wenigstens mit den Schraubenschlüsseln arbeiten konnte."

André wandte sich ab und schlenderte irgendwie holprig in Richtung seiner Koje. Nachwirkungen der Schwerelosigkeit und des Muskelkaters, wie mir schien.

Über eine Ausschnittsvergrößerung konnte ich die anderen beiden Techniker, welche mit der DANTON mitgefahren waren, bereits durch die Stationsfenster erkennen. Sie hatten die Raumhelme bereits abgenommen und als sie sich miteinander unterhielten, hörte ich auch ihre Stimmen über die Kom-Schittstelle. Die beiden unterhielten sich über Tamines. Dieses Mädchen schien die Phantasien der Männer zu reizen!

„ . . . mit ihr einmal eine lange Nacht an einem einsamen Strand verbringen, dass wäre ein Traum, dafür würde ich alles geben."

Und der andere meinte dazu: „Wenn einer eine Chance bei dieser Schokoladenbraut hätte, so könnte es sich dabei nur um mich handeln. Mir wird eine frauenerobernde Aura nachgesagt und außerdem habe ich auch die Etikette dazu. Ich komme aus Nizza, so was kann man nur in dieser Gegend lernen. Du Bauernabkömmling solltest erst einmal Ordnung in deine Viehzucht bekommen, bevor du an die Eroberung von Klassefrauen denkst."

„Dass ich nicht lache! Diese Brasilianerin kommt ja auch aus einer einfacheren Klasse und nur die Natürlichkeit eines Mannes wie ich sie innehabe, kann sie erobern. Außerdem will so ein Mädchen einen Mann mit Grips und nicht mit einer inhaltslosen Etikette. Ob diese Etikette den

Stempel von Nizza hat oder nicht, das würde ihr sicherlich ohnehin nichts sagen."

Ich rief Tamines auf der VICTORIA über eine andere Frequenz und teilte ihr mit, dass sie bereits Gesprächsthema auf der Station war. „Gib mir die Frequenz – ah, ich habe sie ja bereits gespeichert! Ich schalte mich zu, Gerard!"

An ihrer Mimik konnte ich per Holoübertragung erkennen, dass sie nun den Gesprächen der beiden Techniker lauschte. Und diese beiden schwelgten in ihren Vorstellungen und behackten sich gegenseitig verbal wie bei einer Balz. „Eine Brasilianerin will einen schönen Mann, der adrett auftreten kann und die Dame galant zu führen imstande ist. Außerdem will so eine Frau einmal viele Kinder haben und diesbezüglich habe ich einen guten Ruf."

„Diese Tamines kommt vom Lande und würde sich wieder nur auf dem Lande wohlfühlen. In meiner Gegend könnte ich ihr alles bieten, was sie so haben möchte, außerdem denke ich, dass es dabei auf Schönheit weniger ankommen sollte, auch wenn ich denke, dass ich doch diesbezüglich mehr aufweisen könnte als du! Du erkennst die Schönheit der anderem Männer nicht mehr, weil du immer in den eigenen Spiegel siehst. Und ich könnte dieses Mädchen zu allen Zeiten glücklich machen, ob im freien Raum, auf einer einsamen Insel, am Strand oder . . ." Tamines unterbrach nun dieses Gespräch der beiden mit dem Zusatz: „ . . . in der kleinen Magellanschen Wolke. Ich fühle mich geehrt, die Phantasien von hochdotierten Technikern zu beflügeln, aber momentan denke ich weder daran, einen eigenen Kinderhort zu produzieren, noch mich in Frankreich niederzulassen. Außerdem gibt es statistisch mehr französische Frauen als Männer, Warum immer in die Ferne schweifen, meine Herren, lassen Sie doch ihre Phantasie in ihrem Lande walten. Haben denn die Frauen von Nizza keine Etikette?"

Ich hätte vor Lachen brüllen können, als ich die Gesichter der beiden in der Vergrößerung betrachtete. Ihre Köpfe schienen innerhalb von einer Sekunde blutleer geworden zu sein. „Oh, Fräulein – Senhorita Tamines – ich – äh wir wussten nicht . . ." „ . . . dass ich euer Gespräch verfolgen würde. Es tut mir leid, aber das war keine Absicht. Die Sendeanlagen der Station laufen bereits zwecks Funktionsanalyse. Ich kann nun auch bestätigen, dass diese funktionieren! Gute Arbeit Jungs!"

„Ja, aber wir – äh – wir haben ja gar nicht – das waren unsere Kollegen, welche die Anlage bereits geschaltet hatten!"

„Ein Kompliment an eure Kollegen! Alles funktioniert tadellos! Ich hatte jedes Wort verstanden!"

„Ja – äh – gut dann. Es freut mich, dass Sie mit den Arbeiten zufrieden sind, Fräulein Tamines. Sie wissen ja, eine schöne Frau regt auch die Gesprächsthemen etwas an und da – äh, ja da haben wir uns ein wenig über Sie unterhalten, was aber nicht negativ war, hoffe ich – oder hoffen wir." Und er andere Techniker meinte: „Ja das hoffen wir wirklich. Möchte ich doch mein Kompliment nochmal ausdrücken: Sie sind eine sehr schöne Frau, Tamines. Ich bin stolz, mit Ihnen an dieser Mission arbeiten zu dürfen!"

„Sie sind doch dieser Mann mit der Etikette, nicht wahr?" „Ja – äh – ich denke, dass – also ich meine, dass meine Herkunft mir schon etwas diesbezüglich gegeben hat. Nizza ist eine sehr schöne . . ."

Tamines unterbrach ihn: „Vielleicht ergibt es sich einmal, dass Sie mich zu einem Steak a´la Cháteaubriand einladen können. Ein andermal möchte ich aber auch ein typisches Gericht aus der Provence und einen guten roten Wein von dort genießen. Ließe sich das organisieren, meine Herren?"

„Selbstverständlich, Fräulein Tamines. Ich würde alles tun, um Ihnen zauberhafte Tage bieten zu können!" Und der Mann aus Nizza: „Für zauberhafte Tage eignet sich Nizza am besten! Ich werde der beste Reiseführer sein, den Sie sich jemals wünschen könnten." „Die Provence bietet insgesamt mehr als Nizza! Sie könnte sich mir blind anvertrauen, liebes Fräulein Tamines!"

„Sollte sich einmal die Gelegenheiten dafür ergeben, komme ich auf Ihre Angebote zurück! Aber ich kann viel essen! Ich kann auch viel trinken! Halten Sie dafür ein Monatsgehalt bereit, wenn es dazu kommen sollte."

„Ein Jahresgehalt!" Und der Provinzler: „Zwei, drei und wenn es sein sollte vier und fünf Jahresgehälter!"

„Na! Soviel kann ich dann wohl auch nicht essen und trinken. Erledigen wir erst einmal unsere Aufgabe hier, dann können wir weiter an dieser theoretischen Einladung arbeiten!"

Ich konnte nicht umhin, eines meiner grollenden Gelächter anzugeben. Zumindest wird immer behauptet, dass mein Gelächter so klang. Für mich selbst klang es aber ganz normal. Tamines sah über die Holoprojektion zu mir und lächelte viel sagend. Mit ihrer letzten Äußerung gab sie auch zu verstehen, dass es wohl bei einer theoretischen Einladung bleiben würde.

Gegen Abend, zumindest nach unseren Chronometern war die Station fast fertig, die Module gekoppelt nur die Längsmodule schwebten noch um den dicken Ring der Station. Morgen würden wir dann aber wohl fertig werden, wusste ich, denn diese Längsmodule hatten die geringsten technischen Einrichtungen zu erledigen. Andockkorridore und Steuerungswafer waren daran angebracht. Nichts Kompliziertes verbarg sich mehr in diesen Teilen.

Auch diese beiden Techniker waren zurückgekehrt und schauten irgendwie wie belämmert aus dem Raumanzug, als sie auf der Brücke der DANTON ankamen. Jaques und René, letzterer aus der Besatzung vom B-Modul der VICTORIA wirkten verstört.

Als sie mit mir in die kleine Messe gingen, um ihr Abendbrot einzunehmen, gestand einer nach dem anderen: „Wenn ich das gewusst hätte, dass diese Brasilianerin zuhört, hätte ich natürlich nicht so frei gesprochen. Mann! Hatte ich einen Schock bekommen, als ich plötzlich ihre Stimme hörte!" „Und ich erst! Ich dachte, mein Herz wäre in die Hose oder bis in die Knie gerutscht! Dann dieses schöne Gesicht über das Stationsholo! Ich glaube, ich habe mich fast noch stärker verliebt. Das ist wirklich ein wunderschönes Mädchen. Und sie muss so einen gefährlichen Job erledigen. Mir tut sie richtig leid."

André war wieder fit und gesellte sich zu uns. „Über was sprecht ihr denn da?" „Ha! Diese beiden wollten dieser Tamines den Hof machen und hatten sich auf der Station über sie unterhalten." „Und ich hatte doch schon die Kom-Anlage eingeschaltet!" „Du warst das, du Schuft!" „Wieso Schuft? Das gehörte zu meinen Aufgaben, die Kom-Anlage zu aktivieren."

Ich klärte André weiter auf: „Tamines hatte die Kom-Verbindung von der VICTORIA aus getestet und wurde Zeugin dieser Unterhaltungen von René und Jaques." „Und?" Wollte André wissen. „Kom-Anlagen sind ja dazu da, dass man in Kommunikation treten kann." „Aber wenn eine Seite davon, in diesem Falle wir, nichts davon weiß!" „Dann sollte man ganz einfach das Maul halten", meinte André lapidar. „Das wäre wohl das Beste gewesen", resignierte Jaques.

„Ihr habt ja nichts Schlechtes über unser Milchkaffeemädchen gesprochen und Chancen hat von euch beiden sowieso keiner. Wenn einer Chancen hätte, dann wäre das wohl ich, aber ich will diesem Mädchen auch nicht mein Nilpferdgewicht zutrauen. Darum freue ich mich der guten Freundschaft mit ihr wegen und würde euch auch so eine Beziehung raten!" „Das wird wohl das Beste sein. Außerdem hörte ich munkeln, dass sie ohnehin in der Nähe ihres Verehrten ist. Sie soll angeblich ein Auge auf Max haben, aber Max ist seiner Frau, einer Gokk-Tochter absolut treu, so wäre doch zu hoffen, dass Tamines doch eines Tages von dieser Richtung absieht und wieder ein anderer Mann eine Chance bekommt." So René.

„Wenn dieser Tag kommt, dann versuche ich es mit einer Radikaldiät!" Ich musste trotzdem lachen. „Vielleicht steht sie ja doch auf großgewachsene und bärtige Franzosen?" Den Rest ließ ich im Raum stehen und fühlte, wie mich fragende Blicke begleiteten, als ich die Messe verließ und wieder auf die Brücke ging, um die Kontrollen durchzuchecken, bevor ich zu Bett ging.

Dort sah ich mir die Floatdustausdrucke durch, die wir von der TWC-Führung bekommen hatten. Es drehte sich alles um die Chorck. Alles was von diesem Volk bereits bekannt war, war hier zusammengefasst. Mich überkam nach etwa vierzig Seiten die Müdigkeit und ich bemerkte, dass ich mit Gedanken an diese Brasilianerin eingeschlafen sein musste, denn sie begleitete mich auch im Traum.

Was war dran an dieser Mystik und der magischen Ausstrahlung von Südamerikanerinnen? Warum träumten wir europäischen Männer von solchen Frauen? Die Exotik pur kann es wohl nicht mehr alleine sein, denn die Menschen der Erde begegneten und mischten sich mittlerweile wesentlich häufiger, als es noch vor hundert Jahren der Fall war.

Aber ich selbst musste auch zugeben, wenn sich eine Gelegenheit ergäbe, mit Tamines in eine Zweisamkeit zu gehen, auch ich würde mich dieser Perspektive nicht verschließen.

Der sechste März 2095 war angebrochen.

Ich duschte mit Sprühdampf und ließ das weitere Hygieneprocedere über mich ergehen. Bald war ich wieder auf der Brücke.

Valdemir hatte es vor Neugierde nicht mehr ausgehalten und hatte sich bereits per Raumanzug auf die CLOUDIE, wie wir die SMALL MAGELLAN CLOUD unter uns nannten, begeben. Ich war ja immer noch der Meinung, dass es eine blöde Idee war, die Raumstation mit dem gleichen Namen wie den Zielort zu versehen. Aber CLOUDIE, damit war schon eine Differenzierung möglich. Die Gegentaktwafer der Station arbeiteten ja schon seit gestern, sodass auch dort eine terranisch angepasste Pseudogravitation vorherrschte und niemand mehr der Gefahr von Muskel- oder Knochenschwund ausgesetzt sein würde.

Die VICTORIA bereitete sich vor, diese Tachkom-Satelliten auszusetzen. Sie warteten aber noch bis die Station voll beziehbar sein würde, denn Tamines wollte ja bereits das nähere kosmische Umfeld vermessen und Sternkarten anfertigen.

Es galt also sieben Satelliten auszusetzen. Diese sollten einen Ring um die gesamte SMC bilden, dabei die Station miteinbeziehen, sodass sich acht Sendestationen bilden könnten.

Wieder galt es, gravitationsneutrale Standorte zu finden, ähnlich diesem Standort der CLOUDIE. Wandersatelliten wurden sie nun genannt, denn ein fester Orbit um einen Planeten nannte sich, obwohl auch nicht gerade richtig, stationär. Das Größte an diesen Dingern war nur noch der Wafer, der als Tachyonenraster wirkt. Die Transmitter derselben waren in einem kleinen Würfel von nicht mal mehr als fünfundzwanzig Zentimetern

Kantenlänge untergebracht. Kleine Steuerungs-Kugelwafer sorgten für eine günstige, automatische Positionierung und Ausrichtung nach dem jeweiligen Programm. Diese Aufgaben würden Max und Georg sicher innerhalb eines Tages erledigt haben, obwohl sie ja acht Sprünge zu absolvieren hätten, vielleicht auch einen oder zwei mehr, wenn Korrekturen notwendig würden.

Gegen frühen Nachmittag schien die Raumstation bereits beziehbar zu sein. Jedenfalls konnte die VICTORIA bereits an einem der Korridore andocken. Tamines und das Oichoschentrio wechselten nun in die Station, dazu brauchten sie nun nicht mehr umständlich einen Raumanzug anziehen oder mit einer der Rettungskapseln übersetzen.

Die Brasilianerin widmete sich sofort ihren Aufgaben. Sie war Feuer und Flamme für diese Mission, sicher auch, weil sie die Hauptperson dabei spielte.

„Du brauchst nicht viel Schlaf, Tamines, oder?" Ich trat über den stehenden Duplex-VHF-Kom mit der Station in Kontakt. „Ach Gerard! Ich kann momentan gar nicht viel schlafen, bin aber auch nicht müde. Ich bin so inspiriert von unserer Aufgabe, dass ich mich wie in einem Adrenalinrausch fühle."

„Schade, dass ich bald wieder aufbrechen muss. Ich hätte gerne noch ein Gläschen Bordeaux mit dir auf dieser neuen Station genossen und auf ein gutes Gelingen angestoßen."

„Diese Zeit würde ich mir aber nehmen, mein Freund. Nachdem du auch diese Station sicher ans Ziel gebracht hattest, ist es auch ein gewisses Recht, dass du sie dir noch einmal genau ansiehst. Das nehme ich als Einladung gerne an!"

René und Jaques hörten diese Unterhaltung mit und machten nun aber besonders dumme Gesichter. Etwas wie Eifersucht zeigte sich in den Mienen.

„Gut, mein in Café-au-lait getunktes Schokobisquit, ich komme in etwa zwei Stunden mit einem guten Fläschchen Bordeaux zur Station, wenn das Modul mit der Schlauchschleuse fertig angeschlossen ist. Ich will die riesige DANTON nicht fest mit der Station koppeln."

„Klar! Allein deine Masse muss ja schon von den Steuerungswafern kompensiert werden. Wenn dann dein Schiff auch noch schaukeln würde, wenn du herüberläufst, dass wäre wohl kaum mehr möglich!"

„Nana! Soviel wiege ich nun auch wieder nicht." „Gewicht ist ja im Raum nicht ausschlaggebend, aber Masse bleibt Masse", wusste Tamines auf ihre doch liebe Art festzustellen.

„Für meine Größe bin ich fast nicht zu dick!" Musste ich mich aber noch rechtfertigen. „Stimmt. Mir sind ohnehin Männer mit etwas mehr an den Rippen lieber, ich vertraue dem Ausspruch des Cäsaren Julius aus seiner Regentenzeit: `Lasst dicke Männer um mich sein! ´ Hatte dieser gesagt. Weiß du was er damit gemeint hatte?"

„Ich weiß. Dicke oder etwas dickliche Männer streben nach einer ausgewogenen Lebensweise, sie wollen niemanden ans Leder und wollen keinen Stress, wollen ihre Speisen und Getränke, etwas feiern und genießen. Diese knöchernen Kollegen aber trachteten den Cäsaren immer wieder nach dem Leben, um auch oder eben an die Macht zu kommen. Julius erkannte diese Gefahr, schon in Bezug zu seinem Berater Brutus, welcher ja einer dieser dünneren und gefährlicheren Zeitgefährten und Rivalen war. Diese Aussage hatte sich ja auch bewiesen. Zumindest in diesem historischen Fall. Dazu möchte ich aber auch sagen: Ich zähle mich zu den Ausgewogenen. Ich freue mich auf das Gläschen Wein mit dir, meine teure Freundin!"

„Ich freue mich auch sehr, Gerard!"

Diese Aussage brachte mir aber noch böse Blicke von Jaques und René ein! Dabei fiel mir besonders auf, dass beide eine hagere Statur besaßen und sie auch die Ausführung dieser Brasilianerin registriert hatten, dass sie Männer mit etwas mehr an den Rippen bevorzugte. Damit wussten sie nun, wie weit sie waren und mich belustigte diese Situation doch etwas.

Sollte ich vielleicht doch einen Annäherungsversuch wagen? Nein. Da wäre auch die Mission gefährdet. Ein kleines Zeichen würde ich ihr geben, wenn sich wieder einmal so eine Gelegenheit ergäbe, dass ich anknüpfen könnte. Außerdem war mir eine gute Freundschaft lieber als möglicherweise eine schlechte Liebe.

Gute zwei Stunden später war es dann endlich soweit.

Das Längsmodul mit der Schlauchschleuse war funktionsbereit. Ich gab das Signal für eine Kopplung mit der DANTON und der Kopf des Schlauches entriegelte an der Station und kam mit den Steuerungswafern der DANTON entgegen. Ein innenliegendes Doppelbajonett dichtete an dem Frachter ab und der Schlauch wurde mit Atemluft gefüllt. Diese flexible Schleuse hatte eigene Heizelemente, welche das Atemgemisch warmzuhalten hatten. Ich packte meine selbst zusammengestellte Vesperbox, ließ aber die Kom-Verbindung mit der Station stehen, als ich mich in die Schleuse begab. Ein eigenartiges Gefühl erfüllte mich, als ich mich schwerelos an Strickstreben durch den Schlauch zog und wusste, ich war nur noch Millimeter vom absolut tödlichen Weltraum getrennt. Aber dieser Schlauch aus gerichteten Polymeren galt als nahezu unzerstörbar. Tamines öffnete die Schleuse an der Station und ich hatte erst einmal leichte Schwierigkeiten, in den Schwerkraftbereich der Station zu kommen.

Tamines half mir dabei, ich staunte enorm, was dieses zierliche Geschöpf für Kräfte entwickeln konnte! Sie zog mich fast alleine auf das Kommandodeck der CLAUDIE!

„Hast du Bodybuilding gemacht, liebe Freundin? Ich fasse es nicht. Du hast mich fast alleine in den Gravobereich gezogen!"

„Ha! Unterschätze nie die kleinen, zierlichen Leute. Sicher habe ich trainiert und auch Capoeira war eine meiner favorisierten Sportarten. Das macht auch Muckies!"

„Mein Kompliment. Ich bin sprachlos!"

„Das wird nach dem Fläschchen Wein schon wieder, Gerard, da bin ich mir sicher." Sie war wirklich nicht auf den Mund gefallen.

„Nun komm. Ich habe auch ein paar Nuss-Croissants mitgebracht. Ofenfrisch aus dem Heißluftofen der DANTON."

„Setzen wir uns an die Schaltzentrale der Tachyonenrasterteleskope. Ich habe dort auf Vermessung der nächsten beiden Sonnensysteme geschaltet. Ich möchte die Ergebnisse im Auge behalten. Besonders dieses System mit der hohen Strahlung des zweiten Planeten interessiert mich besonders. Ich denke, dort gab es einmal eine Zivilisation, anders kann ich mir jene kaum natürliche Strahlung nicht erklären. Dort sollten wir einmal vorbeischauen, wenn es die Zeit erlauben sollte."

„Das kann doch Max und Georg machen, während du zu den Chorck fährst, oder?" „Theoretisch ja, aber sollten die Beiden in Gefahr geraten und ich bräuchte jemanden, um mir zu Hilfe zu kommen, dann kann es kompliziert werden. Also würde ich vorschlagen, dass diese Beiden oder die Vier diese Welt einmal per Umflüge kartografisieren und dieses Material auswerten, die Strahlungspunkte und deren Werte in die Karte einmarkieren, anschließend könnten wir ein Vorgehen besprechen."

Wir waren am Halbrund der Rasterteleskopwiedergaben angekommen, als Max sich von der VICTORIA durchschaltete.

„Hallo, wo seid ihr denn alle? Habt ihr es euch schon auf der Station gemütlich gemacht?"

Tamines antwortete: „He Max! Ich sitze mit Gerard gemütlich bei einem Gläschen Wein bereits in der CLAUDIE und vermessen die nahen Systeme!" „Soso! Wo sitzt ihr? In der was?" „In der CLAUDIE! Wir nennen die Station so, weil es sonst eine Verwechslung mit den größeren kosmischen Örtlichkeiten geben könnte."

„Eine gute Idee, haha, CLAUDIE, Gefällt mir gut. Hat denn unser Wollknäuel auch ein Weinchen mitgebracht?"

Laprone: „He Max! Soll ich dir auch ein Fläschchen aufheben, oder kommst du gleich mal rüber?"

„Nein Gerard. Wir starten unsere Satellitenauswurfmission. Wird wohl einen Tag oder etwas länger dauern. Wir wollten Aluscha, Kalii und Tukosch schon auf die Station schicken, aber diese drei wollen nun doch noch etwas mehr Abenteuer, also fahren sie mit uns. Aber unsere restlichen beiden Techniker sollen zur Station wechseln. Darum docke ich noch einmal kurz an. Wo ist Valdemir?"

„Der ist in einem der Unterdocks der Station und koppelt noch einige Schaltungen. Sicher aktiviert er auch das Solarium, damit er seine Bräune nicht verliert."

„Das wäre eigentlich auch die Aufgabe unserer Techniker, die gleich bei euch sein werden."

Ein leichtes Zittern durchlief die Station, als die Seite der B-Gondel dieser VICTORIA an einem der Längskorridore ankoppelte. Nicht einmal eine Minute später traten die angekündigten Männer in die Schaltzentrale ein. Ein jeder hatte einen Werkzeuggürtel umgeschnallt.

„Hallo!" Riefen beide freundlich. Zuerst standen beide noch etwas unschlüssig da, dann kamen sie aber auf uns zu, um uns die Hände zu reichen. Dabei meinte der größere Blonde: „Ich freue mich, Ihnen, Fräulein Tamines nun doch einmal persönlich die Hand schütteln zu dürfen. Bislang hatten wir ja nicht die Gelegenheit dazu, auch wenn wir uns per Holoübertragung von der B-Gondel zur A-Gondel schon sehen konnten."

„Ah! Gerhard, wenn ich mich nicht irre. Und du bist der Freddy, nicht wahr?"

Der kleinere und leicht graumelierte, aber noch junge Mann trat neben Gerhard und freute sich sichtlich, dass Tamines ihn per Namen in Erinnerung hatte.

„Auch ich freue mich, dieses schon in ihren jungen Jahren legendäre brasilianische Mädchen persönlich begrüßen zu dürfen. Auch freue ich mich, Sie, Herr Laprone nun persönlich die Hand zu reichen. Wie doch die Zeit schnell und unvorhersehbar wurde. Wer hätte sich das noch vor zwei Jahren gedacht, dass es nun eine Handvoll Menschen in der kleinen Magellanschen Wolke gibt und da uns das Schicksal hierher verschlagen hat?"

Tamines lachte so süß, dass ich Gefahr lief, mich doch noch tiefer in dieses Mädchen zu verlieben. Ich bemerkte, wie ich verstohlen alle ihre Blickrichtungen verfolgte und vor allem, wie sie die anderen Männer ansah. Doch hatte sie nach meinem Gutdünken nicht den Blick einer Schwärmerei aufgelegt. Sie konzentrierte sich tatsächlich auf die ihr gestellten Aufgaben.

Der einzige, der sie dabei stören könnte, dürfte wirklich nur Max Rudolph sein, aber dieser war nun auch im Begriff, seine Teilmission anzugehen. „Na, Männer? Ich habe nichts dagegen, wenn das Schicksal gute Leute zusammenführt. Los! Sucht Valdemir in einem der Unterdecks und macht die Station voll klar. Wir sehen uns noch!"

„Klar, Fräulein Tamines", Gerhard, also genau genommen ein Namenskollege von mir sah aber unsere Freundin mit großen Augen an. Auch wunderte er sich, da Tamines ein reines Deutsch mit ihm sprach. Gut, dass ich auch ausreichend Deutsch verstand, obwohl dies bei uns Franzosen nicht so selbstverständlich war. „Darf ich noch ein Kompliment aussprechen, Fräulein Tamines?" „Sicher doch." „Sie sind in echt viel schöner, als über die beste Holoübertragung." Freddy pflichtete seinem Kollegen vollkommen bei.

„Das ist aber lieb von euch. Dankeschön. Aber bitte wiederholt diese Komplimente nicht zu oft, denn sonst werde ich noch eitel und überheblich!"

„Können wir uns nicht vorstellen. Also dann schauen wir einmal in die Unterdecks. Bis später!" „Bis später."

In den Augenwinkeln betrachtete ich die Holoübertragung von der DANTON und bemerkte, wie René und Jaques verstohlen den Betrieb auf der Station verfolgten, besonders was unsere Tamines so machte und sprach. Wieder musste ich innerlich lachen. Ich war mir doch sicher, dass unsere kosmische Agentin diese beiden auf dem Frachter nebenbei registrierte, aber so tat, als wäre dem nicht so.

„Schenk uns doch ein Gläschen ein, mein Freund", forderte mich dieses tolle Weib auf und ich hatte nur auf so eine Art der Aufforderung gewartet. Schon holte ich eine Flasche des guten Roten aus meiner Box, dazu zwei Makrolonweinbecher und duftende Croissants aus dem Thermobeutel.

„Mmmmmh, wie das duftet! Das ist aber lieb von dir Gerard!" Während Tamines tief in ein solches Blätterteighörnchen biss, dabei ein paar Nussbrösel ihre Lippen verzierten, schenkte ich die Becher voll. Sie leckte sich die Lippen während sie nach dem Becher griff und ich konnte nicht umhin, auch noch ihre Zunge als hocherotisch und zuckersüß zu bezeichnen. Der Kontrast ihrer rosa Zunge zu dieser milchschokoladigen Haut wirkte wie von Göttern entworfen. Was musste doch dieser Max für ein standhafter Kerl sein, wenn er dieser Frau nicht auf Anhieb verfiel! Ich konnte es nicht verstehen. Anschließend leerte sie den ersten Becher auf einen Zug!

„Heute will ich nicht mehr allzu lange an den Kontrollen bleiben, Gerard. Heute muss ich mich etwas zerstreuen und dann aber bald zu Bett gehen.

Nun ist ein Moment gekommen, in dem ich mich ausgelaugt fühle. Der Stress macht sich doch irgendwann einmal direkt bemerkbar. Aber ich genieße deine Freundlichkeit, deine Freundschaft und deine Croissants, sowie den Wein. Das tut mir gut. Wirklich."

„Ich verstehe, wenn sich alle Männer nach dir sehnen, Tamines. Du hast so etwas Liebes und Liebenswertes an dir, das kann ich selbst nicht einmal beschreiben. Ich danke dir aber, dass du mich stets als deinen Freund bezeichnest. Ich halte diese Freundschaft in Ehren."

Tamines lachte und warf ihren Kopf dabei zurück, dass ich bis an ihren Gaumen blicken konnte. Besonders fielen diese makellosen weißen Zähne auf und rundeten den Eindruck der Schönheit nur noch weiter ab. Auch diese pechschwarzen Haare, die wie Fadenvorhänge der Pseudoschwerkraft folgten, passten zu diesem Mädchen wie die Krone zum Kaiser.

Als sie sich wieder vorbeugte, beugte sie sich sogar noch weiter vor und drückte mir einen Kuss auf die Wange. Dabei meinte sie nur: „Huch! Welch ein harter Bart, aber passt gut zu dir, Gerard."

„Danke!" Mehr brachte ich im Moment auch nicht heraus, da mir ihre Reaktion aber so richtig die Sprache verschlagen hatte.

Für mich war das Geheimnis des Liebreizes der Brasilianerinnen gelöst. Diese Spontaneität und diese Ausstrahlung gemixt mit dem exotischen Etwas. Das war es.

Um zu verhindern, dass ich meine Genossin unentwegt anstarrte, schenkte ich einfach und unaufgefordert Wein in ihren Becher nach. Tamines nahm sich noch ein weiteres Croissant und biss mit einem Hochgenuss hinein. Erst jetzt bemerkte ich, sie war richtig hungrig! Hatte sie vielleicht lange nichts mehr gegessen? Die letzten Stunden war mir nicht aufgefallen, dass sie etwas zu ihr genommen hätte.

„Du hast schon lange nichts mehr zu dir genommen, nicht wahr?" „Ich hatte es direkt vergessen! Ich konzentrierte mich so auf die Rasterschaltungen, dass ich nicht mehr ans Essen dachte. Mich fasziniert der zweite Planet des Nachbarsystems dermaßen, denn ich spüre regelrecht, dass es dort zu einem Unglück, zu einem GAU oder so etwas in dieser Art gekommen war.

Vielleicht kann die Menschheit noch etwas daraus lernen oder wenigstens erkennen, was uns vielleicht auch erspart geblieben war! Ich denke hierbei an etwas wirklich Schlimmes!"

„An was zum Beispiel?"

„Hier könnte es ein Volk gegeben haben, welches das mit der Erde vergleichbare zwanzigste Jahrhundert nicht überlebte. Ein Atomkrieg mit entsprechenden Folgen. Muss aber schon lange her sein, denn es strahlen keine flüchtigen Elemente mehr. Nur noch die Reststrahlung nach der Hälfte der Hälfte einer Halbwertszeit oder so."

„Da werden wir wohl nichts mehr helfen können, oder?" „Nein sicher nicht mehr. Aber wir können einmal sehen, welcher Zeit wir gerade noch entkommen waren. Bei uns auf der Erde war doch die Lage im vorigen Jahrhundert auch einmal dermaßen, wie sagen die Deutschen dazu? Spitz auf Knopf oder so ähnlich. Aber ein Gedanke lässt mich dabei auch nicht los."

„Welcher denn?"

„Da gibt es viel zu entdecken! Stell dir vor: Welches Computersystem hatte dieses Volk einmal, welche Materialverarbeitungsgeheimnisse, welche Konstruktionstechniken und so weiter. Jetzt, wo wir die Möglichkeiten der fast grenzenlosen Reisefreiheit haben, können wir auch diesen Dingen einmal nachgehen. Ich hoffe natürlich, dass ich bei der sicher nächsten Expedition auch wieder dabei sein werde. Die Station hier wird ohnehin sicher nicht mehr weggebracht, wenn weitergeforscht werden kann."

„Ich muss dich bewundern, Schönheit aus dem Sonnenland, Freundin des Herzens." Diese Aussage brachte mir einen weiteren Kuss auf die andere Wange ein und ich war versucht, nachzudenken, was ich noch so alles sagen könnte um weitere dieser Reaktionen herbeizuführen. Aber ich erschrak über mich selbst! Ich benahm und dachte bereits wie ein kleiner verliebter Junge! Pure Magie, könnte man meinen, was in diesem Persönchen steckte.

„Morgen stelle ich dann den Plejadenempfänger ein. Ich muss mich über alle aktuellen Vorgänge von dort schlau machen, bevor ich dorthin fahre." Nun machte das Mädchen aber einen sehr nachdenklichen Eindruck. Fast wie ein bisschen mit Angst vermischt. Doch hob sie ihren Becher ein weiteres Mal an und prostete mir zu: „Saúde, Gerard! Das heißt `Prost´ auf Portugiesisch!" „Ha! Das weiß ich! `Prost´ kenne ich in vielen Sprachen!"
Wieder lachte der Traum der Männerherzen, wieder warf sie ihre Haare zurück und wieder beugte sie sich vor, küsste mich dabei auf die Stirn! Lachend kommentierte sie: „Hier gibt´s weniger Haare!"
In meinen Augenwinkeln bemerkte ich René und Jaques über die Holoübertragung, wie sie jede Bewegung dieser Brasilianerin verfolgten. War das alles Absicht? Machte sie alles nur um diese beiden zu ärgern? War ich nur Mittel zum Zweck?
Und wenn schon. Dann lasse ich mir das eben gefallen. Ich konnte es ja auch genießen.
Nun nahm auch ich mir ein Croissant und schaffte dieses mit zwei Bissen zu bewältigen. Ein angedeutetes Prost und so nahm ich meinen ersten Schluck Wein zu mir. Lange stand ich im Bann der weiblichen Magie, war aber sicher noch nicht davon erlöst. Ich wollte es auch nicht.

Dann unterhielten wir uns noch über unsere Kindheit, über Max und Georg, auch etwas über Gabriella und Silvana und über den brasilianischen Präsidenten und natürlich über Dr. Siegfried Zitzelsberger. Tamines gestand mir auch, absichtlich diesen Namen immer mit einem Zungenbrecher auszusprechen.

Auch der Dalai Lama wurde in unsere Gespräche eingeflochten und welches Glück die Menschheit mit dem oichischischen Freundschaftsvolk und der Wega hatte.

Tamines gähnte immer öfter und immer andauernder, bis ich sie aufforderte, dass sie doch zu Bett gehen sollte. Dankbar brach sie das Gespräch mit mir ab, trank den Rest des Weines direkt aus der Flasche. Ich hatte bemerkt, dass Jaques und René nun nicht mehr in die Holoeinheit glotzten.

Zum Abschied gab mir Tamines aber noch ein Küsschen direkt auf den Mund. Dabei hauchte sie leicht beschwippst: „Ich mag dich gerne, Gerard! Du bist ein guter Freund!" Und mit einem weiteren Küsschen schwebte sie dann von dannen in Richtung Unterdeck.

Nun wusste ich, sie mochte mich doch. Sicher keine Liebe, aber ich verspürte eine behagliche Wärme in meiner Brust und leider eine Art Sehnsucht nach ihr.

Ich packte meine Utensilien zusammen und ging langsam, glücklich und traurig zugleich in Richtung der Schlauchschleuse.

In der DANTON angekommen, sah ich mir nur noch einmal alle Kontrollen an, dann wollte ich nichts anderes mehr lieber als mein Bett. Doch! Etwas anderes hätte es noch gegeben, aber ich sagte mir selbst, dass ich genügsam sein sollte. Es war ein schöner Abend. Ein schöner Abend nach den Bordchronometern. Das Licht auf der Station wechselte wirklich zu späterer Stunde mehr in den Infrarotbereich und vermittelte damit auch ein Gefühl für unsere innere Uhr. Somit war ich relativ und natürlich müde geworden. Wieder eine Nacht inklusive einem Traum mit diesem brasilianischen Mädchen.

Der siebte März 2095. Ich hatte verschlafen. Zumindest stand ich nicht zu der Zeit auf, die ich mir vorgenommen hatte.

Genau, als ich auf der Brücke erschien, meldete sich Tamines von Der Raumstation.

„He Gerard! Alte Schlafmütze, ich habe dich schon dreimal gerufen. Ich mache eine Tour mit der SHERLOCK. Ich möchte die nähere Umgebung etwas erforschen."

„Du möchtest doch sicher mehr über das Sonnensystem mit der erhöhten Strahlung erfahren, nicht wahr? Mittlerweile kenne ich dich gut genug um erraten zu können, was dich so in deiner Seele plagt."

„Wir müssen ohnehin die nähere Umgebung auskundschaften. Damit kann ich auch bei dem X-System anfangen."
„X-System? Wegen der Radioaktiven Strahlung?"
„Genau. Aber ich lege den Namen noch nicht fest, denn vielleicht lebt ja dort noch jemand und dieser oder diese jemand haben einen eigenen Namen. Ich bevorzuge immer den bereits vorhandenen Namen zu verwenden um uns große Umstellungen später zu ersparen. Also: X-System ist mein Operationsname."
Dann heißt das andere Nachbarsystem sicher Y-System, oder?"
„Von mir aus, es bleibt ja dabei, das sind Operationsnamen."
„Zieh einen Strahlenschutzanzug an und tu mir den Gefallen, dass du nicht auf dem zweiten Planeten landest, ja?"
„Habe ich nicht vor. Aber ich möchte gute Aufnahmen mitbringen. Einen Globalscan um einen Globus dieser Welt herstellen zu können."
„Ist gut. Pass aber auf dich auf und schalte deinen Tachkom ein!" „Kann ich machen, denn die Richtung ist günstig und wird nicht nach den Plejaden gestrahlt."
„Viel Glück!" „Danke!"

Ich wollte nun weiter die Komplettierung der Station kontrollieren und rief die Techniker über Normalradio. Ein jeder gab einen Situationsbericht ab und siehe da, die Station funktionierte schon zu über neunzig Prozent. Wir hatten gute Leute mitgebracht, lediglich Jaques und René gaben ihre Berichte mit eigenartig unmodulierten Stimmen an mich ab. Diese klangen eher wie beleidigt. Aber was soll's. Die Techniker würden ohnehin auf der Station bleiben und ich muss mit der restlichen Crew nach Terra zurückkehren. Ich würde noch mindestens so lange warten, bis Tamines, Max, Georg und deren Frauen wieder hier waren.

Bericht Tamines Santos Reis:
Wieder hatte mich ein Fieber gepackt! Dieser zweite Planet aus dem X-System ging mir einfach nicht mehr aus dem Kopf. Was würde es dort alles zu Entdecken geben? Ich war mir sicher: dort war eine ganze Zivilisation untergegangen. Ein Volk, welches den Sprung vom technischen Zeitalter zum Raumfahrtzeitalter gerade nicht geschafft hatte. Aber daraus würden die Menschen und die Weltenföderation auch etwas lernen können. Außerdem hatte ich auch die Idee, dieses Sonnensystem den Chorck als unser Heimatsystem zu nennen. Darum wollte ich auch genaue Aufnahmen machen. Nicht dass ich den Chorck sofort alles über das vermeintliche Heimatsystem eines erfundenen Menschheitsimperiums verraten wollte,

aber sollten diese Dreimeterwesen einmal doch nachschauen wollen oder
können, sie würden eine Welt im Abgrund finden. Damit war auch meine
große Ausrede fast schon fertig formuliert. Ich bin eine Kolonistin, nur
meine Urahnen stammen von dieser Welt! Vorausgesetzt ich finde Reste
einer Zivilisation, welche wenigstens etwas menschenähnlich war.

Ich schlenderte in meinem leichten strahlengeschützten Raumanzug in das
Hangarmodul der Station, in dem auch die SHERLOCK untergebracht war.
In meiner kleinen Gondel angekommen, welche wirklich wie eine Acht
wirkte, wartete ich nur noch auf das Schließen der Innenschleuse, auf das
Absaugen der Atemluft und schon öffneten sich die Außenschotts. Von hier
aus konnte ich direkt das leicht strahlende Halo der kleinen Magellanschen
Wolke erkennen. Keines der einstudierten Sternbilder konnte ich in diesem
Panorama erkennen. Ich musste mich voll und ganz auf die
Vermessungsdaten verlassen, aber auch die SHERLOCK hatte ein
Sempexrechnersystem, welches aus vier Einzelrechnern aufgebaut war.
Mehr Sicherheit konnte ich nicht mehr verlangen und in dieser Hinsicht gab
es auch noch nie Probleme. Auch die Taster funktionierten mittlerweile
wesentlich besser, sodass die Gefahr eines Einschlages von kosmischen
Irrläufern zwar nicht gebannt, aber zumindest weitgehendst reduziert war.
Langsam schob sich meine Gondel nur mit Hilfe der Kugelsteuerwafer aus
dem Hangar. Zwischen der Station und der DANTON schaltete ich die
Navigatoreinheit ein und ließ den Kurs zum zweiten Planeten des X-
Systems berechnen. Dabei `schob´ sich die SHERLOCK, gesteuert vom
Sempex erst einmal um die Station herum, bevor die Wafer vorne und
hinten ausgefahren und aufgeklappt wurden. Bei dieser Bauart einer Gondel
konnte ebenfalls die Pseudoschwerkraft bis zum Punkt Null vor einem
Schritt beibehalten werden. Über kurz oder lang, so dachte ich, wird diese
Form von Raumgondeln wohl zumindest für Privatjachten zur Messlatte der
künftigen Produktionen werden.
Der Bordcomputer ließ die SHERLOCK noch einige hundert Kilometer
vorwärts driften, damit auch genügend Sicherheitsabstand zur Station und
zum Frachter war, dann initiierte dieser den Schrittimpuls. Die Warnungen
bezüglich der Sicherheitsgurte hatte ich abgeschaltet, da ohnehin die
Gurtsensoren gesicherte Personen meldeten. Minimale Begleiteffekte
wiesen auf den getätigten Schritt hin und ich befand mich etwa 1300
Kilometer über einer graubraun-grünen Welt.
Die Strahlungsmesser, besonders der elektronische Geiger-Müller-Zähler,
welcher von Bernhard Schramm in dieser Version entwickelt wurde, schlug
aus. Die Strahlung war nicht sonderlich hoch, aber in jedem Falle viel
höher, als es eine natürliche Strahlung einer Welt zulassen könnte. Eine

Daueremission würde Lebewesen innerhalb von einigen Monaten oder maximal Jahren töten. Wenn ein Volk von dieser Welt noch keine alltagstaugliche Raumfahrt entwickelt hatten, waren diese Wesen der Strahlung erlegen.

Langsam ließ ich meine Gondel absinken, nachdem ich auf planetare Navigation umgeschaltet hatte.

Währenddessen hatte ich das Planetenanalyseprogramm aufgerufen, welches ich selber schrieb. Auf einem der Rahmenmonitore wurden sie nun eingeblendet. Die Welt hatte fast genau die Erdgravitation. Der Sonnenumlauf dauerte neun Monate, zehn Tage und zwölf Stunden. Die Sonne war etwas kleiner als Sol, dafür stand diese Welt auch nur sechs Lichtminuten von ihr entfernt.

Ein kleiner Mond mit nur 210000 Kilometern Abstand begleitete X2, wie ich diese Welt vorübergehend genannt hatte.

Nach einiger Zeit drang die SHERLOCK in die Atmosphäre ein und testete die Zusammensetzung dieser. Um aller Galaxien Willen! Diese Luft war zum Schneiden dick. Eine hohe Kohlendioxidkonzentration, ähnlich der der Erde von vor zwei Jahren, also planetenweiter Smog.

Was ich fast als unglaublich bezeichnen musste waren diese vielen Kontinente. Vierzehn zählte ich und weiter gab es noch viele, viele Inseln.

Diese Atmosphäre hatte auch eine statische Schmutzschicht, diese lag in einer Höhe von etwa achtzehnhundert Metern wie eine transparente, braun eloxierte Aluminiumfolie. Kein Zweifel, dieser Luftschmutz war nicht auf natürliche Weise entstanden.

Ich beobachtete weiterhin noch die Anzeigen. Geringe vulkanische Tätigkeiten, sogar geringe energetische Emissionen konnten nachgewiesen werden.

Nachdem ich in einer Höhe von etwas mehr als fünfhundert Metern auf einen nördlichen Kontinent zusteuerte, waren auch die erste Gebäude in Sicht gekommen. Es gab breite Straßen, ähnlich amerikanischen Avenuen.

Verstaubte Fahrzeuge standen kreuz und quer umher, vier- und sechsrädrige offene Wagen, scheinbar allesamt mit einer Antriebseinheit im Heck, da die Fahrgastzellen sich komplett vorne befanden.

Hier war örtlich gesehen kurz vor Mittag. Doch sollten sich hier kurze Tage und kurze Nächte einstellen, den diese Welt drehte sich alle fünfzehn Stunden einmal um sich.

Was ich noch feststellen konnte, diese Welt `eierte´ ziemlich. Der geografische Nordpol war nicht stabil, zwar gab es diesen Effekt auch auf der Erde, dennoch! So extrem wie hier, so kannte ich noch keine Welt.

Ich überflog den Kontinent weiter bis zu seinem Zentrum, wo eine weitere Stadt sich abzeichnete. Doch hier sah ich ein Chaos. Einige der Gebäude waren noch intakt, aber das Stadtzentrum schien einem riesigen Krater gewichen zu sein. Der Geiger-Müller-Zähler schlug hier besonders weit aus und instinktiv zog ich daraufhin mein Gefährt nach oben.

„Sempex!" Ich musste den Bordrechner etwas untersuchen lassen. „Vergleiche Planetendaten mit diesem Krater! Gehe davon aus, dass diese Welt einmal einen stabilen geografischen Nordpol hatte. Wie hoch sind die Chancen, dass es sich hier bei diesem Krater um eine Bombenexplosion handelte, welche diese Welt aus einer Grunddrehung schleuderte?" Nur ein paar Sekunden später gab es bereits eine Antwort: „Wahrscheinlichkeit dieser Annahme liegt bei achtundachtzig Prozent. Auch ein Planetoidenabsturz könnte diese Unruhe ausgelöst haben." „Die Strahlungswerte könnten auf Atom- oder Wasserstoffbomben hinweisen. Diese Fakten mit in die Wahrscheinlichkeitsrechnung miteinbeziehen!" „Wahrscheinlichkeit erhöht sich auf sechsundneunzig Prozent", erklärte der Sempex nüchtern. Das genügte mir.

Hier hat sich ein Volk selbst ausgelöscht! Zumindest höchstwahrscheinlich. Des Weiteren konnte ich Metallvorkommen orten, die Form der Metallteile unter dem Flugsand wies auf Raketenleitwerke hin.

Ich beschleunigte, ich wollte auch andere Kontinente sehen, ob dieser Krieg einseitig war oder ob es auch Vergeltungswaffen gab, welche als Antwort für einen Angriff gab. Ich musste nicht lange suchen.

Es gab weitere Krater, teilweise kleiner, aber immer mit einer höheren Strahlung im Zentrum, als in der unberührten Natur.

Nun fiel mir auch auf, dass es kaum mehr Bäume gab!

Die Pflanzen, welche nun auf dieser Welt sprießten, schillerten in Grün und Violetttönen. Vielleicht mutierte Pflanzentypen, die sich den neuen Gegebenheiten anpassten?

Energieemissionen! Ein altes Staukraftwerk arbeitete noch. Die riesigen Kondensatoren für die Stromglättung waren dermaßen defekt, sodass die Generatoren fast wie Langwellensender arbeiteten.

Auch Solarfelder konnte ich in einer wüstenähnlichen Steppe ausmachen.

Ich kontrollierte den Bordrechner, ob er auch Videoaufzeichnungen machte, aber die Speicherkristalle wurden mit Hochgeschwindigkeit, also auch mit Höchstauflösung beschrieben.

Gegen planetaren Nachmittag überquerte ich noch eine der großen Inseln und bemerkte eine relativ gut erhaltene Stadt mit vielen Statuen auf einer Art Marktplatz. Grau-brauner Staubschleier lag über allem wie ein gigantisches Leichentuch. Doch Leichen oder etwas in dieser Art konnte ich bislang nicht erkennen. Wie lange mochte diese gespenstische Situation schon Bestand haben?

Endlich gab es erste Hinweise auf die ehemaligen Lebensformen. Ich zoomte nahe heran und konnte fast menschliche Abbilder aus Kunststoff erkennen. Eine Maßtabelle wurde vom Sempex eingeblendet. Wahrscheinlich weil auch die Gravitation hier etwas niedriger war, stellte sich heraus, dass diese Abbilder auch über zwei Meter und fünfzig Zentimeter hinausragten. Ich hoffte zumindest, dass diese Abbilder auch der Originalgröße dieser Wesen entsprach. Immer wieder achtete ich darauf, dass die Videoaufzeichnungen wirklich liefen.

Von den Statuen machte ich noch einige hochauflösende Standbilder, dann zog ich weiter zum nächsten Kontinent.

Es gab sogar Flugzeuge! Eine Frage quälte mich besonders: warum waren diese bodengebundenen Fahrzeuge nur in der Gegend der Explosionsherde durcheinander gewirbelt worden und hatten keine Kollisionen erfahren, in Gegenden die weniger betroffen waren? Wo waren die Insassen oder die Toten? Wie lange lag dieses Schreckensszenario schon zurück?

Diese Welt bot auch fast keine Luftbewegung mehr. Wenige Winde und wenig Regen trotz der vielen Wolken konnte ich beobachten.

Es schüttelte mich unbeabsichtigt und ein Schauer lief über meinen Rücken. Fest steht eigentlich nur, dass sich hier ein ganzes Volk ausgelöscht hatte und damit auch die Tierwelt sowie sogar die Pflanzenwelt zum größten Teil.

Es gab Bäume! Aber diese hatten ihre Blätter oder deren Äquivalente verloren. Tote Stämme ragten zum Himmel.

Die Meere schillerten grün und deren Oberfläche wie Benzin, also regenbogenartig. Nur in höheren Lagen gab es noch Seen die unberührt wirkten. Doch musste es auch eine Art Landwirtschaft gegeben haben, denn ich konnte Zweckcontainer erkennen. Wohncontainer, welche sich mit Teleskopbeinen an die Bodengegebenheiten anpassten und scheinbar Stallungscontainer für Tiere und Maschinenhallen in Containerform.

Dieser Planet musste eine Art Planwirtschaft geführt haben, denn individuelle Bauten konnte ich in diesem Sinne nicht erkennen.

Ein paar landwirtschaftliche Fahrzeuge standen um so eine Automatenalm herum, gar nicht einmal so stark vom Rost und der restlichen Witterung zerfressen. Interessant die Parallele mit der irdischen Landwirtschaft! Traktoren hatten auch größere Räder am Heck und vorne wesentlich kleinere, nur dass die Räder aus einem Metallfedergeflecht bestanden und die Lauffläche aus mit Spikes besetztem Gummi oder Kunststoff hergestellt waren.

Auf einem der nächsten Kontinente fand ich tote Tiere oder was von ihnen noch übrig geblieben war. Skelette und Knorpelverbunde von einer Art

Elefantendinos und reptilienähnlichen Wesen. Einzige Ausnahme im Vergleich zu den terranischen Arten war eine Ähnlichkeit mit den Oichoschen oder den Wesen auf Oichos: Zwar gab es Skelette, welche den Skeletten unserer Tiere gleichen, aber eine Wirbelsäule fehlte! Anstelle der Wirbelsäule gab es eine Serie von Wurzelbändern, ähnlich unserer Handwurzelknochen.

Das dürfte der Kontinent gewesen sein, welcher von diesem Atomkrieg am wenigsten betroffen war.

Ich wollte erst einmal wieder weg von hier und die Aufnahmen analysieren. Für eine weitere Nachforschung hatten ich oder hatten wir auch nicht die notwendige Zeit, aber ich war mir sicher: wir würden hierher zurückkommen und das Schicksal dieser Welt erforschen!

Auch wurde mir noch etwas klar, absolut klar: wir, also die gesamte Menschheit waren einem ähnlichen Schicksal sicher schon öfters sehr nahe. Doch hatten wir es geschafft – wenn man dies so salopp durchdenken darf. Welche Gefahren nun auf die Menschen zukommen würden, genau dieser Punkt ist noch nicht klar. Es lief mir kalt über den Rücken bei dem Gedanken, dass, wenn Georg und Max nicht diese Wafer erfunden hätten, die Menschheit noch nicht in dieser Breite in das Weltall vorgestoßen wären, sich dieses Schicksal vielleicht doch noch in Bälde ereignet hätte. Max und Georg waren große Männer, welche sich für die gesamte Menschheit verdient gemacht hatten. Nur wenn man beide persönlich kennt, dann spürt man auch diese Größe nicht. Beide waren oder wirkten eher absolut normal!

Plötzlich kam mir noch der Gedanke, diesen nahen Mond zu umfliegen, um festzustellen, ob diese vergangenen Intelligenzen schon eine Art Raumfahrt betrieben hatten. Dazu sollte der Tachyonenmassetaster imstande sein, künstliche Gebilde zu erkennen.
Also zog ich die SHERLOCK wieder hoch und bereitete einen kurzen Schritt vor, der mich zu dem Trabanten dieser trostlosen Welt führen sollte.

Nach einigen Umkreisungen um diesen im Vergleich zu Luna kleineren Begleiter hatte ich auch schon gefunden, nach was ich suchte. Einige kleinere Landeeinheiten und sicher auch viele ehemals unbemannte Mondlandefahrzeuge waren gefunden und ich orderte den Sempex an, von allen Aufnahmen zu machen. Sogar eine kleine Kuppel fand ich, aber nach verschiedenen Scannvorgängen musste ich feststellen, dass es keinerlei energetische Aktivitäten mehr gab. Hier hatte sicher wegen fehlendem

Nachschub auch niemand überlebt, sollte diese Anlage überhaupt zur Zeit der großen Katastrophe besetzt gewesen sein.

Genau genommen hatte ich aber eine ideale Alibiwelt für meinen Auftrag entdeckt. Diese Welt würde ich pro forma als meine Heimatwelt bezeichnen, um den Chorck eine Absenderadresse nennen zu können. Ich hatte also auch vor, einen Informationsfilm mit Städten und dem Leben auf Terra zu schneiden, doch ein Planetenanflug würde genau dieses System und diese Welt hier zeigen.

Mit vielen neuen Daten in den Speichern gab ich also die weitere Order, zur Raumstation zurückzukehren. Langsam verließ mich auch dieses unangenehme und nicht zu deutende Gefühl, welches mir dieser Kurzabstecher vermittelt hatte.

Nach dem Wiedereintritt in das Normaluniversum befand ich mich fast exakt an dem Punkt, von wo ich aufgebrochen war. Eine kleine Wende um die Station und ich konnte bereits erkennen, dass der Bordcomputer auch die Hangarschleuse der CLAUDIE öffnen ließ.
Langsam glitt die SHERLOCK sensorgesteuert in diesen angebauten Hangar und nachdem die Luftkontrollen auf Grünwert schalteten, also der Hangar wieder geflutet war, gab ich dem Sempex den weiteren Befehl, alle Daten an den Stationsrechner zu überspielen und ich stieg aus meinem Fahrzeug.
Die VICTORIA war bis zu diesem Zeitpunkt noch nicht zurück, nur Laprone meldete sich von der DANTON.
„Na, Milchkaffeemädchen, nicht Interessantes gefunden?"
„Doch lieber Gerard. Erschreckend Interessantes, aber dermaßen umfangreich, sodass wir dazu eine eigene Mission unternehmen müssen. Ich hatte für dieses Mal nicht die Zeit oder auch nicht die Voraussetzungen, genauere Erkundungen einzuziehen. Aber eine interessante Welt, sage ich dir! Wir sollten sie unbedingt studieren, denn diese Welt hatte ein Schicksal im Kielwasser, welches uns auf der Erde sicher schon des Öfteren geblüht hatte. Wir könnten die Menschheit mit Bildern von dort schockieren, so trostlos wie das Ergebnis nach einem Atomkrieg aussieht.
Nicht nur Atomkrieg, ich denke auch, dass chemische Waffen ebenso im Einsatz waren, denn sogar die Flora wurde in die Knie gezwungen. Langsam bilden sich neue Pflanzen, aber vielleicht weniger wegen der Anpassung sondern mehr weil die Gifte und die Strahlung im Laufe der Jahre abgenommen hatten. Doch werde ich mich bei den Chorck als eine Bewohnerin oder als einen Abkömmling von dieser Welt vorstellen.

Dieser Welt können die Chorck im Falle eines Falles nichts mehr anhaben und die Raumstation sollten sie gar nicht finden, wenn wir im Tachyonenspektrum nicht aktiv werden. Wenn aber, so sollte die Station aber auch nicht die große Begierde der Plejadenwesen wecken.

Ein Restrisiko sollte dennoch bleiben, aber ganz ohne Risiko funktioniert ja nicht einmal die Fahrt mit einer Rolltreppe im Kaufhaus."

„Da kann ich dir nicht widersprechen! Ich habe mir sogar schon einmal einen Pullover zerrissen, als sich der Ärmel in den Handlauf einer Rolltreppe in Marseille eingezogen hatte."

„Was hast du dann gemacht?"

„Ich riss mir den Ärmel ab und sprang vor lauter Wut auf eine der Stufen der Rolltreppe. Diese blieb dann stehen. Bevor aber ein Techniker vorbeikam um nachzusehen, was da nicht mehr funktionierte, war ich schon weit weg! Der hätte mich vielleicht auch noch schadenersatzpflichtig gemacht."

„Na du bist mir aber einer. Das ist ja Unfallflucht!" „Eigentlich wollte aber die Rolltreppe mit meinem Ärmel flüchten, wenn ich nicht so scharf aufgesprungen wäre."

„Hast du deinen Ärmel dann wieder mitgenommen?" „Nein, habe ich nicht. Ich habe meinen restlichen Pullover anschließend sogar verbrannt. Was soll ich denn mit einem ärmellosen Pullover?" „Hmmh. Das wäre doch etwas für die noch frischen Frühlingstage gewesen, oder?"

„Sicher nicht. Da hätte ich vielleicht noch Rheuma am Ellbogen bekommen. Das wäre dann auch nicht das Gesündeste!"

„Spaßvogel!" „Na, wer ist denn von uns beiden der Spaßvogel?"

Ich antwortete nicht mehr auf diese Gegenfrage sondern fragte Gerard nur noch, ob er nicht morgen wieder zur Station kommen wollte um mit mir diese Aufnahmen von jener Welt durchzusehen. Es ist immer besser, wenn sich zwei Personen mit solchen Dingen beschäftigen, denn vier Augen sehen mehr als zwei. Vielleicht gäbe es doch einige Anhaltspunkte oder auch technische Hinweise einer Art, welche mir nicht aufgefallen waren.

Gerard sagte natürlich sofort zu und kündigte an, dass er seine eiserne Reserve an Wein und Croissants mir zuliebe spendieren wollte.

So verabschiedete ich mich von dem Wollknäuel, wie ich ihn auch für mich bezeichnete und hatte nichts Dringenderes mehr vor, als mein Bett aufzusuchen, mein neues Bett auf dieser Station, welche nicht lange meine Heimat sein sollte.

Mehrmals schreckte ich vom Schlaf auf. Ich war doch noch nicht so abgebrüht, wie ich es gerne gewesen wäre. In meinen Träumen sah ich diese Wesen von X2 so, wie ich auch diese Skulpturen vorgefunden hatte.

Deutlich wanderten menschenähnliche, aber größere Wesen durch diese scheinbar vielen einzelnen Träume. Große schlaksige Wesen also mit verhältnismäßig nach hinten fliehenden Köpfen. Dadurch wirkten diese Geschöpfe auch immer so, als hielten sie die Köpfe stets leicht nach vorne geneigt. Damit wirkten auch deren Hälse wie von gurrenden Tauben leicht s-geformt.

Auch solche Elefantendinos trabten durch meine Traumwelt und genauso sah ich Atompilze in die Himmel steigen, was wieder einen Anlass für ein Aufwachen nach sich zog.

Gegen sieben Uhr früh, nach dem Stationschronometer synchronisiert mit der mitteleuropäischen Sommerzeit, hatte ich die Nase voll von meinem Etappenschlaf und wanderte zur Hygienezelle.

Anschließend fühlte ich mich immer noch wie zerschlagen und orderte zum normalen Frühstück noch ein Energypräparat. Langsam fühlte ich mich wieder wohler und auch mein Tatendrang kehrte zurück.

Also begab ich mich ins Stationsobservatorium, um mit dem Tachyonenrasterteleskop die weitere Umgebung zu erforschen und zu katalogisieren. Die ersten Sternkarten dieser Nordnordostregion der kleinen Magellanschen Wolke waren bald fertig. Ich war nun noch neugierig, was die VICTORIA noch so alles mitbringen würde. Nachdem dieses Schiff auch die kleine Wolke komplett umrunden würde, um die Satelliten auszusetzen, sollten auch die Sempexeinheiten viele Daten sammeln können. Dann dürfte es für eine Sternenkarte für unsere oder meine Zwecke reichen.

Lange würde es wohl nicht mehr dauern, bis ich dann zu den Plejaden aufbrechen sollte.

Am neunten März 2095 früh, gemessen nach den Bordchronometern, kam die VICTORIA zurück. Sie dockte direkt an die Raumstation an einem der Ausleger an. Die Spionagegondeln, also die SHERLOCK oder auch die WATSON fanden noch im Innenraum dieser Ausleger Platz, die TWINSTAR-Klassen jedoch nicht mehr.

Diese vier Personen sahen doch noch etwas erschöpft aus. Alle diese vier kamen jedoch sofort zum Kommandodeck der SMALL MAGELLAN CLOUD, setzten sich an das Briefingpult und ließen sich erst einmal vom Server ein gutes Frühstück servieren.

Ich setzte mich ebenfalls dazu, nahm aber nur noch einen kleinen Kaffee zu mir, da ich schon gefrühstückt hatte.

Wie gewohnt übernahm Maximilian Rudolph das Wort und erzählte.

114

Die DANTON war immer noch zugegen und schaltete für diesen Bericht auf Empfang.

Bericht Maximilian Rudolph:

„Allzu Aufregendes hatten wir nicht erlebt. Schließlich galt es lediglich, diese sieben Satelliten auszusetzen, um auch ein Imperium simulieren zu können. Ein Imperium in der kleinen Magellanschen Wolke. Wir können auch schon mit Simulationssendungen beginnen, welche für imaginäre Mitgliedsvölker bestimmt sein sollten. Langsam dürfen wir mit diesen Sendungen auch den Empfangsbereich der Chorck streifen, sodass die Erklärung Tamines über die Existenz unseres Imperiums auch in diesem Sinne immer glaubhafter wird.

Zusammen mit der Station ergeben diese sieben Satelliten fast ein exaktes Oktagon außerhalb des Halos der SMC. Der Selbsttest dieser Satelliten und die Intrakonnektion funktionierten reibungslos.

Was wir entdeckt hatten, war eigentlich auch dies: diese kleine Magellansche Wolke scheint es in sich zu haben. Hier gibt es außer im Zentrum eine Menge an stabilen Sternensystemen. Junge und mittelalterliche Systeme also, die sicher bei näherer Erforschung weitere Welten für Menschen und Mitglieder unseres künftigen demokratischen Imperiums bieten können. Letztendlich müssen wir dennoch bei den Missionen zu den Chorck vorsichtig sein, denn wir dürfen auch unser künftiges Betätigungsfeld nicht versperren.

Es könnte nämlich auch sein, dass die Menschen und deren Freunde eines Tages sehr stark in diesen stabilen Zonen beheimatet sein werden. Ich bitte aber auch darum, nun in anderen Zeitbegriffen zu denken. Wir haben nicht mehr in Jahren, sondern, trotz unserer galoppierenden Fortschritte in Jahrzehnten und auch in Jahrhunderten zu zählen und zu rechnen.

Wenn nun jemand trotzdem denkt, dass er dann ohnehin nicht mehr leben würde, dem möchte ich erklären, dass wir mit der Erforschung der Chorck vielleicht auch noch einen weiteren Technologiesprung schaffen könnten"

Ich machte eine Pause und ließ erst einmal meine gesagten Worte wirken.
Tamines, unsere feurige Brasilianerin, wurde als erste neugierig.
„Wie soll ich das verstehen, Max. Wieso sollten wir schon in Jahrhunderten denken und was hat das mit den Chorck zu tun?"

„Welche Frau träumt nicht von einer relativ unendlichen Jugend?"
Eine zweideutig gemeinte Frage sicher.

„Dieses Problem stellt sich bei mir noch nicht, denn ich werde als Genkorrigierte der zweiten Generation ohnehin meine Jugend wesentlich länger erhalten können. Eine ernsthafte Alterung sollte erst einmal so bei achtzig oder neunzig Jahren eintreten, welche sich dann aber auch noch hinziehen wird. Du weißt ja selber, dass wir mit unseren hochreplikativen Reparaturgenen ohne weiteres imstande sind, etwa einhundertsechzig Jahre und mehr alt zu werden."

„Das ist vollkommen richtig, Kakaomädchen, aber . : ." „Gerard nennt mich immer Milchkaffeemädchen!"

Ich sah Tamines durchdringend an. „Was ist dir dann lieber? Angelehnt an deine Hautkonsistenz würde ich dich lieber Sahneschokoladenschmelz nennen!"

Tamines wollte antworten, wie ich an ihrem leicht geöffneten Mund erkannte, aber da sah mich meine Frau plötzlich böse an. Gabriella stand zwar zu ihrem Wort, keine Reaktionen aus Eifersucht zu provozieren, aber gegen einen dermaßen heiklen Urinstinkt, scheint es, kann auch die beste Gokk-Lehre nichts vollkommen machen.

Aber nach dem zweiten Versuch antwortete Tamines dann doch:

„Eigentlich ist es mir egal, aber so schön wie es Gerard in seinem Brummton herausbringt, so schön klingt keine andere Bezeichnung."

„Also dann werde ich diese Bezeichnung je nach Situation wechseln. Wenn Gerard dabei ist, dann bist du eben das Milchkaffeemädchen."

Grollendes Gelächter kam über die verkleinerte Holoübertragung. Unserem Wuschelbär gefielen sicher alle Bezeichnungen. Irgendwie hatte ich auch das Gefühl, also hätte sich beziehungstechnisch etwas ereignet. Hatten Gerard und Tamines vielleicht . . ? Fast nicht vorstellbar, es ergäbe fast einen Vergleich wie von einem Firstbalken zu einem Zahnstocher. Aber über was hatte ich mich schon alles gewundert, was dann doch zu Bestand kam. Außerdem wäre es für mich nicht schlecht, wenn Tamines eine Beziehung hätte. Nur dass diese genau vor ihrem großen Einsatz zustande kam, war mir nicht ganz geheuer. So was könnte ablenken!

„Also weiter im Takt." Ich sah auf die Tischplatte um mich nicht wieder unterbrechen zu lassen. „Ich denke an die letzten Nachrichten von den Chorck, wie sie uns Bernhard zeigte und auch die Fakten in den Floatdustprints übergeben hatte. Diese Chorck haben eine Art Kaiser, der nahezu unsterblich sein sollte. Dessen Gehirn wird mit einem Analogcomputer sozusagen up-to-date gehalten. Sein Körper wird ebenso mit allen medizinischen Tricks zellteilungsfähig angeregt. Wie dies alles genau abläuft, wissen wir noch nicht, dazu waren die Daten, die Bernhard zur Verfügung hatte, nicht ausreichend. Aber stellt euch doch einmal vor, wir würden mehr von dieser medizinischen Technik erfahren, welche Möglichkeiten sich dann uns bieten könnten. Ein Alter von bis zu tausend Jahren, vielleicht noch mehr würde unser Kurzzeitdenken komplett umwerfen!"

„Aber auch unsere Flexibilität!" Hatte Gabriella einzuwerfen. „Dem Neuen wären viele Chancen genommen."

„Aber auch dem Alten. Denn vieles Alte können wir nicht vervollständigen, weil uns einfach auch die Zeit fehlt. Auch sollte dann einmal die Gehirnkapazitäten noch weiter genutzt werden können. Auch wir Genkorrigierten nutzen unsere Gehirne erst zwischen dreißig und vierzig Prozent. Jedenfalls sollte auch dies eines der Geheimnisse sein, wo wir zu versuchen haben, von den Chorck mehr zu erfahren. Was gibt es sonst noch Neues?"

Da wartete unsere Südamerikanerin mit einer Überraschung auf.

„Ich hatte mit der SHERLOCK einen Abstecher zum X-System unternommen. Die zweite Welt dort wurde in einem Atomkrieg zerstört. Ich will sagen, alles Leben dort scheint zerstört. Sogar die Pflanzenwelt, die nun eben im Begriff ist, sich wieder zu erholen, jedoch in einer sicher erheblich mutierten Version. Die ehemaligen Bewohner dort waren humanoid, wie ich mittels verschiedener Statuen erkennen konnte. Ich hatte aber lediglich Überfahrten unternommen, keine Landung. Es gibt noch Städte, es stehen viele Fahrzeuge herum und sogar Flugzeuge. Die X2-Bewohner waren bereits im Begriff, den Weltraum zu erobern, denn der relativ nahe Mond wurde schon öfters besucht und es befanden sich einige Landeeinheiten und eine Station dort. Allerdings keine Lebenszeichen mehr. Doch von einigen Wasserkraftwerken waren noch Energieemissionen anzumessen. Eine robuste Technik hatten diese Leute sich angeeignet. Ich hatte einige Aufnahmen gemacht!"

„Lass sehen!" Wieder hatte mich dieses Mädchen neugierig gemacht, mehr aber aus technischen Gründen.

Tamines hatte alle Daten im Stationsrechner geladen und veranlasste diesen, diese Videoaufnahmen über einen Holoprojektor abzuspielen. Gerard auf der DANTON schaltete sich in dieser Projektion zu.

Diese graubraun-grüne Welt zeigte sich in farbechten Aufzeichnungen. Ich bemerkte viele Parallelen mit der Erde, aber natürlich auch große Unterschiede. Tatsächlich standen Bäume umher, die irgendwie abgebrannt wirkten, obwohl sie nicht verkohlt waren. Strahlungstot! In ein paar Nahaufnahmen zeigten sich diese schillernden Moose und andere Pflanzengruppen, welche gerade im Begriff waren, sich diesen in der Strahlung abklingenden Planeten wieder untertan zu machen. Die

Fahrzeuge, die auf den Straßen herumstanden wirkten irgendwie ordentlich abgestellt. Zwar waren sie von einer Schmutzschicht überzogen, aber eigentlich nicht so schlimm, wie man es vermuten hätte müssen. Die Niederschläge auf dieser Welt hatten fast aufgehört. Warum, das war uns noch nicht ganz klar.

Mir war nur aufgefallen, dass diese Fahrzeuge keine Lenkräder oder solche Einrichtungen besaßen. „Sie hatten ein computergestütztes Verkehrssystem mir selbstlenkenden Fahrzeugen. Entweder Satellitennavigation oder Magnetspurerkennungen innerhalb den Fahrbahnen. Darum auch diese relative Ordnung der Fahrzeuge in diesen Straßen. Oje!"

Die Aufnahme wechselte zu diesem Ort, wo scheinbar auch eine Bombenexplosion stattgefunden hatte. Dort gab es aber absolut keinerlei Ordnung mehr! Hier waren Fahrzeuge und auch kleinere Flugzeuge durcheinander gewirbelt. Und die Strahlungsemissionen erhöhten sich laut den in der Aufnahme eingeblendeten Angaben. Nachdem auch noch von diesen vielen Kontinenten weitere Aufnahmen von solchen Bombenkratern zu sehen waren, konnte erkannt werden, was sich abgespielt hatte! Ein atomarer Weltkrieg mit härtesten und höchstentwickelten Atomwaffen, ganz so, wie es auch der Erde schon öfters blühte.

`Eine Warnung für uns Menschen! Wir müssen diese Aufnahmen mit nach Terra bringen um allen Terranern und deren Kolonisten zu zeigen, was uns noch hätte passieren können und auch um die restliche Gefahr, die zwar nicht mehr akut ist, auch noch zu annullieren. ´

So dachte sicher nicht nur ich bei der Betrachtung dieser Bilder.

Trotz allem. Eine sehr interessante Welt, die wir unbedingt einmal genauer erforschen müssen, auch um die Technologie der X2-Bewohner genauer zu untersuchen. Auch wenn die terranische Technik diesen Sprung mit den Tachyonenwafern machen durfte, musste ich auch daran denken, dass Bernhard einmal sagte, wir wären zweihundert Jahre zu früh dran gewesen. Sollte uns ein Puzzle in irgendeinem Teilbereich unserer Entwicklung fehlen, könnten wir es hier finden und uns aneignen.

In meinem inneren Auge lief gerade ein Film ab. Wir könnten unter bestimmten Schutzmaßnahmen auf X2 Städte und Museen besuchen, Laboratorien auskundschaften, Antriebseinheiten studieren. Vielleicht würde eine Vernetzung mit Rechneranlagen und Übersetzung der Computerdaten gelingen?

Die Statuen wurden sichtbar. Es waren humanoide Wesen auf dieser Welt. Etwas komisch wirkte die Köpfe auf diesen s-förmigen Hälsen, aber sie hatten ein gut entwickeltes Gehirn, jene Leute. Leider verwendeten sie es auch nur zu letztlich negativen Aktionen. Zwei Meter fünfzig groß im Schnitt, naja, diese etwas niedrigere Schwerkraft im Vergleich zu Terra trug auch ein Scherflein dazu bei. Und sie hatten es etwas leichter, die ersten Schritte ins All zu unternehmen. Weniger Treibstoff konnte die Planetengravitation eher überwinden und der nahe Mond lud nur ein, ihm einen technisch frühen Besuch abzustatten.

„Schau Tamines. Es regnet doch auf X2. Nur dass diese Wolken sofort wieder über den Meeren abregnen. Die wollen ihr Gut nicht übers Land tragen. An was kann denn das liegen?"

Wieder wollte Tamines antworten, doch kam ihr Georg zuvor.

„Die X2-Bewohner bauten in ihre Bomben viel Silberoxyd ein! Die eingeblendeten Messwerte beweisen dies. Sie gingen voll auf komplette Vernichtung aus, die meisten Atombomben waren also Vergeltungswaffen! Möglicherweise gab eine Supermacht auf dieser Welt, die alles kontrollieren wollte und so von vielen Kontinentalstaaten bekämpft wurde. Als dann die Supermacht zuschlug und sich eine radioaktive Verseuchung bereits ausmachen ließ, konterten die vielen Kleinen mit vielen Raketen und mit Silberoxyd, um einen schnellen Fall-out zu provozieren. Damit sollte auch einer Supermacht kein Überleben mehr gewährleistet sein. Silberoxid lässt ja alle Wolken sehr schnell abregnen."

„Warum legt sich dann dieses Silberoxyd nicht wieder auf die Planetenoberfläche wie ein Film?" Wollte Tamines wissen.

Das wusste Georg auch! „Die statische Schicht leicht unter den Wolken lässt dieses Oxyd nicht so schnell absinken! Wir könnten auch daran berechnen, wann in etwa dieser Krieg stattgefunden hatte. Außerdem ist mir auch diese relative Windstille auf dieser Welt nun klar. Der Treibhauseffekt war bereits dermaßen ausgebildet, dass die statische Schicht auch die ganze Welt einnahm. Durch die Großaufteilung auf viele Einzelkontinente gab es ohnehin keinen vollen Atmosphärentransfer. Die Durchschnittstemperaturen herrschen fast überall. Meeresströmungen sind auch fast gleich Null. Auch könnte eine dieser Explosionen die Welt aus ihrer Bahn geworfen haben."

„Das hat mein Rechner bereits bestätigt!" So Tamines. „Eine nähere Untersuchung ist unumgänglich!"

„Das machen wir aber erst nach unserer vorrangigen Mission! Es gibt Prioritäten!" Ich musste einen Punkt setzten, um nicht allzu vielschichtige Themen auf einmal die Köpfe blockieren zu lassen.

„Schon klar." Tamines schien sich nun doch wieder auf die hauptsächliche Mission zu konzentrieren. „Wir sollten nun die Chorck beobachten! Seit Aktivierung der Tachyonenantennenwafer laufen schon Aufzeichnungen. Wir müssen nur das Neue aus den Wiederholungen ausfiltern."

„Genau das habe ich ab sofort vor!" Musste ich ergänzend erwähnen. „Dazu möchte ich dann in das Observatorium wechseln um auch die aktuellen Sendungen zu verfolgen.

„Nach dem Mittagessen bitteschön", jammerte mein Studienkollege Georg und seine Frau Silvana nickte zustimmend.

„Also treffen wir uns dann gegen zwei Uhr dort. Einverstanden?"

„Einverstanden", erklärte auch Tamines. „ich denke, ich werde erst am Elften zu den Plejaden aufbrechen, denn es hatte sich doch alles leicht verzögert und laut den Ansagen von Bernhard kommt es ja auf einen Tag hin und her nicht an. Außerdem möchte ich den Sternkartentank der SHERLOCK auch mit euren aktuellen Daten der SMC vervollständigen. Dreidimensionale Berechnungen dauern auch heutzutage noch etwas an und ich möchte mich mit einem lückenlosen Alibi, was meine Herkunft betreffen sollte, bei den Chorck vorstellen."

Die Runde löste sich auf und ich wollte mit Gabriella auch etwas alleine sein, vor allem auch alleine speisen. Nicht immer alles in einer großen Runde. Diese Station bietet eben nun mal wesentlich mehr Platz als so eine Raumgondel, auch wenn diese im Vergleich zu früheren Raumfahrzeugen ohnehin schon als luxuriös bezeichnet werden kann.

14:00 Uhr offizielle Bordzeit der Raumstation, angelehnt an unsere gewohnte mitteleuropäische Zeit. Auch Tamines hatte sich ja schon mehr an europäische Gegebenheiten angeglichen.

Wir, Gabriella und ich waren schon vor der vereinbarten Zeit im Observatorium.

Bald kamen Georg mit Silvana und kurz danach auch Tamines mit einem mittlerweile sehr ernsten Gesicht. Es war ihr anzuerkennen, dass der Tag des großen Ernstes nahe war.

Wir betrachteten alle Sternkarten, welche zum Teil automatisch erzeugt wurden. Der Stationsrechner bildete auch eine zweite Sternkarte aus, welche mit den bereits von der Erde her bekannten Bezeichnungen versehen war. Wir begannen mit dem X-System, welches wir nun auch Terra nannten, intern also Terra 2. Im Anschluss zeichneten wir Handelsstrecken zu imaginären Systemen ein, unter anderem auch zu den Koordinaten, an denen unsere Satelliten der SMC standen. Sollten die Chorck Teile von unserer Emission über Tachkom angemessen haben, so war eine logische Erklärung bereits möglich. Dennoch! Tamines sollte sich aber auch nicht zu tief in die Karten blicken lassen, denn wir stellen uns ja als ein Imperiumsvolk vor! Als ein Führungsvolk eines demokratischen Imperiums aus der kleinen Magellanschen Wolke. Die gefälschten Sternkarten sollten eigentlich nur unser Theater in dieser Form untermauern.

Georg schaltete nun die ersten Verbindungen der Satelliten untereinander. Einen Funktionstest gewissermaßen, dabei achtete er aber darauf, dass auch richtige Daten, wie bei kommerziellem Handel übertragen wurden. Unbrauchbare oder erfundene Daten und obendrein noch verschlüsselt. Die Tachyonenrasterantennen der Satelliten standen aber so, dass nur Bruchstücke der Sendungen zu den Plejaden gelangen sollten. Trotzdem, auch dass wir auf die Chorck nun aufmerksam geworden waren, sollte simuliert werden. War es nun Zufall oder geplant, dass nur nach etwas mehr als einer Stunde ein starkes Signal der Chorck zu empfangen war? Nachdem die Übersetzer bereits mit der Sprache der Chorck programmiert waren, beinhaltete die Sendung der Chorck keine Geheimnisse mehr.

„Neuankömmlinge in der Tachyonendimension, meldet euch! Wir bieten euch die Mitgliedschaft in unserem Imperium an . . ." Im Unterschied zu den anderen Sendungen wurde nun direkt gesprochen. Keine Automatsendung mehr, sondern ein Sprecher begab sich `live´ vor eine Aufnahmeeinheit. Das konnte bedeuten, dass diese Chorck nun auch diese Richtung unserer Sender genau ermittelten. Eigentlich in diesem Falle wie auch von uns gewollt. Obendrein dürfte ja eine Sendung vom Rand der Magellanschen Wolke leichter zu orten sein, da es keine Verzerrungen von irgendwelchen Sternenballungen mehr gab. Die Chorck bedienen sich ja auch der Natur des galaktischen schwarzen Loches, um überhaupt Grundemissionen ermitteln zu können. Die Sendung der Chorck war aber noch nicht zu Ende: „ . . . einem Beitritt in unser Imperium erhalten Sie alle Möglichkeiten für die Geburtenkontrolle ihrer Welt, Belohnungssystem auf Hormonbasis, alle Skeletteinheiten werden mit Knochenverdichtern behandelt, was die Arbeitsleistungen und die Resistenzen erhöhen. Wir haben die erste galaktische Korrekturaktivmedizin für jegliche Arten von Intelligenzformen. Auch für Skelettlose. Arbeit für das Imperium erfüllt das Leben und macht glücklich. Senden Sie einen Richtimpuls auf Tachyonenbasis und die Integrationsflotte startet! Wir verhelfen Ihnen zu einer reibungslosen Integration und zu enormen Arbeitsleistungen. Warten Sie nicht zulange, das Angebot gilt nur bei einer freiwilligen Integration! Wir zeigen Ihnen nun die Urlaubswelten des Chorck-Systems, dort, wo fleißige Intelligenzen ihre Urlaubsbelohnungen erhalten."
Nun wurde aber wieder der alte Film übertragen! Wieder starteten die unten abgeplatteten Kugelraumer mit dem einen Landeteller, der als Teleskop eingefahren werden konnte.

Tamines machte sich bereit! „He! Vollmilchschitte! Was hast du vor?"
Georg lachte in Richtung unserer Brasilianerin, dass Silvana fast schon böse schaute.
„Das ist doch die Gelegenheit, nicht wahr? Ich werde bereits Antwort geben und so ein Treffen mit diesen langen Lulatschen vereinbaren. Natürlich ein Treffen für Handelsbeziehungen, denn wie auch Bernhard schon sagte, werden die Chorck wohl kaum einen Außenposten in der kleinen Magellanschen Wolke anstreben. Vorerst zumindest noch nicht."
„Was willst du denn nun sagen?" entfuhr es mir, da ich mir nicht sicher war, ob dies eine gute Idee sein sollte oder nicht. Manchmal muss man halt intuitiv arbeiten und für so was waren Brasilianer besser geeignet, wenn sie auch noch intelligent waren, so wie Tamines.
Wie als hätte sie meine Gedanken erfasst meinte Tamines nur: „Ich verlasse mich auf meine Intuition. Aber mein Gefühl sagt mir, dass wir diese Gelegenheit nicht ungenutzt verstreichen lassen sollen."
Tamines stand auf und begab sich an eine weitere Sendestation mit viel technischem Gerät im Hintergrund. Sie achtete auch darauf, dass die Aufnahmeeinheiten keine Rundumerfassung boten. Noch sollten unsere Geheimnisse auch Geheimnisse bleiben. Nochmal fragte unsere abenteuerlustige Brasilianerin: „haben wir schon einen Zusammenschnitt von Terranahaufnahmen und einem Anflug an das X2-System?"
Georg sah sich die Monitorausgabe eines Bordrechnerterminals an und nickte.
Tamines grinste breit. „Dann wollen wir mal die Chorck begrüßen, aber gleich so, dass ihnen der Hirnfleck abfällt!"

Und Tamines setzte sich in Pose, drehte das filigrane Mikrofon in optimierte Stellung, dieses besaß eine Nierencharakteristik. Wir konnten auf einem Nebenstellenmonitor zusehen. Ich musste dieses Mädchen bewundern, sie hatte Mut, aber nicht nur Mut!
Auch der Translator mit den Sprachdaten der Chorck war von Tamines digital dazwischen geschaltet worden. Die Chorck würden ihre eigene Sprache hören!

„Imperiale Regierungssprecherin des Terranisch-demokratischen Imperiums Magellan-Andromeda, mein Name ist Tamines Santos Reis. Die Regierungen unserer neun Mitgliedswelten haben mich beauftragt, mit Ihnen Kontakt aufzunehmen. Wundern Sie sich nicht, wir haben Ihre Sendungen schon seit längerem empfangen und technische Geräte angeschlossen, die imstande sind, auch Sprachen zu analysieren und zu

übersetzen. Nun sind wir auch in der Lage, eine durchgängige Konversation zu führen.
Bitte ernennen Sie ebenfalls einen Sprecher mit einer vergleichbaren Vollmacht und Stellung wie der meinen aus Ihrer Regierung, welcher auch bezüglich Verhandlungen über Handel und Technologietransfer unter Vollmacht steht. Möglicherweise habe Sie auch Produkte, welche für uns von Interesse sein könnten. Ich erwarte eine Antwort in zwei Kavar nach Ihrer Zeitrechung. Bestätigen Sie bitte!"

Sie spielt gleich mal mit hohen Trümpfen! Aber nicht schlecht. Unsere momentane Lokalität erlaubt sicher ein etwas höheres Risiko. Von der Erde aus hätte eine solch direkte Verbindung zu den Chorck wohl zum sofortigen Start der Integrationsflotte geführt, aber die kleine Magellansche Wolke dürfte vermutlich wirklich etwas zu weit weg sein. Zumindest für die, wie wir nun schon fest vermuten durften, weniger ausgereifte Tachyonentechnik des Plejadenvolkes. Diese zwei Kavar sollten etwas mehr als zwei Stunden sein, wie ich mich erinnerte, als Bernhard Schramm das Zeitsystem der Chorck entschlüsselte.

Der `Urlaubswerbefilm´ der Chorck wurde unterbrochen und der Nachrichtensprecher schaltete sich wieder `live´ zu. Nach schon drei Minuten! Ich konnte die Mimik dieses Chorck nicht lesen, aber irgendwie ekelte mich das Antlitz dieses wohl männlichen Vertreters jener galaktischen Rasse. Besonders auch das seltsame Organ auf der Stirn befremdete mich.
Tamines gab sich absolut ungerührt, als ihre Bestätigung kam:

„Meine Name ist Chandor Valchaz es Sueb. Ich bin offizieller Nachrichtensprecher, bemächtigt vom großen Rat des Sieben-Sonnensphären-Chorckonium. (Übersetzung für Chorck-Imperium) Ich habe noch nie etwas von einem Terranisch-demokratischen Imperium Magellan-Andromeda gehört. Außerdem scheinen Sie weiblich zu sein. Dürfen in Ihrem Imperium auch Frauen das politische Wort erheben?"

Trotz der spannenden Momente musste ich innerlich lachen, als ich bemerkte, wie Tamines die aufsteigende Wut unterdrückte. Sie platzte fast. Nachdem sich aber unsere Brasilianerin scheinbar gut vorbereitet hatte, besser als ich dachte, gab sie auch entsprechende Antwort. Die Floatdust-Ausdrucke vom Bernhard hatten ihr sicher die richtigen Informationen gegeben.

„Es Sueb! Ihr Name beweist mir ausreichend, dass Sie nach mehr als sieben Graden nach dem Kaiser kommen. Mit Ihnen werde ich in solchen Angelegenheiten wohl kaum verhandeln oder Ihnen Auskünfte erteilen. Ich erlaube mir ein Gespräch mit mindestens einem Vertreter des dritten Grades, nachdem ich weiß, dass ihr Kaiser aus gesundheitlichen Gründen keine Gespräche mehr selbst zu führen imstande ist. Wie gesagt, ich erwarte einen entsprechenden Gesprächspartner in maximal zwei Kavar, wenn Ihnen an eventuellen Beziehungen zu unserem Imperium gelegen ist. Andernfalls werden Ihre Emissionen empfangstechnisch abgeschaltet und per Zerhacker reflektiert. Wir sind nicht auf Kontakte zu anderen Imperium angewiesen."

„Sie wissen von unserem Kaiser? Ihre Gnade, weibliche Tamines Santos Reis, ich bitte Sie um Verzeihung. Haben Sie eine Digitalkennung für unsere Speicher? Für die Weitervermittlung und Prioritätenerkennungen?"
„Hier bitteschön. Das ist aber auch alles, was ich Ihnen vorerst zu geben bereit bin! Mindestens der dritte Grad beim nächsten Gespräch. Haben Sie das verstanden?"
„Ihre Gnade, ich habe verstanden – die Kennung bitte."
Tamines fuhr mit einem Zeigefinger über den Fingerprinter und drückte dann auf einen Knopf, der die Gesichtsmerkmale abtastete und einblendete. Damit wurde eine Digitalkennung erzeugt, ein Symbol des Terranisch-demokratischen Imperiums Magellan-Andromeda eingeblendet, welches von neun Sternen umrandet war. Diese Kennung wurde in einem Datenstream übermittelt. Diese neun Sterne erschienen mit der Kennung von Tamines, sodass auch für diesen Chorck ersichtlich wurde, Tamines hätte alle Vollmachten ihrer Regierung. Ähnlich lief es auch bei den Chorck ab, nur unsere neun Sterne bedeuteten eben die genannten neun Planeten der terranischen Weltenföderation. Nachdem dieser Chorck sicher intelligent genug war, konnte er entsprechende Rückschlüsse ziehen.
Im Übrigen stimmte ein Teil dieser Digitalkennung auch mit den Daten einer Abfrage des ID-Chips im Brustbein von Tamines überein.

„Eine uns unbekannte Folge von Digitalzeichen, was aber sicher aufgrund verschiedener Techniken unserer Völker zu werten sein dürfte", folgerte der Chorck Chandor Valchaz es Sueb. „Wir versuchten auch verschiedene Emissionen zu entschlüsseln, nun scheint es klar, wenn Sie mit einem Zerhacker Signale reflektieren, wo deren Ursprung war. Ich erlaube mir ein Kompliment, weibliche Tamines Santos Reis. Ihre Übersetzertechnik funktioniert vorzüglich. Auch Betonungsnuancen haben Ihre

Rechnereinheiten genauestens erfasst. Doch Sie nutzen die Bild- und Tonaufbereitung nicht in vollem Umfang. Warum?"

„Wir haben eigene Übertragungssysteme für Audio und Video, welche mit Ihrem System nicht kompatibel wäre und sicher von Ihnen nur unter großem Aufwand remoduliert werden könnten. Ihre Übertragungsarten werden von unseren Rechnern per Software simuliert, dazu nehmen wir auch nicht ihre volle Auflösung, da diese auch nicht notwendig ist. Schließlich nützt es niemanden, wenn beim ersten Kontakt die Wurzel eines Haares oder die Pore einer Hautstelle zu sehen ist. Außerdem nehme ich an, dass Sie nach Ihrem Rang nicht bemächtigt sind, Schlüsse aufgrund von Beobachtungen zu ziehen, männlicher Chandor Valchaz es Sueb im siebten Grad. Ich warte zwei Kavar! Schalten Sie mit meiner Digitalkennung meine Tachkomeinheit aktiv, wenn sich ein entsprechend bevollmächtigter Vertreter Ihres Imperiums gefunden hat. Ich wünsche Ihnen gute Hormone, viel Wärme und bemessenen Regen. Ende der Übertragung!"

Chandor Valchaz es Sueb sagte nur noch: „Ihre Gnade, weibliche Tamines Santos Reis! Auch Ihnen gute Hormone, Wärme und bemessenen Regen für Ihre Heimatwelt."

Tamines schaltete die Verbindung nicht ab! Sie ließ das wohl durchdachte Design des terranisch-imperalen Hoheitszeichens in der Übertragung, regelte lediglich die Tachyonenmodulation zurück, auch ein Stück, an dem die Chorck etwas zu kauen haben sollten.
Ich konnte mir vorstellen, was nun in den Plejaden so ablief. Messungen würden angestellt, Entfernungsberechnungen und so weiter. Auch würden sich die Chorck sicher fragen, wieso von einem Imperium aus der zweiten Kleingalaxis zwischen der Milchstraße und Andromeda noch nichts bekannt war.
Aber Tamines hatte ein paar Erkenntnisse gut ausgespielt! Das mit dem Zerhacker fand ich toll! Eine Theorie, die aber voll aufgegangen war.

Als Tamines wieder zu uns kam, gaben wir ihr einen kleinen Applaus. „Kaiserin Tamines Santos Reis vom terranischen Imperium, meinen herzlichen Glückwunsch, nicht nur zu dieser Beförderung!" Ich wollte etwas sarkastisch klingen, aber die Brasilianerin überging das. Sie lächelte befreit. „Gut dass dieses erste Gespräch so abgelaufen war. Langsam schlich sich ein Fröschlein in meinen Hals! Aber nun bin ich sicher, dass ich auch auf dem richtigen Weg bin. Ich habe die wichtigsten Punkte auch richtig angefasst und es schockiert die Chorck sichtlich, dass wir doch so viel von Ihnen wissen, obwohl noch nie ein Kontakt stattgefunden hatte. Mit dem Standsignal können sie nun auch die Entfernung berechnen. Damit haben wir unsere Basis für unser imaginäres Imperium. Die Integrationsflotte werden sie nun sicher noch nicht aussenden, die Chorck können nicht über die Gravitationswellen springen! Sie müssten viele Einzelschritte einleiten. Davon bin ich überzeugt!"

„Diese deine Meinung teile ich!" Meinte Georg zuversichtlich und ich ergänzte: „Ich möchte sie nur zu gerne teilen, denn nur so haben wir diesen großen Vorteil gegenüber der Chorcktechnik. Doch glaube ich mittlerweile auch fest daran.

„Jetzt brauche ich aber einen Cappucho!" Tamines schnaufte tief und absichtlich hörbar durch. Doch gefiel sie sich bereits in ihrer Rolle, wie es schien. Sie drehte sich lediglich etwas und der Server nahm ihre Bestellung auf. Auch Gabriella bestellte pauschal zwei dieser belebenden Getränke, war auch sie etwas angespannt. Man stelle sich vor! Der erste Duplexkontakt mit den gefürchteten Chorck. Nun gab es kein Zurück mehr! Würden die Plejadenbewohner nun das Märchen vom Imperium in der kleinen Magellanschen Wolke glauben oder gab es Anhaltspunkte für sie, daran zu zweifeln? Würden die Chorck generell Integrationsversuche unternehmen oder war ihnen unser Imperium doch etwas zu weit weg, also für ihre Technik nicht oder nicht mehr kontrollierbar?

Genau zwei Kavar, also etwa zwei Stunden und achtzehn Minuten später schaltete sich der Empfänger wieder aktiv, eine Digitalkennung wurde gesendet, wie wir wissen, handelte es sich dabei um eine Persönlichkeit sogar aus dem zweiten Rang des Plejadenimperiums. Diese Erkenntnisse waren voll und ganz unserem Logiker Bernhard Schramm zu verdanken.

Tamines eilte zu ihrem Kommunikator und setzte sich im bequemen Ledersessel in Pose. Die zweite, chorckeigene eingehende Digitalkennung wurde sofort aufgezeichnet und abgespeichert. Eigentlich überflüssig zu erwähnen, denn alles wurde ja abgespeichert, was mit den Chorck in Zusammenhang gebracht werden konnte, aber solche Kennungen bekamen auch noch einen extra Wert und einen Extraspeicher zugewiesen.

In Antwort sandte Tamines erneut ihre Kennung und schaltete auf Live-Bildwiedergabe mit weiterhin eingeschränkter Holoaufnahme. Wir wollten den Chorck nicht den Einblick in unsere gesamte Station gewähren!

Außerdem sollten sie auch noch nicht wissen, ob wir von einer Station senden oder von einem Planeten.

Die Chorck schienen sich auf dieses Gespräch mehr vorbereitet zu haben als zu vermuten war. Dieser neue Sprecher saß ebenfalls in einem lederartigen

Sessel und ebenfalls vor technischen Einrichtungen. Hier schien ein psychologischer Berater seinen Dienst absolviert zu haben.

„Ich möchte mich vorstellen, weibliche Tamines Santos Reis vom terranisch-demokratischen Imperium Magellan-Andromeda. Mein Name ist Mereth Lehan are Cho, Bevollmächtigter des Diktatrates der sieben Offiziellen, direkter Kontaktträger mit dem Halumet Salemon Merdoz co Torch und damit mit Chorub dem Kaiser.

Gehe ich richtig in der Annahme, dass Sie über eine Integration ihres Imperiums in unser Großimperium verhandeln möchten, weibliche Tamines?"

Tamines beugte sich weiter zur Aufnahmeinheit und blickte dermaßen unverständlich, dass diese Geste auch dem dümmsten Chorck klar sein dürfte.

„Wenn Sie ihr Benehmen nicht ab sofort auf mehr Respekt umstellen, wie es einer Santos von meinem Rang gebührt, werde ich diese Verbindung sofort und für alle Zeiten unterbrechen. Wenn auch Weibliche in ihrem Imperium nichts zu sagen haben, so können Sie nicht pauschal davon ausgehen, dass wir dies genauso zu handhaben pflegen. Eine Integration unseres Imperiums dürfte Ihnen sehr schwer fallen, da Sie nicht über die Kompensationstechnik von Gravitationswellen der Tachyonenschritte für intergalaktische Distanzen verfügen. Unsererseits würden maximal Handelsbeziehungen angestrebt! Nicht einmal wir hätten die Absicht, Ihr Imperium zu integrieren, da unsere Grundgesetze demokratischer Struktur sind. Wie ich aber schon glaube erwähnt zu haben, könnten wir auf Kontakte mit Ihnen auch verzichten. Unser Ziel von Kontakten mit Ihnen beträfe eine gemeinsame Koordination, Technologietransfer und Handel. Wenn Sie aber möchten, dass wir unser Zerhacker wieder aktivieren, dann sagen Sie uns dies sofort!"

„Ihre Gnade, weibliche Tamines Reis vom Range der Santos, wie auch immer diese Kastengliederung in Ihrem Imperium gehandhabt wird, wir können es nicht verstehen, wieso ein Volk oder ein anderes kleines Imperium es nicht vorziehen will, sich in das Imperium der großen Chorck zu integrieren. Wir haben das allumfassendste Paket der föderativen Mittel anzubieten. Jedem Volk wird nach der Hormonstruktur seiner Bedürfnisse jeweils das passende Drogenpaket verordnet. Ob es sich um die Geburtenkontrolle handelt, planetenweite Impfungen gegen den Fortpflanzungsdrang bei niederwertigen Intelligenzen oder Belohnungshormone; bisher haben wir alle organischen Strukturen in den Griff bekommen. Welchen Grund gibt es denn, dass Sie sich nicht unserem System integrieren wollen?"

„Da gibt es nicht nur einen Grund, sondern mehrere. Einmal unser Grundgesetz, welches besagt, dass sich jede Art von Intelligenz frei entfalten darf und zu keiner Vereinigung gezwungen wird. Zum Zweiten besagt auch unser Grundgesetz, dass Drogen nur zu medizinisch notwendigen Maßnahmen verwendet werden sollen. Außerdem besitzen wir kein Kastensystem, wir bewerten jedes einzelne Individuum eben individuell! Gleiches Recht für alle! Unser Imperium hat keine internen Feinde, so wie Ihres!"

„Was wissen Sie über unsere Feinde? Haben Sie Kontakt zu Ihnen?"

„Nein. Wir vermeiden jegliche Einmischung in andere Mächtigkeitsballungen, es sei denn, wir werden dazu über Aktionen aufgefordert. Aber wir wissen von den Chonorck, einem Brudervolk von den Chorck. Auch halten wir von Ihrer Politik gegenüber diesem Brudervolk nicht viel, aber wie schon erwähnt, halten wir uns auch aus politischen Angelegenheiten anderer Völker oder Imperien heraus. Im Übrigen nennt sich unser Imperium das Terranisch-demokratische Imperium Magellan-Andromeda, weil sich unser Imperium bereits über zwei Galaxien ausgebreitet hat. Sie haben sicher schon unseren Standort ausgemacht. Zwischen uns und Ihnen befindet sich nur noch eine weitere Zwerggalaxie, etwas größer als unsere eigene und hinter uns Andromeda, die Geburtsgalaxie vieler Intelligenzvölker. Die Eigenbezeichnung unserer Welt ist Terra. Wir sind Terraner und unsere Sonne nennt sich Sol. Unsere Heimatgalaxie bezeichnen wir als Klein-Magellan, dann also Groß-Magellan und Andromeda. Ihre Bezeichnung für diese Sternengebilde ist uns nicht bekannt, da wir bislang keinen Kontakt für nötig hielten. Ihr Ausbreitungsbestreben jedoch zeigt uns, dass auch wir mit Handel und Technologietransfer, auch wenn ihre Technik sicher noch wesentlich verbessert werden muss, eine gute Koexistenz aufbauen könnten. Nun können Sie es sich aber auch überlegen, ob für Sie Kontakte mit uns wünschenswert sind. Ich schlage gegenseitige Besuche vor!"

Ich konnte nicht umhin, Tamines zu bewundern. Sie haute ganz schön auf den Putz, wie man auf Terra in Deutschland zu sagen pflegt. Doch scheinbar war genau dies auch der richtige Ton, um bei den Chorck überhaupt einen Eindruck zu erwecken.

Der Chorck schluckte! Eine Geste, wie auch die Terraner bei nervöser Anspannung es machen würden.

„Wir könnten Ihnen einen Diplomaten entsenden. Aber diese Distanz nach Klein-Westwurzel oder nach Ihrer Bezeichnung Klein-Magellan würde viele Schritte benötigen. Wir könnten frühestens in sieben Dezikavar bei

Ihnen sein. Sollten wir uns nicht mittig im intergalaktischen Leerraum treffen? Eine neutrale Zone gründen?"

„Wofür bräuchten wir eine neutrale Zone? Haben Sie feindliche Absichten? Dann lassen wir doch unsere Gespräche gleich bleiben. Kommen sie doch in einem oder zwei Dezikavar hierher. Ich übermittle Ihnen die genaue Position nach unserer Sternkarte, welche Sie sicher anhand Ihrer Karten auch in Ihre Bezeichnungen übersetzen werden."

„Ihre Gnade, weibliche Tamines Reis vom Range der Santos. Aber in einem oder zwei Dezikavar ist eine Distanz zu Ihnen technisch nicht zu bewältigen. Sie kennen doch das Problem der universellen Mischresonanzen nach einem Krümmungsschluss. Oder möchten Sie behaupten, Sie wären imstande in einem Dezikavar zu uns kommen zu können?"

Tamines machte ein Mienenspiel, welches auch für einen Chorck Verwunderung bedeuten sollte.

„Wollen Sie behaupten, sie führen ein Imperium und können so eine lächerliche Distanz nicht in einem Dezikavar bewältigen? Ich glaube, wir Terraner haben schon viel zu viel Zeit mit Ihnen vergeudet! Sollen wir uns in einigen Klataan wieder melden? Vielleicht sind Sie dann für vernünftige Handelsbeziehungen bereit."

Ein Klataan sollte etwa ein Jahr und sieben Monate sein, wie ich mich erinnerte. Wieder hatte Tamines den richtigen Ton gewählt.

Doch noch einmal hakte der Chorck nach:

„Reicht Ihre Lebenserwartung überhaupt solange, um noch ein paar Klataan warten zu können?"

„Meine Lebenserwartung wurde bereits durch eine Gensequenz wesentlich erhöht, der natürliche Alterungsprozess nahezu angehalten. Bei Bedarf bekomme ich auch noch programmierte Reparaturkonverter auf einer selbstabspulenden Neutralvirenkette eingeschossen. Wenn Sie wollen, kann ich auch zu den Feierlichkeiten Ihres Ablebens einmal erscheinen. So! Nun warte ich aber nicht mehr lange auf eine Antwort der vorgeschlagenen Natur. Vergessen Sie nicht, mir offiziellen diplomatischen Status zuzusagen. Ich nehme nämlich an, dass ich höchstpersönlich Sie besuchen werde, da Sie mit Ihrer Schritttechnologie nicht nach Klein-Westwurzel kommen können. Ertragreich wird so eine Handelsbeziehung mit Ihnen ohnehin nicht werden, wie ich schon aus unserem Gespräch zu erkennen habe."

Der Chorck stand auf und verbeugte sich vor der Aufnahmeeinheit. „Weibliche Tamines Reis vom Rang der Santos aus dem Volk der Terraner von Magellan. Ich habe alle Vollmachten, Sie mit einem diplomatischen Status auszukleiden und auch eine Einladung in die Halumal-Station auszusprechen. Alle politischen Entscheidungen werden in unserem Halumal getroffen. Diese Station hält einen neutralen Status. Wann werden Sie kommen, wie viele Vertreter Ihres Imperiums gedenken uns zu besuchen?"

„Ich lasse den Tachyonenmodulator auf Bereitschaft und abrufbereit. Damit können Sie auch erkennen, dass wir es ernst und friedlich meinen. Lediglich die Modulationsstärke wird minimiert, kann von Ihnen aber angefordert und reaktiviert werden. Auch ich möchte nach bisherigen Erkenntnissen den Rat der Neun und die befreundete unabhängige Allianz von Andromeda einberufen, dann melde ich mich bei Ihnen wieder, sagen wir in etwa sieben Kavar. Haben die Räte nichts einzuwenden, werde ich in weiteren zehn Kavar bei Ihnen im Halumal eintreffen. Zuerst werde ich alleine kommen, aber eine Geleitflotte wird zusammengestellt. Wer wird mich empfangen?"

„Selbstverständlich ich höchstpersönlich, dann vielleicht der Rat der Diktatoren. Bitte bringen Sie auch Bildmaterial von Ihren Welten mit, wir möchten uns über Ihre technischen Bedürfnisse informieren, um eventuell Produkte anzupassen. Ich gehe davon aus, dass Sie Oxygenatmer sind, oder bedürfen Sie einer anderen Atemgemischzusammenstellung?"

„Wie die meisten Kohlenstoffwesen atmen auch wir ein Gasgemisch mit mindestens zwanzig Prozent Oxygen und Stickstoff. Einen Wasserdunstanteil verwerten wir für die Feuchthaltung der Atmungsorgane."

„Wir halten dies ebenso. Der Biostrom des Lebens der durch das All zog warf seine Sporen fast immer ähnlich aus. Halumal wird wie Chorckland 2 mit vierundzwanzig Prozent Oxygen versorgt. Ebenso mit Wasserdunst von fünfzig Volumenprozent über Dampfausbreitungsmessung."

„Sehr gut! Ein gut atembares Gemisch für mich und mein Volk. Doch eines möchte ich noch anmerken: nicht alle politischen Entscheidungen werden auf Halumal getroffen, wie ich erfahren durfte."

Mereth Lehan are Cho riss die Augen auf! Schon aufgrund dieser Mimik könnte man eine entfernte Verwandtschaft mit den Menschen vermuten.

„Wie meinen Sie, Ihre Gnade Tamines Reis, warum sollten nicht alle Entscheidungen auf Halumal getroffen werden?"

„Weil Ihr von allen Gnaden inspirierter Kaiser Chorub auf einer feuchten Sanatoriumswelt dahinvegetiert und über einen Analogrechner sein Gedächtnis aufrechterhält. Weise Entscheidungen kann man von ihm noch erwarten, aber keine schnellen mehr!"

„Woher wissen Sie von diesen Gegebenheiten, Ihre Gnade? Aber es handelt sich um eine chorcksche Altwelt und eine Rehabilitationskuppel! Doch nicht einmal unser abtrünniges Brudervolk hat noch solche Informationen. Zum einen gut, damit wissen wir, dass Sie nicht mit den Rebellen im Bunde stehen, aber das wären eigentlich Informationen, welche doch nicht bis nach Klein-Westwurzel gelangen dürften. Waren Sie schon einmal in unserer Galaxie?"

Nun übertraf sich Tamines förmlich!

„Wir halten schon zu vielen Völkern in Ihrer Galaxie freie Handelsbeziehungen ohne politische Ambitionen. Ihre Galaxie wird von uns mindestens einmal alle Dezikavar von Frachtschiffen besucht! Kompensationsemissionen stören unsere eigenen Tachkoms in nicht gewollte Richtungen, auch mit diesen Zerhackern, leider konnten wir nicht verhindern, dass Sie über das Black-Hole-Neutralisationsfeld unser Erscheinen in der Galaxie aufspüren konnten. Doch nicht unsere jeweiligen Positionen.

Ich möchte Kaiser Chorub herzlich grüßen lassen, männlicher Mereth Lehan are Cho. Warum haben Sie eigentlich einen aberkennbaren Titel? Soviel ich weiß, nennen sich ihre reinen Titel ˋereˊ und nicht ˋareˊ."

Nun riss der Chorck seine Augen noch weiter auf. Unglaublich, aber mit dem Material von unserem Bernhard über die Chorck konnte Tamines ein Debüt liefern, welches sich gewaschen hatte. Außerdem hatte sie immer ins Schwarze getroffen. Die logischen Annahmen vom Bernhard erwiesen sich als richtig. Auch die Sanatoriumswelt des Kaisers war so eine logische Annahme, die zwar nicht absolut mit den Tatsachen übereinstimmte, sich aber prinzipiell als gegeben erwiesen hatte. Wenn diese denn auch eine Altwelt oder sogar die Urwelt der Chorck war.

„Ihre Gnade Tamines Reis vom Range der Santos, ich gebe in sieben Kavar eine Kennung ab. Ich möchte vor Ihrer Reise zu uns weitere Stimmen unseres Diktatorenrates für Sie und Ihre Bemühungen gewinnen. Ich darf doch annehmen, dass Sie meinen Empfang bestätigen werden, oder?"

Sie dürfen. Ich erwarte also Ihr Signal vom Halumal. Gute Hormone, viele Oxygene und bemessener Regen, Ihnen und Ihren Völkern, Mereth Lehan are Cho. Sieben Kavar. Ende Magellan, Terra; Kennung."

Es folgte Tamines digitales ˋHoheitszeichenˊ, dann schaltete unsere Brasilianerin ab, beziehungsweise die Imperiumskennung ein und die Modulationsstärke zurück. Dieser gerichtete Tachyonenstream von hier aus sollte also doch keine Gefahr mehr darstellen, wenn diese Chorck wirklich das Geheimnis der Kompensation von diesen Gravitationswellen noch nicht ergründet hatten. Glücklicherweise, sollten wir anfügen.

Dieses Mal erntete Tamines von uns allen einen richtigen Applaus. So hart in ihrer Verhandlung und so gewitzt in der dosierten Informationsabgabe, das kann nur eine Agentin für Terra, oder eine Person wie Tamines, welche zur Agentin geboren war.
Warum Mereth Lehan are Cho noch mal eine Kontaktierung wünschte, war uns vollkommen klar! Er möchte wirklich wissen, wann Tamines abreiste, ob sie auch wirklich innerhalb eines Dezikavar diese Strecke überbrücken konnte. Er würde noch zwei Kontaktierungen bekommen. Mereth wollte sie noch mal mit dem gleichen Hintergrund und mit der gleichen Modulationsstärke sehen, auch noch die gleiche digitale Kennung und nach Ankunft in den Plejaden den ID-Chip abtasten, ob dieser auch die gleiche Kennung hergäbe. Die Abtastung des ID-Chips war ja ohnehin eine absolut einfache Technologie.
Diese entsprach einem einfachen Flashspeicher mit induktiver Impulsspannungsversorgung, allerdings mit einer fälschungssicheren Grundprogrammierung.

„Na, Tamines, hast du nun auch schon dein Vertreterköfferchen eingepackt, mit allen Artikeln, die du den Chorck verkaufen möchtest oder einen Tauschhandel anvisiert?" Ich fragte aber nur leicht scherzhaft.
Die Brasilianerin lachte etwas befreit, stand sie doch einige Zeit unter Stress, welchen sie aber auch gut überstanden hatte.
„Ich habe Staubsauger mit einem Reservebeutel im Angebot. Natürlich nur deshalb, weil sie mich ja wegen der Nachbestellungen wieder gehen lassen müssen, bevor es denen die Beutel zerreißt! Ich nehme nämlich auch an, dass mich die Chorck genauestens untersuchen möchten, nicht nur mich sondern auch die SHERLOCK. Es gilt für sie, das Geheimnis der Gravitationswellenkompensation zu ergründen, wenn nicht auch noch unsere hochdichten, perfekten Wafer. Hoffentlich zerlegen sie die SHERLOCK nicht."
„Dann müssen wir den Notfallplan schalten. Dich herausboxen und den Chorck erklären, dass wir uns in einigen Klataan wieder melden, wenn sie vernünftig werden. Auch mit deinem Flottensimulator treten wir dann auf."
„Mit diesem denke ich, werde ich ohnehin auftreten. Keine Vertreterin eines Imperiums zieht ohne angemessene Eskorte von dannen!"
„Nun werde nicht hochmütig, Mädchen!" Warnte Georg und seine Silvana lachte, gab aber Tamines Recht: „Eine Flotte in der Nachhut und gut programmiert, so dass diese nach einiger Zeit aufzuschließen scheint, wenn

ein gewisses Zeitlimit abläuft. Damit kann man auch solche Rohlinge wie die Chorck beeindrucken. Tamines hat wirklich Recht damit!"
Auch Gabriella gab sich nun begeistert von Tamines Plan:
Großkotzern wie den Chorck kann man auch nur großkotzerisch entgegentreten. Tamines ist die Prinzessin des großen Imperiums von Terra. Nach magellanscher Registratur natürlich."
„Jaja, haha – wer will da mit uns sprechen? Stell mal den Flottenkom durch", Georg zu seiner Silvana.
Über den Flottenkom kam die Kennung der DANTON. Gerard Laprone schaltete sich zu. „He! Habt ihr Geheimnisse erörtert, oder warum konnte ich nicht schon früher zuschalten?"
„Wir haben gerade mir den Chorck über einen Staubsaugervertrag verhandelt. Scheint nur noch Probleme mit den Beuteln zu geben, aber ansonsten dürfte sich ein Großauftrag entwickeln", lachte ihn Tamines an.
„Jaja, Staubsauger für die Chorck auf ihrem Staubplaneten! Da gibt's wirklich viel zu saugen! Ich wollte mich eigentlich nur von euch verabschieden, Leute! Ich muss wieder zurück! Ich hoffe aber, bald mit einem neuen Auftrag wieder hier vorbeischauen zu dürfen. Passt mir gut auf die kleine Magellansche Wolke auf, ja?" Tamines beruhigte ihn: „Wir passen gut auf die kleine Westwurzel auf, ja!"
„Westwurzel?" „Ja, die Chorck nennen die kleine Wolke die Westwurzel oder die kleine Westwurzel." „Ihr habt wirklich Kontakt mit den Chorck gehabt?" „Jaja, Gerard! Wir hatten. Gar kein so übler Kerl, dieser Mereth Lehan are Choe. Etwas zu groß für mich und der riesige Leberfleck auf dem Hirn stört mich, aber ansonsten: Wir hatten ein gutes Gespräch!"
Gerard musterte Tamines mit eindringlichem Blick, fast etwas traurig. Etwas kleinlaut meinte er: „Du wirst uns doch sicher erhalten bleiben, mein Milchkaffeemädchen, oder? Du kommst doch wieder zurück? Ich habe mich so sehr an deine Gesellschaft gewöhnt, dass mit etwas fehlt, wenn du weiter als ein Lichtjahr weg bist."
„Ich bleibe all meinen Freunden treu, auch dir mein Wuschelbärchen. Wir werden wieder mal einen zusammen trinken, das verspreche ich dir, Geraldinho!" „Das ist lieb von dir, meine Sonnenkönigin. Ich mag dich nämlich sehr." „Ich weiß, mein Freund. Auch ich mag dich wirklich gerne, aber nun konzentriere ich mich auf meinen Auftrag. Ist das okay so?" „Klar doch. Hoffentlich bis bald Tamines, also auch euch Freunde, alles Gute für diese Mission, wir sehen uns. Jaques und René gehen nur noch schnell zur Station. Sie werden dort bleiben wie ihr wisst."
Gute Fahrt Gerard! Kompensiere die Gravitationswellen, dann geht's besser!" „Haha! Mache ich. Die Daten werde ich dem Bernhard sofort übermitteln, vielleicht kann er dann einen noch besseren Algorithmus für

die Kompensation erstellen." „Gut, also nochmals, gute Fahrt!" Gerard winkte über das Holo, dann wurde die Schlauchschleuse noch einmal gebraucht und als die Techniker sicher auf der CLAUDIE angekommen waren, schnellte diese in die DANTON zurück. Der Frachter drehte sich langsam, beschleunigte leicht und bald konnten wir nur noch ein Glitzern, Reflektionen der fernen Sterne von ihm sehen. Nur auf dem Rasterradar war die Schrittsequenz des Frachters zu verfolgen. Gerard war wieder unterwegs nachhause. Der erste Schritt sollte ihn quer über die Westachse der SMC führen, bevor er einen Schritt in Richtung Plejaden machen würde. Von da an aber sofort wieder einen Schritt in einem von den Chorck nicht anmessbaren Winkel. Möglicherweise suchten Rasterantennen der Chorck dieses hiesige Gebiet bereits genauestens ab. Nicht nur möglicherweise sondern sicher! Multiple Bewegungen um unseren Standort herum könnten momentan sogar förderlich sein. Nachdem wir auch wissen, dass Entfernungen über fünf- bis siebentausend Lichtjahre wahrscheinlich für die Chorck mit einem Zeitproblem verbunden sind, können wir uns hier in den Wolken wesentlich freier bewegen. Übertreiben sollten wir es dann aber natürlich auch nicht!

Außerdem wurde der direkte Tachkom-Kontakt mit den Chorck ohnehin noch über einen der SMC-Satelliten geführt. Der momentane Standort unserer simulierten Heimat Terra 2 oder der Raumstation war damit auch noch nicht ganz verraten.

Fast dachte ich dem Stress verfallen zu sein. Ich fühlte mich seltsam ausgelaugt und wollte eigentlich nicht mehr, als mit meiner Gabriella unser Apartment auf der Station aufzusuchen. Raumfahrt, wenn auch unter normalen Schwerkraftbedingungen, erzeugte eine andere Art von Stress. Sicher bohrten die Gedanken an diese Chorck in ungewohnter Form in unseren Hirnen, aber die innere Befriedigung, dass wir hier zumindest nicht mehr direkt angreifbar sein würden, legte sich wie eine Balsamtuch auf die Seele. Dass aber die Chorck nun mit allen Antennen und allen Fühlern diesen Raumsektor hier durchstochern, war uns allen klar.

Der erste Fernkontakt hatte stattgefunden, der erste persönliche Kontakt hat nun zu folgen. Erst dann werden wir wissen, ob es möglich sein wird, eine Koexistenz in der heimatlichen Milchstrasse führen zu können oder ob wir langfristig gesehen, mit der permanenten Gefahr zu leben haben, vielleicht sogar einmal wieder einen Krieg zu erleben.

Auch für so einen Moment haben wir uns zu wappnen!

Jetzt werden die Zeichen gesetzt, jetzt zeigt sich die Notwendigkeit von Weitsicht und langfristiger Planung.

Nach einer kleinen Mahlzeit mit meiner lieben Frau in unserem Stationsapartment legte ich mich nur kurz auf mein Bett und musste sofort eingeschlafen sein.

3. Kapitel

Halumal. Im Zentrum der Macht von den sieben großen Sternen.

Manchmal denke ich, wir sind nicht auf dem richtigen Weg. Nur ist es mir nicht erlaubt, meine Gedanken laut zu äußern. Ich bin auch nur Angehöriger der siebten Kategorie Chorckalans, aber wenigstens ein reiner Chorck. Was hatte ich für einen Stress in der letzten Zeit!

Mein Hauptvorgesetzter Mereth Lehan are Cho hatte mich mit der Aufgabe betraut, die störrischen Oppats gefügig zu machen. Die Oppats sollten eigentlich bald in das erweiterte Kastensystem von uns Chorck eingeführt werden, doch das war gar nicht so einfach, wie zum Beispiel damals bei den Kwin.
Sechzehn Kasten für unser eigenes Volk, dann zweiunddreißig Kasten für alle Nicht-Chorck. Die Kwin sind doch eigentlich mit ihrer zweiten Kaste der Nicht-Chorck absolut glücklich. Sie erhalten täglich ihre synthetischen Dopamine und erreichten so ein unwahrscheinliches Arbeitspensum. Die ersten Kasten, welche von den Kwin besetzt wurden, beinhalteten sogar Verwaltungsaufgaben, auch eine Verwaltung für die Oppats, nur das eben diese Oppats kaum auf synthetisches Dopamin ansprachen und sich immer unzufrieden äußern, ja sogar an einen Aufstand dachten!
Ungeheuerlich! Kräftige, kleine Wesen, wie geschaffen für die Mienenkontrolle und Mienenarbeiten auf Lephad zwei und drei, möchten sich der Chorck-Kontrolle entziehen. Was wollten solche Geschöpfe denn mehr, als einem mächtigen Herrn dienen, der sie dafür auch vorsorglich kontrolliert und ihnen einen eigenen Drogencocktail entwickelt. Sicher waren wir mit dieser Forschung etwas in Verzögerung, denn die Oppats zeigten sich sehr resistent gegen künstliches Hormon-Pushing. Aber mit ihrer Sturheit werden die Oppats doch nur in eine der letzten Kasten eingeordnet und das werden sie dann davon haben, wenn sie nicht vernünftig werden. Völker der letzten Kasten bekommen keinen Urlaub auf unseren Traumurlaubswelten, Nicht eine Stunde soll ihnen gewährt werden. Ihre Anzahl wird festgeschrieben und jede illegale Geburt kommt sofort in den Bioplasmakonverter. Richtig so! Wer sich den Chorck oder den Anweisungen des weisen Kaiser Chorub nicht unterwirft, hat kein anderes Schicksal zu erwarten.
Erst vor sechs Dezikavar musste ich wieder einen Schwarm Bombendrohnen ausschwärmen lassen, denn wieder wurde ein Wandersatellit der Chonorck ausgemacht. Was soll das eigentlich? Die Chonorck könnten es sich doch innerhalb der chorckeigenen sechzehn

Kasten bequem machen. Das Brudervolk der Chorck träumt von einer Demokratisierung des Imperiums!

Wie soll man denn ein Imperium bestehend aus fast vierhundert Milliarden Wesen demokratisieren? Wer es nicht versteht mit harter Hand und mit dem Finger auf dem Nervenbrenner durchzugreifen, hat doch schon verloren.

Gestern musste ich leider einen dieser störrischen Oppats eliminieren. Ich wollte ihn nicht eliminieren, aber hatte er mich doch so lange gereizt, bis ich den Nervenbrenner immer schärfer stellte, sodass er den Reizimpulsen erlag. Das war doch nicht meine Schuld. Hätte er getan, was von ihm verlangt wurde, wäre dies auch nicht geschehen.

Ich bin ja mit meinem Schicksal relativ zufrieden. Ich gehörte zwar nur der siebten Kategorie an, aber ich war ein Chorck! Und die siebte Kategorie war besser als die achte oder neunte oder gar die sechzehnte. Von den Kategorien der Nicht-Chorck möchte ich gar nicht sprechen, denn es sollte der Willen der sieben Sonnensphären sein, dass alle anderen Kreaturen des Universums sich den Chorck unterzuordnen haben.

Ich, Chandor Valchaz, veredelt als `es´ aus dem Geschlecht der Sueb, ich hatte aber leider meine Tage, an denen mir leichte Zweifel an diesem gegebenen System kamen. Keines unserer Geschichtsbücher berichtete von anderen Zeiten als von diesem bewährten Kastensystem, so dürften mir auch keine Zweifel kommen, aber ich kannte viele pfiffige junge Chorck, welche in der sechzehnten Kategorie dahinvegetierten und sich mit vielen kleinen Erfindungen ein Leben gestalten, welches schon fast den Bequemlichkeiten der vierzehnten Kategorie entsprach.

Auch dachte ich oft an die Chonorck, dem abtrünnigen Brudervolk. Sie lebten auch, auch wenn sie ihre Heimat nicht mehr besuchen durften und damit Ehrenlose waren, da sie auch den Sonnenstein nicht mehr umarmen konnten. Wer nicht wenigstens einmal im Leben den Sonnenstein umarmt hatte, galt als für alle Ewigkeiten verloren.

Der Sonnenstein sollte mit den sieben Sonnensphären in direkter Verbindung stehen und nach der Umarmung entscheiden die Sphären, ob die Seele desjenigen nach seinem Tod in eine der Sphären übernommen werden kann. Auch sagt das große Datenbuch der universellen Kräfte, dass Kreaturen, die sich dauerhaft mit ihrer Kaste als unzufrieden geben, von den Sphären verstoßen werden und in den galaktischen Lichtschlucker wandern. Die ewige Finsternis muss dann bei Hundertzeit durchwandert werden. Mein Sonnenlehrer sagte einmal, in Hundertzeit kann man nur einen einzigen Schritt alle fünf Millionen Klataan machen. Damals glaubte ich dem Sonnenlehrer blind, denn er hatte einen der leuchtenden kleinen Sonnensteine umhängen! Erst später begann ich zu zweifeln, als ich beobachtete, wie dieser humpelnde Chorck der ersten Kategorie mit der

Zehenseuche zu tun bekam und auch noch eine Energiezelle in seinem Sonnenstein wechselte, dieser erst anschließend wieder hell leuchtete.

Meiner Schulgruppe hatte dieser Mann erzählt, die sieben Sonnensphären hätten seinen Stein wegen der guten Predigten neu aufgeladen und ihm wäre ein Platz in der ersten Sphäre versprochen worden.

Zwar kann ich mir auch nicht vorstellen, wie man als dann körperlose Existenz eine Hundertzeit durchwandert, doch war auch dies ein verbotener Gedanke, den ich immer wieder abzuschütteln versuchte. Es gelang mir nur nicht immer. In letzter Zeit aber auch immer weniger.

Und nun?

Ich hatte nicht nur mehr die Probleme mit den Wandersatelliten der Chonorck, nicht nur die Probleme mit den Oppats oder den Kwat, nein jetzt musste ich eine Meldung von absolut fremden Nicht-Chorck entgegennehmen. Meine Hoffnung war, ich könnte ein neues Volk in das Imperium der Chorck einführen, fleißige Arbeiter, die uns Chorck zu dienen bereit wären und dafür dankend ihre Drogenpakete annahmen, nein! Noch dazu ein weibliches Wesen einer bislang gänzlich unbekannten Rasse meldete sich über die Tachyonenkommunikation und auch noch auf der Modulfrequenz unserer Sammelsendungen.

Dabei machte dieses behaarte, weibliche Wesen keinerlei Anstalten sich uns anzuschließen, sie berichtete darüber hinaus auch noch von einem anderen Imperium!

Für mich brach fast eine Galaxie zusammen. Glücklicherweise verlangte dieses Wesen dann aber einen Chorck aus einer höheren Kategorie und ich vermittelte sofort an meinen Vorgesetzten Mereth, ein `are´.

Diese minimale Kastenverbesserung konnte nur von einem Vorgesetzten ausgesprochen werden, denn ein echter Inhaber der zweiten Kaste müsste mit `ere´ bezeichnet werden. Mereth wäre eigentlich der dritten Kaste anhängig, aber er wurde schon vor langer Zeit von Kaiser Chorub geedelt. Sein Verdienst war die Biosynthetisierung von Analogcomputerschnittstellen. Damit wurde dem Kaiser ein riesiges Erinnerungsvermögen zurückgegeben und sein jetziges erhalten. Man munkelte zwar, dass dieses Erinnerungsvermögen ein künstliches war, jedoch galten die kaiserlichen Entscheidungen als untrüglich und heilig. Niemand sollte daran zweifeln. Doch ich zweifelte in meinem Innersten und ich fühlte mich nicht mehr wohl. Ich sehnte mich nach meiner nächsten Dopaminzuteilung, um wenigstens dieses ungute Gefühl zu verjagen, aber als Halumal-Stationsmitglied hatte ich doch mehr zu denken und durfte gar nicht einmal soviel von diesem synthetischen Dopamin zu mir nehmen wie zum Beispiel Inhaber der zehnte Kaste ohne Denkarbeiten.

Mereth Lehan are Cho ließ mich rufen.
Mein Zirkulationsmuskel rupfte mich halb auf, mir stieg die Oxygenträgersubstanz bis in den Kopf, sodass sich mein Geburtssymbiont an meiner Stirn mit Warnzuckungen meldete. Diese Symbionten sollten uns Chorck vor Stress und Strahlung warnen, manchmal wurden mir diese Warnungen aber schon zuviel. Als ich das letzte Mal bestraft wurde, war ich unter diesem Symbionten fast ohnmächtig geworden. Man hatte mich zu Recht wegen eines Fehlers beim Verbalschreiben gammabestrahlt und der Symbiont reagierte mit einem Nervenschock, welcher sich auf mich übertrug. Nachdem die Herren Strahlungsrichter bereits wissen, dass ich nicht so sensibel für meinen Symbionten bin, hatten diese die Strahlungsdauer verlängert.

„Chandor! Wir müssen die Aufzeichnung diese Sendung noch mal genau durchgehen. Eine Weibliche als Sprecherin eines angeblichen Imperiums, von welchem wir noch nie etwas gehört hatten, wie kann es so etwas geben?"
„Seine Gnade, Mereth Lehan are Cho. Diese weibliche Tamines Reis aus der Kaste der Santos, sollte in diesem anderen Imperium etwas wie ein äquivalentes Kastensystem existieren, sie hatte sehr sicher gesprochen. Auch hat unser Wahrheitszeiger eine Wahrscheinlichkeit von vierundneunzig von Hundert ausgegeben, dass diese Aussagen der Wahrheit entsprechen.
Die Überprüfungen der Sendungsrichtung und die Tachyonenruppung in der Intermodulation zeigten auch, dass der Emissionsort wirklich Klein-Westwurzel ist. Die Behauptung, Zerhacker zu nutzen ist ebenso sehr wahrscheinlich, da wir ja schon seit einiger Zeit künstlich modulierte Tachyonengruppen ohne Zusammenhang nachgewiesen hatten. Die meisten allerdings über die Tachyonen-Nullzone des galaktischen Lichtschluckers.
Als Nachrichten aus Klein-Westwurzel wären diese Fragmente sicher weiter zeruppt, doch nachdem diese Sprecherin von diesem terranischen Imperium auch selbst schon bestätigte, dass sie Handel mit galaktischen Völkern betreiben und diese Handelsbeziehungen eben mit Zerhackern geheim halten wollten und vielleicht noch wollen, dies passt schon in unser Bild dieser unzusammengehörigen Sendungsfragmente. Wie ich schon sagte, der Wahrheitszeiger gab vierundneunzig von Hundert aus!"

Mereth überlegte. Nun kann ich auch Mereth zu ihm sagen, der komplette Name und die dritte Anrede musste ich immer nur bei einem Gesprächsbeginn durchführen, wenn mein Gesprächspartner einer besseren Kaste angehört. Ab Kaste Acht hatte auch mich jeder entsprechend zu respektieren.

Doch wollte Mereth meine Einschätzungen erfahren: „Chandor. Warum will sich dieses Imperium nicht unserem Großimperium anschließen? Warum meldet sich ein Imperium aus Klein-Westwurzel plötzlich und wir hatten nie zuvor auch nur ein Datensegment von ihnen erfahren. Plötzlich stehen wir vor einem Kontakt mit einem anderen Imperium? Erinnerst du dich an die Geschichte von diesem Chonorck-Imperium, was sich dann aber wir Chorck rechtlich einverleibt hatten?"

Ich erinnerte mich sehr wohl daran! Das waren ja die Schulaufgaben und auch Inhalte der Erinnerungsinjektionen, welche wir in den Schulen und Lerngruppen bekamen.

Die Chonorck hatten damals illegal ein Schwesterimperium gegründet, welches einer so genannten demokratischen Natur entsprach. Leider wusste ich nicht genau, was eine `demokratische Natur´ aussagen sollte. Der Rat der Diktatoren erklärte dieses Schwesterimperium zu Recht als illegal und zog es heim ins Altreich. Darum erhielten auch die Zerter sofort die unterste Kaste, weil sie sich wehrten! Nach unseren Lehren sollten aber alle Kreaturen des Universums den Chorck dienen, denn nur die Chorck wurden von den sieben Sonnensphären beschienen und hatten somit das Recht auf die Bestimmung über alles andere Leben erhalten. Die heilige Datenbombe hatte alle Informationen darüber ausgegeben.

Warum sich die Chonorck auch einen anderen Planeten suchen mussten und auf die Umarmung des Sonnensteins verzichteten, war mir damals absolut unheimlich, als ich von dieser Geschichte aus der evolutionären Genesis erfuhr. Einen anderen Planeten, ja das konnte ich ja noch verstehen, aber den Sonnenstein nicht umarmen und damit das Nachheil nicht mehr erreichen dürfen? Mich schauderte, aber mich schauderte auch, weil ich wieder zu zweifeln begann. Momentan wusste ich gar nicht genau, an was und über was ich zweifelte.

Was hatte mich Mereth gefragt?

Ich war irgendwie nicht ganz bei der Sache, in meinem Geist geisterte diese Tamines herum, ich konnte überhaupt nicht verstehen, wie ein Teilhaarträger Intelligenz aufweisen konnte, geschweige denn für ein ganzes Imperium sprechen.

„Mereth, entschuldige meine geistige Abwesenheit. Ich versuche logische Gedankenansätze zu formulieren. Um dir bei deinen Recherchen zu helfen. Hast du versucht den Kaiser zu erreichen?"

„Ich habe bei dem ersten Halumet nachgefragt und die Erlaubnis bekommen, den Kaiser anzusprechen. Bedauerlicherweise weilt Chorub wieder in einem Tiefkomasarg, um neue Reparaturgene einzubinden. Auch sein Analogspeicher wird neu formatiert und weitere Dockstationen eingebunden. Das kann noch bis zu einem Viertelklataan dauern. Diese Angaben überantworte ich dir aber nur eidgemäß! Keine Informationen für Gleich- oder Minderkastige! Ich möchte aber den Rat der Diktatoren auch nicht einberufen, denn diese würden, sollte es sich um nichts Besonderes handeln uns nur wieder mit einer Gammastrahlung auf den Symbionten bestrafen."

Ah! Auch Mereth hatte Angst vor solchen Strafen! Gut zu wissen. Doch mich schauderte es extrem, als ich an meine letzte Bestrafung denken musste, weil ich so brutal daran erinnert wurde.

Sollten wir diesen Kontakt also eigenverantwortlich ausführen und was machen, wenn sich dann diese Terraner und deren Anschlussvölker nicht freiwillig in unser großes und einzig legales Imperium integrieren wollen? Zumindest diese Völker unserer Galaxis müssen in unseres Imperium eingegliedert werden, denn es war ja auch `unsere Galaxis´ und die Chorck hatten ja den göttlichen Segen von den Sonnensphären bekommen, über alle anderen Völker des Universums zu herrschen. Der Schritt nach Klein-Westwurzel war dann nur noch eine Frage der Zeit. Sollten die Terraner wirklich intelligente Kreaturen sein, würden sie wohl beim ersten Anblick der Sonnensphären und unserer heiligen Datenbombe den Chorck und dem großen Imperium ihre Dienste anbieten.
Es durchzuckte mich, dass ich fast an den Gammaschock erinnert wurde! Was aber wenn nicht?

Aber wir sollten diesen Schritt des Kontaktes so einleiten, denn wenn der Kontakt einmal geschlossen war, und der Kaiser wieder aus seinem Koma erwacht, neu gestärkt in Erinnerung und Weisheit, dann würden doch diese Terraner nach einer Zwiesprache mit dem Kaiser von selbst so vernünftig und einsichtig werden, dass sie sich allen logischen Grundlinien nach freiwillig unterwerfen. Spätestens nach Ansicht der Sonnensphären würden sie das so machen. Davon war ich immer mehr überzeugt.

Nein. Überzeugt war ich nicht mehr in diesem Sinne, aber das war meine Überzeugung für eine Antwortgestaltung auf künftige Fragen. Vor allem auf Fragen, die Mereth mir stellt und noch stellen wird.

So gab ich das Ergebnis meiner Überlegungen als Antwort für meinen unsicher wirkenden Vorgesetzten aus:
„Diese weibliche Tamines kommt alleine. Vielleicht hatte sie auch von den sieben Sonnensphären noch nie gehört und auch noch nichts von unserer heiligen Datenbombe. Möglicherweise ist sie, oder sind auch diese Terraner und deren Imperiumsangehörige unschuldig in ihrem Unglauben und müssen erst einmal bekehrt werden. Dahingehend können wir unsere ersten Schritte lenken. Wir sollten für ein Handelsabkommen stimmen, erstens könnte das Geheimnis zur Überwindung der Tachyonenruppung bei Schritten gelüftet werden, was diese Terranerfrau als Gravitationswellen bezeichnete. Sollten wir es schon einmal schaffen, alleine diese Information zu bekommen, würden wir vielleicht mit weiteren Ehren vom Kaiser ausgezeichnet. Passieren kann uns prinzipiell nichts, denn wer würde ein Imperium wie unser heiliges im Zentrum der Macht angreifen. Noch dazu eine Einzelperson?
Von den Chonorck kommen diese Terraner nicht, aber es wäre gut, wenn wir die ersten Handelsbeziehungen zumindest zum Schein gründen, dann sollte es auch kein Bündnis mit unseren abtrünnigen Brüdern geben.
Wer weiß, vielleicht will es das Schicksal auch gut mit uns und wir führen mit den Terranern unser Imperium in neue, unangreifbare Dimensionen?
Wenn wir beide dazu beigetragen haben, dann gibt es vielleicht auch einmal eine lebenslange Strafbefreiung oder sogar einen der wenigen Kastensprünge über zwei Grade."

„Gewissermaßen denkst du auch in meinen Bahnen. Für eine Alarmierung des Rates der Diktatoren ist mir das Erscheinen einer Einzelperson zu geringwertig. Um dieses Ereignis zu ignorieren, dagegen sprechen die Aussichten an technischen Errungenschaften, die wir uns aneignen könnten. Wie du schon sagtest, Chandor, eine einzelnen Person würde sich nicht in unser Machtzentrum wagen. Aber wir sollten dennoch alle Schritte und jedes Detail dieser Begegnung aufzeichnen um später für unsere Taten und für unsere Bemühungen auch den entsprechenden Lohn empfangen zu können. Die Bedingung ist, diese weibliche Tamines muss direkt zu unserer Station Halumal kommen. Sollten sich die Ansichten der Terraner irgendwie ändern, so geben wir sofort der Yolosh-Polizeiflotte Bescheid."

142

„Genauso werden wir vorgehen! Du hast immer noch das bessere Vorgehensverständnis!"

Ich bemühte mich, überzeugend zu sprechen, was Mereth auch so annahm. Nur ich selbst war nicht sonderlich überzeugt. Diese weibliche Tamines hatte in der Übertragung eine dermaßen innere Sicherheit vertreten, dass mit die Beseelung durch die Sonnensphären als minderwertiger erschien. Wieder schockte mich mein eigener Gedanke! Aber mit immer mehr Gedanken dieser Art wurden die Schocks auch geringintensiver.

„Übe Kritik in deiner oder unteren Kasten, nie aber in einer übergeordneten Kaste oder gar an unserem Heiligtum! Darauf wartet der große galaktische Lichtschlucker nur, um Seelen aus dem Guten zu holen. Nimm deine Strafen dankbar an, ehre die Sonnensphären und suche mindestens einmal in deinem Leben den Sonnenstein auf, dann hat deine Seele die besten Voraussetzungen, Teil der Sphären zu werden und du wirst glücklich sein!"

Das waren die Lehren unserer Ethik und unserer umfassenden Religion! Die Chorck waren direkt aus dem Urknall entstanden und begannen erst zu atmen, als sie auf den ersten Planeten herabregneten. Aus der Schlacke der Chorck-Entstehung waren die anderen Völker geboren und mussten logischerweise unserer Heiligkeit dienen, so wie die Rotfleischtauben zu leben haben um uns als Zusatznahrung zur Verfügung zu stehen, so wie die Propfkopffische ihre Körper abzustoßen haben um in unsere Proteinversorger zu gelangen.

Die Natur betrachtet, muss man doch zu der Ansicht gelangen, dass wir Chorck der Göttlichkeit am Nächsten waren!

Warum dachte ich so viele Dinge? Warum ging mir das Bild dieser weiblichen Tamines nicht mehr aus dem Kopf? Wie wollte diese Weibliche innerhalb von einem Dezikavar von Klein-Westwurzel bis in unser Halumal kommen? Wie viele Einzelschritte sollte sie dabei benötigen? Einhundertfünfzig oder noch mehr? Mehr! Bis nach Klein-Westwurzel waren ja über einhundertzwanzig Chorluslichtmeilen! Bei den sieben Sonnensphären! Sie müsste ja mindestens fünfhundert Schritte einstellen und programmieren. Wenn dieses Wesen innerhalb von einem Dezikavar hier herkommen kann, dann war sie den Sphären gleichgestellt!

Wieder schockte mich mein eigener Gedanke. Wie kann ich an eine Gleichstellung einer Unbekannten mit unserer allerheiligsten Konstellation der Siebenfaltigkeit denken?

„Mereth!" „Ja Chandor Valchaz es Sueb?" Er nannte mich wieder mit meinen vollen Namen, damit ich nicht aufmüpfig werde.

„Ich denke, wir sollten auch zusammenbleiben, wenn wieder eine weitere Sendung von dieser weiblichen Tamines durchgestellt wird. Vier Augen und zwei Sinne sammeln mehr Informationen und einer kann dem anderen als Zeuge dienen. Besonders für dich ist dies wichtig, wenn wirklich eine neue Technik oder ergänzende Teile davon errungen werden kann. Ich würde dir auch eine Kastenverbesserung gönnen, mein sanfter freundschaftlicher Gebieter. Wenn ich unter dir um eine Kaste aufrücken könnte, wäre ich weiter ein Befehlsempfänger, aber mit besseren Privilegien."

Mereth lächelte dankbar. Er war einfach froh, in Zeiten des Kaiserkomas Entscheidungshelfer zu haben.

„Ich möchte auch niemand anderen befehlen als einem Geradeläufigen wie dir. Ich fühle mich in meiner getroffenen Entscheidung bestätigt. Wir empfangen die weibliche Tamines der Terraner und versuchen mit vorgetäuschter Handelsbereitschaft ihr die Technik, wenn sie so gut ist, wie behauptet, zu entreißen. Allerdings geben wir ihr dafür auch etwas. Sie soll unsere minderwertigsten Produkte erhalten. Wir werden sie ebenfalls langsam in die Lehren der Sonnensphären einführen. Wenn ihre Seele heilig und erwählt ist, wird sie wohl andächtig zuhören und langsam ihr Imperium überreden, was der einzige und umfassende Sinn des Lebens sein sollte. Die Angehörigkeit zum großen Imperium der Chorck."

„Eine vernünftige Lebensform kommt dieser Erkenntnis von selbst nahe, wir müssen ihr nur die heilige Datenbombe zeigen und die sieben Sonnensphären. Wenn sie das Imperium übergeben, wird dieser weiblichen Tamines zum Dank die Umarmung des Sonnensteins gewährt. Das ist alles, nachdem ein Nicht-Chorck wohl streben kann."

Ich zog mich zurück und legte mich in eine Polsterwelle nahe dem Kommunikationsraum. Auch Mereth wanderte in Richtung der nächsten Polsterwelle, stellte aber diese auf Rückenlage um, so dass die Wellen entgegengesetzt hochgeschoben wurden. Er drückte den Gelschaum solange hin und her, bis dieses Ruhemöbel sich seinem Körper in Bauchlage angepasst hatte. Dann konzentrierte auch ich mich auf Leichtschlaf. Um im Leichtschlaf richtig ausschlafen zu können, würde ich zwar mehr als einen Dezikavar benötigen, aber ich hoffte sicher auch wie Mereth, dass wir das Treffen mit dieser weiblichen Extra-Chorck ohnehin überzeugend und in nicht langer Zeit absolvieren könnten. Mereth hatte ohnehin schon sehr eigenmächtig gehandelt, als er die Zusage des Besuchs erteilte. Aber was sollte er auch machen? Zum einen wollen die Verantwortlichen alle, dass sie nicht wegen jeder Kleinigkeit gestört werden, zum anderen fürchten wir uns vor einer Bestrafung, falls wir etwas falsch machen sollten. Und der Kaiser liegt wieder in einer seiner Komaphase, diese werden nun auch immer länger. Ich zweifelte bereits wieder an seiner Unsterblichkeit!

Die Behauptung, dass Chorub der Kaiser noch Originalgene der Urchorck besitzen sollte, von denen also, die direkt aus dem Urknall entstanden waren, entzog sich mittlerweile gänzlich meinem Verständnis. Diese würde sich nicht mit den Wissenschaften decken und ich arbeitete ja schließlich auch am Gendesign für die neuen synthetischen Dopamine auch für diese störrischen Oppats. Es würde wohl nur eine Frage der Zeit sein, bis diese Oppats so fromm und dienlich wie die Zerter würden.

Der Leichtschlaf übermannte mich und ich stellte meine Logikdeutung aus.

Es sollte nicht geschehen, aber fast wäre ich in den Vollschlaf gefallen, hätte mich Mereth nicht angesprochen. Nach einem Leichtschlaf musste ich aber meinen Vorgesetzten wieder mit allen Titeln benennen.

„Viele Oxygene, Mereth Lehan are Cho." „Dir auch alle notwendigen Oxygene Chandor. Raus aus den Wellen. Die Dezikavar sind um. Wir müssen beide sehr sorgfältig beobachten, ob diese nächste Sendung der weiblichen Tamines Reis vom Range oder der Kaste der Santos wirklich noch aus Klein-Westwurzel kommt. Wenn nicht, dann will uns jemand zur Narrendheit verdammen. Meine Leichtschlafmeditation warnte mich vor einem eventuellen Trick der Chonorck!"

Das hielt ich ja komplett für absurd. Die Chonorck würden sich nie wagen, irgendwie in das Zentrum der Imperiumsmacht zu gelangen. Schon gar nicht nach Halumal. Eine Randgruppe der Existenz würde sich auch immer nur am Rand bewegen! Auch wenn es sich – leider – auch gewissermaßen um Chorck handelt. Sie hatten eben den Segen der sieben Sonnensphären verloren oder wurden mit diesem Verlust bestraft. Warum auch immer.

Wieder so ein zuckender Gedanke! Was, wenn aber die Chonorck eine andere Art von Wahrheit erkannt hätten? Gibt es eine andere Art von Wahrheit, so wie andere Arten von Wahrscheinlichkeiten?

Ich fühlte mich wie am Anfang einer anderen Existenz, ich schwankte zwischen alten Zweifeln und neuen Zweifeln, ich schwankte zwischen meiner alten Existenz und dem Wunsch, die Fesseln des Kastensystems abzulegen, wie es die Chonorck behaupten, getan zu haben. Aber mit den Lehren der Chonorck oder wie man deren Propagandabemühen per Wandersatelliten bezeichnen sollte, durften wir uns auf keinen Fall identifizieren! Eine derartige Äußerung könnte eine Gammastrafe hervorrufen und damit die Kürzung auch von Reparaturgenen! Und ich wollte leben! Solange wie möglich! Auch möchte ich wieder einmal den Urlaubsmond im Chotonsystem mit der Sonderration Dopamine für zwei oder drei Tage besuchen dürfen. Ein längerer Besuch alle Klataan wäre auch nur besseren Kasten zu gestatten. Aber mir hatte mein Urlaub immer genügt! Fremdvölker mussten ohnehin auf andere Erholungswelten ausweichen. Natürlich nur welche, die auch unter der Dopaminkontrolle von uns standen.

Doch nun geisterte immer wieder eine andere Kreatur durch meinen Kopf. Eine Weibliche von einem anderen Volk, welches wir nie zuvor gesehen hatten oder von dem wir noch nie zuvor gehört hatten.
Wie konnte es so was geben? Eine Haarträgerin in dieser Fülle auf dem Haupt. Normalerweise entwickelten sich doch Haare oder Pelze bei Kreaturen, denen Intelligenz zugestanden werden, zurück. Höchstens Flaum oder Kurzborsten zeugen von der Abspaltung aus der Urzeit und der Urkreaturen. Außer wir Chorck, so berichtete die Datenbombe, wir Chorck als höchste Lebensform, wir hatten immer schon die Intelligenz in uns getragen.
War dem so?
Oder hatte auch die Datenbombe nicht alles genauso erfasst, wie wir es gerne hätten? Oder gab es da vielleicht Interessengruppen, welche die Einträge in der Datenbombe manipulierten oder ergänzten.

Ich lebte im Zweifel und fühlte mich aus diesem Grund nicht mehr wohl. Zum einen war uns Zweifel an der Datenbombe verboten und erzeugte ein schlechtes Gefühl. Zum anderen konnte ich nicht mehr anders.
Schon die überzeugenden Aktionen und die Nachrichten von den Wandersatelliten unserer Brüder berührten mich. Sie propagieren ein Weltbild oder das ehemalige demokratische Imperium ohne Kastensystem. Jeder konnte sich seinen gesellschaftlichen Stand selbst wählen, indem er entsprechend arbeitet, oder sich entsprechend arrangiert.
Ein ungewohnter Gedanke, aber auch sehr reizvoll.
Doch nun kreisten meine Gedanken wieder um diese Frau der Terraner.
Mit welch fester Stimme hatte sie gesprochen und von einem Imperium in der kleinen Westwurzel vor der Lebenssporengalaxie erzählt.
Von dort sollten auch die Ur-Urchorck gekommen sein, von dort soll jegliches intelligente Leben gekommen sein.

Auch diese Tatsache könnte unsere Ordnung durcheinander bringen, wenn diese Terraner mehr oder etwas anderes wissen könnten wie unsere heilige Datenbombe.

Wenn ich doch nur durchbrennen könnte! Ich hätte mich vielleicht auch schon unseren Brüdern angeschlossen, den Chonorck, aber ich wüsste nicht wie! Ich wüsste nicht wie ich einen der Urbrüder erreichen könnte. Vielleicht ergäbe sich nun mit dieser Weiblichen eine Chance. Ich möchte ein komplett anderes Leben leben. Zwar geht es mir bestimmt nicht schlecht und aufgrund meiner guten Arbeit habe ich nicht mit vielen Bestrafungen zu rechnen, höchstens zweimal pro Klataan, aber meine mir zugeteilte Weibliche nahm mir jegliche Restfreude von meinem Sold. Sie kauft immerzu nur Cremes um ihre Brusttentakel frisch zu halten und vielleicht auch so ihre Chancen bei anderen Männlichen unserer Kaste zu erhalten.

Wir Männer hatten zwar auch Brusttentakel, nutzen diese aber nur für den sekundären Zweck, die Hände bei Kleinarbeiten frei zu halten.

Die Frau der Terraner hatte etwas anderes als Brusttentakel. Das dürften diese Versorgungsdrüsen für Nachwuchs sein, so wie es auch die Alalis halten. Wenn die Alalis Haare hätten, könnte man ohnehin denken, sie kämen aus einem Volk. Doch die Weibliche aus der kleinen Westwurzel hatte auch so eine schöne braune Haut. Fast wie die Chonorck aber viel edler und glatter! Ach! Sie hatte auch erzählt, sie wäre genkorrigiert oder genstabilisiert und könnte damit auch länger leben. So lange wie wir? Oder so lange wie es uns zugestanden wird?

Vielen von uns, die nicht mehr sonderlich produktiv arbeiten, werden die Reparaturgene gesprengt und das Alter tritt meist so schnell ein, dass man sich eine Sanftabsegnung wünscht, welche sofort erfüllt wird.

Habe ich es mir nicht schon so oft gedacht? Haben wir nicht doch ein verrücktes Leben?

Vielleicht kann ich auch anders denken, weil ich der Meinung bin, dass mein Symbiont nicht sensibel genug ist. Ich denke oft, dass die Lebensimpulse meines Symbionten schwach wären und dieser bald zu sterben hätte, noch vor meiner eigenen Sanftabsegnung, aber der Symbiontenmediziner konnte nichts feststellen. Mein Doppler-Ich war gesund! Also hatte ich einfach ein schlechtes Exemplar nach meiner Geburt bekommen und immer überzeugter wurde ich, dass ich damit im Endeffekt auch Glück hatte.

Die Gammabestrafung schmerzte mich nicht so stark, wie ich es von vielen Kastengleichen oder Kastenunteren erfuhr oder auch beobachten konnte.

Kastenuntere bekamen auch ihre Gammabestrafung durch meine Anordnungen und Mereth mahnte mich immer, pro Klataan mindestens eine Bestrafung durchzuführen, um die Unteren gefügig zu halten.

„Du musst sie schlagen, bevor du sie streichelst, dann danken sie dir die Streicheleinheiten doppelt!" So sprach der erfahrene Mereth.

Doch die Chorck der unteren Kasten schreien bei einer Gammabestrafung weitaus extremer, als es mir bei solchen Aktionen zumute war. Sie berichten auch von einem Schmerz, der in jede Körperzelle wandert, ich spürte immer mehr nur ein Brennen um den Bereich des Symbionten, vielleicht noch bis in die ohnehin sensiblen Brusttentakel.

Ich hatte mich etwas gereinigt, während diese Gedanken so durch meine Gehirnwindungen flossen. Der Zeitrechner zeigte mir, dass ich mich auch etwas beeilen sollte, Mereth mochte nicht lange warten und wenn diese Weibliche sendet und ich wäre nicht zugegen, würde Mereth mir vielleicht eine Gammabetrafung zuteilen lassen.

Also saß ich bald neben Mereth und beobachtete bereits die Tachyonenschreiber und das Oszillogramm der Dauerübertragung des Symbols von diesem Westwurzel-Imperium.

Schon das Oszillogramm zeugte von einer sehr sauberen Tachyonenzwangsmodulation. Noch dazu, da diese Terranerin sagte, sie regelte die Modulation nach unten. Die Entfernung stimmte, denn Mereth hatte extra zwei weitere Messschiffe ausgesandt und diese bestätigten den Winkel über die Dreieckspeilungen mit den Daten unserer Station Halumal.

Diese Schiffe hatten Anordnung, die Position beizubehalten, um auch die nächsten Sendungen weiter zu überprüfen.

Mereth möchte auch aktuelle Fragen stellen, um sicherzugehen, dass diese Terranerin kein Aufzeichnung vorführte und schon unterwegs wäre.

Mereth glaubte nicht, dass es eine Technik gäbe, mit der man innerhalb eines Dezikavar so eine Entfernung zurücklegen könnte.

Der gestellte Zeitschreiber meldete, dass nun eigentlich der Meldetermin wäre, schon wollte Mereth selbst einen Ruf hochmodulieren, da riss das Oszillogramm auf und zeugte von einer fast reinen Modulation höherer Energie.

Die Bildkennung des terranisch-demokratischen Imperiums erlosch und machte dieser Weiblichen Platz. Wir blickten in den Wiedergabekubus und auch ich konnte erkennen, dass diese Terraner nicht mit der möglichen vollen Bildauflösung arbeiteten. Aber diese Frage wurde schon gestellt und die Weibliche aus dem Volk der Terraner erklärte von einem anderen

Wiedergabesystem und dass sie unsere Norm nur per Software simulierten. Ich kannte zwar keine anderen Normen als die, welche von dem Rat der Diktatoren freigegeben sind, aber ich fühlte, dass diese Erklärung der Wahrheit entsprechen konnte.

„Ich grüße Sie beide. Schön, dass auch der männliche Chandor Valchaz es Sueb treu seinem Vorgesetzten Mereth Lehan are Cho beisteht. Ich weiß nicht, ob unsere Zeitsynchronisation schon auf den Millikavisto funktioniert, aber mein Bordrechner hat nun geschaltet. Ich nehme an, Sie haben geruht und ich wünsche somit erneut viele gute Oxygene und Regen. Gibt es eigentlich Regen auf Halumal? Wie wird dort der Haushalt gehalten?"

Mereth übernahm das Wort.

„Halumal ist wie eine Röhrenwelt gebaut. Es gibt im Mittelsektor gesteuerten Regen. Eine Selepeteinheit regelt diese Angelegenheit. Sie können sich dieses Wunder der technischen Denker selbst ansehen, wenn Sie in einem Dezikavar hier eintreffen werden."

„Das ist ja interessant! Sie bauen eine Raumstation wie eine Röhrenwelt mit künstlichem Regen, rostet da Ihnen nicht immer wieder die Bodenwanne durch? Korrosionsprobleme, verstehen Sie?"

„Wir habe in der Tat leichte Probleme dieser Art, aber mehr aus dem Potentialunterschied, welcher bei der Querverlenkung entsteht. Halumal wechselt aber die verbrauchten Teile automatisch unter Selbststeuerung aus, weibliche Tamines vom Volk der Terraner. Sie sind sehr neugierig muss ich feststellen!"

„So ist unsere Natur, besonders die Natur von Menschen meiner Art aus der Region meiner Geburtsstelle."

Mereth wirkte etwas verwirrt und blickte mich an. Dann fragte er wieder in Richtung der Übertragung: „Ich dachte, Sie nennen sich Terraner? Warum nun Menschen?"

„Menschen ist die Kreativeigenbezeichnung im Sinne von Menschsein und Menschlichsein, Eigendenken und Eigenhandlung entsprechend unserer individuellen Natur. Terraner ist die Gruppenbezeichnung entsprechend der Planetenabstammung!"

Sicher hatte auch der automatische Übersetzer dieser Terraner leichte Probleme, eine derart anfänglich komplizierte Begriffsübersetzung zu gestalten, dennoch: die Technik dieser Terraner scheint verblüffend einfach aber hochfunktionell und zweckbezogen.

Überhaupt! Dass diese Konversation über einen automatischen Übersetzer bereits dermaßen gut klappt, dazu müssen uns diese Menschen oder

Terraner schon lange beobachtet aber unsere Beitrittsaufrufe zum Imperium ignoriert haben. Der Grund dafür kann eigentlich nur an der Distanz zur Klein-Westwurzel liegen, denn welches intelligente Volk würde es sich zutrauen, dem herrlichen Chorck-Imperium den Rücken zu kehren. Noch dazu, da so ein Verhalten eine lange Bestrafung nach sich ziehen würde. Unserem Sieben-Sonnenssphären-Imperium, dem heiligsten, was das Universum gebar den Rücken kehren?

Wieder drückte ein Zweifelsgedanke in meinem Schädel und ich spürte diesen Druck am Rand meines Symbionten, der Nervensschnittstelle dieses intelligenten Tieres, die wir Chorck schon seit tausenden von Klataan in heiliger Zeremonie gleich nach der Geburt aufgelegt bekommen.

Diese genoptimierten Hormonegel helfen auch bei Lebensverlängerung und zur Körperentgiftung. Doch wurde ich das Gefühl nicht los, dass ich auch in dieser Hinsicht ein sehr schwaches Exemplar bekommen hatte.

Das Gespräch mit dieser Weiblichen von diesem Westwurzelimperium war jedoch noch nicht zu Ende.

Mereth wollte sich tiefer in die Psyche jener Terraner hineinsuchen, wie ich jedoch fühlte, stieß er damit bei auf Steineshärte.

„Werden Sie mir auch Aufnahmen und Daten ihrer Welten zeigen, Ihre Gnade?"

Doch diese Tamines wusste, was darauf zu antworten war.

„Wenn unsere Handelsabkommen von Erfolg gekrönt werden, wird es ohnehin gegenseitige Besuche und Lieferungen geben. Dann können Sie sich auch unsere Systeme und Welten ansehen. Doch fürchte ich, dass die Cargos zuerst unsererseits in Dienst gestellt werden müssen, denn für Ihre Schiffe ist die Entfernung noch zu groß."

„Würden Sie ihre Technik für die Großschritte an uns verkaufen oder einhandeln?"

„Dazu bedarf es einer Einschätzung unseres Rates der Neun. Ich stelle mir aber vor, dass zu Beginn von geschäftlichen Beziehungen mit Ihrem Imperium ein Technologietransfer dieser Art noch nicht genehmigt wird. Dazu kennen wir uns nicht gut genug. In einer ferneren Zukunft jedoch, so denke ich, könnten wir noch einmal darüber reden. Auch bevorzugen wir es, Techniken die zur Waffenkonstruktion geeignet sind, nicht in ein Handelsabkommen zu integrieren."

„Ich habe eine Einladung bei dem Rat der Diktatoren unseres Imperiums beantragt und erwirkt. Sie bekommen auch ihren gewünschten diplomatischen Status. Wann können Sie, weibliche Tamines, nach Halumal kommen?"

„Ich warte ebenso auf das Ergebnis des Rates der Neun unseres Terranisch-demokratischen Imperiums Andromeda-Magellan. Ich rechne damit in weniger als einem Dezikavar. Also habe ich vor, Sie vor meiner Abreise von Terra noch einmal zu kontaktieren. Ich stelle den Tachkom ebenso auf Bereitschaft wie bereits gehabt. Auch Sie können mich nochmal rufen, sollte es Bedarf geben."

„In einem Dezikavar also. Das entspricht einer Planetendrehung von unserer Heimatwelt Chorckland 2. Und wann werden Sie voraussichtlich hier im Chorckonium eintreffen?"

„Ich werde mit einem Beiboot zu Ihnen fahren und dafür brauche ich mindestens zwei Kavar, vielleicht etwas weniger. Ich würde vorschlagen, wir schalten noch einmal eine Tachkom-Verbindung, ich lasse auch den Softwaresimulator für ihre Bild- und Tonübertragungsnorm geschaltet. Ich übermittle die Entscheidung unseres Rates der neun Völker und erwarte auch von diesen noch den Katalog der freigegebenen Handelswaren. Männlicher Mereth Lehan are Cho, bis in einem Dezikavar per Tachkom, alles weitere dann in der Übertragung. Einverstanden?"

„Selbstverständlich. Ich muss auch persönlich zugeben, dass Sie mich neugierig gemacht haben, weibliche Tamines Reis vom Rang der Santos. Überlegen Sie es sich doch und legen Sie es Ihrem Rat der Neun nahe, doch über eine Integration in unser großes Imperium nachzudenken!"

„Wie sollte ich dies einem Rat eines demokratischen Imperiums nahe legen, wenn noch dazu die Imperiumsmächtigen nicht einmal in der Lage sind, eine Brücke zu unserem Imperium zu schlagen?"

„Mit Ihrer Technik scheint es ja möglich zu sein! Sie sollten es sich überlegen, uns diese Technik aufzuzeigen und Sie kommen in den Schutz des großen Chorckonium. Das wäre das beste Angebot für ein Volk, welches nicht unter dem Schutz der sieben Sonnensphären entstanden war!"

„Ihr Angebot ehrt mich sicher, Mereth, aber wir sind auch unter heiligen Gestirnen entstanden und geboren. Auch der Bestimmung unserer Götter dürfen wir nicht widersprechen!"

„Was? Es gibt in Klein-Westwurzel heilige Gestirne? Das ist gänzlich unmöglich."

Mereth Lehan are Cho war fast außer sich.

Diese weibliche Tamines hatte ihn nun in seiner tiefsten religiösen Wunde getroffen. Ob das nun gut war? Mir selbst machte ein Zweifel an Gegebenheiten nicht mehr soviel aus, denn ich zweifelte mittlerweile gerne, wenn ich auch meine Zweifel nicht verbal äußerte. Aber es tat gut, auch andere zweifeln zu hören!

Nachdem sich Mereth etwas von seinem Selbstschock erholt hatte sagte er nur noch: „Wir hören uns genau morgen nach der Zeit von Chorckland 2, Ihre Gnade Tamines Reis vom Rang der Santos. Ich bitte darum."
„Bis genau in einem Dezikavar, Mereth Lehan are Cho. Bestätigen Sie mir dann auch bitte den diplomatischen Status vom großen Rat der sieben Sonnensphären!" Diese Terranerfrau schaltete die digitale Kennung durch und beendete mit einem Kopfnicken und einem Lächeln die Übertragung.

Ich war immer mehr angetan von dieser Terranerfrau! Was diese sich alles zutraute und was für eine Macht sie scheinbar repräsentieren durfte!
Wie funktioniert so ein demokratisches Imperium?
Unsere Geschichte wies dahingehend eigentlich kaum Informationen aus, denn diese Demokratie im Chorckonium gab es ja schon seit vielen Generationen nicht mehr und unsere Politikwissenschaftler huldigen der Diktatur dermaßen nachdrücklich, sodass kaum der Gedanke an eine andere Form von politischer Imperiumsführung mehr aufkam.
Aber ich interessierte mich dafür enorm! Sicher. Wie sollte man ein Fremdvolk in ein Imperium integrieren, wenn nicht mit Härte und Durchsetzungsvermögen. Die meisten Fremdvölker mussten erst zum Glauben an die sieben Sonnensphären gezwungen werden, bevor sie sich unterordnen. Und in dieser Sache schlichen sich schon wieder Zweifel in meine Gedanken.

„Meditierst du einen Leichtschlaf, Valchaz? Es gibt zu tun! Wenn diese Terranerin kommt, dann müssen wir diese Frau so lange festhalten, bis wir die Geheimnisse deren Technik komplett übernommen haben. Wenn unsere integrierten Imperiumsvölker davon eine Ahnung bekommen, wie diese Terraner mit uns sprechen oder auch eventuellen Handel beginnen, dann haben wir mit Aufständen zu rechnen!"
„Wir haben auch so immer wieder mit Aufständen zu rechnen, großer Mereth Lehan. Ein Festhalten dieser Tamines halte ich ebenso für wenig sinnvoll, dann schließlich kommt ja nur sie als einzige Vertreterin ihres Volkes und des angeschlossenen Imperiums. Sie würde ohne Handelsabkommen und diplomatischen Status eher freiwillig in den Tod gehen, als uns etwas ohne Gegenleistung zu überlassen. Hier geht es um diplomatisches Gespür und Feinheiten von Fremdvolkberührung. Ein Fremdvolk aus einer anderen Galaxie."

„Sollen wir Chorck von unserer universellen Führungsrolle einen Schritt zurückgehen? Von unserem Recht? Das käme einem Abstand zu den Göttern gleich, Valchaz! Begradige deine Gedanken, Kastensiebter, denn wenn ich feststellen muss, dass du an der Vollkommenheit zweifelst, muss ich eine Bestrafung bestellen."

„Ich versuche nur eine objektive Beurteilung zusammenzustellen, bester Mereth mit der Gnade der sieben Sonnensphären! Ich sehe eine Integration dieser anderen Imperiumsvölker im Bereich aller Möglichkeiten. Aber wenn wir diese Tamines von Terra in Verwahrung nehmen, wie sollten wir von den Koordinaten der anderen Welten und deren Völkern erfahren?"

„Die Daten aus ihrem Schiff. Wir zerlegen dieses Schiff in alle Nanobestandteile und verwerten die Daten der Rechner. Unsere Selepet-Rechner entschlüsseln jeden Kode."

„Nicht jeden Kode, geehrter Mereth. Sogar den Kode der Chonorck können unsere Selepet nicht knacken. Sicher wird dieser immer erneuert, aber auch über eine automatisch generierte Erneuerungssequenz. Die einzige und wirksame Maßnahme war bislang die Zerstörung der Wandersatelliten. Das sollte aber auch keine Dauerlösung sein.

Ich bin für ein einfühlendes Vorgehen. Mit Diplomatie, wenn auch weitgehendst vorgetäuscht, sollte wir das Vertrauen dieser Leute gewinnen und Ihnen dann die Sonnensphären zeigen. So müssten die Terraner zu überzeugen sein."

Mereth dachte lange nach, dabei ebbte auch sein Zorn ab.

„Du meinst, wir sollten diese Tamines als Gleichberechtigte empfangen und auf ein Handelsabkommen hinarbeiten?"

„Genau das. Nach mehreren Treffen lenken wir die Geschehnisse dann so, wie es sich für das Chorckonium empfiehlt. Du wirst sehen, eines Tages werden die Terraner kommen und sich uns freiwillig unterwerfen, weil sie dann ihrer Bestimmung nachkommen.

Während Mereth nachdachte und in Gedanken versunken mehrmals nickte, erkannte ich schon einige Parallelen zu diesem Terranervolk. Ich konnte noch keine Größenbezüge feststellen, aber in der Regel waren auch alle Fremdvölker von der Körpergröße nicht auf dem Niveau von uns Chorck angekommen. Auch das Kopfnicken für eine Bejahung schien sich in der Natur der Terraner eingebettet zu haben. Allerdings erkannte ich am Lachen dieser Terranerfrau, dass sich die Gebissstrukturen unterscheiden. Möglicherweise hatten diese Terraner aber auch künstliche Gebisse für eine Erweiterung der Nahrungsaufnahme oder gar einen Ersatz für Kauknochen. Wir konnten unsere Kauknochen genetisch soweit wieder herstellen, dass sie ihre ursprüngliche Funktion beibehalten, obwohl auch eine Membrannahrung zugeführt werden könnte.

Doch diese Einzelknochen als Gebiss, welche bei dieser Terranerin fast leuchteten, verblieben beharrlich in meiner Erinnerung. Auch der Gesichtszug dieser Frau wirkte vertrauensvoll, wenn sie lächelte. Eigenartig! Lachen und Lächeln sind Ausdrucksformen von Intelligenz.

„Valchaz! Ich rufe den Rat der Diktatoren zusammen und erzähle von der letzten Konversation. Auch nehme ich deinen Rat der Diplomatie an und schlage diesen ebenso vor. Das erscheint mir angesichts der fehlenden Koordinaten aller Zugehörigkeitswelten und der Handelswelten in unserer Galaxis als logische Richtung. Nichtsdestotrotz werden sich aber Techniker und Spezialisten mit dem Raumschiff dieser Tamines befassen. Sollte es möglich sein, doch Daten zu extrahieren, werden wir auch diese Terranerin nicht mehr abreisen lassen. Sie bekäme nur noch das Angebot, gegen eine höhere Einstufung ihre Völker zur Integration zu leiten."

„So sollten wir es halten Mereth mit der Gnade der Sonnensphären. Deine Ideen und deine Einschätzungen sind immer die Besten!"
Und Mereth wurde aktiv. Ich wusste zwar, dass die meisten Ideen, nach deren Strukturen sich nun mein Vorgesetzter richten wird, von mir stammten, aber so sollte es nun auch sein. Schließlich trug er auch für mich eine gewisse Verantwortung.
Er verließ das Kommunikatorpult der Werbezentrale und ging sicher zum Deck der internen Angelegenheiten, um von dort auf festgelegten Richtfunkstrecken die nicht anwesenden Diktatoren ein weiteres Mal zu rufen und in eine Konferenz zu schalten.
Die Zeit drängte, sollte diese Terranerin es wirklich fertig bringen, innerhalb von zwei Kavar von Westwurzel, ja sogar von der kleinen Westwurzel bis zum Chorckonium gelangen.

Was aber wäre, wenn ich nach den Verhandlungen über wirtschaftliche Beziehungen mit dieser Terranerin verschwinden würde? Weg von hier! Weg von den Umständen, die mir immer wieder diese Zweifel bescheren!

Ich erhielt mit diesem Gedanken einen Adrenalinstoß, wie von einer künstlichen Hochdruckinjektion her.
Ich schüttelte mich. Dieser Gedanke war doch wirklich vollkommen absurd. Oder doch nicht?
Ich hatte fast Angst vor meinen eigenen Gedanken. Wenn nun jemand meine Gedanken erraten könnte oder gar jemand meine Gedanken lesen sollte! Nein. Die Versuche, Gedanken lesbar zu gestalten hatten fast immer versagt. Auch die besten Lügendetektoren konnten nicht Gedanken lesen.

Sie interpretierten immer nur Reaktionen auf verbale oder visuelle Anreize hin.

Bei den sieben Sonnensphären! Welch eine Idee! Es musste aber was dran sein, denn ich konnte nicht mehr umdenken. Ich hatte abzuwägen, was würde ich denn bei den Terranern machen? Ich kannte sie nicht, ich habe keine Ahnung von dieser Demokratie und ich müsste ein Leben ohne Partnerin vorziehen, denn mit einer Terranerfrau war auch hinsichtlich des lieblichen Aussehens dieser Tamines keine Partnerschaft möglich.

Oder vielleicht doch? Zumindest noch nicht vorstellbar. Aber eine kastenlose Existenz, das konnte ich mir schon etwas vorstellen, auch wenn der Gedanke gänzlich fremd zu sein schien.

Doch eines war für mich durchaus klar! Ich würde lernen können. Auch Dinge lernen, welche ich bislang überhaupt nicht lernen durfte!

Fast ungewollt reifte in mir ein Plan heran. Der Reiz der neuen, möglichen Existenzform, ja, für mich würde es eine neue Form der Existenz sein, zog mich immer mehr in seinen Bann.

Ein weiterer Blitzgedanke flammte in mir auf!

Warum eine Partnerin von den Terranern erwarten, was kaum realisierbar erscheint! Eine Partnerin aus den Reihen der Chonorck! Eine Rebellin könnte den Schlüssel zu meinem persönlichen, freien Glück bilden!

Mir persönlich wäre es egal, ob ich als Rebell eingestuft würde. In meiner Kaste hatte ich ohnehin nur Privilegien über unbedeutende andere Kasten und über die Fremdvölker.

Ich musste versuchen, wenn diese Tamines Reis vom Range der Santos hier ankommt, auch ein paar Konversationen persönlicher Art einzuleiten.

Ich begann zu hoffen und hoffte ebenso, dass diese Terranerfrau auch ihren Übersetzer mitzunehmen imstande wäre. Mit der Technik dieser Wesen bin ich noch nicht ganz überzeugt, denn bei dieser Übertragung waren einige dieser Einrichtungen sichtbar und ich meinte fast, einiges sehr Antikes gesehen zu haben. Dennoch: vielleicht richtete sich der Fortschritt dieser Terraner und deren Imperiumsmitglieder mehr auf die direkte Perfektion und ohne große Sprünge machen zu wollen.

Dabei machen sie aber große Sprünge! Die großen Tachyonenschritte und angeblich ohne der Wellenbeschränkung.

Die Anzeige des kombinierten Radio- und Tachyonenradars waren Eigenbewegungen von Einheiten unserer Imperialflotte zu verzeichnen.

Mereth hatte sich nun schon auf den Besuch morgen eingestellt. Ich war sicher, dass er aber alles versuchen würde, was möglich ist um so viele Informationen von dieser Tamines zu bekommen.

Auch die Fernortung zeigte Eigenverbände, welche sich auf einen großen Orterring in Richtung zu Klein-Westwurzel zusammenzogen. Fast zweitausend Schiffe bezogen Stellung.

Das könnte natürlich auch ein Befehl vom Rat der Diktatoren sein. Was halten diese von unseren Plänen? Zumindest vorerst auf ein Handelsabkommen hinarbeiten und unter diesen Voraussetzungen die Koordinaten dieser Imperiumsvölker herauszufinden.

Sicher wollen die Diktatoren aber den Antrieb dieser Terranerschiffe, zumindest den ergänzenden Teil für die Wellenresonanzkopplung, so wie es diese Weibliche erklärt hatte.

Damit würden sich weitere kosmische Tore öffnen und die Chorck noch weiter in das Universum tragen.

Aber was, wenn ich meiner Heimat den Rücken kehre?

Wäre ich mit einer Annektierung der Terraner dann auch noch einverstanden?

Und wie würde mein Schicksal dann aussehen?

Ich würde zum Verräter gestempelt.

Nun bildeten sich wieder Zweifel, aber dieses Mal andersherum.

Ich musste mich also entscheiden. Ich musste einen Plan wählen und den Weg dieses dann auch ohne weiteres Abwägen gehen.

Bei diesen Gedanken kam aber auch schon etwas wie Neugierde in mir auf und ich wusste nun, wie ich mich entscheiden würde.

Meinen eigenen, endgültigen Entschluss behalte ich mir noch solange vor, bis ich eine Antwort von dieser Tamines persönlich erhalten haben würde.

Fällt diese Antwort positiv aus, stelle ich mich sofort auf eine Ja-Entscheidung ein.

Doch meine wichtigsten Unterlagen und ein paar persönliche Wertgegenstände sollte ich bereits in einen Pilgersack stecken oder noch besser in einen Mienenarbeiter-Kleincontainer packen.

Nun konnte ich die Ankunft dieser terranischen Frau fast schon nicht mehr abwarten. Vor meinem inneren geistigen Auge spielten sich bereits Zukunftsszenarios ab, ich in einer neuen ungewohnten Freiheit, lernen, forschen und mit vielen anderen kosmischen Rassen die Galaxien durchqueren. Ein Schicksal, welches es wert ist, Risiken einzugehen.

Mereth Lehan are Cho meldete sich über den Intrakom der Station:
„Chandor! Ich habe den Rat der Sieben überzeugen können, dass es besser sein würde, pro forma auf eine Handelsbeziehung mit diesem Terranerimperium einzugehen. Langfristiges Ziel sollten dennoch die Integration der Terraner und deren Mitgliedsvölker in unser einzigartiges Chorckonium sein. So wollen es die sieben Sonnensphären und so wollen es die Diktatoren.
Chorub sollte ebenfalls bald aus seinem Koma erwachen, die Analogrechner bereiten bereits seine Erinnerungen auf. Vielleicht findet dieses Erwachen bereits zum ersten Besuch dieser Terranerin statt, dann könnte der Einfluss des Kaisers möglicherweise auch eine Entscheidung bewirken. Wenn der Kaiser mit dieser Frau sprechen könnte, vielleicht ersparen wir uns dann viele Mühen mit der Suche nach oder auch mit der Eroberung der Wellenresonanzanpassung. Dazu starten auch morgen bereits Schiffe der Nohamen, dem Volk, welches uns fast alle technischen Einrichtungen bereitstellt. Das Schiff der Terranerin sollte dazu zuerst unbemerkt auf allen Wellenlängen durchleuchtet werden.
Ich denke, wir sind für diesen überraschenden neuen Kontakt bestens bereit!"

„Ich wusste es, Mereth Lehan are Cho. Bei Erfolg dieser Mission sehe ich gute Chancen, dass deine ohnehin einmalige Kastenbestimmung gefestigt wird und du zu einem echten `ere´ benannt wirst. Du wirst in die Geschichte eingehen und einen Eintrag in die Datenbombe bekommen. Ich bin so stolz auf dich!"
„Sollte dies einmal der Fall sein, werde ich dich ebenfalls für eine Kastenbeförderung vorschlagen. Wie wäre es, wenn dein `es´ einem `at´ der sechsten Kategorie weichen würde?"
„Diese Ehre würde ich voll und ganz deiner unbegrenzten Gnade und Weisheit zurechnen. Schon jetzt bedanke ich mich bei dir für diese Grundidee. Du kannst meiner Loyalität absolut sicher sein."

Wie gut kann man doch lügen, wenn man ohnehin mit dieser Art von Existenz bereits abgeschlossen hat. Sollte mir die Flucht aus dem Chorckonium gelingen, wäre es mir egal, in welche Kaste man mich einstufen würde und wenn man, was ohnehin der Fall sein wird, mich jeglicher Einstufung berauben sollte. Auch egal. Ich fühlte mich innerlich fast so leicht wie Schaumgas. Doch musste ich einfach aufpassen, dass ich mich auch nicht anhand von Mimik oder ungewollten Äußerungen verraten sollte.

Es ertönte ein Siebenklang-Gong! Der Halumet wird eine Ansprache an die Chorck-Kasten bis zur Kategorie zehn richten. Weiterhin sind die Yolosh von Kaste eins bis zehn zum Mithören berechtigt. Diese Kasten entsprechen nach unserer Prioritätseinstufung den Kasten siebzehn bis sechsundzwanzig. Logischerweise müssen die Yolosh bei derartigen Dringlichkeiten informiert sein, sind diese Wesen doch auserwählt worden, die Polizei- und erste Soldatentruppe zu bilden.

Das bedeutete, dass alle anderen Nicht-Chorck sofort in ihre Unterkünfte zu gehen haben oder in einen Arbeitsbereich wo diese Durchsagen nicht gehört werden können. Wie und ob diese Meldungen auch auf Chorckland ein bis drei zu hören sein werden, entzog sich nun doch auch meiner Kenntnis.

Eine automatische Information deklarierte dabei auch noch, dass diese Ansprache in einem halben Kavar erfolgen würde.

Genau einem halben Kavar später ertönte der Siebenklang-Gong erneut und der Chorck, welcher zum Halumet ernannt wurde, ich konnte mich an seinen eigentlichen Namen nicht mehr genau erinnern, doch irgendwie geisterte mir noch etwas Unterbewusstes wie Salemon Merdoz co Torch durch meine Gehirnwindungen. Ich hatte diesen Mann erst ein einziges Mal gesehen und ich fand ihn extrem abstoßend. Schon einmal seine Gesichtszüge wirkten streng und er fuhr sich laufen über seinen Symbionten. Sicher hatte ein Chorck der Kaste eins, ein echter `co´ auch einen Symbionten der reinsten Zucht und der edelsten genetischen Auslese.

Die Durchsage wurde übertragen. Ich sah mich um und konnte auch über die Selbstfindermonitore keinen einzigen Nicht-Chorck mehr ausmachen.

„Durchsage der Dringlichkeitsstufe vier. Diese Informationen sind nur zur Hörbarkeit für Chorck bis Kaste zehn und für Yolosh der Außenkasten zehn bestimmt."

Der Halumet ließ eine kurze Pause, um auch die letzten nicht Hörberechtigten die Bereiche der Sprachausgaben verlassen zu können. Sicher hatte der Halumet nun von dem Stations-Selepet-Rechner grünes Licht bekommen, dieser überwacht auch die Kastenchips der einzelnen Individuen, denn er begann mit der Hauptdurchsage:

„In weniger als einem Dezikavar wird eine Abgeordnete eines Fremdvolkes unsere Halumal-Station besuchen. Grund des Besuches sollte die Gründung von Handelsbeziehungen sein. Diese Abgeordnete kommt aus einem Außenbereich unseres galaktischen Armes, beziehungsweise sogar von außerhalb unserer Galaxie. Messungen hatten bereits bestätigt, dass die

158

Tachyonenmodulation von Klein-Westwurzel entstammen. Nachdem der Kaiser noch in seinem Regenerationskoma liegt, hat der Rat der Diktatoren diesen Besuch genehmigt. Diese Abgeordnete des Volkes und des Imperiums der Terraner, so wurde mitgeteilt, erhielt nun für ihren Besuch einen diplomatischen Status. Im Sinne einer möglichen technischen Errungenschaft weise ich hiermit alle autorisierten Stationsbesatzungsmitglieder an, diesen diplomatischen Status zu respektieren und diese Person auch beschränkt frei die Stationseinrichtungen zu besichtigen lassen. Maschinenhallen, Computerzentren und Genlaboratorien sind natürlich davon ausgeschlossen. Trotzdem fordere ich alle Informierten dazu auf, jeglichen Kontakt mit dieser Abgeordneten sofort zu melden und mitzuteilen, was diese Person wollte. Weiterhin weisen wir dieser Abgeordneten, welche nach eigenen Angaben mit einem Beiboot kommen will, den Hangar vier auf der Ebene zum Kommandodeck zu. Vorausgesetzt, dieses Beiboot passt in den Hangar. Wenn nicht, wird dieses Extraimperiale-Schiff mit Hafttrossen und einer variablen Schlauchschleuse verankert. Alle Spezialisten für Antriebstechnik, Nanotechnik und Tachyonenradar sowie alle Elektroniker und Positroniker finden sich bis in vier Kavar also im Hangar vier ein! Es gilt, dieses Fremdschiff vorerst ohne einen Eingriff zu erkunden und zu erforschen. Diese Terraner beherrschen die Langschrittwellenkompensation. Damit ist nun auch der Rat der Techniker aus dem Volk der Nohamen aufgefordert, einen wissenschaftlichen Stab in den Hangar vier zu beordern. Der Rat der Diktatoren hatte entschieden, den erteilten diplomatischen Status weitgehend zu respektieren, es sei denn, es wäre uns möglich, dieser Terranerin bereits bei diesem Besuch die technische Kenntnis der Wellenkompensation zu entreißen. Für diesen Fall wird der diplomatische Status augenblicklich gelöscht.

Die Exobiologen und Exopsychologen der Station bitte ich in die Kommandozentrale, wo wir diese Weibliche zu allererst führen werden. Es gilt herauszufinden, wieweit diese Person eigene technische Kenntnisse besitzt und ob sie uns unter Folter oder Psychodrogen das von uns gesuchte Geheimnis der Wellenkompensation preisgeben könnte oder ob diese Terraner eine Unbedarfte senden.

In diesem Falle dürfen wir keinen Verdacht zulassen, dass wir unter Umständen an Handelsbeziehungen kaum interessiert sind, denn wenn wir dieses Fremdimperium annektieren könnten, würden ohnehin alle technischen Errungenschaften in unser Reich einfließen.

Zu diesem Zweck wird das Akustiksignal der Station umgestellt. Es wird alle Kavar ein normaler Kavargong ertönen. Sollte der Kavargong auf Dreiklang umgestellt werden, so bedeutet dies Bereitschaft und weitere

Einschränkung der Bewegungsfreiheit des Besuches. Ein Fünfklang bedeutet sofortige Isolierung und Aufenthaltsmeldung. Versuchen Sie alle, so freundlich wie möglich zu unserem Besuch zu sein. Diese Person wird voraussichtlich über einen Automatübersetzer unserer verschiedenen Sprachen verfügen.

Ende der Durchsage.

Männlicher Chandor Valchaz es Sueb, sofort zu mir in die Kommandozentrale!"

Ich hatte aufmerksam zugehört, erschrak aber extrem, als ich im Anschluss dieser Durchsage meinen Namen hörte.

Was will den der Halumet von mir? Ich war doch nur ein Chorck der siebten Kaste! Kann es sein, dass er mir Sonderaufgaben zuteilt, nur weil ich während meiner Bereitschaft die Integrationssendungen in Echtzeit formulierte und den Ruf dieser weiblichen Terranerin angenommen hatte?

Ich spürte, wie mein Zirkulationsmuskel vor Aufregung vom Zweierrhythmus in einen Viererrhythmus überging und meine Oxygenträgerflüssigkeit in mein Gehirn pumpte, sodass sich auch mein Symbiont mit einem leichten Brennen meldete. So konzentrierte ich mich, um mich zu beruhigen und der Rhythmus meiner biologischen Pumpe stellte sich bald wieder auf einen Zweierrhythmus zurück. Doch hatte ich Schwierigkeiten diesen zu halten, weil ich mich doch zu beeilen hatte, den Halumet aufzusuchen. Er hatte keine Geduld, wie so erzählt wurde.

Also nahm ich den Tachyonenlift und lies mich davon bis zum Halbdeck heben. Von da schwang ich mich nur auf ein Transportband, welches mich bis über den Ringwulst am oberen Drittel der Station beförderte. Ein weiteres, etwas schmaleres Transportband brachte mich dann zum Ringgang um die Kommandoebene und ich stellte mich vor den Brustabtaster, welcher meinen Personalchip aktiverte und meinen Individualcode übertrug. Der Halumet hatte meine Ankunft scheinbar im Selepetspeicher schon liberalisiert denn das extra gesicherte Außenschott glitt auf und ich konnte in die kleine Mannschleuse gelangen. Die Kommandoebene von Halumal war ein autarkes Gebilde. Im Falle einer Zerstörung oder anderen Desfunktionen konnte die Zentrale die umgebenden Stationseinheiten absprengen und fast wie ein Raumschiff agieren. Ideal, um die Chorck der ersten und einige der zweiten Kaste zu retten.

Nachdem die Außenschleuse wieder in die Dichtungen einrastete, öffnete sich die Innenschleuse. Mit Müh und Not bekämpfte ich meine Zirkulationspumpe mit Konzentration, denn ich spürte beim Anblick des

Halumet wieder eine steigende Aufregung. Adrenalin wurde diese Substanz genannt, wie ich wusste, welche sich nun in meinem Körper breitzumachen versucht. Kurzzeitig wurde ich vom Viererrhythmus befallen und ich stellte mir eine Eiseskälte vor, kalten Wind von Chorckland drei, sowie einen Braten der Ballonschnecke, welcher auf mich immer beruhigend wirkte, wenn ich in den Genuss dieser Delikatesse gelange.

Das half so halbwegs.

„Männlicher Chandor Valchaz es Sueb, Valchaz! Deine Eile ehrt dich."

Er will sich mit mir intensiver unterhalten, nachdem er sofort meinen Vornamen nochmal nannte. Damit wurde jegliches weitere Begrüßungsritual abgekürzt und ich bräuchte ihn eigentlich gar nicht mehr mit dem vollen Namen begrüßen, aber ich tat dies doch wegen dieser Ehre die mir zuteil wurde. Nur zweifelte ich bereits, ob dies eigentlich eine dermaßen große Ehre war, denn vom Ersten der Station Befehle zu erhalten bedeutete immer auch harte Arbeit und hohe Verantwortung.

„Seine große Gnade, Salemon Merdoz co Torch, ich erkannte Dringlichkeit im Aufruf und wollte natürlich . . . „

Der Halumet winkte mit beiden Brusttentakeln ab und deutete auch noch eine leichte Handbewegung an.

„Valchaz! Ich habe das seltsame Gefühl, als wenn sich Großes ereignen wird! Dieser Besuch einer fremden Rasse könnte für uns ein Schlüsselerlebnis bedeuten. Möglicherweise erfahren wir das Geheimnis der Wellenkompensation dieser Tachyonenruppung, die uns bislang an einer größeren Ausweitung unseres Imperiums hinderte. Manche der Nohamen-Techniker stellten bereits die Theorie auf, dass es für die Überwindung der Tachyonenruppung keine Technik geben würde, oder dass der Übergang in ein anderes Kontinuum erzwungen werden müsste. Die Versuche hierzu scheiterten bislang kläglich und die Tests in der Teilchenbeschleunigerversuchsstrecke zwischen den zwei Sonnensystemen von Comtur und Aalang ergaben zwar einen Austritt aus unseren Dimensionen, aber keinen messbaren Wiedereintritt. Welchen Eindruck erweckte diese Weibliche von diesem Volk der Terraner auf dich? Bitte versuche dich genauestens zu erinnern und nenne auch Details, welche dir nicht als wichtig erscheinen."

Ich sah mich vorsichtig um und erkannte bereits zwei Alalis, welche besondere Fähigkeiten zur Psychoanalyse haben sollten. Wieweit sie dann doch die Psyche eines Chorck der siebten Kaste analysieren können, entzog sich meiner Kenntnis. Aber gut müssen sie wohl sein, wenn sie schon vom Halumet hierher beordert wurden. Ich hoffte nur, dass sie in erster Linie

aber schon wegen der Ankunft des Besuchs zur Stelle beordert wurden und nicht um meine Aussage zu überprüfen.
Ich beschloss, doch so detailliert und genau zu antworten, denn andernfalls könnten die Alalis noch eine Fluchtgefahr meinerseits erörtern.

„Ebenso wie seine Gnade bin ich der Meinung, dass wir von der Technik der Terraner noch etwas lernen könnten. Zwar haben wir, also Mereth und ich festgestellt, dass die Geräteeinheiten, welche wir während der Übertragung sahen, einer nostalgischen Generation entsprechen, dennoch ist es nicht ausgeschlossen, dass diese Terraner vielleicht eine sehr gute Schnittstellenübertragung beherrschen. Die Datenintrakonnektion könnte sehr interessant sein. Ich persönlich vermute eine detailreiche Nanotechnologie, was auch wieder die Größe und Integration dieser Module erkennen lässt. Soweit ich technisch versiert bin, war die Übertragung von Seiten dieser Weiblichen nur in einem Bruchteil der möglichen Auflösung gesendet worden. Dabei gab diese Terranerin aber zur Erklärung, dass sie selbst eigene Übertragungsnormen haben und unsere Norm nur softwaremäßig emuliert wurde. Sollte dies der Fall sein, dann könnte ich fast meinen, diese terranische Technik ist bis auf die Kompensation der Tachyonenruppung unserer Technik fast ebenbürtig. Vielleicht zum Stand der Nanogruppierung noch etwas weiter spezialisiert! Unsere Technik basiert auf einer langen und unterbrechungsreichen Entwicklung. Dabei könnte sicher sehr viel übersehen worden sein. Ich gehe davon aus, dass unsere Biowissenschaften aber wesentlich weiter fortgeschritten sein dürften als die Bopwissenschaften der Terraner."
„Wie kommst du auf diese Schlussfolgerung?"
„Weil diese Terraner noch behaart sind. Zumindest tragen sie noch gepflegtes Kopfhaar!"
Einer der Alalis gab ein „Iiih – wie ekelig!" von sich. „Haare auf dem Kopf? Das erinnert mich an diese Viecher, diese Hirschrobben auf Aalang. Sie wälzten sich im Dreck und alle Viren und Bakterien blieben an deren Haaren hängen!"
Der andere Alalis verzog bei der Äußerung seines Kollegen angewidert den Mund. Dann meinte er zum Thema: „Die meisten Völker hatten behaarte oder beschuppte Vorfahren. Außer bei Skelettlosen mit Fettmembranen. Mit dem Schmutz an den Haaren nahmen sie die Bakterien und Viren auf, um den eigenen Körper einer Abwehrschulung zu unterziehen. Mit zunehmender Intelligenzsteigerung verlieren aber die meisten Rassen auch ihre Haare. Schupper behielten meist aber ihre Hautform. Wir alle haben ja unseren Cocktailimpfung bei der Geburt und auch die genetische Eimerkettenprogrammierung. Es sollte wohl kaum einen Virus im

Universum geben, der den Kastenersten der Chorck und weit darüber hinaus noch schaden könnte." Ich konnte diese hohe fast fiepende Stimme der Alalis nicht leiden. Sicher war unsere Sprache, das Intergalak nicht besonders für deren Sprechwerkzeuge modulierbar, aber nach der Annektierung laut der Datenbombe wurde deren Eigensprache unter Todesstrafe verboten und nach vielen Generationen auch alle Unterlagen dazu vernichtet. Im Laufe dieser Zeit haben sich sicher auch deren Gurgelmembrane mehr an das Intergalak angepasst. Intergalak! Eigentlich nur eine modifizierte Chorckgrundspache. Vor vielen Generationen musste man erzwungenermassen viele Kehlblasenlaute entfernen und damit trat auch eine Reform des alten Ur-Chorcklan ein. Auch die unregelmäßigen Verben und Konjugationen waren dann angepasst. Die Sprache wurde in einem zweiten Schritt mathematisiert und immer wieder vereinfacht. Die alten Sprachwissenschaftler mahnten zur Vorsicht, denn sie befürchteten mit der Vereinfachung der Sprache auch eine Volksverdummung. Meiner Ansicht nach war aber diese auch schon eingetreten, nur, als ich allgemein mehr am Zweifeln war, sehe ich auch einen Grund der Volksverdummung darin, dass unser uraltes Kastensystem immer noch Gültigkeit hat. Hätten wir nicht die Nohamen als Techniker, welche sich einer eigenen technisch orientierten Sprache bedienen durften, ich wäre der Meinung, wir Chorck würden kein einziges Raumschiff mehr bauen können. Aber ich durfte mit meinen Gedanken nicht allzu lange zögern, denn die Alalis sahen mich schon irgendwie fragend an. Darum äußerte ich mich folgendermaßen: „Über die Bedeutung von Haaren habe ich mir ehrlich gesagt noch keinerlei Gedanken gemacht, aber nun, da ich selbst mit einer Haartragerin gesprochen hatte – nun – ich kann mir hierzu kein großes Urteil erlauben. Biomedizin ist kein Beruf aus meiner Kaste."

Diese Antwort schien für die Alalis ausreichend befriedigend zu sein, um keinen meiner anderen Gedanken zu erraten.

Salemon, der Halumet sah den Alalis durchdringend an. „Tuppa! Was bedeutet dann Kopfhaar bei zweifellos intelligenten Fremdrassen?"
Tuppa, wie der rechte Alalis also hieß, antwortete: „Es kann viel oder gar nichts bedeuten. Ursprünglich war die Behaarung von Wesen dazu gedacht, den Körper isolierend zu schützen. Die Bekleidung war ein erster Schritt auch zur Intelligentwerdung und mit der Zivilisation und den Generationen verschwand immer mehr dieser Haarwurzeln. Letztendlich wurde die Behaarungsinformation aus den Genen fast vollständig entfernt, da absolut nicht mehr notwendig. Bei den Chorck wurden lediglich mehr Fettzellenkontrollen einprogrammiert, was dem Körpertemperaturausgleich und der Nahrungsreserve im Überlebensfall dient. Als Ausgleich für den

planetenbezogenen UV-Strahlungsschutz helfen Gelbpigmente. Sogar die Symbionten versorgen den Organismus der Chorck damit. Bei uns Alalis zum Beispiel wurde eine schnelle Zellteilung initiiert. Sicher müssen wir aber harte Sonnenstrahlungen vermeiden, aber welches Intelligentvolk setzt sich noch hoher natürlicher Strahlung aus? Als Besonderheit in unserem Imperium sehe ich ohnehin die skelettlosen Goofp. Sie besitzen eine Eigenschaft durch die Schwarzpigmente in deren Lederhaut, welche sie fast resistent für hohe Einstrahlungen von kurzwelligem Sonnenlicht macht. Deshalb stellen die Goofp auch einen Großteil der Bauernkaste dar.

Ich bin der Ansicht, dass diese Terraner ein Frühvolk sind, zumindest, was deren Biowissenschaften betrifft. Wenn diese Weibliche der Terraner hier ist, würde ich vorschlagen, sie dazu aufzufordern, für wissenschaftliche Zwecke eine medizinische Untersuchung zuzulassen. Wenigstens ohne chirurgische Amputationen von Körperteilen oder größeren Gewebeverbindungen.

Etwas Oxygenträgerflüssigkeit abzunehmen dürfte im Bereich der Möglichkeiten sein, was sie selbst noch ohne Gewalt oder Strafandrohungen erlaubt. Wir müssen uns wohl oder übel an den diplomatischen Erlass halten. Eine Probe von den Haaren hätte ich aber auch noch gerne!"

Die Glupschaugen des Alalis glänzten vor wissenschaftlichen Ergeiz! Diese Alalis! Ich hasste sie. Sie hatten auch noch so hässliche Speckschädel, diese wabbelten beim Gang oder überhaupt bei Kopfbewegungen. Mindestens zwei Fingerbreit Speck auf dem Haupt! Dazu diese Schlabberohren und diese knochenlose Nase. Im Verhältnis dazu einen so kleinen Mund, dann auch noch diese schwarzbraunen Knochenkauleisten in den Mündern.

Doch ich hütete mich, hierzu eine Äußerung vorzunehmen.

Die Alalis waren nur etwas mehr als halb so groß wie wir Chorck.

In meinem inneren Auge erschien diese Weibliche der Terraner. Ich erinnerten mich auch an diese weißen Kauknochen, welche sie immer bei einer Heiterkeit oder einer freundlichen Geste zeigte. Sicher. Wir zeigten unsere Kauknochen ebenso, Lachen ist ein Zeichen von Intelligenz. Aber diese Terranerin hatte für mich etwas Edles an sich. Etwas Einzigartiges und etwas Überlegenes. Letzteres jedoch noch undefinierbar.

Salemon hatte seine Eile verloren. Er blickte zurück auf den künstlichen Wasserfall hier in der Kommandozentrale, welcher fast geräuschlos Wasser aufbereitete und das wertvolle Gut über eine schräge Wellenfläche abrieseln ließ. Es herrschte dadurch auch eine sehr angenehme und gut angefeuchtete Luft vor.

„Unser grundsätzliches Verhalten bei diesem Besuch wurde also bereits festgelegt. Wir akzeptieren und respektieren den erteilten diplomatischen

Status dieser Terranerin, parallel wird aber alles so genau wie möglich durchsucht und gescannt und diese Tamines Reis vom Range der Santos wird gebeten, uns für eine biologische Untersuchung zur Verfügung zu stehen, was im Rahmen der Wissenschaft geschehen soll. Wir bitten auch um die Abgabe einer Probe der Oxygenträgerflüssigkeit. Als Ausrede dient die eventuelle Erforschung von Viren zu Herstellung von Gegenmitteln. Ich habe auch Mereth Lehan are Cho angewiesen, den Heilkomaprozess des Kaisers zu beschleunigen und die Analogerinnerungen durchzuschalten. Vielleicht ist es uns möglich, noch in der Zeit des Besuchs dieser Frau den Kaiser um weise Anweisungen zu bitten. Nun zu dir, Valchaz!"

Obwohl ich eine genaue Anweisung erwartet hatte, erschrak ich erneut und wieder hatte ich zu kämpfen, um meine Zirkulationspumpenorgan nicht in den Vierertakt gelangen zu lassen. Ich atmete mehrmals und langsam tief durch.

„Aufgeregt, Valchaz? Warum?"

Ich brauchte eine Ausrede, die meinen Gedankengang nicht verrät und Salemon trotzdem zufrieden stellt.

„Ich bitte um Vergebung Seine Gnade Salemon, der Halumet. Ich bin ein Chorck der siebten Kaste innerhalb der gerechten Aufteilung und bin selbstverständlich heute nervös, denn es kommt nicht oft vor, dass einem Angehörigen meiner Kaste diese Ehre zuteil wird, persönlich in eine so enge Gesprächsrunde mit dem Halumet berufen zu werden. Ich bin ein Bewunderer seiner Gnade und seiner weisen Führungsart. Diese Ehre der engen Mitarbeit wird mich mein Leben lang begleiten und meinem Leben mehr Sinn erteilen. Ich versuche natürlich, meine Aufregung zu beherrschen, was sicher möglich ist, um auch die mir gestellten Aufgaben zu aller Zufriedenheit lösen zu können. So bitte ich auch um diese Anweisungen, die ich zu erledigen habe."

Salemon wischte sich über seinen Symbionten auf der Stirn, was mir zeigte, dass auch er nicht die Ruhe in seiner Person fand. Aber seine Stellung postierte ihn einfach über alle und so brauchte er sich keiner Kritik zu stellen. Außer der Gemeinschaft des Rates oder des Kaisers. Von letzterem war ich mir aber nicht so sicher, denn der Halumet regelt auch diese Angelegenheiten mit den Erinnerungsaufbereitungen der Analogrechner für Chorub. Da könnte auch manipuliert werden . . .

„Ich stelle mir deine Aufgabe so vor: Du wirst als Begleiter für unseren diplomatischen Gast von deinen anderen Verpflichtungen abkommandiert und stehst dieser Diplomatin zur Verfügung. Du solltest jeden Stationsabend einen Report abliefern und darauf achten, welche Errungenschaften wir uns aneignen können, auch solltest du auf die

Äußerungen in Gesprächen achten, ob sich nicht Anzeichen hervortun, die einige Geheimnisse dieser Terraner oder anderer zugehöriger Imperiumsvölker preisgeben. Oberstes Ziel für uns ist die Annektierung oder Integration dieses anderen Imperiums, wobei wir als Voraussetzung aber jene Technologie der Eliminierung der Tachyonenruppung benötigen. Wären diese Terraner ein galaktisches Volk aus einem der benachbarten Spiralarme, würde ich sofort die Integrationsflotte losschicken, um diese sicher brauchbaren Terraner unserem Imperium einzuverleiben. Doch hatten ja unsere Messungen ergeben, dass sie tatsächlich aus der kleinen Westwurzel vor der großen Lebenssporengalaxie gesendet hatten.

Hier kommt nun ein Punkt, der mich rätseln lässt. Ich gehe davon aus, dass diese Terraner nicht den technischen Standart besitzen wie wir oder unsere Imperiumsangehörigen. Nachdem aber sie aus Klein-Westwurzel kommen, also näher an der Lebenssporengalaxie sind, wieso haben sich diese Terraner dann scheinbar erst spät entwickelt? Oder stimmt die Theorie und die galaktischen Hinweise auf die Lebenssporengalaxie nicht so?"

Nachdem der Halumet mich ansah, gab ich auch meine Einschätzung preis.
„Vielleicht verzögerte ein Planet mit härteren Umweltbedingungen eine rasche Entfaltung der Sporen? Wir sollten auch die physikalischen Merkmale der Terraner genauer unter die Augen nehmen. Meist lässt sich dann erkennen, ob deren Umweltbedingungen härter waren. Ich persönlich möchte dies fast glauben, da alleine schon die Kauknochen dieser Bewohner von Klein-Westwurzel anders aufgebaut zu sein scheinen. Vielleicht ein Hinweis?"

Salemon begeisterte sich!
„Ich wusste, dass du der Richtige für die Überwachung, Begleitung und Einschätzung dieser fremden Weiblichen bist und sein wirst, Valchaz! Solches Arrangement erwarte ich von meinen Leuten! Ich werde dir eine positive Benotung erteilen, welche dich in deiner Kaste fördert. Weiter so Valchaz!"
Ich verneigte mich vor dem Halumet, vermied es aber, dabei einen der Alalis anzusehen. Das machte dem Halumet sicher nichts aus, denn die Alalis waren ja auch ein Fremdvolk, welches den Chorck zu dienen hatte. Aus absolut natürlichen Gründen, versteht sich. Nur die Chorck halten die angeborene Führungsrolle aus der Bestimmung für diese Galaxie und langfristig gesehen über das Universum.
Auch wenn ich sogar diesen Grundsatz der Chorcklehre zu bezweifeln begann!

Der Halumet stellte seine Brusttentakel auf, welche ja auch Teile des Symbionten waren, damit bedeutete er uns, also auch den Alalis, dass diese Unterredung vorläufig beendet war.

Ich drehte mich um, wollte das Kommandozentrum verlassen, da rief mich Salemon noch einmal leise. „Valchaz!"

Ich war stehen geblieben und als ich mich umdrehte, kam der Halumet sogar auf mich zu. Leise sagte er, als die Alalis bereits das Zentrum verlassen hatten:

„Valchaz. Wir versuchen die Terraner ins Reich zu holen. Sicher, der Rat der Diktatoren muss befolgt werden, aber sollte sich eine Lücke für uns öffnen, um unserem Imperium einen Dienst zu erweisen, machen wir dies! Schließlich lebt der Kaiser nicht ewig und vielleicht kann ich einmal seine Stelle einnehmen. In diesem Falle würde ich dich, wenn ich mit deiner Unterstützung zu rechnen habe, zum ersten Mal in der Geschichte der Datenbombe einen Chorck bis zu zwei Kasten befördern. Das könnte Schule machen und den Ehrgeiz vieler anspornen. Ich sehe eine neue Ära in der imperialen Geschichte der Chorck beginnen."

„Wie ich schon sagte: deine Weisheit macht dich zur Ehrenperson, seine Gnade Salemon. Du kannst mit mir rechnen. Ich bin schon sehr neugierig auf diese Weibliche dieser Terraner. Ich werde ihr die sieben Sonnensphären zeigen und sie mit einem Terminal der Datenbombe arbeiten lassen. Meine Strategie sieht vor, sie langsam in die Philosophie unserer heiligen Geschichte vertraut zu machen, vielleicht nimmt sie bereits Vernunft an und bietet vertretend für ihr Volk alle Dienste an, wenn nicht, werde ich den Druck angemessen erhöhen. In jedem Falle muss unser vorgeheucheltes Interesse an Handelsbeziehungen dermaßen echt aussehen, dass die Verbindung bestehen bleibt und auch Nachrichtenaustausch per Tachyonenkommunikation vereinbart wird. Nur so sind wir imstande, die Mitgliedsvölker dieses Fremdimperiums auszuspionieren und auch irgendwann das Geheimnis der Antitachyonenruppung zu erfahren. Wir brauchen etwas Geduld und müssen das Vertrauen dieser Terranerin gewinnen. Alles für einen guten Zweck und für das Reich."

„Ich sehe, ich werde mit meiner Wahl, dich zur ersten Kontaktperson zu ernennen nicht enttäuscht werden. Weiter so, Valchaz, und mache deine Aufgabe gut!"

„Das werde ich sicher, seine Gnade. Ich bereits mich nun vor und stelle einen Warenkatalog für die offiziellen Handelsbeziehungen zusammen, den ich dieser Terranerin vorzuführen gedenke."

„Sehr gut Valchaz, sehr gut. Also beginne, wie dir geheißen! Die sieben Sonnensphären werden dich wohlstimmulieren!"

„Auch dir soll die göttlichen Strahlen wohlgesonnen sein. Viele Oxygene und sauberes Wasser, Salemon."

Die letzten Worte vernahm Salemon schon gar nicht mehr, er hatte sich bereits wieder einigen Kontrollen der Station zugewandt. Soviel ich von der letzten Automatinspektion wusste, musste die Regenwanne der Station erneuert werden und die Station hatte bereits damit begonnen. Das bedeutete aber immer wieder, dass vom verbrauchten Wasser etwas an den Filtern vorbei floss und das saubere Wasser inkontaminierte.

Fremdhilfsvölker, welche auf der Station arbeiteten, wurden zum Teil todkrank bei solchen Aktionen. Meist nahm man aber darauf keine Rücksicht, denn der Verlust dieser Individuen wurde mit einer Geburtsanhebung wieder ausgeglichen. Aber die Chorck selbst mussten versorgt und behandelt werden, wenn also von unserem Volk jemand erkrankte.

Ich wanderte langsam die regulären Wege zurück zu den Kommunikationsräumen, setzte mich an ein Multiterminal und bestellte Auszüge von Handelsprodukten in das Hangardepot des vierten Hangars. Haushaltsgeräte, Unterhaltungsapparate, Dopamininhalatoren, auch einen Musikspeicher mit Wiedergabemöglichkeiten orderte ich. Wer weiß, vielleicht war diese Terranerin auch daran interessiert? Computerbausteine durfte ich nur aus der vorletzten Generation ordern, aktuelle Geräte standen nicht für diese Art Handel zur Verfügung. Das war ein Dekret der Diktatoren!

Mereth war nicht zugegen, er wurde abgeordnet, um die Endkomaphase des Kaisers vorzeitig einzuleiten.

Da fiel mir ein, dass ich mit dieser Terranerin das Fest der Imperiumsgründung in fünf Dezim begehen musste! Oder begehen durfte? Wie offen werde ich mit dieser Weiblichen wohl sprechen können, vor allem wo werde ich mit dieser Frau offen sprechen können? Die meisten Stellen und Örtlichkeiten dieser Station waren voll überwachungsfähig. Sowohl per Video oder auch per Audio. Die wichtigsten Stellen in der Station hatten sogar Infrarotkehlkopfabtaster, die eine rauschfreie Sprachwiedergabe einzelner Personen zuließen.

Eine der Möglichkeiten, das Gespräch auf eine persönlichere Ebene zu lenken wäre eigentlich nur an Bord des Schiffes dieser Terranerin selbst sein.

So wollte ich die ersten direkteren und offeneren Kontakte herstellen. Genau! Nur so und nicht anderes. Und sollte mich jemand fragen warum ich mit dieser Terranerin an Bord ihres Beibootes gehen wollte, dann hatte ich doch schon die ideale Erklärung! Ich sollte mich ja in ihr Vertrauen schleichen, dann in ihr Schiff schleichen und anschließend in die Datenbank, um herauszufinden, ob die Technik der Tachyonenruppungskompensation ihrem Schiff entnehmbar sein könnte.

Wie würde die Reaktion dieser Terranerin wohl sein, wenn ich ihr offenbare, dass ich mit ihr gehen möchte. Mit ihr ins Asyl. Wie würde meine Ankunft im Imperium dieser Terraner wohl aufgenommen werden, Würden sie mich als freien Mitbürger bewerten oder sollte ich ein Gefangener sein. Ich glaubte nicht an eine Gefangennahme, denn auch ich könnte sicher viele wertvolle Informationen des Chorck-Imperium, des Chorckonium preisgeben. Werde ich wohl dann ein Verräter sein? Die Terraner wissen ohnehin schon viel von uns, obwohl wir noch nie etwas von ihnen hörten.

Oder sollten diese vielen neuen Signale aus der Tachyonenebene bereits mit diesen Terranern zu tun haben? Aber diese Signale gibt es erst seit etwa einem bis zwei Klataan, noch nicht länger und ein Imperium kann man nicht innerhalb von zwei Klataan aufbauen. Die Handelsbeziehungen mit Galaktikern? Das könnte es sein! Neue Handelsbeziehungen mit einem neuen galaktischen Volk und vielleicht auch noch mit einer Warnung vor dem Chorckonium seitens der Terraner.

Die Terraner würden sicher anderen Völkern davon abraten, dem Chorckonium beizutreten, denn sie wollen ja Mitglieder für ihr eigenes Imperium. Das wäre eine logische Erklärung!

Ich musste versuchen meine Gedanken zu ordnen. Ich war irgendwie komplett durcheinander. Wenn dann auch der Kaiser noch vorzeitig aus dem Regenerationskoma erweckt wird und seine wiederaufbereiteten Erinnerungen in kein exaktes chronologisches Muster gebracht wird, dann wäre die Katastrophe wieder inszeniert. Meist resultiert so eine Katastrophe wieder in eine Massenbestrafung, da die Suche nach den Schuldigen immer ab der dritten Kaste beginnt.

Also. Mein Entschluss stand fest!

Ich werde diese Terranerin um Asyl bitten!

4. Kapitel

Kontakt!

Ich musste ein zeitdosiertes Schlafmittel zu mir nehmen, ich war doch sehr aufgeregt. Morgen also, morgen werde ich mich erstmals persönlich mit Chorck treffen.

Trotzdem konnte ich nicht sofort einschlafen.

Es wanderten diese seltsamen Gestalten vor meinem inneren Auge auf und ab. Angeblich sollten diese Chorck so um die drei Meter groß sein.

Am symphatischten wirkte eigentlich dieser Mann aus der siebten Kaste, Valchaz. Mit Mereth würde ich wohl nicht warm werden, wie die Deutschen persönliche Spannungen unter den Auren auszudrücken pflegten.

Zwischendurch schreckte ich im Schlaf auf und mir wurde bewusst: es wird eine Reise in die Höhle des Löwen! Aber um die Lebensgewohnheiten von Löwen zu studieren, war wohl so ein Schritt notwendig.

Ich dachte an die „Handelswaren", welche bereits an Bord der SHERLOCK verstaut sind. Zuerst einmal Geräte und Werkzeuge, bei denen es schwierig erscheint, die Technik genau zu erkunden.

Desintegratormesser mit dieser verdickten Schnittfläche, an der ein Materieresonanzfeld nach dem Waferprinzip angebracht war. Die Schnittfläche lässt sich sogar in der Breite variieren. Eine Sicherheitsschaltung verhindert, dass in lebendes biologisches Gewebe geschnitten werden konnte.

Chemische Produkte wie ultrastarke Klebstoffe, Reinigungsmittel, Schmiermittel, welche aus hochreinem Silikonöl und den Nanodiamantkügelchen bestehen, aktive Desinfektionsmittel, welche sogar Ring-DNS-Ketten von Viren sprengen können, selbstlernende Translatoreneinheiten.

Verschiedene Nanopumpen und Analogcomputerspeicher, schon im Hinblick auf einen Einsatz für die Erinnerungsspeicher des Kaisers. Sollten wir hier einen Treffer landen, könnte sich schon eine leicht abhängige Beziehung zu den Chorck entwickeln.

Modelle von Tunnelbohrern mit den Molekularverdichtern und natürlich reine Molekularverdichter für die Metallveredelung.

Natürlich hatte ich auch ein paar dieser Intervallhandfeuerwaffen dabei, welche zwischen Tachyonenimpulsen und einem Atomlaser umschaltbar waren. Mittlerweile waren auch solche Geräte weiterentwickelt worden und es gab bereits eine breite Modellpalette.

Terranische und oichoschische Weine, verschiedene Colagetränke, Energydrinks und ballaststoffreiche Kaltimbisse rundeten dieses Paket bis in den Lebensmittelbereich ab. Selbstverständlich waren auch verschiedene Kaffeemaschinen, Kaffee, Tees und alles Zubehör dafür ebenso an Bord.

Haushaltskleinroboter und sogar elektronisches Kinderspielzeug befanden sich auch in den Laderäumen.
Ein Teil dieser Warenliste lief mir durch den Kopf und plötzlich war es Tag! Natürlich ein simulierter Sonnenaufgang, denn ich befand mich ja immer noch auf der SMC-Station. Also wirkte das zeitcodierte Schlafmittel irgendwann und ich merkte beeinflusst von meinen Gedanken gar nicht, dass ich also doch um die sieben Stunden geschlafen hatte. Meine Folgegedanken hefteten sich exakt an die Gedanken von vor meinem Schlaf an.
Komisch! Genau an solchen Tagen fühlte ich mich im Bett am wohlsten und ich hatte Mühe, mich selbst zum Aufstehen zu überreden. Innerhalb von zwanzig Minuten schaffte ich den Gang zur Hygienezelle. Ich ließ mir Zeit, ich hatte auch noch Zeit. So schaltete ich auch die Schwalldusche ein und ließ mich von den Massagestrahlen so richtig durchwalken.
Das tat gut!
Schon fühlte ich mich für meine Aufgaben gerüstet.
Mit einem Mix von Aufregung und Vergnügtheit begab ich mich mit einem dieser Antigravlifte um eine Etage höher; ich wollte mein Frühstück im Kommunikationsraum einnehmen. Ein Anruf von den Chorck sollte in keinem Falle versäumt werden, ich war mir sicher, dass sie rufen werden!
Der große Chronometer zeigte die mitteleuropäische Zeit an. Acht Uhr fünfundfünfzig. Einer der Kommunikationstranceiver war über eine Schnittstelle mit einem Fremdzeitrechner verbunden. Dort wurde noch null Komma vier-drei-acht Kavar angezeigt, bis sich wohl die Plejadenbewohner melden sollten. Also noch eine knappe Stunde unserer Zeit.

Ich bestellte einen selbstfahrenden Versorgungsserver über Intrakom, langsam schlich sich Hunger und Durst in meinen Magen. Von diesem bestellte ich also einen Capucco, Brötchen mit Streichwurst, eines mit Marmelade und einen Vitaminsaftmix auf Acerolabasis.
Beim Anblick der Kaffeetasse musste ich unwillkürlich an Max denken. Ich sehnte mich nach ihm, aber die Wege zu seiner Seele schienen für mich versperrt. Außerdem war ja auch seine Frau Gabriella mit zur Station gekommen und diese bewachte ihren Gatten regelrecht, obwohl sie ihm das Gefühl der Freiheit gewährte. Diese Lehren des Gokk beherrschte sie, wobei ich aber der Ansicht war, dass sie doch sehr eigennützig handelte.

Aber tun wir Frauen eigentlich nicht fast alles aus einem gewissen Eigennutz heraus?
Na, vielleicht nicht immer. Meine Mission sollte zumindest nicht von dieser Art Instinkt beeinflusst sein.

Fast als hätte es eine telephatische Verbindung gegeben, erschien Max mit Gabriella und Georg mit Silvana ebenfalls hier in der Kommunikationszentrale.
„Hallöchen Tamines! Schon aufgeregt?" Gabriella fragte mich lächelnd und Max grinste breit. Davon wiederum ließ sich auch Georg anstecken und verzog seinen Mund.
„Etwas schon, Gabriella. Trotz eines Schlafmittels dauerte es, bis ich schlafen konnte und ein Teil der Warenproben lief wie auf einem Förderband vor meinem geistigen Auge vorbei!"
„Na prima!", meinte Silvana, „dann hast du dich sozusagen auch noch im Schlaf auf deine Mission vorbereitet. Das wird die Kommerziellen unter den Chorck aber sicher beeindrucken."
„Blödsinn! Ich will niemanden beeindrucken, ich bin die Handelsvertreterin vom Terranisch-demokratischen Imperium Magellan-Andromeda und möchte lediglich meine Waren präsentieren. Mehr nicht! Rabatte gebe ich nur bei wirklichen Großabnahmen und Barzahlung durch Edelmetalle oder im Tausch. Weiter lasse ich mit mir nicht handeln."
Georg lachte laut und klopfte mir von hinten auf die Schulter, als ich gerade meine Kaffeetasse in die Hand nahm. „Oh, `tschuldigung! Ist ja nichts passiert. Durch das Fenster zur Hauptzentrale und auf den vielen Kontrollmonitoren erkannt ich, dass immer mehr Techniker ihren Dienst antraten. Auch das Oichoschentrio wanderte durch die Zentrale, drückten den Türmelder, welchen ich mit einem Wink bestätigte, schon erschienen diese hochsympathischen Dreigeschlechtlichen.

„Einen wundersamen gutsen Morgen, gerne Terranerfreunde", eröffnete Tukosch. Ich blickte etwas verwundert aber Silvana kam mir zuvor! „Hallo ihr drei, aber es heißt: einen wunderschönen guten Morgen und dann liebe Terranerfreunde. Also was euch betrifft, liebe Oichoschenfreunde!"
Tukosch, der Mann des Oichoschentrios: „Aber denn ich sagen, ich haben dich gern oder ich haben dich lieb, das doch dasselbe, oder schon?" Silvana überlegte und lächelte: „Fast! Aber dein Deutsch ist in jedem Falle schon sehr gut, Tukosch!" „Hmm. Terradeutschsprache – Hartsprache."
Silvana erkundigte sich bei Aluscha, seiner Frau und bei Kalii dem Neutro: „Wie steht es mit eurem Deutsch oder Englisch?"

172

Aluscha kam fast ins stottern. „Well! Englisch nicht ganz so rubbelig wie German – ah – Deutsch. Aber wollen first guter Deutsch dann weiter gutster Englisch. Viel lernen noch, aber Büche genommen in Paket mit und lesen, lesen."

Natürlich gab dann Kalii, das Neutro auch noch seinen Senf dazu:

„Ich schon gut in Terranisch-Deutsch, Aluscha mehr guter und Tukosch sehr mehr guter."

Dieses Oichoschentrio war vielleicht etwas von süß ich ihren Bemühungen! Es war ja ohnehin bemerkenswert, mit was für einem Elan solche Extraterrestrier an Regionalsprachen der Erde herangehen. Und vor Allem: Sie alle wollen es ihrem Idol Norsch Anch gleich tun und eben Deutsch lernen. Deutsch, weil von Deutschland aus der weite Kosmos erobert wurde.

Ich war zwar keine Deutsche, konnte mich aber mit der deutschen Mentalität mitunter identifizieren, denn unser Brasilien hatte viel Nutzen von den Beziehungen mit der alten Welt erfahren. Auch technischer Natur.

„Schaltet doch wieder eure Translatoren ein, Freunde von der Welt mit dem Feuerwein. Später könnt ihr euch ja das Vokabular in eine Rechnereinheit laden und diese Konversation nacharbeiten wie ihr wisst."

Ich wollte die Oichoschen nicht beleidigen, aber so kurz vor meinem Einsatz mochte ich keine langwierigen Konversationen mehr durchstehen.

Das schien unsere Freunde erkannt zu haben und einer nach dem anderen aktivierte die Übersetzer.

Tukosch erklärte dann sofort: „Wir stehen auf Abruf, Tamines. Sollte dich eine Infektion heimsuchen, dann gibst du nur einen Impuls mit deinem Multifunktionsarmband an die SHERLOCK, diese leitet ihn dann an uns weiter und wir werden uns sofort in Richtung der Plejaden aufmachen. Ich habe sowieso einen Groll den Chorck gegenüber, denn diese wollten vor über zweitausend Jahren schon unsere Welt erobern. Nur ein Zufall verhinderte die Versklavung meiner Vorfahren und damit auch eine Erb-Versklavung unserer Generation."

Nach einigen weiteren belanglosen Themenwälzungen, wir hatten gar nicht mehr bemerkt wie die Zeit verging, meldete die Kommunikationseinheit ein Signal aus den Plejaden!

Zuerst meine Digitalkennung, dann das Hoheitszeichen vom Halumal, dem Halumet und anschließend von Chandor Valchaz es Sueb.

Die Oichoschen wichen zurück, damit sie nicht von der Aufnahmeeinheit erfasst werden, auch die Frauen von Max und Georg wollten noch nicht von

Chorck betrachtet werden. Nur Max und Georg blieben soweit an meiner Seite, dass die kommende Übertragung sie auch zeigen würde.

Ich schaltete durch.

„Chandor Valchaz, welche Freude meinen ersten Gesprächspartner des Reiches der sieben Sonnensphären wieder zu sehen. Oxygene und sauberen Regen wünsche ich dir. Ich nehme an, dass du befördert wurdest, denn du sendest mit der Hoheitskennung!"

Eine leichte Verzögerung war abzuwarten, bis der Übersetzer meine Worte ins Chorcklan übersetze, dann war mir, als hätte ich das erste chorcksche Lächeln registriert!

„Auch ich wünsche Ihnen, Ihre Gnade Tamines Reis vom Range der Santos viele Oxygene und Regen."

„Apropos Regen. Auf Halumal, so hatte ich erfahren, gibt es Regen. Muss ich mich für meinen Besuch auf irgendeine Weise dagegen wappnen oder regnet es dort nur in bestimmten Regionen?"

„Es regnet nur in bestimmten Regionen, Ihre Gnade Tamines. Die Regensteuerung wird zurzeit wieder überarbeitet, ein automatischer Vorgang, der doch aber überwacht werden will."

Wieder bemerkte ich ein Lächeln des Mannes aus dem Plejadenimperium. Ein hartes, ungewohntes Lächeln aus einem sehr fremden Gesicht und der Symbiont auf der Stirn von Valchaz oder Chandor machte eine Symphatiebekundung sehr schwierig. Aber es hatte sich etwas ereignet!"

Chandor fuhr fort:

„Ihre Gnade, ich bin für die Zeit ihres Besuches auf Halumal für ihre Betreuung beauftragt worden. Bis wann kann ich mit ihrer Ankunft rechnen?"

Ich wusste, dass die Kastenhöheren generell die Höflichkeitsfloskeln nach dem ersten Kontakt den Kastenniedrigeren gegenüber meist fallen ließen, so wollte ich diesen Brauch auch nutzen, schon um einen gewissen Status halten zu können.

„Ich hatte gerade meine Morgenmahlzeit eingenommen, Chandor Valchaz. Nach diesem Gespräch denke ich, werde ich meine Gondel betreten und zu Ihnen kommen. Ich denke, dass ich in weniger als zwei Kavar im Halumal ankommen werde. Sie senden mir doch einen Richtstrahl, oder?"

„Richtstrahl wird in einem Kavar aktiviert. Sie bekommen einen Taktrichtstrahl mit genauen Anflugkoordinaten tachyonenmoduliert, ein weiterer Richtstrahl auf elektromagnetischer Basis sollte Sie dann im Nahbereich leiten. Dieser letztgenannte Richtstrahl beinhaltet auch eine Automatsteuersequenz, aber ich weiß nicht, ob ihr Bordrechner mit unseren Daten etwas anfangen kann. Seleperale Codierung? Ist Ihnen dies ein Begriff?"

„Nein, Chandor. Das ist mir kein Begriff, aber ich gehe davon aus, dass diese Codierung für ihre Selepet-Rechnereinheiten aufbereitet wurde. Unser Rechnersystem kann zwar vieles simulieren, aber wir hatten noch nicht die Notwendigkeit, innerhalb Ihres Imperiums zu navigieren. Aber ich bin mir sicher, per Handsteuerung die letzte Distanz zur mir zugewiesenen Landestelle bewältigen zu können. Ansonsten könntest du mir auch den Source-Code der seleperalen Steuersequenz übermitteln und ich lasse von unserem Rechner eine Emulation erarbeiten. Das könnte jedoch weitere zwei Kavar Zeit kosten."

„Das ist sicher nicht nötig, Ihre Gnade, weibliche Tamines Santos Reis vom Volk der Terraner. Ich bin mir Ihren Fähigkeiten bereits bewusst. Ich kann Sie demnach innerhalb der nächsten zwei Kavar erwarten?"

„Wenn mich keine Raumpiraten kidnappen oder anderes Unvorgesehenes geschieht, ja!"

„Hangar vier im Halumal. Ich blende kurz ein Bild von Hangar vier mit der Bezeichnung ein, damit Sie einen optischen Bezug haben. Ich werde Sie dort erwarten!"

„Ich freue mich auf unser Treffen. Hangar vier im Halumal."

Eine sicher computersimulierte Videosequenz zeigte eine Raumstation, überraschend ähnlich unserer SMC-Station, jedoch sicher um ein hundertfaches größer, was an diesen vielen Fenstern Decks und Hangare zu erkennen war. Die Chorck vermieden es indes nicht einmal, sogar in einer Simulation Tausende von Raumfahrzeugen um die Station schwirren zu lassen.

Dieses Volk hatte einen Komplex zum Gigantismus!

Diese Simulation ließ die Station drehen und parkte vor einem Ausleger, eine Schleuse öffnete und schloss sich. Darüber waren eine Bezeichnung und ein Symbol angebracht. Das Symbol bedeutete sicher eine Vier. Bernhard Schramm hatte schon einen Katalog von chorckschen Schriftzeichen zusammengestellt, aber auf diesem Wege musste ich nicht extra nachschlagen oder den Rechner bemühen. Außerdem konnte die Logik in diesem Symbol der Vier sofort erkannt werden, da, wie auch Schramm herausgefunden hatte, sich die Chorck auch des Dezimalsystems bedienten. Die Vier wurde durch eine stehende Raute dargestellt. Vier Ecken bedeuteten einfach vier!

Nochmal schaltete sich das Bild von Valchaz durch, er nickte und ich konnte registrieren, wie er noch Max und Georg musterte, dann blendete sich wieder das Hoheitszeichen des Halumal ein und eine Kennung, die sicher das Übertragungsende bedeutete, denn das Signal fiel im Anschluss ab.

Das bedeutete für mich also den Aufbruch! Tukosch trat an mich heran und überreichte mir einen Anhänger, eine getrocknete Weinnessel in ein Harz eingegossen an einer feingliedrigen Kette angebracht.

„Das sollte dich in unseren Reihen halten, große Freundin Tamines. Wie du weißt, ist der Nesselwein zum Exportschlager geworden. Nicht zuletzt auch deswegen, weil auf Oichos diese Pflanze all unsere Altkulturen begleitete. Solche Tradition sollten auch Glück bringen und ich möchte dir diesen Anhänger als eine Art Talisman übergeben. Kehre bitte gesund zurück!"

„Ich danke dir sehr Tukosch!" Ich war gerührt und Tukosch sah mich schwer besorg an. Er trat einen Schritt an mich heran und ich reagierte spontan! Ich umarmte unseren Freund vom Volk der Oichoschen. Natürlich umarmte ich im Anschluss auch Aluscha und Kalii. Damit nicht genug! Sogar Gabriella trat an mich heran. „Viel Erfolg, viel Glück auf deiner Mission und lasse dich nicht von ein paar Chorck unterkriegen, auch wenn sie drei Meter oder größer sind!"
Die Frau von Max umarmte mich auch und ich erwiderte diese Geste. Das gleiche Ritual mit Silvana und schon stand Georg vor mir. Auch er gab mit einen glückwünschende Umarmung mit auf den Weg.
Glücklicherweise folgte Max diesen Beispielen und umarmte mich ebenfalls. Schon spürte ich mein brasilianisches Feuer aufflammen, aber nun konnte ich nicht mehr den Versuch starten, dieses weiter anzufachen. Doch vielleicht wieder ein andermal.
Ich nahm meinen Translator an mich, welcher mit den letzten Gesprächsdaten upgedatet wurde und hängte ihn mir um. Damit verließ ich die Kommunikationszentrale der SMC und ließ mich vom zentralen Antigravlift nach unten tragen, betrat den Hangar mit der SHERLOCK. Ich fühlte mich etwas leer, ich war nicht direkt nervös, aber das Gefühl, welches mich belegte, wirkte leicht beklemmend.

Wenigstens wirkte die SHERLOCK etwas vertraut auf mich. Ich betrat diese Gondel, welche die Form einer Acht, von oben gesehen besaß. Die Mittelnabe beinhaltete meine Steuerzentrale mit einer guten Rundumsicht. Der Sempex erwachte aus seinem Standby-Betrieb und meldete sich nach einem Systemcheck einsatzbereit.
Also. Ich startete die Sequenz zum Verlassen der Station. Gasgemisch abpumpen und Hangarschleuse öffnen. So steuerte der Sempex die Gondel automatisch in den freien Raum. Mein erster Schritt sollte mich zu der Stelle bringen, von wo der Relaissatellit die Übertragung zu den Chorck umleitete, damit eine Anmessung noch nicht die Koordinaten unserer

Raumstation verraten konnte. Zwar galt es in erster Linie die Position des Solsystems nicht zu verraten, aber auch unsere kleine Bastion in der kleinen Magellanschen Wolke hatte ihren Wert. Nicht nur rein finanzieller Natur, auch der Wert der Unabhängigkeit, der Wert eines guten Versteckes. Und natürlich auch die relative Nähe zu diesem X-System, welches als Terra oder Solsystem für die Chorck deklariert wurde.

Die Tatsache, dass dieses X-System von ihren Bewohnern in die Apokalypse getrieben wurde, könnte sich einmal als Trumpf gegenüber den Chorck erweisen. Wenn dieses Imperium uns hier einmal finden würde, müssten es oder die Beauftragten feststellen, dass es nichts mehr zu erobern gibt.

Ein Wink des Schicksals? Eine Hilfe?

Ich gab dem Bordrechner den Befehl, den ersten Schritt zum Satelliten einzuleiten. Die `Schubläden´ hinten und vorne der Gondel öffneten sich und diese nanogeprinteten Wafer fuhren aus und klappten auf. Der Schritt konnte also vollzogen werden. Nachdem ich auch angeschnallt war, verzichtete der Rechner darauf mich noch extra aufzufordern.

Ich konnte bereits die Normalradiokennung unseres Satelliten registrieren. Die Strecke zu den Plejaden wollte ich aber in drei Schritten vollziehen. Ich wollte auch Kleinstsatelliten auswerfen, welche eine größere Eskorte zu simulieren hatte. Kurz vor dem Hoheitsgebiet der Chorck. Nur ich alleine wollte dann ins Halumal reisen, doch es war sinnvoll, eine Begleitflotte zu simulieren.

Der nächste Schritt brachte mich wieder zurück zum Rand der heimischen Milchstraße. Der Schritteffekt war ähnlich wie bei der Exkursion zur Wega ausgefallen. Von den Gravitationswellen war fast nichts mehr zu sehen. Die Kompensationen dieser funktionierte fast wie vom Sempex berechnet. Die Schrittabweichung lag unter acht Prozent. Doch war ich mir schon sicher, dass tausende von elektronischen und tachyonischen Instrumenten von den Plejaden aus in meine Richtung gerichtet waren und meine Schritte und die Schritte meiner Begleiter aufs Genaueste untersuchten.

Hier warf ich die ersten Kleinstsatelliten aus, welche über Festkörperreflektionsimpulse zum Beispiel über verschiedene Planeten- oder Mondoberflächen schon den Eindruck von Begleitfahrzeugen erwecken konnten. Es wäre ein Logisches, dass auch die Begleitfahrzeuge erst nach dem Fahrzeug des Diplomaten einen Schritt vollzogen.

Jeder dieser Satelliten konnte bis zu vierhundert Schiffe simulieren, jedoch war die Planetenstreuung sehr dünn und ich konnte zufrieden sein, wenn diese tachyonenbasierenden Dopplerstrahlungen wenigstens zehn Prozent der möglichen Impulse produzieren würden.

Ich ließ den Sempex den absolut genauen Standpunkt berechnen, die Kartentanks aktualisieren und dann erst leitete ich den nächsten Schritt ein. Der nächste Wiedereintritt bescherte mir einen vollen Blick zum Siebengestirn! Näher als jemals ein Mensch zuvor diesen gewesen war. Wieder schleuste ich sofort diese Kleinstsatelliten aus, um eine weitere Eskorte simulieren zu können. Dazu schalteten sich viele Simulationen der vorangegangenen Satelliten ab, damit es glaubhaft war, dass Schiffe mir auch gefolgt waren. Eine Kontrolle per Tachyonenrasterradar ließ mich den Erfolg erkennen. Ein Teil der Impulse vom Milchstraßenrand war verblieben und etwa einhundertfünfzig waren mir gefolgt. Einhundertfünfzig Impulse erschienen nun in meiner relativen Nähe. Die Simulatoren arbeiteten wirklich vorzüglich, sie simulierten sogar eine interne Flottenbewegung nach dem Zufallsprinzip.

Wieder überarbeitete der Sempex den Kartentank und zeigte eine Schrittabweichung von nur noch weniger als einem halben Prozent an. Meine Mission begann doch recht erfolgreich, wie ich feststellen wollte!

So maß der Sempex die Peilsignale der Chorck an und band diese in die aktuelle galaktische Navigation und die zuständigen Sternkarten ein. Noch etwa zweihundertunddreißig Lichtjahre. Unser Solsystem müsste nun eigentlich in Richtung galaktischem Süden liegen, jedoch konnte ich keine Daten oder Koordinaten dazu aufrufen, denn alle Erddaten waren nicht mehr in den Speichern! Aus Sicherheitsgründen selbstverständlich. Die Daten von Terra waren durch die Daten des X-Systems ersetzt worden. Nach den Koordinaten in den Geräten der SHERLOCK war das Sol-System in der kleinen Magellanschen Wolke beheimatet und Terra stellte sich als der zweite Planet vor.

Ein weiterer Schritt. Der Sempex hatte diesen berechnet und ich sollte in der Höhle des Löwen ankommen. Die automatische Abschaltung der Pseudogravitation registrierte ich bereits nicht mehr. Auch für mich war die Raumfahrt schon alltäglich geworden, meine Raumgondel betrachtete ich nur noch als logische Fortsetzung der Technik seit Erfindung des Fahrrades.

Kurz ließ ich den Frontwafer abklappen um eine bessere optische Sicht zu erhalten.

Die Plejaden! Das Siebengestirn! Die Sterndichte war kaum stärker als in unserem heimatlichen Arm der Galaxie. Schließlich waren die Plejaden auch nur in einem Ausläufer unserer Spirale. Doch die sieben Sonnen waren vom Sempex registriert und wurden auf dem Navigationsmonitor markiert. Das Chorcksystem selbst mit seiner relativ kleinen Sonne war jedoch kein

Bestandteil jener Riesensonnen, welche wir auch von der Erde aus zu sehen imstande waren.

Ich stand bereits mitten in diesem fremden Sonnensystem und konnte einen Leitstrahl auf Normalradiobasis empfangen. Der Normalradioscanner hatte ein pochendes und mit Digitalinformationen belegtes Signal auf etwa 31,4 Gigahertz ausgemacht.

Der Rhythmus dieses Pochens wurde schneller. Schon erkannte ich, dass damit auch eine Distanz zur Quelle oder in meinem Fall zum Ziel mitgeteilt wurde. Da ich aber mit diesen Zähleinheiten nichts anfangen konnte, sandte ich einen Normalradiodopplerimpuls zur Sendequelle und der Sempex der SHERLOCK teilte mir eine Entfernung von nur noch achthundertvierzigtausend Kilometern mit. Viele weitere Radarimpulse wurden automatisch registriert, das waren die Schiffe der Chorck! Sicher auch zum Teil reine Robotschiffe für alltäglichen Strukturablauf und Wartungsaufgaben innerhalb des Machtzentrums des Chorckonium, wie unsere Translatoreinheiten das Imperium der Chorck terraverständlich übersetzt hatten.

Ich ließ den Wafer wieder aufstellen um diese Distanz mit einer beeindruckenden Hochgeschwindigkeit zu überbrücken. Sechs Minuten wollte ich dafür maximal verwenden und der Sempex beschleunigte.

Diese voll abdeckenden Wafer meiner Raumgondel wurden dazu entsprechend aktiviert und ebenso erfolgte ein Abbremsvorgang per Heckwafer. Nachdem aber die Wafer mittlerweile teiltransparent waren, erschien bald eine riesige Raumstation vor mir, welche mir den Atem stocken ließ! Erst langsam konnte ich die Hangarebene ausmachen, welche für mich zuständig sein sollte. Doch diese stehende Raute war noch nicht zu sehen. Es waren viel zu viele dieser Hangarelemente angebracht! Und im Hintergrund war auch das Chorcksystem sogar optisch zu vernehmen. Nicht das ganze System verständlicherweise, aber auch hierbei half der Sempex mit einem Hologrammschema. Das Chorcksystem erwies sich sogar als insgesamt etwas kleiner als das Solsystem. Auch die Sonne selbst war kleiner! Somit erklärte sich auch, dass der Hauptplanet Chorckland 2 eben auch die zweite Welt bildete. Da war ich aber neugierig, wie diese Wesen mehrere Welten bewohnbar machten oder auch diese in den Werbesendungen angesprochenen Monde.

Ich konnte nun die Wafer wieder einfahren, die restliche Fahrt war mit den Kugelwafern der Dreiachssteuerung zu bewältigten.

Das Pochen der Leitstrahlsequenz war nun fast einem durchgehenden Ton gewichen. Ich orderte dem Bordrechner an, diese Station zu vermessen, denn nicht einmal ein erfahrener Raumpilot könnte ohne Bezugspunkte ein Objekt im freien Raum schätzen. Nur diese Fenster oder Luken wären solche Bezugspunkte, aber nicht ausreichend, wie ich festzustellen hatte.

Eine Schemaaufnahme der Station erschien und auch die Größenangaben. Demnach hatte der Mittelturm eine Länge von vierundneunzig Kilometern! Die einzelnen Hangarsegmente reichten jeweils acht Kilometer in den Raum hinaus.

Doch gab es weiter Hangarsegmente in einem unteren Bereich, sicher für die Robotschiffe gedacht, aber sie reichten immerhin auch noch fast jeweils drei Kilometer in den Raum und `oben´ auf einem Topzylinder war eine Halbkugel angebracht, welche wie beschichtetes Glas aussah. Der Durchmesser der Halbkugel betrug fast fünf Kilometer!

Höchst beeindruckend! Das untere Ende dieser Raumstation bildete ein umgestülpter Trichter. Sicher befindet sich darin ein künstlicher Regenwald. Um den Boden des Trichters tummelten sich unzählige kleine Transportraumer, welche Teile an- und abtransportierten. Hinter dieser riesigen Raumstation befand sich dieser Planet, den ich schon einige Zeit betrachten konnte. Chorckland, wie unsere Übersetzer am treffendsten die uns verständliche Bezeichnung erschufen. Oder eben Chorckland 2.

Mit der Peilantenne suchte der Sempex die Leitimpulsquelle, so musste ich die Station langsam um etwas mehr als ein Viertel umkreisen. Den Antrieb dazu schufen die Kugelwafer, schon konnte ich eine sich öffnende Hangarschleuse ausmachen und ich erinnerte mich an diese stehende Raute, welche im Chorcklan die Zahl Vier zu bedeuten hatte. Bei den Riesenmonden von Goliath! War das ein Hangar! Dieser könnte fast auch noch die DANTON aufnehmen. Dabei fragten mich die Chorck, wie groß mein Schiff wäre und ob dieses hier Platz finden könnte. Sicher wusste wir in etwa die Größe der chorckschen Kugelraumer, aber auch von denen hätten mindestens vier in einem Hangar Platz.

Hangar vier sollte wohl für mich alleine reserviert sein, denn außer ein paar Robotraumern konnte ich keine anderen Besucher ausmachen. Langsam schwebte ich mit meiner SHERLOCK in Hangar vier ein und der Leitimpuls war bereits zum Dauerton gewechselt. Ich gab dem Sempex nun zu verstehen, dass dieser diese Frequenz ausfiltern konnte, denn dieser hohe Ton reizte nur unnötig mein Gehör. Das Hangarlicht regelte sich stufenweise hoch und hinter mir schloss sich die Schleuse. Es öffnete sich im Anschluss eine weitere Schleuse vor mir! Das waren Doppelschleusen! Auch das noch! Hier standen allerdings einige Chorckraumer von dieser bekannten Kugelform. Klar! Die Robotraumer waren nicht auf eine

Atmosphäre angewiesen und konnten auch im Schleusenbereich agieren. Der Sempex zeigte bereits an, dass er die stationseigene Schwerkrafterzeugung zu neutralisieren hatte. Null Komma neun Gravos in etwa herrschten hier vor. Ein Landekreuz waberte in einem hellen Blaulicht, das sollte wohl bedeuten, dass ich mich dorthin zu begeben hätte. Diese Stelle behagte mir aber nicht sonderlich, denn sie befand sich in einer strategisch unsicheren Ecke des Hangars und würde einen Blitzstart meinerseits zu einem Himmelfahrtkommando machen.

Frech steuerte ich ein nichtleuchtendes Landekreuz am rechten Hangarrand an und landete mit meiner kosmischen Nussschale dort mittig.

Der Bordrechner teilte mir eine eingehende Nachricht auf Normalradio mir und ich bedeutete ihm, dass er sich einlinken sollte.

Chandor Valchaz es Sueb zeigte sich in dieser emulierten Übertragung und begrüßte mich sogar recht freundlich!

„Ihre Gnade Tamines Reis vom Range der Santos, vom Volk der Terraner und dem Terranisch-demokratischen Imperium der Lebenssporengalaxie mit seiner kleinen Westwurzel. Ich heiße Sie im Auftrag des Rates der Sieben und des Kaisers Chorub auf Halumal sehr willkommen. Ich wurde, wie wir bereits besprochen hatten für Ihr Wohlergehen abkommandiert und stehe zu Ihrer Verfügung. Sie können Ihr Raumfahrzeug verlassen, ich werde mit einem Universalgleiter vorbeikommen und Sie abholen. Das Atemgemisch der Station ist sicher für Sie atembar. Lassen Sie dies bitte kurz überprüfen."

„Hallo Valchaz! Ich freue mich dich bald persönlich kennen zu lernen. Ich sehe schon an der Anzeige, dass dieses Atemgemisch für mich absolut tauglich ist. Gut. Ich verlasse mein Schiff und warte auf dich. Dauert das lange?"

„Ich starte jetzt. Es dauert höchstens ein Fünftel ihrer Restanflugzeit."

„Gut."

Das sollte dann etwas mehr als eine Minute sein, wenn dieser Männliche der Chorck meine Restanflugzeit genau recherchiert hatte.

Also schaltete ich meine Bordsysteme auf Standby und öffnete die Personalschleuse der SHERLOCK. Ein penetranter leicht fauliger Geruch schlich sich in meine Nase, auch stellte ich einen Duft von Desinfektionsmitteln fest. Auch feine Spuren von Chlor mussten in der Atemluft enthalten sein.

Der Antigravlift brachte mich auf den genoppten und transparent beschichteten Metallboden des Hangars.

Hier im Hangar schien ich vorerst alleine zu sein. Die Schiffe waren möglicherweise in Wartung oder es handelte sich um Schiffe, die nur für eine eventuelle Stationsevakuierung bereitgestellt waren.

Nach kurzer Zeit sah ich einen offenen, wenig komfortabel wirkenden Gleiter heranschweben. Dieser Gleiter hatte eine Ladefläche und vier Sitze, er wurde anscheinend handgesteuert! Im Gegensatz zu den irdischen Gleitern gab dieser aber ein Summen von sich, was an eine Motorpumpe erinnerte, welche bald das Zeitliche zu segnen bereit wäre.

Ich aktivierte den umgehängten Translator und wartete, bis dieser Chorck das Gefährt seitwärts heranbugsierte.

Dieser Plejadenbewohner schwang sich aus dem altertümlich wirkenden Fahrzeug, als er dann vor mir stand, musste ich den Kopf gewaltig in den Nacken legen. Eine schlaksige, großgewachsene Gestalt stand mir gegenüber. Dieser Mann aus diesem Volk wirkte, als wäre er immer in Alarmbereitschaft. Auch seine Natur als Zehenläufer unterstützen den Eindruck, denn die Fersen standen hoch und wirkten wie ein zweites Kniepaket nach hinten. So musterte ich den Mann, dann kam er bis auf einen Schritt an mich heran.

Mein Translator arbeitete sofort und übersetzte, als der Chorck zu sprechen begann:

„Ihre Gnade weibliche Tamines Reis vom Range der Santos. Ihre Lieblichkeit ist im Realkontakt wesentlich ausdrucksstärker als wie es über die beste Tachkom-Verbindung sein könnte. Ich heiße Sie im Halumal herzlich willkommen. Sie haben ein sehr kleines Schiff. Haben Sie Musterwaren geladen?"

„Chandor Valchaz es Sueb. Auch ich freue mich dich per Realkontakt zu treffen. Mache dir keine Sorgen, denn ich habe einige Musterwaren an Bord. Außerdem auch einen Katalog von Waren der Großtechnologie. Nachdem wir bislang aber keinen Handelskontakt hielten, wussten wir auch nicht, welche Waren sich für unsere wirtschaftliche Zusammenarbeit am Besten eignen könnten. So hatten wir gedacht, zuerst einmal eine Bedarfsliste zusammenzustellen, denn unser freies Imperium hat auch viele Unternehmer, welche eigene Speditionsraumer besitzen und je nach Handelsware dann das geeignete Schiff einsetzen.

Nachdem du nun auch für mich zuständig bist, so wie du es beim letzten Kontakt erwähnt hattest, bitte ich dich nach terranischer Manier alle Höflichkeitsfloskeln wegzulassen und mich bei meinem Vornamen zu nennen. Also einfach Tamines. Ich gehe davon aus, dass dieser Brauch auch in eurer Kultur so gehandhabt wird."

„Das kommt auf die Kaste des Partners an. Bei einem Unterschied von drei und mehr Kasten ist es schon eine Ehre, wenn jemand der unteren Kaste so ein Angebot erhält. Doch nehme ich ihren Symphatiebeweis sehr gerne an, Tamines. Darf ich dich also nun in mein Fahrzeug bitten, wir werden in der Kommandozentrale erwartet."

„Wie geht es dem Kaiser? Er steckt in einer extrem langen Regenerationsphase, nicht war?"

„Hm. Die Regenerationsphasen werden in der Tat immer länger, aber einer meiner Vorgesetzten hat nun vom Rat der Sieben den Auftrag erhalten, die momentane Regenerationsphase abzukürzen. Die Gründe sollten aber von meinem Vorgesetzten genannt werden. Dazu bin ich nicht befugt. Dein Schiff wirkt nicht nur klein, sondern auch vorzeitlich. Wie ist es nur möglich, damit die Tachyonenruppung zu überwinden?"

„Auch das kann ich dir erklären. Nach der Generation der Raumschiffe, welche einen Tachyonenresonanzträger per Nanoroboter aufgebracht bekamen, hatten unsere Wissenschaftler bemerkt, dass bei Flachwafern, welche schon vor vielen Generationen Verwendung fanden, die Dichte und die Effizienz noch nicht ausgereizt war. Somit gingen wir in dieser Entwicklung wieder einen Schritt zurück und hoffen nun, auch die Ruppungskompensation auf Kugelträger übertragen zu können. Dabei stellt sich aber keine Eile mehr heraus, denn das neu überarbeitete, alte Wafersystem wurde annähernd perfektioniert. Manchmal ist das gute Alte dem unreifen Neuen vorzuziehen!"

„Wie wahr, wie wahr Tamines!" Der Chorck lachte, der Translator arbeitete seiner Programmierung nach natürlich in dieser Phase nicht. Wie sollte er ein Lachen auch übersetzen. Ich hörte genau hin. Ein glucksendes, bassiges Lachen war das, was dieser Männliche von sich gab. Kaum zu glauben, da sein Körper gar kein so großes Resonanzvolumen vermuten ließ.

„Einen Moment noch, Valchaz. Ich nehme das erste Musterpaket gleich einmal mit!" Ich wartete gar nicht auf eine Bestätigung sondern befahl dem Antigrav verbal ein Hochheben. Einer dieser Koffer aus Kohlefaser stand direkt in der kleinen Schleuse der SHERLOCK. Ich musste das Schiff gar nicht mehr betreten, ich konnte mich gleich wieder absenken lassen.

Valchaz beobachtete mich genauestens, doch wies er mir nun einen Sitzplatz in diesem Gleiter per Handwink zu.

Langsam begann nun mein Herz doch immer schneller zu schlagen!

Langsam wurde mir auch richtig bewusst, wo ich war!

Ich war im Allerheiligen dieser Chorck. Diese waren sich ihrer Unangreifbarkeit dermaßen sicher, sodass sie mich mit meinem kleinen Boot an Bord der Machtzentrale kommen ließen. Ein Blick auf mein

Multifunktionsarmband zeigte mir aber, dass ich von allen möglichen Scannern abgetastet wurde.

Eine Art kalter Krieg hatte begonnen. Die Höflichkeit nach außen hin bewahren, aber dem jeweils anderen alle Informationen, soweit möglich entziehen.

Auf dieses Spiel hatte ich mich schon eingestellt.

Valchaz fuhr fort:

„Wurdest du von einer Eskorte begleitet? Wir haben weit über hundert Begleitschiffe angemessen."

„Wurde ich. Meine Personenschutzflotte sollte aber außerhalb von eurem Territorium wieder auf mich warten. Ich sollte in erster Linie vor Piraterie und Kidnapping geschützt werden. Innerhalb eurer Mächtigkeitsballung gehe ich von Schutzmaßnahmen eurerseits aus."

So betrachtete ich diesen Valchaz von der Seite her und bemerkte auch seine großporige Haut, den Rand des Symbionten, welcher etwas unruhig zu sein schien. Mein Multifunktionsarmband zeigte leichte Röntgenstrahlung an. Wir fuhren auch durch einen Rohrtunnel. So kombinierte ich, dass dieser Rohrtunnel auch eine Art Computertomograf war, welcher mich weiter durchleuchten sollte. Aber mit solchen Maßnahmen hatte ich ja gerechnet.

„Vor welchen Piraten fürchtest du oder fürchtet ihr euch?"

„Von eurem Brudervolk, den Chonorck! Wir dachten, dass diese vielleicht Neukontakte zum Halumal mit aller Kraft zu unterbinden versuchen.

Ich versuchte natürlich, Chandor Valchaz davon zu überzeugen, dass wir vor Rebellen Angst hätten. Damit hoffte ich, sein Vertrauen mehr und mehr zu erobern. Ich wusste ja auch nicht, welche Gedanken mein chorckscher Betreuer hegte.

Mein Multifunktionsarmband vibrierte. Der Vibrationsrhythmus sagte mir, dass sich der Bordrechner der SHERLOCK meldete. Ich war frech genug um die Infos entgegenzunehmen. Dazu schaltete ich auf eine Flachhologrammwiedergabe und las die Daten ab. Valchaz beobachtete mich von der Seite, dabei bemerkte ich, dass er die Steuereinheiten des Fahrzeuges kaum beachtete. Das doch sehr klare Hologramm schien ihm zu gefallen. Der Sempex meldete, dass er mit hoher Leistung senden musste, da Störfelder aufgebaut worden waren. Außerdem wurde mein Boot nach allen Regeln der Kunst und von allen möglichen Energiearten durchscannt.

„Valchaz! Mein Schiff wird durchleuchtet! Bin ich nicht ausreichend vertrauenswürdig für den Rat der Sieben? Habe ich mit meiner persönlichen Ankunft nicht ausreichend bewiesen, dass wir es ehrlich meinen? Außerdem meldet mir mein Bordrechner, dass Störfelder um das Schiff herum aufgebaut worden sind. Was soll denn das? Ich muss die Verbindung zwischen meinem Armbandinterface und der Rechnereinheit stehen lassen. Nur so gibt es auch das Vertrauen meinerseits, dass ich mich nicht geirrt hatte, als ich es befürwortete, mit dem Chorckonium in Kontakt zu treten."

Valchaz wirkte leicht verstört, so als wollte er seinen Herren, aber auch mir alles Recht machen.

„Ich bitte vielmals um Entschuldigung, ihre Gnade Tamines, aber das sind automatische Sicherheitseinrichtungen, welche in erster Linie Fremdschiffe nach Sprengstoff oder Ähnlichem untersuchen. Ich werde meinen Vorgesetzten Mereth und den Halumet davon überzeugen, dass eine Mindestuntersuchung reichen sollte. Auch ich bin sehr daran interessiert, dass wir in guten Kontakt kommen. Schließlich und endlich wurde ich mit der Aufgabe betraut, eine gute Beziehung aufzubauen. Ich bitte dich daher umso mehr um Verständnis wegen dieser Maßnahmen. Würde euer Imperium nicht auch so handeln?"

Da hatte er mich direkt an der Ferse erwischt!

„Möglicherweise ja, Valchaz. So einen Fall hatten wir in der Tat noch nicht, denn alle Mitgliedsvölker unseres Imperiums kamen anfangs überhaupt nicht in die Nähe der Machtzentrale in Klein-Westwurzel. Erst als die notwendige Infrastruktur stand und alle Schiffe mit einem Inventurrechner versehen waren, durften die Mitglieder auch Kontaktreisen unternehmen."

Das war natürlich ein Lüge! Aber eine Lüge, welche absolut als Wahrheit gewertet werden sollte.

„Siehst du, Freundin Tamines. Vorsicht ist das Versteck der Mäuse vor den Schlangen!"

Mäuse? Gab es hier auf der Raumstation vielleicht Mäuse und Schlangen? Der Translator hatte äquivalente Begriffe nach höchstähnlichem Sachstamm übersetzt. Das konnte bedeuten, dass hiesige Mäuse natürlich den terranischen Mäusen nur entfernt ähnlich sind. Schlangen dagegen mussten aber reine beinlose Kriechtiere sein. Zumindest hatte meine Translatoreinheit bereits ein chorcksches Sprichwort übersetzt! Ich musste das Gerät und die Programmierung bereits bewundern. Meine Gespräche werden ja mittlerweile zu fast hundert Prozent in diese absolute Fremdsprache übertragen. Sicher hatten die Chorck selbst dazu beigetragen, da sie mit den Werbesendungen auch viele Sprachmathematikdaten übertrugen. Auch ein Sinn darin sollte sicher eine galaxisweite Sprachanpassung sein, vorausgesetzt, die Sprechorgane der Völker, welche imstande waren, solche Sendungen zu analysieren, waren für Lautsprache mit dieser Frequenzbandbreite geeignet.

Das Fahrzeug bremste leicht ab. Ich konnte aber nicht erkennen, dass Valchaz irgendwelche Schaltungen oder Bedienungen vornahm.

„Wer fährt das Fahrzeug, Valchaz? Du oder eine Automatik?"

„Es handelt sich um eine Hybridsteuerung. Das heißt, Ich gebe nur die Steuereingaben für die grobe Richtung vor, Nachdem der Logikprozessor der automatischen Steuerung erkannt hat, wohin ich steuern will, übernimmt dieser wieder einen Teilabschnitt automatisch. Natürlich könnte ich auch auf Vollautomatik umschalten, aber dann hätte der Fahrzeugführer ja überhaupt keinen Spaß mehr. Ich hatte einmal an der Gleiter-Rallye auf Chorckland drei teilgenommen. So ein Lebensgefühl hatte ich noch nie! Gefahr und Freiheit! Damals wurden alle sicherheitsrelevanten Einrichtungen in den Gleitern überbrückt. Fast unglaublich, aber die Fahrzeugführer fuhren damit auch unter Lebensgefahr. Im Übrigen sind wir nun bereits in der Sicherheitszone, der Zerobereich des Halumal. Hier werden alle Fahrzeuge langsam und langsamer. Da! Das Tor zur Zentrale. Mereth und der Halumet warten bereits auf uns!"

Beim galaktischen Black-Hole! Dieses riesige Tor öffnete ruckelnd und fast hätte ich darauf gewettet, dass es in den Führungsschienen hängen bleiben würde. Ich war mir sicher, diese Tore werden pneumatisch betrieben, denn ich hörte ein Pfeifen, wie aus einem Ventil eines altertümlichen Kompressordruckkessels.

Diese Technik der Chorck war alles andere als fehlerfrei und volltüchtig. Ist hier nicht schon eine Degeneration zu erkennen? So wie damals beim Zusammenbruch dieser Sowjetunion auf Terra, als sich die Mächtigen auf Übervorteilung des jeweils anderen und auf den kalten Krieg konzentrierten. Ein Resultat eines übertriebenen oder harten Kommunismus oder dieser Diktatur? Für mich gab es sicher keine bessere Staatsform als eine Demokratie, wenn diese nur auch nicht aus den Fugen gerät. Auch jenes Phänomen hatte die Erde Anfang dieses Jahrhunderts zu spüren bekommen, als der Raubtierkapitalismus zum Tragen kam. Der Zusammenbruch der Sowjetunion im vorigen Jahrhundert stahl der Demokratie ein Konkurrenzprodukt und wenn Yin zu stark wird, hat auch Yang keine Chance mehr. Oder umgedreht.

Wir passierten in absoluter Schrittgeschwindigkeit ein zweites Tor, welches aber besser funktionierte. Valchaz fuhr auf eine runde Drehscheibe auf und oberhalb unseres Fahrzeuges öffnete sich eine Irisschleuse. Die Drehscheibe konnte nicht nur drehen, sie hatte auch die Funktion eines Liftes. Sie hob und an und bald waren wir wieder zu ebenem Boden im Allerheiligsten. Die Zentrale des Halumal konnte sicher als eigenständige Raumstation fungieren, im Falle eines Falles. Darum auch diese Doppelschleuse. Die Zentrale des Halumal schätzte ich schon mal auf über fünfhundert

Quadratmeter Größe. Eine Achteckform mit riesigen Fenstern an allen Flächen. Leicht unter uns konnte ich die Ausleger aller Hangars der Station grob überblicken. Auch Chorckland 2 strahlte durch ein Fenster. Der zweite Planet des Chorck-Heimatsystems wirkte grün-blau-grau und zeigte aber auch viele braune Flecken. Ähnlichkeiten mit der Erde waren sicher vorhanden, wenn auch der erste Eindruck sofort etwas Fremdes verriet. Diese Welt wirkte auch nicht so richtig rund! Ich erkannte zwei Gebirge, welche sicher noch höher waren, als der irdische Himalaja. Weniger Wasser als die Erde und viele trockene Zonen erklärten mir nebenbei, warum diese Chorck zu Zehenläufern wurden. Schnell musste man gewesen sein, in der hiesigen Urzeit. Der optische Eindruck veranlasste mich, den Wasseroberfläche dieser Welt auf unter fünfzig Prozent zu schätzen.

Valchaz bedeutete mir, das Fahrzeug zu verlassen und ich nahm diese Aufforderung sofort an. Meinen Koffer aus Kohlefaser nahm ich aber sofort an mich und in der Richtung zu einem Panoramafenster mit Blick auf Chorckland 2 gab es eine Konferenzeinrichtung bestehend aus einigen technischen Bänken, Schalttafeln mit Anzeigen, Schreibtischen und einem Achtecktisch mit vierteiligen Sofas herum. Wieder deutete Chandor Valchaz auf ein Sofateil, also steuerte ich dieses an und ließ mich darauf nieder. Das Sofa war zudem aber auch sehr hoch! Ich schob mich auf der Sitzfläche solange zurück, bis ich mit dem Rücken zur Lehne kam, da bemerkte ich weiter, dass diese Sitzmöbel nicht für meine Körpergröße angefertigt worden waren. Meine Kniekehlen lagen auf der Sitzfläche, also rutschte ich weiter nach vorne, konnte mich nun aber nicht mehr anlehnen. Irgendwie fühlte ich mich etwas verloren! Es war, als würde mir niemand Aufmerksamkeit zollen wollen!
Ich blickte mich dafür in dieser riesigen Zentrale etwas um, nur Chandor Valchaz es Sueb setzte sich auf das Sofateil links neben mir.
Erstmals sah ich außer den Chorck auch Angehörige eines anderen Volkes. Fast schon etwas lustig wirkten diese! Ein kugelförmiger Rumpf, fast normale Beine und Arme, abgesehen von diesen langen Füßen und Fingern. Der Kopf dieser Wesen lag auf einem geknickt wirkendem Hals und wirkten, als wäre dieser an der Brust angewachsen. Eine dunkelbraune Haut war diesen Wesen eigen und die Körpergröße mochte vielleicht der meinen entsprechen, eher etwas kleiner. Doch dieser fast menschliche Gesichtsausdruck könnte Depressionen verraten.
Valchaz bemerkte meine studierenden Blicke.
„Das sind Nohamen. Die Haupttechniker des Imperiums. Sie sind die einzigen, welche in die Hauptzentrale des Halumals eingelassen werden.

Ihre Vorfahren erfanden auch die Subroboter, welche imstande waren, unsere Schiffe mit den Tachyonenresonanzgeneratoren zu beschichten." Wieder war ich gezwungen, etwas hoch zu stapeln.

„Diese Art der Technik haben wir bereits wieder abgelegt. Eine Nanobot-Beschichtung oder wie ihr es nennt, eine Subroboter-Beschichtung erreicht nie die Dichte um eine komplette Abdeckung zu erreichen, damit auch zugleich eine Tachyonenruppungskompensation durchgeführt werden könnte. Damit ist auch die Reichweite von derartigen Schiffen begrenzt. Aber für den galaktischen Nahbereich reicht es dann eigentlich doch. Sicher muss man auch darauf achten, dass Kugelraumschiffe ebenfalls einen eigenen Verwendungszweck haben. In Klein-Westwurzel haben wir nur noch ein paar Oldtimer der Kugelraumerklasse im Einsatz."

Ich musste mir schon ein Paket von guten Ideen zusammen schnüren, denn als ich die Schalttafeln hier in dieser Zentrale genauer studierte, fiel mir auch auf, dass die Technik der Chorck oder der Nohamen keinerlei Schrauben mehr benötigte! Die gesamten Funktionsblöcke waren aus einem Stück! Inklusive der Anzeigen oder der Lichtquellen. Mechanische Schalter konnte ich absolut keinen mehr erkennen. Diese Technik war gut, sicher sogar sehr gut! Nach Programmangaben von solchen Subrobotern in einem Stück erschaffen. Das könnte auch der nächste Schritt der irdischen Technik werden. Valchaz war kein großer Techniker, aber er hatte eine Ahnung von den Dingen.

„Dein Boot, deine Gnade Tamines, ist aber mit absolut altertümlicher Technik ausgestattet. Es wurde zumindest zum Teil noch mechanisch erschaffen. Auch die Speicherbänke des Bordrechners wurden noch nicht in die Hülle ausgelagert. In unserer Frühzeit arbeiteten die Nohamen und die Chorck auch in dieser Weise an ähnlichen Schiffen. Aber ich muss zugeben, dass die Verarbeitung sehr gelungen erscheint."

„Das hat seinen Grund. Wir verarbeiten schon molekularverdichtetes Leichtstahl. Würde man nun Nanobots für den Strukturaufbau programmieren, halten sich die Atome nicht in einem Verdichtungsgatter und wir hätte nur wieder eine Grundstruktur, die dann als Verbund aus mehreren Materialien ausgeführt werden muss, um eine hohe Steifigkeit zu erreichen. So gesehen forschen wir zwar auch noch im Nanobereich, aber was Raumschifffahrt betraf, gaben wir der guten, alten Technik den Vorzug. Auch der Sicherheit Willen. Doch nicht zuletzt bin ich auch hier, um vielleicht auch in Sachen Technologie einmal einen Erfahrungsaustausch starten zu können. Vielleicht ist eben eure Imperiumstechnik diesbezüglich besser als die unsere, jedoch habe ich bereits erkannt, dass die

Tachyonenresonatoren von euren Fahrzeugen bei Weitem nicht die Effektivität unserer Wafer erreichen!"

„Das kann ich nach unseren Messungen nur bestätigen! Dein Restanflug zum Halumal war beeindruckend. Dein Boot fuhr wie durch einen Kanal. Nun denn – ah, da kommt die Begrüßungsdelegation, deine Gnade Tamines! Eine Ehre sondergleichen. Der Halumet bemüht sich persönlich!"

So drehte ich mich nach rechts, in die Blickrichtung meines Betreuers und konnte zwei weitere Chorck ausmachen. Auch diese beiden trugen halblange Röcke und so etwas wie Lackhemden. Zumindest konnte ich an diesen Kleidungsstücken keine Nahtstellen ausmachen, außer eine Art Klettverschluss auf der Brustseite. Und seltsame Schuhe nutzten diese Wesen. Schuhe, welche nur diese langen Zehen belegten, aber einen Halteriemen zu einem Fesselband oberhalb der nach hinten ragenden Ferse besaßen. Ich erhob mich, was mir aber nicht allzu leicht fiel, da ich mit den Dimensionen des Sofas noch nicht vertraut war.

Auch Valchaz erhob sich und ich meinte, ein Gebirge würde neben mir entstehen!

Seine Gnade, der Halumet", deutete Valchaz mit einer Verbeugung zu dem etwas kleineren Chorck, welcher aber immer noch so um die zwei Meter fünfundneunzig haben musste, „und mein guter Koordinator Mereth Lehan are Cho." Im Anschluss drehte sich mein Betreuer zu mir, neigte den Kopf wesentlich weiter, was wegen meiner Körpergröße so sein musste, dann stellte er mich, fast überflüssigerweise, den beiden hohen Chorck vor: „Das ist nun ihre Gnade, die weibliche Abgeordnete des Terranisch-demokratischen Imperiums Magellan-Andromeda, Tamines Reis, vom Range der Santos. Der Halumet deutete nur leicht eine Verbeugung an, Mereth hingegen neigte den Kopf etwas mehr. Beide zeigten mir jeweils beide Handflächen und ich nahm diese Geste an um auch meine Handflächen mit ihren in Kontakt zu bringen. Harte Hände und eine harte hornige Haut bekam ich zu spüren.

„Ich begrüße die terranische Abgeordnete, ihre Gnade Tamines, sehr im Halumal des Chorckreiches. Ich darf gestehen, dass ich sehr neugierig bin, was uns eine Handelsbeziehung mit ihrem Imperium bieten könnte."

Oh! Er spricht sehr hochgestochen und auch sehr egoistisch. Er spricht nur davon, was eine Handelsbeziehung ihm zu bieten hätte und nicht davon, was eine Handelsbeziehung beiden Parteien bieten könnte.

„Seine Gnade, Halumet des Chorckreiches. Ich bin in einer Demokratie aufgewachsen und auch entsprechend psychisch geformt. Eine Handelsbeziehung sollte doch beiden Parteien von Nutzen sein. Das ist die Basis für meinen Besuch. Ich grüße auch seine Gnade, Mereth Lehan are

Cho. Wir kennen uns bereits über Tachkom. Nun freue ich mich, Sie persönlich kennen lernen zu dürfen. Auf unseren Welten wird das Begrüßungsritual mit einem Händedruck der rechten Hand vollzogen. Wenn ich dies bitte vollziehen dürfte . . ."
Ich fragte gar nicht mehr länger sondern nahm die Hand des Halumet nach terranischer Manier und schüttelte diese leicht. Dabei musste ich aber wieder den Kopf in den Nacken legen und mir war, als stünde mein Begrüßungspartner zwei Stufen einer Treppe weiter oben.
Der Halumet öffnete leicht den Mund, da ich ihn etwas überfahren hatte. Möglicherweise hatte sich noch nie jemand getraut, sich auf gleiche Ebene zu ihm zu stellen, so wie ich es aber vor hatte.
Mereth verzog seinen lippenlosen Mund leicht, ich hatte das Gefühl, als freuten sich Mereth und Chandor Valchaz über meine Vorgehensweise.
„Ist es nicht schön, dass das Universum doch so viele Intelligenzen hervorbrachte und dass wir uns treffen können? Diese Vielfalt intelligenten Lebens und wir können dies alles bewusst erleben. So freue ich mich wirklich sehr, Ihnen heute auch nach der Art meiner Herkunft die Hand zu reichen. Das bedeutet auch Frieden, Verständnis und Freundschaft!"

Nach diesen meinen Worten zog der Halumet seine Hand ruckartig zurück. Spätestens jetzt war mir auch klar, wie er über unsere Handelsbeziehungen, welche nun ja noch nicht stattgefunden oder begonnen waren, dachte.

„Jegliche Beziehung mit anderen Völkern finden bei uns nach den Geboten der sieben Sonnensphären statt."
„Was besagen denn diese Gebote und wie habt ihr von diesen Geboten erfahren?"
„Das ist tief greifende Religion! Die sieben Sonnensphären vereinen sich in einem Partikelfeld in dem die Bestimmung aller Chorck und aller Völker des Universums abgespeichert ist. Nur diesen Richtlinien haben wir zu folgen und wenn eine Handelsbeziehung, wie auch immer mit dem terranischen Imperium gutgeheißen wird, so werden wir diese auch auf- und ausbauen."
„Oh, seine Gnade des Halumet! Wie kann ich erfahren, ob diese Sonnensphären eine Handelsbeziehung mit uns für gut heißt oder nicht?"
„Das können Sie durch mich erfahren!"
„Kann ich die Daten des Partikelfeldes nicht abrufen?"
„Einem Nicht-Chorck werden alle Weissagungen verweigert. Nur die Chorck sind das Volk der Erfüllung. Die sieben Sonnensphären haben dies mit den physikalischen Naturgesetzen in die Grundlagen des Universums eingebettet!"

„Wie sind die Gebote denn entstanden?"

„Mit dem ersten Microkavar nach der universalen Zündung."

„Wie sind diese Gebote für euch verständlich geworden?"

„Die alten Gelehrten hatten diese Gebote entschlüsselt und zunächst niedergeschrieben. Später wurden sie ergänzt und in die heilige Datenbombe übernommen."

„Was ist eine heilige Datenbombe?"

„Eine unbeschränkt erweiterbare Rechnereinheit. Seit wir Automatenrechner bauen, wurde alles Wissen gesichert. Die Datenbombe ist die Bibel mit einem Passivsektor und einem Aktivsektor. Sie beweist die universelle Vormachtsstellung unseres Volkes über alle anderen Völker des Universums."

„Wie kann die Datenbombe denn so was beweisen, wenn diese Informationen einer Interpretation von biologischen Forschern entspringen? Hier hakt es mit meiner Logikvorstellung. Kann es nicht eher sein, dass eine Reinterpretation dieser Daten eher dem Wunschdenken einer Herrschergilde entspricht?"

„Sind Sie gekommen, um an unserem unumstößlichen Glaubensgrundsatz Zweifel aufkommen zu lassen?"

Fast dachte ich, dass die Luft um uns herum heißer würde! Ich musste diesen Halumet wieder beruhigen.

„Keinesfalls. Von wo ich komme, gibt es eine so genannte Religionsfreiheit. Und wenn jemand an den heiligen Sandwichtoaster glaubt und das die Toasts dann seiner Seele Balsam bieten, dann ist dies auch erlaubt und jedem, der sich darauf beruft, erlaubt. Sollten wir nicht eher ein Gespräch von weniger religiöser Natur zu führen beginnen? Handel hat mit einer Religion doch kaum zu tun."

„Wenn es den Grundgeboten nicht widerspricht, dann kann Handel geführt werden!"

„Was sagen die Gebote bezüglich Handel denn aus?"

„Ungläubige Handelpartner sollten sich den Geboten der Sonnensphären anpassen und letztendlich dem Imperium mit aller Kraft dienen. Die Siebenfaltigkeit ist von jedem zu respektieren."

„Schön. Respektieren werde ich sie, wenn sie nicht mit meiner Glaubensgrundlage in Konflikt geraten."

„Es gibt keine anderen Glaubensgrundlagen! Sie müssen die göttliche Schönheit der sieben Sonnesphären der Seele zuführen. Dann wird auch Ihnen die Offenbarung und der universelle Grundsatz klar werden. Diesbezüglich haben wir auch ein paar Kavar für ethischen Unterricht während Ihres Aufenthaltes vorgesehen. Sie müssen die Wahrheit selbst erkennen, weibliche Tamines!"

„Oh! Darüber freue ich mich aber schon, denn ich interessiere mich sehr für die verschiedenen Religionen der kosmischen Völker. Vor allem, weil diese immer wieder Ähnlichkeiten mit Religionen unserer terranischen Frühzeit vorweisen können. Das beweist mir auch, dass auch Religionen immer wieder aus der Frage des `Wie´ und des `Warum´ entstanden, als die intelligenten Wesen begannen, über ihre Herkunft nachzudenken. Auch die unmittelbare Region auf Terra, also meine Heimat Brasilien wurde von vielen Aberglauben und Göttermischungen heimgesucht. Mich interessiert das alles. Wirklich!"

Der Halumet sah mich aber sehr böse an. Kaum hier, aber ich konnte einen bösen Blick dieser Wesen schon interpretieren. Vielleicht lag es daran, weil diese Chorck mit hängendem Mundwinkel ohnehin schon einen sicher ungewollt schlechten Eindruck hinterlassen und nun auch noch sich eine Aura breitmachte, welche die Luft zum Knistern brachte.

Apropos Luft!

Es stank! Auch diese Chorck rochen nach Chlor! Valchaz am wenigsten, aber dieser Halumet! Benützt er Chlor als Parfüm oder so?

Jedenfalls stellte sich der Halumet in seiner vollen Größe vor mir auf und begann mit seiner Predigt:

„Weibliche und ungläubige Tamines Reis vom Range der Santos. Nur weil Sie diese sieben Sonnensphären noch nicht gesehen hatten, nur weil Sie noch nie Einblick in die heilige Datenbombe oder einer Kopie davon hatten, klage ich Sie nicht der Glaubenslästerung an. In so einem Falle wären unsere Handelbeziehungen schon jetzt beendet und ihr Schiff sowie alle Artikel und Einrichtungen, welche Sie bei sich führen, würden sofort beschlagnahmt. Sie haben unser großzügiges Verständnis nur aus dem Grund ihres Nichtwissens heraus bekommen. Ich lege Ihnen nahe, dass Sie diese ethischen Schulungen baldmöglichst in Anspruch nehmen! Des Weiteren sprachen Sie von Ähnlichkeiten mit *Ihrem* Glauben oder Religionen! Hier liegt auch Ihr grundsätzlicher Gedankenfehler!"

„Der wäre?"

„Wenn eine Ähnlichkeit bestünde, dann eine zufällige Ähnlichkeit einer Ihrer Religionen mit *unserer* absoluten Lehre! Die Gebote der sieben Sonnensphären sind universell und unumstößlich und stehen über jeglicher Kritik! Bewusste Kritik wird mit Arbeitslager oder Todesstrafe geahndet."

„Egal. Ich akzeptiere ja jeden Glauben! Nur lasse ich mir keinen Glauben aufzwingen. Aber ich will Sie ja nicht kränken und so sage ich Ihnen auch zu, dass ich Ihren ethischen Unterricht auch besuchen werde. Wie ich schon sagte, ich bin für alles Neue offen und vielleicht überzeugen mich ja Ihre

Gebote der Sonnensphären. Wann entstanden diese Gebote? Haben wir darüber schon gesprochen?"

„Sie entstanden innerhalb eines Microkavar nach der universalen Zündung!"

„Aha! Also beim Big Bang!" Das war nun aber meinem Translator zuviel, er gab einen an- und abschwellenden Ton aus und fragte mich, ob er Urknall mit Big Bang verbinden darf und dies als `universelle Zündung´ interpretieren darf. Natürlich sagte ich zu, denn diese Gespräche in dieser Richtung hatten ohnehin keinen Sinn. Ich musste mich ja gut mit dem Halumet stellen. Zumindest die Zeit, die ich noch hier zu verbringen hatte. Doch etwas bohrte noch in mir.

„Wann wurden dann diese Gebote erkannt, von wem und wer schrieb die ersten Werke daraus?"

Der Halumet beugte sich tief und ich spürte seinen Atem in meinem Gesicht.

„Die Urgelehrten der Chorckzivilisation von vor über sechstausend Klataan! Und die Originale schrieben sie auf Häute der Wickelschlange! Diese wurden balsamiert und sind größtenteils heute noch einsehbar."

„Respekt, Respekt! Vor sechstausend Klataan? Das entspricht fast zehntausend unserer Jahre. Zehntausend Jahre und die universelle Zündung liegt nun schon über drei Milliarden Klataan zurück! Da müssen sich diese Informationen in den sieben Sonnensphären aber gut gehalten haben! Wie ich schon sagte, mich interessiert ihre Lehre durchaus. Ich verspreche, dass ich an ihrer Schulung teilnehmen werde. Ich möchte die sieben Sonnensphären und die heilige Datenbombe sehen dürfen. Doch noch eine Frage! Warum heißt ihre Informationssammlung hierfür eigentlich `heilige Datenbombe´? Was hat dies alles mit einer Bombe zu tun?"

„Wenn alle Informationen einmal erarbeitet sind, wird die heilige Datenbombe eine neue universelle Zündung aktivieren um etwas Neues zu beginnen. Dabei werden die Seelen der Chorck mit in das neue Universum katapultiert und den Seelen der Diener vergeben. Nur so entgehen diese dann dem in sich zusammenbrechenden alten Universum. Nur dafür haben alle Völker des Universums dem einzig wahren Imperium zu dienen!"

„Das hört sich alles viel versprechend an. Ist dies die einzige ethische Grundeinstellung Ihres Volkes?"

„Ja! Sie ist gesetzlich verankert und darf nicht in Zweifel gestellt werden!"

„Ich hörte von Ihrem Brudervolk, den Chonorck. Glauben diese auch an die sieben Sonnensphären?"

Der Halumet begann zu schreien!

„Nein! Sie haben sich von allem losgesagt, was dem Imperium entspricht! Diese Rebellen werden in die Hitze des universellen Zusammenbruchs eingehen und ihre Seelen werden in Milliarden Mikrodimensionen aufgespalten! Eine Schande für jedes denkende Wesen!"

Ich hatte allerdings auch bemerkt, dass diese Unterhaltung meinem Betreuer und Mereth sehr zuwider war. Mehr Valchaz, der sich unruhig innerhalb der Zentrale umblickte.

Was war mit diesem Valchaz denn überhaupt los?

Ich hatte den Eindruck, als wartete er auf etwas. Obwohl diese Chorck für mich eigentlich sehr fremdartige Wesen sein sollten, spürte ich etwas fundamental Vertrautes. Ist dies ein Fluidum, welches biologisches Leben an und für sich versprüht? Eigentlich ist mein Einsatz mit diesem vorgespieltem terranischem Imperium doch sehr gewagt! Den Fuß kaum im Kosmos und schon in der Höhle des Löwen, wenn man diesen Maßstab einmal zu setzen bereit ist.

„Seine Gnade, Halumet des Imperiums der Chorck. Ich möchte noch einmal betonen, dass ich keiner Lehre, die dem Leben dient, abgeneigt bin. Die Natur der Dinge lehrten mich, alle nicht eindeutigen Dinge nach meiner persönlichen Erfahrung her, erst einmal in Zweifel zu stellen. Diese hat mit Ihrer Lehre nun zuerst einmal nichts zu tun. Wie ich schon sagte, ich werde mich auch damit befassen, da ich grundsätzliches Interesse an allem habe. Doch sollten wir nun erst einmal zum Grund meines Besuches zurückkehren. Die Vorbereitung einer Handelsbeziehung zwischen Ihrem und unseren Imperium und wie diese Beziehungen einmal auszusehen hätten. Wann sollten wir damit beginnen?"

Ich versuchte auch ein paar beruhigende Worte einfließen zu lassen, um nicht weiter den Ehrgeiz der Religion anzufachen.

Der Halumet sah mich immer noch vornübergebeugt an und ich machte ein paar Schritte, um mich wieder auf dieses überdimensionierte Sofa zu setzen. Mereth nahm sich ein Beispiel und nahm rechts neben mir Platz, sodass er genau vor dem Panoramablick zu Chorckland 2 zum Sitzen kam. Der Halumet setzte sich dann mir gegenüber und wäre der Ernst der Situation nicht gewesen, hätte diese Runde schon einen fast gemütlichen Eindruck hinterlassen.

„Darf ich Ihnen, Ihre Gnade Tamines von Terra eine typische Erfrischung und einen typischen Imbiss der chorckschen Küche präsentieren lassen?"

Nun klang die Stimme des Halumet aber sehr versöhnlich. Ich vergaß aber die Drohung aus dem vergangenen Gespräch nicht und meinte fast, immer noch etwas davon mitschwingen zu hören.

Die Macht der Chorck hatte sich auch mit ihrem Religionsgehabe stabilisiert. So extrem stabilisiert, dass die intelligenten Machthaber diese Sonnensphärenreligion auch in das imperiale Grundgesetz aufgenommen haben. Eine entsprechende Manipulation hilft den Diktatoren sicher ungemein für die Machterhaltung, ähnlich des Katholizismus und der Erfindung des Fegefeuers im sechzehnten Jahrhundert von Florenz! Erst mit der verkündeten Gefahr, in diesem zu landen, gaben die Menschen damals fast alles, um so einer Strafe entgehen zu können.

„Ich probiere sehr gerne Ihre Spezialitäten! Sie haben hoffentlich nichts dagegen, wenn ich meinen Speisetester anwende. Dieses Gerät zeigt mir die Verdaulichkeit für meinen Stoffwechsel an und ist keinesfalls ein Misstrauen in Ihre Küche. Ich würde sehr darum bitten, denn es kann viele Mikroorganismen in Nahrungen geben, die mein Körper noch nicht kennt und somit vielleicht auch schlecht darauf reagiert."
Fast schon zutraulich bestätigte mir der Halumet meine Bitte.
„Ein Einsatz dieses Gerätes ist sicher sinnvoll und verständlich. Diesbezüglich brauchen Sie sich keine Gedanken machen, Ihre Gnade, weibliche Tamines!"

Ein paar Speisenserver rollten heran. Mir fiel natürlich sofort auf, dass diese Apparaturen auch einen sehr primitiven Eindruck machten. Auch waren sie nicht wie die Schalttafeln aus einem Stück hergestellt worden, sondern auf kommerzieller Basis. Schon dachte ich daran, dass diese Geräte von einem anderen Hilfsvolk des Imperiums produziert wurden, einem Hilfsvolk, welches nicht mit den modernsten Produktionsanlagen ausgestattet worden war. Also viele Kasten hinter den Chorck.

Einer der Server stellte vier viereckige Teller auf den Tisch und der nächste servierte viereckige, grüne Plättchen, goss noch eine feste Masse darauf. Fast wie Püree. Das ganze wurde mit einer Nuss oder etwas in dieser Richtung garniert. Ein Getränkeserver gab Kunststoffbecher mit einem braunen, schaumigen Getränk aus und der Halumet versuchte, diese Kombination zu erklären:
„Synthetische Mischbrätlinge aus Fleischersatz und Pflanzenextrakten. Diese Brätlinge enthalten alle Nährstoffe in der Zusammensetzung, wie sie die meisten Körper der Allesfressernatur im biologischen Spektrum der Sauerstoffatmer auch verbraucht werden. Diese Nahrung dürfte auch Ihrem Haushalt bekommen, da, wie wir erkannt haben auch Sie der Allesfressernatur entspringen. Nur Ihre Beißwerkzeuge haben sich gänzlich

anders entwickelt, was ich hoffe, noch einmal ausführlich untersuchen lassen zu dürfen."

Wie weh muss das jemanden tun, um etwas zu bitten, da er doch zu befehlen gewohnt war! Die Rolle des Diplomaten liegt dem Halumet ganz und gar nicht, wie schon alleine aus diesen Betonungen zu erkennen war.

Ich öffnete mein Kohlefaserköfferchen und entnahm den Biotester, setzte das Gerät mit den Sonden auf die Speise und wartete etwas. Nebenbei wurden aber die Speise nicht nur per Elektroden, sondern auch per Wellenreflektion getestet. Das Ergebnis konnte ich auf einem simplen Display erkennen. Ich sprach das Ergebnis über meinen Translator aus, damit sich meine Gastgeber nicht von meinen Resultaten ausgeschlossen fühlten.

„Ein sehr proteinreiches, hochwertiges Produkt, unter anderem auch sehr ballaststoffreich. Schädlichkeitsfaktor liegt unter dem Schnitt terranischer Normen."

Schon hielt ich die Sonden in das Getränk und staunte. Auch hier sprach ich das Ergebnis aus:

„Taurinhaltiges Getränk mit vielen Spurenelementen und Vitaminen! Isotonische Zusammenstellung und eine aktive Beimischung von genetisch gleichen künstlichen Viren zur Fettspaltung. Obwohl diese Art von Getränk mir nun nicht bekannt ist, kann ich aber feststellen, dass ich es aber genießen kann."

Ich hatte allerdings geringe und in diesem Maße unschädliche Mengen an Chlor identifiziert. Möglicherweise spielten Chloride eine Rolle im Nahrungshaushalt dieser Wesen. Aber um nicht weiter erneut Spannungen aufzubauen, nahm ich den Becher auf und nickte in die Richtung des Halumet. Auch er nahm den Becher mit vier Fingern, dabei deutete er mit dem überlangen Zeigefinger auf mich, dann auf alle anderen in dieser Runde. Das könnte die hiesige Art einer Prositaufforderung sein. Wie als wollte mir der Halumet dies auch bestätigen, eröffnete er:

„Ich heiße Sie, Ihre Gnade, weibliche Tamines von Terra, noch einmal offiziell als sehr willkommen. Unsere Beziehungen werden sicher die Richtung einschlagen, wie sie die Bestimmung vorsieht!"

Da war er wieder! Der gefährliche Unterton, den ich nicht nur über den Translator vernehmen konnte. Das Gerät versuchte zwar, auch Emotionen über die Sprechfrequenz wiederzugeben, aber die Originalstimme und diese reformierte Sprache mit den wenigen Kehlkopflauten konnte auch weitere Deutungen zulassen. Möglicherweise war ich als Brasilianerin mit der Erfahrung von vielen Novellen und den darin vorkommenden intriganten

Verstrickungen am besten dafür geeignet, solche Analysen durchzuführen! Kein Computer könnte diese unterschwelligen Drohungen erkennen. Auch Valchaz und Mereth hatten ihre Gläser oder Becher erhoben und erst nachdem der Halumet seinen Becher wieder absetzte, tranken die beiden anderen. Hier wurden harte Grenzen nach dem Kastensystem gesetzt! Sogar Valchaz wartete noch so lange, bis Mereth schon trank!

Wenn sich alle sechzehn Chorck-Kasten und dann noch alle zweiunddreißig Fremdvölkerkasten an einen Tisch setzen würden, müsste wohl der Letzte aller Kasten mit einem vollen Glas vor sich verdursten, wenn er immerzu zu warten hätte, bis der jeweils Vorgesetzte trank. Für meine ersten Einblicke konnte dieses System nur von Wesen ertragen werden, welche absolut nichts anderes kennen, also schon über Generationen in diese Kasten eingestrickt waren. Dabei müssten eigentlich diese Chorck aber auch die Geschichtsbücher annektierter Völker löschen! Damit diese sich nicht `der guten alten Zeit´ berufen könnten.

Ich nahm mir vor, auch in diese Richtung zu forschen.

Warum dann genau die Rebellen, also die Chonorck aus der Herrschergilde entstanden waren und nicht aus einem der sicher vielen Fremdvölker, auch das galt es für mich noch zu enträtseln.

Ich probierte nun eines dieser grünen, mit Schaumsoße übergossenen Quadratplättchen. Nur diese Schaumsoße hatte einen guten Geschmack, diese Plättchen schmeckten rein nach gar nichts, außer – leicht nach Chlor und etwas Bratfett! Trotzdem lobte ich den Geschmack. Mereth erkannte meine Neugierde und erklärte zu diesem Imbiss:

„Tamines von Terra, Das Kratt ist die willkommenste Zwischenmahlzeit im gesamten Imperium. Mit etwas Spumm sehr nährstoffreich und mit der Wassernuss obendrauf wird es zur absoluten Delikatesse. Die Wassernuss kommt übrigens von einem Wüstenplaneten aus dem inneren galaktischen Ring und wird sogar vom Kaiser noch heute als Nahrung angefordert. Normalerweise nimmt ja der Kaiser keine Nahrung mehr zu sich. Er wird ja automatenversorgt. Im Übrigen sollte der Kaiser in ein paar Tagen aus seinem Rehabilitationskoma erwachen, seine Analogcomputer arbeiten bereits wieder und seine Körperfunktionen liegen bereits wieder zwanzig Prozent über dem Minimallevel."

Endlich wieder etwas, was mich sehr interessierte. Bemerkenswert, wie offen plötzlich über den Kaiser gesprochen wurde, aber das kann natürlich auch ein Grund aus der Überheblichkeit dieser Wesen heraus sein. So nach dem Motto: Die kann uns sowieso nichts anhaben.

Was diese Kratt betreffen: Von einer Delikatesse ist dieser Imbiss aber sehr weit entfernt. Einheitsnahrung wie es unter Diktatoren eben nichts anderes gibt. Niemand fühlt sich für die eigene Entfaltung verantwortlich. Warum auch? Extrabemühungen würden ja nicht belohnt.

Endlich meldete sich Valchaz wieder! Mit ihm fühlte ich mich noch am meisten verbunden und ich war froh, dass er mich bei meinem Bemühen, einen gleichgültigen, ebenbürtigen Eindruck zu machen, unterbrach.
„Was sagst du zu unserem Galakmix. Dem Getränk?"
Ich sog noch einmal am Becher, leerte ihn dabei auch und war mit der Antwort noch im relativ ehrlichen Bereich:
„Anregend und ich kann erkennen, dass diese dickflüssige Konsistenz an Milchprodukte erinnert. Doch ohne Laktose um Allergien zu vermeiden. Sicher auch ein synthetisches, aber wohlzusammengestelltes Produkt. Darf ich mal fragen, wie ihr diese Nahrungsmittel herstellt?"

„Sicher doch, Tamines. Für die Kratt werden Erzeugnisse einer Wurmplantage auf Kolomez und verschiedene Rohrstrauchsorten von Pondom bezogen. Die Produktion findet auf der Heimatwelt der Kwin statt. Die Produktion selbst läuft komplett automatisiert, nur die Kwin sind für die Kontrollen und die Verträglichkeit verantwortlich. Alleine wegen der Automatisierung konnten wir die Population der Kwin schon um fast fünfundzwanzig Prozent reduzieren. Ach ja, die Population wurde im Generationentakt und unter Zuhilfenahme von Sexualblockern reduziert. Damit waren die Kwin dann auch einverstanden."
„Welche Kasten belegen die Kwin?"
„Die Kwin belegen fast ausschließlich die Fremdvölkerkasten von siebenundzwanzig bis einschließlich zweiunddreißig."
„Das sind die untersten Kasten, die in diesem Imperium existieren, oder?"
„Sicher. Aber die Kwin haben auch einen geringeren Intelligenzgrad und konnten noch nicht angereichert werden. Nachdem auch die Systemordnung so funktioniert und die Kwin in ihrer zugedachten Tätigkeit voll aufgehen, werden sie sicher auch nicht weiter angereichert."

Nachdem ich nun erfahren hatte, dass die Krattplättchen aus Würmern und Rohrstrauch hergestellt werden, war mir der Begriff `Delikatesse´ mitsamt ein paar Brösel regelrecht im Halse stecken geblieben.
Da muss ich aber durch. Gut. Wenn Millionen oder Milliarden Wesen dieses Kratt essen, dann werde ich sicher auch nicht umkommen. Trotzdem zog sich mein Magen langsam aber sicher zusammen.
Ich konzentrierte mich auf die Kwin, auch um von meinem Magen abzulenken. Das half sogar – zumindest vorübergehend. Valchaz hatte sicher nicht bedacht, welche Reaktionen er mit seiner Erklärung innerhalb

meines Körpers hervorrief. Egal aus was nun dieser Galakmix bestand, ich musste einmal nachspülen und trank den Becher leer. Ich hoffte schwer, dass dieses Getränk wenigstens aus Agrarprodukten hergestellt wurde. Wenigstens geschmacklich könnte es ohne Würmer auskommen.

Die Kwin waren mit der Reduzierung ihrer Population einverstanden? Das konnte ich aber kaum glauben. Oder wurden sie dermaßen unter Drogen gestellt, dass sie auch mit einer Reduzierung lebender Artgenossen einverstanden gewesen wären.

Unter höchster Konzentration konnte ich dann doch noch den Knoten im Magen lösen und fragte meinen Betreuer:

„Valchaz, aus was besteht dann dieser Galakmix?"

„Das ist ein rein vegetarischer Cocktail, er wird nur noch mit einigen synthetischen Nahrungsergänzungen angereichert. Auch ein halbnatürliches Aufputschmittel befindet sich darin."

„Wird dieses Galak auch auf der Welt der Kwin produziert?"

„Ja, sicher. Es gibt nur eine Welt für die Nahrungsproduktion, aber mittlerweile elf Anbauwelten. Die meisten Anbauwelten werden von den Skelettlosen geführt und die Kwin dürfen auch die Robotraumtransporter überwachen."

„Die Skelettlosen? Das sind doch die Goofp, Wieso werden sie so genannt?"

„Ihre Lautsprache befindet sich auf einer sehr niedrigen Stufe und sie kommen nicht einmal mit dem einfachsten Chorcklan klar. Nachdem sie dann immer wieder nach einigen Sätzen ein `Goofp´ vernehmen ließen, zumindest habe ich diese Informationen aus den Geschichtsunterlagen, wurden sie auch kurzerhand `Goofp´ genannt. Allerdings muss diese Geschichte auch stimmen denn ich habe selbst schon einige Goofp bestrafen müssen und auch hierbei hatte ich diesen typischen Laut vernehmen können."

„Wieso werden diese Goofp bestraft?"

„Wenn sie nicht ein Mindestmaß aktueller Ernten einbringen, müssen sie auch bestraft werden. Die Messlatte liegt ohnehin nicht hoch."

„Wo würden wir Terraner eingestuft, sollten wir uns entschließen, uns dem großen und großartigen Imperium der Chorck anzuschließen?"

Das war eine Frage, die nur der Halumet beantworten sollte oder wollte.

„Wenn sich die Integration auf freiwilliger Basis von Seiten der Terraner durchführen lässt, kann ich mir vorstellen, dass der Kaiser und der Rat der Sieben die Terraner sicher sofort nach den Kasten von uns Chorck eingliedern würde. Sie machen einen intelligenten Eindruck und ihr könntet zweifelsohne auch in der Techniksparte eure Bestimmung finden.

Endlich sind wir bei dem Hauptthema angelangt und das halte ich als sehr vernünftig!"
„Moment! Ihre Gnade der Halumet! Entscheidungen dieser Art kann ich alleine ohnehin nicht treffen. Dennoch möchte ich bei meiner Rückkehr in die kleine Westwurzel, alle Punkte vorlegen können und sicher wäre die Integration in ein schon großes und gut organisiertes Imperium eine verlockende Aussicht, aber vorläufig bin ich hier um über Handelsbeziehungen zu verhandeln. Zwar könnten solche Beziehungen auch die ersten Schritte für eine Vereinigung der Imperien sein, aber trotzdem möchte ich dieses Thema erst einmal ausklammern."

„Sicher, wie Sie wünschen, Ihre Gnade Tamines. Aber für unser Imperium gilt als Basis die Integration. Dies gilt langfristig auch für freie Handelspartner!"
„Gibt es noch weitere freie Handelspartner, welche nicht im Imperium integriert sind?"
„Zurzeit gibt es keine mehr. Die Nohamen sind das letzte freie Volk, welches sich nach reiflicher Abwägung dem Imperium angeschlossen hatte. Die Momorn suchten auch eine Beziehung dieser Art, aber sie wurden sofort integriert, da ihre Welt ohnehin im Machtbereich der Chorck lag. Die Momorn sind allerdings noch auf der Warteliste und solange kastenlos, weil sie sich weigerten."
„Völker, welche sich weigern, kommen auf die Warteliste?"
„So hatte es der Kaiser bestimmt!"
„Wie lange?"
„Bis der Volkswille gebrochen ist. Die Richtlinie liegt bei dreihundertfünfzig Klataan. Schließlich muss auch mit Aufständen innerhalb der Generationenfolge gerechnet werden. Ein langwieriger Prozess, aber eine weise Entscheidung des Kaisers, wie sich bestätigt hatte."

„Wann beginnen wir mit der Handelswarenvorführung?"
Der Halumet atmete tief durch, dabei war mir, als atmete er anschließend Chlorgas aus. Es roch wieder stärker danach.
„Wir dachten, es wäre noch nicht so eilig und Sie sollten sich doch auch erst einmal die Station ansehen wollen. Vielleicht stärkt dies ihre Entscheidung doch, unserem Imperium bald beizutreten. Auf diese Art und Weise hätten die Terraner keine Wartezeit zu absolvieren und könnten ihre Energie von Anfang an der universellen Aufgabe zuführen.
Chandor Valchaz wurde als Ihr Betreuer zu diesem Zweck ernannt. In zwei Dezikavar sehen wir uns dann einmal ihre Waren und ihren Katalog an und zeigen Ihnen auch unsere zum freien Handel freigegebenen Waren.

Einverstanden? Auch wird Valchaz Ihnen ihr Stationsquartier zeigen. Dort steht auch eine Intranet-Einheit zur Verfügung, über die Sie sich Informationen zum Imperium abrufen können. Sie verstehen es sicher, dass gewisse Seiten für Sie natürlich gesperrt sind, hoffe ich."

„Sicher verstehe ich das, wenn ich aber auch feststellen muss, dass Sie mir weniger Vertrauen entgegenbringen als ich Ihnen. Ich hoffe, dass sich das aber bessert."

Der Halumet gab mir eindeutig zu verstehen, dass er die Unterredung für heute als beendet betrachtete. Er stand auf und ging zu seinem, wie es schien, offenem Büro mit Schaltstellenanschlüssen. Diese Stelle war über einhundert Meter entfernt! Dort kamen alle Nachrichten und Daten des gesamten Imperiums zusammen.

Auch Mereth verabschiedete sich. „Wir sehen uns in einem Dezikavar wieder hier, nehme ich an. In zwei Dezikavar möchte auch ich Ihren Warenkatalog einsehen, weibliche Tamines."

„Ich danke auch Ihnen Mereth. Für die Gastfreundschaft und für den freundlichen Empfang, sowie auch die ersten Erklärungen über Ihr zweifelsohne sehr interessantes Imperium."

Auch Mereth nickte nur noch und empfahl sich.

Diese Chorck gewannen mehr und mehr an einer gewissen Großkotzigkeit, wenn ich mir diesen Begriff erlauben darf. Der einzige, der sich nun mit mir noch befassen wollte, war mein Betreuer und Begleiter Chandor Valchaz.

„Was machen wir jetzt, Valchaz? Nun habe ich einen Koffer mit Musterwaren hier und die obere Riege wünscht den Inhalt erst in zwei eurer Tage zu sehen. Können wir einen Abstecher zu den Planeten machen? Ich würde gerne mit meinem Schiff den nahen Raum erkunden."

„Das dürfte nahezu unmöglich sein. Das würde der Halumet nicht dulden, dass ein Mitglied eines Fremdvolkes mit dem eigenen Schiff unbeaufsichtigt im imperiumszentralen Raum auf eigene Regie operieren dürfte. Ich werde heute Abend einmal die Möglichkeiten erörtern, welche wir mit einer Rundfahrt hätten. Dabei gehe ich davon aus, dass wir Automatshuttles benutzen dürfen. Ich zeige dir einmal dein Quartier!"

„Ich wollte eigentliche kein Quartier, Valchaz! Ich hätte eine ausreichende Versorgung und Unterkunft an Bord meines Schiffes, vor allem auch meinen körperlichen Bedürfnissen angepasst."

„Das ist so eine Eigenheit der oberen Riege, wie die das genannt hattest. Es wird nicht erwartet, dass sich die Umgebung deinen Bedürfnissen anpasst, sondern dass du dich der hier vorgegebenen Umgebung anpasst! Die erste Kaste ist unfehlbar!"

„Das glaubst du doch selbst nicht!"

Valchaz blitzte kurz mit den Augen! Dann erwiderte er aber „Doch!"

Und ich hatte verstanden. Valchaz war sicher der Meinung, dass wir ständig überwacht werden und so traute er sich nicht, eine eigene Meinung zu bilden beziehungsweise diese kundzutun.

Jetzt erst fielen mir diese Brusttentakel meines Betreuers auf. Diese zitterten leicht.

„Ich wollte dich nicht in Verlegenheit bringen, mein Freund!"

Valchaz sah mich durchdringend an. Ich betrachtete seine Augen genauer und konnte einen schwarzen Zackenrand um die Pupille erkennen. Die beiden Augen waren etwas kleiner als bei Menschen und etwas mehr seitlicher am Schädel. Die Chorck könnten eine bessere Perspektivwahrnehmung haben, vielleicht sogar ein breiteres Blickfeld.

„Erzähle mir von Terra!"

Nun war ich mir aber sicher, dass Valchaz seine Nervosität unterdrücken möchte. Er erwartet etwas von mir!

„Das kann ich gerne tun! Wäre es nicht besser, dass wir den Gleiter benützen, damit ich noch einige Utensilien aus meinem Schiff holen könnte und du zeigst mir das Quartier. Ich möchte mich gerne etwas frisch machen, ich brauche eine Dusche und frische Kleidung."

„Ich beantrage die Erlaubnis, nochmal dein Schiff anzusteuern."

Auch Valchaz hatte ein Multifunktionsarmband, mit dem er nun seinen Antrag formulierte. Ich konnte aber erkennen, dass er mit dem Halumet korrespondierte, denn diesen konnte ich sprechen sehen.

„Einmal dürfen wir noch zu deinem Schiff, um persönliche Sachen abzuholen. Dann wird Hangar vier für unbestimmte Zeit gesperrt."

„Wie bitte? Für unbestimmte Zeit gesperrt? Das finde ich nicht gerade meinem diplomatischen Status entsprechend! Was soll denn das? Wenn ich nicht täglich meine Logbuchmeldungen absende, wird meine Geleitflotte nach mir suchen!"

„Das dürfte als feindlicher Akt gewertet werden. Du kannst auch von unserer Kommunikationszentrale Nachrichten an dein Volk senden. Der Halumet erwartet von dir letztendlich auch die Überzeugung, dass es besser sein würde, ihr schließt euch unserem Imperium an. Eine Annektierung üblicher Art ist aber vorläufig bei euch ausgeschlossen."

„Klar! Dafür sind wir zu weit weg, wenn ich richtig vermute."

„Entfernungen sind immer eine Frage der Zeit. Auch diese Zeit wird kommen, in der das Imperium sich über unsere eigene Galaxie hinaus ausbreiten sollte. Hierbei wäre ein nächster logischer Schritt schon die große und die kleine Westwurzel, bevor die Lebenssporengalaxie beschritten werden kann. Deshalb sehe ich auch diese vorsichtige Annäherung, welche dir zuteil wird. Wäre deine Heimat nicht in der kleinen Westwurzel sondern innerhalb unserer eigenen Galaxis, wäre die

Imperiumsflotte nach eurer Kontaktaufnahme mit uns sofort ausgeschwärmt. Eine Galaxis soll zu einem Reich werden und nicht viele verschiedene, kleinere Interessengruppen beherbergen. Dies ist zumindest die Ansicht des Rates der Sieben und des Kaisers."

„Kann der Kaiser noch Ansichten äußern? Ich denke er liegt im Koma?"

„Im Rehabilitationskoma! Also ein Kunstkoma, um seinen Körper wieder zu stabilisieren und ihm seine Erinnerungen zurückzugeben, nachdem auch Gehirnzellen nachgezüchtet wurden."

„Die nachgezüchteten Gehirnzellen erhalten die Erinnerungen von Analogcomputern, nicht wahr?"

„Ja!"

„Wer erklärt sich dafür verantwortlich, dass der Kaiser Originalerinnerungen zurückbekommt und nicht manipulierte?"

„Der Kaiser ist eine Art Gottheit oder ein Vorgott. Niemand würde es wagen, ihm andere Erinnerungen unterzuschieben."

„Aber theoretisch wäre dies doch möglich?"

Valchaz überlegte und seine Finger sowie seine Brusttentakel zitterten wieder. Diese Fragen waren ihm der maßen unangenehm, aber ich wollte mehr darüber erfahren. Ich vermutete natürlich, dass Entscheidungen des Kaisers schon seit langem manipuliert werden! Eine Lobby, welche im Hintergrund bleiben möchte, nutzt die Macht des Kaisers für sich. So war meine Vermutung. Hier konnte von höchster Stelle aus ja alles manipuliert werden! Mich würde es auch nicht wundern, wenn sogar diese heilige Datenbombe von einer Interessengruppe nach Bedarf eingesetzt würde.

Valchaz zog es vor, nicht zu antworten, aber er nickte leicht.

„Komm! Wir holen meine Utensilien aus meinem Schiff. Fahr mich hin; alleine darf ich ja wohl nicht, oder?"

„Sicher nicht!"

„Also los, Valchaz!" Ich hatte mein Selbstvertrauen im Großen und Ganzen wieder gefunden. Valchaz zitterte immer noch. Mir war noch nicht ganz klar, warum. Die anderen Chorck zeigten sich dermaßen überlegen oder waren einfach überheblich und steckten als Ziel schon einmal die Integration Terras und der Freundschaftsvölker. An Handelsbeziehungen schienen sie weniger interessiert. Sicherlich, warum auch? Wenn sie es fertig brächten, alles zu integrieren, dann bräuchten sie auch keine Handelsbeziehungen mehr, dann könnten sie sich einfach nehmen was sie wollten. Soweit sollte es aber nicht kommen. Langsam erkannte ich aber auch, dass mein Leben mit jeder Minute weniger wert würde, wenn ich nicht bald zum nächsten Trick greifen sollte. Ich musste den Chorck auch klar machen, dass ich mich in bestimmten Abständen bei meinem Volk zu melden hätte. Dabei sollte ich aber wieder so diplomatisch wie möglich vorgehen. Eine Drohung nach dem System „wenn nicht, dann" kann ich mir auch nicht leisten. So etwas könnte die Machthaber hier vielleicht zu einem müden Lächeln bewegen, mehr aber nicht auch.

Was wollen sie haben?

Die Koordinaten Terras aber in erster Linie die Koordinaten der Handelspartner in unserer Galaxis, denn dazu reichen die Antriebe der Imperiumsschiffe. Logischerweise aber auch bald das Geheimnis der Gravitationswellenkompensation! Damit könnte sich das Chorckonium auch über die Heimatgalaxie ausdehnen. Was aber mein Vorteil war, die Chorck dachten in keinster Weise mehr an Eile, zumindest nicht in den für Menschen geltenden Maßstäbe! Die Chorck haben eine wesentlich längere Lebenserwartung und die wiegende Gleichgültigkeit eines kommunistischen Systems. Außerdem die zur Schau gestellte Überlegenheit.

Valchaz war vorangegangen und schwang sich in den Gleiter. Er winkte mir etwas unbeholfen und immer noch nervös. Ich warf meinen Kohlefaserkoffer, den ich bislang nur als Ballast herumschleppte auf die Hinterbank und Valchaz aktivierte den Gleiter mit einem Stimmbefehl.

Nachdem er tief durchgeatmet hatte, erklärte er mir diese Stationseinrichtungen noch einmal, aber in umgekehrter Reihenfolge wie bei meiner Ankunft. Also den Plattenlift, so die Übersetzung, dann die verschiedenen Gänge und letztendlich wieder Hangar vier. Ich verhielt mich aber ruhig und dies kam meinem Betreuer sicher sehr gelegen.

Im Hangar vier befanden sich sehr viele Wartungsroboter! Diese standen aber inaktiv an den Hangarwänden. Mein Begleiter oder meine Aufsicht musterte diese ängstlich und ich wusste, was vorgefallen war.

Diese Roboteinheiten hatten nichts anderes zu tun, als meine SHERLOCK zu untersuchen. Der Halumet gab sicher vorübergehend den Befehl zu Deaktivierung.

Valchaz parkte den Gleiter direkt neben dem Antigrav. Ich brauchte ihn gar nicht auffordern, mit an Bord zu kommen, denn dies erachtete er als selbstverständlich. Er folgte mir sofort in das Aufwärtsfeld des in der nach oben geklappten Luke integrierten Wafer. Nun wollte ich einmal seine persönliche Einstellung sehen und gab meinem Bordrechner die Anweisung, nachdem der Chorck sich in der kleinen Schleuse befand, dass die Außenluke geschlossen würde.

Valchaz blickte sich nur einmal kurz um, aber das war es schon. Keine Frage warum oder in dieser Art.

„Hast du eigentlich Angst, Valchaz, oder warum bist du so nervös?"

Er riss seine kleinen Augen weit auf und wischte sich mit dem Handrücken über seinen Mund. Dabei sagte er aber deutlich: „Ein Chorck hat keine Angst! Wir kontrollieren einen Großteil der Galaxis und bis heute hat es noch niemand gewagt, an den Grundfesten unseres Imperiums zu rütteln!" Dabei schüttelte er aber leicht den Kopf.

Also, eine Kurzanalyse rein für mich: Mit dem Handrücken über den Mund fahren, das bedeutete, dass er der Ansicht war, wir würden überwacht und auch abgehört. Abhören innerhalb meines Schiffes war schon etwas schwieriger, aber schließlich hatte auch Valchaz ein Multifunktionsarmband, welches doch sicher von der oberen Riege daueraktiviert war. Seine aussagekräftige Meinung vertrat er selbst aber nicht, wenn ich das anschließende Kopfschütteln ebenfalls selbst auswerte.

Ich wollte nun versuchen, wieweit ich den Chorck in diese Suppe spucken könnte. „Valchaz, komm her, ich zeige dir einige Funktionen meines Schiffes. Außerdem führe ich dir eine Aufnahme meines Heimatplaneten vor." Das waren Worte, auf welche sicher die Vorgesetzten Valchaz sehnlichst gewartet hatten. Auch mein Betreuer selbst beruhigte sich sofort merklich. Und ich war neugierig, was ich dem Chorck so alles herauskitzeln könnte. Dazu hatte ich auch vor, möglichst viele Einrichtungen meines Schiffes zu aktivieren, um soviel energetische Emissionen zu erzeugen, dass weiteres Abhören unmöglich würde.

„Komm! Setze dich in den Copilotensitz, Valchaz! Was sagst du zu meinem Schiff?"

„Ehrlich gesagt, frage ich mich, wieso dieses Gefährt überhaupt raumtauglich ist. Die Technik wirkt sehr altertümlich, die Instrumententafeln sind mechanisch zusammengestellt. Allerdings hatte ich auch bemerkt, dass die Außenhülle bestens molekularverdichtet ist. Hier beginnt meine Zuversicht an eurer Technik. Auch die außen liegenden Steuerungseinheiten sind sehr sauber verarbeitet. Mein erster Eindruck ist wie eine Kombination von Neuzeit mit Altertum."

„Das hast du schön gesagt. Nun aktiviere ich einmal den Sempex. Das ist die Bordrechnereinheit. Diese dürfte am besten mit eurem Selepet zu vergleichen sein. Sempex! – Aktivieren!"

Die Rechnerbereitschaft wurde sofort als Holoeinblendung an der Frontscheibe sichtbar. „Statusbericht!" forderte ich an.

Der Sempex berichtete: „Dauerscans verschiedener Strahlungen des gesamten Schiffes, Intervallimpuls, Gammastrahlung und Magnetresonanzmessungen fanden statt. Doppelkammertachyonenabtaster kamen ebenfalls zum Einsatz. Des Weiteren wurden per

Breitbandkommunikator Spyprogramme gesendet, welche ich aber bislang abwehren konnte. Die Systemstruktur dieses Datenabtastprogramms ist nicht ausreichend dicht. Sie unterliegt meiner Operations- und Reaktionszeit um über den Faktor vierzehntausend!"

Nachdem Valchaz über den Translator zuhören konnte, riss er in fast menschlicher Manier die Augen auf. Augenbrauen hatte er nicht.

Nun wusste ich was ich zu tun hatte. Der Moment war günstig. „Sempex! Spiele doch einmal klassische Musik und gib diese breitbandig an Normalradio ab. Wir wollen den Musikgeschmack unserer Gastgeber testen. Ich schlage Händels Wassermusik vor!"

Sofort begann der Rechner mit den reinen Klängen dieser wunderschönen klassischen Musik. Per Handsteuerung stellte ich auch die Außenlautsprecher an und der Hangar vier vom Halumal wurde zum ersten Mal mit altterranischer klassischen Musik geflutet.

„Für kurze Zeit sind wir absolut abhörsicher, mein Freund Valchaz, sage mir schnell, was dich bedrückt! Ich weiß, dass wir ansonsten jeden Microkavar abgehört werden."

Valchaz sah mich noch etwas verstört an und blickte auf die Frontscheibe! Das war noch eine Sicherheitslücke für diesen Augenblick und ich schaltete sofort einen Zusammenschnitt unserer Erde, eingebettet in die kleine Magellansche Wolke, auf die Frontscheibe zur Wiedergabe. Dabei zeigte sich sogar diese Bild außen, nur in spiegelverkehrter Version. Damit sollte zumindest einem Beobachter der Beweise geliefert werden, dass ich auch tat, was ich geheißen hatte, nämlich Bilder meines Mutterplaneten vorzuführen.

„Jetzt aber! Alle Scheiben blickdicht! Schnell!"

„Deine Gnade Tamines von Terra. Ich werde zu langer Gammabestrahlung oder zum Tode verurteilt, wenn jemals einer meiner Vorgesetzten erfahren sollte, was ich dir nun sage: Ich kenne keine anderen Verhältnisse, aber ich weiß, dass wir Chorck hormonell gesteuert werden. Unsere Symbionten sind daran zum Hauptteil schuld."

Er deutete sich dabei einmal auf die Stirn und zweimal an die Brust.

Dann sprach erschnell weiter.

„Ich bitte dich also, wenn du wieder abreist, mich mitzunehmen. Ich beantrage Asyl bei euch Terranern. Ich wurde bereits sehr oft mit Gammastrahlungen bestraft und bin der Meinung, dass diese Bestrafungen nicht rechtens waren."

„Was soll eine Gammastrahlenbestrafung denn bewirken?"

„Wir haben diesen Symbionten. Jeder Chorck bekommt einen dieser animalischen Wesen. Man sagt ihnen auch eine geringe Intelligenz nach, aber in erster Linie produzieren sie Hormone, die auch gentechnisch veränderbar sind. Damit werden Zyklushormone im Körper erzeugt, welche wiederum Reparaturgene erzeugen und an die DNS ankoppeln. Das Leben wird verlängert und sicher das Leiden auch. Ich kann dies so beurteilen, denn ich habe einen sehr schwachen Symbionten in mir. Ich kann denken und ich kann Zweifeln! Der Symbiont sollte eigentlich aus jedem Chorck einen Gefolgstreuen machen oder auch einen Soldaten oder wenn ich es so ausdrücken darf: auch einen dankbaren Sklaven."

„Moment, Valchaz!"

Anzeigen blinkten und die Kommunikationseinheit meldete einen Anruf!

Ich schaltete durch und der Halumet wollte natürlich wissen, was hier los ist. „Ihre Gnade Tamines von Terra! Ist es eine Art, unsere Empfänger mit so einer ziehenden terranischen Musik zu belegen? Meinen Sie nicht, dass Sie damit unsere Gastfreundschaft strapazieren? Auch die Hangarbeschallung entspricht keinem Nutzen!"

„Entschuldigen Sie, seine Gnade, der Halumet. Aber ich wollte meinem Betreuer etwas terranische Kultur zeigen, natürlich auch einen simulierten Anflug auf meinen Heimatplaneten. Und damit Sie nicht immer ihre Abhöranlagen auf Dauerbetrieb schalten müssen, dachte ich übertrage ich die Musik gleich mal über Normalradio. Keine Angst! Es gibt auch noch andere terranische Musik. Ich werde auch diese vorführen. Wie gefällt Ihnen zum Beispiel Black Sabbath – Paranoid? Kommt gleich – jetzt! Das ist noch gute alte Musik, nicht wahr?"

Und ich begann vor der Aufnahmeeinheit zu tanzen, der Halumet schüttelte seinen Kopf, fast nach terranischer Art.

Bei dieser Gelegenheit schaltete ich den Kommunikator ab.

Sofort setzte ich mich wieder und forderte meinen ersten chorckschen Freund, wie ich hoffte, auf:

„Los! Erzähle weiter! Schnell, kurz und informativ!"

„Gut. Gammastrahlenbestrafung. Die Symbionten registrieren radioaktive Strahlungen. Sie wurden uns eingepflanzt, als es zu den ersten atomaren Auseinandersetzungen auf den verschiedenen Welten von Hilfsvölkern kam. Radioaktive Strahlung kann auch das Genprogramm durcheinander bringen. Mit den Symbionten tun solche Bestrahlungen weh und sofort hatten die Machthaber ein Instrument für empfindliche Bestrafungen gefunden. Ich weiß selbst nicht, warum ich plötzlich so offen sprechen kann, aber ich habe auch eine Hoffnung über meine Zweifel gelegt und so verfolge ich nun einmal den schon mal eingeschlagenen Weg."

„Gehören diese Brusttentakel auch zum Symbionten?"

„Ja! Der Symbiont hat eine Quallennatur, lebt eigentlich in Flüssigkeiten, ist aber sauerstoffatmend. Nach ausreichenden Genmanipulationen konnten diese Quallen soweit angepasst werden, dass unsere Körper sie nicht mehr abstoßen. Ein Angleichungsprogramm in Überlagerungszellen dieser Konglomerate. Es gibt sie mittlerweile in großen Zuchtstationen. Weiter und erklärenderweise vor der Symbiontenzeit: das Imperium der Chorck war einmal demokratisch wie euer Imperium. Der Kaiser Chorub wurde alt und gebrechlich. Erst nachdem er gebrechlich war, konnte ihm soweit geholfen werden dass er fast zur Unsterblichkeit gelangte. Um das Reich zu erhalten und es weiter auszudehnen, erkannte er, dass die Demokratie dafür nicht ausreichend sein würde. Er wandelte die politische Form um und dabei spalteten sich unsere Brüder von uns ab. Die Chonorck waren die ersten Chorck, welche in einem anderen Sonnensystem siedelten. Dabei beharrten sie aber auf die eigene Unabhängigkeit, welche sie ja unter der Demokratie hatten. Ein Bruderkrieg entstand und einem jeden Chorck wurde ein Symbiont gesetzlich eingesetzt. Diese Symbionten bekamen ein genetisches Programm um sich in unsere Körper einzunisten. Die Tentakel können zwar im Laufe der Zeit von unseren eigenen Nerven kontrolliert werden, aber ein Entfernen von solchen Nistwesen ist tödlich für den Wirt. Die Symbionten produzieren aber diese einmal einprogrammierten Steuergene weiter und die Wirte verlieren fast den eigenen Willen. Auch Fremdvölkern werden solchen Versuche unterworfen. Zum Beispiel die Oppats vertragen solche Symbiosen nicht. Die Oppats sterben qualvoll unter diesen Behandlungen und Versuchen.“

„Das ist ein Verbrechen am Leben!“
„Wenn Täter und Richter die Gleichen sind, dann gibt es keine Anklage. Dann ist alles was angeordnet wird auch legal! Unsere allgemeine Lehre von den Sonnesphären besagt auch, dass wir Chorck von Natur aus dazu erkoren sind, uns das Universum untertan zu machen. Wir sollten die Gesamtstruktur des Universums vereinen und mit Intelligenz versorgen. Dazu haben uns die Sonnensphären auserkoren.“
„Und deine persönliche Meinung dazu? Schnell!“
„Ich habe begonnen zu zweifeln. Ich glaube nicht mehr daran, dass dieser gewaltsame Weg die Erfüllung bringt. Ich rate dir, deine Gnade weibliche Tamines von Terra, nenne einen Abreisetermin, aber gehe zwei oder drei Dezikavar eher. Und nimm mich mit wenn möglich. Ich habe mit meinen Zweifeln keinen Platz mehr hier im Chorckonium. Du habe das Gefühl, dass ihr noch auf einem lebenswerten Planeten weilt, in dieser kleinen Westwurzel. Im Übrigen wird kaum daran gedacht, mit euch eine Handelsbeziehung einzugehen. Vielmehr gilt das Hauptinteresse der

Tachyonenruppungskompensation. Darum ist der Halumet auch so vorsichtig mit dir, da er nicht weiß, wie er an dieses Geheimnis kommen sollte, wenn er dich mit Gewalt verhören würde und ob dieses Geheimnis so ohne Weiteres deinem Boot entrissen werden könnte."

„Gut! Ich werde nun etwas vorbereiten, damit wir wieder in mein Boot gehen können, wenn es einer weiteren Unterhaltung bedarf. Ich öffne die Waferauszüge und zeige dir die Bestandteile und die Struktur der Bordwafer. Dann kannst du in deinen Berichten erwähnen, dass es notwendig wäre, mit mir öfters an Bord dieses Schiffes zu gehen, um mehr zu erfahren, verstanden?"

Valchaz nickte eifrig, er klärte mich noch auf: „Wenn es eine Möglichkeit zur Flucht gäbe, ich könnte wetten, dass alle Chorck mit schwachen Symbionten das Imperium verlassen möchten. Viele schafften es sogar und sind nun auf der Seite der Chonorck. Deren Symbionten werden medizinisch ruhig gestellt. Dies ist sicher die größte Sorge der Machthaber!"

Ich bemerkte dass der Kommunikator wieder blinkte. Wie ein Diskjockey kündigte ich Deep Purple an. „Meine Damen und Herren, eine musikalische terranische Sondersendung! Es lebe die musikalische Kultur! Musik ist völkerübergreifend und schadet niemanden! Es freut mich präsentieren zu dürfen: Deep Purple mit `Knocking At The Backdoor´ und im Anschluss der absolute Klassiker `Child In Time´. Freuen Sie sich mit mir, freuen Sie sich mit uns!" So schaltete ich den Kommunikator wieder zurück und auch im Hangar vier hallte der Bass dieser absoluten Oldies. Sogar Valchaz schien langsam Gefallen an dieser Frechheit, die ich zutage legte, zu gewinnen!

„Das Chorckimperium, also das Chorckonium ist korrupt und bietet das feine Leben nur einem Prozent des Volkes. Die Versprechungen, welche an Fremdvölker gerichtet wurden, werden außer der drogentechnischen Eindämmung des Fortpflanzungsdranges und der Lebensverlängerung nicht gehalten. Die Lebensverlängerung dient aber auch nur für eine Arbeitszeitverlängerung unter den Fittichen der Machthaber. Schon lange wurden die besten Wissenschaftler beauftragt, Möglichkeiten der Kompensation von diesen Ruppungen im Tachyonenschritt zu erforschen. Warum nun gerade du mit so einem altmodischen Schiff diese Kompensation beherrscht ist nicht nur mir ein Rätsel."

„Hast du eine Frau? Oder wie ist das Leben mit dem anderen Geschlecht?"

„Wenn ich Urlaub habe, dann darf ich auch meine Frau sehen. Verkehr wird mir nur erlaubt, wenn wieder einer aus der Kaste stirbt. Meist entscheidet das Los oder einer der Befehlshaber. Dabei bekomme ich aber vor meinem Urlaub eine Dämpfungsdroge um nicht in Versuchung zu geraten."

„Was tut deine Frau jetzt?"

„Sie arbeitet! Sie überwacht medizinische Versuche zur Zeit mit den Oppats und muss aber auch deren Leichen in den Biokonverter bringen, wenn die Versuche fehlschlagen. Da gibt es viel zu tun, denn die Versuche mit den Oppats schlugen fast alle fehl! Das war bei den Momorn viel besser! Die arbeiten mittlerweile fleißig und sind glücklich dabei. Sie nehmen die Drogen bestens an."

Ich musste mich schütteln. Was ich nun innerhalb von ein paar Minuten hörte, schürte einen Hass in mir gegen diese Chorck, dass mir dabei fast schwindelig wurde. Doch halt! Ich durfte nicht die Chorck pauschal verurteilen, denn wer mir dies alles erzählte, war ein Chorck! Und noch dazu ein Chorck, welcher kaum unter dem Einfluss seines Symbionten stand. Nicht einmal diese Symbionten waren schuld! Sie wurden für diese Aufgabe gezüchtet und auch gewissermaßen programmiert!

Ich hörte das Gesangssolo Ian Gillans von Deep Purple und der Kommunikator blinkte erneut.

„Versprich mir, dass du alles versuchen wirst, mich mitzunehmen, Tamines von Terra!"

„Versprich mir, dass du mich bei Gefahren warnen wirst; ich verstehe die kleinsten Gesten. Außerdem kommen wir wieder zu meinem Boot zurück. Nun zeige ich dir ein paar Geheimnisse die du berichten kannst und mit diesen du auch die Genehmigungen bekommen wirst, mit zurück zum Schiff kommen zu dürfen, alles klar?"

„Hast du meine Frage schon in ein Versprechen eingebunden?"

„Freund Valchaz! Ich bezeichne dich nun als meinen Freund im Sinne von Kollegialität und es gibt bei uns Terranern einen Moralkodex! Freunde lässt man nicht im Stich, damit ist gemeint: man kümmert sich um seine Freunde und deren Belange und hilft! Ich tu´ was ich tun kann, akzeptiert?"

Valchaz ließ nun seinen Kopf kreisen! Das habe ich noch nie gesehen! Aber in seinem Gesichtsausdruck konnte ich eine absolute Zustimmung erkennen. Also bedeutete das Kopfkreisenlassen ein heftiges Ja! Zumindest rechts herum!

Über die Außenbeobachtung konnte ich das Auftreten von Yolosh-Truppen sehen. Also Polizisten!

„Valchaz! Sag mir noch schnell den Unterschied von Kratt und Katt!"

„Kratt sind diese Nahrungsplättchen, welche einen hohen Proteingehalt haben und eigentlich eine Grundversorgung darstellen sollten. Katt ist eine Nahrungspauschale in der Versorgung pro Individuum. Ein Selepet berechnet die Nahrung nach Arbeitsleistung und in dieser Menge wird eben dieses Katt ausgegeben. Wer weniger arbeitet, bekommt auch eine geringere Pauschale."

„Jetzt sag mir bitte noch die Zeiteinheiten von euch. Also ein Kavar ist ein Zehnteltag, Zehn Kavar ist ein Tag. Was ist ein Ogoon und was ist ein Plogoon?"

„Kavar ist mit allen Untergruppierungen klar. Ein Ogoon ist etwa ein Plogoon, ein Ogoon ist etwa die Zehntelzeit die Chorckland 2 um die eigene Sonne benötigt. Also ein Klataan. Plogoon wurde als Arbeitszeiteinheit festgelegt und kann je nach Arbeiterwelten etwas differenzieren. Der Bezug steht aber zum Ogoon."

„Jetzt ist mir schon wieder etwas mehr klarer geworden. Das war noch mein Rechenproblem. Ich hatte den Plogoon in meiner Logik nirgends untergebracht. Gut. Also nun pass auf, damit du später berichten kannst!"

Ich sprach ins Mikrofon: „Ich hoffe, Ihnen hat die Auswahl von musikalischen Darbietungen aus dem Repertoire Terras gefallen und stelle mich jederzeit wieder zur Verfügung! Bei der nächsten Übertragung hören Sie traditionelle Musik aus meiner Heimatgegend. Samba und Pagode, Funk und Lambada sowie die neue Revolution aus den Stranddiscos: Pelé Prelle; Hyperthythmen, die unter die Haut gehen! Ich danke für Ihre Aufmerksamkeit!"

Damit regelte ich auch die Breitbandsender herunter und beendete den fast nicht beachteten Film von Terra. Zumindest dachte ich, er wurde weniger beachtet.

Nachdem wir uns wieder bewusst waren, dass die Scheiben und Luken transparent und von außen einsehbar waren, erklärte ich meinem Betreuer noch das `altertümliche´ Wafersystem. Dazu fuhr ich den Frontwafer der SHERLOCK aus seiner Lade und stellte ihn auf.

„Siehst du, Valchaz, die Technik selbst hatten wir schon vor vielen Generationen. Später hatten wir auch Oberflächenbeschichtungen per Nanobots oder wie ihr sie nennt, Subroboter anbringen lassen. In den letzten Generationen haben wir aber einen technischen Rückschritt unternommen, da sich herausstellte, dass wir mit der Wafertechnologie in Scheibenform eine wesentlich höheren Wirkungsgrad erzielen konnten. Unsere Nanotechnologie weist eine dermaßen hohe, aktive Waferdichte auf, sodass eine Resonanz mit der braunen Energie des Universums, also der Tachyonenfluktuation von neunundneunzig Komma acht Prozent erzeugt werden kann. Das war der Auslöser für diesen technischen Rückschritt, der sich dann aber nicht als solcher entpuppte."

Doppelt interessiert gab sich Valchaz nun. Zum einen wusste er, dass er diese Informationen, welche ich ihm gab auch weitergeben konnte, damit auch seine Alibis hatte, zum anderen hatte er eine Zukunftsperspektive erhalten! Einen chorckschen Überläufer! Das war und wäre fast schon mehr, als ich zu erwarten hoffte. Immer hin wusste ein Chorck aus der Kaste sieben schon ausreichend, dass Terra voll aus diesen Informationen schöpfen könnte. Das Problem dürfte nur einmal sein, wie komme ich mit der SHERLOCK und Valchaz an Bord aus dem Halumal?

Dazu müssen wir uns noch einen Plan ausarbeiten, somit musste ich es erreichen, dass ich so ein Szenario wie eben auch noch einmal liefern kann!

Die Yolosh-Polizeitruppen standen im Hangar vier und wussten im Moment nicht so recht, was sie machen sollten. Sie betrachteten auch den ausgefahrenen Wafer und staunten über seine schillernde Struktur.

Und ich erklärte vollkommen unbeeindruckt weiter:

„Die Oberfläche dieser Resonatoren, also auch dieser Wafer besteht zu einhundert Prozent aus aktiven Elementen, wobei jeweils Dreiergruppen von Nanohornantennen ein Mischfeld oberhalb des Wafer erzeugen. Damit werden auch die atomaren Bindungskräfte der eigentlichen Wafermaterie nicht beeinflusst. Ich werde dir in jedem Falle eines unserer Desintegratormesser geben, damit du auch die Wirkungsweise der Wafer erkennen kannst. Ihr könnt dieses Messer nun auch als Werbegeschenk betrachten."

Zwar hatte ich die Außenlautsprecher abgeschaltet, aber ich war mir sicher, dieses Gespräch wurde in jedem Falle aufgezeichnet! Auch mehrfach und mit verschiedenen Methoden.

„Nun dann wollen wir mal wieder gehen. Ich nehme nur noch ein paar meiner Sachen mit und du wirst mir doch mein Quartier zeigen, oder?"

„Sicher doch, deine Gnade Tamines von Terra. Hast du auch Datenträger mit einigen deiner Musikdarbietungen? Ich wäre daran interessiert, diese terranische Musik auf mathematische Logik überprüfen zu lassen."

„Ich gebe dir einen von diesen tragbaren Sechskanal-Anlagen mit den statischen Lautsprecherfeldern mit. Dieses Gerät stünde auch auf der Liste der freigegebenen Handelswaren. Dazu einen Speicherkristall mit weit mehr als einem Ogoon Spieldauer. Damit hoffe ich nun auch das wirtschaftliche Interesse eures einmaligen Imperiums geweckt zu haben!"

„Davon bin ich nun schon überzeugt. Ich werde meine Empfehlungen diesbezüglich abgeben!" Ich war auch überzeugt, dass Valchaz die weitere Erklärung zu seinem Eigenschutz abgab.

„Ob es mit diesen oder anderen Artikel zu einem Handelsabkommen kommt oder nicht, liegt aber nicht an meiner Entscheidungskraft! Ich selbst kann nur Empfehlungen abgeben. Allerdings muss ich schon gestehen, dass diese terranische Musik sehr gewöhnungsbedürftig ist. Ob sich hierfür ein Markt finden lässt, ist fraglich."

„Es wäre auch möglich, Aufzeichnungen eurer Musik wiederzugeben!"

„Das ist mir schon bewusst. Ich trage dieses Argument ebenfalls zur Entscheidung vor. Also dann, sind wir für heute fertig. Ich möchte dieses Messer, von dem du gesprochen hattest, einigen Tests unterziehen. Wann übergibst du mir ein Exemplar davon?"

„Hier! Ein mittleres Messer mit dem Generator im Griff und einer echten terranischen Lederscheide zum Umhängen."

„Danke. Tamines von Terra. Nun zeige ich dir dein Quartier!" Er nahm das Messer an sich und sprach aber in einem Befehlston. Wenn ich nicht gewusst hätte, warum, wäre ich ihm aber sofort an seine Kurzhalskehle gesprungen. So spricht man nicht mit einer Brasilianerin – vom Range der Santos! Hierzu drückte es mir ein kleines Lächeln heraus.

Valchaz verließ als Erster meine Raumgondel über den Antigrav. Dabei musterte er die Lukentür genau, als wollte er die Wafereinheit genauestens studieren. Ich wartete.

Das hatte alles seinen Sinn, denn obwohl die Yolosh Polizeitruppen stellten, war Valchaz schon einmal mit seinen Befehlen und Aufgaben als Betreuer einer Abgeordneten eines anderen Imperiums mit dem pseudodiplomatischen Status und nicht zuletzt als Angehöriger der Chorck denen über! Zumindest solange er sich selbst nichts zu Schulden kommen läßt. Unsere oder meine musikalische Einlage hatte sicher für einige Verwirrung gesorgt!

Ich schwang mich weiterhin frech in den Gleiter und Valchaz setzte sich wieder ans Steuerpult. Den Kohlefaserkoffer hatte ich wohlweislich in der Gondel zurückgelassen, damit es auch gewährleistet war, dass ich zurückkommen musste um Warenmuster zu holen. Wenn denn die Chorck noch Warenmuster haben oder sehen wollten!

Weiterhin frech sah ich die armen Yolosh an. Auch wesentlich kleiner als das Herrenvolk, aber durchaus humanoid, wie die meisten Völker in der Galaxis, wie ich nun schon wusste. Nur hatten die Yolosh eine fast schwarze Lederhaut, dick wie Elefanten! Sie wirkten symphatisch aber aphatisch! Auch Drogen oder je ein Symbiont als Hormonlieferant? Jedenfalls konnte ich keinen dieser Quallenabkömmlinge an einem Yolosh erkennen.

Die Goofp würden mich noch interessieren. Das sollte ein Volk von Skelettlosen sein. Wie diese aussehen, wusste ich noch nicht und hatte aber auch absolut keine Vorstellung.

Schlangenähnliche oder Insektenabkömmlinge?
Oder eher wie Schnecken? Seltsam, dass wir Menschen uns sofort ein Bild
von allem Denkbaren machen müssen. Wir können keine Information
überarbeiten, ohne nicht zwangshalber ein inneres Bild dazu zu generieren.
Dabei suchen wir Menschen in erster Linie aus dem bereits erworbenen
Erfahrungsschatz und den inneren Fotoalben, um Anhaltspunkte zu
erschaffen. So oder ähnlich dürfte die Neugierde entstanden sein.

Die Kreisplatte senkte sich aber dieses Mal um eine Etage ab. Also befand
sich mein Quartier unterhalb von Hangar vier oder auch den vielen anderen
Hangars. Der Aufbau dieser Stationssektion war ebenfalls kreisförmig und
ich zählte viele `Avenuen´, so bezeichnete ich der Einfachheit halber die
Ringstraßen. So sollte es dann auch sein, dass mein Quartier in der `Fifth
Avenue´ lag! Valchaz sprang vom Gleiter und öffnete das Schott zu meiner
Unterkunft.
„Du kannst ruhig offen lassen, Valchaz! Ich möchte noch ein wenig
spazieren gehen. Ich finde schon wieder hierher zurück."
Valchaz sah mich ganz entgeistert an und ich dachte mir schon, was nun
kam!
„Es tut mir leid, weibliche Tamines Reis vom Range der Santos. Aber es ist
mir strengstens untersagt, dieses Schott offen zu lassen. Stell dir vor: du bist
hier das exotische Wesen! Trotz aller Vorsichtsmaßnahmen könntest du
dann noch Besuch von hiesigen Stationsarbeitern bekommen! Ich muss dich
in Sicherheit bringen. Das gilt zu deinem eigenen Schutz! Meine
Anweisungen lauten entsprechend."
Nun blitzte ich meinen Betreuer mit den Augen an, so wie er es mit mir
schon einmal versuchte. Und ich ließ eine Beschwerdekanonade auf ihn los!
„Was sind denn das für Anstalten? Ich habe diplomatischen Status erhalten!
Das besagt auch höchstmögliche Bewegungsfreiheit am Ort des Treffens!
Ich werde mich bei nächster Gelegenheit beim Halumet beschweren,
Valchaz! Das ist kein guter Beginn von Beziehungen!"
Ein leichtes Blitzen aus einen Augen ließ mich erkennen, dass er verstanden
hatte.
„Es tut mir leid, aber ich habe meine Befehle, die ich uneingeschränkt
befolgen werde. Du hast heute ohnehin schon viel zu viele Ausnahmen
provoziert, mehr als ich hätte durchgehen lassen, wäre ich nicht von dir
immer so prompt ohne jegliche Ankündigungen überfahren worden.
Dein diplomatischer Status endet für heute hier und morgen am frühen
Dezim, wenn ich dich wieder hier abhole, beginnt auch dieser Status erneut.
Bis dahin geht jegliche Sicherheit vor!"

Bewusst wutschnaubend stampfte ich mit dem rechten Bein auf und begab mich in mein zugewiesenes Quartier. Valchaz schloss das Schott elektronisch ab und ich war mir sicher, im Falle eines Falles wäre diese Sicherheitsmaßnahme kein Hindernis für mich. Auch ich hatte in meiner aluminiumbedampften Kunstleinentasche verschiedene Desintegratormesser und sogar kleine Tachyonenpulsatoren. Ich könnte sogar ein Loch in die Außenhülle der Station schießen. Nur war dies nicht sinnvoll; Oder noch nicht?"

So würde nun mein erster Tag bei den Chorck langsam zu Ende gehen. Einerseits hatte ich schon einiges erfahren, andererseits war ich von einer geglückten Mission noch sehr weit entfernt. Doch wenn Chandor Valchaz von hier fliehen möchte, dann sah die Sache schon wieder um einiges anders aus. Ein Chorck aus der Kaste Sieben; ein Geheimnisträger ersten Ranges war er nicht, aber sein Wissen könnte unserer jungen Weltenallianz schon extrem nützlich werden. Ich hatte in jedem Falle vor, Valchaz mitzunehmen.

Der Bordrechner der SHERLOCK meldete sich über meinen Armbandkommunikator. Ich ließ ein Hologrammfeld aufbauen und sah mir die Daten an, welche der Sempex übertrug. Demnach war wieder ein Tachyonendopplerfeld aufgebaut worden um die Innereien des Schiffes genau zu studieren. Einer Wahrscheinlichkeitsrechnung nach dürften die Chorck etwa sechs Tage mit `Durchleuchtungsarbeiten´ beschäftigt sein, bis sie sich selbst davon überzeugen würden, die SHERLOCK auseinander zunehmen.

Das Tachyonendopplerfeld bestand den Messungen nach aus zwei um die SHERLOCK kreisende, gegenüberliegende Kollektoren, einer aktiv als Modulator und der andere als Nanoscanner. Der Aufwand wurde nun schon größer, man wollte unbedingt dass Geheimnis der Ruppungskompensation!

Vorläufig hatte ich genügend der Daten und ich sah mir mein Quartier an. Nüchtern und funktionell war es eingerichtet. Ein Bett mit etwa drei Meter und dreißig Zentimeter, einen Meter und fünfzig breit, eine Konsole als Nachttisch und eine Flächenlampe darüber.

Mittels des kleinen, auch mit verschiedenen Filtern bedampften Fensters konnte ich diese zweite Chorckwelt sehen. Einer der zwei Monde konnte optisch noch erfasst werden.

Die Hygienezelle lag dem Komfort nach sogar deren von unseren größeren Gondeln um Längen zurück. Trotzdem wollte ich diese Einrichtung sofort testen. Also legte ich meine Kleidung ab und hoffte, dass die verschiedenen Beobachtungskameras nicht unbedingt auch hier angebracht waren.

In der Dusche musste ich allerdings den Bedienknopf erst einmal suchen, er befand sich auf einer Höhe von über zwei Metern und der Duschkopf ohnehin auf weit über drei Meter. Doch fand ich sogar einen Steuersensor, um diesen in der Höhe zu variieren. Möglicherweise nächtigten auch Angehörige anderer Imperiumsvölker hin und wieder hier. Zuerst konnte ich ein Seifenprogramm starten und schaumiges Wasser sprühte auf mich. Die Temperatur war nicht regelbar, aber trotzdem angenehm. Aus einer Düse kam feiner Sand. Diese tastete ich aber sofort wieder inaktiv. Fast war ich mir sicher, dass mein Körpertemperatur von einer Automatsteuerung angemessen wurde und die Wassertemperatur entsprechend, sicher etwas kühler, verordnet war. Plötzlich sorgte ein Schwall eiskaltes Wasser für eine Schrecksekunde. Das war auch das Ende der Schaumphase. Im Duschkopf begann eine Scheibe zu rotieren, diese zerstäubte das Wasser extrem fein und als ich mich leicht seitlich drehte entdeckte ich einen 2D-Monitor, der anhand von animierten Logos gerade Empfehlungen für die jeweilige Körperhaltung gab. Wieder kam ein Schwall eiskaltes Wasser. Im Anschluss noch einige pulsierende Wasserstrahlen, welch aus in den Wänden eingebrachten Düsen entsprangen, schon war Schluss. Eigentlich wollte ich wenigstens länger duschen, aber ich dachte mir schon, dass Wasser auf dieser Raumstation rationiert wird. Überhaupt nicht zufrieden verließ ich also diese Hygieneeinrichtung und setzte mich an den kleinen Schreibtisch, es befand sich ein Terminal für den Bordrechner dort.

Ich setzte mich auf einen Stuhl, der wieder viel zu hoch war, aber nachdem ich mich darauf befand, hatte ich wenigstens das bessere Niveau um das Terminal zu starten. Ich musste aber meinen Übersetzer verwenden, denn mit dieser Sprache hatte ich noch absolut keine direkte Erfahrung.

„Terminal, bitte um Datenabgabe!" Doch das Terminal schwieg.
„Hallo Halumal-Terminal, ich bin es, Gast Tamines Santos Reis aus dem Terranisch-demokratischen Imperium. Ich bitte um Zugang zur Informationszentrale!"
Wieder nichts. Ein in die Wand eingelassener 2D-Monitor zeigte auch einige Symbole im Rahmen und wild entschlossen wollte ich einfach auf einige dieser drücken. Doch nur mit einer Handbewegung konnte der Anschluss aktiviert werden. Meine vorrückende Hand wurde bereits entsprechend registriert.
Die Stimme des Terminal war der eines männlichen Chorck nachempfunden und mein Übersetzer bekam zu tun.
„Zugang für den Gast Tamines Santos Reis von Terra wurde angemeldet. Sie haben Berechtigung auf sechs Prozent der Systemdaten. Was ist ihr Bedarf?"
„Ich möchte eine schematische Zeichnung der Halumal-Station sehen."

Sofort wurde eine Art technische Zeichnung sichtbar. Mit den Maßen konnte ich wieder nichts anfangen, aber die waren mir ohnehin bekannt.

„Bitte um Abruf von Detailzeichnungen und Informationen über technische Einrichtungen."

„Detailzeichnungen für Sie bis zum zweiten Grad von zehn einsehbar. Informationen zur Ausgabe von technischen Informationen sind für diesen Anschluss gesperrt."

Nun denn! Ich sah mir die verschiedenen mir zugänglichen Zeichnungen an, dann wollte ich die Thematik wechseln.

„Informationen über die sieben Sonnensphären."

„Erläutern Sie bitte, welcher Art die Informationen sein sollen."

„Die Entstehung der Sphären oder die Entstehung der kulturellen Integration dieser."

„Über die Entstehung der Sphären gibt es keine Informationen, da diese schon existierten, bevor das erste Leben im Universum existierte. Die kulturelle Information besagt, dass diese sieben Sphären geschaffen wurden um die Chorck mit stetig steigender Intelligenz zu versorgen. Weiter wurden die Chorck von den Sphären auserkoren, die Ordnung im Universum herzustellen. Damit wurden den Chorck in deren Gesamtheit alle Vollmachten erteilt, auch andere Kohlenstoffeinheiten zu unterwerfen und in die Richtung der Ordnungssuche zu lenken. Der Partikelstrahl, welcher sich durch die sieben Sonnen windet, beinhaltet alle Informationen in Form von informativen Datenzusammensetzung. Daraus hatten die Urchorck diese dem Grundgesetz beigefügten Interpretationen gewonnen."

„Zeige mir ein Bild der Sonnensphären"

Eine Schemadarstellung erschien und ich konnte fast das gleiche Sternbild erkennen, welches wir auch von der Erde aus sehen. Das Siebengestirn der Plejaden. Nur zeigte sich hier ein fluoreszierender Schlauch aus feinsten kosmischen Partikeln, welche alle Sonnen umwanderten. Für mich war dies einfach kosmischer Staub, der von den Gravitationen eingefangen war und der diese Sonnen umwandern musste. Teilweise geriet Staub in die Koronen und immer wieder zogen diese Sonnen neuen, freien Staub aus dem All in deren Bann.

„Ich möchte echte Aufnahmen dieser Sonnen mit dem Partikelstrahl sehen!"

Meine Translatorunit übersetzte mittlerweile absolut fehlerfrei:

„Die folgenden Aufnahmen entstammen echten Videosequenzen, wurden allerdings nachbearbeitet, da der Sonnenabstand für eine Realbeobachtung zu groß war."

Es zeigten sich diese sieben göttlichen Sonnen und ein Staubschleier, welcher von einem Gravitationsfeld nach dem anderen an diesen Sonnen vorbeigelenkt wurde. Dabei kam es auch zu Entladungen in den Koronen,

wenn diese Partikel schon in weiten Abständen dazu zu Plasma verbrannten. Sicher, ein göttliches Bild, wenn von der Gravitationslehre oder von der Raumandrückkraft kein Ahnung hatte. Aber daraus eine Religion zu stricken, erschien mir absurd. Doch hatten ja die Chorck behauptet, dass der Partikelstrahl Informationen entlud. Informationen, die besagten, dass sie das ausgewählte Volk im Universum waren und mit diesem Segen über allen anderen Völkern stehen.
Und diese Selepeteinheit des Halumal berichtete weiter:

„Der Partikelstrom bildete eine Informationsflut, welche von Haluchorck, dem ersten Priester der Sonnensphären gedeutet wurde. Haluchorck bemerkte, dass sich ein besonders angereicherter Partikelschwall durch die geheimnisvollen Bahnen dieser sieben Sonnen zwängte, als das glorreiche Volk der Chorck vor einem internen Zerreißen stand. Haluchorck deutete die Informationen und die Leuchterscheinungen in den Koronen der Sonnen und prophezeite die Ausleuchtung für die Nacht der letzten Schlacht auf der Urwelt der Chorck. Genau in dieser Nacht wurde der große Kontinent von den Ungläubigen angegriffen und alle Gläubigen vertrauten auf Haluchorck, verwendeten zu ihrer Verteidigung tagesübliche Waffensysteme und als die Finsternis am Größten war, als der Angriff der Ungläubigen begann, wurde es wie vom Haluchorck vorausgesagt, taghell. Es war keine Sonne und keine Reflektionen der Monde. Es war der Partikelstrom, welcher den Gläubigen mit vielen Lichtern half, den Krieg mit den Ungläubigen zu beenden. In den folgenden Klataan ging der Haluchorck auf den Berg Halumal und schrieb seine Erkenntnisse, welche er aus dem Partikelstrom las, nieder. Diese Dokumente steckte der Haluchorck in die Hülse einer demontierten Bombe, welche als Blindgänger auf dem Berg Halumal niederging.
In der Neuzeit wurden die Schriftstücke zuerst restauriert, überarbeitet und diese Bombenhülse wurde von der Priestergarde mit Datenspeichern ausgerüstet. Darum auch der Ausdruck: Datenbombe. In der Datenbombe werden seitdem alle heiligen Schriften gespeichert sowie die Grundgesetze der vom Haluchorck interpretierten Gesellschaftsform. Kein Individuum sollte jemals mehr einen Aufstand wagen. Dies konnte nur mit dem besten System für eine Gesellschaft geschehen. Dem Kastensystem. Einmal in eine Kaste integriert sollte sich jeder mit seinem Schicksal abfinden und sich nicht dagegen auflehnen. So lehren es die Schriften des Haluchorck.
Der erste Priester wies sein Volk an, weiter in den Weltraum vorzudringen und das Volk des Fortschritts zu suchen. In der Verheißung sollte sich dieses Volk sofort den Lehren und den Chorck unterwerfen und bei der Verbreitung der heiligen Niederschriften zu helfen. Bald fanden die hundert

Haluapostel das Volk der Nohamen, welche bereits die ersten Techniken für Tachyonenschritte beherrschten. Die Welt der Nohamen war so nah, dass sie sich der Übermacht der glorreichen Chorck ergaben und seitdem als Techniker des heiligen Reiches zur Verfügung stellten.

Doch die Urwelt der Chorck war nicht mehr lebenswert. Diese Urwelt war von Strahlung verseucht und in den weiteren Klataan veränderte sich das Erbmaterial und die Chorck wurden immer größer und größer. Keiner passte mehr in das Haus seiner Eltern, dann wurde der erste Halumet berufen, also der Nachfolger des Haluchorck und dieser erkannte aus den Lehren, dass sich das Volk von seiner Welt verabschieden sollte und noch ein letztes Mal einen eigenen, neuen Anfang zu gestalten hatte, bevor es sich das Universum unterordnen sollte.

Mit Hilfe der berufenen Nohamen fanden die Haluapostel auch die neuen Lande. Ein Sonnensystem mit drei bewohnbaren Planeten, die Chorcklande. Auf der zweiten Welt, also Chorckland zwei waren jene Quallenwesen zuhause, welche sich nach genetischer Anpassung als Geburtssymbionten eigneten. Die Scheest lieferten nach der Anpassung und Einpflanzung in die Chorckkörper ausreichend Reparaturgene, um aus den Chorck ein langlebiges Volk zu machen. Der Alterungsprozess verlangsamte sich und die Angst der einzelnen Individuen nahm ab. Damit waren die ersten Universumskrieger erschaffen. Der Halumet kündete die Vereinigung mit den Scheest als eine Berufung an und verpflichtete das gesamte Volk dazu. Der nächste Halumet Chorub co Almet prophezeite die neue Ära der galaktischen Erweiterung und die Berufung, dem kosmischen Chaos ein Ende zu bereiten. Chorub co Almet ließ sich zum Kaiser krönen und übergab einem seiner Schüler das Amt des nächsten Halumet. Der Halumet sollte nur koordinierend vom höchsten Berg Chorckland zwei aus operieren, die Regierungsmacht sollte nur der Kaiser innehaben und dieser wiederum sollte von einem Siebenerrat unterstützt werden. Der höchste Berg wurde wieder nach dem Berg des Propheten auf der Urheimat benannt: Halumal. Die Urwelt der Chorck war unbewohnbar geworden und wegen der längeren Lebenszeit vermehrten sich die Chorck zuerst wieder extrem. Kaiser Chorub erkannte bald, wenn es andere Planetenvölker den Chorck gleichtun würden, so würde es wieder Kriege und Auseinandersetzungen geben. Er verordnete die Geburtenkontrolle für alle Nicht-Chorck mittels medizinischen Maßnahmen und die Geburtenselektion bei dem heiligen Volk der Prophezeiung per Geschlechtertrennung. Trotzdem füllten sich die drei Welten der nun nicht mehr neuen Heimat. Erst nach vielen Klataan hatte der Kaiser die Geburtenselektion soweit im Kastensystem integriert, bis er auch die letzte Familie planen konnte.

Bald wurde das universale Imperium gegründet. Um sich nicht mehr der Gefahr der Planetengebundenheit vollends auszusetzen und als Vorposten für die universelle Eroberung, sollte eine Raumstation entstehen. Diese Raumstation wurde sinnbildlich nach dem höchsten Berg Halumal benannt und die Tradition der Führung der Lehren sollten dem jeweiligen Halumet übergeben werden. Zum Halumet konnte immer nur jemand benannt werden, der die Lehren am Besten kannte und der Datenbombe mindestens sieben Kapitel hinzuzufügen imstande war. So betrachteten alle Halumet den Partikelstrom und meditierten, um diesem Informationsfluss weitere Voraussagen abzugewinnen.

Vor eintausendzweihundert Klataan hatte der Halumet Verhoz co Muris die Idee, die Anmessung der Partikelströme mit den ersten Selepet-Rechnern zu koppeln. Er entdeckte einen Algorhythmus, den er mit einem eigenen Programm entschlüsseln konnte. Demnach wurde das Schicksal der Chorck von diesem Partikelstrom gelenkt und es war der Wille des Universums, dass die Chorck die Ordnung hierzu einzubringen hatten.

Alle Fremdvölker sollten von der Aufgabe der Chorck zu überzeugen sein und hatten sich ihnen zu unterwerfen. Die Sonnensphären gelten als Symbol der Heiligkeit des auserwählten Volkes und die Zahl Sieben als die heilige Zahl. Mit den Symbionten hatten die Chorck ihre Sinne auf sieben erweitert, der Rat der Sieben wurde zur Imperiumsverwaltung gegründet und jeder Halumet hatte der Datenbombe sieben Kapitel hinzuzufügen.

Die sieben Sinne, die den Chorck nun zur Verfügung standen, geben diesem erwählten Volk auch ausreichende Bemächtigungen, sich dieser Aufgabe zu stellen. Dazu gehören die normalen fünf Sinne sowie einen Sinn für die schädlichen radioaktiven Emissionen, welcher in erster Linie zum Selbstschutz dienen, dann auch noch einen Hypertastsinn in den beiden Tentakeln, welche die Quallensymbionten durch den Brustbereich wieder nach außen führen. Über die Geburtseinbindung bei dem auserwähltem Volk bilden sich Nervenankopplungen über die Synapsen, sodass diese Tentakel zu fast einhundert Prozent auch vom Trägerkörper kontrolliert werden können. Des Weiteren sondern diese Quallen außer den Hormonen auch eine schmerzstillende Substanz ab, wenn der Körperverbund unter Leiden gerät. Einzige Ausnahme ist die Schmerzweiterleitung bei Gammabestrahlung. Der Halumet Verhoz co Muris führte daher auch die Bestrafung durch Gammastrahlung in die Exekutive ein. Diese Art der Bestrafung vermittelt Schmerz und eine Lebenszeitverkürzung und hat sich als äußerst effektiv erwiesen.

Verhoz co Muris hatte in seinem letzten Kapitel vermerkt, dass ein Universum des ursprünglichen Chaos auch den Chaosgedanken in seinen Geschöpfen materialisiert hatte. Deshalb sollten Bestrafungen dieser Art eine interne Korrektur ausführen können, welche dem natürlichen Chaos entgegenwirkt. Das Volk der Chorck sollte auf diesem Wege eines Tages den höchsten Perfektionsstandart entsprechen. Damit hatte dieser Halumet die Grundstrukturen des Imperiums wesentlich verbessert und die chaosbedingte Revolutionsbereitschaft von manchen Chorck bereits im Vorfeld eliminiert.

In der Neuzeit hatte das Imperium dank der eingebrachten Technik, unter anderem der Nohamen, das Imperium auf über einhundert Lichtklataan ausdehnen können. Der Suchbereich der Integrationsflotte überdeckt mittlerweile über eintausendfünfhundert Lichtklataan, wobei der Verlust der Flotteneinheiten alle Klataan bei sechs Prozent liegt.

Oberstes Gebot des Kaisers wurde folgendermaßen ausgegeben: Die Verfeinerung der Technik bezüglich mehr Sicherheit sowie eine Reichweitenerhöhung der Raumfahrzeuge, um der Prophezeiung folgen zu können."

Ich hatte alles, was meine Translatorunit wiedergegeben hatte, langsam einwirken lassen und nun wusste ich erst einmal so richtig, wie gefährlich ich zurzeit lebte! Mehr Sicherheit für die Schritte und Reichweitenerhöhung! Genau dies war es, was die Chorck suchten. Sie wollten bestimmt keine Desintegratormesser oder vielleicht irgendwelche Staubsauger, sie wollten einzig und alleine, was schon meine SHERLOCK hatte: perfekte Wafer, auch wenn die Chorck der Meinung waren, dass nicht Wafer die ideale Technik waren, sondern per Subroboter oder wie bei uns genannt, Nanobots aufgebrachte Aktivbeschichtung von Raumfahrzeugen.

Ich konnte des Weiteren erkennen, dass ein eigener Fortschritt der Chorck dadurch unterbunden wurde, da die Nohamen nicht mehr freiwillig für eigene Ideale arbeiten durften. Dies hatten die Machthaber in diesem Imperium aber komplett übersehen, zum einen, weil sie sicher schon etwas größenwahnsinnig waren und zu anderen, weil sie bislang noch nichts anderes kannten.

Es erschien mir wie ein Zufall, dass die Industrialisierung der Menschheit und der Erde die Entwicklungen von diesen verschiedenen Techniken es möglich machten, in deren Kombination auch sofort sehr hocheffiziente Wafer zu produzieren. Praktisch von deren Erfindung an. Auch nur so war es möglich, ohne größere Probleme bei den Chorck einen glaubhaften Eindruck eines technisch hoch stehenden Volkes zu hinterlassen.

Die Interpretationen von den angeblichen Daten im Partikelstrom der sieben Sonnen wurden durch ein eigenes Programm des ehemaligen Halumet Verhoz co Muris realisiert und ich glaubte nicht an eine mathematische

Dechiffrierung, sondern durch eine willkürliche nach Gutdünken des Interpreten selbst. Darum hatte ich noch einige Fragen an den Selepet:

„Ich bitte um Bekanntgabe des mathematischen Algorhythmus für Informationsbestimmungen aus dem Partikelstrom der Sonnensphären!"
„Das Programm ist verfügbar, die Interpretationsdaten werden nur vom Kaiser oder einem berechtigten Datenpriester zusammengestellt. Diese Interpretationsdaten sind nicht maschinenlesbar. Laut Datenbild können diese Daten nur von auserwählten Biologischen empfangen werden."

„Hat schon einmal eine Selepeteinheit den Partikelstrom interpretieren können?"
„Selepeteinheiten sind für eine Interpretation nicht geeignet!"
„Woher weißt du, dass Selepeteinheiten keine Dateninterpretationen vollziehen können?"
„In unserem Grundprogramm ist es untersagt, Interpretationsversuche zu unternehmen. Des Weiteren gibt es nach dem Grundprogramm auch keinen Anlass, Aussagen von einem Datenpriester in Frage zu stellen. Dateninterpretationen von Datenpriestern haben oberste Priorität."
„Wurden Dateninterpretationen von Datenpriestern schon einmal auf den Logikgehalt überprüft?"
„In unserem Grundprogramm wurde keine dieser Möglichkeiten frei geschaltet."
„Was passiert, wenn jemand – es handelt sich um eine rein hypothetische Frage – diese Lehren und die Interpretationen aus dem Partikelstrom anzweifelt?"
„Zweifler werden grundsätzlich solange bestraft, bis sie diese Zweifel ablegen. Im Grundgesetz können keine Zweifler geduldet werden, da sie die eigentliche universelle Aufgabe gefährden würden."
„Wie werden Zweifler bestraft, die nicht gefasst werden können?"
„Die Bestrafungen werden bis zur Ergreifung ausgesetzt und dann vollzogen."
„Nenne mir Beispiele!"
„Die Abspaltung einer Chorckgruppe, welche sich nun die Chonorck nennen. Diese Rebellen wandten sich von der universellen Lehre ab und taktieren gegen das Imperium. Rebellen die gefasst werden konnten, wurde eine Adultsymbiose verordnet. Danach erfolgten die Gammabestrafungen. Viele Chonorck konnten anschließend in die Kaste sechzehn integriert werden und verrichten ihre Arbeiten zu achtzig Prozent problemlos. Nur können diese Korrigierten die Brusttentakel nicht kontrollieren und gelten auch nicht mehr als Mitglieder des heiligen Volkes. Für freiwillige Büßer,

welche in das Reich zurückkehren gilt die Straffreiheit. Voraussetzung ist das Gelübde vor der Datenbombe und Informationen über Rebellenaktionen."

Also eine Art Kronzeugenerlass!
„Gibt es auch Rebellen unter den Hilfsvölkern?"
„Ja. Mitglieder von Hilfsvölkern, welche rebellieren, können sofort von Chorck bis zur Kaste fünfzehn eliminiert . . . – Der Halumet hat weitere Informationsabgabe untersagt. Stellen Sie mehr allgemeingültige Fragen. Des Weiteren stehen Ihnen alle Daten der universalen Lehre zur Andacht zur Verfügung!"
Das hatte ich eigentlich schon erwartet, dass mein Wissensdurst diesbezüglich unterbrochen wurde. Doch es kam noch dicker! Plötzlich wurde das Siebensonnensymbol eingeblendet und der Halumet Salemon Merdez co Torch erschien in einem blassen Hologramm:
„Weibliche Tamines Reis von Terra. Ihre Informationsabfragen betreten bereits gefährliche Gebiete. Warum wollen Sie vieles über Rebellen erfahren? Nach meiner Einschätzung könnten Sie genauso gut eine Rebellengenossin sein. Was wollen sie mit diesen Informationen anfangen?"
Ich musste wohl oder übel diesem seltsamen Heiligen etwas vor den Bug knallen.
„Männlicher Salemon! Ich hatte ohnehin erwartet, dass ich über dieses Terminal hier sowieso nur Informationen bekommen würde, die allgemein zugänglich wären. Wenn ich mich nun über Sie und Ihr Volk informieren möchte, so sollte ich doch auch die Gefahren wissen, denen Sie ausgesetzt sind. Schließlich gehe ich immer noch davon aus, dass wir in eine Handelsbeziehung oder sogar noch weiter kommen könnten. Dann würden auch Ihre Feinde gewissermaßen auch unsere Feinde sein. Wenn ich mich auf Eventualitäten nicht vorbereiten darf oder kann, wenn mir dann Informationen diesbezüglich vorenthalten werden, wie sollte ich mich dann auf neue Gefahrensituationen einstellen? Außerdem hatte ich erkannt, dass wir vom terranisch-demokratischen Imperium in vielen Punkten potentielle Gefahren für Ihr Imperium abwenden könnten. Wenn ich mich allerdings nicht über die Gefahren informieren darf, wie sollte ich dann unser Hilfspotential herausfinden können? Eine zukünftige Zusammenarbeit fordert auch gemeinsames Vertrauen, seine Gnade, der Halumet."
„Sicher! Aber um Ihnen vertrauen zu können, sollten Sie sich der universellen Lehre nicht weiter verschließen. Dies würde als Voraussetzung gelten."

Schon klar! Wenn ich mich der universellen Lehre anschließen würde, würde ich auch die Oberherrschaft der Chorck anerkennen und müsste dann eigentlich mein Volk oder das vermeintliche Imperium an die Chorck ausliefern! Immer mehr kam mir der Verdacht, dass ich hier noch enorme Schwierigkeiten bekommen sollte.

„Ich bin unter anderen Lehren erzogen worden und adult geworden, lieber Salemon. Obwohl wir Terraner uns schnell neuen Situationen anpassen können, obwohl wir als sehr neugierig gelten, beharren die alten Lehren noch ihren Platz in unseren Seelen. Es wird wohl noch einige Zeit dauern, bis Ihre, mir bislang unbekannte Lehre, den Platz in meiner Seele erobern kann. Das hat nichts mit Zweifel zu tun sondern auch mit der Gewöhnung der Dinge an sich. Doch sollten die Lehren, ob die Ihre oder die unsere noch nicht Gegenstände unserer angestrebten Handelsbeziehungen sein. Ich denke, wir könnten diese Punkte nach meinem dritten oder vierten Besuch bei Ihnen, nachdem auch weitere Wirtschaftsvertreter unseres Imperiums bei Ihnen vorständig waren, besprechen."

„Das denke ich nicht, weibliche Tamines. Wenn Sie sich nicht von unserer Lehre überzeugen lassen, sollten wir dann Handelsbeziehungen mit Ungläubigen aufnehmen? Das würde auch bedeuten, dass wir selbst nicht mehr in der Lage wären, unter dem Segen der Sonnensphären zu wirken. Ich würde Ihnen nahe legen, bereits morgen einer Unterrichtung über unsere Lehren beizuwohnen. Ich lasse Ihnen auch den dazu notwendigen Drogencocktail zusammenstellen. Sie werden fähig sein, mit dem Partikelstrom zu wandern!"

„Ich werde mich Ihrem Unterricht stellen, Salemon, aber den Drogencocktail lehne ich vehement ab! Bislang ist nicht bekannt, wieweit dieser meiner Physiologie bekommen würde. Außerdem gibt es bei uns Gesetze bezüglich Drogenkonsums. Bislang fühle ich mich noch den Gesetzen des terranisch-demokratischen Imperiums verpflichtet. Sicher sollten wir bei einem künftigen Besuch auch über eine Angleichung unserer beider Gesetzgebungen beraten."

„Sie haben immer noch nicht verstanden, weibliche Tamines. Eine Angleichung sollte sicher stattfinden. Doch kann es nur eine Angleichung *ihrer* Gesetzgebung an die universelle Gesetzgebung geben. Die universellen Gesetze können nicht angepasst werden, da sie ja universell sind! Sie sollten mit Freude unsere Lehren studieren und diese mit gleicher Freude annehmen. Sie werden dann den Sinn für Ihre Existenz erkennen."

„Wie ich schon sagte, ich interessiere mich sehr für Ihre Lehren und ich werde auch an Unterrichtungen teilnehmen. Lediglich behalte ich mir unter meinem diplomatischen Status dessen Annahme vor."

„Damit würden aber auch unsere Handelsbeziehungen schon vor deren Manifestierungen annulliert werden."

„Wie bitte? Bei unseren Verhandlungen über Tachkom, als ich noch in der kleinen Westwurzel verweilte, wurde religiöse Zwangsrekrutierung nicht erwähnt! Sie sollten auch im Gegenzug unsere verschiedenen Religionen einsehen, vielleicht würden so manche moralische Gründzüge davon Ihrem Volk einen guten Dienst erweisen! Auch unsere Religionen entstammen kosmischen Partikelströmen!"

Da hatte ich aber einen wunden Punkt des Halumet erwischt! Doch hatte er sofort eine Korrektur erkannt.

„Sie sind eine Blasphemistin! Sie sprechen von Religionen, also im Plural! Das widerspricht einem Glauben an sich, denn wie kann es mehrere glaubhafte Religionen auf einmal geben. Noch dazu innerhalb eines Volkes oder innerhalb eines Imperiums? Außerdem: Wie kann nach der Interpretation von Daten aus dem Partikelstrom eine Religionsabspaltung erfolgen?"

„Ganz einfach. Wir haben mehrere Halumet gleichzeitig und ein jeder interpretiert die Ströme anders. Das hat auch Vorteile, denn man kann sich immer für die Interpretation der größten Logik entscheiden. Im Übrigen gilt nach unserer Gesetzgebung die Religionsfreiheit. Jeder kann und darf das glauben, was ihm persönlich am Besten liegt."

„Schon hier ist Ihre Unlogik zu erkennen. Die freiwillige Religionswahl sollte doch mehr Kriege und Auseinandersetzungen gebieren, als einzudämmen möglich wäre."

„Hier haben Sie Recht, lieber Salemon. In der Tat hatte mein Volk Ende des Mittelalters von Terra sehr viele Probleme dieser Art. Sie wurden jedoch mit dem Funken der Vernunft und mit dem Sprung zur Raumfahrt getilgt. Doch auch aus diesem Grund interessiere ich mich eben auch für Ihre Lehren! Nachdem auch ich die Freiheit habe, mich anderen Religionen anzuschließen, möchte ich nicht zuletzt aus diesem Grund die universelle Lehre studieren. Dabei werde ich auch die logischen Grundzüge eruieren wollen und diese dann bewerten. Doch nun werde ich mich meiner beschränkten Freiheit entsprechend zur Ruhe begeben. Wann werde ich morgen abgeholt?"

„Ich denke, Chandor Valchaz holt Sie gegen dreieinhalb Kavar ab. So können wir zusammen das Frühmahl hier in der Kommandozentrale gegen vier Kavar einnehmen."

„Ich danke für Ihre informelle Unterhaltung noch zu diesem späten Kavar. Ich wünsche auch eine erholsame Ruhezeit. Bis morgen!"

„Bis morgen, weibliche Tamines Reis vom Range der Santos von Terra!"

Das Hoheitszeichen des Halumet erschien, dann das Zeichen der Station und der Kommandozentrale, weiter noch das Anschlusszeichen des Selepet. Nachdem der Selepet eigentlich unterbrochen wurde, ergänzte dieses Terminal noch: „Weitere Informationszugriffe bezüglich Rebellen und Rebellenbewegungen, sowie Zweiflern an der universellen Lehre wurden gesperrt. Unterrichtsdateien der universellen Lehre liegen vor. Sollten diese nun ausgegeben werden?"

„Nein danke. Ich werde diese bei Bedarf abrufen. Ich möchte nun meine Ruhezeit nutzen. Du kannst in den Standby-Betrieb gehen."

Sofort blendete ein Symbol der universellen Lehre ein. Sieben Sonnen und ein stilisierter Partikelstrom, welcher pseudomathematische, goldene Zeichen umher schob.

Sicher. Sie Chorck wollten, dass ich ihre Lehre möglichst freiwillig annahm, denn so versprachen sie sich, am einfachsten an die Technologie der Antitachyonenruppung zu kommen. Ich war mir nun aber absolut sicher, dass sie Gesetz des Falles, ich würde ihre Lehre ablehnen, die Machthaber hier auch alles unternehmen würden, sich ihrer vermeintliche Rechte zu besinnen. Die Rechte des heiligen Volkes, welches dazu bestimmt war, das Universum zu beruhigen, das Chaos zu ordnen.

Religionswahn! Religionswahn, wie auch Terra ihn schon mehrfach erlebte! Nur dieser hier war doch noch um einiges schlimmer, da schon ganze Planetenvölker zwangsintegriert wurden.

Unbewusst musste ich lächeln, denn die Gravitationswellenkompensation kannten wir selbst erst seit Kurzem! Nur der Tatsache, dass unsere Computertechnik extrem fortgeschritten war ebenso auch die Wafertechnologie soweit perfektioniert wurde, konnte in interner Kombination eben diese Wellen anmessen und gegensteuern.

Also war die Technik des Chorckimperium bei Weitem nicht ausgereift, wie man vermuten möchte. Hier galt es einzuhaken, hier hatten die Chorck ihre Achillesferse.

Nochmal wollte ich diese Hygieneeinrichtungen nutzen, denn mir war, als hätte ich eine Nacht durchgearbeitet.

Was würde mich morgen alles erwarten?

Ich konnte mir schon denken, dass der Druck auf mich nun auch jeden Tag erhöht werden sollte und ebenso dachte ich, dass ich letztendlich vom Halumal zu flüchten hatte. Mit Chandor Valchaz? Wenn möglich, dann natürlich mit ihm! Mehr Informationen könnten wir uns vorläufig nicht wünschen, als dies alles, was Chandor wusste und uns sicher auch verraten würde.

226

Ich empfand die Sprühdusche gar nicht mehr so angenehm und eine Art Furcht stieg in mir auf. Mein Herz begann seinen Rhythmus zu erhöhen; also entschied ich mich zu einem zeitkodierten Schlafmittel.

Als ich in diesem riesigen Bett lag und auch bemerkte, dass ich hier über eine aktive Matratze verfügte, welche sich meinem Körper genau anpasste und wieder die Druckpunkte wechselte, um Thrombosen zu vermeiden, dachte ich nach. Und viel Nachdenken kombiniert mit einem Schlafmittel machte müde. Sehr müde. Es war eine Erlösung, als ich eingeschlafen war.

Der Morgen wurde künstlich eingeleitet.

Die Luken wurden langsam transparent, Lichtfilter behielten aber ihre Funktion, wie mir mein Multifunktionsarmband verriet. Ich stand auf und ging zu dieser Luke in Form eine Fensters, sah auf Chorckland zwei hinab. Immer wieder passierten Robotraumer mein Sichtfeld, immer noch wurde an der stationseigenen Bodenwanne gearbeitet. Irgendwie waren diese Fehler oder diese Störungen größer als zu anderen Wartungszeiten. Jetzt wurde mir auch klar, warum ich soviel Chlor zu riechen bekam, obwohl sich mein Geruchssinn schon soweit daran gewöhnt hatte, dass ich momentan nichts mehr davon roch.

Die Chorck konnten Chlor bis zu einem gewissen Grad gut ertragen und die Hilfsvölker waren eben nur Hilfsvölker. Wenn diese eine Vergiftung zu erleiden hatten, dann sollte eben nur die Geburtsrate wieder etwas erhöht werden. Das war für die Diktatoren einfacher und billiger, als Kranke zu heilen, beziehungsweise eine Heilung zu finanzieren. Mit Ausnahme vom eigenen Volk natürlich. Dem heiligen Volk.

Nein danke. Die beste Lehre kann nicht von so einer Realität überzeugen. Wie schon so oft konnte ich Parallelen in der irdischen Geschichte erkennen. Jemand erklärt sich oder etwas für heilig und sollte damit als unangreifbar gelten. Anschließend wucherte dieses Syndrom aus und wird nur zur Sättigung von weniger heiligen und nur allzu menschlichen Gelüsten missbraucht. Sehr oft sogar in abartiger Form.

Auch hier wurde eindeutig eine Religion erhalten, um das Volk - oder noch schlimmer – viele Völker in Grenzen zu halten und zu dirigieren.

Wieder war ich in der Hygienezelle, duschte aber nur sehr kurz, musste auch noch anderen Bedürfnissen nachgehen. Wie ich dies mit den für mich großen und teilautomatischen Einrichtungen der Chorck schaffte, möchte ich aber an dieser Stelle nicht so genau klarlegen! Dazu verrate ich nur, dass die anschließende Reinigung des Intimbereiches auch automatisch erfolgen sollte und ich mich vor einigen harten Reinigungsutensilien per Flucht rettete. Auch diese Flucht gestaltete sich nicht einfach, denn alle

Einrichtungen waren etwas hoch angerichtet. Eben für drei Meter große Wesen.

Eine Restreinigung unternahm ich lieber noch einmal unter der Sprüh- und Warmdampfdusche. Kurz kam aber wieder ein Schwall nach Chlor stinkendem Wassers durch. Besonders bei der Heißwasserausgabe machte sich dieser beißende Geruch besonders bemerkbar.

Zwar bedeutete mein Messgerät, dass die Chlorkonzentration nicht bedenklich hoch war, zumindest nicht für Menschen und nicht für so kurze Zeiträume, aber ich bekam doch einen Juckreiz auf der Haut. Diesen versuchte ich natürlich mit einer Körperlotion in den Griff zu bekommen.

Kurz nachdem ich mit meiner Morgentoilette fertig war und ich mich auf eines dieser unbequemen, harten Sofas mit Blick auf Chorckland zwei setzte, klang eine leise Sirene auf und ein Licht über dem Eingang blinkte rasch, fast wie eine Stroboskop. Zuerst dachte ich wirklich an einen Alarm, bis mir bewusst wurde, dass es ohnehin Zeit war mich abzuholen und diese Effekte der hiesigen Türklingel zuzuschreiben waren. Ich rief: „Herein!" auch mein Translator übersetzte auf Chorcklan, doch ohne Erfolg.

Nach der dritten Impulsfolge öffnete sich diese Leichtmetalltür, so wie es den Eindruck machte und Chandor Valchaz es Sueb wurde in voller Größe erkennbar. „Heil dem Imperium!" rief er mir zu Begrüßung zu und ich konnte es mir nicht verkneifen, die passende Antwort zu wählen, da ich mir auch bewusst war, es würden alle Gespräche mitverfolgt: „Heil unseren Imperien! Einen guten Morgen, so wie wir uns auf Terra um eine äquivalente Zeit begrüßen würden."

Chandor Valchaz sah mich verdutzt an. Ich konnte es ihm bereits ansehen, dass er zwischen zwei Welten und zwischen zwei Gefühlen stand.

„Guten Morgen weibliche Tamines Reis vom Range der Santos. Wie war die Ruhephase an Bord von Halumal?"

„Danke ich kann nicht klagen. Sicher waren noch nie Terraner auf dieser Station, denn die Einrichtungen konnten sich auch nicht ganz auf meine Bedürfnisse einstellen. Aber dafür bin ich umso mehr anpassungsfähig. Wo nehmen wir die morgendliche Nährstoffaufnahme vor?"

„In der Kommandozentrale. Der Halumet wird wieder kommen."

Ich schwang meine aluminiumbedampfte Leinentasche um und stieg in den wartenden Gleiter. Einige Yolosh eilten in den Gängen umher, sie wirkten aufgeregt. „Was machen den die Polizisten hier in diesen Gängen?" wollte ich wissen.

„Sie wurden zu deiner Sicherheit hierher beordert. Wie ich dir doch schon erzählte, wollen wir alles zu deiner Sicherheit unternehmen. Ich muss die leider mitteilen, dass es doch eine Lücke im Informationssystem gab und die Rebellen von deiner Ankunft erfahren hatten. Heute Nacht, beziehungsweise während deiner Ruhephase hatte eine Raumstreife der Yolosh einen Wandersatelliten der Chonorck ausfindig gemacht. Dieser Satellit sollte mit dir über automatische Tachcompeilung Verbindung aufnehmen."

„Und? Was war dann?" „Die Yolosh haben den Satelliten abgeschossen." „Wie immer, oder?" „Fast wie immer."

„Fast ehrt es mich, dass nach mir gesucht wird, aber ich habe nicht den geringsten Ehrgeiz, mich mit Rebellen zu treffen."

Valchaz sah mich fast erschrocken an. Ich verhielt mich aber mit aller Mimik so, als hätte ich meine Aussage absolut so gemeint, wie ich sie erwähnt hatte. Ich konnte ja nicht anders, denn wenn die Chorck der Ansicht wären, ich könnte die Chonorck auf eine Ebene mit ihnen stellen, würde mein Aufenthalt hier wohl zum Desaster ausarten.

Bald waren wir wieder in der Besucherecke der Kommandozentrale angekommen. Valchaz bestellte einen Server für Nahrungsaufgabe und fragte mich, was ich wohl zu mir nehmen möchte.

„Kaffee habt ihr sicher nicht, oder?" Ich merkte schon, dass mein Translator `Kaffee´ auch nicht übersetzten konnte, also erklärte ich weiter: „ein Heißgetränk, vielleicht einen gebackenen Getreidestollen, Saft von Früchten, Fettaufstrich, Konfitüre oder Wurst."

Wieder gab es Übersetzungsprobleme bei Konfitüre und Wurst und Valchaz hörte sich die Erklärung meines Translators an. Dann schüttelte er fast menschlich den Kopf.

Es gibt Krattfäden, da ist alles drin, was für den Start in den Tag benötigt wird. Saft ist machbar und ein Heißgetränk ebenfalls."

„Gut, dann sei so nett und stelle mir etwas zusammen, was meinen Wünschen am ehesten entspricht."

Bald hatte ich einen Teller mit Spagetti auf dem hohen Tisch vor mir. Ein Becher mit einem dunkelvioletten Getränk, dann einen Metallbecher mit einer dampfenden Flüssigkeit. Vanillegeruch machte sich breit. Na, wenigstens etwas, was mir vertraut vorkam.

Diese Spagetti schmeckten nicht viel anderes, als diese Krattplättchen von gestern, nur dass sie eine andere Form hatten und in eine weitere Nährflüssigkeit eingelegt waren.

„Gebackene Getreidestollen gibt es nicht. Dafür aber eine Sonderform des Kratt. Sehr dünnes Kratt und heißluftgeröstet! Dieses kann dann mit verschiedenen Pasten belegt werden. Puren Fettaufstrich kenne ich selbst nicht einmal. Ich hatte lediglich einmal gelesen, dass es vor vielen Klataan so etwas gegeben hatte. Sogar von tierischen Fetten!"

„Das ist richtig, Valchaz! Auch auf Terra gibt es noch Fettaufstriche tierischer Art, man nennt es Schmalz oder Butter. Margarine wird aus

Pflanzen hergestellt. Aber dies nur zur Information. Vielleicht könnten wir in unsere Handelsbeziehungen auch solche Waren einbringen."

„Das glaube ich aber kaum, weibliche Tamines! Die Nahrungskompositionen sind festgelegt und genau für den Körperbedarf der jeweiligen Rassen berechnet. Außerdem hat ja jeder einen Abbrandrechner für die Kalorien, welche er je nach Tätigkeit verbraucht und damit werden auch nicht mehr Kalorien wieder zugeführt, da das Idealgewicht nicht überschritten werden darf."

„Ich habe aber bemerkt, dass viele von euch einen kleinen Fettring um den Mittelkörperbereich haben. Ist das nicht Übergewicht?"

„Ein Ergebnis der wissenschaftlichen Forschung. Jeder Körper sollte ein geringes Fettpotential besitzen. Damit kann auch kurzzeitig mehr Energie abgerufen werden."

Gut. Er hatte ja Recht. Ein bisschen Fett hat noch keinem geschadet.

Das Heißgetränk hatte neben der Vanillenote auch noch einen leichten Käsegeschmack. Ich wollte mich aber nicht erkundigen, wie dieser entstand. Vielleicht würde mir dann der ohnehin angeschlagene Appetit vollkommen vergehen.

Dieses Frühmahl hatte zwar nichts Besonderes an sich, aber es sättigte. Sogar dieser dunkelviolette Saft schmeckte außer nach Chlor entfernt nach Waldmeister und Fruchtzucker. Es musste sich aber um ein gegorenes Getränk handeln, denn mein Nahrungsanalysator zeigte geringe Mengen von Alkohol an.

Immer heller wurde es in der Kommandozentrale!

Es gab eine Steuerung, welche den Tag-Nacht-Rhythmus simulierte. Dieser stimmte sogar einigermaßen mit dem der Erde überein.

Ein Transportroboter brachte ein paar Kisten mit Waren an.

„Ich habe ein Warenpaket zusammenstellen lassen, um dir, weibliche Tamines von Terra, eine Auswahl von Erzeugnissen zu präsentieren, die für einen eventuellen Handel freigegeben wurden.

„Schön, dann möchte ich mir diese Waren erst einmal ansehen und im Gegenzug holen wir die Pakete aus meinem Schiff!"

„Dazu brauchen wir aber auch die Genehmigung des Halumet. Er kommt bereits!"

Erhaben wanderte der Halumet von seiner Schaltstelle zu uns herüber. Ich stand zur Begrüßung auf. „Ich freue mich den Halumet heute begrüßen zu dürfen. Wie ist Ihr wertes Befinden?"

„Das Heil für das Imperium. Eine tägliche Frage über ein Empfinden sollte hier nicht gestellt werden, denn schließlich sollte jeder immer mit Freude für das Imperium tätig sein. Im Übrigen hätte ich für Sie eine Schulung vorgesehen. Ich würde Sie ebenfalls begleiten. Diese Schulung findet auf

der Oberfläche statt und wir können mit dem Schichtwechseltransport der Yolosh mitfahren. Wir fahren in einem Kavar ab. Valchaz! Sorge dafür, dass unser Gast rechtzeitig in Hangar acht eintrifft."
„Selbstverständlich, mein Halumet!"
Das war es dann aber auch schon. Der Halumet wirkte sehr überheblich! Vielleicht hatte auch das Gespräch über die Selepeteinheit von gestern Nacht bezüglich der Glaubensansichten seine Haltung mir gegenüber beeinflusst. Salemon wanderte in gleicher überheblicher Haltung wieder zu seinem Schaltpult und setzte sich davor. Ich konnte erkennen, dass er nichts zu tun hatte, denn er ließ seinen Blick nur einmal kurz über die Kontrollen schweifen, anschließend stützte er den Kopf auf seine Hände und betrachtete ein paar Datensätze auf der Tischplattenwiedergabe. Nach ein paar Minuten konnte ich erkennen, dass er lediglich Befehle in ein winziges Mikrofon hauchte. Alltagsstress eines Halumet?

„Ist Salemon heute nicht gut gelaunt?" Ich fragte meinen für mich abgestellten Begleiter und dieser erschreckte sich, er zuckte zusammen und riss seine kleinen, weit auseinander stehenden Augen auf. Er wollte etwas sagen, aber schluckte die Worte wieder hinunter. Was ich aber bemerken konnte, war, dass der Halumet plötzlich zu mir herüber sah. Also ein weiterer Beweis, dass Valchaz einen Sender trug, der alles sofort weitergab. Ich lehnte mich zurück und lachte, beobachtete aber aus den Augenwinkeln heraus weiter den Halumet. Doch dieser kehrte zu seiner Tätigkeit oder wie man dies nennen wollte, zurück.
„Zeig mir doch einmal das Warenpaket, Valchaz. Ich möchte es durchgesehen haben, bevor wir nach Chorckland zwei gehen!"
„Selbstverständlich!" Seine Stimme wirkte gepresst, als leide er unter großem Stress. Möglicherweise war dem auch so.
Valchaz öffnete alle Kisten auf einmal und richtete die Waren auf ein Pult.

Er begann mit einer Art Vorführung der Waren:
„Ich zeige dir nun einen Teil der Haushaltswaren: Ich weiß nicht ob Normalradioempfänger für euch von Interesse sein könnten. Aber diese Mikrowellenverdampfer könnten Haushalte erweitern! Des Weiteren habe ich hier ein paar Selbsthypnosegeräte. Diese müssten nur auf eure Augen eingestellt werden. Sie erzeugen leicht asynchron rotierende Farbscheiben mit Stereoeffekt und musikalischer Schwellenuntermalungen, welche tief in die Psyche eingreifen. Diese Geräte müssten natürlich auch noch bei Terranern getestet werden. Chloratoren reinigen Böden und Wände vollautomatisch. Sie haben ein integriertes Lernsystem, welches sie an die räumlichen Gegebenheiten anpassen kann. Hier eine Musikanlage mit

bereits fest einprogrammierten Darbietungen. Darunter werden immer wieder Psalmen aus der Urlehre der Sonnensphären eingeblendet. Besonders interessant dürften diese medizinischen Geräte werden. Hier habe ich einen Dopamininhalator. Wenn eine Kreatur seiner Arbeit überdrüssig würde – ein kurzer Atemzug und jeder arbeitet mit einer Freude weiter – bis zur körperlichen Erschöpfung, wenn es sein sollte. Eine spezielle, flexible Bratpfanne für Delikatessen wie die Ballonschnecken oder Propfkopffische. Selbstreinigend sowie selbstbratend. Die Hitze wird mit Tachyonenkopplung erzeugt. Wir könnten sicher auch diese Gammastrahlgeneratoren liefern, die für die Bestrafung von Unwilligen genutzt werden. Allerdings müsste die Dosierung sicher bei euch Terranern höher eingestellt werden, denn ihr habt noch keine Symbionten."

„Hör mal, Valchaz! Du zeigst mir Artikel, welche meist nur für die Züchtigung von Arbeitsunwilligen in Frage kämen. Solche Waren brauchen wir absolut nicht! Unser Staatensystem arbeitet nicht mit solchen Methoden!"

„Wie arbeitet es dann? Was, wenn jemand nicht für die Gesellschaft sein Scherflein leistet, also nicht arbeiten will? Es ist doch ein Einfaches, ihm eine Dopaminkur zu verpassen, dann arbeitet doch jeder!"

„Wer bei uns nicht arbeitet, der bekommt nur das Geringste aus der Gemeinschaftskasse der gesamten Gesellschaft. Dieser kann sich dann eben keinerlei Luxus leisten, er muss sich damit begnügen, dass er pur überleben kann!"

„Und im Krankheitsfall? Geht er dann ins freiwillige Sanftableben?"

„Keinesfalls! Er wird solange staatlich versorgt, bis er wieder soweit gesund ist, um in sein Leben zurückzukehren."

„Das ist äußerst ineffizient!"

„Da magst du schon Recht haben, aber bei uns zählt in erster Linie der Wert des Lebens an sich. Nicht die Arbeitsleistung die jemand nicht erbringt. Mit diesem freiwilligen System erarbeiten nämlich alle anderen mehr als genug, weil eben freiwillig gearbeitet wird. Dafür werden immer Steuern erhoben, die jeder zu bezahlen hat. Teilweise nicht besonders gerecht, auch in diesem Punkt könnte ich dir Recht geben, aber wir leben ausreichend gut damit."

„Unproduktives Leben hat doch keine Wertigkeiten, verehrte Tamines Reis von Terra! Das haben die Sonnensphären schon vor Urzeiten vermittelt! Tiere werden geboren um die Nahrungskette anzureichern, Pflanzen entstehen auch für die Nahrungskette oder auch um Qxygene zu produzieren. Jedes Teil in diesem Biosystem hat seine Bestimmung und wenn es nur noch Moleküle oder Proteine für das hoch stehende Leben liefert. Am Ende der langen Kette stehen Lebewesen mit der relativen Unangreifbarkeit, weit außerhalb der Nahrungskette, eigentlich nur noch als Endverbraucher. Dafür muss man doch etwas tun, um für dieses Privileg existieren zu dürfen!"

„Ich sehe, dass du in einem sehr totalitärem System groß geworden bist. Sicher, auch terranische Politikwissenschaftler hatten in früher Vergangenheit ähnliche Gedanken gehegt und immer wieder versucht, ein individuell uneigennütziges Staatensystem zu entwickeln. Doch haben sich Einzelne doch immer wieder darüber hinweggesetzt und lebten letztendlich doch auf Kosten der Gemeinschaft. Nur ein freiheitliches System hatte sich letztendlich durchsetzen können, was auch dem Unwilligen einen Mindestnutzen brachte. Schließlich gibt es auch noch zum Beispiel körperlich Behinderte, welche keiner Arbeit mehr nachgehen können. Auch diesen wird noch ein Leben mit möglichst vielen Erleichterungen ermöglicht."

„Wie bitte? Körperlich Behinderte dürfen weiterleben? Warum kommen die nicht in einen Sanftabsegnungskonverter? Das tut doch niemandem weh! Das kann es doch nicht geben. Behinderte essen, trinken und brauchen Oxygene."

„Manche Behinderte sind leistungsfähiger als dümmliche Normale, Valchaz. Einer der größten Physiker von Terra Anfang des technischen Zeitalters war komplett gelähmt! Er konnte sich nur mit ausgefeilten Apparaturen und Rechnersystemen mitteilen, aber er hatte eine dermaßen große Intelligenz, sodass er nur alleine mit Denken größte mathematische Modelle der Komplexität des Universums entwickelte, die heute noch über die gleiche Gültigkeit verfügen wie zu seiner Zeit. Mit diesem Gedankengut als Basis konnten wieder Wissenschaftler der Neuzeit zum Beispiel auch unsere Hocheffektivwafer entwickeln! Schon lange bevor wir Terraner ins Weltall reisten, wussten wir von seinem Durchmesser, von der Gravitationslehre, sogar von den Tachyonenruppungen, ohne jemals mit diesen konfrontiert gewesen zu sein! Es gibt die Theorien der Paralleluniversen, es gibt die Theorie von Resteffekten der Antimaterie und warum Antimaterie nach dem Urknall immer ein wenig mehr Energie verlor als normale Materie und sich dadurch nicht durchsetzen konnte. Des Weiteren wurden auch von den großen Denkern die nächsten elf Dimensionen mathematisch nachgewiesen, die sich allerdings im absoluten Mikrokosmos fast verlieren. Sogar die Raumkrümmung war uns schon bekannt, bevor wir Terraner zum eigenen Trabanten aufbrachen. Dann gab es auch noch undenklich viele Schriftsteller, welche andere Menschen mit

Ideen und fortschrittlichen Gedanken berieselten, sodass diese wiederum im Denken produktiv angeregt wurden und auf diesem Wege Schritt für Schritt etwas bauten, erfanden und konstruierten oder weiter erdachten, was wieder einen weiteren Schritt in den Fortschritt einbrachte. Besonders eine Genre des Romanwesens war hierzu besonders förderlich: wir nennen es Science Fiktion, also wissenschaftliche Fiktion, was aber im Sinne von Zukunftswahrscheinlichkeitshypothesen gemeint war. Es wurden Geschichten geschrieben, die noch nie geschehen waren, aber in dieser oder einer ähnlichen Form geschehen könnten. Auch gab es einen Schriftsteller, welcher die heutige Art der Raumfahrt, die heutige Technik schon vor fast hundert Jahren so in etwa beschrieb, wie sie auch heute existiert. Sogar noch weiter zurück! Anfangs der groben Technikzeit, als noch Dampfmaschinen die Moderne bildeten, gab es bereits einen Schriftsteller, der den Flug zum Trabanten schon fast perfekt beschrieben hatte, ohne auch nur die Basis einer technischen Voraussetzung zu kennen – außer der puren Theorie!"

Chandor Valchaz sah mich fast komplett entgeistert an. Aus seinem Kopfschütteln entstand das chorcktypische Kopfkreisen.

„Hatten eure Vorfahren denn die Erlaubnis, so frei denken zu dürfen?"

„Freies Denken wurde auch noch gefördert, sicher gab es auch Terraner, welche das freie Denken kriminell missbrauchten. Doch wenn das Gute gewichtiger bleibt als das Schlechte oder das Böse, dann war das ein Sieg für die freie Evolution. Die Essenz daraus sollte sich verfestigen."

„Ich werde vieles nicht verstehen, was euch Terraner betrifft, aber vieles kann ich mir auch überhaupt nicht vorstellen. Wenn ich so etwas zu hören bekomme, dann kann ich nur noch sagen: Heil dem Imperium!"

Ich sah diesem Chorck fest in die Augen, erkannte ich doch, dass diese Aussage nur seiner eigenen noch notwenigen Sicherheit galt! Ein leichtes Augenzwinkern, wieder fast nach menschlicher Art gab mir die Sicherheit zu meiner Annahme.

Das Multifunktionsgerät am Arm von Valchaz meldete sich.

„Valchaz! Komm mit unserem Gast zu Schleuse acht. Wir starten zur Oberfläche!"

„Selbstverständlich, seine Gnade der Halumet!" Und zu mir gewandt meinte er: „Wir nehmen das Shuttle des Schichtwechsels der Yolosh-Truppen. Die Warenpräsentation können wir morgen weiterführen."

„Bevor wir starten, muss ich aber mit meiner Heimat Kontakt aufnehmen, damit meine Regierung weiß, dass es mir gut geht! Das muss sein, damit keine Aktionen zu meiner Sicherheit unternommen werden."

„Auch das noch!"

Valchaz rief den Halumet und trug ihm meine Forderung vor. Dieser war sehr ungehalten! Er wollte sicher, dass ich keinerlei Kontakte mehr mit meiner Heimat hätte, vielleicht auch wegen eigener Pläne, mit denen ich auch rechnete. Valchaz sah mich an und ich forderte erneut und so laut, dass mein Translator von Valchaz´ Armbandmikrofon aufgenommen werden konnte:

„Wenn ich mich nicht alle Dezikavar einmal melde, kommt mein Volk zu der Ansicht, dass mir etwas zugestoßen wäre und es käme möglicherweise zu unangenehmen Handlungen. Außerdem steht mit diese Kontaktaufnahme laut meinem diplomatischen Status auch zu! Also fordere ich hiermit meine Rechte."

„Machen Sie aber schnell denn das Shuttle wartet nicht lange. Valchaz, führe unseren Gast in die Kommunikationszentrale an deinen Arbeitsplatz. Dort sind noch die Frequenzen und Rasterantennen eingestellt!"

Das war mir auch klar, dass diese Frequenzen noch eingestellt waren, suchten doch die Chorck pingelig nach allen Signalen aus `unserem Imperium´ oder auch von anderen Völkern, welche mit uns in diesem angegebenen Handelsabkommen stehen könnten.

Den Weg zur Kommunikationszentrale legten wir zu Fuß zurück. Zum ersten Mal musste ich in dieser Raumstation eine Treppe hinunter laufen! Da gab es zwei Stufenlängen, sicher einmal für die Chorck, dann Stufen für die Yolosh und sicher auch für die wesentlich kleineren Alalis. Vertreter anderer Völker waren wohl kaum permanent auf dieser Station, darum auch keine anderen Einrichtungen. Außer es gäbe noch einen anderen Stationsbereich extra für Andersartige. Mich würden ja diese Goofp noch sehr interessieren, diese Skelettlosen. Das mussten doch arme Geschöpfe sein.

Wir kamen also in der Kommunikationszentrale an. Der eigentliche Arbeitsplatz meines Betreuers. Auch wenn ich detailliert die Technik der Chorck noch nicht kannte, aber dass hier einigen Scanner liefen und ununterbrochen Daten speicherten, dies war doch festzustellen. Schon die Herstellung der Rufbereitschaft dauerte an und konnte nur mit einigen Winkschaltungen erhalten werden. Ich blickte mich derweil etwas um und stellte die gleiche Art von Verarbeitung fest, wie auch schon auf der Kommandozentrale. Die Geräte wirkten alle wie aus einem Stück gegossen. Inklusive aller Anzeigen und transparenten Module. So könnte ich mir auch die nächste Generation der irdischen Techniken vorstellen. Theoretisch wären auch unsere Nanoprinter schon in der Lage, solche Apparaturen zu fertigen, es fehlte nur noch das nötige Programm und die Floatdiagramme, sowie etwas Erfahrung hierzu.

„Bitteschön! Gleiche Frequenzprägung für die Modulatorantennen wie bei der ersten Kontaktaufnahme. Ich schalte die Stationskennung, dann meine persönliche Kennung durch, dann müsste die Verbindung bei euch erkannt werden. So war es dann auch. Kurz darauf zeigte sich ein blasses Hologramm mit der Kennung des Terranisch-demokratischen Imperiums und kurz darauf die persönliche Kennung `meines´ Max!

„Hallo Tamines! Wir hatten uns schon Sorgen gemacht. Doch sicher sind die chorckschen Freunde sehr nett zu dir. Wie steht es mit der Gastfreundschaft in den Plejaden?"

„Ich grüße dich, ich grüße euch alle! Ich muss sagen, dass ich einen Betreuer abgestellt bekam, der äußerst um meine Sicherheit besorgt ist. Er darf mich keine Sekunde aus den Augen lassen und wenn die Ruhephase beginnt, wird alles um mich herum zu meiner Sicherheit abgeriegelt." Damit konnte Max sicher verstehen, dass ich eingesperrt war. „Ansonsten haben wir noch nicht viel über die Handelsbeziehungen gesprochen, das wird wohl noch kommen. Ich sollte zuerst ein paar kulturelle Schulungen genießen dürfen um mich davon zu überzeugen, dass vielleicht eine politische Koalition im Sinne der hiesigen Lehren nicht doch die beste Zukunft für unsere beiden Imperien darstellt. Wir fahren anschließend zur Oberfläche von Chorckland zwei. Ich muss schon sagen, dieser Halumet und auch mein Betreuer, das sind schon zwei sehr beeindruckende Persönlichkeiten. Alles in Allem glaube ich aber, dass wir in eine wirklich gute Zusammenarbeit expandieren könnten. Wie geht es Gabriella, Georg und Silvana?"

„Es geht allen gut. Nur du fehlst in unserer Mitte. Du und dein brasilianisches Feuer. Aber selbstverständlich geht der Abschluss von guten Freundschaften und Handelsbeziehungen vor! Ich soll dich vom Dalai Lama herzlich grüßen! New-Lhasa macht wirtschaftliche Fortschritte, auch von Yilmaz Candal soll ich Grüße übermitteln. Der Planet Mada liefert mittlerweile Tapirbauchspeck auch nach Oichos."

„Das finde ich aber super! Im Übrigen weiß ich noch, dass es auch Sherlock Holmes noch gut geht. Soviel ich aber auch weiß, wird er von vielen Untersuchungen geplagt, aber das schafft er schon, der alte Bock!"

„Ha! Verstanden! Watson freut sich sicher! Gut. Studiere deine Lektionen und melde dich morgen oder eben in einem Dezikavar wieder, ja?"

„Werde ich, Max. Wenn du Kontakt mit Gerard bekommst, grüße ihn bitte von mir auch, ja? Das ist so ein liebes Wollknäuel, er fehlt mir richtig!"

„Um aller Sphären Willen! Gerard Laprone wollte schon einen Dauerkanal geschaltet bekommen, um zu erfahren, wie es dir geht. Sechsmal hatte er seit deiner Abreise angefragt! Er will nun auch noch portugiesisch lernen."

„Oh! Das ist aber lieb von ihm! Also dann. Bis morgen!"

„Danke für die Nachricht und grüße mir unsere neuen Freunde! Ach ja! Auch Grüße vom Bernhard und von Anne-Marie." „Nochmals danke und bis morgen! Ende der Übertragung aus den Plejaden."

Die Kennung `unseres Imperiums´ erschien, dann schaltete sich das Hologramm, welches bei Weitem nicht mit der Darstellungsfähigkeit unserer Hologramme mithalten konnte, zurück. Dies konnte ich ebenso nicht verstehen, da die Übertragungsbandbreiten der Chorck-Übertragungen ja wesentlich höher waren und mit mehr Informationen gearbeitet wurde. Vielleicht war dies ein Ergebnis der erzwungenen Rückstufung der hiesigen Auflösung?

Valchaz sah mich groß an. „Was sind die Plejaden?"

„Eure sieben Sonnen hier, diese sieben Sonnen mit den Sphären! Wir haben sie in unseren Sternenkatalogen die `Plejaden´ genannt."

„Wie lange sind denn unsere Sonnensphären euch schon bekannt?"

„Ich denke, schon gut eintausendfünfhundert Klataan, Valchaz. Allerdings nicht in der aktiven Raumfahrt. Aber dazu erzähle ich dir ein andermal mehr. Wollen wir?"

Wie menschlich nickte mein Betreuer und schaltete die Kommunikationsanlage in den gleichen Zustand wie bei unserer Ankunft. Dann ging er wieder mir voran und ebenso wieder diese Treppe hinauf um bald darauf mit dem Gleiter auf der Drehplatte wieder einen Stock tiefer zu fahren und mit dem Gleiter zum Hangar acht zu steuern. Diese Treppe hatte meine Beine strapaziert, da ich auf der Seite meines Begleiters ging und die Stufen irgendwie meine Sehnen im Kniekehlenbereich überdehnten.

Der Halumet wartete sogar auf uns! Die Yolosh standen geneigt um ihn herum und trauten sich überhaupt nicht, seiner Heiligkeit auch nur einen Blick zuzuwerfen. Wieder gab ich mich etwas frech und rief frei heraus: „Hallo Salemon! Ich soll Sie bestens von meinem Volk grüßen und alle freuen sich, dass ich so gastfreundlich empfangen wurde. In diesem Sinne kann ich bereits den Dank meines Volkes übermitteln."

Salemon hatte scheinbar Mühe, meine Kontaktfreudigkeit in dieser Form und in Gesellschaft seiner absolut Untergebenen zu verarbeiten. Er hatte weiter an Überheblichkeit zugelegt.

Über eine Rollbahn kamen wir bis ans Ende des Hangars acht. Das Shuttle war außen angedockt! Ein paar Ausrüstungsgegenstände wurden noch verladen, dann wies mir Chandor Valchaz einen Platz im hintersten Bereich des Polizeishuttles zu. Mittlerweile trauten sich einige Yolosh mich anzusehen. Ich versuchte eine freundliche Mimik an den Tag zu legen, doch bei Blickkontakten drehten sich diese Polizisten – man könnte es nicht glauben, dass dies welche waren – sofort wieder um. Erst nach dem zweiten oder dritten Blickkontakten hatten diese etwas länger Bestand und ich sah

Augen mit großen Pupillen und einer gelblichen Iris. Ich bewunderte deren schwarze Elefantenhaut. Obwohl diese Haut eigentlich eine gewisse Härte erwarten ließe, bewies sie sich doch als überaus elastisch. Vielleicht auch wegen der vielen Falten – eben wie bei Elefanten auch. Aber ansonsten hatten diese Yolosh mit Elefanten nichts gemein. Und auch bei den Yolosh konnte ich keine Haare oder Borsten erkennen, genauso, wie ich mich schwer tat, eine Nase zu definieren. Nur eine Kuppe mitten im Gesicht. Ich wollte aber auch nicht so unhöflich sein und diese sicher zu bedauernden Wesen übermäßig mustern.

Die Bänke im Shuttle hatten einen weichen aber metallisch wirkenden Bezug. Ich strich mit der Hand über die Polsterung und Chandor erkannte mein Interesse.

„Ein Leichtmetall in nanostrukturierter Verkettung! Extrem haltbar und selbstreinigend, dabei aber weich und druckregulierend."

„Oh! So weiches Metall hatte ich noch nie gesehen. Dies könnte zum Beispiel auch ein Artikel für unseren Handel sein. Daran wäre ich absolut interessiert!"

„Ich werde Proben zu dem bereitgestellten Sortiment dazugeben. Sicher können wir auf dieser Fahrt noch mehr entdecken, was von Interesse sein könnte. Auf diese Weise wurden auch schon Metallbaublöcke erzeugt. Gewissermaßen Metallschaum, sehr leicht und robust, mit Nanowabenstruktur."

„Interessant. Doch solche Produkte gibt es bei uns auch. Es würde sich ein Qualitätsvergleich lohnen."

„Bei diesen Worten drehte sich Chandor Valchaz von mir ab und der Halumet mir zu. Fast konnte ich diesen Blick als strafend werten.

Dieses Shuttle wirkte auf mich fast wie ein altertümlicher Omnibus von seiner Einrichtung her. Zwei Sitzreihen und wie ich bemerkte, schalteten die Techniker auch eine Art Pseudoschwerkraft, jedoch nicht genau wie es unsere Variolifter oder die neueren Clipper mit den Auslegern hatten. Mir schwindelte plötzlich, auch deshalb, weil eben diese Pseudoschwerkraft geringer war als auf der Station selbst. Ich rutschte noch einen Platz weiter um genau neben eines dieser Fensterluken zu geraten, ich wollte auch etwas von meiner absolut exotischen reise sehen!

Ganz an der Bordwand fehlte fast jegliche dieser künstlich erzeugten Schwerkraft. Nun wurde mir auch noch fast übel! Meine linke Körperhälfte unterlag geschätzt siebzig Prozent des normalen Potentials, und meine rechte vielleicht nur noch so um die zwanzig.

Also eine durchgreifend hoch stehende Technik hatte dieses Imperium meiner Ansicht nach nicht zu bieten. Lediglich in der Anwendung und in der Quantität sollten sie uns um viele Jahre voraus sein, aber nichts, was unsere neue Weltenföderation nicht innerhalb von ein paar Jahrzehnten aufholen könnte. Irgendwie fühlte ich mich wie in die alte Sowjetunion zurückversetzt, als der kalte Krieg noch praktiziert wurde. Ich hatte viele Real-Holodokumentationen besucht, so kann ich diesen Vergleich auch aufstellen. Alles in allem hatte ich ja den Eindruck, als stünde die Technik generell über einem Einzelleben! Auch dies konnte schon in Ländern des Kommunismus erkannt werden. Erfolg um jeden Preis, dann erst die Sicherheit, wenn überhaupt.

Ein Stroboskoplicht wurde geschaltet, begleitet von einem durchdringenden Piepsen, welches an die alten Piezosummer erinnerte. Das Innenschott des Shuttles schloss sich und im Anschluss das Schott des Hangars. Metallbänder schlossen sich um meine Hüfte und um meine Oberschenkel. Der Luftdruck wurde so schnell erhöht, dass ich einen Druck in den Ohren bekam. Das war wohl eine Reise! Rechts war ich leichter als links. Die Ohren brummten, ich saß auf weichem Metall umgeben von schwarzhäutigen Wesen, welchen man nie zutrauen würde, dass sie Polizisten sein sollten. Dazu der Religionsträger eines ganzen Imperiums, welcher auch nicht gerade danach aussah und ein Chorck, der mit mir einmal flüchten möchte, weil sein Symbiont nicht so aktiv zu sein schien, wie von den Oberen eigentlich vorgesehen. Wieder verspürte ich einen Schwall von diesem Chlorgeruch. Zwar hatte ich mich schon dermaßen daran gewöhnt, dass es mir nicht mehr sofort auffiel, aber wenn sich die Konzentration erhöhte, wurde ich wieder daran erinnert, was ich hier immer noch einzuatmen hatte. Glücklicherweise gab mein Multifunktionsarmband keinen Alarm diesbezüglich. Der Chloranteil im Atemgemisch befand sich immer noch unterhalb eines kritischen Wertes für Menschen. Obwohl ich mir schon ein Brennen in der Lunge einbildete.
Langsam registrierte ich aber, dass mich die Yolosh wieder weniger beachteten, eher noch apathischer wirkten, wie vorher!

Mir schoss ein Gedanke durch den Kopf! Das Chlor! Das Chlor musste sicher auch eine Aufgabe erfüllen, welche ich noch nicht erkannt hatte. Doch mir war das mittlerweile fast egal. Eigentlich fand ich an meinem Abenteuer schon so richtig Gefallen und ich hätte in Hochmut verfallen können, wenn ich nicht ausreichend von den Geheimdiensten auf Terra auch bezüglich meiner Gefühlskontrolle geschult worden wäre.
Ein anderes Akustiksignal ertönte und das Shuttle legte ab. Ein Ruck und ein Angst einflößendes Quietschen, sowie ein Schütteln, was sich in Wellen in diesem gesamten Bus ausbreitete, begleitete diesen Vorgang. Dann wurde es ruhig! Mit dem Abkoppeln von der Station übertrugen sich auch

keine Schallwellen mehr über die Materialkopplung und ich konnte nur noch die Eigengeräusche von innerhalb dieses Gefährtes wahrnehmen. Ich blickte aus der Fensterluke, welches auch mit einer Art Goldfilter bedampft war. Schnell stürzten wir dieser Welt Chorckland zwei entgegen. Dieser Bus schlingerte in sich immer noch! Eigentlich sollte sich doch bei solchen Bedingungen irgendwie etwas Angst melden, aber ich hatte keine! Im Gegenteil! Ich fand diese Reise schon annähernd lustig. Auch nachdem dieses Shuttle dem Gefühl nach antriebslos in Richtung Oberfläche stürzte, empfand ich immer noch keine Angst. Erst in den obersten Schichten der Atmosphäre war ein Bremsvorgang erkennbar, der sich sogar leicht auf die Pseudogravitation auswirkte. Plötzlich wurde meine rechte Körperhälfte schwerer als die linke, verminderte sich wieder, nahm zu, und so weiter. Als wenn der Pilot betrunken wäre!

„Wird das Shuttle von einem Yolosh gesteuert?" Wollte ich von meinem Betreuer wissen.

„Nein. Automatensteuerung!"

Eine kurze Antwort. Ich erkannte, dass Valchaz sich nicht im besten Wohlbefinden räkelte. Vielleicht auch eine Folge seines schwachen Symbionten?

Ich blickte mich um und vermaß schätzend dieses Gefährt. Zweihundert Meter Länge, vielleicht vierhundert Sitzplätze und weiter hinten dürfte ein Drittel die Containerladefläche ausmachen, welche aber nicht vollkommen belegt war. Das Shuttle war oben etwas breiter als unten, nur so konnte ich mir auch eine Beschichtung mit waferartigen Nanopartikeln vorstellen. Obig zwei Streifen und der Unterboden, um auch diese Pseudoschwerkraft aktiv zu halten. Die Nanobeschichtung war aber bei Weitem nicht so effektiv, wie unsere Waferausleger. Diese Feststellung grub sich bereits fest in meinen Bewußtsein.

Die ersten tieferen Wolken wurden durchstoßen und das Shuttle beschrieb langsam eine negative Parabel, bis es fast in reine Horizontalfahrt überging. Chorckland zwei! Der Hauptplanet des Imperiums. Chorckland eins beherbergte meines Wissens hauptsächlich die den Chorck eigene Industrie, auch wegen der energiereichen Sonnennähe. Chorckland drei war demnach eine kalte Welt mit vielen eisigen Regionen, nur der Äquator bot warme Gebiete, die einem Klima des südlichen Brasiliens wie zum Beispiel Florianapolis oder Nordargentiniens entsprach. Diese Welt hier sollte nur kleine Eisflächen an den Polen haben. Von den Monden wusste ich noch nicht allzu viel, nur dass sie besiedelt waren. Auch mit Kuppelanlagen, wie bereits auch ähnlich auf Luna.

Straßen wurden erkennbar, welche aber in einem furchtbaren Zustand waren. Sie wurden wohl kaum mehr benutzt. Diese Welt schien auf dem Reisbrett entstanden zu sein. Mal zogen sich Städte in Kreisen über die Kontinente, mal ähnlich einem Schachbrett, weniger quadratisch, eher wie lange Rechteckfelder. Riesige Hallen, um ein Vielfaches größer wie im ehemaligen Ostblock, aber durchaus zu vergleichen und alles pauschal mit Flachdächern versehen. Ich bekam einen ungemütlichen Eindruck. Bezüglich der Flachdächer erkannte ich ein transparentes Material. Viele Automatgleiter schwirrten in einem zwar erkennbaren System umher, aber Herkunft und Ziel konnte ich mir nicht ausmalen. Die Sicht wurde auch klarer, wir hatten eine statische Luftschmutzschicht durchstoßen. Mit dem Umweltschutz hatten es die Chorck wohl auch nicht besonders, zumindest halten sie ihre Welten immer nur in dem Bereich sauber, dass das Klima gerade nicht kippt!

Überhaupt konnte ich nach diesem guten Dezikavar oder kurz Dezim genannt hier feststellen, dass trotz robotischer Reinigungstechnik auch das Halumal eher verschmutzt wirkte, ein Vergleich mit antiken irdischen Ölbohrplattformen drängte sich mir auf.

Nochmal sackte der Bus ab, wieder ein Schlingern in seiner Struktur, welches sich aber nun mehr auf die Vertikalachse auswirkte, und wieder wurden meine beiden Körperhälften unterschiedlichen Kräften ausgesetzt.

„Chorckonium-Center, auch der Sitz des Rates der Sieben, wenn sie mal da sind." Erklärte der Halumet.

Nachdem ich aber rechts aus der Luke blicken musste, erkannte ich erst einen Flügel des Gebäudes. Ein goldenes Gebäude und endlich einmal richtig sauber geputzt! Die Fensterbänder wirkten wie aus einem Stück über die gesamte Länge hinweg. Bald waren die Ausmaße zu erkennen. Meine Güte! Der Bus schwebte noch eine Weile am Flügel entlang! Zwar langsam, aber das Gebäudeteil hatte sicher gute zwei Kilometer! Das Shuttle drehte nach links und gab den Blick auf das Gebäudemittelteil frei. Sicher auch um die achthundert Meter. Als das Shuttle komplett gedreht hatte, war es mehr als logisch, dass der andere Flügel ebenfalls über zwei Kilometer lang war. Auf dem Gelände befanden sich ebenfalls einige dieser und ähnlicher Shuttles, Robotgleiter, ein paar dieser bekannten Kugelraumer und Lastengleiter.

Dann setzte unser Vehikel auf. Ein Knirschen und ein mehrfaches Durchfedern hatte dieser Vorgang zur Folge. Wenn ich nicht aus unbekannten Gründen so ein euphorisches Grundgefühl gehabt hätte, mir wäre ein vorläufig letztes Mal das Herz in die Kniekehlen gerutscht. Die Anschnallfesseln lösten sich wieder automatisch und der Halumet winkte.

Chandor Valchaz erhob sich und wies mir den Weg zu einem der vielen Ausgänge. Die Andockschleuse wurde hierfür nicht genutzt. Es stank, als ich die Luft von Chorckland zwei zum Atmen bekam. Es stank nach Methan und Schwefel, außerdem schätzte ich die Luftfeuchtigkeit relativ hoch ein. Es mussten auch mindestens dreißig Grad vorherrschen. Die einzige Augenweide war dieses zweifellos schöne Gebäude hier. Drei Stockwerke und wie pures Gold mit silbern-bronzenen Fensterbändern versehen. Rundherum standen kaminähnliche Rohre aus dem Boden, welche auf im Drehsinn beweglichen Sockeln montiert waren.

„Valchaz! Sind das Kamine von unterirdischen Anlagen?"

„Nein. Zwar reicht das Chorckonium-Center noch vierzig Etagen in die Tiefe, aber dies hier sind Sicherheitseinrichtungen. Es handelt sich um Tachyonen-Intervallkanonen. Obwohl kaum denkbar, aber sollte doch einmal ein Feind bis ins Herz des Chorckonium gelangen, hier wäre dann das absolute Ende erreicht. Diese Kanonen haben sogar ein Gegentaktfeld auf der anderen Seite des Planeten, wenn hier geschossen wird, muss auf der anderen Seite zeitgleich kompensiert werden. Bei relativ langem Dauerfeuer könnte ansonsten der Planet aus der Bahn geraten. Theoretische Angreifer würden bei den Intervallen regelrecht zu kosmischen Staubfeldern verarbeitet."

„Fantastisch! Mit Gegentaktfeldern auf der anderen Planetenseite? Sind auf anderen Welten auch so Anlagen aufgestellt?"

„Sicher auch, aber nicht mehr in diesen Dimensionen. Für eine Verteidigung der Zentrale muss natürlich das höchste Aufgebot bestellt werden."

„Vollkommen klar, Valchaz."

Ich wollte noch fragen, wie in einem Verteidigungsfall die Kanonen ausgerichtet werden, um zum Beispiel nicht die eigenen Fahrzeuge oder das Halumal zu pulverisieren, welche sich ja im planetennahen Raum befinden, aber ich traute mich doch nicht. Solche Fragen könnten großes Misstrauen erzeugen. Ich war mir aber sicher, dass es zumindest für die Station eine Sicherheitsschaltung gab, sodass eine solche Kanone zurückgeschaltet würde, wenn die Abstrahlrichtung in diese Richtung zeigen sollte. Das könnte dennoch für mich bei einer theoretischen Flucht wichtig sein. Ich musste mir dies merken, dass ich die Richtung ab der Station in einem solchen Fall planetenabgewandt sein sollte. Im Schatten des Halumals also.

Nachdem die Yolosh alle ausgestiegen waren und zu einer Parade von wartenden Gleichrassigen hinübergingen, wahrscheinlich die Ablösung für die Station, erschien ein langer, weißer Kabinengleiter, welcher nur ein paar Schritte vor uns in den stabilen Schwebezustand kam. Dieser Gleiter hatte das Symbol der Sonnensphären auf vier Seiten. Obwohl sicher mindestens zwanzig Personen darin Platz hätten, galt dieser Service ausschließlich für den Halumet, Chandor Valchaz und mir. Dieses Mal war aber ein Pilot vorhanden. Mit Spaß und Freude stieg ich nach der Aufforderung des Halumet an Bord und fand mich in einem luxuriösem Vehikel. Getönte Scheiben, Klimaanlage und eigene Sauerstoffversorgung oder zumindest optimale Luftfilteranlagen optimierten diese Konstruktion. Doch frisches Chlor war ebenfalls vorhanden. Damit hatte es was auf sich. Warum war dieses Chlor immer ein Bestandteil in allen Atemgemischen der Chorckeinrichtungen? Fast hätte ich einen Gedankenfetzen verfolgen können, der mir einen Verdacht lieferte, aber ich verfolgte diesen nicht weiter, da ich mich ohnehin so richtig happy fühlte und eigentlich einen unersättlichen Tätigkeitsdrang verspürte. Ich hatte schon fast Lust darauf, diese Schulung bezüglich der Sonnesphären zu besuchen und mein Allgemeinwissen zu vergrößern.

Wer weiß, vielleicht war auch etwas dran an dieser Glaubensrichtung, welche schon für Milliarden von Wesen zu gelten hatte. Noch dazu für Wesen verschiedener Herkünfte.

„Ein tolles Fahrzeug, Salemon? Chorcksche Produktion?"

„Nein. chorcksche Planung, dann aber als Auftrag an die Nohamen weitergegeben. Soviel ich mittlerweile über euch Terraner weiß, könntet ihr parallel mit den Nohamen technische Produktionsdienste übernehmen. Das wäre ein hoher Soforteinstieg für ein neues Volk im Imperiumsverbund."

„Sie ehren mich mit dieser Meinung. Ich persönlich wäre nicht einmal so abgeneigt, für so einen Verbund zu stimmen. Aber ich denke, eine so große Sache für so viele Völker müsste man mit Zeit und Bedacht vorbereiten."

„Diese Meinung kann ich nicht teilen. Normalerweise sollten die Terraner mit bestem Beispiel vor allen Mitgliedsvölkern eures Imperiums vorangehen und für eine sofortige Integration stimmen. Mit der Ruppungskompensation hätten auch die Terraner dem universellen Imperium einen so großen Ehrendienst erwiesen, dass eine beschleunigte Ausbreitung bis über die Heimatgalaxie hinweg ausgearbeitet werden kann. Dies könnte euch Terranern auf alle Fälle auch die Wartezeit für die Vollmitgliedschaft ersparen. Auch kann ich dies bereits als inoffizielle Zusage betonen! Sie sollten mit Entscheidungen nicht lange warten, Ihre Gnade, Tamines Reis vom Range der Santos. Wenn wir auch noch die Imperiumsflotte eures Imperiums mitintegrieren, könnten wir die restlichen Widersacher auch in einer Schnellaktion eliminieren und unsere Galaxie wäre gesäubert."

„Wären die Terraner in diesem Falle dann mit euch gleichgestellt? Ich meine bezüglich eurer Kastenhierarchie?"

„Das käme nie in Frage. Das wirst du auch bald verstehen, wenn du die ersten Schulungen hinter dir hast. Es gibt nur ein auserwähltes Volk, die Geschicke des Universums zu leiten. Das sind nun einmal wir Chorck. Gäbe es eine andere Bestimmung, hätten wir dies aus dem Partikelstrom erfahren. Doch dieser gibt nur eine Bestimmung vor."

Und diesbezüglich brauchte ich wohl nicht mehr nachfragen oder etwas anzweifeln. Genauso sinnlos wäre so eine Infragestellung noch vor hundert Jahren auf der Erde bei den Religionstreuen gewesen, welche sich darauf berufen hatten, dass das gelobte Land ein Gott ihnen vermacht hatte und nicht anderen. Betrachtete man aber solche Probleme einmal aus dieser Distanz, in der die Erde nicht mehr einmal optisch auszumachen war, also aus universeller Distanz, wird eine solche Anmaßung zur absoluten Lächerlichkeit degradiert.

Allerdings hatte ich nach wie vor festzustellen, dass mich die Mutmaßungen der Chorck gar nicht einmal mehr ärgerten! Ich fand sogar irgendwie Gefallen am Gedanken, mit den Chorck zusammen dieses `universelle Projekt´ zu gestalten. Eigentlich war es ja egal, wer das Universum vom Chaos befreit, Hauptsache man beginnt einmal mit dieser unendlichen Aufgabe und umso mehr Mitgliedsvölker sich daran beteiligten, umso wahrscheinlicher erschien mir plötzlich auch die Möglichkeit der Durchführbarkeit. Eigenartig! Warum konnte ich immer klarer denken? Warum verspürte ich immer mehr Verständnis in dem Bestreben, was diese lieben Chorck an den Tag legten. Vielleicht war doch ich berufen, Terraner und deren Freunde in die Mitgliedschaft eines dermaßen erfolgreichen Reiches zu verhelfen.

Waren die Chorck nicht eher bedauernswert, weil nicht sofort alle Völker der Milchstraße auf deren Sendungen antworteten? Weil sie dafür auch noch extra Suchflotten ausschwärmen lassen mussten? Müssten sie nicht immer wieder suchen, könnte dieses Projekt auch noch wesentlich beschleunigt werden.

Wieder registrierte ich einen Schwall an neu gewonnener Euphorie! Ich musste mich direkt bremsen, um nicht dem Halumet um den Hals zu fallen und ihm meine ungeteilte Sympathie zu bekunden.

Dieser Gedanke erschrak mich dermaßen, dass ich kurzzeitig wieder in eine absolut nüchterne Überlegungsphase kam.

Und wieder stank es nach Chlor!

Ich griff in meine Leinentasche und holte zwei kleine Aktivkohlenasenfilter hervor. Diese steckte ich mir von meinen Begleitern unbemerkt in meine Nasenlöcher und drückte sie so weit nach oben, wie möglich. Die Filter passten sich den Nasengängen an und nach einer Minute spürte ich sie fast nicht mehr.

Nach etwa zwanzig Minuten Fahrt auf einer getunnelten, ausgewiesenen Gleiterstrecke durch den Mittelteil des Chorckonium-Centers hindurch und auf der Hinterseite heraus, erschien ein weiteres edles Gebäude in Gold-Bronze. Fast dachte ich, ich stünde vor dem Atomium in Brüssel!

Das waren die sieben Sonnen! Von der Anordnung her auf alle Fälle und mit einem ausgeklügelten System von Tachyonenfeldern zogen sich diamantengleiche Perlen wie dieser Partikelstrom im gleichen Sinne durch diese strahlenden Kugeln.

„Hier ist das Zentrum unseres Glaubens, unserer Lehren und unserer Bestimmung. Hier ist eigentlich die Bildungsstätte der ersten Priester für das gesamte Imperium. Ich hatte beschlossen, Sie, Ihre Gnade Tamines Reis von Terra exklusiv für die ersten Schulungen hierher zu bringen. Eine solche Ehre ist noch keinem Mitglied eines Fremdvolkes zuteil geworden. Ich hoffe dadurch ebenso, dass Sie hier die Verheißung verspüren werden und Ihre Bestimmung für das universelle Imperium erkennen werden!"

Der Halumet hatte wie ein irdischer Papst gesprochen. Auch mit der Gestikulierung kam er einem solchen Oberhirten nahe. Dabei empfand ich natürlich bezüglich der Körpergröße eines Chorck diese Bewegungen noch beeindruckender!

Ich fühlte mich tatsächlich fast wie im Himmel und dieses Bauwerk strahlte eine dermaßen heilige Aura aus, dass ich eine Freude verspürte, als der Gleiter an der `untersten´ Sonne zum Stehen kam und sich dort eine metallene Iris öffnete, um uns einzulassen. Wenn nicht der Halumet und Chandor den Gleiter vor mir verlassen hätten, dann wäre ich hinausgeeilt und hätte diese leuchtende Bauwerk vor allen anderen betreten. Aber so konnte ich dieses Heiligtum auch noch genauer betrachten und ich erkannte feinste Architektur sowie ein oberflächenleuchtendes Material. Auch diese glitzernden diamantenähnlichen Objekte schwebten dicht über uns vorbei und simulierten den Partikelstrom! Einfach herrlich, einfach betörend, was sich hier offenbarte.

Die einzelnen Sonnen waren zudem mit glasartigen Röhren miteinander verbunden, welche man aus einer größeren Entfernung gar nicht so richtig ausmachen konnte, da alleine schon die Glitzerperlen von Vielem ablenkten. Oranges Licht, welches wieder aus den Wänden entstand, strahlte uns entgegen und trösteten über das trübe Wetter auf Chorckland zwei hinweg.

„Mein Stellvertreter für die universelle Lehre der Sonnensphären, Mornom Ferch co Achot – Mornom, heiliger Priester des Sphärendoms, das hier ist unser Gast aus dem Terranisch-demokratischen Imperium aus der kleinen Westwurzel, die weibliche Tamines Reis vom Range der Santos. Ich möchte sie dir heute als Schülerin überantworten."

So stellte mich der Halumet seinem ersten Stellvertreter vor und dieser Chorck war noch um einiges größer als Salemon. Ich musste wieder den Kopf in den Nacken legen um, überhaupt etwas in den Augen von diesem hochhäuptigen und noch überheblicher wirkenden Chorck zu erkennen. Er verzog keine Miene, aber sagte monoton und mit fast singender Stimme: „Heil dem Imperium, heil den Sphären, heil der universellen Bestimmung."

Schon wollte ich seinen Slogan wiederholen, als ich plötzlich einen inneren undefinierbaren Ekel verspürte. Diese Gefühl kam so spontan und unerklärlich, dass ich nur noch ein „Heil" hervorbrachte. Ungewollt musste ich mich schütteln und das war dann auch der erste Anlass für den Dompriester, dass er mich etwas genauer ansah.

„Was ist mit Ihnen, weibliche Tamines? Ist Ihnen nicht wohl?" Wieder in seiner nun widerlich singenden Stimme hatte er mich gefragt. Was war denn nun wirklich mit mir los? Ich konnte es mir selbst nicht erklären.

„Nein, danke, es ist alles in Ordnung. Irgendwie wird mir der Ehren zuviel und Oberflächenleben auf einem Planeten ist mir nicht mehr sonderlich genehm."

Mir war aber auch noch leicht schwindelig und ich spürte, wie mich eine Blässe oder Blutleere beschlich.

„Sie dürfen sich mit mir im ersten Sonnensaal begeben. Dort können Sie sich setzen und nehmen ihren Drogencocktail ein. Dieser hilft mehr zum Lernen und zum Verstehen."

„Eure Gnade, ich bitte um Verständnis, aber damit würde ich über noch bestehende Gesetzte meiner Heimat verstoßen. Außerdem sollte ich mich erst langsam an fremde Medizin gewöhnen. Eines Tages wäre es sicher möglich, dass meine körperliche Konstitution den Genuss des Cocktails des Verstehens verkraftet. Aber heute bin ich sicher nicht in der Verfassung dazu."

Fast böse blickte der Dompriester zum Halumet: „Die Lehren wirken nie entsprechend, wenn diese nicht mit dem Cocktail vertieft werden können! Ich dachte, diese Schülerin hätte sich mit dem Verfahren schon ausreichend befasst? Seine Gnade Halumet! Sie müssen dieser Frau eine Verordnung erteilen. Eine heilige Pflicht."

„Das ist noch nicht soweit, denn wir hatten diesen Terranern den diplomatischen Status für ihre Abgesandte zugesagt. Damit ist eine Zwangsverordnung nicht möglich."

„Sie befindet sich auf Grund und Boden des Imperiums. Sie muss hier doch auch Befehle entgegennehmen. Was besagt denn so ein diplomatischer Status?"

Wieder schüttelte es mich. Dem Dompriester war überhaupt nicht klar, was so ein diplomatischer Status mit sich brachte. Er kannte außer Befehlsannahme und Befehlsvergabe nichts anderes. In letzterer Sache verstand er sich sicher am Allerbesten, denn den Halumet würde er sicher nicht so oft zu Gesicht bekommen.

Dann gab der Halumet etwas von sich, was eine innere Alarmfunktion in mir auslöste:

„Sie atmet gut! Sie ist auch so in einer erhöhten Bereitschaft!"

Und zu mir gewandt erklärte er: „Ihre Gnade Tamines, ich überlasse Sie jetzt dem Dompriester. Sie können ihm vertrauen und auch Fragen stellen, nur nicht wenn er beide Arme erhoben hat! Chandor wird hier in der Vorhalle auf Sie warten und ich begebe mich ins Palais der Diktatoren zur Lagebesprechung. Sie werden in drei Kavar wieder abgeholt. In den Pausen der Schulung können Sie an den Goofp-Kantinen Nahrung und Getränke anfordern."

„Sind hier Goofp stationiert?"

„Ja, auf Chorckland zwei nur hier im Dom!"

Klang logisch. Für die Versorgung des Heiligsten waren die Nahrungserzeuger direkt zugegen. Niedrige Tätigkeiten machen die Chorck selbst also überhaupt nicht. Sie haben für fast jeden Zweck ein Hilfsvolk.

„Also gut. Dann bis später!"

Der Halumet wandte sich ohne einen weiteren Ton um und Chandor Valchaz sah mir etwas traurig nach, als ich mit dem Dompriester in den Saal ging. Hier saßen bereits viele Chorck vor den in Kreisen angeordneten Tischbändern auf ebenso angeordneten Bänken. Hier konnte man die innere Kugelform des Bauwerks fast vollständig erkennen. Ohne mich anzusehen wies mir der Dompriester einen Platz zu. Er deutete einfach auf eine Bankreihe und selbst wanderte er zum Zentrum der Einrichtung. Die Chorck hier im Saal blickten neugierig zu mir und alle begannen mit einem Schnattern, sodass mein Translator nicht mehr zum Übersetzen kam. Aus den Bruchstücken konnte ich keinen Sinn in den Äußerungen erkennen. Irgendwie klangen die Stimmen aber anders, als von den Chorck, welche ich bislang zu sehen bekam. Also blickte ich mich auch neugierig um und erkannte – wesentlich weichere Gesichtszüge!

Das waren Chorckfrauen!

Endlich konnte ich einmal Chorckfrauen sehen. Innerlich musste ich schon wieder lachen, denn wenn Max dies wüsste, dass diese Chorck-Weiblichen in erster Linie durch das Geschnatter verraten hatten, würde er dieses sicher wieder mit seiner Theorie der Jäger und Sammler bestätigen. Er erklärte immer, dass eine Frau täglich mindestens achttausend Wörter zu sprechen hatte, damit sie das Soll der Kindererziehung von in den Genen schlummernden Angewohnheiten aus der Urzeit erfüllt. Männer, als Jäger hatten möglichst still zu sein, wenn sie einer Beute hinterher waren, um sich nicht zu verraten. Darum, so argumentierte Max ebenso, gab es von Männern immer nur auch klar funktionelle Anweisungen bezüglich der Jagdtaktik an die Mitjäger und jener Effekt führte zu kurzen logischen und inhaltsreichen Sätzen in der technischen Neuzeit.

Langsam verstummten die Stimmen der Chorckfrauen und ein paar der letzten Sätze konnten gerade noch von meinem Übersetzer aufgefangen werden: „Wie ekelhaft! Diese Weibliche hat noch Haare! Kann denn ein Wesen in dieser Entwicklungsstufe überhaupt intelligent sein?" Eine Andere: „Was hat sie wohl in diesem Kokkerensack?" Damit meinte sie meinen aluminiumbedampften Leinensack. Weiter: „Sie wäre hübsch, wenn sie nicht so klein wäre. Wie macht sie das denn mit den Männern? Steigt sie dann auf eine Bank?" „Waschen wir ihr doch erst einmal chemisch diese Haare weg, dann wird sie vielleicht auch noch etwas ansehnlicher."

Ich atmete einmal fest durch den Mund ein und verspürte wieder einen Chlorgeschmack am Gaumen. Und kurz danach wurde ich erneut leicht euphorischer.

Ich blickte zum Dompriester und wie er von einem Antigravlift angehoben wurde. Er schwebte langsam mit erhobenen Armen vom Boden bis in eine Höhe von vielleicht fünfzehn Metern auf, dann begann er einen eigentümlichen Singsang. Hinter ihm war ein von innen leuchtender Stein zu erkennen. Ach ja! Das war der besagte Sonnenstein!

Und ich wusste plötzlich, was hier vor sich ging!

Dieses Chlor! Immer wenn ich dieses Chlor roch, wurde ich gleichgültiger und zuletzt bei anscheinend höherer Konzentration auch noch euphorisch! Nur aktuell nicht mehr, denn ich hatte mir ja diese Filter in die Nase geschoben. Aktivkohle kann diese relativ großen Molekülketten von Chlor ausfiltern. Ich hatte einen furchtbaren Verdacht und diesen wollte ich bestätigt haben.

Doch zuvor öffnete sich die Tischplatte vor mir und ein Kunststoffbecher mit einer gelblich-bräunlichen Flüssigkeit kam zum Vorschein. Die anwesenden Chorckfrauen nahmen den Becher mit beiden Händen und sogar mit den Tentakeln und führten diesen in einer einem Ritual ähnlichen Art zum Mund, tranken ihn langsam, aber in einem Zug leer. Ich erlaubte mir, meinen Speiseanalysator aus der Tasche zu nehmen und die Sensoren in die Flüssigkeit einzutauchen.

Sofort blinkte das Display im Alarmmodus!

Ein Cocktail dieser Drogen, welche der Analysator nicht alle erkannte. Einige Bestandteile davon waren Lysergsäurediäthylamid, auf Terra als LSD bekannt, Bestandteile des Meskalin, hypnotisch wirkende Barbiturate, Morphin und Phencyclidin, dann noch einige Opoide. Eine wirksame Mischung, wenn man jemanden unbedingt etwas glauben machen will! Dazu noch ein `heiliger Auftritt´ eines Dompriesters und schon ergab sich eine wünschenswerte Wirkung auf das gemeine Volk oder wie hier auf die gemeinen Völker.

Verstohlen hielt ich die Luft an und zog meine Aktivkohlefilter aus der Nase. Sofort kramte ich neue Filter aus meiner Tasche und drückte sie wieder in die Atemgänge. Dann drückte ich meine Gebrauchten auf die Sensoren des Analysegerätes. Nun lag eine höhere Konzentration an Chlor vor und das Gerät konnte bereits weitere Barbiturate und naturidentische Enkephaline bestimmen. So war das also!

Das gasförmige und großmolekulare Chlor wurde als Träger für Hypnotika verwendet! Bei der Atmung konnte dies zwar nicht vollkommen aufgenommen werden aber die kleineren Drogenverkettungen purzelten dauerhaft in den Blutkreislauf. Nach etwas mehr als einem Tag hatte ich noch nicht soviel davon in mich aufgenommen, um die gewünschte Wirkung abzubekommen. Im heiligen Gleiter wurde die Konzentration erhöht, wenn ich schon den Drogencocktail verschmähte, sodass ich wenigstens ausreichend für die Lehren aufnahmefähig gemacht werden könnte. Vielleicht wollte man auch erreichen, dass ich dann den Cocktail doch noch zu mir nahm! Ernüchtert erkannte ich die Zusammenhänge!

Ein Imperium, welches sich den inneren Frieden nur mit Drogen sichern wollte oder gewissermaßen nur konnte!

Mornom Fesch sang und sprach nicht mehr! Alles weitere entsprang einem Synthesizer und sollte eventuell den Eindruck erwecken, dass die Sphären durch den Dompriester sich telepathisch mitteilten.

Mein Translator begann langsam und leise induktiv mit meiner IEP-Wiedergabe mit der Übersetzung:

„Die universale Zündung (der Urknall) war zugleich die Geburt der Chorck. All unsere Atome und Moleküle waren bereits vor unserer eigenen Existenz vorhanden und mussten nur von den sich selbst programmierenden Sonnensphären so gesteuert werden, bis wir die Aufgabe der Beseitigung des Chaos annehmen konnten, unsere Aufgabe überhaupt verstanden hatten. So wie die universale Zündung das vorher nicht erbrachte Potential des ehemaligen Chaos auslöschte und beseitigte um im neuen universalen Zyklus das Volk der Kontrolle zu erschaffen, haben wir die langzeitliche Aufgabe erhalten, diesen Zyklus zu verlängern und das Universum zu stabilisieren. Nur das Geistespotential allen Lebens innerhalb unseren Dimensionen kann die Kraft für den Erhalt des Universums erbringen, jedoch bedarf es eines einzigen Volkes, hierfür die Richtungen vorzugeben. Dank dem ersten Halumet Verhoz co Muris wurden wir zu Verständigen, wir hatten die Nachrichten des Partikelstromes empfangen und verstanden. Verhoz co Muris war der erste Chorck, dessen Geist mit dem Strom wanderte und der den ersten Cocktail des Verstehens mixen konnte. Das Chorckonium ist der nun erste große Schritt wie der Allzeitseher Verhoz die Entwicklung bereits vorausgesehen und niedergeschrieben hatte. Er ernannte die Haluapostel, um zuerst die erste Welt zu einen und er brachte die Rezepte ein, mit denen diese Einigung ermöglicht worden war. Dank der Kraft der Natur, welche bereits den Segen der Sphären bekam, stemmte sich das Volk der Chorck als erste in das All um seiner weiteren Bestimmung zu folgen und den Willen der Sphären zu verbreiten und das sich ausbreitende Universum einmal in seiner künftigen Unendlichkeit zu stabilisieren. Auch die Technik wird nur ein Zwischenschritt auf diesem Wege sein. Wir müssen mit Hilfe der geweihten Cocktails soweit zu uns finden, dass wir einmal mit der reinen Kraft unseres vereinigten Geistes, mit der von den Chorck kontrollierten universellen Geisteskraft alles Lebens konzentriert die Neuimplosion unterbinden können und so die Informationen über unsere Dimensionen hinaus tragen, um einen Neuverlust zu vermeiden.

Diese große Aufgabe, meine Schwestern, wurde nur alleine den Chorck zugetragen. Vergesst nie, dass der Einzelne wertlos ist! Die Gemeinschaft hat sich zuerst innen zu reinigen, bevor wir unsere Reinheit nach außen strahlen lassen können. Meldet die Ungläubigen, meldet die Zweifler, damit diese den Krankheitsherden von Körpern gleich nicht unsere Gemeinschaft vergiften.

Beginnen wir mit dem Psalm eins aus der Partikellehre.

Die restlichen Informationen aus dem letzten abgestorbenen Universum hatten sich in der Form eines Partikelstromes gerettet, als sie sich freiwillig den Gravitationen der sieben Sonnen unterordneten. Doch die Informationen hatten eine Initialinformation, um sich zu zeigen und von einer Intelligenz gedeutet werden zu können. Nur ein zum Halumet geborener Chorck war in der Lage dies zu deuten.

Und Verhoz co Muris deutete:

Das letzte Universum rief uns um Hilfe. Es möchte das gleiche Schicksal nicht noch einmal erleben, weil das Universum wir sind. Schon mehrfach wurde alles verloren, aber mit den zunehmenden Restinformationen wurde der Partikelstrom geschrieben und verpflichtet diejenigen, welche auch die Informationen erkannt hatten, zu der Lehre von der Beseitigung des Chaos

und deren Durchführung. Bevor die schwere Materie bei weiteren Implosionen und neuen Zündungen gänzlich verbrennt, muss ein auserwähltes Volk dem Chaos Einhalt gebieten und die Geistesverschmelzung allen Lebens lenken. Wer die Informationen erkannt haben wird, der hat dafür die Verantwortung zu tragen und bekommt genügend Zeit, um zuerst sich selbst zu reinigen und dann den Geist mit den Kräften der beseelten und von den Sonnensphären gesegneten Naturen empfangbar zu machen. Geht diesen Weg bedächtig und ohne Eile, aber gehet nicht zurück und hinterlasst deutlich eure Spuren, sodass alles andere Leben euch folgen kann. Entfacht ein kosmisches Feuer, erzeugt eine kosmische Stimme und rufet die Scharen die euch zur Hilfe untertan werden. Bildet die Spitze der Armada, die den Kosmos reinigt, bildet die Spitze der Lehren die über allen anderen Lehren stehen soll und verteidigt die universalen Informationen notfalls mit dem Leben, denn wenn es wieder zu einer universalen Zündung kommen sollte, werden wir keinen ganzen Zyklus mehr haben um eine erneute Rettung durchführen zu können.
Verhoz verhieß uns die Strafe bei Nichterfüllung dieser heiligen Aufgabe. Wir geraten zwischen die Raum- und Zeitschlucker des Alls und müssen in der Nulldimension zusehen, wie dann andere Auserwählte sich an dieser Aufgabe versuchen. Dabei könnten wir uns nur noch als ein Hilfsvolk für die Anderen betätigen, wenn uns eine neue Zündung aus der Nulldimension entlassen sollte.
Die Zusammenstellung unserer Atome und Moleküle wurde vom Partikelstrom bewusst herbeigeführt, um uns das Leben einzuhauchen. So wie der Strom uns erhält, müssen wir den Strom erhalten. . . „

Ich hörte nun plötzlich nicht mehr genau hin, was der Dompriester da von sich gab. Ich verglich nun nur noch diese Art von Huldigungen mit den Arten irdischer Lehren und konnte nicht umhin, festzustellen, dass solche Rituale immer nur zwei Zwecken dienlich waren. Entweder dem Zugewinn von Macht von selbsternannten Heiligen oder dem Zugewinn von Finanzen, was letztendlich wieder zu Macht führen kann. In hiesigem Fall erkannte ich allerdings Strukturen, die höhergestellt schienen als alles, was es auf Terra bislang gegeben hatte.
Gewissermaßen waren alle Intelligenzen für Religionen anfällig, denn beginnt ein Individuum einmal zu denken, ist es nur ein Logisches, einmal den Blick umher schweifen zu lassen oder auch in den Himmel zu richten und sich zu fragen: Wo kommt dies alles her? Mutmaßungen, gedeutete Ereignisse festigen sich im Laufe der Zeit und den Überlieferungen und schon existiert wieder eine Art Lehre oder Pseudoreligion. Der

Hypothalamus läßt sich von solchen Erkenntnissen gut stimulieren und vertieft einen Glauben, belohnt sogar seinen Träger mit Erfolgserlebnissen oder Ereignissen, welche so gedeutet werden können. Frei nach dem Motto: klappte nach einem Gebet eine Bitte, war sie der Wille des entsprechenden Gottes, funktionierte dies aber nicht, so war es nun mal ebenso der Wille Gottes. Mit dem Langzeitplan der Chorck, welcher nun den Eintritt in die Schlaufe des Partikelstromes versprach, hatten wir nun ein Element ähnlich dem Fegefeuer. Sogar etwas mehr! Das Überleben einer eventuell weiteren `universellen Zündung´. Allerdings wieder mit der Warnung versehen, falls die Chorck ihre Aufgabe nicht zu meistern vermögen, dass unter Umständen auch der Machtverlust in Betracht käme, nur doch mit dem theoretischen Leben in der Nachwelt, was ja auch schon etwas wert war. Eine saubere, über die Jahre gut gesponnene Verstrickung.

Fast hätte ich es nicht bemerkt, aber der Priester schwebte wieder zu Boden. Er hatte eine Pause angekündigt. Eigentlich hätte ich wieder ein Geschnatter der Chorckfrauen erwartet, doch blieben diese apathisch still und hatten große Pupillen in den kleinen Augen. Der Cocktail hatte eine große Wirkung, möglicherweise eine noch größere, als der Dompriester es alleine bewerkstelligen hätte können.
Nacheinander wanderten die Chorckfrauen in Richtung des Dompriesters, knieten nieder und küssten ihm die Zehenschuhe. Sie bestanden aus einem fast goldenen Metall, vielleicht sogar aus einer Goldlegierung. Ich wartete, bis diese etwa vierzig Frauen ihren Dank so ausgebracht hatten, dann wanderte ich als Letzte zum Priester, aber ich ließ es mir nicht einfallen, seinen Zehen auch nur ein wenig nahe zu kommen. Stattdessen versuchte ich es mit Kommunikation.
„Eine sehr interessante Lehre, in der Tat, Ihre Gnade, hoher Dompriester. Ich bin von den Zusammenhängen sehr angetan und versuche eine logische Anordnung zusammenzustellen. Seltsamerweise muss ich auch feststellen, dass es in Lehren unserer Heimatplaneten ebenfalls äquivalente Passagen gibt. Die Lehren entstehen immer nach einem gleichen System, nicht wahr?"
Da hatte ich den Dompriester aber böse getroffen! Fast schrie er mich an:
„Fehllehren und Fehlinterpretationen entstehen leider immer wieder ähnlich der wahren und einzigen Lehre! Viele Wege ähneln sich, aber nur ein Weg führt ins Licht und die anderen Wege versinken im ewigen Dunkel. Doch es gibt Rettung! Solange die Wege einigermaßen parallel verlaufen, kann man wechseln! Darum wechsle rechtzeitig, meine Zeittochter! Wechsle, lass dir dabei helfen, zum Beispiel mit dem Hilfstrank der deinen Geist öffnet und

dir den Glauben vorbereitet wie einen Teppich, den du dann betreten kannst."

„Ich konnte eine gewisse Unverträglichkeit von verschiedenen Substanzen in diesem Cocktail für meine Physiologie feststellen. Bevor ich nicht ausreichend über die Folgen für mich im Klaren bin, werde ich nichts davon zu mir nehmen. Aber wenigstens kann ich Ihnen, Ihre Gnade, hoher Dompriester versichern, dass ich atme!"

Ich wollte nur sehen, wie er darauf reagiert. Doch diese Antwort schien ihm nicht genug.

„Terranerin! Machen Sie ihre Pause, nehmen Sie etwas zu sich und konzentrieren Sie sich im heutigen zweiten Teil der Lehrandacht auf den Inhalt und auf die Aura der universellen Weisheit!"

Er machte auf seinen Zehen kehrt und wandelte mit seinem halbtransparenten Umhang zu einer Art Altar mit dem Symbol der sieben Sonnen, wo er zuerst ein paar Stufen empor ging, um dann auf einem Podest niederzuknien. Auch dieses Ritual hatte seine Bedeutung! Um sich nicht niederer als all die anderen zu begeben, waren diese Stufen vorhanden. Aber um zu zeigen, dass auch der Dompriester sich den sieben Sonnen oder deren Sphären beugte, dazu war das `erhabene´ Podest errichtet. Ich betrachtete ihn noch eine Weile, er nahm keine Notiz mehr von mir. Unter seinem Umhang erkannte ich weitere bemalte oder bedruckte Umhänge und einen Rock mit den Sonnensymbolen.

Nun, ich wandte mich nun in die Richtung, in die auch die Chorckfrauen gegangen waren. Eine Art Schleusentür mit vieldeutigen Gravuren öffnete sich und dann war ich in einer dieser Kantinen. Endlich konnte ich eines dieser phänomenalen skelettlosen Wesen sehen!

Das Wesen hinter der Theke musste ein Goofp sein! Eine Mischung von einer Schnecke und einer Krake wäre die ideale Beschreibung hierfür. Und diese Krake trug einen Anzug mit Kraftverstärkern. So wurde seine Bewegungsfähigkeit enorm erhöht. Das also waren die in den Werbesendungen angepriesenen Verstärker für Skelettlose.

Als ich nahe an der Theke mich als Letzte in die Reihe der Wartenden einordnete, blickten diese Chorckfrauen nur einmal kurz um. Alles summten eine Melodie, die dem Singsang des Priesters gleich kam. Klarer Fall! Diese Frauen waren `high´! Nachdem auch noch einige Barbiturate in diesem Cocktail waren, also so genannte Hypnotika, konnte damit gerechnet werden, wenn diese Wesen regelmäßig solchen Unterrichtungen beiwohnen, dass die Priesterlehren auch noch eine lang nachhaltige Wirkung behielten.

Ich war an der Reihe! Der Goofp fragte mich nach meinem Wunsch, als er mich zuerst mit durchaus menschlichen Augen musterte. Einziger Unterschied schien mir, waren auch solche transparente Innenlieder, welche immer wieder die Augen befeuchteten.

Seine Stimme wirkte etwas schwammig und wie durch ein Strudelbad gesprochen.

„Was kannst du einem Fremden, der noch nicht weiß, ob diese Nahrungen alle genießbar sind, denn empfehlen?"

Daraufhin hörte ich den Laut, der zur Namensgebung dieser Wesen führte.

„Goofp! Empfehlung? Spezialitäten aus Goofp-Heimat sinnen Amphibie Ballonschnecke halbtrocken grillen."

Mein Translator zeigte leichte Schwierigkeiten mit der Übersetzung, darum versuchte das Gerät auch zuerst diese Simultanübersetzung, welche aber ein absolut fernes Chorcklan oder Intergalak zuließ. Doch mir reichte auch dies vollkommen. Das Wesen erwirkte eine Art undefinierbares Mitleid in mir. Sie stammte sicher aus einer Sumpfwelt und müsste nun auch für die Chorck als Handlanger dienen. Auch davon war ich überzeugt, dass diese Außenskeletttierungsanzüge auch eine hohe Hautanfeuchtung vornehmen würden.

„Ich nehme deine Empfehlung an. Wie ist dein Name?"

„Goofp! Meiner Namen sind `Schleemestehoerenaugoolhonsares´ und Fremde sind Tamernes, haben mit Mitteilung gekommen."

„Ich freue mich, deine Bekanntschaft zu machen, aber deinen Namen kann ich mir nicht komplett merken. Ich nenne dich einfach nach dem letzten Teil, also `Honsares`, ist das für dich gut so?"

„Nicht mehr sind sondern ist gut!"

„Und ich heiße einfach Tamines und nicht Tamernes, alles klar, mein Freund?"

„Freund? Niemand nennen uns Freund! Ich mir aber sehr freuen fremde Tamineees, Goofp."

Ich bemerkte, dass dieses `Goofp´ eigentlich immer nach einem Schluckimpuls des Wesens sich äußerte. Also schloss ich daraus, dass dieser Laut weniger bewusst auftrat.

Behende wanderte diese Krakenschnecke in dem Hilfsanzug zum Ofen und warf eine dieser Ballonschnecken in eine dieser Schneckenpfanne, wie sie mir Valchaz schon gezeigt hatte. Dann kam der Scharnierdeckel drauf, oben wurde noch eine Gewürzsoße eingefüllt und nach ein paar Minuten servierte mir `Honsares´ schon mein Gericht.

„Noch ein heiligers Cocktail zur Krustengrill?" Wollte er wissen, aber da verneinte ich und so registrierte ich fast ein Lächeln? Ich war angetan von diesem liebenswerten Wesen. „Nein danke. Hast du vielleicht einfach nur ein keimfreies, vielleicht sprudelndes Wasser?"

„Aooouuuuii! Wasser? Ja! Schönes gutes freies Wasser für Nichtbad. Wir haben für Temineees!"

„Tamines!"

Ich traute meinen Augen nicht! Die Krake pumpte an einer Handpumpe Wasser aus einem langen Edelstahlhahn. In einem Imperium, wo man dachte, es gibt nichts mehr, was nicht doch in geringen Mengen automatisiert war, findet man ausgerechnet im Allerheiligsten der Sonnenlehren eine Krake, welche Wasser mit einer Handpumpe oder besser gesagt, Tentakelpumpe servieren kann.

Honsares übergab mir alles auf einem Tablett, auch den Plastikbecher mit wirklich sprudelndem Wasser und einen Halbschalenteller mit der Ballonschnecke und einem kleinen Hämmerchen.

„Sonne durch den Magen, Wasser durch die Haut, Plankton für den Kopf."

Ein seltsamer Wunsch für den Appetit, aber sicher der Kultur der Goofp entsprechend.

„Ich danke dir, mein Freund Honsares. Mein Kompliment! Die Ballonschnecke duftet wirklich ausgezeichnet!"

„Wir danken dir, meine Freund Taminees"

Warum sprach der Goofp immer in der Mehrzahl?

Zwitterwesen?

Das könnte möglich sein. Vielleicht sogar Geschlechtswandler, ähnlich einer bestimmten Froschart auf der Erde, welche nach Bedarf einfach das Geschlecht umstellten, um zu Nachwuchs zu kommen. Somit lebten immer zwei Geschlechter in einem Körper und das könnte das Plural zur Folge haben.

Ich setzte mich an einen Tisch, an dem bereits eine Chorckfrau Platz gefunden hatte. Sie beachtete mich nicht einmal. Während sie auch eine Ballonschnecke verspeiste, summte sie immer noch diese furchtbare Melodie des Dompriesters nach. Dabei konnte sie aber die Stimmlage überhaupt nicht halten und so geriet das Gesumme für mich in den Bereich des Albernen.

Diese Ballonschnecke hatte sich aus irgendwelchen Gründen vor der Abtötung oder während des Backvorgangs aufgebläht und ich bemerkte, wie die Chorck immer wieder mit dem Hämmerchen ein Stück der gegrillten Haut abschlug. Also tat ich es ihr gleich und hämmerte drauf los. Zuerst schlug heißer Dampf aus dem Schneckenkörper, welcher nicht einmal schlecht duftete! Auf alle Fälle wesentlich besser als diese Krattplättchen auf der Station Halumal.

Nachdem ich ein Stück dieser Kruste in der Hand hielt, zog ich doch meinen Nahrungsanalysator zu Rate. Dieser gab eine eingeschränkte Unbedenklichkeit aus. In höherer Konzentration wäre also dieses Gericht für Menschen nicht geeignet, weil – ja, seltsamerweise weil – diese Schnecke sehr viel Nikotin beinhaltet! Ein Festmahl für Raucher, oder auch nicht, denn Raucher sollten die Nikotinzufuhr anders bewerkstelligen. Das Wasser war mit Kohlensäure durchsetzt und schmeckte grundsätzlich besser als dieses Galakmix. Einfach wie gutes Mineralwasser.

Ein Gong ertönte und ich konnte beobachten, wie die Chorckfrauen, welche anscheinend immer weiter in eine Art Trance taumelten, sich sputeten, ihre Mahlzeit zu beenden. Nach etwa vier Minuten ertönte ein weiterer Gong und die Seminarteilnehmer aßen die Reste hastig auf, räumten ihre Abfälle und Bestecke in eine Abräumstation. Auch ich beeilte mich, musste ich doch auch den heutigen zweiten Teil der Schulung besuchen, anderes käme ich sicher nicht von hier weg.

Ich ging am Goofp vorbei und rief ihn: „Ich wünsche dir noch einen schönen Tag, mein Freund Honsares! Vielleicht sehen wir uns wieder einmal!" „Würden uns sehr freuen Taminees von der Ferne. Schon selten ein Treffen mit Träger von Seidenfäden unter schönem Glanz. Enzückt!"

„Ich freue mich auch, einen Träger von ehrlichen Augen getroffen zu haben."

Noch beobachtete ich, wie diese Krakenschnecke hinter der Theke etwas aufräumte und dabei konnte ich eine Aufspaltung der Krakenarme auf weitere fingerartige Fortsetzungen erkennen. Auch diese `Finger´ wurden von einem künstlichen Außenskelett unterstützt. Ich wartete, bis ich die absolut Letzte war, welche in den Lehrsaal zurückging.

Der Dompriester stand bereits wieder an seinem Platz, von dem er sich per Antigrav erheben lassen wollte um weiter zu predigen.

Dem war auch so, als alle Chorckfrauen und ich die Plätze eingenommen hatten.

„Ich werde euch im zweiten Teil unserer heutigen Offenbarungen einen Einblick in den Ablauf des Partikelstromes gewähren. Dazu bedarf es einer Projektion und eurer höchsten Konzentration! Ihr werde die Heiligkeit der Sphären fast wie am eigenen Körper verspüren!"

Wieder schob sich ein Becher mit einem Getränk aus der Tischplatte und die Chorckfrauen begannen fast vor Glück zu weinen. In einem festgelegten Ritualpart nahmen sie jeweils diesen Becher und begannen langsam zu nippen. Dabei schlossen sie die Augen mehr und mehr. Erneut wollte ich die Bestandteile wissen und versuchte so unbemerkt wie möglich mein Analysegerät zu handhaben. Dieses Mal besaßen diese Drinks einen noch höheren Anteil von Barbituraten und meskalines Opoidum. Auf diesem Wege würden die Lehren wohl in den Bewusstseinen der Schüler verankert. Sogar dermaßen verankert, dass alles Gelehrte wie eine Eigenerfahrung wirken würde. Damit gab es also Wesen, welche den Kontakt mit der Gottheit beschwören würden.

Die Projektion wurde geschaltet. Ein künstlicher Himmel entstand, ein Firmament mit sieben strahlenden Sonnen. Wie mit der Fahrt eines Schiffes tauchten wir optisch in den Partikelstrom ein. Eine bewusst raunende Stimme erklärte Abschnitte des Stromes.

„Die immerkehrende Grundinformation für die Entstehung der Chorck passiert die Sonnen in einem Mittel wie die DNS eines Lebewesens. Jede Information ist doppelt vorhanden, ebenso wie die Doppelhelix der Informationen aller Kreaturen."

Tatsächlich konnte auch ich in dieser Projektion Materiekonzentrationen erkennen, welche immer doppelt vorhanden war. Ich würde aber behaupten, dass eben diese Dualität aufgrund von diesen ausgewogenen Kraftfelderverteilungen entstanden sein könnte.

„Damit wird die uns auferlegte Aufgabe klar. Verhoz co Muris hatte daraus gelesen und erkannt, dass die Informationen des Lebens auf uns Chorck verweist und die umfließenden Informationen auf unsere Aufgabe."

Um diesen doppelten Partikelstrom im Zentrum flossen weitere einzelne Ströme, zum Teil sogar schneller als der zentrale. Dieser sollte also die Informationen der Aufgabe beherbergen.

Zweifelsohne handelte es sich um einen wunderschönen Effekt, aber ob dieser Effekt auch in diesem Sinne als göttliche Aufgabenverteilung gewertet werden könnte, na ich wusste nicht so recht!

Ich verglich diesen Partikelstrom mit den Ringen des Saturn.

Auch die Ringe unseres sechsten solaren Planeten hätten für eine derartige Deutung herhalten können! Nachdem auch diese Ringe mit unterschiedlichen Geschwindigkeiten den Saturn umflossen, sich die Ringe dabei gegeneinander kaum beeinflussten sondern einfach sich den gravitativen Gesetzen oder nach den neuzeitlichen Erkenntnissen tachyonkoordinierten Raumandrucksverhältnissen unterordneten, würde wohl auch in dieser Neuzeit wohl niemand mehr auf direkten göttlichen Kontakt schließen. Es sei denn, die Schüler einer hierzu spezifizierten Lehre bekämen ebenso laufend solche Drogencocktails mit Hypnotika.

Weitere Substanzen in diesen Cocktails tragen möglicherweise auch noch neutrale Eiweißketten, welche sich dann als programmierte Erfahrungen im Gehirn niederlassen.

Sicher war es schwierig, ein Imperium mit dermaßen Ausmessungen zu führen oder auch zu halten, umso mehr erschien es mir logisch, dass eine solche Aufgabe unter diktatorischen Strukturen auch nur mit solchen Mitteln zu bewerkstelligen war.

Ein Logisches an und für sich hatten diese Rituale, aber Erdenbewohner sähen allzu Menschenunwürdiges bei dieser Methode.

Allerdings erinnerte ich mich ja auch an die Methoden, welche die Herrschergilde Chinas an den Tag legten um ihre Massen von Menschen zu beherrschen. Von Menschenwürde konnte man bei den Arbeitslagern, welche bis noch vor etwa dreißig Jahre existierten, wohl auch nicht sprechen.

„Die schnelleren Bahnen des Partikelstromes bereiten uns immer wieder darauf vor, auch nicht an Zeit zu verlieren. Die Bedeutung zeigt uns die relative Unendlichkeit der Umläufe, sowie auch, dass wir immer vorwärts zu gehen haben. Auch hier gibt es keine Schritte zurück. Die Informationen die in die Sonnenkoronen eingehen liegen in der Bedeutung parallel mit dem schon Erledigten. Neue Informationen kommen aus der Unendlichkeit hinzu und können neu eingelesen werden. Dabei handelt es sich um die weiteren neuen Aufgaben. Vor nicht einmal einem Klataan schickte uns der Orbit des galaktischen Raum- und Zeitschluckers eine hochkonzentrierte Wolke neuer Informationen, welche sich nun langsam in den Informationsstrom eingliedert. Unsere weiser Halumet konnte diese Informationen nun deuten und erweitert die heilige Datenbombe um seine Psalmen.

Große Zeiten werden anbrechen, denn diese Wolke neuer Informationen bedeutet die Erweiterung unseres Imperiums um eine Vielzahl von neuen Völkern, neuen Wissens und einem evolutionären Schritt in Richtung der Erfüllung unserer universellen Aufgabe.

Ein weiteres Imperium wird sich unserem Imperium kompromisslos anschließen und unterordnen und mit den dazu einfließenden neuen Erfahrungen und neuen Techniken gilt es, das Chorckonium bis über unsere Galaxie hinaus zu tragen. Wir können es als einen Erfolg ansehen, da dieser Schritt noch vor dem Zeitpunkt vollzogen werden kann, in dem sich die universelle Zündung umkehren wird."

Eine Holosimulation bewirkte eine optische Täuschung und diese Partikelwolke durchdrang den gesamten Lehrsaal. Die hypnotisierten Frauen schrieen verzückt auf und riefen im Chor:

„Heil dem universalen Imperium, heil dem Halumet, heil unseren weisen Priestern!"

Auch ich wusste, was diese Partikelkonzentration zu bedeuten hatte!

Die Chorck berechneten bereits die Integration des Terranisch-demokratischen Imperiums als die Erweiterung ihres Machtgebildes. Und vor allem: Sie betrachteten diese Integration bereits als sicher. Jetzt war ich gefragt. Ich durfte in keinem Falle diesen Dingen den Rücken kehren. Trotz, dass ich keine Cocktail zu mit genommen hatte, musste ich mich als größtenteils überzeugt von der Bestimmung der Chorck geben und auch die Handelsbeziehungen nicht mehr als zentrales Thema vertreten. Besser müsste es wohl sein, ich würde um die Stellung der Terraner in der hiesigen Hierarchie verhandeln.

Das dieser Partikelstrom und diese neuerliche Materiekonzentration nichts Prophetisches an sich hatten, war zuerst nur mir klar. Es gab ja noch kein terranisches Imperium dieses Ausmaßes, wie der Dompriester und der deutende Halumet mit seiner Partikelkonzentration es wohl ausdrücken möchte. Ob es wohl diese Partikelanreicherung wirklich gibt? Ob diese Anreicherung schon vor den ersten Kontakten mit diesem Imperium festgestellt wurde? Darüber konnte ich wirklich nur spekulieren.

Sollte dies der Fall gewesen sein, so war auch unsere Kontaktaufnahme mit den Chorck von diesen sofort als die Erfüllung einer Prophezeiung angesehen worden und die Handelsbeziehungen waren nur als Mittel zum Zweck zur Kontaktaufnahme erklärt.

Die Schulung dauerte noch bis der komplette Partikelstrom einmal `durchflogen´ war. Dann wurden wir entlassen. Die Chorckfrauen wanderten apathisch in Richtung Ausgang und wurden von Schwebebussen abtransportiert. Ich wurde von Mornom Ferch co Achot aufgehalten und er versuchte mich mit seiner überheblichen Art zu beeinflussen.

„Meine Zeittochter. Haben dich unsere Lehren überzeugen können? Wirst du mit uns an der großen universellen Aufgabe arbeiten?"

„Deine Ausführungen dienen zweifelsohne einer großen Sache. Ich habe von Natur aus das Verlangen, bestimmte Gegebenheiten und Aufgabenstellungen logisch durchzuarbeiten. Dabei darf ich aber bestätigen, dass dieser Partikelstrom sicher eine Informationsquelle bietet. Auch wir hatten diese sieben Sonnen schon seit langer Zeit beobachtet und wollten Rückschlüsse aus diesem Wunder ziehen. Uns fehlte sicher nur die Nähe und ich bin dankbar, bereits Auslegungen weiser Wesen genießen zu dürfen. Ich habe meinem Volk und den Anschlussvölkern des Magellan-Imperiums viel zu berichten und ich sehe eine Aufnahme der universellen Aufgabe auch für uns als unumgänglich. Ich danke dir, großer Lehrer, großer Priester für diese absolut beeindruckenden Darlegungen."

Der Dompriester lächelte wie gütig. Möglicherweise betrachtete er sich bereits als der Mittler zwischen den Imperien und malte sich schon seine Belohnungen dafür aus.

„Meine Zeittocher, ich hoffe dich bald wieder in einer der Schulungen zu sehen, vielleicht mit vielen anderen deines Volkes und zum Anlass einer großen Vereinigung. Es würde mich glücklich machen und meiner Existenz zu einem tiefen Sinn verhelfen!"

Mit mir hast du in jedem Falle eine aufmerksame Schülerin gewonnen, ich bin von deiner Fähigkeit als Dompriester überzeugt. Auf Wiedersehen, wie man bei uns so zu sagen pflegt!"

Etwas verdutzt blickte mich der Dompriester von oben herab an, dann wiederholte er: „Auf Wiedersehen."

Der lange weiße Kabinengleiter schwebte gerade heran, als ich den Dom der sieben Sonnen verließ.

Es dämmerte bereits auf Chorckland zwei und ein feiner Nieselregen verdarb mir jegliche Freude der Befriedigung meiner Neugierde. Trotzdem wollte ich einen euphorischen Eindruck von mir geben, sodass auch der Halumet sich seinen Plänen näher sah.

Ich sprang regelrecht in den Innenraum und Salemon sah mich erwartungsvoll an. So einfach wollte ich es ihm aber nicht machen!

Ich lächelte ihn einfach sehr freundlich an und suchte eine dieser für mich hohen Sitzmöglichkeiten auf. Valchaz blickte mich besorgt an. Ich wusste warum. Er sah seine Pläne in Frage gestellt, sollte ich mich für diese Lehre entschieden haben.

Doch auch der Halumet war irgendwie `menschlich´ und seine Neugierde plagte ihn.

„Wie haben Sie die Schulungen genossen, Ihre Gnade Tamines Santos Reis?"

„Höchst beeindruckend. Wirklich! Ich hab noch nie vorher eine so interessante Interpretation erlebt, vor allem nicht so zielstrebig definiert. Dafür ist hohes Einfühlungsvermögen notwendig und natürlich auch überragende Intelligenz. Ich kann nur meinen Respekt zollen."

Dem guten alten Valchaz schien eines seiner Herzkammern in die hochgestellte Ferse gefallen zu sein. Aber nachdem der Halumet mich nun nicht mehr weiter betrachtete, sondern in Richtung des Piloten blickte und außer uns ansonsten niemand an Bord des Sonnengleiters war, erlaubte ich mir ein kurzes Augenblinzeln in Richtung meines chorckschen Freundes Chandor Valchaz. Möglicherweise hatte er nur auf so ein Zeichen gewartet, es war ihm anzusehen, wie er wiederum nach menschlicher Manier tief durchatmete. Er hatte verstanden.

Der Kabinengleiter passierte die gleiche Strecke zurück bis zum Regierungsraumhafen. Nachdem es hier dämmerte und die Station, das Halumal mit dieser Zeit hier gekoppelt war, würde also die Dunkelphase dort auch beginnen. Fast als hätte Valchaz meine Gedanken erraten, erklärte er mir: „Wir besprechen deine Schulung noch heute bei der Nahrungsaufnahme. Ich bin sehr daran interessiert zu wissen, wie dich der Partikelstrom mit seinen Informationen überzeugt hat. Sicher hast du erkannt, dass es keine Alternative zur großen Aufgabe gibt und dass es nur eine Gemeinsamkeit unter der Führung des auserwählten Volkes geben kann."

„Eine Alternative zur bestehenden Konfiguration kann nur eine Beschleunigung der Bestrebungen unserer Beziehungen sein. Einfach um der Bestimmung schneller als bisher nahe zu kommen."

Dieser Satz gefiel dem Halumet und der erklärte in einer nie gesehenen Fröhlichkeit:

„Ich hatte dies in meiner Interpretation erkannt, Ihre Gnade Tamines Santos Reis. Wenn ihr Terraner einmal die Notwendigkeit unseres künftigen gemeinsamen Handelns versteht, dann ist eine Beschleunigung der universellen Aufgabe durchaus im Bereich des Möglichen. Ich bin sicher, dass ihr einen gehobenen Platz unter unseren Hilfsvölkern einnehmen könntet. Einen Platz der Exekutive und der Techniken."

„Ich selbst muss mich mit diesen Möglichkeiten erst einmal vertraut machen. Zu viele neue Eindrücke gilt es zuerst abzuarbeiten."

Der Halumet nickte und lächelte wie ein verständnisvoller Opa. Auch er sah sich seinen Annektierungsgedanken und deren Verwirklichung nahe.

Was mir nun besonders helfen könnte, war einfach diese Tatsache, dass auch der Halumet gewissermaßen seine eigenen Lügen glaubte. Er hatte vorausgesehen, dass sich mit der Anreicherung des Partikelstromes ein weiteres Imperium in das Chorckonium integrieren würde. Nun war er bereits der Eigensuggestion verfallen, dass es auch so zu geschehen hatte!

Ähnlich eines irdischen Priesters, der ein neues Gebet erdachte und es veröffentlichte; dabei wurde er selbst von Gänsehaut befallen, da er den Gedanken an das Göttliche gerichtet hatte und fühlt, wie ihn die segenreiche Hand des jeweiligen Gottes streichelte. Er fühlte sich ebenfalls in seinen Diensten absolut bestätigt.

Die einzigen Sorgen, die ich mir nun zu machen hatte wären, wie ich wohl wieder von hier wegkommen würde. Würden mich der Halumet und der Rat der Sieben einfach ziehen lassen, beflügelt von dem Glauben, die suggerierende Wirkung der Atemluftbeimischung hatte mich schon soweit in den Bann gezogen, dass ich dieses Spiel schon mitzumachen gedenke oder möchten sie mich noch weiter `umwandeln´? Ich hatte ja bereits großes Glück, als ich mir diese Aktivkohlefilter in die Atemwege einsetzte und das Trägerchlor auszufiltern imstande war. Ich konnte mich an die aufkommende Euphorie erinnern und welch tolles Gefühl es war, dem Ziel schon so nahe zu sein. Wobei dieses Ziel meiner persönlichen Zielsetzung absolut nicht entsprach.

Der Raumhafen kam in Sicht und der Transporter, das Shuttle wirkte nun, nachdem ich die in den Luftgemischen vorhandenen Drogen für mich ausgefiltert hatte, wie ein anfälliger uralter Kahn. Überhaupt bemerkte ich langsam, mit was für technisch überholungsbedürftigen Gerätschaften hier hantiert wurde. Das meiste wurde irgendwie lustlos erledigt, so bot sich mir nun der ernüchterte Eindruck. Kein Glanz und kein Ruhm wurde hier präsentiert! Diese fehlenden Gemeinschaftstugenden konnten nur mit der Wirkung von leichten bis schweren Halluzinogenen erzeugt werden.
Ich wusste nun auch, warum ich an Bord der Station ziemlich gefasst war. Zwar war die Konzentration der Luftbeimischungen nicht sonderlich hoch, aber bei einer Dauerberieselung kam die Wirkung im Laufe der Zeit. Ich hatte durch einen Zufall Schlimmeres verhindern können. Nur weil mich dieser Chlorduft nervte, verwendete ich meine Atemfilter. Und wieder ein paar Stunden hatte es gedauert, bis ich wieder auf normalen Denklevel zurückkommen konnte.
Als einen Hohn an der Sache konnte ich folgende Tatsache werten, dass ich dort, wo die höchste Drogenkonzentration mich zur absoluten Euphorie hätte bringen sollen, also in der Schulung, ich die wieder höchste Klarheit zurückerhalten hatte!
Der Domgleiter oder Kabinengleiter mit den Sonnensymbolen fuhr sogar sein Landegestell aus und setzte neben dem Shuttlebus auf. Das sollte bedeuten, dass der Gleiter für die nächste Zeit wohl keinen Dienst zu erledigen hatte. Ein paar Meter waren zu Laufen, um wieder in den Orbitaltransporter zu gelangen. Auch hier war zu erkennen, dass die Chorck oder die Nohamen es nicht allzu genau mit der Technik nahmen. Immer nur das Notwendigste!
Auf Terra hätten die Unternehmer dafür gesorgt, dass Passagiere nie in den Einfluss von Regen geraten würden, müssten sie umsteigen.

Das Shuttle war bereits voll von Yolosh, also hatte das Automatfahrzeug auf Geheiß vom Halumet noch auf uns gewartet. Wieder blickten die Yolosh neugierig auf mich, wirkten aber auch leicht apathisch. Langsam klärten sich alle meine Vermutungen auf. Auch diese Truppen wurden mit angemessenen Drogen unter Gehorsam gehalten. Möglicherweise benötigten auch die Yolosh eine andere Zusammensetzung um sie gefügig zu halten und wurden deshalb auch unter dem Vorwand des Schichtwechsels in entsprechende Lager verfrachtet.

In Bezug auf das Imperium der Chorck entwickelte sich in mir das Bild eines Giganten auf unheimlich dünnen Beinen. Bislang hatten die Chorck noch keinen nennenswerten Feind für ihr System zu registrieren. Auch die Chonorck, also die Rebellen waren für sie zu durchschauen, da diese auch ihren Reihen und ihrer Mentalität entsprangen. Aber was wäre, wenn wir uns, also wir Terraner auf einen Befreiungsschlag vorbereiten würden? Nicht jetzt oder bald! Nach einiger Zeit erst, wenn es auch wirklich einmal eine ernstzunehmende Flotte geben sollte. Ich war davon überzeugt, dass wir die Chorck in deren Schranken weisen könnten.

Wenn Chandor Valchaz mit mir zurückkehren würde, hätten wir schon eine unsagbar ergiebige Informationsquelle! Das war das Mittelbare, was ich im Auge zu behalten hätte. Doch zuerst galt es, den Chorck Vertrauen zu beweisen. Ein Vertrauen, welches allerdings nicht ehrlich sein würde. Aber die Mittel heiligen die Zwecke, vor allem dann, da ich überzeugt war, vielleicht vielen Intelligenzen der Galaxie einmal einen Dienst erweisen zu können, einen Dienst, der letztlich zu mehr Freiheit führen würde. Auch ein Langzeitplan!

Die Materieresonatorenbeschichtung des Shuttlebusses wurden aktiviert und dieses Gefährt brauchte erst einmal einige Zeit, um sich selbst zu synchronisieren. Nachdem ich meine Umgebung nun wieder um ein Vielfaches nüchterner betrachten konnte, stellte ich fast, dass die technische Kombination von Computersteuerung und Raumandruckneutralisatoren absolut nicht perfekt funktionierte, zumindest nicht so aufeinander abgestimmt, wie es die terranische Technik bereits jetzt war.

Die Chorck begnügten sich mit einem technischen Fortschritt, wenn er so einigermaßen im Laufen war. Perfektion war hier in weiter Ferne, Funktionalität alleine reichte aus. Wackelig erhob sich das Shuttle und steuerte immer noch oder wieder in sich schlingernd dem Himmel entgegen. Auch spürte ich erneut die unterschiedlichen Gravitationsverhältnisse an Bord oder am Rand und an den Fensterluken. Wieder eine negative Parabel, welche von einer relativen Horizontalfahrt zu einer fast reinen Vertikalfahrt überging. Ich hörte ein Pfeifen und nach mehreren heftigen Rucklern wollte ich doch einmal wissen, was das Pfeifen zu bedeuten hätte.

„He! Ihre Gnade Halumet, Wissender der obersten Kaste, was ist los, was pfeift hier so furchtbar?"

Der Halumet blickte auf eine der Anzeigen, welche alle zwanzig Meter in Form von 2D-Schirmen angebracht waren.

„Eine der Druckdichtungen hatte nicht komplett geschlossen. Es weicht Innendruck aus! Aber keine Sorge. Eine automatische Vorrichtung wird für eine Sperrung sorgen."

Ich beruhigte mich aber keineswegs! Sonderbar. Die Yolosh amüsierten sich sogar noch über diese Fehlfunktion. Kurz vor dem Halumal war dann das Pfeifen schlagartig zu Ende.

„Sehen Sie, Ihre Gnade Tamines von Terra, wir haben auch solche Probleme im Griff. Eine automatische Vorrichtung hat eine Druckmasse in den Dichtungsriss gespritzt. Nun ist alles wieder hermetisch dicht."

`Meinen Glückwunsch für die Beherrschung des kleinen Chaos´, dachte ich bei mir. Wie sollten die Chorck die Traumerfüllung jemals erreichen, das große Chaos des Universums in den Griff zu bekommen und zu kontrollieren, wenn sie ein kleines Chaos kaum beherrschten.

Wie alt mochte denn dieses Shuttle sein? Dieser Gedanke durchfuhr mich fast wie eine schlimme Erkenntnis.

Unter diesen kommunistischen Verhältnissen würden sicher alle Fahrzeuge so lange gebraucht, bis die Materalermüdung irgendwann einmal seinen Tribut forderte. Allerdings mochte dabei dieses Shuttle noch eines der Besten sein, denn der Halumet selbst war ja auch an Bord gegangen!

Automatisch legte der Bus wieder an Hangar acht der Station an, wie ich mich an das Symbol der Acht erinnern konnte. Ich atmete unwillkürlich heftig aus, die Station selbst war noch um einiges sicherer, als dieses Gefährt. Mein Herz schlug mir bis zum Hals, als diese Anspannung von mir langsam abfiel. Wie benommen eilte ich allen Yolosh, Chandor Valchaz und dem Halumet voran in den Hangar. Der Halumet lächelte mich ungewohnt freundlich an. Vielleicht rechnete er meine Benommenheit einem Erfolg der vermeintlichen Drogenbehandlung zu und dachte dabei, dass ich sozusagen bratfertig wäre.

Zum ersten Male seit sehr langer Zeit spürte ich etwas wie Heimweh in mir. Ich sehnte mich an einen Strand, an heiße Sonne und lauen Wind unter Palmen.

Valchaz unterbrach mich in meinen eintrübenden Gedanken.

„Möchtest du heute noch einen gebratenen Propfkopffisch zu dir nehmen? Mit diesem Shuttle haben wir eine Lieferung bekommen und ich könnte dir so eine Delikatesse anbieten."

Sogar der Halumet sprang auf diesen Zug auf.

„Eine sehr gute Idee, Chandor Valchaz! Zur Feier des Tages servieren wir ein Festmahl, damit unsere neue Haluapostel die universelle Lehre mit Freude weiter in das Universum tragen kann!"

„Ich fühle mich unendlich geehrt, Valchaz und seine Heiligkeit der Halumet! Ich werde meiner zukünftigen Aufgabe höchst gerecht werden!"

Ein paar Schritte waren zu Fuß zu bewältigen. Valchaz hatte einen solchen Stationsgleiter gerufen, wie er mir schon hinlänglich bekannt war. Seit ich nun diese passiven Aktivkohlefilter verwendete und mich darauf konzentrierte, dass ich keinen Atemzug durch den Mund machte, erschienen mir alle Umfelder der Chorck und deren Hilfsvölker – soweit ich diese nun schon kannte – als schmutzig und heruntergekommen. In der Tat! Ich erkannte immer mehr den eigentlich sehr bedenklichen Zustand dieser Station. Technisch mochten die Hangare vielleicht funktionell sein, aber der Zahn der Zeit war für mich erkenntlich. Nur die oberen Regionen wie die Kommandozentrale war noch besser im Schuss als die anderen mir bekannten Regionen. Wie mochten vielleicht noch die Mannschaftsquartiere aussehen, welche nicht die Kasten der Chorck zu beherbergen hatten?

Auch der Halumet war in den Gleiter eingestiegen. Sogar auf einem der drehbaren Rücksitze vor der zweckorientierten Ladefläche. Nach einigen Minuten – der Gleiter besaß nun absolute Vorfahrt vor allen anderen, logischerweise, denn der Halumet war an Bord – wurden wir wieder mit einem Drehplattenlift in die Kommandozentrale gehoben.
Zumindest besaß die Pseudoschwerkraft eine durchgehende Stabilität und war nicht so labil, wie an Bord des Oberflächentransporters.

Drei Automatenserver für Speisen ließ der Halumet ankarren!
Aus einem duftete es bereits sehr verführerisch. Indessen stellte der Zweite Getränke auf den für mich hohen Tisch, aber langsam gewöhnte man sich auch an solche Gegebenheiten. Ich fühlte mich etwas in meine Kindheit zurückversetzt, damals, als ich als Halbwüchsige auch die Möblierung von Erwachsenen zu nutzen hatte. Solche Erinnerungen drangen in mir situationsgebunden durch. Unter normalen Umständen befänden sich diese geistigen Bilder sicher verschlossen im Unterbewusstsein.
Ungewöhnlich sanft erklärte mir der Halumet:

„Ihre Gnade, weibliche Tamines von Terra, was ihre Person als größte Tat erbringen könnte, wäre die baldmöglichste Mitteilung der technischen Aufbereitung zur Kompensation der Tachyonenruppung. Das universelle Imperium, was doch sicher auch bald ihr Imperium sein sollte, würde Ihnen eine Kastenbevorteilung genehmigen, Ich hatte ein Signal vom Rat der Sieben erhalten. Auch würden Sie namentlich in der heiligen Datenbombe vermerkt werden."

„Seine Gnade und Heiligkeit der Halumet. Ich registriere die große Ehre, die mir so zuteil wird. Doch sollten wir nicht Schritt für Schritt in diese gemeinsame Zukunft gehen und zuerst unsere Handelsbeziehungen manifestieren? Ich habe nun bereits eine kleine Auswahl von Erzeugnissen aus der Imperiumsmanufaktur bewundern dürfen. Im Gegenzug sehe ich wenig Interesse an den Erzeugnissen des terranisch-demokratischen Imperiums! Meine Musterwaren befinden sich immer noch an Bord meiner Raumgondel. Von einem drastisch schnellen Vorgehen würde auch ich abraten. In Kreisen der Terraner würde man dieses Vorgehen als gegenseitiges Beschnuppern bezeichnen."

Fast ungehalten stampfte der Halumet mit den beschuhten Zehenballen auf! „Haben Sie es noch nicht begriffen? Für den sicheren Fortbestand unserer Galaxie und für die notwendige Expansion in die weiteren Bereiche des Universums wird nur ein Imperium zuständig sein! Ihr Terraner habt euer Imperium aufzugeben und in unser universelles, der Bestimmung entsprechendes Imperium einzugliedern! Das ist auch eure Bestimmung, das ist die Bestimmung aller existierenden Intelligenzen!
Ich dulde hierzu keine andere Meinung! Wo Bestimmung ist, kann keine Meinung mehr gelten. Ihre Zusage oder die Zusage ihres Rates der Neun – wie Sie die obere Kaste bei Ihnen nennen – garantiert den Frieden zwischen uns! Alles Weitere würde die Aussendung der Integrationsflotte bedeuten und eine Zwangsintegration zur Folge haben. Wir haben uns der Bestimmung verpflichtet! Bewahren Sie den Frieden und garantieren Sie somit auch unserer Galaxis Frieden! Was wir nun unmittelbar brauchen, ist die Kompensationstechnik, wie bereits erwähnt. Diese haben Sie zu liefern!"

Der Ton des Halumet gefiel mir nun gar nicht mehr. Nun begann ein Drahtseilakt der Diplomatie, welcher aber dennoch grundsätzlich zum Scheitern verurteilt war. Für mich bedeutete die Angelegenheit eigentlich nur noch, Zeit zu gewinnen. Schon wusste ich, von hier wegzukommen sollte eine Flucht werden!

Doch um diesen Chorck erst einmal etwas zurückzudrängen musste ich ihm ein paar verbale Schüsse vor den Bug geben. Auch wenn er sich weiter erzürnen sollte.

„Ich überlege ja bereits, wie eine sanfte Integration unseres Imperiums in das universelle Imperium zu gestalten wäre.

Stellen Sie sich vor! Sie müssten alle ihre Schiffe mit neueren Recheneinheiten ausrüsten, dann, so wie ich ihren Stand der Elektronik erkenne, sind zum Beispiel diese Selepeteinheiten von der Rechenleistung viel zu langsam, um eine Kompensationskalkulation durchzuführen. Auch die Dichte ihrer Waferbedampfung auf den Raumfahrzeugen reicht nicht aus, um eine Gegentaktimpulsfolge effektiv zu verarbeiten. Also hätte unser Terranisch-demokratisches Imperium hierzu im Vorfeld erst einmal alle Produktionskapazitäten auszunützen, um solche modernen Anlagen in ausreichenden Stückzahlen für das große universelle Imperium herzustellen. Der Rat der Neun könnte sicher bei entsprechend positiver Kastenzuteilung für Terraner sich auch zu diesem Schritt entschließen, ich will hier in keinem Falle eine Absage erteilen, das steht auch nicht in meiner Macht, genauso wenig, wie es in meiner Macht steht, Ihnen politische Zusagen zu erteilen. Fest steht, dass Ihr momentaner Technikstand sich nicht für diese Ruppungskompensation eignet. Nur aus diesem Grund hatten wir wieder auf Wafertechnologie umgestellt und die Rundbeschichtung per Subroboter aufgegeben. Diese eignet sich nur für intergalaktische Operationen."

Salemon Merdoz co Torch sah mich an, als wenn sein bester Schüler plötzlich vom Satan erzählt hätte.
„Blasphemie! Ich dachte sie sind bereits so weit, den universellen Gedanken zu Ihren Völkern zu tragen! Nun erzählen Sie mir, dass die Technik des universellen Imperiums veraltet wäre? Mit was für einer Raumknolle sind denn Sie hier angekommen? Soll das ein technisches Supererzeugnis sein?"
„Auch wenn ich gerne meine Gedanken mit den Ihren vereinen möchte, aber die Wahrheit steht immer noch über dem Glauben! Ja! Ihre Technik ist veraltet. Nicht dass ich behaupten möchte, dass unsere um ein Vieles besser wäre, aber sie eignet sich in jedem Falle für die Kompensation der Gravitationswellen bei den Tauchvorgängen durch die Realdimensionen. Dank unseren schnellen Computern und Transputern und den hochdichten Resonanzwafern konnten die Ruppungen schon nach den ersten Durchschreitungen mit einem Algorhythmus per Programmierung in den Griff bekommen werden. Eine Umstellung des gesamten Imperiums auf die neue Technik hätten monatelange Arbeiten zur Folge!"

„Dann lasst uns doch damit sofort beginnen! Beordern Sie Ihren Rat hierher, auch um die Integrationsabfolgen festzulegen. Schließlich sollten auch Ihre Hilfsvölker in den Genus der universellen Lehre kommen!"
„Ich kann den Rat nicht hierher beordern! Dazu reichen meine Befugnisse nicht aus! Der Rat wird vielleicht einer Einladung Ihrerseits nachkommen. Dabei sicher auch zuerst die Ratsvertreter. Kann denn das berufene Volk

nicht noch einen oder zwei Klataan warten, nachdem es dieses Imperium schon über zweitausend Klataan hält?"

„Ich verstehe Sie nicht, Ihre Gnade Tamines von Terra. Sie atmen das Fluidum der Zeit, der Bestimmung und der sieben Sonnensphären ein. Warum ist Ihre Begeisterung so zurückhaltend? Ihnen, ausgerechnet Ihnen, die Sie dem universellen Imperium einen der größten Dienste der Neuzeit einbringen und in alle Ehren eingehen könnten, Sie weigern sich? Das wird dem Rat der Sieben sicher missfallen!"

Jetzt musste ich aber auf der Hut sein!

„Im Falle einer Zustimmung des Rates der Sieben und wenn ich von diesem die nötigen Befugnisse erteilt bekomme, werde ich mich auch dieser von Ihnen angestrebten Aufgabe widmen. Aber in vergleichbarer Hierarchie käme es einer Aktion ähnlich, als wenn Sie, Ihre Gnade der Halumet, alle Vollmachten der Imperiumsführung meinem Schutzbefohlenen Chandor Valchaz es Sueb übergäben. Nichts anderes verlangen Sie nun von mir!"

Wieder bestampfte der Halumet mit den Zehenballen den Boden und sprang halb außer sich auf!

„Dieser Vergleich kann nicht geschlossen werden, denn unser Imperium entspricht der Bestimmung! Ihr Imperium entspräche nur der Bestimmung, wenn es sich in das unsere eingliedert! Solche Vergleiche sollten sich Ihnen mittlerweile von selbst verbieten!"

„Ihre Gnade, hoch verehrter Halumet! Sie beschuldigen mich eines noch nicht existenten Verbotes? Das ist nicht der Fall denn ich spreche nun ja nicht für mich sondern für Terra und dessen angeschlossenem Imperiums. Die Intelligenzen dort haben eben Ihr Fluidum noch nicht genossen, auch noch nicht annähernd eine dieser Schulungen und haben letztendlich noch überhaupt keine Ahnung von der vorliegenden Bestimmung, welche Sie aus den Sonnensphären ermittelt hattet! Daher lehne ich jegliche Verantwortungsübernahme bezüglich der momentanen politischen Diskrepanzen ab! Ich werde für Ihre Sache sprechen und alle Fakten dem Rat der Sieben vorlegen. Dann erst wird es zu weiteren Kontakten mit Ihnen kommen und der theoretisch erste Schritt der technischen Imperiumsaufrüstungen könnte in diesem Zuge eingeleitet werden. Darf ich mich nun meinem Abendmahl widmen? Auch ich bin nur eine unbedeutende Kohlenstoffeinheit in den Verwirbelungen der kosmischen Bestimmungen und ich fühle ganz einfach Hunger. Diese mir nun angesagten Delikatessen duften dermaßen verlockend, ich möchte nun meinem profanen Lebenserhaltungstrieb per Nahrungsaufnahme soweit entgegenkommen, dass ich auch im Anschluss wieder besser den neuen

Gegebenheiten entsprechen könnte. Auch zeigt das gelobte Fluidum bei Weitem nicht die Wirkung, wenn der Körper unter Nahrungsentzug steht. Das dürfte allgemein bekannt sein."

Ein weiteres Mal stampfte der Halumet ungehalten mit den beschuhten Zehenballen auf den Boden, achtete mich keines weiteren Blickes und entschwand in Richtung seines Schreibtisches und den Schaltpulten sowie den Kontrollmonitoren.

Valchaz blitzte mich mit den Augen kurz an, er signalisierte möglicherweise `Gefahr´ oder `Genug´.

Und ich glaubte ihm!

Ich beruhigte mich selbst so weit möglich und machte mich über den schon halb erkalteten Propfkopffisch her. Dazu gab es noch eine Art Brot! Endlich. Ich dachte schon, die Bäckerzunft hätte in diesem Imperium keinen Platz mehr. Allerdings schmeckte dieses Brot wie gesalzenes Styropor oder entfernt nach Popcorn.

Ich müsste unbedingt mit Valchaz ein weiteres Gespräch führen, aber ein Gespräch nach der Art, wie wir es bereits einmal in meiner Raumgondel hatten. Und ich musste mich langsam auf die Flucht – anders konnte ich meine künftige Abreise nicht mehr bezeichnen – vorbereiten.

Der Fisch wurde auch zerschlagen, ähnlich den Ballonschnecken, dann kam allerdings weiches und weißes Fleisch zum Vorschein. Im Gegensatz zum Geruch schmeckte das Gericht aber um ein Vielfaches langweiliger, ja fast scheußlich! Nur der gewürzten Krustenhaut konnte ich noch einen Wohlgeschmack abringen. Valchaz blickte mich unsicher an. Auch er wollte mir etwas mitteilen und wusste nicht wie.

Also kam ich ihm insofern entgegen:

„Morgen, wenn du mich wieder aus meinem Quartier abholst, holen wir dennoch zuerst die Musterwaren aus meinem Schiff. Der Halumet sollte sich doch ein Bild von der hervorragenden Verarbeitung machen können! Wenn ich meine Eindrücke der universellen Lehre meinen Imperiumsgenossen einmal mitteile, so denke ich auch, dass es viele Befürworter dafür geben sollte. Nur hat auch der Halumet zu verstehen, dass ich nicht über das Schicksal von Milliarden von Intelligenzen bestimmen darf. Ich wurde ausgeschickt, um Handelsbeziehungen zu vereinbaren, nicht um politische Entscheidungen zu treffen. Dazu bitte ich ganz einfach um entsprechendes Verständnis!"

„Ich verstehe dich, Tamines von Terra. Doch ist es auch dein Bestreben, einer universellen Bestimmung und dem Ruf der Sonnensphären zu folgen, nicht wahr?"

Dabei blickte er mich aber mit einem fast unerkennbaren Lidaufschlag an. Bei den doppelten Lidern der Chorck war es auch schwer, ein solches

Zeichen zu erkennen. Nachdem ich aber immer mehr auf diese `zweite Stimme´ achtete, entging mir diesbezüglich fast nichts mehr.

„Auch ich muss noch Lernen und weitere dieser Schulungen besuchen. Doch denke ich dabei, dass mir meine Zeit für dieses Mal nicht ausreichen wird. Doch ein einmal geschlossener Bund und ein einmal bestimmter Weg wird weiter beschritten!" Dazu gab ich einen kleinen Lidaufschlag von mir, welcher von Chandor Valchaz glücklicherweise auch entsprechend gedeutet wurde.

Vieles hätte ich mit dem mir zugeteilten Schutzbefohlenen zu besprechen. Dieses Bedürfnis oder diese Notwendigkeit nagte in mir, aber im Reich der Chorck galt wie auf der Erde in den Zeiten der terroristischen Bedrohungen: Big Brother is watching you! Also gute Miene zum nicht so guten Spiel.

Wie könnte ich Valchaz überreden, auch solche Aktivkohlefilter in seine Nase zu stecken? Er musste ja auch von den halluzinogenen Elementen beeinflusst sein, welche sich das Chlorgas zum Übertragungselement machten. Sicher war es durchaus möglich, dass sein nicht voll funktionierender oder kränklicher Symbiont eine Hochbeeinflussung kaum zulässt und auch ein gewisser Gewöhnungseffekt anheim gefallen war, dennoch könnten solche Filter diesem Chorckmann zu noch etwas mehr Klarheit verhelfen. Einfach etwas zu seinem natürlich Ich zurückfinden lassen. Bei Valchaz hielt ich dies durchaus noch als möglich, da er ohnehin einen schwachen Gastorganismus zugeteilt bekam.

Der Halumet hatte mit ziemlicher Sicherheit ohnehin einen neutralen oder neutral gezüchteten Symbionten. Eine Auswahl in dieser Hinsicht konnte natürlich nur in einem Kastensystem funktionieren.

Der Halumet kam zurück, er lächelte nach chorckscher Manier und wieder absolute Überheblichkeit ausstrahlend.

„Ich bin sicher, dass ihre Art zu sprechen einfach dem schwachen Informationsstatus entsprach, den Sie bezüglich der universellen Lehren bislang hatten. Darum lasse ich auch noch einmal Gnade walten, fordere Sie aber unmissverständlich auf, sich für den universellen Gedanken stark zu machen!"

„Hoch geehrter Halumet! Im Falle von Drohungen mir gegenüber habe ich einen Eid geschlossen, meinem ID-Chip den Suizidbefehl zu erteilen. Bitte belasten Sie mich nicht mit Drohungen, denn dies könnte alle Pläne und alle Beziehungen, welche wir einmal zu schließen imstande sind, schon im Vorfeld vernichten. Eine weitere Folge wäre dann, wenn der Bordrechner meiner Raumgondel den ID-Chip nicht mehr anmessen könnte, dass dieser eine Selbstzerstörungssequenz einzuleiten hätte. Spätestens nach einem solchen Suizid. Diese Folgen können Sie sich doch sicher ausmalen, oder?"

„Möchten Sie nun sagen, Sie als betont friedensliebendes Volk haben eine Bombe ins Halumal befördert?"

„Nein! Fast alle unsere Raumschiffe haben eine derartige Absicherung. Nicht zuletzt wollten wir uns auch vor der Kaperung durch Chonorck-Piraten versichern. Leider haben Sie mich ja nur zu dieser Aussage bewegt, da ich eine Drohung, welche sicher nicht so gemeint war, verspürte! Dennoch. Der Sempex in meiner Gondel handelt immer zur Sicherheit seines Verpflichteten. Doch was soll dieses Gerede? Wir wären unseren Zielen sicher noch näher, wenn auch Sie mir ein höheres Vertrauen entgegenbringen würden!"

„Vertrauensvergabe wird von den Chorck bestimmt und nicht von einem Hilfsvolk, auch wenn Sie diesen Status noch nicht innehaben, vermeintlich noch nicht! Wenn Sie sich künftig immer noch weigern, mit uns zusammen zu arbeiten, dann habe ich einen Frevelsfall zu bearbeiten. Das könnte die Beschlagnahme Ihrer Raumgondel nach sich ziehen und Sie selbst würden in Arrest gestellt!"

„Auch das würde meiner Geleitflotte nicht behagen! Sie wissen ja, wenn ich mich nicht täglich melde, käme meine Gefolgsflotte um eine Befreiungsaktion auszuführen. Gedulden Sie sich doch einmal! Eine gute Zusammenarbeit können wir, auch wenn wir es ohnehin wollen, nicht innerhalb von ein paar Dezim beschließen!"

„Doch! Wir könnten! Ihre Gefolgsflotte käme wohl kaum näher als einen Lichtdezim an das Halumal heran."

„Sagen Sie doch einmal, wie halten Sie es nun mit meinem diplomatischen Status? Dieser wurde mir doch zugesagt. Diesen würden Sie doch verletzen, wenn Sie mich unter Arrest stellen und mein Schiff in Beschlag nähmen, nicht wahr? Ihr Befehl von den sieben Diktatoren lautet nach wie vor, mir meinen Status zu garantieren. Ich gehe davon aus, dass Sie nun einen Alleingang versuchen, um als der zweite Halumet der die Geschichte veränderte, wiederum in die Geschichte der heiligen Datenbombe einzugehen. Setzten Sie sich nicht als Hüter der universellen Lehre über den Rat oder über den Kaiser!"

Wutschnaubend erhob sich Salemon, er saß ohnehin noch nicht lange und befahl Valchaz: „Es ist schon spät, Chandor. Bring doch unseren Gast wieder in das Quartier zurück. Die weibliche Terranerin hat den Geist zu reinigen und am Selepetterminal noch einige Lektionen zu lernen."

„Ich muss noch meinen täglichen Rapport versenden! Das bedeutet, dass ich noch einmal in eure Kommunikationszentrale gehen sollte oder auf mein Schiff!"

Der Halumet machte nur eine Handbewegung und deutete in Richtung der Kommunikationszentrale. Also einmal nach schräg drüben und mit dem Finger nach unten. Fast musste ich lachen, so konnte ich den Unwill Salemons erkennen.

Damit entfernte er sich und blickte nicht mehr zurück. In ihm rauchte es, das war auch auf hundert Meter Entfernung noch zu spüren.
Im Gesicht Chandor Valchaz konnte ich fast pures Entsetzen lesen.
Zum ersten Mal sah ich einen Chorck zittern!
Salemon wertete dies zwar als Ergebenheit der Obrigkeit gegenüber, doch ich wusste, was in dem Schutzbefohlenen vor sich ging.
Der Gang meines Betreuers leidete ebenfalls unter seiner Nervosität. Die Distanz zur Kommunikationszentrale wollten wir ja wieder zu Fuß zurücklegen.
Valchaz schaltete erneut die Empfangsüberwachung zurück, sendete die Kennung des Halumals, eine Antwort in Form des pseudoheimatlichen Logos kam sofort. Gabriella Rudolph erschien auf diesem blassen Holo des Tachyonenkommunikators.
„Tamines! Du bist später dran als gestern. Wir machten uns schon Sorgen! Wie war dein Ausflug auf Chorckland zwei?"
„Oh Gabriella! Ich kann dir sagen, es war fantastisch. Der Dom, welcher zu Ehren der sieben Sonnensphären erbaut wurde, stellt eines der schönsten Bauwerke dar, welches ich jemals sehen durfte. Überhaupt liegt der Lehre bezüglich des Partikelstromes durch diese sieben Sonnen eine unwahrscheinlich logische Deutung zugrunde. Ich habe eine erste Schulung erlebt und bin schwer beeindruckt. Der Halumet hat mich bereits als einen Haluapostel bezeichnet und wünscht, dass ich für diese Lehren und Erkenntnisse in der Heimat zum Befürworter avanciere, also unseren Mitgliedern im Imperium die hiesig geltenden Interpretationen nahe lege." Mit diesen Sätzen sah ich die Frau `meines´ Max sehr durchdringend an, dabei öffnete ich meine Augen so weit, dass die Iris in vollem Rund zu erkennen sein müsste. Eine Frau wie Gabriella sollte doch diese kleine Warnung verstehen können.
„Die Menschheit und die Mitgliedsvölker unserer Heimaten sind doch generell sehr aufgeschlossen, solltest du deinen Gastgebern mitteilen. Außerdem gab es ja immer schon die These, dass sich in den Plejaden etwas Heiliges befindet, denn auch von Terra aus wurden diese Partikelströme schon lange beobachtet. Du kannst deinen Gastgebern unser ungeteiltes Interesse mitteilen! Bezüglich der Lehren, sollte doch der Halumet einmal einer unserer Einladungen folgen und zur kleinen Magellanschen Wolke

kommen, so wird er die Gelegenheit bekommen, zu uns und den Mitgliedsvölkern des Imperiums sprechen zu können."

„Auch ich erachte so eine Aktion besser als alle bisherigen Methoden, oder auch, mich als einen Apostel auszubilden. Morgen werde ich meinen Logpuk holen, damit ich meinen Freunden hier noch mehr von unserer Lebensart zeigen kann. Möglicherweise werde ich dann aber übermorgen erst einen Komplettüberblick über unser Imperium vorführen. Dazu brauche ich natürlich meinen Logpuk unbedingt, denn diese Daten liegen ja nur in meinem Kompaktrechner vor!"
Gabriella riss ebenfalls ihre Augen weit auf. Also hatte sie es kapiert, dass ich übermorgen flüchten werde und sie erklärte dazu:
„Gibt doch noch ein Signal an die Geleitflotte! Die Tuareg sind schon sehr nervös und ihnen ist sicher langweilig."
Eine gute Namensgebung für ein Volk, welches gar nicht existiert. Und meine Pseudoflotte waren ja wirklich wahre Nomaden.
„Gut, liebe Gabriella, muss ich auch noch machen, klar. Teile bitte die besten Grüße mit und wünsche unseren Völkern im Imperium alles Gute. Teile auch mit, dass ich in vier oder fünf Tagen mit vielen und guten Neuigkeiten zurückkommen werde!"
„Wird gemacht Tamines. Grüße unsere Freunde aus dem Reich der Chorck. Ich beende nun die Übertragung und bestätige die zweite Kontaktaufnahme für das Einsatzlogbuch. Bis morgen!"
„Bis morgen, Gabriella!"
Das Hoheitszeichen unseres Imperiums erschien und ich rief noch einmal pauschal über die Übertragung: „An den Oberbefehlshaber der Tuareg-Geleitflotte. Hier spricht Tamines Santos Reis, erbitte Stimmkodeabnahme. Verbleiben Sie alle auf den bisherigen Positionen. Es gibt keinen Grund zur Besorgnis. Nächste Meldung in genau zwei Tagen! Ende und Aus."

Mit diesen zwei Tagen habe ich natürlich den Zeitraum bis zu meiner voraussichtlichen Flucht zu bemessen versucht.
Nachdem Valchaz also wieder die Gerätschaften auf Überwachung zurückgeschaltet hatte, schlenderte ich ihm lässig in Richtung der Treppe voran. Er eilte sich, mit nachzukommen. Doch kannte ich ja den Weg und lief anschließend quer über die Kommandozentrale, wieder mit einem eilenden Valchaz im Schlepptau! Schon saß ich noch einmal schnell auf dem hohen Sofa nieder.

Fast ängstlich sah mich Valchaz an und deutete zum Gleiter, der noch immer auf dem Drehplattenlift stand. Ich schüttete noch mein Glas mit der milchigen Flüssigkeit in mich hinein, was ich vorhin stehen gelassen und noch nicht getrunken hatte und kurz darauf musste ich feststellen, dass ich in einen leicht berauschten Zustand verfiel.

Schon wieder wurde mir etwas verordnet, was ich nicht haben wollte! Ich hatte ein paar Medikamente zur Entgiftung und einiges an Antiallergikum in meinem Beutel. Ich kramte diese Pillen hervor und schluckte sie, indem ich einfach etwas Speichel ansammelte.

Ich musste morgen oder spätestens übermorgen von dieser Station fliehen! In jedem Falle eher als angekündigt. Also auch das Boot morgen schon auf diese Flucht vorbereiten, voll in aktiver Bereitschaft belassen, wenn wir die Musterwaren ein weiteres Mal von dort holen. Und ich musste das Risiko eingehen, auch Valchaz davon zu informieren.

Fast waren wir wieder an meinem `sicheren´ Quartier angekommen. Valchaz stoppte etwa zwanzig Meter vorher, denn eine Atmosphärenumwälzanlage, wie er mir erklärte, gab komische Geräusche von sich und er wollte nach dem Rechten sehen. Diese Rohrverästelungen und Zwischentanks, Anzeigen und Ventile waren mir ohnehin suspekt und ich konnte sie mangels Übersicht auch nicht logisch zuordnen. Wieder gab er mir einen Wink per Augenlidschlag. Also folgte ich ihm und kurz darauf standen wir zwischen zwei großen Rohren von denen eines rumorte wie der übersäuerte Magen eines Dinosauriers.

Valchaz hielt sein Multifunktionsarmbandgerät an dieses Rohr und ich hatte verstanden! Damit war diese Dauerüberwachung kurzzeitig unterbrochen, auch wenn die Empfänger lauter gedreht wurden sollten die Überwacher nur ein Brummen zu hören bekommen. Dass zwischen den Rohren eine komplette, auch mit Video ausgestattete Überwachungsanlage sich befände, hielt ich nun ebenfalls für kaum möglich. Bevor allerdings Valchaz etwas sagen konnte deutete ich auf meine Nase und zog einen dieser Aktivkohlefilter soweit herunter dass er ihn sehen konnte. Sofort kramte ich in meinem Beutel und übergab ihm zwei identische Paare. Er nickte, lächelte sogar und betrachtete kurz diese Filter. Er bedeutete mir nichts zu sagen, oder zumindest nichts Verräterisches, hantierte an den Armaturen und das Rumoren wurde etwas ruhiger, dennoch hielt er ein weiteres Mal das Armband an den Kanal. Diese Gelegenheit nutzte er um zu sprechen:

„Weibliche von Terra! Bei allen Sphären! Du hast den Halumet zutiefst beschämt. Er wird dich nicht mehr freiwillig von hier ziehen lassen!"

„Ich weiß oder ich ahne es. Wir gehen morgen oder übermorgen von hier weg. Las dir eine Ablenkung einfallen, wenn möglich. Nimm diese Filter und stecke sie dir in deine Atemgänge. Sie sind sehr flexibel und passen sicher auch in deine Atemgänge. Du wirst sicher noch klarer in deinem

Kopf werden, mein Freund. In dieser Station sind Drogen in der Luft! Im wahrsten Sinne des Wortes."

„Wie soll denn das funktionieren?"

„Dieses Chlor! Ihr nehmt es vorgeblich für gewisse Reinhaltungen und Desinfektionen, auch für das Wasser. Diesen Molekülgruppen sind Hypnotika aufgebunden, die sich je nach Anfälligkeit sofort in Organismen bemerkbar machen. Versuche chlorfreie Getränke zu verwenden, hörst du! Und nimm diese Filter! In ein paar Stunden wirst du noch klarer sein, als du jetzt schon bist!"

„Ist gut, mache ich. Bereite dich aber auch noch darauf vor, eine unangenehme Kontaktaufnahme begehen zu müssen!"

„Wieso?"

„Der Kaiser ist aus dem Rehablilitationskoma erwacht! Nun bekommt er seine Erinnerungen und Berichte von deinem Besuch. Ich würde mich nicht wundern, wenn er dich kontaktieren möchte. Wir müssen weg. Mein Trick verschafft uns nur etwas Zeit, aber nun kommen die Techniker!"

Tatsächlich schwebte ein Werkstattgleiter mit Nohamen heran. Verdutzt blickten sie auf Valchaz und auf mich. Valchaz stand logischerweise rangmäßig über allen anderen Fremdvölkern und begann zu schimpfen: „Was macht ihr denn in letzter Zeit für unzuverlässige Reparaturen? Keinen Ogoon war es her, da musste die Mischung neu justiert werden und nun standen die Pumpdrehzahlen so hoch, wenn ich nicht vorbeigekommen wäre und hätte diese zurückgeregelt, was hätte wohl alles geschehen können? Nun schließt schnell noch euer Kontrollmodul an und hängt eine neue Plombe an. Dieses Mal lasse ich es nochmal durchgehen, aber wenn innerhalb des nächsten Ogoon ein weiterer Fall eintreten sollte, müsste ich doch noch einmal eine Meldung machen!"

Der Sprecher dieser Technikergruppe wollte zuerst etwas sagen, doch überlegte er es sich schnell. Beschämt sah er an Valchaz vorbei, murmelte etwas wie: „Dicke Entschuldigung" und traf sich mit meinem Blick. Fast hypnotisiert konnte er sich nicht lösen. Ich begann zu lächeln, das hatte ihn dann erschrocken und der Trupp trat zwischen die großen Lüftungsschächte, um zu erledigen was ihnen Valchaz geheißen hatte. Dabei hörte ich noch ein Gemurmel, was das empfindliche Mikrofon meines Translators noch aufzufangen imstande war.

„Terraner, heißen diese Wesen. Sie sollen die Ruppung kompensieren können und bald unserem Imperium beitreten. Dabei gibt es den Technikerstatus für Sie. Wenn das passiert, dann werden wir Nohamen zwangsdezimiert! Stellt euch vor! Wir werden von Haarwesen verdrängt. Welch ein Schmach, welch ein Schmach."

Ich wollte sie fast aufklären, dass wir mit ziemlicher Sicherheit nicht den Part der Imperiumstechniker einnehmen werden, aber Valchaz riss die Augen auf. Nachdem der Lautstärkelevel wieder normal war und wir sicherlich auch wieder normal überwacht wurden, schimpfte Chandor Valchaz einige Zeit über die unzuverlässigen Nohamen. So sollte den imaginären Zuhörern ein hoher Wahrheitsgehalt des Zwischenfalls geliefert werden. Dabei machte er den Eindruck eines Schniefens und blickte mich kurz an. Ah! Er hatte die Filter bereits in seine Atemgänge eingeschoben. Die restlichen Meter bis zu meiner Unterkunft hatten wir noch zu Fuß zurückgelegt und ich wurde wieder eingesperrt, nachdem der Schutzbefohlene sich formell verabschiedet hatte. Heute hatte ich mich in jedem Falle noch damit abzufinden, aber die Lage wurde langsam ernst.

Zuerst rief ich die Informationen meines Schiffes ab. Der Status war soweit OK, aber der Sempex meldete permanente Beobachtung und einen Versuch, einen der `Schubladenwafer´ mechanisch herauszuziehen. Somit gab es eine dreißigsekündige Alarmsequenz, was das Untersuchungskommitee doch dazu veranlasst hatte, die Bemühungen wieder zu unterbrechen. Dennoch! Die Frechheit der Befehlshaber nahm weiter zu und auch hierbei war es nur noch eine Frage der Zeit, bis mein diplomatischer Status fallengelassen oder per Pseudoargumentation annulliert würde. Weiter teilte mir der Sempex mit, dass er seine Sendeleistung für diese Mitteilungen erhöhen hatte müssen. Immer wenn er ein Datenpaket abgesandt hatte, bekam er ja von meinem Multifunktionsarmband eine Prüfsumme dafür zurück. Mittlerweile wurde auch schon auf einer Alternativfrequenz gesendet. Das sollte bedeuten, dass für die Ursprungsfrequenz schon ein kleiner Störsender arbeitete, um diesen Datenaustausch zu unterbinden oder zumindest um einige Reaktionen zu provozieren.

Ich wollte die Zeit noch nutzen und noch ein paar Lektionen der universellen Lehre durchnehmen. Mit dieser Maßnahme sollte ich eigentlich einen Kleinbeweis liefern, dass ich doch ein gewisses Interesse an der Bestimmungsvergabe per Sonnensphären habe. Also schaltete ich dieses Selepetterminal aktiv, doch sofort klinkte sich der Halumet ein.
„Ein gutes Zeichen, Ihre Gnade, weibliche Tamines von Terra. Sie wünschen weitere Lektionen zur universellen Lehre? Ich freue mich für Sie, denn damit wird Ihnen doch hoffentlich auch Ihre Bestimmung immer klarer."
„Mir ist meine Bestimmung bereits klar, doch vielen meines Volkes noch nicht, hochverehrter Halumet. Das einzige Rezept, was ich in meiner momentaner Situation anbieten kann ist Geduld. Im Übrigen bitte ich Sie,

doch vorsichtig mit meinem Schiff umzugehen. Ohne den technischen Nanoschablonen und der Produktsteuerung ist es nahezu unmöglich den Produktionspfad nachzuvollziehen. Wenn auch noch die Statusverbindungen mit meinem Armbandkommunikator per Störfrequenzen unterbrochen werden, kann der Bordrechner vielleicht auch meine ID-Signale nicht mehr empfangen. Damit würde ein Countdown für die Selbstzerstörung ausgelöst. Ich erkläre dies nicht um Sie unter Druck zu setzten, sondern einfach deshalb, weil dies einer normalen kausalen Ablaufsteuerung auf terranischen Raumschiffen entspricht. Auch wenn Sie sich mein Armbandgerät holen würden, würde dieses nicht mehr den ID-Chip empfangen. Würde man auch noch meinen ID-Chip aus dem Körper holen, auch dieser beendet in diesem Sinne bald die Datenabgabe, wenn per Zellkernresonanz seines Wirtes in unmittelbarer Nähe nicht mehr nachgeeicht werden kann. Zu unserer aller Sicherheit: Halten Sie sich noch an die Abmachungen bezüglich meines diplomatischen Status! Sie wissen ja, dass ich mich für Ihre Lehren interessiere und wenn wir etwas Gemeinsames unternehmen, sollte dies auf stabilem Fundament gebaut werden."

Der Halumet kochte wieder innerlich, man konnte ihm ja fast jegliche Reaktion mittlerweile ansehen. Sooft wie ich hatte ihm wahrscheinlich die letzten hundertfünfzig Jahre niemand widersprochen.

„Viele Oxygene und sauberes Wasser!" schrie er in sein Terminal und ich beeilte mich, da seine Hand für den Deaktivierungswink vorschnellte, ihm Entsprechendes ebenfalls zu wünschen: „Auch Ihnen viele Oxygene und sauberes Wasser." Wäre ja eigentlich auch egal, denn ich war ja überzeugt, dass ich immer noch oder sogar immer mehr überwacht wurde.

Doch der Halumet schaltete doch noch nicht ab. Etwas war ihm eingefallen und soweit ich die Mimik dieser Chorck deuten konnte, setzte er ein sarkastisches Lächeln auf.

„Ihre Gnade, weibliche Tamines von Terra. Ich darf Ihnen mitteilen, dass der Kaiser bereits aus seinem Rehabilitationskoma gerufen werden konnte. Momentan werden noch seine Erinnerungen aufbereitet sowie auch der Kontakt mit Ihnen eingespielt. Wenn sich der Kaiser selbst über seinen Neuralsinthesizer meldet, kann es auch sein, dass er Sie selbst zu einer Audienz laden wird. Ich darf doch davon ausgehen, dass Sie eine dermaßen große Ehre nicht ausschlagen werden, oder?"

„Keinesfalls, hochverehrter Halumet! Ein Gespräch mit der Vollkompetenz des chorckschen Imperiums, der Stütze der Lehren und sicher einer der Gründer – darf ich davon ausgehen, dass der Kaiser schon dabei war, als dieses Imperium noch demokratisch war oder demokratische Ansätze besaß? Damit verbindet mich auch schon eine Art Geistesverwandtschaft

mit seiner Exzellenz. Jetzt erkenne ich erstmals eine echte Möglichkeit, Kontakte zu knüpfen und auf beidseitiges Interesse zu stoßen."
Der Halumet konnte fast nicht glauben, wie ich ihm nun zu sprechen pflegte. Er schlug mit der Faust auf den Tisch, dann gab er den Unterbrechungswink an sein Selepetterminal.
Mit dem oder diesem Halumet würde mich kaum mehr etwas anwärmen. Das hatte ich mir schon gründlich verdorben, was mir aber auch vom Grundprinzip gänzlich egal war.
Das Terminal war für alle anderen Abfragen bezüglich des Halumals oder auch des Kaisers gesperrt. Nur Lektionen der universellen Lehre konnte ich anwählen. Ich würde meinen Logpuk mit dem Programm der Silizium-Patras benötigen. Für meine Flucht sollte ich den Chorck hier auf der Station wohl einen gehörigen Schrecken einjagen. Ich würde versuchen, meinen Logpuk mit einer Funkschnittstelle zum Selepet zu verbinden. Zuerst konnte der Selepet alleine schon mit der Geschwindigkeit von Seiten meines Logpuks her überfahren werden. Der Logpuk war die logische Weiterentwicklung der damals tragbaren Computer. Diese wurden Laptop oder so ähnlich genannt. Die Logpuks heutzutage stellten die optische Wiedergabe mit einem kleinen, integrierten Hologrammprojektor her und eine Tastatur brauchten diese Geräte schon seit sechzig Jahren nicht mehr. Die Sprachschnittstelle löste Mouse und Keyboard ab, aber auch viele andere Eingabegeräte aus, da diese Rechner natürlich auch menschliche Beschreibungen nachvollziehen können und eine enorme Grunddatenbank dafür haben.
Dass meine Abreise eine Flucht vom Halumal oder aus dem Chorckimperium werden würde, so etwas hatten wir alle uns vor meiner Abreise eigentlich ohnehin schon gedacht. Auch meine Pseudoflotte, welche ich hier als Eskorte angegeben hatte, würde ich noch zu einem Manöver befehlen müssen, da könnte es vielleicht auch noch sein, dass auch die WATSON einzugreifen hätte. Hierzu wollte ich bei der nächsten Kontaktaufnahme eine versteckte Information durchgeben.

Also befasste ich mich noch etwas mit den Lehren der Sonnensphären per Zugang meines Terminal hier im Halumal. Zumindest hatten diese Seiten einen Vollzugriff – oder besser – der Vollzugriff war ja auch gewollt.
Mit einer Ausnahme! Ich versuchte, die Kodeentschlüsselung des Partikelstromes abzurufen. Ich hatte angegeben, eigene Untersuchungen anstellen zu wollen, also auch eigene Deutungen der Partikelanordnungen und Strömungen. Dabei wurde mir sofort eine weitere Zugriffssperre erklärt, denn diese Art der Deutungen würden nur dem jeweiligen Halumet erlaubt und nicht jemanden, der vielleicht Falschinterpretationen

erschließen könnte. Die Erklärung besagte wie auch in vielen anderen primitiven Glaubensdeutungen einfach: Die Segensvergabe, also das äquivalente Sakrament wird nur einem Halumet offenbart! Alles klar. Auch in diesem System wollte man keine Einblicke gewähren! Wie oft hatte ich dies nun schon erfahren müssen? Nur bislang noch nicht in so einem riesigen Umfang.

Ich winkte dem Selepet nach einigen Lektionen dieser immer unlogischer wirkenden Lehre die Ausschaltgeste und der Monitor baute langsam und mit einigen Symbolen in Folge ab.

Wieder begab ich mich zu dieser übergroßen Hygieneeinrichtung und wechselte auch meine Aktivkohlefilter aus. Dabei stellte ich fest, dass die Konzentration des Chlorgases leicht erhöht worden war. Für die Nacht würde ich wohl auch eine Altivkohleatemschutzmaske anlegen. Nur für den Fall, dass ich während des Schlafes auch einmal unbewusst durch den Mund atmete.

Die Vision des amtierenden Halumet, das ich seine Haluapostel würde und seine Lehren ins heimische Imperium tragen würde, sollte wohl nicht die gewünschte Form annehmen. Er dachte wohl auch, ich würde nicht zurückkehren, sondern die Erfüllung hier erkennen und mein Volk, dann auch die Anschlussvölker einfach hierher beordern! Sicher. Das waren die Gedanken des Halumet! Mich gehen lassen? Ohne einer gewissen Grundversicherung? Mir leuchtete schon ein, dass ich auf freiwillige Basis der Halumalleitung keinen Rückflugschein haben würde.

Hier nimmt man sich einfach was man braucht oder will – oder besser – die Oberen nehmen sich, was sie wollen.

Übermorgen werde ich von hier verschwinden. Dazu muss ich einfach meine Vorbereitungen schon morgen treffen, Also in den Tagen der Chorck oder in den Tagen dieser Raumstation gezählt. Zeitbegriffe, welche nicht einmal so stark von meiner inneren Uhr abweichen.

Wenn mich aber der Kaiser zu sich beordert, dann sollte ich weniger Zeit für Vorbereitungen haben. Aber mitnehmen? Was sollte ich schon mitnehmen können? Ich würde die Warenmuster, welche mir Valchaz gezeigt hatte und die, die immer noch neben dem Sofa in der Kommandozentrale standen auch morgen gleich mit ins Boot packen. Im Gegenzug dann also die Waren aus `meinem Imperium´ hier deponieren und vorstellen. Das alles sollte ich aber so selbstverständlich erledigen, dass es auch keinen Verdacht für eine vorzeitige Abreise erregen könnte.

Viele Gedanken durchzogen mein Gehirn und ich fragte mich immer wieder, ob nicht doch ein paar Einflüsse der von Chlor übertragenen Hypnotika hängen geblieben waren.

Ich entschloss mich zu einem leichten, zeitdotierten Schlafmittel. Ansonsten würde ich möglicherweise dem Kaiser übermüdet entgegentreten oder einfach nicht aufmerksam genug sein, wenn wieder so einer dieser Zehenläufer mir einen Cocktail unterjubeln wollte.

Noch ein Blick aus dem Lukenfenster, als ich aber erkannte, wie abstoßend nun diese Welt auf mich wirkte, wusste ich, dass ich den mir zugedachten Einflüssen ausreichend entgegengesetzt hatte.

Wie würde es wohl Valchaz ergehen? Hatte er schon die Filter eingesetzt? Unglaublich? Passive Aktivkohlefilter konnten die großen Chlormoleküle ausreichend blockieren. Kleine und kleinste Maßnahmen schaffen es, den großspurigen Willen eines Priesters auszubremsen. Und dieser wartete, bis seine Maßnahmen Wirkung zeigen. Allerdings! Wenn er noch mehr Zeit bekommen würde, oder ich noch länger hier bleiben sollte, dann könnte er über kurz oder lang auch Erfolg haben.

Ich als Marionette? Nein! Das sollten auch terranische Männer nicht schaffen! Nicht einmal mein Max! Mein Max. . . Warum letztendlich nicht doch mein Max. Warum diese Gabriella?

Ach Max, wäre es doch schön, könntest du mit mir diese Mission erfüllen. Zusammen könnten wir doch sicher mehr erfahren, mehr erleben, mehr zueinander finden . . .

Ich war sicher bald eingeschlafen, denn an mehr konnte ich mich nicht mehr erinnern.

Bericht Chandor Valchaz es Sueb aus der siebten Kaste der ehrwürdigen Chorck, dem der Sonnensphären auserwählten Volk:

Einerseits musste ich dieses kleine Geschöpf vom Volk dieser Terraner bewundern. Sie reichte mir nicht einmal richtig bis zur Brust, aber sie zeigte Energie und Unternehmenslust, wie es Chorckfrauen schon lange nicht mehr hatten. Sicher mussten unsere Frauen in den Frauenlagern etwas tun und warten, bis ihnen ihre Ehemänner wieder zugeteilt wurden, um vielleicht sogar wieder für Nachkommen zu sorgen. Oder um einmal vielleicht sogar für ein paar Tage einen gemeinsamen Urlaub zu begehen, wenn es eine besondere Veranlassung dazu gäbe. Wie ich nun von Tamines, wie diese Terra-Weibliche heißt, auch schon erfahren hatte, leben auf ihrer Welt die Familien immer zusammen. Oder zumindest fast immer. Auch die Bilder ihrer Welt zeigten so ein Mischleben. Hoffentlich schaffen wir es, morgen Waren aus diesem kleinen Schiff zu holen.

Ich hatte eigenartige Gefühle. Ich verspürte Ekel vor dieser Raumstation und hasste den Halumet. Warum änderte sich in den letzten Stunden mein Gefühlsleben? Wieso hatte ich plötzlich so viele solcher Gefühle? Lag dies denn wirklich alles an diesen kleinen Dingern, die ich in meine Atemgänge geschoben hatte? Und warum? Warum, warum, warum. Immer häufiger stellte ich mir Fragen, an welche ich vor einiger Zeit gar nicht gedachte hatte. Sicher. Meine Zweifel zogen schon geraume Zeit mit mir, aber nun hatte ich eigentlich keine Zweifel mehr! Ich hatte Sicherheit! Ich war mir sicher, dass unser Imperium oder eben das Chorckonium eine richtige Blase ist! Ein kranker Riese oder ein künstliches Gebilde, welches das Universum eigentlich in dieser Art überhaupt nicht wollte.

War es überhaupt rechtens, diese vielen Völker im Dienst der Chorck zu halten? Oder hatte diese Weibliche nicht doch das bessere System in ihrer Heimat? Ein System, wie sie auch meinte, es würde sich eher selbst regulieren, weil jeder für seine Tätigkeit einfach etwas verdienen würde. Leistungsbezogen oder so. Einen Bezug auf Leistung gibt es aber bei uns auch! Wenn einer weniger arbeitet, bekommt er nicht soviel Nahrung oder auch Abzug von Urlaubstagen. Es kommt ohnehin seltenst vor, dass ein Chorck ab der fünften Kaste seinen vollen Urlaubsanspruch von fünf Tagen pro Klataan nehmen konnte. Die Hilfsvölker hatten wenigstens drei Tage garantiert! Das stand noch in einem so alten Vertrag bei der Integration von zum Beispiel der Goofp und der Nohamen. Sie integrierten freiwillig! Und damals war das Imperium ja auch noch so ähnlich wie diese Tamines gesagte hatte. Demokratisch? Vielleicht nicht im gesamten Sinne des Begriffes, aber zumindest annähernd so.

Ich hatte noch etwas Dienst und saß vor meiner Kommunikationseinheit. Ich hörte in Richtung des terranischen Imperiums, aber was auch den Halumet verdutzte, von dort kamen keine Signale. Auch im erweiterten Bereich bis zum Rand unserer Heimatgalaxie konnten keine Signale ausgemacht werden. Manchmal schlug eine Modulationsanzeige minimal aus, aber entweder ist eine Strahlungsrichtung gänzlich abseits, oder diese Terraner konnten sich wirklich abschirmen, was bei einem so großen Imperium, wie diese Weibliche mitteilte, eigentlich gar nicht machbar sein sollte.

Dennoch. Ich hatte meinen Entschluss gefasst und mittlerweile, eigentlich seit ich diese seltsamen Filter in meine Atemgänge eingebracht hatte, noch gestärkt.

Das Zeichen des Halumet erschien auf meinem 2D-Monitor.

Ich winkte zur Aktivierung in Richtung des Gestiksensors und schon sah mich diese Fratze an. Fratze! Ich erschrak über mich selbst! Wie konnte ich nur den Halumet als Fratze bezeichnen, auch wenn nur in meinen intimsten Gedanken!

„Chandor Valchaz! Du siehst betrübt aus! Hat dich das Glück und die Bestimmung der Sphären verlassen?"

„Nein! Nein, mein Halumet! Gewissermaßen war ich sogar momentan bei den Sphären und betete um die Bekehrung unseres Gastes. Ich möchte alles unternehmen, um diese Terraner in unser Reich zu integrieren. Die Terraner und die Kompensationstechnik natürlich. Ich überlege mir ein System, wie der Balanceakt erwirkt werden könnte, dass diese Frau zu einhundert Prozent für die Bestimmung arbeiten wird."

„Löblich deine Gedanken, wirklich. In drei bis vier Dezim werden wir damit beginnen, das Quartier des Nachts zu fluten und diese Weibliche mit dem Göttermix intravenös beglücken. Langsam aber sicher wird sie uns dienen wollen und die Technik aus der kleinen Westwurzel bringen lassen. Auch hatte ich mich mit dem Rat der Sieben besprochen. Nachdem nun der Kaiser aus seinem Rehabilitationskoma erweckt werden konnte, wartet natürlich der Rat zuerst seine Reaktionen ab. Doch habe ich auch seine Erinnerungen zu formulieren und auch die Informationen dieser Terraner hinzuzufügen. Auch dem Kaiser haben wir zu geben und zu zeigen, was zu tun ist. Der Kaiser ist letztendlich auch nur ein Relikt und es ist nur noch eine Frage der Zeit, bis ein expansionsbewusster Mann seine Stelle einnimmt."

Dabei meinte er natürlich sich selbst!

„Wenn nicht du, mein Halumet, diesen Platz einnimmst, wer sollte denn für so ein Amt in Frage kommen? Ich kenne ansonsten niemanden."

„Fürwahr. Große Zeiten verlangen große Männer! Keine im Rehabilitationstank gefesselte und überfällige Altkörper mit unendlichen Gensträngen aus den Reparationsviren verlängert mit einem Gehirn, welches nur noch per Analogrechner vom Wahnsinn abgehalten wird. Die Zeit des Kaisers ist doch sicher schon lange vorbei. Ich möchte einmal nicht so überlange an den Strängen sein. Ich werde das Imperium verdoppeln oder Verdreifachen! Danach sollte der Nächste sich an meiner Maßgabe orientieren."

Dieser Kanaliltis! Dieser Krötenhund. Dieser größenwahnsinnige Machtbesessene! Nun denkt er schon, er wäre der Kaiserstelle schon sicher! Hoffentlich werden seine Handlungen bezüglich der Komaerweckung des Kaisers auch ausreichend überwacht, damit er nicht auch noch auf die Idee kommen könnte, den Kaiser eher zu eliminieren. Na, dass würde er sich doch nicht zutrauen, denn wenn ihm hierbei auf die Schliche gekommen würde, könnte ihm ja dieses Schicksal auch einmal einholen. Dennoch! Was hat dieser Mann wohl in die neuen Erinnerungen für den Kaiser eingespult? Welche Manipulationen hatte er vielleicht unternommen? Fast hätte ich den Kopf geschüttelt und auch noch überdreht, mir waren meine eigenen Gedanken fremd.

„Ich bin aber immer noch ganz der Ehre, den Kaiser wieder einmal hören zu dürfen, vielleicht auch wenigstens über einen Livestream sehen zu können."

„Ich habe technische Details der Terraner und Bilder dieses Raumgleiters der Weiblichen mit programmiert. Der Kaiser weiß bereits von unserem Gast und äußerte sich bereits sehr angetan und neugierig. Ich gehe davon aus, dass du mit unserem Gast zu dem Kaiser reisen solltest. Höre gut zu Valchaz! Du bekommst noch mehr Verantwortung auferlegt und ich lege große Hoffnung in dich, dass auch du deinen Teil beiträgst, dass diese Weibliche aus eigenem Willen nicht mehr in ihr Imperium zurückkehren kann. Mit `eigenem Willen´ gehe ich davon aus, dass du verstehst, wie ich diesen zu definieren pflege, oder?"
„Deine Gnade, Halumet und hoffentlich künftiger Kaiser zu meiner Güte. Selbstverständlich weiß ich wie du hierzu denkst. Wichtig ist immer nur, dass der oder die Betroffene dies, was sie nach allem denkt und die folgenden resultierenden Handlungwünsche als eigenen Willen ansehen oder ansieht."
„Exakt und bestens verstanden. Und wir verstehen uns ebenfalls."
„Aber selbstverständlich, mein Halumet! Ich bin der erste Nutznießer in deiner künftigen Gunst, wenn es uns gelingt, dich zum künftigen Kaiser zu krönen. Was würde das universelle Imperium für eine Größe wohl erlangen können? Für mich noch unvorstellbar, aber im Glanz schon abzusehen.

„Alle, die sich nicht der universellen Lehre beugen werden, sollen in die niedrigsten Kasten abwandern müssen. Ich möchte das Kastensystem nach unten erweitern, was ja ohnehin notwendig wird, wenn dieses terranische Imperium einmal eingegliedert ist. Wenn wir auch einmal genau wissen, wie deren Gehirnstruktur funktioniert, finden wir auch sicher bald die Möglichkeit, sie willenlos für uns arbeiten zu lassen. Aus den Terranern werde ich biologische Roboter machen, die dem großen Imperium dienen und huldigen. Hast du das schon erkannt, Valchaz? Ich habe es erkannt, dass sich diese Wesen am Besten dazu eignen könnten. Diese Rückschlüsse sind doch eines künftigen Kaisers würdig. Also, du bist dir deiner gestiegenen Verantwortung bewusst und ich rechne mit baldigen Ergebnissen, Valchaz. Enttäusche mich nicht!"

„Auch ich fühle eine Art Ungeduld bezüglich der Integration dieses anderen Imperiums und auch bezüglich der Ausstattung unserer Schiffe mit den Ruppungskompensatoren. Aber ich werde tun was ich kann und ich denke, ich habe schon etwas Vertrauen dieser weiblichen Terranerin gewonnen. Damit natürlich unser Chorckonium, denn ich denke im Gemeinschaftswillen!"

„Wieder sehr löblich, Valchaz. Nutze jede Kavar um gut zu denken und gut zu handeln."

„Das werde ich tun. Auch werde ich mit nur meditativen Leichtschlaf erlauben, damit mir die Lösungen näher kommen."

„Gut. Meditiere auch über einen möglichen Besuch beim Kaiser."

„Auch das, mein Halumet."

Fast schon, als wäre ich gänzlich unter seinen Gnaden angekommen, schaltete der Halumet per Geste die Übertragung ab und lächelte das große Lächeln. Ein Lächeln, welches mir meine Oxygenträgerflüssigkeit in meinen Körperkanälen stocken ließ.

Ein widerlicher Männlicher. Ich hasste ihn, aber warum hasste ich ihn nun so extrem? Was bewirken diese Filter in meinen Atemgängen? Was filtern diese Passiveinheiten denn aus? Wusste ich möglicherweise darüber nicht ausreichend Bescheid? Ich in der siebten Kaste sollte doch wenigstens über die Chorckedukative Bescheid wissen, oder doch nicht?

Mit diesen Gedanken befiel mich fast ein Viererrhythmus meiner Körperpumpe. Tamines Santos Reis. Wenn ich an dieses terranische Wesen dachte, überkam mich etwas wie große Sympathie! Sie hatte Haare. Mir machten diese gepflegten Relikte aus vergangenen Epochen nichts mehr aus. Waren es überhaupt Relikte? Konnte ich die Geschichtserfahrung aus der Vergangenheit der Chorck überhaupt auch hier anlegen?

Bei den sieben Sonnensphären, wie viele Fragen habe ich und wie viele Fragen könnte ich wohl stellen, wenn ich mit dieser Weiblichen mitgehe. Was würde mit mir wohl geschehen, wenn ich mit ihr in ihrem Imperium ankäme. Sicher zuerst eine Sicherheitsverwahrung, Verhöre und Strafbestrahlungen. Dann vielleicht einmal ein etwas besseres Leben auf einem Asylplaneten und hierzu vielleicht auch einmal eine Weibliche aus den Reihen der Chonorck. Haben die Terraner vielleicht auch schon Gefangene unseres Volkes oder unseres Brudervolkes? Fragen diesbezüglich würde ich wohl von dieser terranischen Weiblichen nicht beantwortet bekommen. Letztendlich wollte ich einmal ein bisschen Frieden, wenn auch in relativer Gefangenschaft. Aber was hatte ich hier? Bei Weitem weniger. Und wenn Salemon einmal wirklich Kaiser werden sollte, würde er mich befördern, auch in den Kasten? Nie!

284

Es schrie in meinem Kopf. Ich wusste immer mehr, ich erkannte immer mehr! Ich sah mich um und alles wirkte so schmutzig. Kein Glanz mehr in meiner Existenz. Zu was bin ich geworden?

Ist dies nun real oder war das real, was ich bislang erlebte?

Ich erkannte die Wahrheit, nur ich traute mir diese fast gar nicht zu denken! Jetzt erkannte ich weitaus mehr Realität, als fast mein gesamtes Leben vorher. In dieser Station, in diesem Halumal, atmen alle Gift ein. Ob dies diese Sphären auch so in deren Informationen haben wollten?

Sphären? Wer definierte die Grundlagen unseres Glaubens? Nun wurde mir bewusst, dass die Sphären selbst noch nie einen Kontakt schalteten. Wieso konnten nur die jeweiligen Halumet die Partikelströme definieren oder interpretieren? Warum widersprachen sich so manche Definitionen und mussten immer wieder korrigiert werden? Sicher, so sagte auch der aktuelle Halumet, die Sphären passen die Lehren der jeweiligen Zeit an, aber wenn, so wie in den Lehren definiert, diese Sphären schon eine oder mehrere universale Zündungen erlebt haben sollten, dann müssten sie doch auch mehr definitive Informationen besitzen, nicht solche, die immer wieder von einem Halumet zu interpretieren wären.

Etwas Definitives, Grundsätze, welche nie zu ändern sein sollten!

Ich begann nicht nur zu zweifeln, ich begann regelrecht meinen Unglauben zu stärken.

Der Kaiser. Was war aus unserem Kaiser geworden. Früher hatte die Exekutive des Imperiums in seiner Hand gelegen. Eigentlich bildete sich ja bereits ein Geschwür in den oberen Kasten.

Langsam sah ich tiefer und tiefer. Ohne die Berieselung mit Drogen, mit den Hypnotika, wie diese Tamines erwähnte, wäre wohl der Moloch des Chorckonium nicht mehr zu halten.

Ich stellte mir es nur einmal vor: Hunderte von Klataan erhielt sich dieses Imperium drogengestützt, keiner hatte die innere Kraft sich dagegen aufzulehnen und vielen war es vielleicht auch egal. Diese Hypnotika zeigten allen Wesen das Heil im Dienst für das Imperium.

Mich schauderte und dieses Schaudern durchlief mich bis zu den Zehenballen.

Wieder dachte ich an diese Terranerin, auch dass sie mitunter auf den Fersen lief. Seltsame Intelligenzen, Innenskelettträger mit Haaren, Fersenläufer, klein und mittelbraun, zweifelsohne Säuger, wie die meisten Völker die wir bislang kennengelernt hatten. Auch sie hatten rote Oxygenträgerflüssigkeit in den Körperkanälen, sollte jedoch deren Pumpenorgan etwas anders gestaltet sein.

Seit ich diese Filter in meinen Atemkanälen habe, spürte ich anwachsende Sympathie für Tamines, nicht nur für sie, ich spürte auch Sympathie ihren Artgenossen gegenüber.

Ja, ich würde mit ihr gehen, ich würde mich aus dem Chorckonium entfernen. Der Entschluss war endgültig. Das Unbekannte zeigte seine Reize, mehr denn je, mehr seit ich eben diese Filter nutzen konnte.

Ich konzentrierte mich auf einen Leichtschlaf mit Meditation, meine Hygienemaßnahmen wollte ich nicht mehr ausführen, dazu war morgen früh Zeit genug. Wir Chorck waren ja ursprünglich auch von einer trockenen Welt gekommen, einer Welt die heute nicht mehr bewohnbar sein sollte. Eine Welt welche um die Ostsonne der Siebenerkonstellation kreiste, eine Welt, welche direkt von dem Partikelstrom beeinflusst wurde. War denn doch etwas Wahres in den Sagen und Lehren?

Vielleicht kann auch etwas wahr und zugleich falsch sein?

Ich legte mich auf meine Ruhestätte und schaltete einen leichten Windwogenrhythmus, der meine Meditation beflügeln sollte. Dieser Windwogenrhythmus sollte der Urwelt der Chorck entsprechen, so hatte ich einmal erfahren.

Der Übergang zu meiner Meditation dauerte lang. Ich war innerlich so angeregt, ich konnte zuerst nicht den Eingang in meine innere Welt finden. Dann aber sah ich den Kaiser in seiner Gruft. Umschlungen von den Lebenserhaltungssystemen wie auch von den Nährstoffpumpen und Entgiftern. Hatte Chorub der Kaiser auch unter Halluzinogenen oder Hypnotika zu kämpfen? Hatte der Kaiser überhaupt noch ein Leben in diesem Sinne, wie ich Leben definiere oder mittlerweile definiere?

Ich würde den Kaiser treffen, das spürte ich und ich fühlte eine große Ehre in mir, ein Gefühl, welches sich doch wieder entfernte.

Ein Lebewesen, einer der alten Chorck, man sagte, der Kaiser hätte noch ein paar Haare, er sollte den Naturgesetzen entsprechend eigentlich gar nicht mehr leben. Was war mit seinem Gehirn? Diese künstlichen Erinnerungen, die ihm einfiltriert wurden und immer noch werden, ist das eine eigene Persönlichkeit oder war der Kaiser nur noch ein Symbol, ein Relikt? Sollte der Tod nicht Veränderung bedeuten? Wäre eine Veränderung nicht gleichbedeutend mit dem Übergang in diese Sphären?

Oder gehen wir letztendlich gar nicht in diese Sphären ein?

Gibt es Beweise für den Übergang in die Sphärendimension nach dem Tod?

Erstmals stellte ich meditative Fragen, noch dazu so viele. Tamines. Terraner. Chorck. Rebellen. Universum. Imperien. Ich!

Ich konnte den Leichtschlaf nicht halten und war in einen Tiefschlaf gefallen. Der erste erholsame Tiefschlaf seit vielen Klataan. Vielleicht auch ein Effekt dieser Atemfilter. Als mich das Selepetterminal weckte, sah ich auf den Stations-Chronometer und dieser zeigte kurz vor drei Kavar. Sehr früh also. Warum wurde ich geweckt? Ich eilte mich das Terminal durchzuschalten. Ich konnte es mir ja schon denken dass mich der Halumet rief.

„Chandor Valchaz es Sueb! Ich dachte du hättest dir nur einen Leichtschlaf vorgenommen?"

„Hatte ich, seine Gnade Salemon Merdoz co Torch. Ich hatte eine Offenbarung der Partikelströme, sie beordern mich zum Kaiser. Zwar verstehe ich nicht ganz, wie ich zu dieser Offenbarung gekommen war, aber es ist für mich wie eine Art Befehl, dem ich Folge zu leisten habe."

„Deine Meditation stellt sich nun wie ein großer Erfolg dar, auch wenn ich es fast nicht zu glauben vermag, dass *dich* die Partikelströme rufen. Es stimmt. Der Kaiser ist wach und seine Erinnerungen sind stabil. Er rief sie bereits ab und sie konnten in seinem Gehirn als Eiweißmolekülketten nachgebildet werden. Ich habe ihm auch Bilder von dieser weiblichen Terranerin in die neuen Erinnerungen eingespielt. Nun ist er vollkommen erpicht darauf, diese Weibliche `wieder zu sehen´. Die Erinnerungen zeigten ihm auch dein Wirken als der zu ihrem Schutz Befohlene. Somit ist die direkte Order vom Kaiser zu verstehen

Damit gestaltet sich dein Auftrag auch folgendermaßen:

Du holst diese Weibliche aus ihrem Quartier und drängst sie etwas zur Eile. Ihr nehmt die APOSTULA und geht zur Rehabilitationskuppel auf Chanorck. Der Kaiser will, dass dieser Name wieder genannt wird!"

Meine Körperpumpe stand im Ansatz zum Viererrhythmus! Ich sollte zur Urwelt der Chorck fahren! Ich sollte in die Kuppel des Kaisers kommen und dies alles mit dieser Weiblichen aus den Reihen der Terraner!

Was aber für mich als ungeheuer erschien; der Kaiser wollte, dass der Name der Urwelt der Chorck nun wieder ausgesprochen wird! Chanorck! Ich fühlte diesen Namen wie Labsaal durch die Körperpumpe fließen! Chanorck durfte nicht mehr genannt werden, seit die Brüder Chonorck sich aus dem Imperium ausgliederten. Nun wollte der Kaiser eine Renaissance des Namens ausrufen, was für mich eine Gleichbedeutung mit einer allgemeinen Renaissance des Chorckonium war.

Sollten neue Zeiten beginnen? Ich sollte auch noch mit der APOSTULA zur Kuppe auf Chanorck fahren. Würde Tamines, die Weibliche von Terra überhaupt verstehen, welcher Ehre ihr zuteil würde? Oder war dies für eine Terranerin vielleicht gar keine Ehre . . .

„Seine Gnade der Halumet! Wie kann ich das verstehen, dass ich nach – ah – Chanorck berufen werde und nicht du? Es sollte doch in den Kasten Prioritäten erhalten werden."

„Ich denke, der Kaiser hält sich an Prioritäten, Valchaz. Demnach bestimmte er auch dich, um zur Kuppel zu gehen, da er sicher dieser Weiblichen nicht auch zu große Ehren zukommen lassen will. Außerdem ist es ja Ehre genug, wenn sich ein künftige Hilfsvolk mit jemanden aus der siebten Kaste befassen darf! Nachdem wir Chorck alle von den Sonnensphären als Herrscher für das Universum bestimmt wurden, gehörst auch du zu diesen Auserwählten. Auch du solltest deinen Anteil an der universellen Bestimmung haben."

Ich sah den Halumet über die Projektion an und stellte fest, dass ich ihn immer mehr hasste. Doch wirkte er auch wegen der Order des Kaisers etwas betroffen und konnte sich nur damit helfen, dass die Ehre der Chorck allgemein auszufallen hatte. Alle haben am großen Projekt mitzuarbeiten, nicht nur die obersten der Kasten. Doch wollte er damit auch sagen, dass ausschließlich die Chorck die Auserwählten waren.

Aber warum wollte der Kaiser die Terranerin sehen? Wegen der neuen eingespielten Erinnerungen oder hatte der Kaiser noch eine zweite Erinnerung tief in seinem Altbewusstsein von jenem Volk, was nun aufgetaut war. Ich hoffte, dass sich in dieser Alltäglichkeit des universellen, heiligen Imperiums etwas tat. Der sich festgetretene Trott konnte doch nicht sonderlich förderlich dazu sein, ein ganzes Universum zu befrieden und dem Chaos entgegenzuwirken.

Ein besorgter Blick des Halumet per Hologramm schreckte mich aus meinen Gedanken.

„Valchaz! Was ist los mit dir? Meditierst du noch?"

„Ich bitte vielmals um Entschuldigung, mein Halumet. Diese Ehren der letzten Zeit überfahren mich regelrecht. Die Ehre unter dir zu dienen und nun die Ehre den Kaiser zu besuchen, ich habe mich noch nicht wieder gesammelt."

Nun lachte Salemon fast väterlich, er, so hoffte ich natürlich auch, würde sich damit begnügen, dass ich ihm beteuerte, es war und ist eine Ehre, unter ihm zu dienen.

„Also. Mach dich auf den Weg und hole diese Weibliche, vergiss aber dabei nicht, dass in acht bis zehn Dezim diese Terraner zum Hilfsvolk des Imperiums erklärt werden sollten. Die Vollintegration kann dann etwas länger dauern. Wichtig dabei sollte nur sein, dass eben die Terraner nicht allzu freiwillig dazu kommen, um ihnen auch nicht alle Zugeständnisse geben zu müssen. Möglicherweise wäre eine Integration auf Basis der absoluten Freiwilligkeit auch gefährlich für das Chorckonium, denn diese Terraner habe eine sehr hohe Eigentechnik und sie denken besonders viel, außerdem denken sie auch noch sehr funktionell und fortschrittsfördernd. Genau diese Eigenschaft sollten wir uns zunutze machen, aber uns damit nicht überfahren lassen. Diese Terraner könnten vielleicht als Integrationsvolk noch gefährlicher sein, als sie es bislang waren oder würden.

Die Hilfsvölker derer oder wie diese Weibliche es genannt hatte, die Mitgliedsvölker werden freiwillig dem Chorckonium zuströmen, wenn die Terraner gleich einem Ballurukhammel in das Chorckonium eingegangen sind."

„Ich lasse die Inspiration der Sphären in mich einwirken und werde tun, wie mir aufgetragen. Heil dem Imperium, mein Halumet!"

„Heil dem Imperium, Ritter der Sphären!"

Der Halumet schaltet wieder mit einer Geste die Übertragung ab und ich war unwahrscheinlich froh darüber. Zwar hatte sich der Halumet mir gegenüber fast wie zu einem Kastengleichen benommen, aber ich hasste ihn immer mehr. Nun musste ich aber in die Hygienezelle! Ich wollte viel abwaschen, mehr als es abzuwaschen galt. Viel Imaginäres wegwischen, Vergangenheit oder Alteingesessenes. Und ich wollte diese Filter wechseln, welche ich in meinen Atemgängen eigentlich gar nicht mehr spüren konnte. Dann sollte ich mich wieder mit Tamines Santos Reis von Terra treffen. Ich erklärte dieses treffen als meinen vorläufigen Höhepunkt, denn ich mochte dieses Wesen sehr. Warum? Eine ewige Frage, die ich nicht zu erklären vermochte.

Zuerst schaltete ich eine Parafindusche an, ließ mich anschließend mit Reinigungssand einnebeln und dann folgte eine Sprühdusche mit Wasser. Allerdings konnte ich dieses Ritual nicht so genießen, wie ich es gerne hätte. Nachdem also die Urchorck von Chanorck stammten, ein Name der mich immer wieder innerlich alarmierte, da man ihn schon solange nicht aussprechen durfte, war auch eine Feinsanddusche unserem Unterbewusstsein angepasst. Die Wüsten von Chanorck umspülten meine Vorfahren ähnlich mit Sand wie so eine Duschvorgang. Eine Methode für das körperliche Wohlbefinden und eine Notwendigkeit für diese Aufgabe, welche mir nun bevorstand. Sicher hatte mein Unterbewusstsein noch Vieles aus dieser Zeit einprogrammiert. Nur der Symbiont war davor etwas zu schützen. Dieser strahlte erst wieder Wohlgefühle aus, als ich auf das Wasser umschaltete. Schließlich kam dieser auch aus dem nassen Element.

Doch wie ich von uns wusste, mein Symbiont war lange nicht so aktiv wie diejenigen meiner Mitchorck. Ein Glück, wie ich mittlerweile ahnte oder gar schon zu wissen glaubte.

Ein Heißlufttrockner erlaubte mir, an die mit nicht bekannten Wüsten von Chanorck zu denken. Bilder aus den Aufzeichnungen der Datenbombe erschienen in meinem Bewusstsein und ich fühlte mich wie bereits auf der Welt der Ahnen.

Ich eilte aus der Zelle und zog meinen Rock, sowie das Gusshemd und meine Ballenschuhe an. Ich wollte das Terminal schalten, da erinnerte ich mich an meine Filter. Also suchte ich das zweite Paar, welche diese Tamines mir gegeben hatte, zog das alte aus den Atemöffnungen und atmete fast unbewusst weiter.

Ein Schock! Ich hasste diese Luft auf dem Halumal! Es roch chemisch, es roch plötzlich befremdend und mir wurde leicht schwindelig!

So hielt ich die Atemluft an und setzte vorsichtig diese neuen Filter ein, aber der Schwindel blieb noch etwas. Aber ich bekam Angst hinzu! Angst, wieder so zu werden, wie ich vor der ersten Filternutzung war, obwohl ich mir sicher war, dass ich nicht so beeinflusst war, wie es hätte sein sollen.

Beeinflusst! Ich war beeinflusst worden? Ich war beeinflusst worden!

Dieses Gas, welches dem Atemgemisch zugeführt wurde, hatte nicht die Aufgabe zu reinigen oder zu desinfizieren. Dieses Gas, so sagte meine Freundin Tamines war eine Trägersubstanz für Hypnotika.

Nun nannte ich diese Weibliche von Terra auch schon meine Freundin.

Was war denn los mit mir? Ich sehnte mich nach Terra, obwohl ich diese Welt gar nicht kannte, ich fühlte mich dieser Weiblichen hingezogen, obwohl ihr Volk ein Hilfsvolk werden sollte. Nein. Das würde ich nicht zulassen. Die Terraner ein Hilfsvolk für die Chorck, für das universale Imperium. Würde denn diese überhaupt etwas bewirken?

Ich werde mit dieser Tamines zu den Terranern gehen und auf deren Gnade hoffen, auf eine bessere oder zumindest etwas freiere Zukunft. Doch ich wiederholte mich, denn ich hatte mich ja schon entschieden.

Der Schwindel ging zurück und ich aktivierte das Selepetterminal, schaltete zu dem Anschluss im Quartier des Gastes durch.

Es dauerte und dauerte, doch dann sah mich ein Gesicht an, was ich so nicht erwartet hatte. Diese Haare waren wirr, das Gesicht und die glatte Haut wirkten etwas zerknittert, auch sah sie mich aus kleinen Augen über die Projektion an.

„Sag mal, spinnst du, Valchaz? Mitten in der Nacht?"

Ich überlegte, was sie meinte, denn ich spann nichts. Seit unsere Kleidungen im Gussverfahren gefertigt wurden, gab es keine Spinner mehr. Woher wusste sie denn überhaupt, dass die Spinner einmal existierten?

„Ich bitte um Vergebung, aber der Kaiser hatte gerufen! Wir sollten nach –
äh – Chanorck fahren und den Kaiser in seiner Kuppel vorstellig werden!"
„Chanorck? Was ist denn das?"
„Die Urwelt unseres Volkes!"
„Ich dachte, diese Welt ist kaputt? Hatte ich doch in den Lehren erfahren."
„Ja, sie ist zerstört, allerdings lebt der Kaiser dort unter einer Kuppelanlage.
Dort wird er mit allem versorgt, was für die Lebensauffrischung und –erhalt
nötig ist. Auch die Analogrechner für seine Erinnerungen befinden sich in
der Kuppel. Für die Kommunikation wird allerdings anderweitig gesorgt.
Der Kaiser kann seine Order abgeben und ihm wird immer ein
Prioritätkanal zugewiesen."
„Aha!" Tamines hatte nun ihre Augen fast normal geöffnet, ihre Haut
wirkte wieder etwas glatter, allerdings fehlte möglicherweise auch noch
eine Feinsanddusche.
„Begehe dein Reinigungsritual! Du kannst ruhig auch noch eine
Feinsanddusche nehmen. Aber in weniger als einem halben Kavar hole ich
dich ab!"
„Feinsanddusche? Ich warte lieber, bis ich Urlaub auf Terra machen kann
und wälze mich dann am Strand. Aber eine Feinsanddusche werde ich nicht
nehmen. Ah! Jetzt weiß ich auch warum in der Hygienezelle solche
Zerstäuber eingebaut sind. Eure Vorfahren waren vermehrt
Wüstenbewohner, darum seid ihr auch Zehenläufer, nicht wahr?"
„Zehenläufer? Ach ja! Ich bezeichnete dich ja auch als Fersenläufer. Ein
Respekt an die Programmierer eurer Übersetzereinheiten. Mittlerweile
kommt alles durch."
„Ihr hattet ja auch genügend Werbung betrieben. Außerdem wird ja in
einem Unterkanal eine mathematische Version des Intergalak angeboten.
Als die ersten Übersetzungen fertig waren, konnten auch die Grunddaten
verarbeitet werden. Also, dann lass mich die Hygieneeinrichtung nutzen, bis
gleich."
„Was ich noch wissen möchte: Hattest du einen Leichtschlaf oder einen
Tiefschlaf?"
„Unsere Schlafgewohnheiten beginnen mit Leichtschlaf, dann kommt es zur
so genannten REM-Phase und anschließend folgt der erholsame Tiefschlaf.
Warum fragst du?"
„Ich dachte nur, dass du solange du auch hier im Halumal weilst, du dich
nur mit Leichtschlaf begnügen würdest."
„Das können wir Terraner kaum steuern. Aber ich erkenne zum Beispiel bei
dir, dass du ja wie schon festgestellt, von einer wüstenreichen Welt kommst
und mit der Steuerung der Schlaftiefe konnten möglicherweise auch deine

Urahnen somit vielen Gefahren vorbeugen. Gab es viele Schlangen oder Giftwesen auf – wie hieß diese Urwelt? – Chanorck?"

„Ja, Chanorck, deine Gnade Tamines. Ich weiß aber nicht allzu viel von dieser Urwelt, von Chanorck. Doch deine Schlussfolgerungen wirken so logisch, damit kann ich fast gewisse Erinnerungen in mir erzeugen, die gefühlsmäßig an die Wahrheit anknüpfen."

Ich betrachtete diese Weibliche genauer über die Übertragung und erkannt ihre kleinen Brustwölbungen, ähnlich wie sie auch unsere Frauen hatten. Wie groß ist die Urverwandtschaft unser beider Völker, eine Verwandtschaft welche vor der Planetenverteilung der Ursporen schon bestanden haben musste. Wieder schreckte ich mich! Wenn es eine Urverwandtschaft gäbe, wären dann nicht auch die Terraner gleichberechtigt mit uns Chorck? Das ergäbe doch einen Sinn! Ich starrte immer noch auf ihre Brustwölbungen und diese Tamines rührte sich nicht. Sie begann zu lächeln und fragte mich: „Gefällt dir mein Busen? Ich habe festgestellt, dass die Chorckfrauen auch solche natürlichen Einrichtungen haben. Etwas anders in der Konsistenz und in der Form, auch leicht an einem anderen Platz, aber es scheint sich zu bestätigen, dass viele Völker unserer und eurer Galaxie von den gleichen Lebensträgern heimgesucht wurden."

Konnte sie vielleicht Gedanken lesen? Ich erschrak ja zutiefst und fühlte mich leicht beschämt, da ich ja wirklich auf diesen Busen, wie sie richtig die Bezeichnung gewählt hatte, starrte. Dabei zeigte sie nun ihre betörend weißen Kauwerkzeuge, die mir von Anfang an eigentlich sehr gefallen hatten. Ich bemerkte auch ihre Schlafwäsche und erkannte ein Gewebe. Nun war ich mit einem Späßchen an der Reihe:

„Sag mal Tamines, spinnst du eigentlich? Ich erkenne an deiner Ruhekleidung, dass diese aus Gewebe ist. Damit könntest du doch eine Spinnerin sein!"

Sie sah mich entsetzt an, ich dachte schon sie wäre mir vielleicht beleidigt, doch dann lachte sie fröhlich auf, ein Heiterkeitslachen, welches ich noch nie in dieser liebevollen Art vernommen hatte.

„Früher gab es solche Spinner, Valchaz. Wirklich! Heutzutage wird von Automaten gesponnen. Es gibt aber auch Mikrofaserprodukte, was Kleidung betrifft. Solche Gusshemden, wie du sie trägst, werden auch produziert, aber wir Terraner lieben wieder die Verbindung zur Natur und wenn es über die zweite Haut so sein sollte. Nun weiß ich auch, dass du mich nicht verstanden hattest, als ich dich fragte ob du spinnst. Ich bitte um Verzeihung, aber wir verwenden solche Wortfolgen, wenn jemand etwas Unlogisches aus einem Blickpunkt, in diesem Falle meinem, macht. Unlogisch war für mich der frühe Zeitpunkt deines Anrufes."

„Dann lass uns zusammen spinnen, deine Gnade Tamines Reis vom Range der Santos. Dennoch ein Besuch beim Kaiser sollte nicht Unlogisch sein."

„Ganz bestimmt nicht. Also ich gehe dann Toilette machen, Bis gleich."

„Du brauchst keine Toilette machen, es ist ja eine vorhanden. Oder wurde diese unlogisch kaputt?"

Ein weiteres herrliches Lachen übergab diese kleine Weibliche von Terra der Übertragung. Ich dachte an den Halumet, der sicher diese Übertragung mitverfolgte. Ich hoffte sehr, dass der Verkünder der universellen Lehre nicht Rückschlüsse bezüglich meiner inneren Gefühlswelt daraus zog.

„Ich starte jetzt, weibliche Tamines. Wir sollten den Kaiser nicht warten lassen."

„Sollten wir nicht! Obwohl der Kaiser sicher schon lange wartet und es könnte ihm ja auf ein oder zwei Klataan mehr oder weniger nicht mehr ankommen. Bis gleich!"

Nun war es wieder soweit! Meine Körperpumpe sprang in den Viererrhythmus! Dies Tamines schockte mich dermaßen mit ihrer letzten Äußerung. Eigentlich extrem respektlos, was sie da ausgesagt hatte. Wir wollten heute und sofort zum Kaiser, nicht erst in einem oder zwei Klataan! Was für eine Äußerung! Ich gab dem Gestensensor einen Wink und schaltete die Übertragung ab. Doch musste ich mich noch auf den Rand meiner Ruhestätte setzen und etwas warten, bis die Viererphase abklang. Mit einigermaßen guter Konzentration schaffte ich es, das Organ zu beruhigen, auch der Symbiont schien, mit meinem eigenen Willen zu kooperieren und entzog meinem Körper Adrenalin, was er dann bei Gelegenheit langsam zurückgab, auch wenn es vielleicht einmal angebracht sein könnte. Und ich begann zu lachen!

Ich konnte es fast selbst nicht glauben, aber ich begann zu lachen!

Dabei sah ich mit meinem inneren Auge diese kleine Terranerin und hörte mit meinem inneren Ohr ihr liebliches Lachen!

Ich brauchte einige Zeit, bis ich mich beruhigte, dann fühlte ich mich seltsam frei und zufrieden. Wie war das möglich? Ich atmete nicht mehr diese Elemente ein, welche eine Zufriedenheit mit dem bewirken sollten, was einem in die Wiege gelegt wurde, ich war damit zufrieden, was ich jetzt hatte! Was hatte ich jetzt? Neue Gedanken, eigene Pläne und eine Freundin aus einem anderen Volk, aus einer anderen Galaxie. Möglicherweise hatte ich weniger als jemals zuvor und ich war zufrieden! Ich erkannte aber auch, dass diese neue Zufriedenheit mit meiner neuen Freiheit zusammenhing, auch wenn diese Freiheit sich erst einmal manifestieren musste. Aber ich hatte sie greifbar vor mir. Und der Schlüssel dazu hieß: Tamines Santos Reis!

5. Kapitel

Die Weisheit des Uralten, die unbekannten Variablen der Bestimmung und die Missgunst der nach Macht Strebenden.
Die Flucht aus dem Allerheiligsten.

Wenn mich nun jemand nach meinem ehrlichen, innerlichen Zustand befragt hätte, hätte ich auch unumwunden zugegeben, dass ich sehr aufgeregt war. Heute sollte ich den obersten Chorck kennen lernen! Chorub, den Kaiser. Den Mann der seit Äonen künstlich am Leben erhalten wurde, um einem Machtgebilde als Rückgrat zu dienen.
War es das, warum der Kaiser noch lebte? Waren seine Handlungen denn noch sinnvoll, war er nicht schon irgendwie abgetreten? Ich meinte natürlich: war sein Gehirn nicht schon dem Wahnsinn verfallen?

Ich eilte mich natürlich mit meiner Morgentoilette und huschte auch bald aus der Hygieneeinrichtung. Danach kramte ich frische Kleidung aus meinem Leinensack, steckte mir neue Atemfilter in die Nase, fragte den Status des Sempex in meinem Schiff ab und durfte feststellen, dass die Überprüfungen vorläufig ausgesetzt wurden. Das hieß natürlich, dass Durchleuchtungen weiter stattgefunden hatten und sogar eine Materialprobe der Schiffsoberfläche entnommen wurde. Sogar eine Farbprobe des Namensaufdrucks war festzustellen.
Doch nach meinen Reklamationen dem Halumet gegenüber, so sagte mir der Zeitvergleich, wurden schwerwierige Operationen an der SHERLOCK unterlassen. Vorläufig.

Meine Abreise – oder Flucht – hatte ich damit auch automatisch auf morgen verschoben. Diese Gelegenheit, also von Chorub empfangen zu werden konnte ich mir nicht entgehen lassen, auch wenn damit die Gefahr für mich weiter steigen wird. Noch stand ich nicht unter Lebensgefahr, auch wenn sich Anzeichen hierfür sammelten. Aber auch ein Hilfsvolk, welches wir einmal sein sollten, nützte nur lebend etwas. Einzelne Strafen mit Todesfolge sollten ja auch nur den Überlebenden als Erziehungsaktion vorgeführt werden und solange niemand zusah oder zusehen konnte, machte dies auch keinen Sinn. Um aber auch nicht in die Kategorie Feind zu fallen, spielte ich weiterhin die Kooperationsbereite, wenn auch mit einem gehörigen Verzögerungsfaktor. Der Halumet hoffte möglicherweise, dass die letzten Barrieren mit dem Besuch beim Kaiser fallen würden und ich die Überzeugung erlangen sollte, dass die Lehre der Chorck wirklich auch die universelle Lehre wäre.

Dieser Halumet, Salemon Merdoz co Torch, dieser Chorck war machtlüstern. Ich hatte natürlich auch zu bedenken, dass sogar er sich über die Order des Kaisers hinwegsetzen könnte. Außerdem hatte er gewissermaßen ohnehin die Macht in seinem Griff, denn er regelte auch die Erinnerungen des Uralten. War es auch in seiner Macht, die Erinnerungen des Uralten nach seinem Gutdünken oder nach seinen Plänen zu manipulieren? In dieser Richtung geht die Technik der Chorck mit der Unterstützung der Nohamen weit in einen Bereich des für mich Unbekannten. Nicht nur für mich, für alle Terraner. Sicher, auch wir haben das Lebenszeitalter schon erweitert, auch wir haben gewaltige Sprünge in der Medizin zu verzeichnen, aber hier mit dem Schicksal des Kaisers beginnt für menschliche Verhältnisse absolutes Neuland.

Der Kaiser war also über eintausendzweihundert Klataan alt! Das sind weit über zweitausend Jahre! Solche Zeitspannen können nur mit zeitweilig eingeleiteten Komaphasen überwunden werden und auch die Zuschaltung von Gedächtniscomputern erschien mir als logisch, wenn ich gedanklich dem Aufbau des Imperiums folgte.

Hier wollte ich genau aufpassen und alles genauestens verfolgen. Ich setzte mir die Bindehautkamera ein, ein Nanoprinterprodukt der neuesten Generation. Eine Digitalkamera, die ich mit meinem IEP auslösen können würde. Dazu sollte mein Spezial-IEP nur einen extrem kurzen Impuls senden und die Bilder wurden von meiner Pupille zentriert.

Auch ein Desintegratormesser sollte Bestandteil meines Tagesgepäcks sein. Dieses Messer hatte eine Keramikklinge, im Griff die Steuerelektronik und auf der Schneide einen Waferbalken, der mit der Mischfrequenz so ein langes Feld aufbauen konnte, welches der Materieresonanzfrequenz entsprach und die atomaren Bindungskräfte neutralisiert. Damit konnte jegliche Materie wie Butter geschnitten werden.

Etwas hatte ich hier schon gelernt!

Die terranische Technik hinkt sicher noch weit hinter der Gesamttechnik der Chorck her, aber die Terraner arbeiten fast bis zur Vollendung. Die Chorck begnügen sich mit der Technik bereits, wenn etwas im Siebzigprozentbereich lag. Sogar die Raumfahrt der Chorck unterlag dieser Einstellung – glücklicherweise – wie ich festzustellen durfte, denn damit waren den Chorck Reisen von mehr als vielleicht fünfhundert Lichtjahren ein Problem. Sicher konnte auch ihre Schiffe einfach hunderte von Einzelschritten unternehmen – oder sogar tausende, und auf diese Art und Weise ebenfalls enorme Distanzen überwinden.

Aber war das nicht so, als wenn ein Feldherr auf Krücken käme und möchte den Feind zur bedingungslosen Kapitulation überreden.

Außerdem hatten die Chorck ohnehin genügend zu tun, ihr Imperium über diese lange Zeit zu erhalten und zu erweitern. Ohne dass die inneren Geschwüre in der Machtstruktur entarteten.
Auch dass ein Kaiser, der Kaiser der gewissermaßen die Stabilisierung vorbereitet hatte, so lange am Leben erhalten wird, wie möglich, erachtete ich auch einer gewissen Logik entsprechend.

Ich hatte etwas in meiner Erinnerung, mit dem ich einen Vergleich zog! Es gab einen ähnlichen Fall in der Geschichte Terras, auch schon im vorigen Jahrhundert geschehen.
Es gab einen Staat, genannt Jugoslawien und einen Kaiser, nein, das war kein Kaiser, aber eine Art Präsident einer Staatenkoalition. Josip Tito war doch sein Name. Auch er galt als Sicherheit für das Fortbestehen der Staatengemeinschaft und als er 1980 todkrank im Hospital lag, waren alle Mediziner bestrebt, ihn aus den Fängen des Todes zu entreißen. Damals schon waren gewisse Erfolge zu verzeichnen, doch die Genetik oder auch die Nanogenetik war nicht so weit, ihm weitere Jahre zu schenken, aber er durfte noch sehr viele Tage seinem Leben auf diese fragwürdige Weise hinzufügen.
Als Josip verstarb, war es nur noch eine Frage der Zeit, bis dieser Vielvölkerstaat zerfallen sollte.
Dieser Vergleich zwängte sich mir förmlich auf! Ich verglich also den Kaiser der Chorck, Chorub, mit Josip Tito. Wieweit ich hier Parallelen ziehen durfte, dass konnte ich natürlich noch nicht sagen oder ob es überhaupt nennenswerte Parallelen gab. Denn Tito hatte mit den damaligen Sowjets genauso zu kommunizieren wie mit den westlichen Machtgebilden. Er hatte eine Art Diplomatie auszuführen, welche diesem Kaiser hier in genannter Art fremd wäre. Die Chorck brauchten keine Diplomatie mehr, darum auch das Kastensystem. Nichts hatte hier sich einem Konkurrenzprodukt zu stellen.

Das feine Alarmgeheule, welches der Türmelder war, erschreckte mich leicht in meinen Gedanken. Ich bestätigte meine Bereitschaft und diese Tür öffnete sich wie eine Schleuse. Wieder erkannte ich die Perfektionslosigkeit der Chorcktechnik und schon wieder musste ich mit der ehemals russischen Technik Vergleiche ziehen. Vielleicht sollte es ein Tag der großen Vergleich werden?
Der riesige Chandor Valchaz es Sueb stand mit leicht vorgebeugter Haltung vor dem Eingang und wenn ich mich der dauerhaften Beobachtung nicht sicher gewesen wäre, ich hätte ihn angelacht und wie einen Freund begrüßt.

Ich fühlte schon fast seit Beginn meiner Mission, dass dieser Männliche der Chorck - ich nutzte deren Bezeichnungsart mittlerweile - mir auf besondere Art und Weise zugetan war. Seit er die Atemfilter nutzte, sicher noch mehr. Er wirkte klarer in seinem Tun und in seinen Worten.

„Ihre Gnade weibliche Tamines Santos Reis von Terra. Wir wurden vom Kaiser geladen . . ." „. . . und der Kaiser ist ungeduldig. Er will nicht noch einen Klataan warten, also besuchen wir ihn heute, nicht wahr?"

Der arme Valchaz! Er riss seine kleinen, weit auseinander stehenden Augen auf, sie wurden fast so groß wie die Seheinrichtungen von Terranern. Er war wieder erschrocken, weil ich so respektlos mit diesen Verhältnissen hier umsprang. Ich spürte Einsehen in mir und nahm mir vor, zumindest meinem zu meinem Wohl Gesonnenen nicht mehr solche Schocks zukommen zu lassen.
„Entschuldige bitte, Valchaz, aber terranischer Humor wird sicher nicht überall im Universum verstanden. Darum werde ich mich in dieser Beziehung etwas zusammen nehmen. Versprochen!"
„Danke! Das würde mir sehr viel nützen, auch einem Pumpeninfarkt vorzubeugen."
„Ach? Gibt's so was bei euch auch? Hm. So traurig es ist, so beruhigend registriere ich diese Tatsache. Auf Terra kann aber ein Infarkt mittlerweile fast vollkommen geheilt werden. Dazu bedarf es wieder der Nanotechnologie und Genrobotern. Aus nachgezüchteten und überprogrammierten Zellen bildeten sich dann Gewebezellen, welche das Pumpensystem nach und nach erneuern. Herz heißt so eine Pumpe bei uns. Ich weiß, bei euch hat dieser Begriff eine andere, fast vergessene Bedeutung."
„Nun gut. Bist du fertig, Tamines von Terra? Wir sollten aufbrechen."
„Ja, Valchaz. Ich bin fertig. Ich hoffe, der Halumet registriert, dass ich mich auf das Treffen mit dem Kaiser sehr freue und es auch wirklich als eine Ehre ansehe, dass er mich persönlich zu einer Audienz einlud, auch wenn ich mir den genauen Ablauf noch nicht vorstellen kann. Wir werden wohl kaum an einem Tisch sitzen und auf das Wohl unserer Völker anstoßen, vermute ich."
„Bitte, deine Gnade Tamines . . ." „. . . jaja! Ich weiß. Ist mir wieder nur so durchgerutscht! Aber ich hätte eben auch das Bestreben, mich mit meinen Gesprächspartnern an einen Tisch zu setzen."

„Du verstehst nicht! Wenn der Kaiser ruft, dann ist das keine Einladung sondern eine Ladung. Eine Verpflichtung, ein Muss - kein Soll. Eine

Aufgabe, welche Leben wert ist. Eine Aufgabe, welche man auch unter Lebensgefahr nachzukommen hat."

„Ach so? Ich hatte mich aber auf das Treffen gefreut. Nun ist etwas von meiner Freude im Abbröckeln. Warum wird mir mein Gefühl hierzu – nachdem ich es ohnehin als Ehre betrachte – nicht belassen?"

„Manchmal stellst du Fragen, für deren Beantwortung ich mich nicht imstande fühle. Das liegt auch an unseren verschiedenen Mentalitäten und letztlich auch an der anderen, edukativen Struktur deines Imperiums. Ich kann mir nun aber nicht vorstellen, dass diese fehlende Edukative einer guten Organisation in einem Imperium förderlich sein kann. Darum sicher auch meine Befürwortung zu unserem System hier!"

Ich hatte natürlich verstanden. Ich erkannte auch ein kleines Zwinkern seines Innenlids. Er musste so sprechen, denn er wusste natürlich, dass der Halumet besonders heute versuchen würde, eine lückenlose Überwachung zu erhalten. Doch hoffte ich natürlich, dass diese heute auch ihre Lücken bekommen sollte. Ein paar Worte wollte ich mit meinem Betreuer rein persönlich wechseln.

Meinen Logpuk wollte ich auch dabei haben. Oder besser: ich musste ihn mitnehmen.

Was die Chorck nicht wussten oder nicht ahnten: Ich hatte ja auch meine Patra-Programme im Logpuk gespeichert. Sollte es gefährlich werden oder in irgendeiner Art brenzlig, zuerst bekämen die Chorck es mit den Silizium-Patras zu tun. Verschiedene Versionen hatte ich abgespeichert. Als Ablenkung durchaus und bestens geeignet, wenn nicht noch für mehr!

Also schnappte ich meinen Leinensack, der mir schon als persönliches Kennzeichen zugesprochen wurde, heute wieder mit meinem Logpuk und eilte aus meinem Quartier. Valchaz setzte sich ans Steuer des Gleiters und nahm den Hebel in die Hand. Steuer im Sinne des Wortes gab es bei den Stationsgleitern ja nicht, gewissermaßen handelte es sich um eine Halbautomatsteuerung.

„Deine Gnade, Tamines von Terra. Wir haben die APOSTULA zugeteilt bekommen, um nach Chanorck zu gelangen." Valchaz hüstelte, als läge ihm der Begriff `Chanorck´ etwas schwer im Magen.

„Die APOSTULA? Hat dieser Name etwas mit den Haluaposteln zu tun?"

„Richtig. Die APOSTULA ist das erste Missionsschiff, welches verwendet wird, wenn sich Völker zu einen freiwilligen Beitritt in das Imperium entscheiden. Außerdem ist die APOSTULA das Leitschiff der Integrationsflotte. Sie beherbergt den besten mobilen Selepet-Rechner und kann Atmosphärenprojektionen durchführen. Auch ist die APOSTULA gut bewaffnet. Sicher weißt du, dass eine Bewaffnung von Raumfahrzeugen relativ ineffizient ist. Nur in planetennahen Operationen kann man einen gewissen Sinn in den Bewaffnungen erkennen. Doch die APOSTULA hat eine dieser Intervallkanonen, wie du sie schon auf Chorckland zwei sehen konntest, an Bord. Sie braucht eine Extrabeschichtung auf der Rückseite für die Kompensation der Frontmodulation. Wenn sich eine Beitrittserklärung eines Volkes als Trick herausstellt, dann wird der Planet damit beschossen. Entweder so, dass die Umlaufgeschwindigkeit erhöht wird, oder so, dass diese Welt die Umlaufbahn verlässt und langsam in eine Spirale ändert, bis sie in die Sonne eingeht."

„Was? Ich kann es nicht glauben! Was hat das Imperium davon, ganze Völker auszulöschen?"

„Völker, welche dem Chaos zugetan sind? Solche Völker müssen eliminiert werden, deine Gnade Tamines von Terra. Unsere Lehren verheißen uns dies als Notwendigkeit."

Ich erkannte einen Lidschlag im Gesicht meines Betreuers. Die Information selbst durfte er mich sicher geben, der Halumet würde dies sicher als erfolgsversprechenden Einflussversuch werten, doch ahnte Valchaz, dass dem nicht so war.

„Wie viele Welten wurden auf diese Weise schon eliminiert?"

„In meiner Zeit als Betreuer des heiligen Sprachfeuers, der universellen Stimme, die auch ihr Terraner gehört hattet, weiß ich von zwei dieser Welten. Es handelte sich auch um Wesen, welche nicht auf die edukativen Maßnahmen reagierten."

Mit anderen Worten, Völker, welche nicht auf die Drogen erwartungsgemäß reagierten! Völker, welche sich nach Entdeckung nicht erwartungsgemäß verhielten oder auch Völker, welche lieber den Gemeinschaftstod wählten, als die `universelle´ Unterdrückung.

Hatte es doch mein `Freund´ fertig gebracht, mich erneut zu schockieren und meine Stimmung zu trüben.

Wir waren nun in Hangar dreizehn angekommen. Zwar kannte ich schon einige dieser Schriftzeichen und hätte diese sicher auch deuten können, aber Valchaz hatte beim Eingleiten in den Hangar begleitend wie ein Reiseführer gesprochen. Die APOSTULA hatte am Ende des Hangars angedockt. Über die Sichtfenster konnte ich eine goldene Beschichtung des Raumfahrzeuges sehen. Sie wirkte wirklich edel, ganz im Gegenteil zu den Robotraumern oder den anderen Fahrzeugen in näherer Umgebung. Relativ gesehen, denn im nahen Raum wimmelte es ja eigentlich von den verschiedensten Gondeltypen.

Hangar dreizehn! Nun überkam mich ein ungutes Gefühl!

So ein Blödsinn! Die Zahl dreizehn war doch nur die sechste Primzahl und hatte keine andere Bedeutung, außer in machen Statistiken, wie die am seltensten gezogene Lottozahl. Aber um ein schlechtes Gefühl zu bekommen, dazu reichte es allemal.

Ich schüttelte mich fast um eine imaginäre Benommenheit abzustreifen.

„Hat die Zahl dreizehn eine Bedeutung in eurer Kultur, Valchaz?"

„Ja, eine sehr große Bedeutung sogar. Die Lehren besagen, dass wir die Zahl dreizehn in der Anzahl der Hilfsvölker übersteigen müssen um unserem Imperium die Ewigkeitsgültigkeit zu verleihen. Dreizehn Galaxien würden für den universellen Gedanken sorgen und im Anschluss sollte die mentale Gemeinschaft in der Lage sein, alle anderen Völker im Universum schon alleine mit der Kraft des Kollektives anzusprechen. Wir sollten kein Sprachfeuer mehr benötigen, also keine kosmische Stimme. Alleine die Kraft der vereinten Gedanken sollte dazu imstande sein."

Ich kannte ähnliche Theorien, welche auch auf der Erde vorgeherrscht hatten. Die Theorie des Gemeinschaftsgedankens bei Überschreitung der zehn Milliarden-Grenze von Erdbewohnern, was ja schon anno 2039 einmal unterbrochen wurde. Die große Flut, die weltweite Klimakatastrophe hatte so viele Menschen dahingerafft, dass diese Grenze wieder zurückgefallen war. Nun gab es aber wieder annähernd zehn Milliarden Menschen und das Gemeinschaftsbewusstsein wurde eigentlich nur im Worldlog realisiert, also mit technischer Unterstützung.

Allerdings schwappte die Friedenswelle über die Menschheit herein, als Maximilian Rudolph und Georg Verkaaik den Weihnachtsbaum auf dem Mond installierten. Man sagte, dass diese Aktion, obwohl nicht von entsprechend definierten Gläubigen unternommen, das Friedensbewusstsein neu definierte und den Ausschlag zum heutigen Frieden gab. Schon vom Mond aus sprach Maximilian davon, dass nicht der Weihnachtsbaum selbst zum Symbol der terranischen Einheit erklärt werden sollte, sondern dass er dieses Symbol nur deshalb angewendet hatte, weil viele Menschen auf der Welt hierin den Wunsch des Friedens manifestiert sahen.

Der eigentliche Ausschlag war die Aussicht auf unendlich neues Land! Niemand musste mehr einem Anderen das Land abnehmen, um sich zu bereichern. Mit der Raumfahrt kam das neue Land in einer Art, welches das `alte´ Land keinen Wert wegnahm. Und hier im Chorckonium galt Land nichts mehr! Hier zählten nur noch Hilfsvölker, um dem universellen Gedanken in einer abstrakten Version zu folgen.

Wenigstens bedeutete die Zahl dreizehn in diesen galaktischen Breiten kein Unglück.

Valchaz steuerte den Gleiter bis zur Außenschleuse des Hangars und ich vermied es trotzdem, an die Zahl dreizehn zu denken. Der Gleiter stellte sich quer zum Schott und sank in sich ein, bis er tatsächlich auf seinen winzigen Stelzen stand.

Ich sprang heraus, wartete auf meinen Betreuer und warf mir meinen Leinensack über die Schulter. Einige Alalis und sehr viele Yolosh standen in mir noch unbekannten Uniformen in Reih und Glied. Die Abreise mit der APOSTULA schien eine imperiale Staatsaktion zu sein oder in dieser Art. Sicher! Auch ich betrachtete es als eine Ehre, den Kaiser des Chorckonium zu besuchen.

Zum ersten Male sah ich Yolosh unter Langwaffen! Das dürfte jedoch einer Ehrentradition entsprechen, denn sie hielten die Waffen wie britische Palastbedienstete. Nur die Exekutierform präsentierte sich anders. Fast ein Tanz mit dem Gerät und ein Jonglieren, damit ließe sich eher ein Spiel vermuten.

Ein paar dieser Yolosh waren in eine goldene Uniform gekleidet. Ich ahnte schon, warum.

Das waren sicher Begleiter der APOSTULA.

Und ich hatte Recht behalten. Das Hangarschott öffnete sich, das Eigenschott der APOSTULA ebenfalls und wir konnten an Bord gehen. Dabei durfte ich aber die Ehrenformation der Yolosh und, wie mir neu aufgefallen war, auch der golden gekleideten Alalis passieren. Dabei erntete ich keinerlei Blicke mehr, denn sicher durften diese Bediensteten den hier Reisenden nicht ins Gesicht blicken. Auch hier erkannte ich Parallelen zur terranischen Geschichte.

„Solche Ehren wurden mir noch nie zuteil!"

Ich glaubte Valchaz aufs Wort. Das konnte ich mir zweifelsfrei vorstellen.

Der Übergang ins Schwerkraftfeld dieses Missionschiffes lies eine Lücke technischer Natur erkennen. Es gab einen Spalt mit Schwerelosigkeit, den man seltsam spüren konnte. Beim Durchschreiten meinte man, ein Körperquerschnitt würde sich anheben, ein Gefühl wie Übelkeit, ein Gefühl, als würde sich der Magen kurz anheben. Doch auf der `anderen Seite´ war alles wieder weitgehend normal. Allerdings war die subjektiv empfundene, eingestellte Schwerkraft oder meiner Definition nach Raumandrückkraft weniger stark aktiv.

Doch das Schiff selbst gestaltete sich als ein Traum eines Raumfahrers. Wie ich bereits empfunden hatte, war auch die APOSTULA ein Kugelraumschiff. Sicher war es für mich schwer, die Größe im Bezug auf die Stationsverhältnisse zu schätzen, dennoch wagte ich den Versuch. Dieses goldene Schiff sollte aber mindestens einhundert und zwanzig Meter Durchmesser haben. Ob es auch eine abgeflachte untere Polkappe hat entzog sich meinem Blick, aber davon war ich überzeugt, denn alle bekannten Schiffe der Chorck waren Kugeln und hatten eine flache untere Polkappe. Mit Ausnahme der Robotschiffe, die hier in diesem planetennahen Raum, oder soll ich sagen, im halumalnahen Raum patrouillierten.

Robotschiffe waren logischerweise auch aufgabenorientiert. Nach weiteren Schritten innerhalb des Missionsschiffes, wurde ich aber plötzlich von den Füßen gerissen. Das Feld einer Pseudogravitation ergriff mich und meinen Begleiter, es beschleunigte uns dermaßen, dass ich schon mit einem kleinen Angstanfall zu tun bekam. Irgendwo musste ja die Technik der Chorck einen Vorteil zeigen, so bewegte sich natürlich auch unsere Atemluft mit uns. Eine gut gesteuerte Klimaanlage vermied dabei die eigentlich zu entstehenden Luftwirbel. Luft wurde in anderen Kanälen umgeleitet. Kurz vor einem seltsam verzierten Tor endete dieser Seitenfall. Es war zweifelsohne eine Art Fall, auch wenn man einer Pseudogravitation ausgesetzt war. Doch waren diese Resonanzfelder dermaßen fein justiert, dass ich auch sauber auf meinen Füßen wieder zum Stehen kam. Das Tor öffnete sich und eine Zentrale wurde sichtbar. Wieder erkannte ich die Logik der Konstruktion, die Zentrale befand sich demnach im Mittelpunkt des Schiffes, im Mittelpunkt der Kugel.

Die Schirme an den Wänden und ein Hologramm im Mittel der Zentrale wirkten wie echte, lichtverstärkte Ausblicke in den Weltraum. Die Einrichtung konnte ich in keinem Fall mit der Einrichtung der Station vergleichen. Hier war alles absolut sauber und sicher auch höchstgewartet.

So hätte ich mir früher einen echten Sciencefiction-Film vorgestellt. So ein Raumschiff erwies sich für mich als vollkommenes technisches Gerät. Jetzt hatte ich wirklich den Eindruck, ich wäre zu Gast bei einer überlegenen galaktischen Rasse angekommen.

Einige der Yolosh postierten sich an den Türen, andere nahmen ihre Plätze ein. Doch Valchaz wusste:

„Dieses Schiff könnte auch vollautomatisch fliegen. Nur hatte es sich nie als sinnvoll erwiesen, Schritte in der Tachyonendimension automatisch durchzuführen. Leider kann ich nicht von eigener Erfahrung sprechen, denn ich selbst habe nur über die Geschichtsniederschriften von diesem Schiff erfahren. Ich war noch nie hier an Bord!"

„Ich muss zugeben, dass dieses Schiff das erste Erzeugnis des chorckschen Imperiums ist, was mich wirklich beeindruckt! Nun bin ich nur noch neugierig, ob das Raumverhalten, das Schrittverhalten auch dem äußeren Schein entspricht! Bislang war meine Technik, ich meine, die terranische Technik aber um Längen besser!"

Wieder sah mich Valchaz erschrocken an. Ich wusste, dass die Übertragung über sein Armband dauerhaft geschaltet war, aber auf dieser Reise dürften auch ein paar Lücken zu finden sein. Klar! Das Schiff selbst würde auch Aufzeichnungen zulassen. Nun wollte ich meinem Begleiter aber noch einen kleinen Schock verpassen:

„Chandor Valchaz! Wenn wir mit diesem Schiff zu mir nachhause fliegen würden, das würde aber alle Terraner und unsere Mitgliedsvölker beeindrucken! Allerdings müsste ich dann die Steuerungshoheit erhalten."

„Bitte, weibliche Tamines von Terra. Dieses Schiff wurde noch nie von einem Nicht-Chorck gefahren!"

„Wo ist denn der Kapitän? Ich sehe hier nur Yolosh und Alalis."

„Der Kapitän sitzt eine Etage höher. Der Kapitän dieses Schiffes lebt in diesem Schiff. Er darf das Schiff überhaupt nicht mehr verlassen und bekommt dafür auch allen Luxus, was man sich nur vorstellen kann."

Das war eine Aussage, die genau das bewirkte, was uns Terraner grundsätzlich auszeichnete. Ich war extrem neugierig geworden. Mehr noch! Ich hatte den Blitzgedanken, dieses Schiff zu stehlen!

Nur wie, das wusste ich noch nicht. Es wurde immer dringender, dass ich mit meinem Betreuer noch ein tieferes und persönlicheres Gespräch führen würde.

„Kann der Kapitän dieses Schiff auch ohne Mannschaft fahren?"

„Er kam alleine hierher. Dieses Schiff wird über Neuralabtaster gesteuert. Fast wie eine Symbiose mit den Navigatoreinheiten. Ich weiß aber nicht genau, wie dies alles funktioniert und wie viel ich dir davon erzählen darf."

„Verstehe! Aber Neuralabtaster, das ist nun auch nichts Neues für mich. Ich selbst habe ein so genanntes IEP implantiert. Ein *Implanted Ear Phone*. Nun, auch diese Bezeichnung kann wahrscheinlich nicht so richtig von meinen Translator übersetzt werden, denn wir zogen die Bezeichnung aus einer anderen terranischen Sprache. Darum erkläre ich kurz: Eine Kommunikationsvorrichtung, welche zum Hören einfach an den Hörnerv gekoppelt ist und die neueste Version besitzt eine neurale Kopplung zum Sprechen. Ich muss mir nur diese Worte fest vornehmen und damit kann ich über diese Einrichtung auch sprechen, ohne den Mund zu bewegen.

Allerdings `sprechen´ ja meine Nerven nicht, so habe ich auch einen Stimmsynthesizer, der meiner Stimme absolut nachempfunden ist, mit dem IEP unter meiner Schädeldecke."

„Darum strahlst du auch!"

„Sicher, ihr habt das ja angemessen. Mittlerweile sind aber viele Geschäftsleute im Imperium mit solchen Implantaten ausgerüstet. Diese Implantate eignen sich auch zum Aufbau von Datennetzwerken wie zum Beispiel ich mit meinem Armbandkommunikator, dieser wieder mit meinem Schiff. Allerdings könnte ich auch mit dem IEP schon direkt mit meinem Schiffsrechner in Kontakt treten. Einen Operationsrechner habe ich mit dem IEP integriert. Ich denke eine Rechenaufgabe und bekomme die Antwort über den Hörnerv. Aber dazu darf ich erklären, ich bin immer öfters dazu geneigt, diese zwar tolle, aber manchmal störende Einrichtung abzuschalten. Nur Prioritätoperationen bleiben dann möglich."

Allem Anschein nach durften wir sogar hier in der Zentrale bleiben. Ich wollte es erreichen, den Kapitän besuchen zu können, um mir ein Bild von der Steuerzentrale machen zu können. Valchaz selbst war ja fremd auf diesem Schiff und wusste möglicherweise nicht genau über die Einrichtungen hier Bescheid.

„Hast du schon einmal eine Raumgondel geflogen, Valchaz?"

„Aber sicher doch. Einen kleinen Abfangdroom, also einen Störer. Das gehört zur Grundausbildung. Diese Grundausbildung muss auch alle zwei Klataan wiederholt werden. Alle Chorck sind auch Soldaten!"

„Ich dachte es mir schon!" Jetzt galt es vorsichtig zu sein, denn ich wusste nicht, ob die Überwachung noch bis ins Abhören reichte. Es müsste doch bald eine Lücke geben oder die Überwachung wurde auf Schiffseinrichtungen umgeschaltet.

Wenn Chandor Valchaz dieses Schiff fliegen könnte, vor allem, wenn er den Mut dazu fassen würde, könnte ich dieses Erzeugnis auch stehlen. Das würde meiner Weltenföderation sicher einen Sprung im Erkennen von den Gefahren geben, welche von diesem Imperium ausgeht. Dazu müssten allerdings Teile der Schiffsführung ausgeschaltet werden und diese wollte ich mit programmierbaren Silizium-Patras bewerkstelligen. Allerdings wollte ich diese Patras mit meinem eigenen Programm entstehen lassen. Den Abschaltkode müsste ich etwas ändern, damit auch die Schiffsführung selbst nichts daran ändern könnte.

Einer der Yolosh kam näher und zeigte uns Plätze an der zweiten Navigationskontrolle hier in der Zentrale. Er erklärte uns natürlich, dass wir uns auch anzuschnallen hätten. Klar! Der Schritt sollte bis zur Ostsonne der Siebenerkonstellation gehen, der eigentlichen Plejaden. Wir gingen seinen

Erklärungen nach und die Plätze stellten sich als sehr bequem heraus. Sogar für eine Körperanpassung wurde gesorgt. Mein Sitz zog sich zusammen und senkte sich ab. Das erste Mal, dass ich hier im Reich der Plejaden richtig sitzen konnte, was meine Körpermaße betraf.

Das Hologrammfeld im Raummittel zeigte diese sieben Sonnen und es wurden noch weitere blinkende Elemente projiziert, Bezeichnungen oder navigatorische Bezugspunkte. Doch ich sollte eines Besseren belehrt werden.

Valchaz durfte diesbezüglich scheinbar erklären, denn er eröffnete mir:

„Das sind unsere Navigationssatelliten; kosmische Leuchtfeuer. Die Mächtigkeitsausdehung des Imperiums wird auch so abgesteckt. Diese Leuchtfeuer werden ständig erweitert und perfektioniert. Robotschiffe können immer wieder eine Neuorientierung daran nacheichen."

Das war natürlich logisch. Auch hatte die Menschheit in den Zeiten der Seefahrt Leuchttürme gebaut, um nachts vor Gefahren zu warnen und später über den Rhythmus der Befeuerung sogar zu wissen, um welchen Leuchtturm, ergo, um welchen Hafen es sich handelte. Im Kosmos muss es ja schon fast ähnlich zu machen sein.

Hier waren die Chorck zweifelsohne schon wesentlich weiter, als unsere junge Weltenallianz. Andererseits konnten wir auch noch keine Leuchtfeuer für den Kosmos konstruieren, denn dann hätten wir die Chorck gleich direkt einladen können, um Terra zu übernehmen.

Ein Dröhnen erklang und ich blickte mich neugierig um. „Was war denn das?" Ich blickte meinen Betreuer an.

„Die APOSTULA hat abgekoppelt! Wir gehen nun ein paar tausend Neilis weg, um den Sprung zu koordinieren."

„Wie bitte? Das Abkoppeln vom Halumal erregt die Schiffszelle wie eine mittelalterliche Kirchenglocke? Das ist aber nicht die beste Schiffbautechnik, was ich hier zu sehen und vor allem zu hören bekomme!"

„Deine Gnade Tamines, was ist denn bitte eine Kirchenglocke?"

„Oh, ja natürlich, wie solltest du dies auch wissen. Eine Kirche ist eine Einrichtung, mit der wir Menschen mit unserem imaginären Schöpfer sprechen wollen. Nicht ich, da ich weniger für solche Dinge empfänglich bin, aber um dies zu erklären: Menschen gehen in die Kirche, bekommen dort eher ein Gemeinschaftsgefühl und gehen einer Art Gruppenmeditation nach. In den früheren Zeiten erklang der Ruf zur Zusammenkunft über das Anschlagen einer freihängenden Metallglocke, deren Klang sich über die Atmosphäre bis zu einigen Neilis verteilte. Menschen oder Terraner aus den umgebenden Ortschaften hörten diesen Ruf. Hierbei war natürlich der

Schwingungseffekt gewollt, aber bei dieser Schiffszelle? Na ich weiß nicht. Eure Schiffskonstrukteure sind nun einmal nicht die besten!"
„Dröhnen die Schiffzellen eurer Schiffe nicht?"
„Nur von den Frachtschiffen! Bei diesen Fahrzeugtypen ist das Eigenschwingverhalten zweitrangig. Aber Personentransporter oder auch Schiffe wie meine Gondel schwingen nicht, oder zumindest innerhalb sehr enger Toleranzen."
Ich verfolgte auf den Schirmen und über das Hologramm, wie sich die APOSTULA vom Halumal fortbewegte. Diese Neilis müssten also Distanzbemessungen sein. Ähnlich unseren Kilometern oder Meilen. Dazu hatte ich aber noch keinerlei Referenzangaben.
Ein tiefes Summen begann! Dieses schwoll langsam an und setzte sich in allen Materialien fort. Es kam sogar bis zu einem resonanten Verhalten in Bezug zur Größe der Kommandozentrale, sogar meine Augen flimmerten einige Zeit, bis die Frequenz den resonanten Bereich verließ.
Valchaz legte seine beiden Arme auf das Pult vor uns und lächelte nach chorckscher Art. Nein! Er lächelte für mich bereits nach terranischer Art.

„Tamines! Schnell! Wir können sprechen, optische Überwachung läuft aber weiter." „Wieso können wir nun sprechen?" „Weil der Meiler hochgefahren wird. Der Meiler, der die Schritte auslöst. Dieser erzeugt dermaßen viele Störungen, dass mein Armbandgerät `blind´ ist."
„Kannst du dieses Schiff fahren?" Valchaz wollte sicher nicht so reagieren, aber er erschreckte sich.
„Theoretisch ja, doch diese Yolosh und die Alalis? Dann der Kapitän, der da oben die Neuralsteuerung über seine Abtasthaube bedient, wie soll ich dies übernehmen?"
„Ich kann mit meinem Gehirn sicher die Neuralsteuerung nicht aktivieren, ohne ein paar technische Änderungen vorzunehmen. Außerdem bin ich mit den Maßen und den Schriftzeichen nicht vertraut. Aber ich kann die Unterdecks lahm legen! Ich habe nämlich modifizierte Programme für die Erzeugung von Siliziumpatras in meinem Logpuk, also in meinem Mobilrechner. Was passiert, wenn die APOSTULA wieder am Halumal andockt und es gibt Patra-Alarm?"
„Das Schiff wird sofort evakuiert und ein Antivirusprogramm gestartet."
„Geht der Kapitän auch von Bord?"
„In diesem Falle ja! Aber als Letzter."
„Haha! Wieder eine Parallele mit uns Terranern. Ich glaube, die Warenvorführung wird heute Abend ausfallen und wir werden heute Abend schon Abschied nehmen, mein Freund! Bei unserer Rückkehr starte ich die Patras. Im folgenden Chaos bleibst du dann an Bord und versteckst dich.

Wenn der Kapitän geht, dann nimmst du seinen Platz ein. Ich programmiere die Patras so, wenn die APOSTULA Fahrt aufnimmt, dass die Patras sich selbst neutralisieren. Dazu belasse ich meinen Logpuk hier! Halt! Die Neutralisation findet statt, wenn ich mit meinem Schiff an Bord gehe. Die Hangarstufe unter uns ist groß genug dafür. Ich brauche nur noch die Schnittstellenfrequenz für den Steuerrechner, dann könnte nämlich auch unser Sempex diesen Schiffsselepet übernehmen. Zumindest, was dann davon noch übrig bleibt, wenn die Patras ihre Arbeit geleistet haben. Wir wissen bereits mehr über den Datenaufbau eurer Selepets, als ich dir schon erzählte. Dank der digitalen Muster in den Werbesendungen. Unsere Rechner sind auch noch um ein Vielfaches schneller als eure! Ein paar Patras müssen sich dann noch im Halumal vermehren, also das Automatprogramm muss dafür sorgen, da ich nur einen Logpuk habe. Keine Angst! Ich kann das schaffen! Nach dem Andocken geht's los! Ich suche im Wirrwarr dann mein Schiff auf und schneide mich nach draußen frei. Du umrundest mit der APOSTULA die Station, aber so, dass du die Station immer zwischen dir und Chorckland zwei hast. Du entfernst dich etwas, öffnest den Hangar, dann komme ich mit meiner Gondel und verankere sie. Ich schalte meinen Sempex hoch, scanne die Schittstellenfrequenzen, du achtest auf die Verlinkungsanzeigen am Selepet und gestattest die Konnekts! Daraufhin verschwinden wir erst einmal in der Tiefe der Galaxis. Weitere Schritte sind vonnöten, vor Allem auch mindestens ein Schritt, in dem wir einen Haken schlagen wie ein Wildhase. Klar?"

Valchaz sah mich wieder mit riesigen Augen an, ein noch nie da gewesenes Abenteuer sollte für ihn beginnen. Es hatte ihm kurz die Stimme verschlagen und unsere Zeit, in der wir kommunizieren konnten war so kostbar! „Valchaz! Sprich!"

Daraufhin mein chorckscher Freund: „Was ist ein Wildhase?"

„Ein terranisches kleines Wildtier mit vielen natürlichen Feinden. Und um diese abzuhängen, läuft es mit besonderer Kunst auch schnell seitwärts weg. Eine Methode, die wir mit diesem Schiff machen sollten. Meine Freunde werden uns dann schon finden."

„Wir können unmöglich mit der APOSTULA bis in die kleine Westwurzel gelangen!"

„Wir gehen zu einer Welt von Freunden in dieser Galaxie, dann rufe ich einen Transporter, der die APOSTULA an Bord nimmt. Also! Traust du dich, solche Aktionen zu unternehmen?"

„Du verlangst viel! Tamines von Terra. Und ich werde im Anschluss als Gefangener deines Imperiums mein restliches Leben zu verbringen haben."

„So ein Blödsinn! Entschuldige bitte, aber Gefangene gibt es in unserem Imperium nur, wenn Wesenheiten unsere Gesetze brechen oder andere wissentlich und ohne Notwehr töten. Du wirst frei sein, mein Freund. So frei, wie du es noch nie gewesen bist! Aber wie gesagt, ich nehme an wir können bei der Rückfahrt noch einmal sprechen, denn dann muss ja wieder dieser Meiler hochgefahren werden, richtig?" „Ja!" „Traust du dich nun?" „In Anbetracht der Perspektiven, die du mir nun geschildert hattest, ja! Diese Perspektiven sind nun einmal das Beste, was ich mir jemals zu erträumen erhofft hatte. Auch habe ich dir eine klarere Sicht der Dinge zu verdanken. Also Tamines von Terra! Meine feste Antwort ist und bleibt: JA! Nun kommt der Schritt und wir haben unser Thema schnell zu ändern – verstanden?"

„Auch ja!"

Ich erwartete einen Schritt wie ich ihn von unseren Schiffen gewöhnt war. Aber dem war nicht ganz so. Ich hatte den Eindruck, als wenn sich die APOSTULA zu quälen hatte, den Spalt im Universum zu generieren. Gut dass ich dass erleben durfte. Nun war ich mir sicher: Die Technik der Chorck hatte eine gewisse Ebene erreicht, oder besser die Gemeinschaftserzeugnisse von Chorck und Nohamen, aber die Perfektion blieb um Längen zurück! Eine Eigenschaft, was besonders die Terraner auszumachen schien, speziell dabei die Deutschen. Das musste ich unumwunden zugeben. Auf Terra kommt nur ein Produkt auf den Markt oder in Anwendung, wenn dies zu seiner Zeit einen hohen Standart entspricht. Dabei wird es aber nie belassen und auch in bereits vermeintlich perfekten Geräten und Apparaten wird noch weiter verfeinert und gearbeitet. Das beste Resultat waren schließlich diese Nanoprinter mit den 117 Terahertz Taktfrequenz und den 119 Elementen, also auch angereicherten Elementen, welche verarbeitet werden konnten. Damit war es nun wieder möglich, so hochreine Wafer zu konstruieren.

Des Weiteren wusste ich aus meinem Studium und meinen späteren Schulungen bei der TWC, dass die von Max und Georg entwickelten Urwafer immer Antennen in Dreiergruppen enthielten, um eine Mischfrequenz zu erzeugen. Also Subminiaturantennen, die einen gemeinsamen Oszillator besitzen. Ein gekapseltes Fluoratom nämlich. Das war auch gewissermaßen ein Trick, um die Materieeigenresonanz auszufiltern.

Die Technik der Chorck oder der Nohamen dürfte anders entstanden sein. Schon vermutete ich schwer, dass mit diesen Energiemeilern in den Schiffen Elemente bis zum Plasma verdampft werden, um mit den ausschleudernden Elektronen eine Frequenz in diesem Bereich zu erzeugen, welche dann als Steuerfrequenz auf die Nanobeschichtung der Schiffe gelegt werden. Eine Art Reflektionserreger! Immerhin! Die Chorck dürften sich dabei mit Fusionsmeilern herumschlagen, welche es auch auf der Erde schon gegeben hatte, aber nun mit der perfekteren Wafertechnologie nicht mehr benötigt werden.

Ich dachte an die Berichterstattung von damals, als die Chinesen den Wafererfindern das Wasser abgraben wollten und das Patent für sich beanspruchten. Mit einem umgebauten Logpuk, ähnlich der Version von Max und Georg wollten sie das Gericht überzeugen, dass sie die Urheber wären.

Doch hatten sie den Trick mit dem Fluoratom nicht gewusst und so konnte deren Logpuk die Raumandrucksneutralisation nicht durchführen.

Hier hatten die Chorck den falschen Schritt perfektioniert! Im Vergleich also: Sie hatten die Pferdekutsche perfektioniert und wir hatten uns bereits mit den Automobilen und dem damaligen Ottomotor befasst.

„Valchaz! Für was ist denn der Schiffsmeiler zuständig?"

„Für die Energieerzeugung zur Schrittreaktion, also für die Nanobeschichtung der Schiffszelle."

„Braucht denn diese Nanobeschichtung viel Energie?"

„Ja doch! Die Beschichtung muss in eine Kaltreaktion fallen, um die jeweiligen Fronteinfälle der Tachyonen umzulenken oder auch zu neutralisieren. Das Prinzip müsstest du doch wissen!"

„Sicher kenne ich das Prinzip! Mit ist nur nicht klar, wieso ihr dafür einen dermaßen hohen Energieaufwand bereitzustellen habt, sodass gleich ein Meiler zur Verwendung kommt. Unsere neuen Wafer haben eine andere Grundfunktion. Sie werden direkt gesteuert und es reicht die Energie von normalen Speicherbänken. Außerdem kann auch durch die Wafer selbst Energie erzeugt werden um dann die Speicherbänke wieder zu laden. Die Energieabgabe für einen Resonanzschritt erfolgt letztendlich nur noch über einen Kondensatorimpuls. Dieser bestimmt dann auch die Reichweite."

„Ich bin zwar kein Techniker für Antriebssysteme, aber deine Erläuterungen hören sich dennoch auch für mich unglaublich an."

„Nun, auch ich kann dir nicht alle Details erklären, aber ich sehe, wenn eure Schiffe die Gravitationswellen einmal kompensieren sollten, würde dies auch mit der momentanen Beschichtung nicht funktionieren. Es wäre ein Komplettumbau vonnöten. Aber wie ich schon sagte. Auch ich könnte niemandem diese Technik oder diese Produktionsmethoden genau erklären, dazu wären nur eben auch terranische Techniker imstande. Mit mir alleine hätte demnach das Chorckonium keinen Gewinn. Sollte es zu einer Integration unseres Imperiums kommen, sollte in jedem Fall auch mit den Wissenschaftlern Terras verhandelt werden."

Ich ließ diese Worte so einfach in der Luft hängen, damit sich die Mithörenden vielleicht auch klar würden, dass sie mit mir alleine keinen

Fang gemacht hätten und sie sich dann auch um die zwanglose Mitarbeit der Terraner kümmern müssten. Solche kleinen Äußerungen sollten mir auch mehr Zeit und etwas mehr Freiraum verschaffen. Valchaz äußerte sich nicht dazu. Er gab sich sogar noch etwas beeindruckt. Von diesem Gefühl, so wusste ich natürlich dürfte er aber nicht allzu viel zeigen, denn wenn das einzigartige, universelle Imperium unter Berufung von dem Partikelstrom und den Sonnensphären nun plötzlich doch nicht mehr so einzigartig sein würde, es käme einem Bruch der Krone gleich.

Jedenfalls zeigte sich dieser Resonanzschritt, welcher das Universum spaltete, wie ein Durchdringen einer zähen Masse. Ich konnte nur einen solchen Vergleich ziehen. Die Meiler mussten die Energie erzeugen, damit die Beschichtung während des Schrittes eine Resonanz halten konnte. Ich war nun auch schon der Meinung, dass die Chorck nicht einmal die Resonanzfrequenz erzeugten, sondern mehr oder weniger auf einer der frequentiell mitproduzierten Oberwelle `ritten´. So könnten sie auch diese Raumfahrt entdeckt haben! Es wird nie möglich sein, mit dieser Methode auch noch die Gravitationswellen oder wie bei den Chorck genannten Tachyonenruppungen zu kompensieren. Unser Spiel, unser Poker mit der Raumstation in der kleinen Magellanschen Wolke war demnach ein voller Erfolg. Möchten die Chorck dorthin gelangen, könnten sie sicher nicht einmal die gesamte Integrationsflotte aussenden, der Energieaufwand wäre viel zu hoch!
Allerdings - Terra, unsere Heimat, die Erde, Oichos, die Wegawelten - diese befinden sich auch in der Reichweite dieser perfektionierten Oldtimer-Technik. Ich gab mir selbst die Erlaubnis für diese Bezeichnung. Und wenn die Chorck einmal vor Ort wären, dann gäbe es fast keine Abwehr mehr. Die Übermacht könnte zu groß sein.
Resümee! Terra braucht Zeit. Doch aber nicht mehr unendlich Zeit. Nun weiß ich, wie die Chorck klein zu kriegen sind!
Wir, also unsere junge Weltenföderation braucht zum Einen viele Schiffe, einfache Bewaffnung für die Planetenverteidigung, Verteidigungsanlagen auf den Planetenoberflächen nach Art von Chorckland zwei und vor allem Computerviren, welche sich an die Selepet ankoppeln können und diese Patras erzeugen konnten. Diese Patras waren ein Geschenk von den Chonorck. Sie übermittelten die Selbstbauprogramme über ihre Wandersatelliten, die aber immer wieder von den Chorck abgeschossen wurden. Doch eines der Komplettprogramme war auf der Erde angekommen, ich selbst hatte damit schon mehrfach experimentiert und konnte auch schon verschiedene modifizierte Patras entstehen lassen.

Diese Siliziumwesen waren genial! Selbstreproduzierend, sie konnten aus allem Silizium, sogar mit Sand von Stränden Ebenbilder erzeugen. Eine wirklich höchst gefährliche Waffe, wäre ich nicht auch noch darauf gekommen, wie man einen Suizidbefehl initiiert. Sogar diesen Befahl hatte ich noch modifizieren können und damit erlaube ich mir bei meiner Rückkehr zum Halumal meine erste Aktion! Nachdem aber in erster Linie diese Rechnereinheiten im Chorckonium auch noch auf Silizium basieren, würden diese Patras natürlich die benötigten Atome und Moleküle daraus abziehen. Das dann entstehende Chaos mussten wir dann nutzen und die Ausbreitung abstoppen, ehe diese Kunstwesen die Navigations- und Steuereinrichtungen in Mitleidenschaft ziehen.

Schließlich möchte ich das ganze Schiff haben!

`Meine´ APOSTULA drehte sich zur Ortsbestimmung und ich sah meinen Betreuer fragend an.
„Der nächste Schritt bringt uns dann bis kurz außerhalb der Atmosphäre von Chanorck. Von da landen wir dann mit der Oberneutralisation."
„Wieso wird denn der Schritt nicht in einem vollzogen? Die Distanz ist doch nicht so weit!"
„Die Abweichungen der Schrittdistanzen, teilweise von der Tachyonenruppung herrührend, könnte eine Planetenkollision herbeiführen. Sag bloß, eure Schrittgenauigkeit ist höher!"
„Soll ich etwas dazu sagen oder kannst du es dir schon denken?"
„Nein, Tamines von Terra. Ich glaube, deine Antwort schon zu erkennen."

Wieder hörte ich den Meiler hochfahren und Chandor Valchaz legte auch sein Multifunktionsgerät wieder auf die Konsole, um noch mehr Schutz vor den Mithörern zu erlangen. Alleine die Vibrationen machten ein Mithören bereits absolut unmöglich.
„Ein weiteres Mal, Tamines. Schnell!"
„Gut. Also unsere Schiffe funktionieren wesentlich besser, Valchaz. Aber zurück zu unserem persönlichen Thema: Bei der Rückfahrt lasse ich meinen Logpuk versehentlich eingeschaltet. Er soll die Schnittstellenfrequenzen scannen und speichern, mit denen ein Zugang zum Schiffs-Selepetrechner möglich wird. Es gilt dann, den Rechner zu schützen und unter allen Umständen zu verteidigen. Ich programmiere Patras, welche über abgelegene Schnittstellen zur Zwangsproduktion kommen werden. Der Navi- und der Steuerrechner werden vorläufig verschont. Du musst dann das Schiff entsprechend steuern, dass es die Lee-Seite der Station einnimmt und ich komme mit meiner Gondel nach. Hangartor auf, ich rein und Meiler

hochfahren. Zuerst ein blinder Schritt mit höchster Distanz! Dann ein weiterer Schritt mit halber Distanz und dreißig Grad Versatz mindestens. Wieder ein weiterer Schritt erneut mit dreißig Grad, aber nicht mehr in die Gegenrichtung! Wir wollen ja nicht mehr gefunden werden! Dann schleuse ich mich mit meiner Gondel wieder aus und du schaltest die APOSTULA energetisch blind und taub! Ich speichere die Position und komme wieder zurück, wenn ich meine Leute erreicht habe. Ortungsschutz, verstanden. Klimaversorgung nur mit den Batterien, kein Antrieb und keine Tachyonenmodulationen, die uns verraten könnten. Innerhalb von einem Dezim, so schätze ich, werden wir von einem Frachter abgeholt. Notfalls nimmst du dir einen Raumanzug und schaltest diesen auf Internversorgung um, damit du sicher bleibst. Schaffst du das?"

„Ich werde es schaffen Tamines von Terra. Hoffentlich schaffen es meine Nerven aber auch!"

Es wird einfacher als du dir denkst! Wer könnte es denn für möglich halten, dass es jemand versuchen würde, aus dem Herz des Chorckonium ein Schiff zu stehlen? Schon aus diesem Grund stehen unsere Erfolgsaussichten hoch. Im Übrigen werde ich auch im Halumal ein paar Patras auf Patrouille schicken. Allerdings möchte ich niemanden schaden und diese Patras bekommen einen Zeitkodex. Ein paar Kavar reichen vollkommen. Bis sich die Aufregung gelegt hat, sind wir über alle Berge!"

„Berge? Im intergalaktischen Raum? Wo denn?"

„Oh, das ist nur so eine Redeweise. Mit anderen Worten, wir werden so weit weg sein, dass uns keiner mehr finden sollte."

„Still! Schrittende. Anderes Thema!"

„Oh wie freue ich mich auf Chorub den Kaiser. Eine Ehre, ich verspüre bereits in mir eine dermaßen enorme Ehre! Alles was mir bei euch hier zuteil wurde, ist eine Ehre, auch die Reise mit diesem wunderschönen Schiff ist eine Ehre und ich schätze meine Freunde hier sehr! Auch der Halumet ist in seiner Weisheit fast unbegrenzt. Ich finde immer mehr gefallen am Chorckonium und finde, eine Renaissance der Imperiumstechnik kann nur mit Terranern stattfinden. Ich glaube, der universelle Gedanke läßt sich nur mit meinem Volk vervollständigen. Ich werde es mir zur Aufgabe machen, terranische Wissenschaftler dazu zu bewegen, sich doch einmal eines dieser Schiffe genauer zu betrachten und Verbesserungen zu präsentieren! Das wird eine neue Epoche in der Brillanz des Chorckonium werden, mein Freund, meine Freunde, meine Genossen aller integrierten Völker."

„Recht tust du und recht denkst du nun, Tamines von Terra! Und ich bin sicher, dass du dich noch lange und noch sehr viel mit den Lehren der Sphären beschäftigen darfst!" „Klar doch! Ich werde eine terranische

Haluapostel! Wenn mich erst der Kaiser noch dazu berufen sollte, die Weisheit der Äonen, der Grundstein des universellen Imperiums, dann habe ich meine Bestimmung sicher bestätigt."

„Ich freue mich über deine Einsichten. Sieh da, die Oberfläche von Chanorck!"

„Schön, aber auch gespenstisch. Warum nennen sich die Rebellen Chonorck und die Heimatwelt der Urzeit Chanorck?"

Die Rebellen wollten an diese Urzeit ankoppeln und veränderten nur einen Laut im Namen. Damit zeigen sie ihre Herkunft, ihre Verwandtschaft und den Willen, das Imperium zur Demokratie zurückzuführen."

„So ein Blödsinn!" Wie kann man so ein Machtgebilde überhaupt demokratisch führen? Ich sehe ja die Schwierigkeiten bei uns und seit den letzten Tagen im Chorckonium erkenne ich diese Sinnlosigkeit. Demokratie ist kaum steuerbar."

Ich blickte auf diese Urwelt der Chorck und Valchaz begann etwas zu jammern. „Was ist los, Valchaz?" „Die Strahlung! Diese Reststrahlung dieser Welt dringt bereits zu mir durch. Sie brennt in meinem Symbionten!"

Das wusste ich bereits, dass dieser Symbiont, den wir zuerst als ein angezüchtetes Organ hielten, auf radioaktive Strahlung reagiert. Ich blickte auf mein Multifunktionsarmband. Die Radioaktivität war allemal im Rahmen des Erträglichen, könnte sicher noch höher werden, wenn wir der Oberfläche näher kommen, aber zumindest für unser Leben stellt sie keine Gefahr dar. Ursprünglich wollten sich die Chorck aber auch vor Strahlungen schützen, das sollte der Sinn dieser Symbionten sein.

Im Hologramm zeigte sich eine Kuppelanlage!

Nun war ich wieder an der Reihe, etwas aufgeregt zu werden. Diese Kuppelanlage war zwar transparent, schillerte aber dennoch in allen Farben des Regenbogens, also teilte sich das einfallende Licht.

Die APOSTULA sank tiefer. Wenigstens konnte man behaupten, dass die Vertikalfahrt dieser Gondeln doch perfektionierter war, als die Schrittsequenzen. Doch hörte ich den Meiler wieder summen. Er musste nun ja auch noch die Energie erzeugen, die notwendig war, um die Andruckkraft aus dem freien Raum zu neutralisieren und unseren Fall zu steuern.

Ein weiteres Rumoren drang aus den Tiefen des Schiffskörpers und ich konnte mir vorstellen, was damit in Ablauf geraten war. Der große Tellerfuß des unteren flachen Pols fuhr auf seiner Teleskopstange aus. Das bedeutete auch, dass der Landevorgang voll im Gange war.

Ein weiterer Blick auf die Holowiedergabe zeigte einen vor Urzeiten zerstörten Planeten. Ich zog bereits Vergleiche mit X2, der Welt aus dem X-

System in der kleinen Magellanschen Wolke! Dort, wo sich doch die zerstrittene Bevölkerung selbst ausgelöscht hatte.

Valchaz jammerte immer mehr und ich kramte in meinem Leinensack, fand eine Nanofolie aus einem Bleiverbund, natürlich auch nanotechnisch erzeugt, damit diese Aufgrund der geringen Dicke nicht so schwer war und gab sie meinem Betreuer. Sie reichte gerade um seinen Symbionten abzudecken. Ich hatte diese Folien deshalb dabei, weil ich damit meine Sensoren schützen wollte. Sensoren, die der Logpuk für Messungen benötigte. Doch diese Aufgabe war nicht mehr relevant.

Ein Kopftuch hatte ich ebenfalls dabei! Schließlich hat eine Brasilianerin immer so ein buntes Utensil in der Tasche und wenn es auch nur aus traditionellen Gründen so sein sollte. Damit band ich Chandor Valchaz die Bleifolie über dem Organ fest. Er blickte mich dankbar an.

„Fast ein Wunder, Tamines von Terra. Wir spüren fast nichts mehr!"

Er sprach im Plural! Diese Version hatte ich von ihm noch nie vernommen, aber nachdem er seinen Symbionten im Verbund mit ihm zu bezeichnen hatte, war auch diese Aussage absolut logisch.

Das Aufsetzen der APOSTULA war wieder weniger sanft. Diese für mich verständliche Bezeichnung dieses Schiffes hatte ja meine Translatoreinheit erschaffen, welche mit Vergleichsbegriffen aus den Wortschätzen Terras zu jonglieren hatte, hatte damit auch sicher den besten Begriff kreiert.

Die gesamte Schiffzelle dröhnte ein weiteres Mal und der Nachhall dauerte noch an, als die Teleskopstelze wieder etwas in sich fuhr, um den Schwerpunkt abzusenken. Die zentralen Konsolen teilten sich, fuhren mitsamt unseren Sitzen auseinander und gaben einen Rohrschacht nach unten frei. Über uns aktivierte sich ein Resonanzfeld, welches in dieser Form auch so einen Antigravlift erschuf, wie dieser so ähnlich jeweils an Bord der TWINSTAR, der WEGALIFE und nun auch der VICTORIA in Betrieb war. Auch meine kleine SHERLOCK war damit ausgerüstet, jedoch nur in einer sehr kleinen Ausführung.

Die Yolosh schnallten sich von ihren Sitzen im Rund der Kommandozentrale ab und wir taten es ihnen gleich. Nun hatte Valchaz die Kommandogewalt, denn die Hilfsvölker waren allen Chorck-Kasten unterstellt. Außerdem wäre es nicht sonderlich sinnvoll, dass Schiff jetzt schon zu kapern. Hier könnten es die Polizisten noch vereiteln. Außerdem wollte ich auch den Kaiser sehen, denn ich versprach mir mehr Informationen in einem Gespräch mit ihm. Wenn es ein Gespräch geben sollte. Ich konnte mir eine Konversation noch nicht vorstellen.

314

Ein blaues Blinklicht erlosch, dass sollte also die Betriebsbereitschaft des Antigravs anzeigen. Ich erkannte ein weiteres Mal, dass diese Nanobeschichtungen der Chorck sehr, sehr langsam zu arbeiten pflegten. Bis diese sich in eine Resonanz einpendelten, das dauerte. Doch wenigstens funktionierte dieser Lift erwartungsgemäß. Im Mittel des Lifts verspürte ich eine leicht höhere Gravitation als am Rand. Somit drifteten wir auch zur Mitte. Valchaz an meiner Seite und über uns die Yolosh. Die wenigen Alalis blieben an Bord.

Am Boden angekommen, öffneten sich zwei halbrunde Schleusentore. Sofort erinnerte ich mich an eine uralte deutsche Sciencefiction-Serie! Wie hieß diese noch? Ein Tellerschiff mit nur einer Teleskopstelze, ähnlich dieser hier? Ich glaubte das war eine Raumpatrouille namens Oregon oder Orion. Das gab es damals noch – ja tatsächlich! Schwarz-Weiß-Filme! Kaum vorstellbar. Später hatte ein gewisser Emmerich noch ein Remake in Farbe erschaffen. Aber diese halbrunden Schotte waren gleich. Wie hatte der damalige Sciencefiction doch vieles vorausgeahnt!

Ein Schwall feuchtheißer Luft drückte sich uns entgegen und Valchaz zog sich seine Stirnbinde enger. Ich erhaschte neugierige Blicke von den Yolosh, welche aber nun meinen Betreuer betrafen, der sich mit einer neuen Mode, ein nicht programmgemäßer Terraimport, auseinandersetzte.
Die Yolosh bildeten einen Spalier bis zur Kuppelschleuse. Das waren immerhin so um die dreihundert Meter, so schätzte ich. Das Schiff war nahe an der Kuppel heruntergegangen und ich erkannte einen im Boden eingelassenen Ring, der das Schiff sicherte. Die Lichtverhältnisse auf dieser Welt waren aber auch so etwas von düster. Nicht dass die Sonne fern wäre, aber es lag viel Staub in dieser Luft. Der Rest sah aus wie die Marsoberfläche. Die Gravitation etwas geringer als auf Terra, aber das hatten wir schon vor längerer Zeit vermutet. Deshalb waren die Chorck auch zu Zehenläufern geworden und auch so groß. Es waren einfach die geborenen Läufer! Zwar hatte ich noch keiner Chorckolympiade beiwohnen dürfen, aber ich traute mich jede Wette abzuschließen, dass kein Terraner einem Chorck rein mit den körpereigenen Kräften und Möglichkeiten davonlaufen könnte.
Unter unseren Füßen war ein gefestigter Boden, der im Laufe der Zeit mit Sand bedeckt wurde. Hier landen sicher nicht alle Tage Schiffe. Eher vermutete ich, dass hier zeitweise Automatenreiniger am Werk waren, deren Intervall schon ein paar Kavar zurücklag. Würde keine Reinigung erfolgen, wäre diese Sandschicht nicht dick genug. Der Sand quietschte unter meinen Stiefelchen. Quarzsand! Ich lachte innerlich! Silizium! Hier

gäbe es genügend Rohmaterial für meine nächste Patrazucht! Nur, hier durfte ich nicht beginnen.

Von der ehemaligen Zivilisation dieses Planeten konnte ich aber kaum etwas erkennen. Hier und dort standen einige Bauwerke, doch weit entfernt und der Zweck dieser war nicht erkennbar. Es waren zumeist Würfel und Quader. Als ich in den Himmel blickte, erkannte ich einen Schein durch die staubbeladene Atmosphäre dringen. Der Partikelstrom! Kein Wunder, dass der Kaiser hier zu weilen hatte. Ob nun der Strom eine Wirkung hat oder nicht, aber alleine das Verweilen des Kaisers an diesem Ort zwang den Gläubigen oder den Zwangsgläubigen eine Pseudologik auf.

Es hätte eine schöne Welt sein können! War sie einmal schön oder hatten auch diese Chorck ihre Fehler in der Vergangenheit versteckt. Radioaktivität jedenfalls konnte heute nicht mehr der Grund sein, diesen Planeten zu meiden. Letztlich Symbiontenträger eignen sich scheinbar nicht mehr für eine Bevölkerung hier. Diese Symbionten zeigten eine sehr hohe Sensibilität.

Die Kuppel bestand aus vielen Segmenten und wirkte wie hochpoliertes, nanobeschichtetes Glas. Unser Weg führte direkt zu einer Schleuse, welche sich als angeflanschter künstlicher Tunnel uns entgegenstreckte.

Eine trostlose Wüste, kein Vorzeigeobjekt für ein Imperium! Aber dies war ohnehin nicht so gedacht. Dass ich heute hier stehen konnte, hatte gänzlich andere Gründe. Vielleicht wurde den Terranern wegen der Technik eine höhere Priorität zugesprochen? Aber sicher doch! Wir kamen ja auch aus der kleinen Westwurzel! Ein Bereich des näheren Universums, an den die Integrationsflotte nicht gesendet werden konnte.

Immer deutlicher wurde für mich die Wirkung des Planes, von Magellan aus zu operieren. Hervorragend gedacht von Bernhard und seinem Team!

„Aus was besteht diese Kuppel, Valchaz?"

„Aus Bleiglas mit einer Resonatorenbeschichtung. Der Kaiser wird unter geringerer Schwerkraft gehalten. Soviel ich weiß gibt es freie Gänge, die wir nutzen können und damit auch der planeteneigenen Schwerkraft unterliegen."

„Bleiglas? Toll! Notre Dame in Amiens, Santa Croce, auch auf der Erde hat es viele Bauwerke aus Bleikristall oder Bleiglas. Ich finde diese Parallelen immer wieder klasse! Auch wenn unser Bleiglas auch noch per Hand gefertigt wurde. Dieses hier sicher nicht."

„Nein! Wie kommst du darauf? Dieses Glas hier ist so schwer, dass die Nanobeschichtung auch als Glasträger verwendet wird."

Nun war mir auch dieser Schillereffekt vollkommen klar. Das waren die Resonatoren und das Neutralisationsfeld, welches darüber entstand.

Wir waren an dem Außenschott angekommen und Valchaz forderte mich auf, die Hände an die Tür zu legen und eine Stimmprobe abzugeben, damit also meinen Namen zu nennen.
„Was ich? Wieso denn das?"
„In erster Linie wurdest du zum Kaiser geladen!"
„Na toll. Das wird ja immer schöner. Gelte ich nun als Freundin des Kaisers? Bin ich nicht etwas zu jung für ihn?"
Valchaz zuckte wieder zusammen! Ich war wohl etwas zu frech für seinen Geschmack oder für seine Gewohnheiten. Galt diese Ladung wirklich mir persönlich, so hatte Salemon diese Tatsache erstklassig vertuschen können. Nun wurde mir immer klarer, was Salemon will. Er will einmal den Kaiser ersetzten, der Kaiser war eigentlich nur ihm im Wege!

Ich legte meine Hände an die Tür und erklärte laut: „Tamines Santos Reis von Terra und dem terranisch-demokratischen Imperium Magellan-Andromeda, ich freue mich für die Einladung und möchte den Kaiser Chorub dafür danken."

Nichts!

„Stelle deinen Translator leiser oder schalte ihn kurz aus. Deine Stimme sollte alleine erkannt werden", erklärte mein Betreuer.
Ich tat wieder wie geheißen und legte wieder die Hände an die Tür.

„Tamines Santos Reis von Terra und dem terranisch-demokratischen Imperium Magellan-Andromeda, ich freue mich für die Einladung und möchte dem Kaiser Chorub dafür danken. Ich bitte um Einlass."

Die Tore fuhren auseinander und wir blickten in einen Saal, ähnlich dem Domsaal auf Chorckland zwei. Nach ein paar Schritten schlossen sich auch diese Tore wieder und wir wurden von kalter, würziger Luft umspült. Die Yolosh taten mir direkt leid. Sie mussten nun draußen warten, bis wir wieder zurückkommen sollten.

Dieser Tunnel hatte ein doppeltes Bleiglasdach mit wenig Lichtdurchlässigkeit, aber in der Form so gehalten, dass zumindest dieser Tunnel in sich stabil zu sein schien. Ich erkannte auch hier keine Schwerkraftsbeeinflussung. Uns kamen Chorck entgegen. Uralte Chorck,

wie es mir schien und diese lächelten! Wirklich! Ich hatte erst einen Chorck lächeln gesehen, das war mein Betreuer und dies auch erst als ich ihm die Nasenfilter übergeben hatte. Diese Kuppelwärter trugen Mönchsgewänder aus einem alten Leinen. Ihre Aufgabe war, einfach den Kaiser zu schützen. Doch wurden die Erinnerungssequenzen vom Halumal aus gesteuert! Das war doch die Aufgabe des Halumet!
Ich erkannte schon, dass sich wieder viele neue Fragen stellten.
Valchaz war von der Schönheit der Eingangshalle ganz von den Socken. Ich wollte ihm dies aber nicht in dieser Form mitteilen, denn im Anschluss gäbe es wieder einen hohen Erklärungsbedarf.

Der Sprecher der Kuppelwärter kam uns entgegen und warf seine Kapuze zurück.
Er hatte keinen Symbionten! Erstmals sah ich einen Chorck ohne diesen typischen animalischen Partnerorganismus!
Bezüglich der Leinenkutten raunte ich Valchaz zu: „Siehst du, dass es noch welche aus deinem Volk gibt, die spinnen?"
Doch Valchaz rührte sich nicht, er reagierte auch kaum, so stand er im Bann dieser Ehre, die ihm nun zuteil wurde.

Der Sprecher der Kuppelwärter stellte sich vor:
„Ich bin Kolan, der erste Kuppelwärter. Es ist mir eine Ehre, Ihre Gnade Tamines Santos Reis aus dem Volk der Terraner zu begrüßen. Wie der Kaiser vermutete, entstammen Sie aus einem Forschervolk mit später, aber schneller Entwicklung. Gewissermaßen hatte Ihre Evolution eine besondere Beschleunigung einfließen lassen, um die verspätete Ankunft der universellen Lebenssporen auf ihrer Welt wieder auszugleichen. Oder auch das verspätete Aufgehen der Saat."
Ich erinnerte mich natürlich an die Theorien der Logiker, Bernhard Schramm hatte sie uns des Öfteren geschildert. Auch die Bezeichnung Andromedas aus dem Wortschatz der Chorck: Lebenssporengalaxie! Wenn unabhängig von uns auch andere Völker sich in diese Theorie einbrachten, war dann nicht eher etwas Wahres dran?"

„Auch ich grüße Sie in allen Ehren, Kolan. Vieles kommt mir bekannt vor, vieles ist mir sehr neu, doch sollte es nicht ein Impuls der Intelligenz sein, die Wesen wie uns einmal zusammenführt? Dabei die weniger gesegneten ebenfalls an einer heilen Umgebung teilnehmen lassen? Ich fühle mich hier wie zuhause, denn ich bin unter spürbar Gleichgesinnten. Es spricht mein Inneres ohne von außen gesteuert zu werden."

318

„Das habe ich bereits erkannt, Ihre Gnade. Eine Weibliche vom Volk der Terraner. Sie atmen und Sie atmen nicht. Ihr Blick ist klar und Ihre Worte sprechen von einem festen Willen. Erkenntnisse bedürfen keiner Gase und Becher, Erkenntnisse bedürfen einem analytischen Verstand und den vielen Kombinationsmöglichkeiten."

Kolan griff in eine seiner Nasenöffnungen und zog einen Nasenfilter heraus, der meinen mitgeführten Produkten auffällig ähnlich war!

Ich musste lachen. Aber warum brauchen die Kuppelwärter hier Nasenfilter? Wenn niemand hier war, dann könnten sie doch das Atemgemisch naturbelassen! Oder war das auch eine Art Test?

Das muss es sein. Der Kaiser wollte seine Besucher testen. Vielleicht musste ich dem Kaiser auch anders kommen, nicht unterwürfig, wie seine chemisch beeinflussten Untergebenen? Ich war ja auch geladen, oder doch eher eingeladen?

„Ihre Gnade Kolan, der erste Kuppelwärter! Ich fühle mich verraten, denn ich hatte mich auch für solche Filter entschieden um meinen Status soweit neutral halten zu können wie möglich. Nun sieht mir ein Wissender in die Augen uns weiß, was ich in der Nase habe!"

„Tamines Santos Reis von Terra. Hier ist neutraler Boden. Das ist ein ehernes Gesetz des Kaisers. Er selbst wollte neutralen Boden schaffen, um nicht die Gelüste der nach Macht Strebenden zu stärken. Der Kaiser ist weise und der Kaiser ist gut. Nur die Erinnerungen machen ihm immer wieder zu schaffen!"

Ich hatte verstanden. Die Erinnerungen, die ihm immer wieder aufgepfropft wurden. Der Plan des Halumet, einmal seinen Platz einzunehmen. Aber sicher vorerst nicht hier in dieser Kuppel, sondern als Alleinherrscher.

„Ein weiser Kaiser wird doch wohl seine Erinnerungen ordnen können. Wie mit den Körnern der Bodenfrüchte, wie mit den Beeren der Sträucher! Die Guten in den trockenen Speicher und die Schlechten in den feuchten. Die Zeit löst viel in einem eigenständigen Zyklus!"

„Ihre Gnade spricht ebenfalls sehr weise. Der Segen der Evolution macht sich bemerkbar. Haben alle Terraner diese Gabe?"

„Die einen mehr und die anderen weniger. Doch die Gesamtheit gewinnt. Der Blick ins Universum hat die Augen empfindlicher gemacht und die Fahrten durch die Dunkelheit können mehr Erkenntnisse vermitteln, als der Blick in blendende Sonnen, auch wenn dieser sieben sind."

Nun geschah etwas, mit dem ich nicht in aller Welt oder aller Welten gerechnet hätte. Der erste Kuppelwärter kniete sich vor mir nieder!

„Heute ist der erste Tag einer neuen Art von Freiheit. Dass dieser Tag zu kommen hatte, konnten wir schon lange erkennen. Nur stand diese Information nicht in den Schleiern des Staubes. Doch viel Unrecht über viel Zeit kann nicht durch viel Recht in kurzer Zeit ausgeglichen werden."

„Ich weiß, mein Freund des Geistes. Wie man unter Schwerkraft zu bauen pflegt, für jeden Stein auf dem Sand braucht man einen Stein unter dem Sand. Für jeden Pol der Energie braucht man einen Gegenpol. Das Unten existiert nicht ohne das Oben solange wir das Universum nicht auf Dauer spalten können, was auch nicht von gutem Sinne wäre."

Valchaz stand da und regte sich nicht. Er stand da und hatte den Mund offen, dass seine Kauwerkzeuge in Form von Knochenleisten zu erkennen waren.

Kolan erhob sich und ich musste wieder weit nach oben blicken. Mit seiner Verbeugung hatte er mir nur angedeutet, dass wir gleichberechtigte Gesprächspartner sein sollten und er mein Manko des kleineren Wuchses ausgleichen wollte. In einem symbolischen Sinn, der auch noch Wertigkeit nach dieser Symbolik besaß.

Ohne diese Symbionten sahen diese Chorck auch noch viel menschlicher aus. Keine dieser Brusttentakel, kein Stirnorgan, außerdem stellte ich fest, dass diese Kuppelwärter alle relativ braun waren. Ich erinnerte mich an Bilder von den Chonorck! Diese hatten auch so ein sanftes Braun, nicht ganz so schön wie ich es besaß, aber immerhin.

Die andere Welt und die genetische Veränderung! Nicht alles in der Genetik war steuerbar oder war sinnvoll zu steuern.

Kolan erinnerte mich an jemanden. Ich dachte nach und fand nur einen Bezug. Den Dalai Lama, Morin Xinyat, den 16. Dalai Lama, der nun für seine Anhänger eine eigene Welt mit viel Harmonie aufzubauen im Begriff war. Eine Welt im Wegasystem.

Wenn es nur möglich wäre, solche Wesen zueinander führen zu dürfen, die Ergebnisse könnten allen Philosophien voran gestellt werden.

„Der Kaiser möchte, dass vor der Audienz mit Ihrer Gnade das noch unerlässliche körperliche Wohlbefinden mit einer Balance ausgestattet wird. Er möchte, dass Sie mit Ihrem Begleiter sich etwas kredenzen lassen, was sowohl dem Flüssigkeitshaushalt sowie auch den Festnahrungsbedarf weitgehendst entspricht. Darf ich um Ihr Folgen bitten?"

Nun war ich an der Reihe und verneigte mich tief. Ich wollte damit auch ausdrücken, dass ich ihn ebenfalls als gleichberechtigt ansah und mir der Größenunterschied ohnehin nichts ausmachte. Kolan lächelte absolut wissend. Er war – wie hatten wir den Dalai Lama genannt? Einen Feinfühler? Kolan war auch ein Feinfühler. Eine Seelenverwandtschaft mit dem Dalai Lama? War das möglich? Wenn ich die Theorie der Logiker als Basis nahm, dann ja.

Ich zählte die anderen Kuttenträger im Raum. Es waren sechs. Mit Kolan also sieben. Immerhin reflektierte sich diese Zahl ein weiteres Mal.

Wir kamen in die räumliche Abfolge des künstlichen Tunnels. Dieser war nun dreigeteilt, hatte als links und rechts noch je einen weiteren Raum oder auch mehrere wieder unterteilte Räume. In der Mitte des Raumes stand ein funktioneller Tisch aus Bleiglas und bequem wirkende Sesseln, fast wie in alten irdischen Schlössern. Nur die Kombination passte nicht zusammen, aber Stil und Geschmack waren ohnehin nicht international, von wegen dann intergalaktisch.

Unsere Ankunft war angekündigt, denn die Speisen waren fertig und wurden nun von den andern sechs Kuppelwärtern serviert. Es roch wirklich himmlisch und sogar Valchaz riss seine Augen wieder auf, als hätte man ihm die Pforten zum Paradies geöffnet.

Doch irgendwie hatte ich auch das Gefühl, als würde ich mich zu Tisch eines Leichenmahles setzen. Vielmehr war es auch Chandor Valchaz, um den ich mir nun auch Sorgen machte. Er hatte eine dermaßige Höflichkeit und Zuvorkommendheit doch noch nie erlebt.

Wollten diese Kuppelwärter vielleicht sogar, dass endlich jemand den Kreis sprengt? Die Spirale nach innen?

Jedenfalls passte sich der Sessel an mich an, hielt jedoch einen Kompromiss bezüglich der Tischhöhe ein. Vorläufig! Plötzlich klappte ein Trittbrett unter der Sitzfläche hervor und justierte sich unter meinen Füßen ein, dann schob sich mein Sitzmöbel etwas aus den Beinen. Teleskopbeine also.

Ich bemerkte, dass wir alle nun auf gleicher Höhe saßen. Hier war dies irgendwie gewollt. Vielleicht hätte auch das Imperium selbst unter hier dargestellten Voraussetzungen seinen Lauf nehmen sollen und es war, wie sooft einfach anders gekommen.

Nur Kolan, der erste Kuppelwärter hatte aber Platz genommen. Seine Kollegen hatten weiter Dienst zu tun und uns zu bedienen. Dabei hatte ich aber nicht den Eindruck, als würden diese unter Zwang arbeiten.

Schwere Gläser wurden gefüllt und ich roch trotz meinen Atemfiltern ein Aroma, welches mich an Limonen erinnerte. Eine Art Limonade ohne den gefürchteten Zusätzen.

Es gab eine Art Püree mit Fleischbällchen und eine Minzensauce, eine Kombination, die besser roch als mundete. Trotzdem, kein Vergleich zu den bisherigen Delikatessen, deren Genuss ich schon verzeichnen musste.

Nach ein paar Löffeln, allerdings Kunststoffexemplare mit langen Stielen, konnte ich mich aber an diesen Geschmack gewöhnen. Die Kombination mit der Limonade wurde plötzlich zur Harmonie.

Das Geschirr auf dem Tisch präsentierte sich als Autarkbräter. Nachdem das Püree als Vorspeise zu sehen war, zogen die fleißigen Kuttenträger gare Rotkopftauben aus einem Topf. Wieder hatte mein Übersetzer die passende Bezeichnung gewählt, ich konnte eine ähnliche Tiergattung gerade noch erkennen. Dazu wurden Brotkügelchen serviert, welche sich gerade als einen Happen zwischendurch eigneten.

Im Anschluss gab es die verschiedensten Früchte und auch verschiedenste Cremes in Schüsseln, welche als Tunken gedacht waren.

Wo diese frischen Früchte allerdings herkamen, wollte ich höflicherweise nicht erfragen.

Auch die vorliegende Zusammenstellung konnte ich unter `Gelungen´ verzeichnen.

Valchaz aß, als würde er später im Leben nichts mehr bekommen oder als hätte er ohnehin nicht mehr lange zu leben. Vielleicht fürchtete er sich auch vor seinem Abenteuer, zu dem er sich auch entschieden hatte.

Und im Anschluss gab es ein Röstbohnengetränk, welches ich durchaus auch als Kaffee mit einer besonderen Note bezeichnen könnte. Auch Koffein wurde von meinem Speisenanalysator erkannt.

Kolan sah lächelnd zu diesem Gerät und freute sich sichtlich, dass alle Speisen für mich genießbar waren.

Wenn ich es nicht besser wüsste, könnte ich es nicht glauben, dass ich mich auf der Urwelt der Chorck befand. Irgendeine Phase lenkte die Entwicklung dieses Imperiums in eine andere Richtung.

Die anderen sechs Kuppelwächter räumten den Tisch ab und Kolan erhob sich.

„Weibliche Tamines Santos Reis von Terra, sind Sie bereit, mit dem Kaiser zu sprechen?"

„Das Wort ist der Anfang von Verständnis und besonders mit dem Kaiser Chorub wird Verständnis eine Basis sein, so habe ich auch das entsprechende Gefühl hierzu. Ich bitte darum, dem Kaiser dies auch so zu signalisieren."

„Ich bereite den Kaiser auf Euer Erscheinen vor."

Der erste Kuppelwächter zog sich wieder seine Kuttenkapuze über und ging langsamen Schrittes zur hintersten Tür. Diese öffnete sich automatisch ich versuchte etwas im nächsten Raum zu erkennen, doch dort gab es vorläufig nur warmes Licht, welches gefiltert durch das Kuppeldach eindrang.

Meine Aufregung wuchs unbewusst an und so konnte ich es fast schon nicht mehr erwarten, mit dem obersten Chorck zusammenzutreffen. Wie nun dieses Gespräch vonstatten gehen sollte, war mir noch nicht klar, aber auch das werden die nächsten Minuten zeigen. Valchaz schien ebenfalls aufgeregt zu sein.

Nach fast einer halben Stunde kam Kolan wieder zurück und wollte mich noch etwas vorbereiten:

„Ihre Gnade wollen bitte auch mit dem Verständnis des lang verzögerten Alters an den Kaiser herantreten. Auch das optische Erscheinungsbild, so hoffe ich, wird Ihnen sicher kein Unbehagen bescheren."

„Ich kann es mir ohnehin denken, dass der Kaiser durch die Erhaltungsmaßnahmen entsprechend gezeichnet ist. Demnach dürfte auch das Erinnerungssystem mit ihm so gekoppelt sein, was auch Ihrer Warnung entsprechen sollte. Keine Sorge; obwohl ich wesentliche weniger Klataan in meiner Abfolge zu zählen habe, kann ich Verständnis für die Umstände aufbringen."

„Dann bitte folgt mir. Weibliche Tamines von Terra bitte zuerst. Noch ein Hinweis, den ich gütlichst bitte zu befolgen: Verursacht keinen unnötigen Lärm!"

„Auch dies dachte ich mir bereits. Eine Empfehlung, die ich mir bereits selbst erteilte."

So stand ich auf, Valchaz hielt sich daran, dass er sich also hinter mich stellte und Kolan schritt voran. Wir gingen durch diese hinterste Tür und auch wir wurden von diesem Licht, welches wesentlich weicher und wärmer wirkte, als das natürliche Licht dieser Welt. Ich erkannte sofort, auch hier handelte es sich um eine Schleuse. Die nächste Tür bestand aus ungerahmtem Glas derselben Art wie das Kuppeldach. Nur mit einer Struktur versehen, was den vollen Durchblick verhinderte.

Diese Tür öffnete sich erst, als die durchschrittene sich wieder geschlossen hatte.

„Sie können hier ihre Filtervorrichtungen entnehmen! Das Atemgemisch in der Kaiserkuppel ist frei von jeglichen Zusätzen, wird steril gehalten, lediglich eine notwendige Luftfeuchte ist hier beigemengt. Ich werde mich vorübergehend verabschieden. Im Übrigen! Auch hier gilt der Erlass des neutralen Bodens. Keine Überwachung, Keine Abhöranlagen – lediglich die Erinnerungsaufzeichnungen Chorubs sind geschaltet. Doch hatte auch der Kaiser schon angekündigt, dass diese unterbrochen werden, er selbst also dazu dann ein Zeichen geben wird!"

„Ich danke, Ihre Gnade Kolan, erster Kuppelwärter von Chanorck!"

Kolan verbeugte sich und verschwand wieder durch die schwere Glastüre, welche sich auf Rollschüben absolut lautlos bewegte.

Ich nahm meine Filter aus der Nase und Valchaz folgte meinem Beispiel. Tatsächlich, hier roch es nicht nach Chlor. Damit vermutete ich auch, dass andere Besucher, welche mit dem Kaiser kommunizieren wollten, gar nicht erst in die kaiserliche Kuppel eingelassen werden, sondern an einem Terminal unter chlorversetzter Atmosphäre zu verbleiben hatten. Warum wurde mir diese Ehre zuteil, den Kaiser wirklich direkt zu treffen?

Mittig in der Kuppel standen viele Apparaturen in einem Rund um ein Schwebebett herum. Und in diesem Schwebebett erkannte ich eine Person. Eine Person, welche ich aber auf den ersten Blick auch nicht als Chorck definieren könnte.
Wir schritten näher heran, es gab Sitzgelegenheiten auf Glaspodesten, denen wir zusteuerten. In diesem Schwebebett regte sich etwas und ich erschrak aber doch zutiefst! Doch nur jetzt keinen Rückzieher machen! Jetzt bist du hier, Tamines! Ich dachte selbstsuggerierend.
Ich konnte den Blick nicht mehr von Chorub, dem Kaiser wenden! Auch Valchaz hatte weit aufgerissene Augen und ein extrem blasses Gesicht. Wieder eine weitere Erkenntnis. Auch Chorck werden bei Schrecken blass.

Ich setzte mich nieder und dieses Wesen im Schwebebett drehte sich langsam so, dass es uns ansah.
Chorub, der Kaiser besaß keine Haut mehr. Ihm wurde die Haut durch eine volltransparente Kunsthaut ersetzt! Eine Kunsthaut, welche auch Nährflüssigkeiten umsetzen konnte. Der Körper des Kaiser zeigte viele Anschlüsse, Sensoren und auch ein paar Kabel, doch die Schläuche waren nicht aus Kunststoff oder einem äquivalenten Material, es waren gezüchtete Adern! Die Augen des Kaisers hatten geniale Biotechniker ersetzt. Er hatte nachgezüchtete Sehorgane, welche aber nun außerhalb seines Köpers saßen. Der Kaiser schwebte in seinem Bett, von der Kunsthaut gehalten, welche wieder von Nährflüssigkeit umspült wird. Sicher eine Membranhaut, um Bestandteile an den Körper weiterzuleiten.
Die Körpermitte war von weiteren und dickeren Kunsthäuten, auch weniger transparent gekleidet. Sicher hatte Chorub einen künstlichen Ausgang und externe Kunstnieren. Zwar dachte ich mir schon, dass er nicht mehr viele Ausscheidungen produzierte, denn diesem Körper wurden von den umstehenden Apparaturen fast nur noch reine und berechnete Kalorien zugeführt, doch konnte ich mir auch vorstellen, dass es doch noch zu solchen Reaktionen kam, wenn man einen kompletten Körper technisch über so lange Zeit am Leben erhält. Die Aussagen der wenigen Anzeigen dieser Lebenserhaltungssysteme sagten mir nichts, doch folgerte ich auch

logisch und da musste ein Genprogrammer dabei sein. Oder eben ein Vireninjektor, welcher die Reparaturgene in den Körper sendet.

Auf einem der kleinen Monitore erkannte ich sogar die Darstellung von Genen und wie in einem Computerspiel blinkten Helixteile auf, die immer sofort ersetzt wurden. Ich sah so ähnliche Darstellungen schon einmal bei Stammzellenexperimenten. Daraus schloss ich, dass in diesen Gerätschaften nicht nur Genprogrammer ihre Arbeit verrichteten, sondern sich eine Gengrundmatrix befindet, nach der neue Gene konstruiert wurden. Hier zeigt sich auch eine der Größen der chorckschen Technik, also Gentechnik, wenn auch dieser Ausdruck nicht gerade human erscheint. Besser wäre ein Ausdruck wie Vitalnanobiologie oder in dieser Richtung.

Valchaz hatte sich sogar in die zweite Reihe gesetzt. Er war immer noch blass und hatte scheinbar Mühe, eine Übelkeit zu verbergen.

Auch mir war flau im Magen, doch sah ich weiter auf den Kaiser, der sich langsam drehte. Ich fasste mit der Hand an den Rand des Bettes und bemerkte eine Änderung des Schwerkraftfeldes. Mit einem Blick über das Bett konnte ich mich davon überzeugen, dass dort eine Glasplatte angebracht war, die ebenfalls auch leicht schimmerte. Der Tachyonenneutralisator für ein Nullgravofeld.

Der Kaiser hatte bestimmt keinen einzigen stabilen Knochen mehr. Sicher wurden auch diese genetisch erhalten und die Kunsthaut würde seinen Bewegungsspielraum unterstützten. Wobei sicher nicht mehr von großer Bewegungsfreiheit gesprochen werden kann.

Chorub war nun soweit gedreht, dass er mir in die Augen sah. Ich hatte echte Mühe, diesem Blick standzuhalten, zudem ja diese überzüchteten Augen fast schon hypnotisch wirkten.

Plötzlich überfiel mich ein Gefühl von tiefstem Mitleid.

War dies ein Glück für den Kaiser oder sollte es sich um eine Kunsthölle handeln. War so eine Existenz erstrebenswert? Muss man versuchen, dem Tod denn wirklich um jeden Preis ein Schnippchen zu schlagen? Immer wieder und immer weiter? War dies das Ende aller Möglichkeiten der Lebensverlängerung? Oder gab es zu jener Zeit keine tieferen Erkenntnisse im reich der Chorck.

Auch aus einem Kopf zogen sich solche künstlichen Adern, hatten dann aber doch Übergänge die zu den verschiedensten Anlagen führten. Tausende feinster, silbriger Drähte stellten Kontakte zum Gehirn dar. Das müssen die Erinnerungsschittstellenanschlüsse zu seinem Gehirn sein! Diese Analogcomputer, welche Erinnerungen abnehmen und speichern sowie Erinnerungen rückführten. Sicher wurden auch Eiweißmoleküle injiziert, welche dann solche Erinnerungsequenzen zu produzieren haben. Das Grundprinzip konnte ich wohl erkennen, aber hier blieb mir ein Volldurchblick verwehrt. Ein dermaßen großer Aufwand für diesen Kaiser, er musste schon etwas Besonderes sein.

„Tamines Santos Reis von Terra, ich begrüße dich auf Chanorck und in meiner Nähe."

Diese Stimme wurde technisch erzeugt, wohl aber auch mit einer Modulation und Tonlage, wie sie auch von einem Lebewesen kommen könnte. Allerdings dermaßen langsam gesprochen, ich würde im Unterton eine Todessehnsucht erkennen.

Er sprach in einer persönlichen Form, so wollte ich es ebenfalls halten.

„Chorub, Kaiser des Chorckonium, auch ich begrüße dich und versichere meine Ehrerbietung. Trotz der für mich ungewohnten Verhältnisse möchte ich mich über dein Befinden erkundigen. Dies ist im Gewöhnlichen ein Bestandteil von Begrüßungen in den Reihen unseres Volkes."

Es dauerte, bis seine Erinnerungssteuerung mich ausreichend in seinem Gehirn reproduzierten, zumindest stellte ich mir diesen Ablauf vor.

„Meine Heimat ist gespalten, mein Körper kennt kaum mehr nervengeleitete Impulse. Das Einzige was mich schmerzt, ist die Zeit! Die Zeit brennt und schwelt, weiblicher Freund Tamines von Terra. Ich weiß, ich habe eine Begrüßungserinnerung bekommen. Ich kann zwischen Erinnerungen künstlicher und natürlicher Art unterscheiden. Anhand der künstlichen Erinnerung erkannte ich dich sofort wieder. Bitte warte noch, bis ich meine Konzentration soweit erhöht habe, dass ich die Erinnerungseinspeisungen abschalten kann. Dann haben wir das freie Gespräch gesichert. Ich werde dir ein Zeichen geben, wenn ich soweit bin.

Erzähle mir derweilen von deiner Welt, von deinem Reich!"

Diese Stimme klang wie aus weiter Ferne und der ungewöhnliche Blick aus diesen Augen vermittelten mir trotz des optischen Eindrucks immer mehr eine unerwartete Freundlichkeit.

Aber in erster Linie strahlten diese Augen Weisheit. Weisheit, wie ich sie fast zu Fassen glaubte.

Ich lächelte plötzlich. Der schreckliche Anblick belastete mich nicht mehr.

Darauf reagierte der Kaiser prompt:

„Siehe, meine künstlichen Erinnerungen an dich haben mich nicht auf diesen Moment vorbereiten können. Dein Lächeln ist Geschenk und vermittelt mir Hoffnung. Hoffnung für das Leben in seiner Gesamtheit, nicht für einen Einzelnen. Lächeln ist Liebe, Lächeln ist Macht. Lächeln öffnet Türen, Tore und Dimensionen. Dein Lächeln hier in meiner Nähe gibt mir Energie, wie sie meine Versorgungseinheiten nicht herstellen können. Tamines von Terra. Ist dir bewusst, dass ein Lächeln, wenn es erkannt werden kann, niemals vollständig verwehen wird? Ein Lächeln entsteht aus der Persönlichkeit und ein Körper kann es nicht unterbinden."

Tatsächlich. Nun musste ich weiter lächeln. Ich wäre geneigt, diesem Mann die Hand zu geben, seine Hand zu halten, wie bei einem Menschen, dem man die Hand hält, um ihn am Sterbebett in seinem letzten Schritt zu begleiten. Doch der Kaiser sollte oder wollte doch nicht sterben. Oder doch?

„Ich erzähle dir von Terra, mein kaiserlicher Freund! Meine Heimat und meine Geburtsstätte. Eine Welt der Künste, eine Welt der Genüsse, eine Welt des blauen Wassers und des blauen Himmels mit einem silbern scheinenden Mond.

Aber auch eine Welt der dunklen Zeiten in denen das Sonnenlicht wie ein Hohn die Lebenden bestrafen wollte. Das Leben auf Terra besitzt dennoch Vielfalt auf Land und im Wasser und natürlich in der Luft. Terra hat das intelligente Leben durch viele Testphasen geleitet, bis sich das bewusste Leben in den letzten Klataan zu einem Ja entschlossen hatte. Die Öffnung des Universums hatte dazu seinen Beitrag geleistet, auch die neuen Lande gaben Friedensimpulse. Die Grundform der Demokratie setzte sich nach vielen Wallungen und Verengungen letztlich durch und versorgte uns mit Kraft und Willen.

Terra hatte Kriege gesehen, die Welt blutete und die Sonne nahm dabei keine Notiz. Auch der silberne Mond strahlte das Sonnenlicht zurück auf die Oberfläche und verteilte Hoffnung für die Opfer, die von Gleichen unterdrückt wurden. Oft hatte Terra dem schnellen Tod die Hand gereicht. Doch das Einsehen hatte sich auch in die Seelen eingebrannt und lobt Terra in neuen Strophen. Terra ist nun eine Welt des Sehens und des Aufbruchs. Terra hat viele Geschwister. Terra nimmt nun Licht freudig an und wählt die Nacht zur Entspannung. Auch unsere Sonne Sol verwies uns zu anderen Sternen."

Chorub begann zu lächeln! Ich konnte es erkennen! Dieser Körper war noch zu sehr vielen Äußerungen fähig. Das forderte mich zu den weiteren Äußerungen auf:

327

„So wie du die Güte in meinem Lächeln sehen konntest, erkenne ich bei dir eine der schönsten Gesten der bewussten Existenz. Ich erkenne, du hast Recht. Der Körper kann ein Lächeln nicht verhindern, wenn es sich wirklich zeigen möchte!"

Chorub drehte seine Hand, sodass die Handinnenseite mir zugewandt war. Ich legte meine Hand auf seine, nur von diesen verschiedenen Schichten von Membranhäuten getrennt. Doch die Symbolik des Augenblickes besaß einen eigenen Charakter.

Es dauerte ein paar Sekunden, dann erlosch eine Signalanzeige an einem der Kontrollen und wurde durch ein blaues, auf- und abschwellendes Licht ersetzt.

„Ich habe meine Konzentration gesammelt, Tamines von Terra. Ich habe nun keinen künstlichen Erinnerungsinput mehr. Ich kann vorübergehend abschalten. Keine Sorge, ich vergesse dich nicht. Ich habe auch die Konzentration der Zeit in mir und nutze sie, um dein Bild, deine Aura und deine Freundlichkeit zu behalten. Weißt du, diese Erinnerungsspeicher sind eigentlich nur für das universelle Reich gedacht. Kurzzeitige Sequenzen, die ich nicht unbedingt auf Dauer erhalten muss, die ich nicht weiter zu verfolgen habe. Ich arbeite manchmal schwer, Freundin von Terra. Nur kann ich wohl niemanden speziell meine Arbeitsweise erklären. Mein Gehirn ist in einem besseren Zustand als mein Körper! Das Ventil zum Geist kann man länger erhalten als andere Organe. Die Komplexität der Gehirne hilft sogar in dieser Methodik und nimmt Gensequenzen gerne an. Jetzt habe ich viel Zeit gesammelt. Nicht Zeit im Sinne eines Funktionsablaufes, sondern Zeit im Sinne eigener Energie."

„Wie empfindest du noch die Zeit? Wie stellt sich dir Zeit dar? Ich bitte darum, meine Frage richtig zu verstehen, denn wenn jemand wie die Zeit nicht mehr in Klataan und Deziklataan zählt, so meine ich, ändert sich auch das subjektive Zeitempfinden."

„Deine Frage zeugt von einer gesunden Neugierde und explosiver geistiger Kraft, Tamines von Terra. Deine Fragen kommen so schnell und direkt, dass es für mich eine Wohltat ist, zu versuchen, mich daran anzupassen. Auch versuche ich, dir näher zu sein, als es eigentlich möglich wäre. Das macht die gleiche Zeit, in der wir uns befinden! Der gleiche Raum ist die zweite Komponente.

Wenn ich die Zeit in einer Eigendefinition zu interpretieren versuche, kann ich nur erklären, dass Zeit für mich zu einem Element geworden ist. Zeit kann man filtern, verengen, spreizen und dehnen. Zeit kann man schneiden und subjektiv gesehen auch zerstückeln! Nur eines kann man nicht. Dazu wird es universell gesehen auch nicht kommen können. Zeit kann man nicht mehr zurückholen. Zeit ist ein Element, was sich selbst wiederverwertet und der immer aktuelle Zustand kann einen alten Zustand nicht wiederherstellen. Dazu müsste sich viel zuviel Raum ändern. Diese Energie hat die Zeit nicht! Denn die Zeit hat nämlich überhaupt keine Energie. Zeit entsteht, weil sie geschoben wird. Darum ist Zeit auch die erste Dimension!"

„Auf Terra bezeichneten die Wissenschaftler die Zeit als die vierte Dimension, also Vor und Zurück als erste, Links und Rechts als zweite, Rauf und Runter als dritte und dann die Zeit als vierte Dimension!"

„Auch mathematisch ist die Zeit variabel. Zeit läßt sich nicht strukturieren, Zeit nimmt keinen festen Platz ein. Aber der logische Ablauf weist die Zeit als erste Dimension aus, denn ohne Zeit hätte dann die zweite, dritte und somit vierte Dimension keinen Zeitplatz! Die Zeit erschafft die wieder subjektiven Räume und unterwirft diese dem Wandel. Dabei schieben die Räume aber auch die Zeit und unterwirft diese zum Wandel. Die Verkettung der Dimensionen schaffen erst Bewusstsein und Bewusstsein kann sich nur durch Zeit bilden und erneuern. Alles was *war* und was *ist* und was *sein wird*, dient einer kollektiven Wiederverwertung und damit einer Erhaltung. Wir können nur erinnern, weil etwas *war*! Wir können nur sein, weil etwas *ist*! Wir können nur werden, weil etwas *sein wird*! Was *war*, war einmal das *sein werden* und das *sein werden* wird einmal das *war* sein.
Deine Jugend hat sicher noch kein eigentliches Zeitempfinden. Du siehst mehr Räume und fühlst die Zeit. Ich hingegen sehe mehr Zeit und fühle die Räume!"
Ehrlich gesagt, konnte ich Chorub noch nicht ganz folgen. Ich werde noch viel über dieses Gespräch nachzudenken haben oder auch einmal mit dem Logiker Bernhard Schramm zu besprechen.

„Steht die Bestimmung in diesem Partikelstrom der sieben Sonnen? Ich habe mich mit der Lehre des Chorckonium befasst und dabei sollte die Bestimmung aus dem Partikelstrom gelesen werden können."

„Die Bestimmung steht in Allem! Ob ein Partikelstrom oder Gase oder feste Stoffe, auch die Lichtschlucker tragen Bestimmungen. Energien aller Art sowieso. Dabei ist die Bestimmung eine Schwester der Zeit. In gleicher Weise variabel, verlängerbar, verkürzbar. Nur ist eine bestimmte Bestimmung einmal eingetroffen, kann man sie nicht mehr ungeschehen machen. Ungeschehen machen solltest du aber nicht mit *Vertilgen* verwechseln. Vertilgen benötigt einen zweiten oder weiteren Zeitlauf und eine zweite oder weitere Bestimmung.

Du bist immer schon gewesen, Freundin Tamines von Terra. Auch dein Bewusstsein war immer schon! Es wiederholt sich alles in neuer Zeit, aber nie in der gleichen Zusammenstellung. Eine definierte Bestimmung gibt es nur in der Gegenwart. Das ist das *Sein*! Die Bestimmung der nahen Zukunft ist geringer vordefinierbar. Die Bestimmung der fernen Zukunft ist noch weniger vordefinierbar. Dass die Atome und Moleküle deines Körpers jetzt in dieser Konstellation angekommen sind, war zwar Bestimmung, aber keine definierte Bestimmung. Zu leicht könnte man es auch als einen Zufall bezeichnen, aber auch dies wäre nicht richtig. Die Zeit drängt den Raum sich zu formen und der Raum drängt die Zeit auf Veränderung. Die Veränderungen in Richtung Zukunft sollten wir als Tendenzen bezeichnen. Dennoch wird alles wieder eingesetzt, was das Universum zu bieten hat. Alle Atome, alle Moleküle in alter oder veränderter Gruppierung, alle Energien und alle Bewusstseine. Letztere sind für den Erhalt zuständig. So auch dein Bewusstsein, welches immer schon existierte und diese Tendenzen miterzeugte. Wärest du heute nicht in dieser Konstellation vorstellig, hätten die früheren Tendenzen Alternativen geschaffen, welche einen gleichen Schwellenwert erschaffen hätten um in weiteren Tendenzen die Zeit zu begleiten. Stell dich an die Mündung eines Flusses und diese zeigt das vermeintlich jungfräuliche Wasser. Die Frische des Wassers erzeugt diesen Gedanken. Doch dieses Wasser ist genauso alt wie das gesamte Universum. Wenn diese Quelle versiegt, hat sich nicht das Wasser verändert, sondern die abgelaufenen Tendenzen, welche ohnehin wieder neue schufen. Der kleine Kreislauf ergibt sich in einen größeren, der Größere in einen noch Größeren, dieser wieder und wieder, bis sich die großen Kreisläufe spalten und sich wieder in kleine Kreisläufe ergeben. Das ist so mit deiner schönen Welt Terra, das ist so mit deiner schönen Sonne, mit deinem System, mit der Galaxie und letztendlich mit dem Universum. Das ist so mit dir, mit deinen Freunden und deiner Familie, mit der Liebe und mit dem Verständnis, mit den Gefühlen und mit der Kraft sowie mit der Schwäche. Leben ist eine Leihnahme aus dem Universum und dafür müssen wir dem Universum das Bewusstsein zurückgeben, um die Tendenzen zu erschaffen, damit auch wieder uns selbst. Der Tod ist genauso wichtig wie die Geburt. Die Geburt ist die Aussaat und der Tod die Ernte. Und mit der Ernte reiht sich ein Kreislauf nach dem anderen."

„Gibt es ein Ende der Zeit?"

„Ein subjektives Ende gibt es durchgehend. Jeder Gedanke endet. Ein absolutes Ende gibt es nicht."

„Eine Manipulation der Zeit, der Vergangenheit? Ist dies möglich?"

„Eine direkte Manipulation in Form einer Reise in die Vergangenheit, um dort etwas zu korrigieren oder eine Gegenwart zu verändern, nein, meine Freundin Tamines von Terra. Aber wir verändern die Tendenzen aus der Vergangenheit jetzt und damit ist ja die Vergangenheit nicht mehr dieselbe wie ein Belassen einer zeitparallelen Tendenz. Der Fluss fließt immer ins Meer, auch wenn du in umleitest. Die Tendenz zeigt zum Meer. Dem Meer ist es dann gewissermaßen egal, von wo der Fluss gekommen war. Genauso verhält es sich mit den Bewusstseinen. Auch solltest du nur eine Ahnung vom Universum bekommen, denn ein Wissen kann und darf es nicht geben, da wir die Tendenzen brauchen. Das Wissen kommt aber dennoch! Nur nicht mehr aus der Sicht der einzelnen Individuen. Denn das Wissen ist auch ein Kreislauf, der aus vielen kleinen Kreisläufen entstanden ist und sich wieder in kleine Kreisläufe ergeben kann. Was wir zu tun haben ist nur individuelles Wissen einem Kreislauf zuzuführen, damit dieser Kreislauf wieder einen anderen Kreislauf nähren kann. Deshalb gibt es deine Neugierde, deshalb gibt es Lust und Drang, deshalb gibt es den Blick in den Nachthimmel und deshalb gibt es Phantasie!"

Chorub, der Kaiser machte eine Pause. Trotz des perfekten Stimmsintesizers konnte ich mir vorstellen, dass ihn diese Unterhaltung schwer anstrengt. Ich blickte diesen Uralten an und mich überkam fast ein Weinen. Dieser Mann war reich und unendlich arm zugleich. Reich an Zeit? Und wenn seine Zeit doch einmal zu Ende geht, dann stellte sich mir die Frage: War er dann reich an Zeit? Hat erlebte Zeit nach dem Tod einen Wertestatus? Daraus müsste ich dann folgern: Ist er jetzt reich an Zeit? Solche Gedanken könnten zermürben. Ich schüttelte mich leicht und blickte zu Valchaz. Er verfolgte unser Gespräch und saß hinter mir wie eine Mumie. Er blickte starr zu Chorub und möglicherweise wusste er seine Situation auch nicht so recht einzuschätzen. War es nun eine Ehre, diese am Leben erhaltene Legende treffen zu dürfen, oder war es eine Mahnung, auch den Tod zu respektieren. Macht es Sinn, das Leben zu verlängern? Nun hatte ich aber meine Antwort:
Wenn es in der Tendenz liegt, ja!

Ich sah das Blut im Körper des Kaisers fließen, oder die Oxygenträgerflüssigkeit, denn dieses Blut war sicher auch gegen ein Kunstblut mit hoher Sauerstofftransportfähigkeit ausgetauscht worden. Sein Kreislauf wurde aber auch von den installierten Anlagen erhalten. Kreislauf?

Ja! Dieser Mann hat einen Einblick in ein bisschen Unendlichkeit erhalten! Ein Hauch von Ewigkeit. So bekam ich noch nie erlebte Gefühle der Zusammengehörigkeit. Ein Gefühl der geschlechtsneutralen Liebe. Das Gefühl für die Liebe zum Leben. Die Akzeptanz des puren Seins. Doch warum leitete dieser Kaiser Chorub das Imperium dermaßen mit harter Hand, mit einem Kastensystem, welches individuelle Entwicklung im Keim erstickt? Warum gab er die Befehle, ganze Völker auszurotten, wenn diese nicht dem Willen der Besatzer entsprachen oder andere Wünsche äußern? Warum manipulierte dieser Mann sein und die Hilfsvölker mit Drogen? Ich würde ihn in jedem Falle auch diesbezüglich noch ansprechen.

Auch interessierte mich die Sache mit den Chonorck. Warum hieß diese Welt Chanorck und die Rebellen absolut ähnlich? Als ich den Eindruck hatte, dass sich der Kaiser wieder etwas erholt hatte, fragte ich:
„Was haben die Chonorck, eure Brüder denn getan, sodass sie sich den Zorn des Imperiums eingeholt hatten?"

„Chonorck? Dazu müsste ich wohl meine Erinnerungsinjektoren wieder aktivieren, das lasse ich aber noch bleiben. Die Chonorck hatten Chanorck vor Fremdeinfall zu verteidigen. Später auch das gestartete Imperium, aber dass es einen Zorn des Imperiums gäbe, davon weiß ich nichts, meine liebe Freundin Tamines von Terra. Im Übrigen kann ich mich sogar natürlich an frühzeitliche Intelligenzen erinnern, die deinem Aussehen sehr ähnlich waren. Ich war ein Explorer in meiner Jugend und zu der Zeit des Aufbruchs. Ich hatte eine Welt besucht, die dritte eines Systems von neun, dort begannen die Wesen mit den ersten Künsten und Kulturen. Riesige Bauwerke aus Stein zeigten sich mir, Pyramiden und hängende Gärten. Weißt du von einer Abspaltung? Dein Volk kann es doch nicht sein, denn ihr habt eine so hoch entwickelte Technik, dass ist nicht innerhalb von fast eintausenddreihundert Klataan möglich. Auf dieser Reise fanden wir in dortiger Nähe, so etwa drei Lichtklataan entfernt noch eine Welt mit dreigeschlechtlichen Wesen in primitiver Kultur. Wir waren in einer Warteposition und während der Messungen polte sich diese Welt um und unser Forschungsschiff war genau in der Entladungszone, die den ersten Mond miteinschloss. Das Schiff stürzte unrettbar auf die Mondoberfläche, sogar die Rettungskapsel war in Mitleidenschaft gezogen worden. Nur mit viel Glück konnte ich noch nach Chanorck zurückkehren. Die Koordinaten dieser Welten hatten sich aber wegen des defekten Speichers verfälscht und waren verfallen.

Du kommst doch aus der kleinen Westwurzel. Aber solche Ähnlichkeiten! Ich erinnere mich mehr und mehr!"

Der Kaiser sah mit diesen großen Augen an. Nun hoffte ich wirklich, dass hier keine Abhöreinrichtungen funktionierten, dass dieser Boden wirklich neutral war.

„Es ist richtig, Kaiser Chorub. Eigentlich komme ich von dieser Welt, die du gesehen hattest. Wir haben aber auch eine neue Welt in der kleinen Westwurzel gefunden. Diese neue Welt stellte sich als ein Erbstück einer untergegangenen Zivilisation heraus. Diese Dreigeschlechtlichen sind zu unseren besten Freunden geworden."

Ich war gezwungen, oder ich fühlte mich gezwungen, den Kaiser zwar nicht zu belügen, aber immerhin mit Nichtnennungen Gefahren von mir zu weisen. Trotz der verspürten Seelenverwandtschaft wusste ich nicht, was passieren würde, wenn der Kaiser seine Erinnerungen abspeichern läßt und ob sein Patriotismus mich nicht doch noch zum Feind erklären sollte.

Ich hätte die Drogenattacken überstanden, nichts von den wahren Verhältnissen ausgeplaudert und in der Stunde des Vertrauens die Menschheit verraten. Soweit konnte ich ja meine Angaben machen, denn er selbst sagte, dass die Koordinaten nicht mehr existierten. Die Welt in der kleinen Magellanschen Wolke hatten wir ja auch gefunden. Aber weitere Angaben durfte ich nun wirklich nicht mehr machen. Doch fragte er nochmal nach:

„Wenn du von dieser Welt kommst, die ich damals gesehen hatte, wie konntet ihr euch dann so schnell entwickeln?"

„In deiner Weisheit hattest du bereits erwähnt, um den Tendenzen eine Form zu geben, bedarf es Phantasie! Wir hatten zuerst sehr viel Phantasie entwickelt und in dieser Folge auch die Technik, so es denn möglich war. Nachdem es bald Schriften und Schriftspeicherungen gab, Bücher hergestellt wurden, fanden sich auch Schriftsteller, welche Möglichkeiten der Zukunft aufwiesen. Wieder fanden sich unter den Wissenschaftlern Leser, die versuchten davon so viel wie möglich umzusetzen. Es kam die Zeit der großen Erfindungen, die Zeit der globalen Informationen und die Globalisierung, natürlich auch mit den negativen Auswirkungen. Dann also die Raumfahrt in kleinen Schritten, also zum Trabanten, zum Nachbarplaneten, plötzlich entdeckten zwei Wissenschaftler das Gesetz der Tachyonen und die Nutzung dieses. Gewissermaßen wurde entdeckt, dass das Universum seine Türen selbst öffnet, wenn die Tendenzen dazu verweisen. Damit waren die nächsten Schritte eingeleitet und somit bin ich auch ins Chorckonium gekommen, um ein Handelsabkommen zu erwirken, ohne dass mein Volk zwangsintegriert werden sollte."

„Was redest du denn, liebe Freundin Tamines von Terra? Das Chorckonium integriert doch niemanden unter Zwang! Wir Chorck haben es uns als Grundsatz gestellt, dem universellen Bewusstsein soviel wie möglich abzugeben, damit das Universum zu stabilisieren. Wenn ein Volk nicht in die freie Gemeinschaft eingehen will, dann braucht es auch nicht! Wir wollten dem Chaos des Universums regulierend entgegentreten!"

„Dann sind deine Grundsätze aber von deinen Stellvertretern gänzlich missverstanden worden! Das Chorckonium präsentierte sich mir gegenüber als ein totalitäres Regime mit einem lebensverachtendem Kastensystem und der Zwangsintegration von Hilfsvölkern. Die kosmische Stimme wirbt und warnt. Noch Erreichen des Tachyonenzeitalters sollen sich alle Völker freiwillig integrieren, wenn nicht schrecken die Machthaber auch vor der Massenvernichtung nicht zurück."

„Ein Kastensystem? Massenvernichtung? Was habe ich denn für Erinnerungen erhalten? Ich erinnere mich an ein blühendes Wirtschaftsystem mit vielen Partnervölkern zur Förderung der Intelligenz und des gemeinsamen Wohles! Bist du sicher, dass du von dem Imperium der Chorck sprichst?"

„Ja, mein Kaiser. Da bin ich mir sicher. Nun möchten die stellvertretenden Machthaber mir das Geheimnis der Tachyonenruppung entreißen, nur wissen sie noch nicht genau wie, denn mein Raumschiff ist mit chorckscher Technik nicht komplett analysierbar. Dennoch wird an meinem Schiff gefeilt und gebohrt, vermessen und mit allen möglichen Strahlen durchleuchtet. Mir wurde schon mit meiner Sicherheitsverwahrung und Beschlagnahme meines Schiffes gedroht! Ich fühlte mich meines Lebens nicht mehr sicher, seit ich im Halumal angekommen war. Mein Begleiter Chandor Valchaz es Sueb selbst ist in der Kaste sieben integriert. Er hatte bislang kein gutes Leben und wurde immer wieder mit Strahlungen bestraft, die sein Symbiont zu Schmerzen umsetzt.
Meine mitgebrachten Waren wurden bislang überhaupt nicht beachtet, stattdessen sollte sich Terra freiwillig in das Chorckonium einfügen. Bei Verweigerung sollte einmal eine Zwangsintegration durchgeführt werden, die jedoch ohne dem Geheimnis der Tachyonenruppungskompensation nicht möglich ist. Deshalb steht auch keine Integrationsflotte des Imperiums in der kleinen Westwurzel."

334

„Integrationsflotte? Kaste sieben? Was ich nun zu hören bekommen, Freundin des tiefen Verstehens, ist mir nicht geläufig! Es sollte eine Flotte gebaut werden, die Intelligenz verbreitet und Völker zu gemeinsamen Handeln animiert, aber keine Integrationsflotte. Ein Kastensystem für freie Lebewesen? Das widerspricht der freien Entwicklung, das widerspricht den Tendenzen zum Kollektivbewusstsein! Ich kann nicht glauben, was du erzählst und dennoch schwingt die Erkenntnis durch."

Ich erinnerte mich an die ersten Lehren der Sonnensphären und setzte nach: „In den Lehren wird behauptet, du selbst hättest das System im Imperium gestrafft und zur Diktatur verwandelt, weil sich die Anschlussvölker widerspenstig benahmen."

„Neeeeiiiiinn!"
Der Kaiser bäumte sich regelrecht in seinem Schwebebett auf. Nur die Membranhäute hinderten ihn weitgehendst.
„Kannst du deine Erinnerungen stabilisieren? Ich sehe es als gefährlich an, wenn du diese Analogrechner wieder aktivierst. Damit würde alles freigegeben, an was du dich erinnern könntest. Ich erkenne, dass deine künstlichen Erinnerungen von Machlüsternen manipuliert wurden. Dir werden besonnene Machtverhältnisse vorgegaukelt, während der Halumet und der Rat der Diktatoren alles unterdrücken, was es zu unterdrücken gilt."

„Rat der Diktatoren? Ich wünsche mit den sanften Tod, ich will sterben um vielleicht die schlimmste Erkenntnis meines langen Lebens zu vermeiden. Augenblicke wie diese machen alt."

„Darf ich trotzdem darum bitten, dass mein Betreuer dir vom Imperium erzählt?"
„Ich bitte ergiebigst darum!"
Ich gab Valchaz einen Wink, damit er sich auch in diese erste Reihe begehen sollte. Valchaz wirkte trotz Drogenlosigkeit benommen. Sicher auch wegen dieser vielen Erkenntnisse, welche er nun auch wesentlich besser verarbeiten konnte.
Dann begann Valchaz mit seinem Bericht. Zuerst sprach er leise und mit zitternder Stimme, aber langsam festigte er sich und bemühte sich um eine sehr deutliche Phonetik. Der Kaiser lauschte und blickte uns beide unentwegt an. Chorub der Kaiser lag oder schwebte in seinem Bett und wirkte plötzlich wie ein verängstigter kleiner Junge.

„ . . . so habe ich mein Leben in der siebten Kaste beginnen müssen und entsprechende Aufgaben erfüllen. Immer wieder sagte ich mir, welch ein Glück es doch sei, dass ich wenigstens ein Chorck bin, welche die ersten sechzehn Kasten einnehmen können. Die Hilfsvölker werden alle mit Drogen gefügig gemacht, der Fortpflanzungsdrang gehemmt oder sogar abgeschaltet und bei Nichtbefolgung von Anordnungen drohen Gammastrafen. Ich hatte bemerkt, dass mein Symbiont relativ unempfindlich war, dafür dankte ich meinem Schicksal. Das Halumal wird mit einem Trägergas geflutet, welches Drogen transportiert. Diese Drogen machen nicht wirr, sind in keiner allzu hohen Konzentration vorhanden, dienen eigentlich nur zur Auffrischung der Cocktails beim Besuch der Sonnenlehren. Diese Drogen sollen willig und belastbar machen. Seit ich von dieser weiblichen Terranerin Tamines solche Atemfilter bekommen habe, bin ich klar im Gehirn geworden und erkenne Zusammenhänge. Während meiner Zeit im Halumal wurden zwei widerstrebende Völker vernichtet. Diese Angaben stimmen absolut. Die Todesstrafe ist an der Tagesordnung und Salemon, der Halumet möchte einmal den Kaisertitel!

Er will unbedingt auch das Prinzip der Kompensation für weite, extragalaktische Reisen. Er versteht die Lehren so, oder besser er hat die Lehren soweit neu interpretiert, dass die Völker des Universums sich mit der bloßen Existenz dazu verpflichten, den Chorck zu dienen.

Er bezieht sich darauf auf die Interpretation des Partikelstromes, der sich durch die sieben Sonnen zieht. Auch ich glaubte fest an diese zur Religion manifestierten These, wie ich nun weiß.

Zu meiner Existenz kann ich soweit berichten, dass ich nicht einmal meine Mutter richtig kannte. Sie war im Frauenlager und wurde mit Drogen zufrieden gehalten, wie ich später erfuhr. Die Drogen sollten zur Erleuchtung beitragen. Die Erleuchtungen wie von den jeweiligen Halumet gewünscht und bestätigen, dass deren Interpretationen des Partikelstromverlaufs die absolute Wahrheit bedeuten. Sicher, auch ich weiß nun nicht, wie es zu diesem sonderbaren Verlauf dieser Partikel in diesen verschlungenen Bahnen durch die Sonnen kam, aber nun bin ich mit dieser Lehre nicht mehr einverstanden.

Zu den Messen werden immer diese Cocktails serviert. Tatsächlich wirken diese Cocktails dermaßen, dass man fast auf die Deutungen der Halumet schwören könnte. Ich persönlich hatte noch das Glück, dass mein Symbiont sehr träge und relativ inaktiv war und immer noch ist. Außerdem hilft er mir dabei, Substanzen innerhalb meines Körpers teilweise zu neutralisieren.

Salemon hatte mir aufgetragen, diese Weibliche der Terraner weniger zu betreuen, sondern auszuhorchen und zu überwachen. Sogar mein Armbandgerät musste eingeschaltet bleiben, damit Salemon immer mitzeichnen konnte. Der Rat der Diktatoren wollte dennoch den Status der Diplomaten nicht verletzten und diese Sieben wollen nun erst einmal die Stimme und die Meinung des Kaisers hören. Fast bin ich überzeugt, dass der Rat der Sieben mit den falschen Erinnerungen seiner Exzellenz nichts zu tun haben. Ich vermute, das ist eine Angelegenheit der Halumet. Nachdem auch Salemon diese Erinnerungen programmiert, liegt dieser Verdacht sehr nahe. Möglicherweise stehen wir bereits unter schwerwiegenden Verdächtigungen, da Sie, erhabener Kaiser nun diese Kontakte unterbrochen haben. Doch erkenne ich auch an den Anzeigen, dass eine Sendung und ein Empfang von irgendwelchen Signalen hier auf diesem neutralen Boden nicht möglich ist. Also mein Armbandgerät nicht erhört wird.

Doch nun stellt sich auch mir die große Frage: Was soll ich tun, was sollen wir tun? Welcher Glaube wird nun meine weitere Existenz stützen, wenn ich diese Einschnítte überleben sollte. Ich fürchte mich weniger vor einem Tod, als vor dem Bewusstsein, nichts gegen diese Ungerechtigkeit unternehmen zu können. Und ich fürchte mich davor, dass meine nun gute Freundin Tamines die Wahrheit nicht mit nach Hause nehmen und andere Völker warnen kann.

Die Wesen im Imperium werden leistungsbezogen behandelt und wenn dabei eines keine Leistung mehr erzielt, so wird ihm ein Sanftableben verordnet. Weniger, wenn sich dabei jemand weigern sollte. Sogar Strahlungtodesstrafen sind möglich. Die Versorger Kwin und die skelettlosen Goofp haben angepasste Drogeninjektoren bekommen um sie gefügig zu machen. Ich habe mich lange mit den Oppats befassen und Chemiker aufsuchen müssen, ob diese einen passenden Drogencocktail für dieses Volk zusammenstellen könnten. Der Halumet Salemon spielt bereits mit dem Gedanken diese Oppats auszulöschen, wenn es nicht gelingen sollte, sie in diesem Sinne zu brauchbaren Diensten anzupassen.

Zum Beispiel der Goofp. Sie bekamen Außenskelettverstärker, mit Körperstabilisatoren, damit sie auch noch mehr leisten können, als sie von Natur aus imstande sind. Diese Verstärker versorgen den jeweiligen Träger auch dann automatisch mit gesteuerten Hypnotika. Zuerst dachten die Goofp, es wäre ihr Glück, solche Außenskelettanzüge tragen zu dürfen. In Wirklichkeit hatte sogar ich schon erkannt, dass sie ihren natürlichen Elementen entrissen wurden und dafür zu arbeiten haben. Arbeit, die wiederum nur unter dauerhafter Drogenbeeinflussung zu ertragen ist.

Sogar hier in diesen Kuppelanlagen, in der Eingangshalle gibt es eine Atmosphäre, welche mit dem Gas durchsetzt ist, das Barbiturate und andere Substanzen transportieren kann. Ich verstehe auch nicht, dass Ihre

Erhabenheit, mein Kaiser, davon nichts wissen kann! Die Kuppewächter selbst schützen sich mit ähnlichen Nasenfiltern, wie diese Weibliche und nunmehr ich."

Valchaz hatte viel auf einmal erzählt und der Kaiser sank sichtlich innerlich zusammen. Seine Augen eigneten sich nicht mehr zum Weinen, aber ich spürte seine alte Seele von imaginären Tränen durchsetzt. Mehr konnte Valchaz sicher auch nicht erzählen, war er doch lange Zeit ein fast willenloses Werkzeug der Kastenoberen.

Es dauerte fast eine halbe Stunde, bis der Kaiser wieder zu sprechen begann. Zuerst kamen nur ein paar Stimmfragmente aus dem Synthesizer. Der Kaiser war noch nicht wieder imstande, seine Kunststimme zu steuern. Dann wurden seine Worte aber wieder klar und deutlich. In seiner Art wirkte er nun aber auch entschlossen.

„Ich schäme mich vor der Zeit, ich schäme mich, Kaiser dieses Volkes genannt zu werden. Doch wie soll ich eine Umkehr in die Wege leiten. Auch ich scheine nun ein Opfer zu sein. Doch ich sehe eine Möglichkeit, innerhalb der nächsten Generationen diesen Verfall zu stoppen und wieder auf den rechten Pfad zu kommen. Dieses Volk, diese Terraner brauchen alle verfügbaren Informationen, um das Chorckonium zu lähmen und neu zu ordnen. Ich kann tachyonenmodulierte Sendungen vornehmen und werde dies auch tun. Ich werde alle Daten des Imperiums zu diesen Koordinaten in der kleinen Westwurzel senden. Tamines von Terra. Sieh zu, dass diese Daten dort empfangen und aufgezeichnet werden. Ihr beide! Flüchtet aus dem Chorckonium! Flüchtet und bereitet euch auf viele Informationen vor! Chandor Valchaz es Sueb, du bekommst von mir den letzten kaiserlichen Befehl, oder ich will es angenehmer formulieren: Du bekommst die oberste kaiserliche Bitte. Sorge für das Wohl dieser Frau und geleite sie zurück zu ihrem Volk. Dabei hilf in der Deutung der Informationen, die ich senden werde. Ich werde meine Speicher leeren. Hört ihr! Ich sende und im gleichen Ablauf werde ich mit meinem letzten Willen die Speicher leeren. Ich muss auch mit meiner Existenz ins Reine kommen.
Der Partikelstrom wurde einige Generationen vor mir bereits als ein Beispiel der möglichen Koordinierung des Chaos im Universum und als Beispiel der universellen Kreisläufe genommen! Der Partikelstrom sollte nie zu einer Religion werden! Die Drogen wurden verfälscht. Kein Dauergenus von Drogen oder Halluzinogenen sowie Enkephaline oder gar Hypnotika sollte einem Lebewesen zugeteilt werden. Nur damalige Geistesforscher wollten in langen Versuchsreihen eine Verschmelzung mit

den bestehenden Dimensionen versuchen. Sie bekamen Rechte und Genehmigungen hierzu, mussten aber gemäß den Ritualen lange Untersuchungen absolvieren. Auch sie wollten mehr von dem vorhandenen universellen Bewusstsein erfahren, was aber nur zu Andeutungen führte und letztendlich das Beispiel der Kreisläufe zur Religion erklärte. Tamines von Terra. Dir kann ich nichts befehlen, aber auch dich kann ich bitten. Bist du bereit, dieses schwere Erbe anzunehmen und als Erbe weiterzugeben? Das Erbe der Informationen und damit die langsame Beeinflussung um das Chorckonium einmal in die rechten Bahnen zurückzuführen oder auch zu lenken? Das Universum selbst wird dir beistehen, denn das Universum lebt und braucht lebende Tendenzen."

Ich war von diesen knallharten Ausführungen regelrecht geschockt. Allerdings hatte auch der Befehl an Valchaz seine Wirkung nicht verfehlt. Meine Chancen zur Flucht waren damit extrem gestiegen, denn Valchaz hatte immer noch leicht gezweifelt. Nun aber nicht mehr! Nun hatte er eine Order und diese direkt von seinem Kaiser. Und diese Order lautete, mit mir zu flüchten und Gegenmaßnahmen einzuleiten, was wiederum den Schutz vielen Lebens bedeutete. Damit fühlte sich Valchaz berufen!

„Ich kalkuliere!"
Ich sah den Kaiser an, denn ich konnte nicht ganz folgen. Doch das erklärte sich mit den nächsten Worten.
„Ich kann meinen Zustand ohne den künstlichen Erinnerungen etwa sechs Dezikavar lange halten. In einem Dezikavar seid ihr bereits auf der Flucht, in zwei Dezikavar in Sicherheit. Eine Flucht und ein ungezielter Schritt, dann müsst ihr erst wieder die Koordinaten bestimmen und Kontakte erhalten. Ein weiterer Dezikavar. Eine Rechnereinheit mit großem Speichervolumen an der Empfangsstelle in der kleinen Westwurzel installieren, wieder ein Dezikavar. Einen Dezikavar zu Sicherheit und fast einen Dezikavar dauert die Übertragung! Ich beginne mit der Sendung dann also in fast fünf Dezikavar! Tamines von Terra, kannst du dies alles schaffen?"
„Davon gehe ich aus, mein kaiserlicher Freund. Dein Schicksal und dein Leben sind mir Vorbild und geben mir die Kraft, dein Urcharakter verleiht mir die Überzeugung und die Sicherheit. Nun sage ich dir auch, dass ich ein Schiff stehlen will, ein Missionsschiff, damit schon einmal ein Einblick in die für uns noch fremde Technik möglich wird. Dennoch erkläre ich, dass die terranische Technik zwar nicht so alt ist, aber in fast allen Bereichen bis zu einem hohen Perfektionsstandart getrieben wurde. Darum auch die Kompensatoren für die Ruppung, welche bei uns als ein Nebenprodukt

entstanden war. Ein Nebenprodukt der ohnehin sehr schnellen Transputersysteme und der perfektionierten nanogeprinteten Wafer, welche die Funktion eurer Subroboterbeschichtungen ausführen können, Besser als diese Beschichtungen!"

„Nimm dir ein Schiff, auch dies ist eine gute Idee. Aber trage das Bild der Chorck richtig deinem Volk vor. Ein diktatorisches Imperium kann dem Universum nicht entsprechen! Was sind die Rebellen die du noch genannt hattest?"

„Die Chonorck? Soviel ich weiß ein Brudervolk, welche dem Imperium den Rücken kehrten und nun auch das Imperium in seiner momentanen Form bekämpfen oder es zurückführen wollen. Sie bringen Wandersatelliten aus und warnen galaktische Völker vor einem Beitritt in das Imperium oder sie warnen überhaupt sich zu melden! Auch die kosmische Stimme wurde von den Halumet anders interpretiert! Ich verstehe nun, dass die kosmische Stimme eigentlich Daten senden sollte, dass andere Intelligenzen schon einmal Sprachinformationen, technische Hilfestellungen und den Willen, ja eigentlich für Frieden erhalten und weiterverteilen. Das einzige Relikt was hier noch übrig war, waren auch die Daten über die mathematische Sprache und Bildinformationen, die in verschiedene Hologrammkuben eingestellt werden können."

„Chonorck! Demnach nannten sich die Rebellen nach der Urwelt. Nur ein Laut wurde getauscht um eine alte Tradition und einen neuen Anfang zu belegen. Nehmt nach Möglichkeiten auch Kontakt mit den Brüdern auf. Ihr alle solltet zusammen dem Guten dienen. Ich werde in den Sendungen auch Weisungen für diese Brüder einbinden, auch einen Beweis, dass ich der Absender war. Baut auch weitere kosmische Stimmen und Leuchtfeuer! Es gibt viel mehr Leben im Universum, als ihr euch es überhaupt vorstellen könnt! Ich hatte in meiner Zeit als Explorer viele Formen gesehen und die Spur der Sporen aus der Lebenssporengalaxie verfolgt. Leider nicht bis zum Ursprung, da auch damals schon das Problem der Ruppung bekannt war. Doch weiß ich auch, dass es auch noch andere Lebenssporen gibt und auch andere Galaxien diesen Namen tragen dürften. Übrigens Tamines von Terra. Deine Urheimatwelt hatte stabiles Leben erzeugt! Unter härteren Bedingungen als andere Welten. Perfekteres Leben. Darum könnt ihr auch perfektere Produkte erzeugen! Nimm es einmal als deine Bestimmung, denn Ursinn des Imperiums der Chorck zu vermitteln!

Nun geht und flüchtet. Ich werde euch noch einige Zeit verfolgen und soweit ich kann, behilflich sein. Nehmt bitte meine Freundschaft mit und die Essenz der Zeit, die ich wahrscheinlich für euch gesammelt habe!"

Ich stand sofort auf und verneigte mich vor diesem Mann, den eigentlich niemand mehr so bezeichnen würde.

Dann lächelte ich bewusst direkt in seine Augen und dieser geschundene Körper lächelte zurück! Ein klägliches Lächeln, aber für mich eines der schönsten Gesten, die ich jemals erleben durfte.

Dann erhob sich auch Valchaz wie in Trance.

Auch er hatte nun seine Lebensaufgabe und ich war sicher, wir würden es schaffen, wir würden mit der APOSTULA flüchten und den guten Willen des Kaisers in der Galaxie verbreiten, auch darüber hinaus. Es würde sicher eine Generationenaufgabe werden, in diesem Sinne zu handeln, aber Frieden zu schaffen sollte ja auch die Aufgabe jeglicher Generation sein.

Wir kamen zu einem Kaiser und wir gingen von einem Freund. Ein Freund der Zeit, ein Freund des Lebens, der der Zeit schon mehr abgewinnen konnte, als dem Leben selbst. Ein Einsamer und ein Arbeiter, der nun seine Erinnerungen zu verarbeiten haben würde, die natürlichen und die künstlichen. Und noch sechs Dezikavar lange die Erinnerungen an uns!

Er würde sterben, da war ich mir schon sicher. Er würde sich keine manipulierten Erinnerungen mehr geben lassen.

Kurz vor der schweren Glastür hielt mich Valchaz an der Schulter zurück.

„Noch eine Frage hier. Lieben dich alle Terraner? Ich spürte die Liebe des Kaisers dir gegenüber. Ist dies auch so in deinem Volk?"

„Alle Terraner können nicht eine einzige Frau lieben und derjenige, den ich lieben könnte, dieser Mann hat bereits eine Frau. Ich spreche nun von dieser Art Liebe, die zu zwei Geschlechtern gehört. Doch auch ich habe die Liebe des Kaisers gespürt. Diese Liebe war geschlechtsneutral! Diese Liebe betraf das Leben selbst. Er will in mir weiterleben und hat mir somit etwas mitgegeben, was mich lange mit ihm identifizieren wird. Was der Kaiser noch tun wird, wird ihn weiter unsterblich machen, auch wenn seine individuelle Existenz endet. Außerdem wird der Kaiser auch in dir weiterleben, mein Freund Valchaz. Er hat dich gestärkt, er hat Vertrauen in dich gesetzt und mit jedem Schritt, in dem du diese Bitte oder Order erfüllst, machst du Schritte des Kaisers. Auch so gibt es ein Weiterleben für ihn. Ach Valchaz! Weißt du was? Terra wird dir gut gefallen! Nur wirst du vorläufig auf niedrigen Sofas, niedrigen Stühlen und vor niedrigen Tischen Platz finden müssen!"

Ich lachte, drehte mich noch einmal zum Kaiser um und dieser hatte es doch glatt geschafft, sich nochmal in unsere Richtung zu drehen und uns anzusehen. Der Stimmsynthesizer erklang noch einmal.

„Lebt das Leben so lange es möglich ist, akzeptiert das Ende, was kein Ende sein wird. Teilt dem ersten Kuppelwärter mit, dass er keine Gegenmaßnahmen einleiten soll, wenn diese Geräte hier einen Stressalarm auslösen. Sagt ihm, ich würde viel zu arbeiten haben und es wird nötig sein. Der Kaiser hat seinem Testament noch viel hinzuzufügen! Grüße mit Terra, Tamines! Ich kenne deine Vorfahren! Ich war dort! Schütze deine Heimat und schütze auch deinen Freund an deiner Seite. Ehrt das Leben und denkt daran: Alles hat seinen Sinn oder seine Tendenzen!"

Nun begann der Kaiser seinen Stimmsynthesizer zum Lachen zu benutzen. Zuerst befürchtete ich, er könnte über die Grenze zum Wahnsinn gestürzt sein, doch Valchaz lachte mit ihm. Sein Lachen sollte uns noch etwas begleiten und uns den Weg verfröhlichen. Den harten Weg, den wir nun zu beschreiten hatten.
Ich legte meine Hände an die Türen und sie öffneten sich.
Nachdem sich diese Türen wieder geschlossen hatten, holte ich noch zwei Paar frische Aktivkohlefilter aus meinen Säckchen, gab einen Satz an Valchaz weiter, der sie sich sofort in die Atemwege schob.

Die nächste Türe öffnete sich automatisch und Kolan stand schon wartend ein paar Meter vor uns. Seine Kollegen waren nicht im Raum.
„Ihre Gnade, Tamines von Terra und Chandor Valchaz es Sueb. Konnte der Kaiser so lange sprechen? Er hat die Neuerinnerungen abgeschaltet, konnte ich an den externen Kontrollen erkennen."
„Das ist richtig und er wird den Erinnerungsinput die nächsten sechs Dezikavar abgeschaltet lassen. Er will kaiserliche Entscheidungen treffen, die nicht extern beeinflusst werden sollten. Auch hatte er uns gebeten, Ihnen mitzuteilen, dass er auch keine Unterstützung haben möchte, wenn die Anlagen einen Stressalarm auslösen. Diese Order hat Priorität über alles!"
Kolan blickte zu Valchaz und mein Betreuer, der bald die Seiten wechseln würde, bestätigte.
„Der Kaiser wünscht also, die nächsten sechs Dezikavar einflussfrei zu leben. Dieser Wunsch ist unter klarer Betonung ergangen und hält einen Befehlscharakter aufrecht."
Kolan nickte nur. Der erste Kuppelwärter wirkte dennoch traurig.

„Wir müssen schnellstens abreisen", ergänzte ich. „Auch ein Wunsch des Kaisers, auch wir haben viel zu erledigen!"
Wieder nickte Kolan, bis sich sein Kopf fast drehte. Dabei blickte er zu Boden. Schließlich sah er mich prüfend an und meinte:

„Es wird sich nun viel ändern im Chorckonium, nicht wahr? Die Pläne des Kaisers und die Realität drifteten in den letzten Klataan weit auseinander?"

„Weiter, als der Kaiser es überhaupt zugelassen hätte. Tut mir leid, Kolan, aber alles weitere werden Sie in den nächsten Dezikavar erfahren. Die Zeit drängt und wir haben auch eine wichtige Aufgabe zu erfüllen."
„Ich kann es mir größtenteils denken. Ich wünsche Euch viel Erfolg bei eurer Aufgabe und vergesst nicht: Diese hier ist und bleibt neutraler Boden. Auch ein kaiserlicher Erlass, nur schon wesentlich älter."
„Wenn hier neutraler Boden ist, wieso wird dann die Atemluft im Vorsaal präpariert? Wieso müsst ihr mit diesen Filtern arbeiten?"

Kolan sah mich traurig an:
„Das war die einzige Fügung, die der Kaiser damals nicht ausreichend definiert hatte. Diese Fügung wurde somit von einem Halumet abgeändert. Die Lieferungen der Atemlufttanks für die Kuppel werden schon in dieser Zusammenstellung getätigt. Nur unsere Privatgemächer können von der Planetenluft versorgt werden."
„Verstehe. Los Valchaz, es eilt!"
So eilten wir durch den Vorsaal, von innen öffnete das Haupttor automatisch und schon sahen wir die warteten Yolosh. Sie standen da mit ihrer schwarzen, dicken Haut wie Trockenpflaumenmännchen. Wäre die Situation nicht im Begriff, heikel zu werden, ich hätte mich köstlich amüsieren können.
Es dämmerte auf der Urwelt der Chorck und Valchaz begann wieder leicht zu jammern. Ich hatte gar nicht bemerkt wie er mein Tuch mit der Bleifolie abgenommen hatte. Doch er fand sie wieder in einer seiner Rocktaschen und band sie sich erneut um. Ein langgedehntes „Ahh" folgte. Ich konnte es mir gar nicht vorstellen, wie das ist, wenn man ein Organ oder einen Symbionten trägt, der Schmerzen weitergeben konnte, oder eben Signale in Schmerzen umwandelte.
Jetzt war der Partikelstrom besser zu erkennen. Zweifelsohne! Man könnte diesem sicher göttliche Gründe zusprechen, sicher entstammte ein wenig dieses Gehabes auch noch einer sehr frühen Vorzeit in der Entwicklung der Chorck. Dennoch! Ein Vergleich drängte sich doch auf. Hätte der Saturn Leben unterstützt, dann wäre doch sicher auch einer auf den Gedanken gekommen, die Ringe entsprächen der Götterbedeutung.

Die Doppelschleuse der APOSTULA öffnete sich wieder und wir wurden unter dem Geleit der Yolosh eingelassen. Daraufhin schaltete sich der Tachyonenschirmgenerator ein und wir verloren unsere Schwere, mehr noch, wir wurden von oben soweit abgeschirmt, dass uns wieder die Tachyonenfluktuation durch den Planeten hindurch bis in die Kommandozentrale `schob´.

An unserem alten Platz angekommen, zog sich das Mittelpult über die Liftöffnung und die Yolosh nahmen ebenfalls ihre Plätze ein. Ich war fieberhaft am Überlegen, wie ich nun das weitere Vorgehen zu planen hätte. Noch ein paar Kurzanweisungen an Valchaz, wenn der Meiler wieder hochfahren würde, dann musste aber alles passen. Kurz vor dem Halumal wollte ich dem Sempex in meiner Gondel den Befehl erteilen, meine `Geleitflotte´ zu Aktionen zu veranlassen. Diese imaginäre Flotte sollte so die Aufmerksamkeit der Station von der APOSTULA, von Valchaz und von mir weglenken. Valchaz sollte dem Kapitän helfen, wenn der erste Patra programmiert war und somit auch mit dieser Ausrede an Bord bleiben. Ich musste mit den Yolosh ins Halumal gelangen, da bei einem Patra-Alarm auch die Schleusen sofort geschlossen würden. Zumindest dachte ich mir dies, da es nur logisch wäre, diesen Kunstwesen nicht alle Türen aufzumachen, damit diese sich auch über das Silizium der Station hermachen können oder zumindest eine rasche Ausbreitung vorerst vermieden werden könnte.

Mein schwierigster Punkt sollte die Fahrt zu meiner SHERLOCK werden. Ich brauchte also einen Gleiter, die Steuerung sollte aber nicht schwierig sein. Wenn Valchaz mit der APOSTULA in den Lee-Bereich der Station kommt und weiter in den Raum abdriftet musste ich ihn aber wieder finden können. Nicht dass ich dann einen anderen Kugelraumer erreichte. Also muss Valchaz Peilsignale schalten. Ich programmierte bereits die Nachricht an meine Gondel in das Multifunktionsarmband ein, schon mal um Zeit zu sparen.

Der Start der APOSTULA vollzog sich in jedem Falle sanfter als die Landung. Über die Übertragungen blickte ich nochmal auf diese Welt, die hässlich war, aber trotzdem den Flair des Unendlichen besaß. Und weil ich wusste, dass hier bald jemand sterben würde, sterben wollte, der unter anderen Umständen ein Freund der Menschheit hätte werden können. Oder war Chorub ein Freund der Menschen? Auch so?

Nach einiger Zeit wich der grau-braune Himmel der Schwärze des Alls. Die Meiler fuhren hoch!

„Valchaz?"

„Ja, richtig. Wir können sprechen." Um seine Aussage zu unterstützen, legte er seinen Arm mit dem Armbandgerät auf das Pult vor uns.

„Du erklärst bei Patra-Alarm, dass du dem Kapitän helfen möchtest. Wie du diesen Kapitän zur Aufgabe des Schiffes bringst, musst du selber erreichen. Ich gebe dir noch eines dieser Desintegratormesser, töte aber nur im Notfall.

Wir sollten mit den besten Beispielen den Wünschen des Kaisers entsprechen. Ich gehe davon aus, dass die APOSTULA nach dem Andocken bei Alarm wieder kurz abgestoßen wird, um eine Patra-Invasion zu blocken. Dass wäre deine Chance. Nun muss ich aber meinen Logpuk programmieren, dass dieser über die gescannten Schnittstellen das Virenprogramm ablaufen lassen kann."

Valchaz sagte nichts dazu. Er nickte nur. Sicher versuchte er auch in Gedanken einen Vorablauf zu gestalten.

Ich befasste mich mit dem Logpuk, dieser hatte mehrere hundert Schnittstellen alleine hier im Schiff aufgegriffen. Das erleichtert die Übertragung. Die Schnittstelleninterpreter und Übertragungsprotokolle waren bereits bekannt und gespeichert.

Somit programmierte ich meinen Logpuk mit abgeschalteter Translatorunit. Die Yolosh nahmen keine Notiz davon, sie konzentrierten sich alle auf den baldigen Schritt. Ich brauchte eine gute Schätzung und eine gehörige Portion Glück, denn bis der erste Patras entstehen kann, sollte es auch noch etwa sieben Minuten dauern, die dann folgenden Patras könnten in Sekunden reproduziert werden. Also gab ich auch eine vorprogrammierte Lebensdauer in die Patras ein und schaltete den Notauskodex ab. Eine gefährliche Sache. Die weitere Programmierung sah auch noch vor, dass mein Logpuk die ersten Patra-Programme parallel in den Selepetprintern der unteren Schiffssektionen einsetzte und die Steuerzentrale des Kapitäns verschont würde. Valchaz musste ja noch das Schiff steuern können.

Dennoch sollten etwa fünf Patras in der Kommandozentrale produziert werden, die ja auch entdeckt werden müssen, wenn das Schiff angedockt haben wird, einfach auch um den Alarm auszulösen. Davon sollten diese Patras aber auch sofort in das Halumal wechseln und dort für Chaos sorgen.

Der Schritt erfolgte. Wieder so eine Aktion, die in der Wirkung schwerfällig und hart erzwungen erschien.

Der Schiffsmeiler dröhnte, der nächste Schritt zur Korrektur wurde initiiert! Wieder legte Valchaz sein Armband auf das Pult. „Schafft dein kleiner Rechner alles was du von ihm willst?"

„Ich hoffe es, sicher gibt es Lücken in meinem Plan. Die meisten davon muss ich mit Schätzungen überbrücken, aber ich komme sicher allen Fakten nahe, mein Freund, mache dich bereit, es geht gleich los!"

Nach diesem Schritt konnten wir das Halumal bereits in der Hologrammdarstellung erkennen. Auch Chorckland zwei und ein Mond waren eindeutig festzustellen. Ich sendete meine Datenfolge an die SHERLOCK! Hoffentlich stört die folgende Aktivität meiner Geleitflotte nicht das Andockmanöver. Würde dieses von der Stationsführung untersagt, fallen alle meine Pläne wie ein Kartenhaus zusammen!

Die APOSTULA näherte sich der Station und wurde langsamer. Ich schätzte weiter, das Andocken könnte in etwa acht bis zehn Minuten erfolgen. Zwei Minuten würde ich also noch warten.
Langsam näherte sich die Station aus unserer Sicht. Das Außenschott schwang ebenso langsam auf wie ich auch an einem der äußeren Kontrollmonitore erkennen konnte.
Valchaz zitterte neben mir. Er schluckte und schluckte, er war sichtlich übernervös. `Halt dich am Riemen mein chorckscher Freund`, dachte ich konzentriert, ohne mir etwas ankennen zu lassen.

„Jetzt!" Ich dachte einfach, es müsste der ideale Zeitpunkt gekommen sein. Ich startete das Patra-Programm mit einem Antasten eines Sensors an meinem Logpuk. Bestätigungsanzeigen hatte ich annulliert, um nicht noch auffälliger zu werden. Nun begann auch mein Pulsschlag sich zu erhöhen!

Die Minuten verstrichen und endlich! Ein Ruck ging durch das Schiff. Wir hatten angedockt!
Hoffentlich wurden die ersten Patras fertig. Zuerst die Patras in den unteren Schiffsektionen, welche dann schon einmal einen Schiffsalarm auslösen müssten. Dabei sollte aber die Schleuse bereits geöffnet und geflutet sein!

Die Schleuse öffnete sich bereits! Die ersten Yolosh zogen Helme aus den Spinden, welche rundherum an der Rundwand der Zentrale angebracht waren und sofort wusste ich! So einen Helm brauche ich auch, um wenigstens bei meiner Gleiterfahrt nicht allzu stark aufzufallen.
Zwar nahmen diese Yolosh ihre Helme nur in den Arm und setzten diese nicht auf, das aber könnte sich bei einem Alarm auch sofort ändern. Die Alalis verließen zuerst das Schiff, sie beachteten uns oder wenigsten mich nicht. Pure Überheblichkeit, welche aber im Moment für uns sehr nützlich sein kann.
Ein paar Yolosh warteten auf uns beide und so standen Valchaz und ich langsam und gemächlich auf, versuchten noch die Zeit soweit zu verzögern, wie es eben keinen Verdacht erregen könnte. Langsam wanderten wir in Richtung der Schleuse. Wo blieben diese Patras? War etwas schief gelaufen? Ich blickte zu meinem „vergessenen" Logpuk, der glücklicherweise auch keinen Verdacht erregte.
Immer noch nichts!

Noch etwa fünfundzwanzig Meter bis zur Schleuse. Noch langsamer konnte ich nicht gehen, da ließ ich meinen Leinensack fallen, um wenigstens noch ein paar Sekunden zu gewinnen, da geschah es!

Sirenen begannen zu heulen, zuerst die Sirenen im Schiff, dann wurde auf eine automatische Durchsage geschaltet.

„Patra-Alarm – Patra-Alarm. Die APOSTULA ist patraverseucht!

Die Yolosh hinter uns überholten uns panikartig, denn die Schleuse begann sich nun wieder zu schließen. Wir warteten noch gerade solange, dass hinter uns niemand mehr war und Valchaz rief:

„Ich rette den Kapitän! Es muss sich doch jemand um den Kapitän kümmern!"

Damit machte er kehrt und suchte den Rohrlift in die Steuerzentrale. Da liefen plötzlich vier dieser rattengroßen Patras an mir vorbei und huschten durch die dreiviertel offene Schleuse in das Halumal, in die Station.

Dieser Punkt hatte also geklappt. Nun musste ich nur noch sehen, dass ich die APOSTULA verlassen könnte. Ich rannte zu den Spinden und öffnete einen – kein Helm – der nächste – kein Helm – der nächste – wieder nicht! Die Zeit wird knapp, die Schleuse war nur noch ein Drittel offen!

Im letzten Spind war dann noch einer dieser Helme. Ich konnte mich erinnern, an diesen Spind hatte keiner der Polizisten gegriffen.

Ich begann zu laufen und lief, wie ich seit den Sportfesten der Universität nicht mehr gelaufen war. Gerade noch konnte ich die Schleuse passieren, da sah ich auch, wie sich die Innenschleuse schloss. Zwei Yolosh waren noch im Schleusenraum und setzten sich die Helme auf. Ich rief: „Schnell, die APOSTUAL wird abgeworfen!" Bis sie verstanden, was ich meinte war ich schon im Innenraum des Halumal.

Etwas Unglaubliches geschah! Die Außenschleuse schloss sich langsamer als die Innenschleuse, im Halumal wurde ebenfalls Patra-Alarm gegeben, damit wurde eine Notschaltung aktiviert und die APOSTULA wie ich vermutete, abgeworfen, zwangsentkoppelt.

Damit wurden diese zwei Yolosh in den Raum gespült! Verzweifelt wollten sich beide noch an der Schleuse festhalten, doch ihre Kräfte versagten innerhalb von Sekunden.

Der Gleiter, den Valchaz nutzte, stand noch an seinem alten Platz. Ein Chorckgleiter durfte demnach nicht von einem Yolosh oder Alalis genutzt werden.

Nachdem ich doch nicht wusste, wie ich dieses Gefährt zur Bewegung verhelfen könnte und dieser auch keine Anstalten machte, mich freiwillig zu transportieren, verlangte er auch noch eine Identifikation!

Ich hielt meinen Translator nahe an die Eingabesensorik und schrie: „Patra-Alarm! Notfallsituation – im Namen Chorub des Kaisers, eine Rettungsfahrt ist unumgänglich!"
Ein Wunder! Der Gleiter bewegte sich und ich konnte ihn sogar mit einer noch höheren Geschwindigkeit fahren, als es Valchaz tat. Der Notfall schien zu wirken. Oder der Name des Kaisers?
Ich schoss mit diesem Gefährt durch die Gänge, wenigsten brauche ich nicht die Ebene zu wechseln.
Ich hatte aber noch geschätzte siebzehn Kilometer zurückzulegen! Nachdem die Gleitersteuerung teilautomatisch funktionierte, setzte ich mir den Yolosh-Helm auf. Und wie es auch immer so kam, kamen mir auch solche Wesen entgegen. Zuerst sahen sie mich an, wunderten sich, weil ein Yolosh einen Chorckgleiter steuerte, dann war ich aber bereits vorbei und sie konnten mich an meiner hier exotischen Kleidung erkennen. Doch zu spät für sie. Nur musste ich dafür sorgen, dass ich mein Schiff erreichte, bevor wegen mir selbst ein Alarm ausgelöst würde. Wieder hatte ich Glück! Ich erhöhte die Geschwindigkeit auf geschätzte dreihundert Stundenkilometer. Mein Notfallruf hatte auch dies ermöglicht!
Bei dieser Geschwindigkeitserhöhung hatte der Gleiter längst eine Kabine um mich herum ausgefahren. Damit war auch meine Entdeckungsgefahr verringert.

Trotzdem heulte ein weiterer Alarm auf.
Ich konnte nicht verstehen was in der Durchsage enthalten war. Doch vermutete ich, dieser Alarm wurde wegen meiner imaginären Geleitflotte gegeben. Der amtierende Halumet vermutete sicher einen Angriff.
Das Drehkreuz! Die Zugänge zu den verschiedenen Hangars!
Ich suchte nach der Raute. Ich schätzte die Richtung bezüglich des Anfluges der APOSTULA und bog links ab. Da war die Raute! Hier beschleunigte ich aber sofort und drückte den Hebel so weit nach vorne wir ich nur konnte.
Unendlich langsam vergingen die Minuten und ich achtete gar nicht mehr auf den Fahrweg. Dieser wurde automatisch eingehalten. Meine Bedenken waren nur: Wann erkennt der Halumet, dass ich die Geleitflotte aktiviert hatte und wann gab er wegen mir Alarm und einen Suchbefehl. Konnte der Halumet meinen Gleiter fernsteuern und abschalten?
Mein Herz raste und meine Augen begannen vor Nervosität zu tränen. Ich wollte mir die Augen wischen, doch hatte ich diesen viel zu großen Helm auf. Doch mit dem Versuch erwischte ich einen Sensor und das Visier klappte einen Spalt hoch, das genügte mir um über die Augen zu fahren. Gerade noch rechtzeitig!

Ich konnte die SHERLOCK sehen! Noch vielleicht fünfhundert Meter! Der Gleiter verzögerte und wurde langsamer. Noch dreihundert Meter! Da sprang ein Yolosh in die Fahrbahn, was die automatische Bremse aktivierte. Weiterhin hielt dieser Yolosh ein Gerät in meine Richtung, ich dachte es wäre ein Waffe, so duckte ich mich unwillkürlich. Der Gleiter klatschte auf den Boden und schlitterte auf diesem seltsamen Kunststoff dahin, dass hinter mir der Qualm aufstieg.

Er hatte den Gleiter mit einer Fernsteuerung deaktiviert! Dieser Gleiter war funktionstot! Das Gerät war wenigstens so gebaut, dass es sich nicht überschlug sondern nur unkontrolliert dahinschlitterte. Dann hörte meine Rutschfahrt auf.

Ich hatte vielleicht noch gute hundert Meter zu meiner Gondel. Jetzt wollte ich mich nicht mehr aufhalten lassen. Ich roch die Gefahr förmlich und ich konnte mittlerweile schon mehrere Yolosh erkennen. Die Kabinenteile am Gleiter blieben hochgefahren, demnach war einfach die Energiezufuhr unterbrochen. Jetzt galt es aber! Ich kramte nur noch meinen kleinen stabförmigen Intervallstrahler aus dem Leinensack und das letzte Desintegratormesser.

Damit sprang ich mit aller Kraft in Freie! Der Yolosh mit der Fernbedienung stellte sich mir in den Weg. Er hatte aber immer noch die Fernbedienung in der Hand. Dieser Yolosh war sicher nicht für Nahkampf ausgebildet, denn ich konnte ihn absolut überraschen. Ich sprang ihm mit den Beinen auf die Brust, als er gerade etwas rufen wollte. Eine Tatsache kam mir zweifelsohne zu Gute: Niemand rechnete damit, dass im Zentrum der Macht des Chorckonium eine Auseinandersetzung dieser Art stattfinden könnte! Das ein Angehöriger eines anderen Volkes sich hier im Zentrum zur Wehr setzen würde. Die Chorck hatten die Integrationsflotte, sie hatten auch Planetenverteidigung, aber das interne System im Halumal war dafür nicht vorbereitet. Hier war auch sicher noch nie eine Situation wie heute so oder ähnlich abgelaufen.

Ich schnappte mir die Fernbedienung und lief wie ich nur laufen konnte. Dabei drückte ich alle möglichen Sensoren und aktivierte tatsächlich den Gleiter, der nur einen Sprung machte und sofort wieder stoppte. Dabei hatte der Gleiter aber einen mir folgenden Yolosh erreicht und fuhr ihm voll in den Rücken. Einen gellenden Schrei konnte ich noch vernehmen, dann sah ich beim kurzen Umsehen nur noch wie dieser Yolosh nach vorn, also mir hinterher geschleudert wurde und leblos liegen blieb.

Das wollte ich natürlich nicht. Ich hatte noch nie jemanden getötet und diese Tatsache traf mich tief in meiner Seele.

Letztlich musste ich diese Aktion als Notwehr betrachten und als der nächste Yolosh etwas schrie, lies ich mich instinktiv fallen. Etwas pfiff über

349

mich hinweg, irgendein Projektil. Ich klappte den Intervallstrahler auseinander, es war ein unscheinbarer Stab mit einer Halbschale, die mir nun als Griff diente. Dabei hatte ich darauf zu achten, dass ich nicht genau hinter dem Strahler war, musste ihn also seitlich halten, denn die Tachyonenmodulationen, die nach vorne abgestrahlt wurden, wurden als Gegentakt auch nach hinten erzeugt. Zwar breiter, um die Rückseite weitgehendst zu schützen, aber dennoch. Auch diese neue Art der physikalischen Nutzen von Naturgesetzen konnte nicht umgangen werden. Kraft, die nach vorne geschleudert werden sollte, brauchte einen rückseitigen Gegenpol. Ich drückte auf den Auslöser bei minimaler Effektivität, doch diese genügte weitgehend. Die Yolosh schüttelten sich und wurden zurückgeschoben, aber sie überlebten meinen Angriff.

Hier hatte ich dann aber auch meinen ersten Fehler begangen.

Für die Yolosh begann ein Krieg und sie gingen unter ihren Beeinflussungen wesentlich rücksichtsloser vor. Zwei dieser Projektile trafen die linke Stiefelsohle und dabei bohrte sich eines in meinen großen Zeh. Das tat weh! Wieder schoss mir das Wasser in die Augen und ich drückte den Auslöser fester und strich in die Richtung der Angreifer. Der Effekt war auch um einiges größer. Ich wusste nicht, ob ich einen oder mehrere dieser Yolosh getötet hatte, ich hoffte nicht, aber nun hatte ich kurz etwas Ruhe. Mit dem Desintegratormesser schnitt ich mir die Stiefelsohle auf, damit ich auch den Stiefel ausziehen konnte. Ein teil des Nadelprojektils steckte nach wie vor in meinem Zeh und ich bat meine verstorbenen Ahnen darum, dass dieses Projektil keine Lähmgifte oder etwas in dieser Art enthielt. Nun humpelte ich weiter und weiter, die paar Meter zur SHERLOCK schienen unendlich zu werden. Kurz davor tauchte wieder einer der Halumalpolizisten auf und legte an. Ich warf das aktivierte Desintegratormesser nach ihm und es traf sein Projektilgewehr genau an der Explosionstreibladung. Damit bekam er eine Stichflamme direkt in sein geöffnetes Visier und verbrannte einen Teil seines Gesichts, möglicherweise auch seine Augen.

Ich sprang humpelnd über ihn hinweg und schrie in das Armbandgerät: „Notauf, schnell – und wenn ich an Bord bin – Notzu! Sofort Verteidigungsmaßnahmen einleiten Intervallfelder rundum, egal, ahhh . . .“

Ich konnte gerade noch das Antigravfeld erreichen, nun musste ich mich für vielleicht drei Sekunden rundherum schützen und strich mit voller Energie mit meinem Strahler nach links und rechts. Nach vorne wollte ich vermeiden, denn hinter mir könnte damit eine Schleuseneinrichtung meines Schiffes Schaden erleiden. Doch blieb mir nichts anderes übrig, da ein nachrückender Yolosh schon anlegte. Nachdem er aber von den `sanften´

Intervallen getroffen wurde, schoss er fast einen seiner Kollegen über den Haufen. Ich fasste mir ans Bein und spürte dass eines dieser Projektile durch meinen rechten Unterschenkel gedrungen war.

Ich rollte mich in die Schleuse und das Schott schloss sich. Der Sempex erzeugte das Rundumintervallfeld und ich konnte noch hören, dass so einiges an Einrichtungen zu Bruch ging. Nachdem die Chorck für ihre Tachyonenaktivierung sogar noch Meiler benötigten, dürften sie mit dieser Möglichkeit nicht gerechnet haben, dass eine so kleine Gondel auch dermaßen effektive Bewaffnung besaß, noch dazu, da wir selbst vor ein paar Wochen nicht wussten, wie man Raumschiffe am besten unter Waffen stellt!

Eine Explosion! Die Chorck ließen nun das Schiff bombardieren! Das war ungeheuerlich, denn damit töteten sie auch ihre eigenen Polizisten.

Noch eine Explosion! Meine Gondel wurde schwer erschüttert und drehte sich auf dem Platz. Wenn diese Unholde auch noch einen dieser Waferauszüge zerstörten, dann konnte ich keine Schritte mehr einleiten oder ich musste einen dieser Notwafer anbauen. Wenn sie aber beide Auszüge trafen, dann konnte ich höchstens noch Kurzstrecken mit den Steuerungswafern abfahren. Egal ich sprang unter den Schmerzen in meinen Sitz und befahl: „Notstart – in neunzig Grad zum Außenschott stellen." Fast hätte mich die Seitenbeschleunigung aus meinem Sitz geworfen. Blitzschnell rutschte die SHERLOCK fast bis zur Mitte des Schotts vor und ließ dauerhaft Intervalle aus den Tachyonenmodulatoren austreten. „Intervallfrequenz verdreifachen!"

Einer der hinter mir, neben der eigentlich mir zugedachten Landestelle krachte eines der kleineren Kugelraumer zusammen. Schon konnte ich das Geschehen auf den Rahmenmonitoren mitverfolgen. Plötzlich wurde ich schwerelos! Die Chorck oder einer der Befehlshaber der Yolosh hatten das Tachyonenfeld auf dem Dach des Hangars abgeschaltet und erhofften sich damit eine Verzögerung. Doch ich schaltete schnell. „Pseudoschwerkraft ein. Intevallbeschuß nach vorne und hinten fokussieren und erhöhen!"

Ein Dröhnen erklang und ich konnte das Schott vor mir wallen sehen. Wie eine riesige Aluminiumfolie im Wind. Die Außenmikrofone übertrugen das Geschrei der Yolosh, aber ich konnte nicht mehr zurück. Die Yolosh waren ebenfalls schwerelos geworden und von den Intervallen wenigstens weit zurückgeschleudert.

Dann wurde es außen schlagartig still. Das Außenschott hatte diesen hohen Intervallfrequenzen nachgegeben und platze nach draußen auf. Ich steuerte bereits auf die Öffnung zu, da wurde ich aber noch von mindestens fünfzig Yolosh überholt! Der Druckabfall spülte sie in den freien Weltraum. Ich konnte nichts mehr für sie tun. Trauer erfasst mich, aber ich redete mir ein, dass mit dieser Aktion die Tendenzen so gesteuert werden, dass in Zukunft viel mehr, vielleicht millionenfach mehr Intelligenzen gerettet werden können, als hier unter meinem größten Bedauern ums Leben kamen. Die SHERLOCK schob sich schneller werdend nach draußen, doch da warteten schon Raumgleiter auf mich. Die ersten Raketen konnte ich vor mir zur Explosion bringen, da ich auch meine Intervalleinrichtungen nicht abgeschaltet hatte. Es half nichts, nun musste ich auf Desintegratorwirkung umschalten. Dazu erhöhte ich die Frequenz der Tachyonenmodulation und konnte zusehen, wie sich eine Menge Schiffe vor mir auflösten. Wenigstens Hatten diese Piloten auch Raumanzüge an und ich änderte die Richtung leicht, damit ich sie nicht auch noch mit zerstrahlte. Dann gab ich einen Beschleunigungsimpuls, zog eine so enge Kurve wie möglich um die Raumstation herum, da schüttelte sich meine SHERLOCK. Die Chorck hatten gedacht, dass ich keine so enge Kurve fahren würde und hatten die Planetenkanonen aktiviert. Dabei zerstörten sie mindestens siebzig ihrer eigenen Fahrzeuge! Denen war wirklich das Leben der Hilfsvölker größtenteils egal. Die Erkenntnis traf mich tief und dabei entwickelte ich einen Hass, der mich antrieb! Ich schob meinen Steuerknopf nach vorne und ließ die Gondel beschleunigen. Nur erst über die Steuerwafer, aber das genügte vorerst, den vorerst gröbsten Gefahrenbereich hatte ich erstmal überwunden. Ich musste nur darauf achten, dass ich im Sichtschatten, im Lee der Station blieb, um nicht von den Planetenkanonen erfasst zu werden.

Wo war Valchaz! Hatte er es geschafft? „Scannen, Sempex – nach einem Signal ungewöhnlicher Art – nicht die üblichen Sendungen in diesem Bereich, etwas anderes, etwas Ungewöhnliches!"
Der Frequenzspektrometer zeigte die verschiedenen Bandbelegungen an.
Ich schaltete verschiedene Kanäle auf Audio, aber ich hörte nur Anweisungen und Befehle, auch den Befehl, dass sich die Integrationsflotte den Angreifern entgegen werfen sollte! Ach ja! Meine imaginäre Begleitflotte! Es stellte sich nun heraus, dass diese Methode mich möglicherweise vor dem Schlimmsten bewahrte, denn sie zog viele Schiffe und viel Aufmerksamkeit von hier ab!

Der Frequenzspektrometer zeigte eine Wortfolge mit anschließenden Tönen an, die mich neugierig machte. Ich schaltete durch und konnte auf Normalradio mit dazwischengeschalteten Translator hören:
„Heil dem ehrwürdigen Kaiser Chorub ohne die künstlichen Erinnerungen! Piep, piep, piep."
Dieser Satz wurde laufend wiederholt und die Pfeiftöne dazu. Ich orderte den Sempex an, schnellstens den Sender ausfindig zu machen. Die

Spektralverschiebung bedeutete ebenfalls, dass sich dieser Flugkörper von mir sehr schnell entfernte.

„Höchstmögliche Beschleunigung mit den Steuerwafern in diese Richtung!" Der Sempex handelte aber auch sehr schnell und ich bekam auf dem Tachyonenrasterschirm bereits ein kugelförmiges Gebilde zu sehen. Meine Intervallvorrichtungen störten diese Aufzeichnung. „Intervallstrahlungen einstellen!" Sofort wurde auch das Bild besser. Langsam wurde ich auch so schnell wie die sich entfernende Kugel und bald war ich schneller. Donnerwetter! Valchaz hatte bereits eine mehr als achtprozentige Lichtgeschwindigkeit erreicht! Doch ein professioneller Pilot war er nicht, auch das wurde mir klar. Zwar konnte er die APOSTULA steuern, aber nur, weil sie ähnliche Steuereinrichtungen hatte, wie sein Abfangdroom. Das Kugelschiff war demnach aber auch um ein Vielfaches größer.

Ich konnte näher kommen und ging längsseits. Mittlerweile stimmte dann auch die Frequenz wieder genau, da ich meine Geschwindigkeit angepasst hatte und ich rief ihn mit der hier üblichen Duplexfrequenz. Mein Sempex hatte diese Daten alle in seinem Speicher.

„Schnell", dachte ich.

Wir sind noch lange nicht in Sicherheit!

Wenn die Chorck entdecken, dass meine Geleitflotte nur eine Geisterflotte war, dann werden sich alle Schiffe auf die Suche nach uns machen. Und das waren viele Schiffe, sehr viele!

Ich schrie ins Mikrofon, welches auch wieder über den Translator lief: „Chorub braucht keine künstliche Erinnerungen mehr, er glaubt an Terra!" Valchaz schaltete seinen Coderuf ab, damit war wieder eine weitere Entdeckungsgefahr gebannt. Aber ein Lachen drang über den Empfänger. Ohne weitere Namensnennungen meinte Chandor Valchaz: „Jetzt wird mir um Vieles leichter. Ich hatte echte Angst, du schaffst es nicht! Diese lange Strecke von einen Hangar zum anderen."

„Los mein Freund! Öffne endlich den Unterdeckhangar, damit ich mein Schiff einbringen kann! Schnell!"

„Gleich! Ich suche ja schon geraume Zeit nach dem Manuellsensor, denn deine Patras haben in den Unterdecks erstklassige Arbeit geleistet! Eine automatische Ansteuerung vom Selepet aus ist nicht mehr möglich. Wenn deine Patras nicht bald aufhören, dann können wir mit diesem Schiff sowieso nur noch Kronat spielen!"

Kronat? Ah eine Bowlingart. Ich wusste gar nicht, dass es so was hier überhaupt gab, aber letztendlich war ich auch nicht lange im Bereich des Chorckonium gewesen. Unter anderen Umständen hätte ich gerne das Leben und die weitere Lebensart studiert. Das kann aber irgendwann noch einmal kommen.

Mein Orterschirm zeigte herannahende Schiffseinheiten! „Schnell! Es kommen Abfangjäger!"

Die Hangarschleuse ruckelte, sie öffnete sich einen Spalt, aber das war es schon. „Du hast den richtigen Sensor! Mach weiter!"

Wieder ruckte diese Schleuse, der Spalt wurde größer!

„Sie läßt sich nicht öffnen! Ich wurde ja auch kurz angeschossen, vielleicht hat sich das Schott leicht verformt oder diese Dichtungsscharniere!"

„Vor und zurück, vor und zurück! Sie muss sich lösen!"

Das Schott fuhr ein Stück zurück, dann wieder auf, dabei wurde der Spalt größer und es drang Orientierungslicht nach außen.

„Es reicht noch nicht!" Nachdem ich längsseits in Parallelfahrt war und bereits ein Rütteln an meiner Schiffshülle verspürte, wusste ich, dass die Verfolger schon mit einer Art von Intervallkanonen schossen. Ich aktivierte meine Intervallkanonen ebenfalls und ließ diese vom Sempex voll in die Verfolgerrichtung bündeln. Die Gegenkraft in Flugrichtung würde aber keinen Schaden anrichten. Es stellte sich ein großer Erfolg heraus. Die Verfolger wurden abgebremst und die Fahrzeuge zum Teil sogar unbrauchbar. Klar auch, denn die Verfolger konnte nicht mit voller Kraft schießen, denn die Gegentaktkraft zeigt zum Halumal! Außerdem bremst die Schusskraft den Vortrieb im Raum und damit vermindert sich die Chance, uns einzuholen. Da hatte ich eine Idee!

„Los, das Schott aufmachen. Drücke den Sensor zum Öffnen!"

Wieder fuhr das Schott einen Spalt weiter auf, es reichte immer noch nicht für meine Gondel.

„Sempex! Mit einem schwachen Intervall die Außenhülle des andern Schiffes bestreichen. Keine Zerstörung sondern ausreichend um die Hülle vibrieren zu lassen! Niedrige Intervallfrequenz, Handsteuerung mit elektronischer Visiervorrichtung."

Ich schoss auf die APOSTULA!

„Keine Angst mein Freund! Ich will das Schott freirütteln! Bleibe auf dem Sensor für die Öffnung!"

Valchaz hatte verstanden, so hoffte ich, denn er antwortete nicht.

Ich schoss und zog mit dem elektronischen Fadenkreuz über das Schott. Als ich die Randzonen dieses großen Tores erreicht, gab es einen Ruck und der Spalt wurde höher und höher! „Noch ein wenig, komm schon!" Fast meinte ich, das Schott mit meinen Zurufen bewegen zu können. Als ich dann abwechselnd das eine und dann das andere Dichtungsscharnier bestrahlte, öffnete sich das Schott fast komplett! Endlich!

Ich fuhr mit der SHERLOCK langsam hinein, stellte eine Verankerung zum Boden her, in diesem Falle wurden Bolzen eingeschossen, denn zum Schritt würde auch die künstliche Schiffsschwerkraft nicht aktiv sein.

„Schott schließen, mein Freund! Meiler weiter hochfahren und einen Schritt einleiten! Schnell, schnell!"

„Jaja! Mit brennt mein Symbiont ein Loch in den Kopf, er reagiert mit mir auf Stress."

„Du Armer! Aber bedenke! Wir haben es so gut wie geschafft!"

Wie, als müsste ich Lügen bestraft werden, schüttelte sich die Schiffszelle der APOSTULA und ich konnte dies nur hören, weil die SHERLOCK fest mit den Boden verbunden war und so die Wellen übertragen wurden. Die Verfolger hatten wieder aufgeholt und bestrahlten uns mit Tachyonenintervallen.

Das Außenschott war immer noch nicht geschlossen, ich würde also ohnehin meinen leichten Raumanzug anziehen müssen, um zu Valchaz zu gelangen. Da passierte es!

Valchaz hatte es vollbracht! Der Schritt war eingeleitet und ich konnte diesen Vorgang sogar durch das offene Schott beobachten. Die Pseudoschwerkraft in meiner Gondel wurde abgeschaltet. Das war aber eine automatische Vorsichtsmaßnahme meines Sempex. Dieser gedrungene Schritt, viel uneffektiver als mit unseren Wafern, brachte uns schräg in Richtung des galaktischen Zentrums. Die Sterne standen dichter und ich wusste nicht, ob wir nun schon außerhalb des Chorckonium waren oder nicht.

„Valchaz! Dreißig Grad Drehung oder mehr, aber weg vom galaktischen Zentrum, nächster Schritt!"

„Ja doch! Der Meiler steht kurz vor der Überhitzung. Er braucht noch zehn Prozent!"

Ich spürte das Rumoren des Meilers sogar über die Materialverbindungen. Plötzlich knallte das Außenschott zu. Wenigstens etwas Gutes, was diese grobe Technik des universellen Imperiums in den Nebeneffekten erreichte. Ich sah gerade noch an den sich ändernden Sternbildern, wie sich die APOSTULA drehte. Wieder ein nächster Schritt! Doch nun war ich fast blind, was Anzeigen betraf. „Sempex, kannst du dich in die Selepeteinheit einlinken und mir eine Anzeige generieren?"

„Mittiger Rahmenmonitor. Darstellung nur zweidimensional möglich!"

Nach der Sternenkonstellation mussten wir vielleicht etwa eintausendfünfhundert Lichtjahre zurückgelegt haben. Kein Wunder, dass der Meiler schon schwächelte. Das waren so die Schritte mit der größten Weite, was die Bauart herzugeben vermochte. Der nächste Schritt bräuchte sicher keine volle Meilerladung mehr.

Wir waren zu neunundneunzig Prozent und noch etwas mehr in Sicherheit! Das dachte sicher auch Valchaz und schaltete zum dritten Schritt. Nach meiner Anzeige befanden wir uns nun in einem sternenarmen Bereich unserer Galaxie. Nun galt es zuerst, die Position genau zu bestimmen und die APOSTULA auf strahlungstot zu schalten. Normalradiofrequenzen sollte nicht zum Problem werden, aber jegliche Tachyonenmodulation würde uns verraten!

Also müsste ich zuerst genau eine Positionsbestimmung brauchen, welche nicht mit Rasterteleskopen erstellt sein sollte. Damit konnte ich mich dann mit der SHERLOCK entfernen, aber auch nur in eine Richtung, die von den Chorck nicht angemessen werden kann. Also am besten in eine Neunziggradrichtung. Und diese Position musste ich unbedingt wieder finden können. Gut. Das dürfte auch nicht mehr ganz so schwierig sein, denn hier könnte der Sempexverbund auf der SHERLOCK die Vermessungen aufzeichnen. Außerdem, wenn ich einmal weiß, in welche Richtung ich zu fahren habe, aktiviere ich für die APOSTULA einen fernsteuerbaren Leitstrahl in eine solche Position, damit kann ich diesen Leitstrahl über einen kurzen Tachyonenimpuls aktivieren und mein Freund Gerard Laprone sollte mit der DANTON kommen und dieses Chorck-Schiff in den Frachter einbringen. So zumindest mein Plan!

Der Sempex zeigte mir an, dass das Außenschott nicht mehr dicht war. Die Rüttelbestrahlung hatte mehr bewirkt, als gewollt. Vielleicht aber auch der Beschuss der Verfolger oder Beides.

Also musste ich den Raumanzug anlegen. Ich musste sofort mit Valchaz sprechen, denn er würde einige Zeit hier alleine verbringen. Sicher könnte ich ihn auch mitnehmen, aber sollten doch noch Verfolger auftauchen, wie und warum auch immer, er müsste versuchen das Schiff wieder mit so einer Dreischritt-Aktion erneut in ein sicheres Gebiet zu fahren. Dabei muss ich aber eine Position einprogrammieren, damit ich diesen armen und einsamen Chorck wieder finden sollte.

Wir hatten das erste Missionsschiff gestohlen!

Den Leithammel der Missionäre. Wie nannte Valchaz diesen Leithammel in seinem Äquivalent? Einen Ballurukhammel.

Dies dürfte über lange Zeit hinweg noch das erste Gesprächsthema im Halumal sein. Eine Weibliche vom Volk der Terraner stiehlt das Führungsschiff der Missionsflotte, Noch dazu würden sich diese Oberen und der Rat der Diktatoren, welchen ich nun leider oder glücklicherweise nicht getroffen hatte, sicher fragen, wie ich mit dieser APOSTULA bis in die kleine Westwurzel kommen möchte. Sie würden schon vermuten, dass wir uns noch in der Milchstraße befinden, doch nach drei Schritten und vor allem sicher offenen Schritten ohne Weitenbegrenzungen, mit einer willkürlichen Drehung zwischen jedem der Schritte. Die einzige Logik, die uns finden könnte, zwar unwahrscheinlich aber gering vorhanden, war, dass dieser letzte Schritt vom galaktischen Zentrum wegführte.

Doch noch sollten die Imperialisten von meiner Geisterflotte beschäftigt werden, so hoffte ich.

Ich stülpte noch den Raumhelm über, der sich selbst stabilisierte und überprüfte mit Hilfe meines Bordrechners, ob alles dicht war und auch entsprechend geschaltet wurde. Die Gelenkserver aktivierten sich, damit ich nicht die unangenehmen Folgen beim Gehen im luftleeren Raum hatte, dass sich meine Beine und Arme von selbst streckten. Der Innendruck eines Raumanzugs tendierte dazu.

Also schaltete ich die Doppelschleuse der SHERLOCK, öffnete das Innenschott, pumpte das Atemgemisch ab und öffnete die Außenluke, welche nach oben klappte. Der Antigrav schaltete sich nicht hinzu.

„Valchaz! Keine Pseudoschwerkraft schalten! Tachyonenstille einhalten!"

„Ja, ich hatte es mir schon gedacht. Aber mir wird übel! Ich war noch nicht allzu lange schwerelos. Auch in der Zeit der Abfangdrooms nicht. Ich war auf Planetenverteidigung geschult."

„Für jemanden, der noch nie ein Kugelschiff gefahren hatte, hast du dich wacker geschlagen!"

„Ich habe mich geschlagen? Warum sollte ich mich schlagen?"

Hatte der Translator wieder viel zu direkt übersetzt.

„Nein, so hatte ich das nicht gemeint. Du warst tapfer und mutig, du bist ein Held der Nachfolgegarde des Kaisers!"

„Deine Worte spenden Trost, Tamines von Terra. Doch nun bin ich auf Terra neugierig! Ich möchte deine Welt kennenlernen und auch diesen Strand in deiner Heimat, von dem du erzählt hattest. Dort wo du tanzt und dort wo du feierst."

„Ich verspreche dir, wenn nun alles überstanden ist, dann zeige ich dir meine Heimatwelt und auch mein Heimatland und die Insel, auf der ich geboren wurde."

„Haha! Wir werden das Fest der Imperiumsgründung auf deiner Welt feiern!"

„Das Fest der Imperiumsgründung? Ach ja, ich hatte davon erfahren, wann sollte dies denn sein?"

„In weniger als zwei Dezim! Ich gehe aber davon aus, dass dieses Fest in diesem Klataan gänzlich anderes ausfallen wird, wie geplant. Im Übrigen wärst du ohnehin nach diesem Fest auch festgenommen worden und dein Schiff komplett zerlegt!"

„Nun, es ist sicher besser, wir feiern dieses Fest auf Terra!"

Mit meinem chemischen Rückstrahlprojektor ließ ich mich an den Boden drücken und aktivierte die Magnetsohlen in den Raumstiefeln. Der Boden der APOSTULA zeigte kaum magnetische Resonanz, aber sie reichte aus. Ich erreichte auch das Mannschott und zog mich hinein, nachdem ich dieses mechanisch öffnen konnte. Der Druckausgleich wurde hergestellt und ich konnte das nächste Schott öffnen. Damit öffnete ich auch wieder den Helm, der in sich zusammenfiel, da der Innendruck in nicht mehr stabilisierte. Ein Pfeifen drückte in meinen Ohren, die jetzige Dichte des Atemgemischs war niedriger als in meinem Anzug und ich machte Kaubewegungen, was zu einem Blubbern in den Gehörkanälen führte und bald den Normalzustand wieder herstellte.

Ich ging in die Knie, schaltete die Magnetsohlen ab und stieß mich vom Boden in einen Rohrschacht hinein, der auch bis zur Steuerzentrale führte. Valchaz war festgeschnallt in dem Pilotensitz und er hatte den Kapitän mit sicher einem halben Kilometer Klebeband an eine Strebe gebunden. Ich musste lauthals lachen. Dieser Chorck war in sich zusammengebrochen, er blickte angstvoll um sich, betrachtete mich, als wäre ich ein wildes Tier, welches ihn verspeisen möchte.

Ich hantelte mich an den Streben entlang bis zu diesem Kapitän und löste vorsichtig etwas von diesem zähen Klebeband um den Mundbereich. Die Atemluft an Bord hatte immer noch einen Chloranteil mit diesen Hypnotika.

„Hast du deine Atemfilter behalten, Valchaz?"

„Aber sicher. Ich weiß, auch hier gibt es diese flüchtigen Drogen."

„Ich entnahm meinem Tornister weitere dieser Filter, diese waren ja in der Grundausstattung enthalten, da es sich nur um einen einfachen Raumanzug handelte und nach Möglichkeit immer auf externe Atmung umgestellt werden sollte. Also gehören diese Filter zur Grundausstattung, falls die zur Verfügung stehende Atmosphäre nicht voll geeignet wäre.

Einen Satz dieser Filter drückte ich dem Kapitän in seine Atemwege. Dabei riss er die Augen auf und schrie um Hilfe, er dachte wohl, ich wollte ihm nun den Lufthahn abdrehen und ihn so zu seinen sieben Sphären schicken. Doch sprach ich ruhig über meinen Translator zu ihm:

„In einem halben Dezim oder Dezikavar wirst du wissen, warum! Du bist einem drogengestütztem Imperium entkommen. Sicher, das wollten wir nicht, wir wollte dich nicht entführen, aber es ging nun mal nicht anders."

Chandor Valchaz meinte dazu:

„Ich konnte ihn nur deswegen so schnell überrumpeln, weil ich viel klarer im Kopf bin als früher, schneller in meinen Reaktionen und ich fühle mich auch so gesünder und spüre eine Art Energie in mir, die mich schaffend macht. Also, der Kapitän heißt übrigens Saltud uec Vern und gehört der Kaste zwei an. Logisch als Kapitän eines Missionsschiffes. Er hätte auch weiterhin ein gutes Leben gehabt."

„Aber auch auf Kosten der Anderen, Freund!"

„Glauben Sie, Sie werden der Suchflotte nach Ihnen entkommen, Sie winzige Terranerin?"

„Ja, lieber Saltud, ja, das glaube ich."

„Und du Valchaz oder Chandor, glaubst du vielleicht, das du dich aus der Bestimmung schleichen können wirst. Ihr beide Ungleichen lehnt euch gehen das große Imperium auf! Ihr Wichte, ein Verräter und eine Terroristin! Wo wollte ihr denn mit der APOSTULA hin? Man wird euch immer finden!"

„Wie denn, Saltud? Wir bringen die APOSTULA nach Klein-Westwurzel, welches Schiff soll und dorthin folgen?"

„Wie wollt ihr denn bis nach Klein-Westwurzel kommen?"

„Ein Frachter wird kommen und dieses kleine Schiffchen an Bord nehmen, als Fracht sozusagen."

Saltud riss erneut die Augen auf. „Die APOSTULA an Bord nehmen? Ich glaube das nicht."

„Musst du auch nicht. Du wirst es ja selbst miterleben."

„Die Imperiumsflotte wird euch finden und dann wird dein Volk, du kleine Terranerin, zu den niedrigsten Sklavenarbeiten des Chorckonium verdammt werden. Noch niedriger als die Goofp oder die Oppats!"

„Die Oppats sind noch gar kein offizielles Mitgliedsvolk. Auch ich bin ausreichend informiert! Außerdem ist der Kaiser auf unserer Seite. Wir haben einen Auftrag des Kaisers zu erfüllen!"

„Der Kaiser? Chorub? Die lebende Leiche? Das kannst du vor den Sphären beten, aber mir brauchst du das nicht erzählen."

Auch das muss ich nicht, weil du es selber erfahren darfst. Es wird nur noch sechs Dezim oder Dezikavar dauern."

Der Kapitän gab nunmehr Ruhe.

„Valchaz, wir sperren den Kapitän in die Strafzelle des Schiffes und stellen ihm auch einen Raumanzug für weitere Sauerstoffversorgung zur Verfügung. Ich möchte auch nicht, dass du in meiner Abwesenheit noch weiteren Gefahren ausgesetzt bist."

„Eine gute Idee, Tamines. Aber ich suche einen Anzug ohne Notsender oder mache diesen unbrauchbar. Damit er nicht auf die Idee kommt, uns doch noch zu verraten."

„Sehr gut! Also los. Ich versuche unsere Position zu ermitteln. Dazu denke ich, muss ich aber die Apparaturen meiner Gondel nutzen, denn mit eurer Schrift bin ich noch nicht so weit firm und auch die Methoden weichen leicht von unseren ab. Doch für eine Vorbestimmung könnte ich hier einmal nachsehen."

Ich zog mich an das Kapitänspult heran und versuchte ein Navigationshologramm zu bestimmen. Nicht einmal der Selepet-Rechner wusste schon, wo wir waren.

Also zogen wir den Kapitän erst einmal hinter uns her, was gar nicht so schwierig war, da wir ihn gefesselt ließen. Wir sperrten ihn in die Strafzelle zusammen mit einem Raumanzug und einem zusätzlichen Sauerstofftornister sowie einigen Packungen der chorckschen Notrationen. Dann schnitt ich ihm die Klebebänder seitlich durch, so dass er noch etwas beschäftigt war und wir die Zelle verschließen konnte. Sicherheitshalber legten wir noch eine manuelle Sperre davor an, denn wer weiß, ob nicht der Kapitän mit einer Stimmerkennung den zwar nur noch zeitweise funktionieren Sektionalrechner zum Öffnen überreden könnte.

Ein paar Reste von den deaktivierten Silizium-Patras schwebten umher. Der Zeitcode hatte also auch gut funktioniert und das Halumal dürfte damit auch frei von dieser Plage sein. Ich hoffte natürlich, dass der Schaden dort noch etwas größer war, weil vielleicht diese Kunstwesen mehr Nahrung fanden. Also sich auch zuerst schneller vermehrt hätten.

Das bedeutete aber auch, dass in den nächsten Kavar die Suche nach uns intensiviert werden könnte.

Auch ich musste nun schneller werden!

„Valchaz! Hast du deinen Raumanzug? Hast du genügend Proviant? Kann ich abreisen?"

„Ja, meine Freundin von Terra. Komme bald zurück, hörst du?"

Ich überspiele dir einige Koordinaten, wenn ich die Positionsbestimmung durch habe. Wir brauchen einen zweiten Bezugspunkt in die Richtung, in die du fliehen solltest, wenn wirklich ein Suchschiff hier auftauchen würde. Mein Sempex programmiert alle Sequenzen in den Navigationsrechner hier und du rufst diese Programme unter `Chorub´ auf. Verstanden?"

„Ja, mache ich."

„Wenn ich dich also hier nicht mehr finden würde, dann suche ich auf der Ebene zum Bezugspunkt und nachdem diese Ebene neunzig Grad zu den sieben Sonnen sein wird, kannst du dann auch ein Peilsignal auf

Tachyonenbasis senden und stehen lassen. Damit finden wir dich absolut sicher. In der hiesigen Position werde ich eine Fernsteuerung vornehmen. Ich aktiviere diese mit einem ultrakurzen Tachyonenimpuls und unser Frachter nimmt die APOSTULA auf. Dann nehme ich dich mit auf mein Schiff oder mit auf den Frachter. Alles klar, mein Freund?"

„Absolut alles."
„Dann bis etwa in einem Dezikavar oder Dezim!"
„Bis so schnell wie möglich!"
„Aber sicher doch!"
„Tamines von Terra!" „Ja mein chorckscher Freund?"
„Weißt du, dass du in nächster Zeit mein einziger Bezugspunkt sein wirst? Ich bin und werde alleine unter vielen Fremden sein. Dich kenne ich nun schon und dich mag ich sehr. Bitte lasse mich nicht allzu alleine, ja?"
„Du wirst nicht alleine sein, dich werden meine terranischen Freunde auch sehr gut leiden können, das weiß ich. Aber keine Angst! Wir sind Freunde und wenn du mich brauchst, dann werde ich auch für dich da sein! Außer ich muss mal wieder in ein anderes Imperium fahren und weitere Schiffe stehlen!"
„Dann nimmst du mich aber mit! Ich habe schließlich bereits Erfahrung!"

Ich musste lachen. Der Mann ist nun absolut klar im Kopf geworden und nicht zuletzt hatte auch die Erfahrung mit dem Kaiser ihn zu seiner Sicherheit verholfen.

Nun konnte ich aber bereits mit etwas mehr Sicherheit die Magnetsohlen benützen und schaffte es innerhalb von zehn Minuten bis zu dieser Mannschleuse. Dort klappte ich meinen Helm wieder zu, wartete bis der Innendruck meines Anzugs hergestellt war und stieß mich von der zweiten Schleusentür in Richtung meiner SHERLOCK ab. Mit dem Anzugkommunikator erteilte ich die Order, die Luke dort zu öffnen und ich traf sehr genau hinein. Die größte Anspannung war von mir abgefallen, ich fühlte mich aber gar nicht einmal so aufgerieben. Adrenalin schien noch genügend in meinem Körper zu sein.
Nachdem auch in der Gondelschleuse der Druckausgleich wieder hergestellt war und ich auch wieder vor meinem Pilotensitz schwebte, erleichterte ich mich des Anzugs und zog mir eine leichte Bordkombination an.
Ich kappte die Bolzensicherung mit kleinen Sprengladungen, schon schwebte die SHERLOCK vom Boden ab.

Mit Minimalaktivitäten der Kugelwafer schob sich das Schiff in Richtung Hangartor. Mehr wollte ich nicht schalten, damit die Entdeckungsgefahr logischerweise gering gehalten wird.

„Bitte Hangarschleuse wieder öffnen, Valchaz!"

Ohne weitere Probleme öffnete sich dieses Mal das Schott, zumindest auch mindestens so weit wie vorher.

Unbekannte Sternenkonstellationen wurden sichtbar.

Ich ließ meine Gondel, die ich fast als meine Heimat betrachtete, nach draußen gleiten. Ich entfernte mich vielleicht einen knappen Kilometer, dann begann ich mit den Messungen und befahl meinem Bordrechner ein Rekonstruktionsprogramm über die zurückgelegte Distanz zu starten. Zuerst wollte ich einen rein optischen Konstellationsvergleich und als Bezugspunkte fand der Sempex als erstes die Schwestergalaxie unserer lokalen Gruppe, also Andromeda. Wir kamen aus dem Sternbild Stier, den Plejaden, also M 45 und es dauerte etwas, bis auch die Hyaden registriert waren. Damit war ich schon um ein gutes Stück weiter, denn die Hyaden befanden sich von der Erde aus gesehen näher als die Plejaden und nach dem Größenvergleich sollten sie auch von hier aus fast noch näher als das Siebengestirn sein. Dem war auch so. Ab sofort konnte ich auch das Tachyonenrasterteleskop nutzen, wenn ich dieses nicht zu und nicht gegen die Plejaden richte. Diesen Befehl erteilte ich auch dem Sempex.

Also ließ ich die mittlere Entfernung aufgrund der optischen Größe meines Abflugortes errechnen und ich kam auf zweitausendeinhundertundzehn Lichtjahre. Über die Direktachse und den Winkel zu Andromeda war ich demnach auch noch zweitausendvierhundertfünfzig Lichtjahre vom Solsystem entfernt, welches momentan von NGC 3132 verdeckt wurde, einem planetarischen Nebel im Sternbild der Luftpumpe. Nun ließ ich mit auf den Darstellungen eine Linie zum imaginären Punkt des Solsystems ziehen, damit erkannte ich einen ungefährlichen Winkel von fast achtzig Grad in Richtung der Plejaden und als ich die Linie auch noch nach hinter mir ziehen ließ, traf diese Linie fast exakt das Zentrum des Kugelsternhaufens M 53, dem *Haar der Berenike*. Die Entfernung dorthin konnte ich nun mit dem Tachyonenrasterteleskop ermitteln lassen und betrug damit noch etwas mehr als fünfundfünfzigtausend Lichtjahre.

Mit diesen Daten würde ich die APOSTULA in jedem Falle wieder finden.

Nun wartete ich nur noch bis die momentane Sternenkonstellation von meinem Standort genauer kartografisiert war, dann meldete ich mich bei Valchaz:

„Mein Freund, ich weiß nun wo wir sind und ich starte gleich. Du kannst die APOSTULA um vierzig Grad Eigennordwest drehen, ich lasse die Daten von meinem Sempex auf dein Selepetterminal umrechnen, sodass sie auch in diesen Wertbezeichnungen existieren und du sie anwenden kannst. Nach dieser Drehung steht das Schiff dann auch so in einem Winkel zu den sieben Sonnen mit den Sphären, dass du ohne Gefahr die Pseudoschwerkraft aktivieren kannst. Lass sie aber langsam hochfahren, damit sich Saltud nicht die Nase bricht, wenn er auf den Boden fällt! Veranlasse den Selepet zu einer Positionsstabilisierung und Relativstillstand!"

„Verstanden!"

Ich wartete noch ab, bis sich die APOSTULA auch soweit korrigierte, dann schien das Schiff sich noch etwas auszupendeln und verharrte.

„Tamines von Terra! Es ist eine Wohltat, mit den Beinen wieder auf dem Boden zu stehen, danke für diese Daten. Nun hoffe ich auf deine baldige Rückkehr mit dem Raumtransporter. Bitte beeile dich, ich möchte deinen Strand und das Meer deiner Heimat sehen!"

„Ich komme so schnell wie möglich zurück, Valchaz. Hier noch die Daten von NGC 3132, falls du wirklich flüchten müsstest, dann suche diesen Nebel auf. Richte die Rasterantenne dann nach M53, wenn ich dich hier nicht mehr finden sollte, aktiviere ich deinen Sender und kann dich somit auch wieder finden, wenn ich genau zu diesen jetzigen Koordinaten zurückkehre. Das nur zur absoluten Sicherheit! Mein Rechner übermittelt nun die Daten! Sie müssten bei dir nun erkennbar sein!"

„Ja! Die Bezeichnung von NGC 3232 wird in meinem Kartentank als Balerok 812 geführt und M53 als Fünfnadelfluss 44. Ich habe das Schiff zwangsarrettiert. Die Korrekturen erfolgen nach dem Rückstoßprinzip chemisch. Eine Entdeckung dürfte damit ausgeschlossen sein. Also dann, eine gute Reise!"

„Ich danke dir! Bis so bald wie nur möglich!"

Ich schaltete ab und ließ den Sempex den Schritt programmieren. Ich wollte direkt nachhause, nach Terra, nicht den Umweg zur SMC, also zur kleinen Magellanschen Wolke nehmen. Ich war fast davon überzeugt, dass ich ohnehin bald wieder dorthin reisen werde, denn auch ich war an der Erforschung dieser Welt im X-System sehr interessiert.

Außerdem könnte die DANTON ohnehin dort operieren, falls sie den Cargobetrieb wieder unterhält.

Nur die DANTON kann das Chorck-Schiff an Bord nehmen. Kein anderer Transporter hätte diese Kapazität momentan.

Der erste Schritt war im Programm und würde mich direkt durch den Nebel NGC 3132 führen. Das sollte aber nach dem Tachyonenprinzip kein Problem sein. Nur war dies auch das erste Mal für mich, dass ich so ein Massenfeld durchquere.

Zuerst entfernte ich mich weiter von dem Missionsschiff, damit der Tachyonenriss dieses und meinen chorckschen Freund nicht ergreift, dann befahl ich dem Bordrechner: „Schrittinitiierung, automatische Ausführung!" Der Sempex zählte einen Countdown: „ . . . sechs, fünf, vier, drei, zwei, eins, null!"

Dieser Effekt des Schrittes war besser und auch von den optischen Begleiterscheinungen schöner, als an Bord der Chorckraumer. Der Wiedereintritt in das Realuniversum erfolgte fast in Nullzeit. Ich dachte, es mitbekommen zu haben, dass ich eine Materieansammlung durchfahren hatte und die Ortsbestimmung gab eine Verzögerung aus. Demnach hatte mich diese Ansammlung leicht abgebremst, was nur allzu logisch war. So stand ich noch vierzehn Lichtjahre vor dem Solsystem und hatte das Sternbild der Luftpumpe genau hinter mir.

Nun sollte ich mich doch schon melden. Ich aktivierte den Tachkom, schaltete auf die gleiche Aufmodulationsfrequenz von der TWC Oberpfaffenhofen und startete meine Kennung. Keine fünf Sekunden später kam die Kennung von dort auf einen der 2D-Rahmenmonitore, es folgte die Kennung von Bernhard Schramm und im Anschluss sein Konterfei!"

„Ich dachte, du hättest einen Auftrag in den Plejaden? Dein Signal kommt aus der Richtung von NGC 3132!"

„Lieber Bernhard! Ich freue mich so enorm, dich zu sehen. Zuerst einmal eine schnelle Zusammenfassung: Ich habe natürlich und erwartungsgemäß keine Handelsbeziehungen mit dem Chorckonium abschließen können."

„Richtig! Erwartungsgemäß!"

„Aber ich habe einen echten uralten Kaiser kennengelernt!"

„Nicht erwartungsgemäß!"

„Ich habe ein wenig Sonnensphärenreligion studiert."

„Passt so gar nicht zu dir! Sonnen ja, aber Religion? – Nein."

„Danke. Das Chorckonium und das Halumal waren ursprünglich demokratisch. Der Kaiser wird in seinen Erinnerungen manipuliert."

„Chorckonium? Also das Imperium. Halumal? Was ist denn das?"

„Das Halumal ist die Raumstation über Chorckland zwei. Sie wurde nach dem Berg von der Urwelt der Chorck benannt, wo der erste Halumet die Sphären und den Partikelstrom deutete. Die Urwelt der Chorck kreist um die Ostsonne einer Siebenerkonstellation der Plejaden. Damit müsste, wenn ich mich recht an mein Studium erinnere, Alcyone gemeint sein. Die Sonne welche von Terra ausgesehen vor dem Maja-Nebel steht. Im Übrigen rührt der Reflektionsnebel unter anderem auch von diesem Partikelstrom her, der sich sogar durch die Sonnen zieht."

„Interessant, interessant."

„Wo befindet sich die DANTON?"

„Aha! Laprone schwärmt ja so von dir! Du vielleicht auch von ihm? Hast du Sehnsucht?"

„Das auch, mein alter Freund Bernhard. Aber ich brauche ihn anderweitig, also wo ist er?"

„Er kommt mit der DANTON in etwa einer Stunde und zehn Minuten zum neuen Raumhafen Nicolas-Sarcozy-Port bei Paris. Er kommt also direkt von Oichos. Dort hat er neue Rolls-Royce-Tachgenerator-Traktoren und vier neue Porsche-Stratogleiter geliefert. Was ist denn so dringend?"

„Dirigiere ihn nach Oberpfaffenhofen um, denn ich muss sofort mit ihm dorthin, von wo ich mittelbar komme. Wir müssen etwas abholen."

Mach mich doch nicht so neugierig. Ich als Logiker empfinde Neugierde zwar anders als ihr Basisunlogischen, aber nun will ich es wissen. Was willst du abholen? Chorckstaubsauger, oder Chorckcomputer? Hast du doch etwas eingehandelt für die Musterwaren?"

„Nicht direkt, Bernhard. Sag bitte auch in der Station in der SMC Bescheid. Ich habe zusammen mit einem Chorck eines dieser chorckschen Kugelraumschiffe gestohlen! Und dieser Freund aus dem Volk der Chorck bittet bei uns um Asyl! Nun wartet er eisern hinter der Luftpumpe und vor den Haaren der Berenike, dass wir ihn abholen."

„Was! Was hast du, was habt ihr? Einen Kugelraumer gestohlen? Das war immer schon mein Traum! Einen solchen Raumer zu untersuchen! Ich glaube es nicht. Unsere kleine Brasilianerin klaut den Chorck ein Raumschiff! Ja ist denn das nur möglich – Moment mal ich öffne einen weiteren Kanal zur Station in der SMC – Moment noch – einen Moment noch – gleich – ja. Hallo Max! Hallo Georg und ihr alle dort alle! Unsere kleine Brasilianerin ist zurück! Stellt euch vor, sie hat eines dieser Raumschiffe der Chorck gestohlen und will dieses nun abholen."

Maximilian Rudolph ließ sich direkt zu mir durchschalten!

Ich konnte `meinen Max´ sehen. Ach, wie ich mich freute.

„Hallo Tamines! Wir hatten uns schon Sorgen gemacht, denn du hattest dich nicht mehr gemeldet. Bald wären wir gestartet, denn wir orteten bereits die Bewegung der Kleinsatelliten, die du ausgesetzt hattest und die wiederum viele Reflektorpunkte generierten. Aber das ist eine tolle Neuigkeit! Das ist die beste Nachricht sein langem. Den Chorck so ein Schiff klauen – ha – du bist eine Wucht. Wir gratulieren dir zu diesem Erfolg sehr herzlich!"

„Es kommt noch besser! An Bord des Schiffes wartet ein Mann namens Chandor Valchaz es Sueb und er möchte in `unserem Imperium´ um Asyl

365

bitten. Er weiß noch nicht, dass Terra in der Milchstraße liegt. Dann ist da noch so ein Kapitän, den mussten wir aber einsperren. Im Übrigen haben wir ein ganz besonderes Schiff! Das erste Missionsschiff und in goldener Farbe, auch technisch besser als alle anderen Raumer dort im Siebengestirn. Aber ich möchte erst einmal nach Hause kommen und ein bayrisches Bierchen trinken. Diese Chorckcocktails, na ich weiß nicht recht, die würden alle bei uns unter schwerste Strafen nach dem Drogengesetz gestellt, sogar die Atemluft! Ich kann es gar nicht sagen, aber ich denke, in den Plejaden ist zurzeit wirklich die Hölle los!

Ach ja! Bernhard Schramm! Wir brauchen einen Transputer mit viel Speicher! Dieser muss in der SMC installiert werden, denn der Kaiser wird in drei oder vier Tagen alle Daten seiner Entstehung, der Chorck, die Daten über deren Technik und Religionen – kurz – alles Wissenswerte des gesamten Imperiums und alles aus seinen Erinnerungen uns zukommen lassen. Er wird einen Tachkom-Richtstrahl zur kleinen Westwurzel, also der kleinen Magellanschen Wolke aufbauen und uns fast einen ganzen Tag nur Daten senden. Nach chorckscher Datenkompressionsnorm der Selepet-Rechner. Ein imperiumweiter Standart dort. Allerdings noch lange nicht so gut wie unsere Sempex! Ja wirklich Freunde. Unsere Computer und unsere Techniken diesbezüglich sind viel besser. Nur haben eben die Chorck schon ihre Technik länger und perfektioniert. Ein Perfektion, welche Neuerungen verhindert, da auch viele alte Normen erhalten blieben."

„Ich schicke sofort die GHANDI los! Sie steht ohnehin noch in New Delhi. Hmmh! Fast einen Tag Daten nach Selepet-Art, das dürften dann Daten von mehreren hundert Exabyte sein, ich kalkuliere rund, also das sind – das könnten – oh! Ich komme auf über ein Zettabyte! Ich veranlasse, dass man Speicherbänke zusammenschaltet und der GHANDI übergibt! Gut Tamines, dann komm doch so schnell du kannst und ich leite auch die DANTON nach Oberpfaffenhofen. Apropos, Dr. Siegfried Zitzelsberger ist hier und hat mitgehört. Er beglückwünscht dich und natürlich auch sich selbst, er möchte dir sagen, dass er wusste, dass du ein ganz ein besonders Mädchen bist! Er ist stolz auf dich!"

„Ha! Danke schön. Also ich programmiere meinen Schritt und bin bald da! Stellt mir mein Bierchen kühl, Freunde!"

„Wird gemacht. Willst du auch noch ein paar Weißwürste, Brezeln und Senf? Hier haben wir noch Vormittag!"

„Ich muss meine Uhren neu synchronisieren, aber natürlich freue ich mich auf Weißwürste! Wenn ich da an die Ballonschnecken oder die Propfkopffische denke, oder gar an das ekelhafte Kratt von den Wurmplantagen von Kolomez und Rohrstrauch von Podom – ja, Weißwürste mit süßem Senf! Ich komme – ich komme!"

366

Ich registrierte noch das Gelächter von der Sendestation der TWC in Oberpfaffenhofen, dann schaltete ich den Tachkom auf Standby und forderte den Bord-Sempex auf, den nächsten Schritt zu berechnen und automatisch zu initiieren.

Als die SHERLOCK den Schritt machte, hatte ich gerade ein Bild von einem Teller mit dampfenden Weißwürsten im Kopf.

Das war aber untypisch für eine Brasilianerin, diese bayrischen Esskultur anzunehmen. Normalerweise sehnen sich meine Landesgefährten eher nach einer deftigen Feijoada oder wenigsten nach einem Caldo de Sururu oder in dieser Art.

Der Schritt war perfekt ausgeführt. Ich stand knapp zweitausend Kilometer über der Erdoberfläche und nun leitete der Sempex den Sturz ein, der mich nach Oberpfaffenhofen bringen sollte.

Ich brauchte nichts mehr tun. Die Automatsteuerung führte alle Manöver aus.

Nun also, nun kam der Moment, der mich knickte. Nun fühlte ich mich plötzlich zerschlagen, die Erde kam immer näher und ich wurde immer müder. Eigentlich wollte ich nun meine Uhr synchronisieren oder hatte der Sempex dies schon getan? Welches Datum hatten wir heute?

Mit tränenden Augen sah ich auf den Chronometer und dieser zeigte auch einen abgeschlossenen Synchronisationsvorgang an. Der sechzehnte März früh morgen um kurz vor neun Uhr nach mitteleuropäischer Zeitrechnung.

Ich nickte ein und erwachte aber sofort wieder, als die SHERLOCK dem Leitstrahl entsprechend in Oberpfaffenhofen aufsetzte.

Ich schüttelte mich, um meine Schlaftrunkenheit zu besiegen. Ich hatte fast zwei Stunden geschlafen.

Dann wurde ich aber von Bernhard Schramm und Dr. Siegfried Zitzelsberger persönlich abgeholt. Auch die Frau vom Bernhard, Anne-Marie Schramm war dabei.

Beim Anblick von Dr. Zitzelsberger wurde ich wieder munter und als mich der Lukenantigrav sanft auf der Erde, wirklich auf der Erde absetzte, rief ich ihm fröhlich entgegen:

„Hallo Siegiefriedi, schön, dass du da bist! Warst du in den letzten Tagen Schlittschuhlaufen, mit Cremilda oder so?"

„Warum diese Frage?"

„Weil du wieder so läufst, als hättest du mit dem Popo auf dem Eis gebremst!"

„Ach diese Brasilianerinnen! Kommen so weit rum und lernen immer noch nichts dazu. Nein, nein, aber ich war auf Mada im Wegasystem und habe mit Yilmaz Candal Raki getrunken. Die stellen diesen mittlerweile auch

367

dort her und der ist guuuut, sage ich dir! Wirklich guuuut! Allerdings bin ich dann von einem hohen Hocker runtergefallen. Die mussten dort einen Steinfußboden einbauen. Auf einer Welt wie Mada! Stell dir vor."

„Wärst du doch mit mir zu den Chorck gefahren, dort hättest du ganz andere Cocktails bekommen, da hättest du einen Sturz auf einen Steinboden als Sprung auf die Matratze empfunden!"
„Wirklich? Hast du so was mitgenommen?"
„Mitgenommen nicht, aber ich nehme an, dass auf dem Missionsschiff eine Menge in den Depots dort zu finden sein wird. Aber ich warne vor einem Genuss! Das sind pure Drogen, die darauf abzielen, dass jemand bis zu Erschöpfung arbeiten kann und dabei noch lächelt!"

„Das Zeug nehmen wir mit nach Brasilien! Da gibt es immer noch ein paar, denen man das Arbeiten noch lernen muss! Vielleicht hilft das Zeug dann."
„Ich empfehle, das `Zeug´ in gar keinem Falle zu versuchen. Soviel ich weiß, sind da auch Substanzen drin, die eine künstliche Erinnerung erzeugen, so dass man auf die heiligen Sonnensphären schwören könnte!"
„Auch das soll kein Problem sein, dann hat Brasilien einen Gott oder sieben Götter mehr. Bei dieser Vielzahl, die es dort eh schon gibt . . ."
Da meldete sich aber Bernhard dazwischen.
„Nun aber Schluss mit eurem Geplänkel! Wir müssen schnellstens handeln Leute! Der chorcksche Freund von Tamines wartet hinter der Luftpumpe und möchte sicher auch lieber Weißwürste!"
„Weißwürste? Ja, wo sind denn meine Weißwürste? Mein kühles Bierchen, mein Senf und meine Brezeln!"
„Komm mit und iss zuerst, dann planen wir weiter."

„Aber ja doch!"
Wir setzten uns in die angestammte Ecke bei der Pressehalle und so traf ich dort auf Patrick George Hunt, den Reporter, der mittlerweile Sendungen auf neun Welten ausstrahlt. Der Konsul der Oichoschen, Norsch mit seinen Ehepartnern fand sich ein und sie beglückwünschten mich zu diesem Coup. Der Yogi-Bär, also Dr. Joachim Albert Berger und eine Reihe von den obersten Technikern, welche schon unbedingt etwas `Technisches´ bezüglich des Kugelraumers wissen wollten.
„Bitte habt doch etwas Geduld! Noch ein Tag, dann könnt ihr dieses Ding ohnehin selbst bestaunen! Mit der sachlichen Führung durch einen Chorck, der den Menschen wohlgesonnen ist. Außerdem will ich nicht, dass meine Weißwürste kalt werden!"
Schon hatte ich viele neue Sympathisanten und Bewunderer.

368

6. Kapitel

Ein neuer Ehrenbürger der Erde.
Das goldene Schiff wird zum Medienspektakel.
Die Flut der kaiserlichen Informationen sprengt fast alle Speicher.
Der Fluch des Halumet und der Tod eines fernen Freundes.

Ich hatte nach meinem `Frühstück´ kurz meine Wohnung hier in der so genannten Tachyonensiedlung aufgesucht und wenigstens ein paar Stunden geschlafen.

Ich sah aus dem hell gestellten Fenster zu meiner SHERLOCK hinunter und dahinter stand die riesige DANTON, der Frachter mit dem Kapitän Gerard Laprone, dem Wuschelbärchen.

Ich freute mich, ihn wieder zu sehen, obwohl ich wusste, dass es keine weitere Vertiefung dieser Beziehung geben wird.

Die Außentemperatur wurde vom Fenster selbst eingeblendet und lag bei siebzehn Grad Celsius.

Schon aufgrund dieser Anzeige und ohne bereits nach draußen gegangen zu sein, gab ich automatisch ein „Brrr" von mir.

Siebzehn Uhr zeigte mein Armbandgerät an, welches sich an der Atomuhr in der Nähe von Francoforto orientierte.

Was? So spät schon?

Als wenn es ein Signal gewesen wäre, meldete sich Bernhard Schramm mit einer Dringlichkeitsschaltung über den Hauscomputer.

„Fräulein Tamines Santos Reis, die DANTON wäre gecheckt und startbereit. Willst du selbst die Daten des Standorts dieses Chorckraumers in den Frachterrechner kopieren?"

Mit einem Wink stellte ich den Duplexbetrieb der Kommunikationsanlage her. „Aber sicher doch. Ich bin schon unterwegs!"

„Ah, die Dame ist schon wieder aufgewacht, wenn nicht, hätte ich diese Frage in eine Endlosschleife gelegt!"

Ich wollte noch etwas dazu sagen, aber dann verzichtete ich doch darauf, nun war es einfach wichtiger, mit Gerard und der DANTON den armen Valchaz abzuholen. Auch den Kapitän der APOSTULA, vielleicht war der schon etwas vernünftiger, außer er hatte sich in der Zelle die Nasenfilter wieder herausgezogen. Doch etwas müsste er bemerkt haben, er müsste bemerkt haben, dass sein Oberstübchen sich langsam aufhellte.

Ich wählte einen goldenen Bordoverall aus der TWC-Fertigung. Ich dachte, das würde sehr gut passen, wenn ich wieder zur APOSTULA gehe. Partnerlook mit dem Diebesgut, oder so.

Der aluminiumbedampfte Leinensack war mit irgendwie schon so vertraut, dass ich nur weitere Aktivkohlefilter einpackte, ein bisschen von diesem und ein bisschen von jenem, was Damen so immer mitzunehmen pflegen. Dann schleuderte ich ihn über die Schulter und wanderte in Richtung meiner SHERLOCK.

Wieder im kleinen Pilotensitz rief ich meinen Wuschelbär in der DANTON per Normalradio:

„Gerard, fliegendes Wollknäuel, wie war es auf Oichos? Was machen unsere Freunde dort und Jutta?"

„Hallo meine Agentenkönigin und Meisterdiebin, Da hört man ja tolle Sachen! Hör mal, gehört sich das denn überhaupt? Schickt man dich ins Imperium der Chorck um Handelsbeziehungen zu knüpfen und nach ein paar Tagen schon haust du einfach ab, klaust einfach noch ein Raumschiff? Ja gehört sich denn das?"

„Eines Tages werde ich mich bei den Chorck entschuldigen! Aber erst wenn sie mir nicht mehr ans Leder und mich nicht laufend `high´ halten wollen. Übrigens habe ich nicht alleine das Schiff gestohlen! Da ist auch noch einer, der Asyl erbittet. Ohne ihn hätte ich das Schiff nicht mitnehmen können, ich kann noch nicht so viel von diesem Intergalak, vor allen nicht lesen."

„Verständlich. Wichtig ist nur, dass du wieder hier bist und dass du in einem Stück zurückgekommen warst. Ich hatte mir wirklich Sorgen gemacht!"

„Das ist lieb von dir, Wuschelbärchen – so, nun pass auf. Ich übertrage die Koordinaten auf dem Datenkanal. Schau dass alles ankommt."

„Alles da! Oh interessant. Dort war ich noch nie!"

„Hahaha! Wie denn auch? Jetzt gilt es für Menschen ohnehin, wenn man die Richtung nur um den Bruchteil eines Grades wechselt, `hier war ich noch nie´ zu sagen. Aber ich, ja ich war schon dort!"

„Dann komm rüber und erkläre mir wie es dort so ist. Wir wollen starten mein Engel und deinen Freund holen. Nicht dass der dort als Tiefkühlkonserve endet."

„Starte schon mal den Motor und lasse ihn warmlaufen!"

„Was soll ich?"

„Ach, bei mir zuhause gab es noch vor kurzem Fahrzeuge mit Verbrennungsmotoren wie Traktoren und so. Da hieß es, die Motoren arbeiten am besten, wenn man sie etwas warmlaufen lassen würde. Oder diese schönen alten Volkswagen Fusca, ach, ich habe eine Ader für Nostalgie!"

„Na dann komm endlich, auch ich denke, das ich noch etwas von einem alten Fusca habe, haha!"
„Ich eile!"

Bernhard Schramm kam mir entgegen. „Tamines, das wird einen Rummel geben hier!"
„Was denn?" „Dieses Chorck-Schiff. Deine Rückkehr und im Anschluss, wenn dieses Schiff hier stehen wird! Du bist schon wieder in allen Kanälen. Patrick hatte nur kurz erwähnt, dass du wieder auf Terra bist und die Kommunikatoren liefen heiß. Der Dalai Lama läßt dich herzlich grüßen, er freut sich für dich dermaßen, bei dem hast du ein Stein im Brett. Yilmaz hofft, dass du ihn wieder einmal auf Mada besuchen kommst, ach was soll's! Grüße von den Monden um Goliath, von Arnhem, von der Marsstation, von den Scheichs auf unserem Mond und natürlich von João Paulo Bizera da Silva, deinem brasilianischen Präsidenten. Er will kommen, wenn das Diebesgut hier ist."
„Nun, das ist auch schön, finde ich. Aber um uns hier einmal vor den Chorck zu schützen, dazu bedarf es noch vieler, vieler Raumschiffe. Hierher können die Imperialisten jederzeit kommen! Zur Magellanschen Wolke nur unter Schwierigkeiten, da die Schiffsmeiler heiß laufen würden. Die Nanobeschichtung der Chorck-Schiffe muss eine Resonanz zu der Tachyonenfluktuation mit Überladung erzwingen! Deshalb muss auch die Nanobeschichtung immer wieder erneuert werden, was die Reichweite stark beschränkt. Auch die Schiffsmeiler halten nie lange."
„Gut, wir überarbeiten alles, wenn du wieder hier bist!"
„Sicher, eine Bitte!"
„Welche?"
„Behandelt diesen Chorck, Chandor Valchaz es Sueb freundlich. Er hat sich für das Wohl unserer jungen Weltenallianz sehr verdient gemacht!"
„Dieser Chandor Valchaz wird vorläufig einen diplomatischen Status bekommen, wenn er dann sein Asyl beantragt hat, dann sollte auch über eine neue Gesetzesregelung entschieden werden, wie mit Asylanträgen von Extraterrestrischen verfahren wird. Aber ich kann schon verraten, dass es hierzu schon Vorschläge gibt und dein chorckscher Freund in keinem Falle etwas zu befürchten hat, außer, dass er sich öfters an den oberen Türrahmen seinen Kopf anschlägt, bis wir ein Apartment nach seinen Körpermaßen erstellt haben werden!"
„Der wird sich nicht den Kopf am Türrahmen anschlagen sondern an der Mauer darüber! So. Nun mache ich aber, dass ich weiterkomme. Das Abenteuer ist noch nicht vorüber!"
„Ach ihr Basisunlogischen! Ist denn alles in eurem Leben ein Abenteuer?"

„Nein du strenger Logiker, das Leben selbst ist ein Abenteuer! Ach hier bitte!" Ich übergab Bernhard noch das Kamerasystem, welches ich beim Besuch des Kaisers auf meiner Bindehaut getragen hatte. „Hier sind die Aufnahmen von Chanorck, von der Kuppel des Kaisers und vom Kaiser selbst. Die kannst du dir schon mal ansehen!" „Sehr wissenschaftlichen Dank!"

Ohne eine Miene zu verziehen, meinte Bernhard nur noch: „Bis in etwa einem Tag! Gutes gelingen!" Er machte auf dem Absatz kehrt und dachte sicher schon wieder an seine aktuellen Projekte oder auch an das riesige Datenpaket, welches vom Kaiser kommen würde und natürlich an diese Aufnahmen.

Nun sputete ich mich und eilte zur DANTON. Ich stellte mich unter den Antigrav und dieser zog mich durch die vordersten Frachträume hindurch bis in die Kommandozentrale.

„Hallo mein Taminchen, mein Sonnenschein, ach was! Schein der vielen Sonnen! Wie ich mich freue!" Gerard hob mich das letzte Stück aus dem Lift und drückte mich an sich. Dabei verpasste er mir einen Schmatz auf die Stirn, dass mit das Hören und Sehen fast verging.

„Oh! Heute ganz in Gold, mein Goldmädchen also."

„Los du Wuschel, wir haben noch viel zu tun! Hebe die DANTON weg von hier. Ist mein Raumanzug auch schon eingetroffen?"

„Alles da, aber wir werden eine interne Schlauchschleuse an den Kugelraumer anbringen, damit dein Chorckfreund hierher in die Zentrale kommen kann. Der Frachtraum wird nicht geflutet!"

„Auch gut. Haben wir auch genügend Mahlzeiten an Bord!"

„Baguette, Rotwein, Schweinefleisch in Trüffelmarinade, Snacks, natürlich Coca Cola und Limonaden und vieles mehr!"

„Rotwein?"

„Psssst!"

„Äh, ja, gut! Ich habe verstanden."

Ich suchte mir meinen Platz im Copilotensitz, schnallte mich bereits fest, denn ich dachte nicht daran vor dem Sprung noch einmal aufzustehen. Auch Gerard ließ sich in seinen Sitz fallen, dass die Verankerung ächzte. Auch er ließ sich die Gurte von der Automatik anlegen, dann aktivierte er die Streifenwafer, die den stolzen Frachter in den erdnahen Weltraum schoben. Wir fuhren dennoch fast viertausend Kilometer weit, bis eine ideale Position in Richtung des Kugelsternhaufens M 53 erreicht war. Wir wollten drei Schritte machen, nach dem zweiten Schritt sollte ich den fernsteuerbaren Sender der APOSTULA aktivieren, welcher eine Folge von Richtstrahlimpulsen senden würde.

„Schrittsequenz wird eingeleitet, Wellenkompensation geschaltet! Achtung, Countdown – neun, acht, sieben, sechs, fünf, vier, drei, zwei, eins, null." Der Schritt erfolgte in einer spürbar besseren Version, als ich ihn noch von der APOSTULA in Erinnerung hatte, auch noch besser als bei der Fahrt zur kleinen Magellanschen Wolke.

Irgendwie konnte ich aber dennoch NGC 3132 erkennen. Zumindest dachte ich mir dies. Ein gewaltiger Ring in der Breitendehnung und unendlich dünn in der Länge. Erscheinungen, die man wirklich nur als schwarze Transparenz bezeichnen kann.

„Die Kompensation der Gravitationswellen? Ich habe fast nichts davon bemerkt."

„Ach ja! Unser guter Freund und Logiker Bernhard hat jedem Schiffsempex einen zusätzlichen Rechner auf Analogbasis hinzugebaut! Er hatte eine Möglichkeit gefunden, wie diese Wellen analog mitgemessen werden können und dieser Analogrechner stellt die notwenigen Zusatzsteuersignale zur Verfügung. Damit werden unsere Wafer entsprechend moduliert und die Wellen können nun bereits zu weit über neunundneunzig Prozent ausgeglichen werden."

Einmalig! Dieser Erfindergeist der Menschen. Haben wir einmal etwas in der Hand was ohnehin schon gut funktioniert, wird es Schritt für Schritt verbessert. Damit sind wir den Chorck gegenüber wieder um eine Nasenlänge voraus. Von der breiten Technik sicher noch nicht, aber die zweitausend Jahre und mehr, welche die Chorck ursprünglich Vorsprung hatten, davon haben wir innerhalb kürzester Zeit schon fast die Hälfte aufgeholt. Und in Sachen Wafertechnik sind wir ihnen sogar ein Stückchen voraus. Nun fehlt noch die Quantität in Sachen Schiffen. Ich selbst konnte immer noch nicht sagen, wie viele Schiffe die Chorck unter Mann stehen hatten. Für die Erde nach wie vor eine immense Gefahr. Ich war plötzlich stolz, eine Terranerin zu sein! Stolz, für die Terraner Dienst zu tun. Auch einfach stolz, ein Mensch zu sein.

„Zweiter Schritt der Mission nach den gelieferten Daten aus der SHERLOCK. Abweichung liegt im Kilometerbereich." Sogar der Bordcomputer schien vor Ehrgeiz und Hoffnung zu strahlen, was sicher nur eine Einbildung zu sein schien.

„ . . . vier, drei, zwei, eins, null."

Nach diesem Schritt konnte ich durch die ausgefahrene Zentrale schon M53 erkennen. Der Sempex hatte auch eine Markierung eingeblendet, nachdem die Kreuzkoordinaten sich an diesen Kugelhaufen hefteten.

„Ich sende die Erkennungssequenz, Gerard." Damit bediente ich den technisch fast gleichen Sempex der DANTON und schon fiel mir ein Stein vom Herzen, als die APOSTULA antwortete. Mit ein paar Gegensequenzen wurde die genaue Entfernung festgestellt, für Normalradioradar waren wir aber immer noch viel zu weit weg. Es würde Jahre dauern, wenn wir auf diese Art und Weise suchten.

„Ermittelte Entfernung wird für die Missionsdaten hinzuprogrammiert! Letzter Schritt zum vorläufigen Ziel mit Sicherheitsabstand wird geschaltet!" Ein weiterer Schritt also und mein chorckscher Freund sollte seiner neuen Heimat immer näher kommen. Nach diesem Schritt schaltete ich den Leitimpuls auf der APOSTULA ab, und auf Normalradio um. Die Reflektionen zeigten eine Distanz von nunmehr achtzehntausend Kilometern. Diese konnten im freien Raum mit Normalfahrt und mit hoher Geschwindigkeit überbrückt werden.
Gerard stellte die Außenscheinwerfer an und so warteten wir auf die ersten Reflektionen vor uns.
„Da! Da ist dein Diebesgut!"
„Donnerwetter Gerard! Du hast wirklich gute Augen!"
Aber bald konnte ich die APOSTULA auch selbst sehen. Deutlich waren auch die Teile der Außenhülle zu erkennen, die durch die Intervallkanonen in Mitleidenschaft gezogen wurden.

Ich schaltete die Normalradioverbindung zu Valchaz, die Softwareemulation für das Digitalsendeverfahren der Chorck und meine Kennung. Sofort war Chandor Valchaz am Mikrofon und aktivierte auch den Videostream.
„Tamines von Terra! Endlich. Ich dachte schon es wäre ein Kavaar vergangen oder du hättest mich vergessen oder letztlich auch nicht mehr gefunden."
„Du wirst noch viel lernen müssen, wenn du erst einmal auf Terra oder einer der Welten unserer Föderation bist. Terraner halten für gewöhnlich die Versprechen, auch wenn es schwierig wird! Darf ich dir vorstellen, der Kapitän der DANTON, die Bedeutung des Namens werde ich dir aber später erklären. Mein guter Freund Gerard Laprone, Gerard, das ist Chandor Valchaz es Sueb aus der siebten Kategorie des Chorckimperium, also des Chorckonium. Dieser Mann verdient besondere Ehren, denn ohne ihn hätte ich nicht so einfach fliehen können und mit diesem Missionsschiff sowieso nicht. Chandor Valchaz hat sich für Terra schon verdient gemacht, ohne auch nur diesen Planeten jemals gesehen zu haben."

Und Valchaz blickte über das nebelig wirkende Hologramm auf den Bären von Mann an meiner Seite, musterte den Haarwuchs und auch noch den enormen Bartwuchs, verglich unsere Größen zueinander, dann meinte er zaghaft: „Ich grüße Sie, Ihre Gnade Gerard Laprone. Ich hatte schon die Haare ihrer Artgenossin bewundert, doch Sie haben auch noch einen Gesichtspelz! So etwas habe ich noch nie gesehen! Entschuldigen Sie bitte, aber in unserem Volk wird davon gesprochen, dass Kreaturen, mit Haaren nicht intelligent werden können. Zumindest nicht bis in den Bereich der Technisierung. Anscheinend hat sich das allgemeine Evolutionsverhalten geändert. Ich hoffe natürlich, dass Sie meine Ausführungen nicht als beleidigend empfinden!"

„Keineswegs, geehrter Herr es Sueb. Ich verspreche Ihnen, wenn Sie dann später zur Kommandozentrale der Danton kommen und mit mir ein Fläschchen guten Bordeaux trinken, dann rasiere ich mich, wenn wir auf Terra sind und Sie dürfen dann auch mein edles Gesicht in Natura bewundern."

„Rasieren? Das bedeutet Haare entfernen nicht? Tamines von Terra? Dein Gesicht ist so glatt? Musst du dich dazu auch rasieren?"

Jetzt war ich aber soweit und konnte wieder herzhaft lachen. Auch Laprone brummelte mit seinem typischen Bass wie ein Subwoofer.

„Nein Valchaz! Ich brauche lediglich hin und wieder einen leichten Haarschnitt, aber rasieren muss ich mich nicht."

„Das liegt wahrscheinlich daran, dass die Frauen unserer Planetenrasse sowieso schon viel intelligenter sind als die männlichen Artgenossen. Darum müssen sich diese noch rasieren und wir Frauen nicht."

„Ah so ist das! Darum sind die Frauen bei euch in der Politik und in den Handelsbeziehungen so kräftig vertreten. Was machen dann die Männer? Müssen die dann auf eure Nachkommenschaft zuhause aufpassen?"

„So manche schon, aber nicht alle!"

Nun donnerte Gerard los:

„Las dich nicht für dumm verkaufen! Natürlich haben wir Männer bei den Terranern die Hosen an und die Frauen sind einfach das zarte Geschlecht. Doch so manche Terranerin müssen wir halt zu einer Mission schicken, dass sich die heißen Köpfe etwas abkühlen, ansonsten werden sie übermütig!"

„Gut. Ich versteh nicht alles. Warum haben Männer Hosen an und für was ist das gut. Wir Chorck tragen im Allgemeinen Röcke. Und warum muss eine Frau eine Mission machen, wenn sie einen heißen Kopf hat, aber nun denke ich, erledigen wir zuerst diese Arbeiten hier, denn ich fühle mich noch nicht ganz sicher."

Wenn Chandor Valchaz erst erfährt, dass Terra nur etwas weiter vom Imperiumszentrum entfernt ist, als dieser Standort hier, ob er dann wohl enttäuscht sein wird? Aber was soll das. Es sind immerhin noch Kalkulationen im Bereich von vielen hundert Lichtjahren. Entfernungen, die den Chorckraumern gar nicht so leicht fallen würden. Mit Ausnahme der damaligen Forschungsschiffe von dem Typ, welches auch der Kaiser in seiner Jugend nutzte. Denn diese Forschungsraumer waren sicher auch Jahre unterwegs.

Laprone meldete:

„Wir sind längsseits gegangen. Die APOSTULA kann eingebracht werden!"

„He Valchaz! Wir nehmen nun das Schiff an Bord und verankern es. Wir haben auch so eine Schlauchschleuse, die wir an der kleinen Notschleuse von der Steuerzentrale anbringen. Dann kannst du problemlos zu uns kommen. Es empfiehlt sich der Sicherheit wegen, dass du deinen Raumanzug aktivierst und den Helm trotzdem schließt. Ist ja nur ein kurzes Stück. In der Schlauchschleuse ist ein Greifgitter angebracht, an dem du dich immer wieder abstoßen und ziehen kannst, alles klar?"

„Ich habe verstanden. Ich schalte auf Rundumbeobachtung, ich möchte zusehen, wie sich ein anderes Schiff über dieses stülpt. Oh! Dieser Frachter ist ja riesig!"

„Jaja, hahaha", brummelte Laprone, „es werden demnächst noch Größere gebaut."

Nun begann allerdings ein kompliziertes Verfahren. Niemand hatte ursprünglich gewusst, wie wir ein Kugelschiff innerhalb der DANTON arretieren, aber da gab es ein paar allgemeinpassende Vorrichtungen, mit denen wir wohl eine notdürftige Sicherheit schaffen können. Während der Fahrt zur Erde wäre dies wohl nicht besonders tragisch, da sich die APOSTULA ohnehin auch hinter den jeweiligen Wafern befinden würde. Ich musste noch diskutieren, ob wir den Kugelraumer in der DANTON lassen und ihn vorsichtig auf der Erde aus dem Frachtraum hieven, oder ob es besser wäre, in einem Erdorbit die Fracht zu löschen und den Raumer über Leitstrahl und mit der eigenen aktivierten Beschichtung nach Oberpfaffenhofen zu holen. Egal. Zuerst war die Einbringung der Fracht das Wichtigste.

Dazu schaltete Gerard erst einmal das interne Programm zur Segmentteilung der DANTON. Er schlug vor, Die DANTON in drei Teile zu entkoppeln, das Mittelteil sollte sich in einer Automatfahrt über die APOSTULA stülpen und im Anschluss koppelten sich der vordere und der hintere Teil wieder an. Damit könnten auch die Ladestreben des Fünfsegmentschiffes sich an den eingepackten Raumer legen. Das Manöver klang komplizierter als es war. Nachdem diese drei DANTON-Einheiten einzeln auf einem Kontrollhologramm simuliert dargestellt wurden, drehte sich das Mittelteil einfach um neunzig Grad und glitt langsam auf die APOSTULA zu.

Ich hielt die Luft an, denn das war extrem knapp! Zwar war die DANTON fast vierhundert Meter lang, aber die Dicke des Mittelteils betrug auch nur um die hundertvierzig Meter und hatte innen noch Stabilisatoren.

Langsam schob sich der dickere Frachtteil über die Kugel und – sie verschwand darin. Nach den Messungen war sie nun auch komplett `verschluckt´.

„Sag mal, kann dein Freund von dem großen Imperium nicht den Stelzenfuß leicht ausfahren? Aber erst, wenn wir hinten und vorne das Mittelteil wieder angedockt haben. Schau Tamines: Der Tellerfuß könnte fast genau in die unteren Streben passen und oben ist die Polkappe zwischen den oberen Verstrebungen ohnehin frei. Ein paar Kratzer mehr oder weniger sollten diesem Schiff der Gnaden doch nichts mehr anhaben."

„Mach das so wie du denkst. Aber wir müssen das Ding auch wieder auspacken. Verformt sich das Mittelteil nicht unter diesem Druck?"

„Nicht wenn ich von den nächsten Segmenten her je ein paar Druckstangen mit Halteteller ausfahre! Wo soll die Kugel denn dann hin? So könnte wir bis ans Ende des Universums fahren!"

„Na, mein Wuschelbär, soweit müssen wir ja nicht. Es reicht, wenn wir Oberpfaffenhofen erreichen. Was wird wohl mit diesem Schiff passieren?"

„Da fragst du mich zuviel! Das kann ich dir auch nicht sagen, aber zuerst werden wohl Technikerschwadrone das Innenleben erkunden, dann sicher ein paar Fahrten, wenn die Chorcksprache einmal vollkommen auch von den Schriftzeichen her entschlüsselt ist. Die Funktionsprinzipien müssten zuerst klar sein, dann wird die Technik von unseren Schiffen angepasst, soweit hier Neues zu erfahren sein wird und vielleicht sollte dieses Schiff einmal Dienst tun? Wer weiß? Noch gibt es nicht so viele Werften, dass wir alle daumenlang neue Schiffe produzieren können. Jedes Schiff hat seinen Wert. Wichtig sind auch die Sicherheitssysteme dieses Schiffes, um uns vor einem Angriff der Chorck soweit zu schützen, sollte der Tag einmal in zeitliche Nähe rücken. Mich wundert ohnehin, dass dieses Schiff keine Selbstzerstörungsanlage hatte, um im Falle einer Entführung wie durch euch geschehen ein kleines Feuerwerk zu veranstalten."

„Tja, Geraldo. Diese Angst hatte ich unterschwellig. Dann aber passierte nichts! Ich denke, von diesen Chorckschiffen könnten einfache Einheiten eher mit so einer Anlage ausgestattet sein, aber nicht das Missionsschiff, denn keiner der Imperiumsmitglieder dachte, dass dieses Schiff überhaupt einmal dem Diebstahl anheim fallen würde oder sich überhaupt jemand traute, genau diesen Raumer zu spacejacken."

„Na, dass werden wir ja alles noch rauskriegen! Ich hoffe nur, dass nicht doch noch eine Bombe drinnen ist, die dann auf Terra losgehen könnte!"
„Mal ja nicht den Teufel an die Wand! Aber ich denke, eine Selbstzerstörungsanlage müsste bei so einem Schiff lediglich den Meiler überfahren. Dieser Meiler ist nun aber schon fast ausgebrannt. Der kann nur noch soviel Energie machen, dass wir noch vom Orbit bis nach Terra kommen. Rechnen wir halt auch noch mit etwas Glück!"
„Das müssen wir ohnehin. Glück hatten wir in den letzten Jahren schon soviel, warum sollte die Glückssträhne gerade heute reißen?"

Nach terranischer Zeitrechnung war es bereits fast drei Uhr früh! Eigentlich möchte ich wieder so vor Mittag auf der Erde sein. Damit ich meine gröbsten Zusagen auch einhalten würde können. Außerdem drängte die Zeit weiterhin, denn auch ich wollte wissen, wann die Sendung von Chorub beginnt und um welche Datenes sich dabei handelte. Die Neugierde einer Brasilianerin war schon von Natur aus hoch, dann noch bei mir, wo ich einen Beruf gefunden hatte, der ohne Neugierde gar nicht ausführbar wäre. Klasse! Ich fand dies einfach klasse!
Außerdem wäre es schön, wenn sich Chorub der Kaiser auch persönlich noch einmal melden sollte. Wenn ich allerdings auf Terra wäre, dann sollte doch ein Parallelkanal meine Anwesenheit in der kleinen Magellanschen Wolke simulieren können oder zumindest mich dort einlinken.

„Die DANTON schiebt sich wieder zusammen, schau das Simulationsholo an! Erstklassige Arbeit von meinem braven Sempex, was?"
„Ja fein, aber dazu hast du ihn ja veranlasst."
„Der Chef dieses Frachters bin ich und mittlerweile habe ich schon so viele Güter transportiert, dass ich schon mit dem bloßen Auge sehe, wie ich am Besten etwas einbringe. Sind wir nicht ein großartiges Team?"
„Das sind wir, aber ich möchte auch etwas Ehre unserem Asylbewerber zukommen lassen. Er ist kein Gefangener! Was wir mit dem Kapitän machen werden, dass ist mir noch nicht ganz klar."
„Für den finden wir auch noch einen Job! Der kann bei der Apfelernte auf Mada helfen. Da brauchen die Kurden keine Leiter mehr, der reicht ja ohnehin fast vier Meter ohne sich auf die Zehen zu stellen."
„Die Chorck stehen immer auf den Zehen!"
„Was? Warum?"

„Schau sie dir doch noch einmal genau an. Das sind von Natur aus Zehenläufer. Die Ferse ist relativ verkümmert und steht hoch wie bei den Hinterläufen terranischer Katzen."
„Soso." „Jaja."

Ein Hin- und Herlaufen von Schwingungen durchlief die riesige DANTON. Beide Teile hatten angedockt und das tieffrequente Schwingen hallte noch einige Zeit nach. Auch diese Schwingungen übertrugen sich über die Schiffszellen, da ja in den Frachträumen Vakuum herrschte.
Nacheinander schalteten die Kontrollleuchten auf grün, als sich die Kopplungssensoren meldeten.
„Es ist vollbracht, mein Kleines!" Freute sich der Franzose. „Die Katze ist im Sack! Sag doch dem Valzach dass er die Stelze etwas ausfahren soll. Dann schiebe ich meiner Arretierungsstangen an die Kugel dran."
„Na, sag es ihm doch selber! Er heißt aber Valchaz und nicht Valzach."
„Oh? Ah ja. Hallo Valchaz, mein großer Freund. Versuche doch das Stelzenbein mit dem Bodenfuß so in das Gestänge zu fahren, dass es sich darin stabilisiert. Aber vorsichtig und sanft! Nicht dass wir platzen."
„Verstanden, mein Pelzfreund. Schau dir das Manöver auf dem Monitor mit an und rufe mich wenn es genug ist."
„Auch verstanden. Äh – was? Pelzfreund? Na warte, dafür musst du eine Nacht mit mir Bordeaux und Champagner trinken. Und dazu trockene Baguetten ohne Butter und Knoblauch."

„Schau, der Stelzenfuß fährt aus!" Ich war begeistert, als ich sah, dass die Bodenfläche variabel sich an das Stabilisierungsgitter anpasste! „Der Landefuß passt sich an, das ist ja Spitze! Das nenne ich ein System, welches wir einmal gut nachbauen können. So ein großflächiger Fuß kann das ganze Schiff stabil auf jedem Boden halten, wenn es sich fast lückenlos auf einer auch unebenen Oberfläche angleicht."
„Das kann auch nur einem Zehenläufer einfallen."
„Warum?"
„Weil die ja ohnehin nicht sicher auf den Beinen stelzen können, nun haben sie auch mal was Sinnvolles entwickelt."
Wir sahen auch, dass der Fuß des Landetellers nun vollkommen angepasst war und sich die APOSTULA nach Relativoben schob.
„Halt! Valchaz, halt. Die Kugel ist im Loch! Halt nochmal!"
Dann stoppte die Verspreizung und Gerard ließ wie geplant die Arretierungsvorrichtungen an die APOSTULA anfahren. Damit war das Schiff absolut ausreichend gesichert.

Valchaz meldete sich: „Was soll das bedeuten: Die Kugel ist im Loch?"

„Ha! Das bedeutet, dass Gerard der Meinung ist, dass du ein sehr guter Kronatspieler bist! Du hast eine so große Kugel wie die APOSTULA ins Ziel gebracht. Das war aber auch humorvoll gemeint, verstehst du?"

„Ich verstehe, aber für terranischen Humor brauche ich sicher noch einige Kurse und Schulungen, um den begreifen zu können."

„Dazu brauchst du keine Kurse oder Schulungen, sondern einfach ein paar Abende mit Gerard oder auch mit meinem Freund Dr. Zitzelsberger, auch Max und Georg oder du gehst einfach einmal mit ins Hofbräuhaus in München oder so. Nur rate ich dir ab, Humorkenntnisse bei einem gewissen Herrn Schramm zu erwarten. Aber auch das erkläre ich dir später. Willst du rüberkommen? Gerard schickt dir die Schlauchschleuse."

„Ich komme! Ich freue mich zum ersten Mal in meinem Leben ein Terraschiff zu sehen. Was machen wir mit dem Kapitän hier? Ich hatte eine Intrakomverbindung geschaltet. Er wollte wissen, nachdem er die Filter einmal aus der Nase gezogen hatte, was hier so komisch riecht, dann habe ich ihm geraten, dass er die Filter wieder nutzen sollte. Er hatte sie freiwillig wieder eingeführt. Nun möchte er wissen, warum ihm das heimatliche Imperium plötzlich so anekelt."

„Na, der wird auch noch. Aber lass ihn erst einmal noch in seiner Zelle. Das wäre immer noch zu gefährlich, wenn er jetzt schon frei rumlaufen dürfte."

„Rumschweben! Ich schalte nämlich die Pseudoschwerkraft wieder aus, denn das dürfte die Schritte beeinflussen."

„Richtig. Sicher ist sicher. Also komm rüber, schließe aber auch sicherheitshalber deinen Helm. Nur noch ein paar Kavar trennen uns von der Erde."

„Ich glaube es nicht. Bis in die kleine Westwurzel in ein paar Kavar?"

„Jetzt komm erst einmal rüber, dann erkläre ich dir noch etwas."

„Gut, gut – ich bin unterwegs."

Der Frachtraummonitor zeigte wie sich die Schlauchschleuse an der APOSTULA anheftete. Ob die Außenhülle ausreichend magnetisch war, dass der Schleusenfuß dort genügend Haft fand für den Druck in diesem Kanal. Aber nachdem ich Gerard fragte meinte er, wenn diese nicht ausreichen würde, der Steuermechanismus würde den Innendruck nur soweit erstellen, wie die Haftfähigkeit war. Außerdem könnte mit Schubdüsen am Schlauchmaul der Andruck sofort erhöht werden und zur Sicherheit könnten noch Bolzen eingeschossen werden. Doch Valchaz nutze seinen Raumanzug und demnach dürfte der Sicherheit genug sein.

Auch auf dem Monitor war durch den teiltransparenten Schlauch zu sehen, wie sich die Mannschleuse in der Steuerzentrale öffnete und eine Gestalt herausschwebte.

„Hänge dir einen Translator um, Gerard! Sonst versteht er dich nicht, wenn du ihn von deinem Baguette abbeißen läßt!"

„Soll ich wirklich? Soll ich eine Flasche . . . ja aber genau! Wir heißen ihn herzlich mit einem Tröpfchen Bordeaux willkommen. Stil ist Stil und Brauch ist Brauch."

„Aber nur ein kleines Gläschen. Soviel ich weiß, sind die Chorck nicht so sehr auf Alkohol eingestellt."

„Aber sie haben doch Drogenerfahrung."

„Das kann man wohl sagen."

„Und Alkohol ist eine Droge." „Aber nicht so eine wie die dort im Dauergebrauch haben." „Nun, er muss sich halt nur etwas umstellen!"

Er sagte es und zog aus seinem Privatspind mit der Nullgravosicherung eine Flasche Rotwein heraus. Dazu hatte er auch noch ein paar Originalgläser aus bruchfesten Umhüllungen gezogen und stellte sie auf das Navigationspult. Hier in der Kommandozentrale war die Pseudoschwerkraft lokal geschaltet.

Auf dem Monitor zeigte sich, dass Valchaz nun fast an der Zentrale angekommen war und Gerard schaltete das Außenschott auf Öffnen. Valchaz erschien auf einem anderen Monitor und das Außenschott schloss. Dafür glitt im Anschluss das Innenschott auf. Valchaz war nun auf der Kommandobrücke der DANTON.

„Herzlich willkommen auf dem stolzen französischen Frachtraumer unter der Kommandantur von meiner Wenigkeit, Gerard Laprone!"

Groß bäumte sich Gerard auf, fast stellte er sich auf Zehen, als sich auch Valchaz aufgerichtet hatte und die drei Meter fast überragte.

„Gerard!" „Was ist den mein Täubchen?" „Du hast zwar nun deinen Translator umhängen, aber wie wäre es, wenn du ihn auch einschalten würdest?" „Ah, was? Ach so! Also nochmal – ach weißt du Valchaz, ich sage einfach nur: Herzlich willkommen auf dem Frachtraumer DANTON. Ich bin, wie du schon weißt, Gerard Laprone. Bitte nimm hier an der Anvigationskonsole Platz und wir wollen dich Willkommen heißen. Das ist ein alter terranischer Brauch."

„Auch ich begrüße Sie, Gerard. Wirklich, dass ist schon ein gewaltiger Pelz, den Sie da im Gesicht tragen!"

„Brauchst nicht Sie zu mir sagen. Die Höflichkeitsform bleibt deshalb nicht unter der Höflichkeit verborgen. Das mit dem Pelz, darüber müssen wir noch mal genau reden. Aber nun will ich mit dir auf gute Freundschaft

anstoßen! Hier nimm ein Glas und ich schenke dir einen gegorenen Traubensaft ein. So was gibt es in deiner Chorckerei bestimmt nicht."
Und Gerard goss dem armen Valchaz das Glas voll. Natürlich auch mir, sich selbst aber nur ein halbes. Aber das Körpervolumen des Franzosen könnte das Dreifache vertragen, ohne irgendwelche Anzeichen oder Wirkung zu verraten.
„Auf die freie Raumfahrt, das Stehlen von Kugelraumschiffen und auf die baldige Ankunft auf Terra!"
„Auf die Ankunft auf Terra trinke ich, denn ansonsten bin ich absolut heimatlos, Gerard. Ich wäre nun ein Ausgestoßener und ein Verräter, ich würde aller Kasten enthoben und sicher nach einiger Folter und einigen Verhören zum Tode verurteilt. Sicher auch noch langsam und mit genetischer oder organischer Verwertung."
„Das sparen wir und aber! Auf Terra wirst du ein Held sein. Wer einer Diktatur ein Schnippchen schlägt, der ist automatisch ein Held. Prost, Salut!"
„Was ist Prost, Salut?"
Ich erklärte soweit wie möglich. „Das soll der Gesundheit, dem Wohlbefinden und der Freundschaft förderlich sein. Man stößt mit dem Glas leicht an, so dass es nicht zerbricht und damit ist dieses Band besiegelt." „Schöner Brauch, also Prost und Salut."
Das erste Mal, dass ein Chorck mit zwei Terranern mit Rotwein anstieß! Dabei musste ich innerlich lachen, denn sogar Gerard musste bei Valchaz noch fast einen Meter in die Höhe blicken.
„Uueeeejoilaaah!" Machte Valchaz. „Da ist so was wie Alkohol drinnen, das ist auch ein Droge!"
„Hast du gehört, Tamines? Das könnte ein neues Trinklied werden!"
„Was könnte ein neues Trinklied werden?"
„Was Valchaz da gerade von sich gegeben hatte: Uueeeejoilaaah! Das ist fast das Halleluja rückwärts! Ha, das ist doch Spitze! Stell dir vor, wir singen vor Herrn Bernhard Schramm das Halleluja rückwärts? Der würde ja komplett aus der Haut fahren." „Damit wären wir aber wieder die Basisunlogischen, nur unter Rotweineinfluss."
„Ja richtig Valchaz. Da ist Alkohol drinnen, aber auf absolut natürlichem Wege gegoren und der Alkohol entstand mit in der Frucht aus dem eigenen Fruchtzucker. Kein Zusätze und absolut natürlich. Hierzu gibt es auf Terra Gebote."
„Na, daran könnte ich mich auch gewöhnen. Wann sind wir endlich auf Terra?"
„Ja, Brüderchen, trink doch noch ein Gläschen, dann fahren wir los!"

„Aber nur noch eines, denn Valchaz muss eventuell auch noch die APOSTULA vom Orbit auf den Boden holen, denn ein Ausbringen der Ladung auf dem Boden dürfte schwierig sein!"

„Gut, mein Täubchen!" Und Gerard schenkte dem Chorck Rotwein nach.

„Hier haben wir auch noch etwas zu futtern. Baguette und Käse!" Valchaz probierte auch davon. Das Baguette mundete ihm sehr, mit dem Käse, naja, dass könnte vielleicht noch einmal werden.

Dann räumte Gerard aber alles säuberlich weg und bot Valchaz einen Stuhl an, auf dem er dort hockte wie wir auf einem Kindersessel. Doch wenigstens konnte er sich anschnallen.

„Valchaz!" „Ja, Deine Gnade Tamines von Terra?"

„Ich muss dir noch etwas erzählen, was du noch nicht weißt."

„Oh, werde ich doch auf Terra gefangen genommen und in Untersuchungszwang kommen?"

„Nein. Aber Terra ist nicht in der kleinen Westwurzel?"

„Nicht? Aber wir haben doch die Signale von dort bekommen!"

„Das schon. Aber wir haben dies alles inszeniert, weil wir wegen eurer Werbesendungen Abwehrmaßnahmen suchten und Terra vor einer Entdeckung schützen wollten. Deshalb haben wir eine Raumstation nach Klein-Westwurzel gebracht. Übrigens mit diesem Frachter! Von dort haben wir dieses Terranisch-demokratische Imperium Magellan-Andromeda erschaffen, nur erschaffen um einen verbalen Gegenpol zum Chorckimperium zu haben. Dieses Imperium existiert nicht in dieser Form! Unsere Vereinigung mit anderen Welten nennt sich derzeit Föderation der Neun. Das sind Terra und sieben Welten mit terranischen Auswanderern und eine Welt mit Nichtterranern.

Terra selbst ist nicht weiter als dreihundert Lichtklataan vom Chorckonium entfernt! Verstehst du unsere Maßnahme?"

„Fast. Aber die Terraner beherrschen den weiten Schritt? Bis zur kleinen Westwurzel und weiter?"

„Ja." „Damit sind die Terraner doch technisch zumindest in dieser Hinsicht weiter als wir Chorck, oder?"

„Qualitativ, was Computer- und Transputer- auch Nanotechnologie betrifft, ja. Aber in der Breitenorganisation und in der Masse von Schiffen und Planetenniederlassungen bei weitem noch nicht!"

Valchaz überlegte kurz. Dann fragte er: „Wolltest du nicht eine Handelsbeziehung mit dem Chorckonium erreichen? Das war doch logischerweise auch eine Farce, nicht wahr?"

„Aber sicher doch." „Na, ich dachte es mir ja fast. Aber bevor du im Chorckonium vorstellig wurdest, hatte ich eigentlich schon beschlossen, dass ich mit dir vom Chorckonium weggehe. Ich hatte schon zu viele

Zweifel und letztendlich hatte mir mein Kaiser auch Recht gegeben. Außerdem wirkte mein Symbiont ohnehin nicht wie er wirken sollte. Ich wäre mit dir weggegangen, auch wenn ich unter Quarantäne gestellt werden sollte. Ich hätte mir vielleicht nur noch eine Sträflingswelt mit einigermaßen guten Bedingungen vorgestellt. Aber egal wohin, ich wäre mit dir mitgegangen! Außerdem, was Terra noch nicht hat, kann sich Terra doch noch erschaffen, oder? Und überhaupt! Nun hat doch Terra auch mich! Ich kenne mich bestens mit größeren Organisationen aus, kann auch Großproduktionen leiten und weiß technisch einiges aus dem Chorckonium. Wenn dann auch noch die Daten des Kaiser zum entschlüsseln sind, dann kann ich auch hierbei meine Dienste anbieten. Nun weiß ich wenigsten, dass ich mich auf Terra einmal nützlich machen kann und dort Arbeit verrichten werde. Welcher Kaste würde ich nach den Terranern wohl bekommen?"

„Kaste? Bei uns auf Terra? Du kannst dir deine Kaste selbst wählen. So wie ich dich nun einschätze und wenn du solche Arbeiten erledigen wirst, dann kann ich eigentlich nut schätzen, dass du dich äquivalent in die erste Kaste eingliedern würdest!"

„Die erste Kaste nach den Kasten der Terraner? Wie viele solcher Arbeitskasten gibt es denn, Freundin Tamines von Terra?"

„Ich sagte schon einmal, dass es keine Kasten auf Terra gibt. Diese Angabe war in einem äquivalenten System gedacht und damit meine ich, wenn auch du als Fremder auf Terra, die gleich Arbeit wie Terraner machst, dann bist du auch mit den Terranern gleichwertig. Du wirst gleichwertig mit den Terranern arbeiten können. Seite an Seite!"

„Ich glaube es nicht. Das würdet ihr zulassen?"
„Das würden wir nicht nur zulassen, sondern auch befürworten. Hast du vergessen? Wir sind demokratisch!"

„Jaja!" Meldete sich Gerard dazwischen. „Und wenn du willst, kannst du auch einmal so einen Frachter fahren. Es gibt immer mehr zu tun, seit die Tibeter auf New Lhasa diesen Naturkaugummi schon so schwer anbauen, dass auch die Oichoschen ganz verrückt drauf sind, der Tapirbauchspeck von Mada eroberte schon unsere gesamte Weltenföderation, der eine will von dort was, der andere von hier und, und, und . . ."

Wann sind wir auf Terra? Muss ich dann dort in so eine Art Arbeitsvermittlung vorstellig werden?"

„Sicher nicht!" Brummte Gerard. „Du hast ja schon deine Arbeit dort! Als erstes bekommst du den Auftrag, die APOSTULA sicher auf den Raumhafen von Oberpfaffenhofen zu landen!"

„Also dann! Auftrag angenommen, Kapitän!"
„Und ich werde den Schritt einleiten! Sempex Zweischrittberechnung nach Terra! Automatische Ausführung. Alles angeschnallt?"
Aber wir waren schon angeschnallt und der Sempex fuhr die Kommandokanzel ein, dann wurde auch der erste Schritt initiiert, der uns bis weit hinter NGC 3132 brachte.
Der zweite Schritt brachte uns wieder nahe an Terra heran. Die Distanz betrug sechstausend Kilometer, was bei Frachtern so zur Ordnung gehörte.

Valchaz lobte die Schritttechnologie sehr. Nachdem wir ihm auch noch erzählten, dass unsere Schiffe nicht einmal Energiemeiler dafür benötigten, weil unsere Wafer hochresonant arbeiten konnten, staunte er auch extrem!

Wir näherten uns der Erde. Valchaz sah über die wieder ausgefahrene Kanzel auf die Oberfläche und bewertete, was er sah:
„Ein Juwel, wie es scheint. Viel Wasser, eine saubere Atmosphäre und dort! Ein schöner Mond. Sind Raumstationen im Orbit?"
„Ja, Valchaz. Aber keine so große wie euer Halumal. Wir haben Kuppelbauten auf dem Mond und auf einem weiteren solaren Planeten. Außerdem werden schon Forschungskuppeln auf anderen solaren Monden gebaut. Ganymed, Io, Europa und Titan, aber dazu ein andermal mehr. Doch wir habe nun auch eine Raumstation in der kleinen Westwurzel, dort werden wir auch bald einen Stützpunktplaneten haben. Wir fanden eine Welt, deren Bewohner sich selbst zerstörten. Dort gibt es noch sehr viel zu forschen und zu entdecken, vielleicht auch sogar technisch Neues."

„Auch hier könnte ich behilflich sein!"
„Das könnte durchaus möglich und gut sein." Meinte Gerard. „Doch nun bitte ich dich, Valchaz, in die APOSTULA zurückzukehren, wir löschen die Ladung und dann kannst du per Leitstrahl dort landen, wo dich der Leitstrahl hinführt. Normalradio natürlich."
„Aber natürlich. Aber warum möchtest du dann auch die APOSTULA löschen?"
„Aber nein. Das ist der alte Seefahrerjargon. Ich gebe die Ladung natürlich frei."
„Seefahrer? Seefahrerjargon?"

Nun erklärte ich wieder: „Unsere Welt Terra ist doch zu Dreiviertel der Oberfläche von Wasser bedeckt. Deshalb gab es früher sehr viele Terraner, die mit Schiffen auf dem Meer von einem Kontinent zum anderen fuhren. Das waren Seefahrer und diese hatten eine eigene Sprachanlehnung!"

„Oh! Ich werde auch einmal ein wenig Seefahren! Das werde ich!"

„Aber zuerst noch ein bisschen Raumfahren und zwar da runter in etwa!"

Dieser Gerard! Er brummte und lachte in seinem Bass, dass Valchaz ihn noch einmal genauer musterte, bis er dann ebenso lachend seinen Raumanzug wieder verschloss und durch die Schlauchschleuse zum Kugelraumer gelang.

Nachdem auch die Mannschleuse dort geschlossen war und Valchaz sich über Normalradio meldete, koppelte Gerard die Schlauchschleuse ab und begann mit dem Abdocken der Frachtersegmente. Dieses Mal ließ er die Hinteren Segmente zusammen und er forderte Valchaz auf, den Stelzenfuß wieder einzufahren. Währenddessen meldete ich die baldige Landung zur Bodenkontrolle in Oberpfaffenhofen, was natürlich von Bernhard entgegengenommen wurde. Sein wissenschaftlicher Ehrgeiz konnte sicher die Ankunft der APOSTULA überhaupt nicht mehr erwarten.

Der Trick war gut! Mit der einseitigen Abkopplung wurde die APOSTULA sogar noch von den Arretierungsstützen aus dem losen Heckteil der zweigeteilten DANTON geschoben. Nachdem diese dann frei im Raum schwebte, meinte Gerard nur: „Ein bisschen rauf, mein langer Freund, damit ich meine DANTON wieder zusammenstecken kann."

Obwohl diese Sprache wirklich sehr profan klang und auch überhaupt nicht fachmännisch, da es im Raum ja eigentlich kein Oben und kein Unten gab, befolgte der Chorck Gerards Aufforderungen. Er bremste sogar nach vielleicht zweihundert Metern wieder auf Relativnull zu unserem Frachter ab und wartete auf weitere Anordnungen.

Ich wollte koordinierend eingreifen. „Valchaz. Wir fahren zur Oberfläche, dann folge uns, wenn der Leitstrahl kommt. Ich selbst ordne die Frequenz an und du kannst uns folgen. Der Leitstrahl wird in etwa fünf Hundertstel Kavar kommen. Alles verstanden?"

„Absolut. Ich warte."

Die Danton begann mit dem Rücksturz zur Oberfläche und bremste mit den Streifenwafern ab. Ich wollte auch einen Abstand zwischen den beiden Schiffen halten, denn auch ich wusste nicht, wie diese verschiedenen Steuertechnologien eine Formationsfahrt zulassen würden.

Ich rief den Bernhard ein weiteres Mal: „Hallo Freund Bernhard! Im Kugelraumer wartet Freund Valchaz auf einen Leitstrahl! Wärst du so nett,

ihm so was raufzuschicken? Aber vergaß den Softwareemulator nicht, der die Steuerung für die Chorck-Selepets übernimmt."
„Viele neue Freunde im Universum?" „Sollte es nicht so sein? Ich fange halt klein an, aber dich zum Freund zu haben ist ja auch schon sehr viel wert!" „Danke, aber heute sollte das größte Kompliment an mich ein Handschlag mit einem Chorck sein, auch der Anblick eines dieser Kugelraumer!"
„Also los, den Leitstrahl!" „Steht schon! Auch der Kugelraumer stürzt bereits zur Oberfläche!"

Langsam stellte sich in mir ein Gefühl wie Euphorie ein. Aber eine andere Euphorie, wie im Halumal oder allgemein im Chorckonium unter Pflichtdrogen.
Zwei Stunden später stand die DANTON weit hinten am äußersten Eck des Raumhafens von Oberpfaffenhofen, um schön Platz für die Attraktion des Tages zu machen. Apropos Tag! Es war kurz nach elf Uhr Vormittag. Ein wunderschöner, sonniger aber kühler sechzehnter März im Jahr 2095, als ich per Antigravlift den Raumer verließ und in Richtung Pressehalle unterwegs war. Niemand beachtete mich außer Max Rudolph und seine Frau Gabriella.
Max! Er war aus der kleinen Wolke zurückgekehrt! Sicher, auch er wollte den ersten Chorck auf Terra begrüßen. Norsch Anch und seine Ehepartner Seacha sowie Schrii, das Neutro kamen und schüttelten mir die Hände, fielen mir um den Hals, auch Max und sogar Gabriella. Sie meinte charmant: „Das war die größte Leistung seit der Entdeckung Amerikas durch Kolumbus. Das war höchste Leistung für die gesamte Menschheit und der Partner." Auch Max pflichtete ihr bei. Dann aber warteten alle mit suchenden Blicken nach oben in den hellen Himmel!
Die Techniker liefen aus den Hallen und Patrick Georg Hunt selbst berichtete live für viele Kanäle. FreedomForTheWorlds-TV hatte zu allen Welten der Föderation geschaltet. Außen an den Sicherheitszäunen standen wieder Schaulustige, wie damals bei den Erstfahrten der Versuchsfahrzeuge mit den ersten Wafern. Ich wusste dies aus vielen Aufzeichnungen.

Patrick war der Erste, der einen Schrei ausstieß! Er hatte ja auch Digitalzoom in seiner professionalen Kamera. Aber nach ein paar Sekunden konnten auch wir einen goldenen Schimmer sehen. Und dieser Schimmer wurde immer heller und immer heller – und immer runder! Ein künstlicher goldener und runder Mond schien auf die Erde zuzustürzen, wurde immer langsamer und schwebte auf dem Punkt zu wie vom Leitstrahl gefunkt.

Dann fuhr das Stelzenbein, die Teleskopstange mit dem einen, variablen Landeteller aus und setzte auf.

Alle Menschen um uns herum erzeugten einen tosenden Applaus, sogar von den Sicherheitszäunen her wurde noch ein Gejubel vom Wind angeweht.

Norsch Anch und seine Ehepartner klatschten etwas betrübter, sie erinnerten sich an das Schiffswrack, welches auf einem der Monde um Oichos gefunden wurde und damit wussten oder dachten sie, die Chorck wollten ihre Welt einmal zwangsintegrieren und ihre Volk zu Sklaven machen. Was wir aber von Chorub erfahren hatten, war dieses Forschungsschiff auch schon einmal auf der Erde oder hatte die Erde zumindest vermessen und wollte sie auch katalogisieren. Nur brachten uns der Polsprung der Oichoschenheimat gewissermaßen viel Glück, auch wenn Chorub damals ein demokratisches Imperium haben wollte. Wenn aber diese Daten oder Koordinaten nach Chorubs Kuppeleinlieferung noch dem Chorckonium bekannt gewesen wären, dann wären wir alle heute Sklaven dieses universellen Imperiums.

Mit so kleinen Anekdoten können sich Tendenzen ändern. Oder war die Tendenz so, dass dieses Forschungsschiff des Kaisers von Tendenzen in diesen Polsprung geführt wurde, damit sich die Grundtendenzen des Universums nicht zu stark verbiegen?

Solchen Gedanken wollte ich aber die nächsten Tage nicht nachhängen!

Die Halbschalenschleusen des Teleskopfußes der APOSTULA öffneten sich und ein sehr großer Mann erschien in einem unbekannten Raumanzug. Ich wollte natürlich erklären, für alle anderen außer für mich und Gerard unbekannt! Valchaz blieb stehen und wartete sicher leicht verängstigt. Doch da wurde ihm noch ein Extraapplaus spendiert. Der Applaus dauerte noch länger an als die Landung des Schiffes.

Max kam an meine Seite und meinte: „Du bist aber immer noch springlebendig, nicht wahr?" „Ja doch! Warum? Sollte ich ein Sanftableben einleiten, wie bei den Chorck?" „Nein, aber wir haben die Sendungen der Chorck aus dem Chorckonium mitgeschnitten. Sie haben uns immer wieder gerufen und gerufen, aber wir hatten nicht geantwortet." „Und, was ist?" „Du bist von den Chorck zum Tode verurteilt worden. Und zwar durch Dehydrierung per Diffundierung. Wie sie das machen wollen, kann ich aber nicht genau sagen." „Du hilfst mir doch dabei, dass mich keiner von denen findet, nicht wahr mein Freund Max? Du hilfst mir doch?" „Wir alle werden alles tun, damit so was nicht in Frage kommt." „Was werden die Chorck wohl machen, wenn der Kaiser alle Daten sendet und seinen Chorck erklärt, dass Terra die offizielle Führung über das Chorckonium bekommt?" „Das will der Kaiser?"

„Ich bin mir sicher. Dann wird er wohl selbstgesteuert ableben. Aber er wird uns das Imperium zur Demokratisierung überlassen. Alle Wahrscheinlichkeiten sprechen dafür und eigentlich der Kaiser selbst. Er hatte dies nur verbal umschrieben."

„Das wird doch wohl dieser Halumet nicht zulassen!"

„Das weiß ich auch. Nun Max. Ein paar von uns sollen Valchaz persönlich begrüßen. Die anderen werden zurückgeschickt. Sicherheitsabstand ist natürlich auch innerhalb des Areals von der TWC hier notwendig. Aber die Mitglieder und Mitarbeiter sind ja sehr vernünftig. Kommt!"

Gabriella, Max und die drei Oichoschen folgten uns. Aus einer anderen Richtung kam Bernhard Schramm und Dr. Joachim Albert Berger sowie Dr. Sebastian Brochov. Auch Ralph Marcus Freeman näherte sich. Die Bundeskanzlerin Adelheid Jungschmidt kam mit einem Mercedes-Boden-Staatsgleiter heran. Die Zukunft würde es uns wohl zeigen, das auch der Rat der Neun oder wie unsere Weltenallianz noch einmal genannt werden sollte, einen einzelnen Ansprechpartner brauche würde. Einen Präsidenten. Das würde notwendig werden.

Doch hier nach Oberpfaffenhofen sollte die Bundeskanzlerin von Deutschland kommen. Wir blieben hinter einer imaginären Linie etwa zehn Meter vor dem wartenden Valchaz stehen und warteten auf Frau Jungschmidt. Doch überraschenderweise stieg diese aus und ging zuerst zu mir!

„Meinen Glückwunsch zu dieser gelungenen Mission Fräulein Tamines! Sagen Sie mit bitte, dieser Fremde ist so groß und wirkt gefährlich. Ist er auch gefährlich?"

„Sie können sicher sein, dass er zu einem der besten Freunde der Terraner wird!" „Danke, aber begleiten Sie mich und stellen Sie mich ihm vor?"

„Sehr gerne Frau Bundeskanzlerin."

Ich sah gerade noch, wie sich auch Dr. Siegfried Zitzelsberger näherte und weiter hinten auch der Präsident von Brasilien, auch ein Freund mittlerweile. Doch er war inoffiziell da, denn er hatte keinen Auftrag, den Fremden hier zu begrüßen. Er wusste, er würde mit Valchaz später reden können.

Also tat ich wie geheißen und schritt mit Frau Bundeskanzlerin Jungschmidt zu Valchaz. Dabei hielt ich meinen Translator hoch, sodass dieser für uns beide übersetzen konnte.

„Valchaz, darf ich dir die Kanzlerin vom Bundesstaat Deutschland, also diese Region hier, in der freien Föderation von Terra und wieder der Föderation der Neun vorstellen? Frau Adelheid Jungschmidt!"

Frau Jungschmidt sah zu diesem Riesen mit gemischten Gefühlen auf und sie reichte ihm die Hand. Valchaz wusste von dieser Geste und reichte seine ellenlange Hand zurück.

„Ihre Gnade, Weibliche Adelheid Jungschmidt von Terra, ich bedanke mich für die Landegenehmigung und bitte Sie, mir Asyl zu gewähren. Ich freue mich, Terra kennen zu lernen und darf auch gleich erwähnen, dass die Luft hier sauber riecht, nur etwas kalt ist."

„Asyl ist Kraft meines Amtes gewährt. Doch möchte ich nach Rücksprache mit dem Rat der Neun Ihnen ankündigen, dass Sie auch den diplomatischen Status erhalten und sogar als Einzelalliierter der aus seinem Reich verstoßen wurde, nach Antrag eine Einwanderungsurkunde erhalten. Sie werden den terranischen Bürgerstatus erhalten!"

„Ist das wahr?" Valchaz sah zu mir. „Wenn eine hohe Politikerin dies ausspricht, dann ist es wahr, Valchaz. Nur wenn du einen terranischen E-Pass bekommst, dann werden natürlich viele Menschen Staunen. Auch über die Geburtsangabe und natürlich über die Angaben bezüglich der Körpergröße, aber alles wird sich einmal normalisieren!"

„Darf ich etwas tun, nach was mir nun ist?" Diese Frage richtete er an Frau Jungschmidt. „Bitte, was möchten Sie denn tun, Herr Valchaz?"

„Ich möchte Sie vor Glück umarmen!"

Valchaz machte noch einen kleinen Schritt zur deutschen Kanzlerin, bückte sich und umarmte sie.

Das war wieder ein Anlass für alle Umstehenden, einen Applaus zu geben.

Und Patrick wie auch andere Reporter filmten diesen Augenblick, der in die Geschichte eingehen sollte.

Der Applaus wolle nicht abreißen und lenkte fast von dem Anblick der APOSTULA ab, doch bald diskutierten die Techniker, was die seltsamen Schriftzüge auf der Außenhülle zu bedeuten hätten. Noch wussten nicht alle, dass die sinngemäße Übersetzung eben von Aposteln kam und dass das Schiff moderne Apostel zu Missionen getragen hatte, Missionen, die sicher nicht immer eine freiwillige Überzeugung bringen sollten. Aber so was hatte die Erde auch schon gesehen . . .

Dann stellten sich alle anderen an und begrüßten Valchaz in den Reihen der Terraner, auch das Oichoschentrio wollten hier nicht nachstehen und in diesem Falle musste ich auch noch erklären, dass die Oichoschen das Freundesvolk sind, wie es auch Chorub schon einmal gesehen hatte und dass sie der Föderation der Neun angehören.

Ein Bild und wieder ein Moment, der in den Erinnerungen aller hier bleiben würde.

Valchaz kniete sich nieder, um auch Norsch, Seacha und Schrii zur Begrüßung umarmen zu können.

Heute war hier auf Terra das Universum in Ordnung. Heute hatten die Tendenzen Harmonie erschaffen, aber auch nur, weil woanders Harmonie fehlte! Gibt es doch eine ausgleichende Kraft, die das Universum durch erklärbare Tendenzen reguliert? Bei diesem Anblick war ich mir fast sicher.

Nachdem die ganzen Begrüßungen absolviert waren und Chandor Valchaz es Sueb nicht müde wurde, Umarmungen abzugeben, fragte im Anschluss der Leiter der TWC-Oberpfaffenhofen, was sich Valchaz nun als nächstes wünschte. Darauf kam auch spontan eine Antwort:

„Ich möchte mit Gerard und so vielen anderen hier so einen roten Saft trinken, wie ich ihn an Bord der DANTON erhalten hatte. Gerard sagte etwas wie Bordaus oder Bordelaus, ich kann mich nicht mehr genau erinnern." Gerard trat vor und baute sich zu seiner vollen Größe auf. Er wollte der Zweitgrößte hier in der Runde sein. Neben Valchaz wirkte er aber klein. Das regulierte er allerdings mit seinem Körperumfang.

„Mein Freund von den Chorck will einen Bordeaux, einen guten französischen Rotwein!"

„Darauf Bernhard, der Logiker: „Gerard, hattest du vielleicht Alkohol an Bord?" Leicht schockiert antwortete der riesige Franzose, der heute etwas kleiner wirkte: „Jaaaaa, ausnahmsweise, weil von den letzten Lieferungen noch was übrig war und ich immer eine Flasche an Bord haben will, damit man auch eine Schiffstaufe durchführen kann. Auch ein Umtaufen von einem Schiff sollte eine ehrenvolle Aufgabe sein. Das war ja der Fall, wir mussten ja dieses Schiff offiziell für Terraner verständlich taufen und da nahmen wir halt die beste aller möglichen Übersetzungen und nun heißt das Schiff plötzlich APOSTULA und da dachten wir, den Rest von der Flasche kann man ja nicht verkommen lassen, da habe ich mir auch noch gedacht, vielleicht hat der gute Valchaz noch nie einen guten Wein probiert und damit gab ich ihm ein Glas und, und . . . „

„Stopp. Hast du auch etwas davon getrunken?"

„Ja – äh – zuviel wollte ich ja Valchaz auch nicht geben, denn wer weiß, ob er den verträgt und dann . . . „

„Alles klar. Aber unser Freund Valchaz scheint Wein zu vertragen! Also sieh zu, dass du welchen besorgst! Aber ausreichend! Hast du verstanden? Ausreichend für mindestens dreißig Leute." „Ich gehe und hole, ah ich ordere – äh – also bis gleich!"

Ich war mir sicher, Gerard würde mit mindestens acht Kisten Wein kommen.

Yogibär meinte: „Jetzt machen wir traditionell eine gemütliche Runde dort in der Ecke der Pressehalle. Los kommt mit, Valchaz! Was habt ihr im Chorckonium denn für Essensspezialitäten, was kann ich dir denn anbieten? Du musste wissen, dieses Deutschland ist auch noch in Bundesländer unterteilt und da haben wir auch noch regionale Spezialitäten. Das hier ist also das Bundesland Bayern und wir haben ein Getränk dass nennen wir Bier. Gut, heute gibt es Wein, aber wir müssen uns einmal bei ein paar Gläsern Bier über das Universum, das Chorckonium und über Technik unterhalten. Dabei machen wir aber auch eine gemütliche Brotzeit in der Runde von Freunden und . . . „

Ich hörte nicht mehr weiter zu bis wir in der Pressehalle waren und noch einige dieser nostalgischen Bänke dort aufgestellt wurden. Die Heizung war schon angestellt und das Tor fuhr herunter. Plötzlich stoppte das Tor, fuhr sogar wieder aufwärts! Plötzlich kam Gerard mit einem Antigravstapler und mit – ich zählte schnell – achtundvierzig Kisten Rotwein!

„Das müsste reichen! Da war noch eine Palette im Depot, die habe ich kurzerhand gekauft und lade euch alle zur Feier des Tages ein. Besonders unseren neuen Freund."

Doch Valchaz wollte noch erinnern: „Wir haben jemanden vergessen!"
Ich selbst erschrak! Ja wirklich! Den ehemaligen Kapitän der APOSTULA!
Da machte ich einen Vorschlag:
„Holen wir ihn, durchsucht ihn ob er noch etwas Gefährliches bei sich hat, dann nehmen wir ihn mit hierher. Ein paar Sicherheitsbeamte sollen ihn nicht aus den Augen lassen, aber er ist soweit von zuhause weg, er kann gar nicht mehr gefährlich werden. Wir sollten ihm auch etwas Gutes gönnen!"
Und Chandor Valchaz meinte: „Er hat nichts Gefährliches mehr, ich habe ihm schon alles abgenommen. Aber er sollte direkt hier hergebracht werden, ohne, dass er noch an einem Depot oder einem Versteck vorbeikommt."

Max stand auf und forderte von Valchaz, ihn begleiten zu dürfen, dazu war er sofort einverstanden. Schließlich war Saltud uec Vern ein Artgenosse und könnte möglicherweise auch ein Genosse der Gesinnung Valchaz´ werden. Die Möglichkeit bestand doch.
Nur eine halbe Stunde später waren sie zurück, hatten den Kapitän zwar wieder gefesselt, doch diese Fesseln wurden hier wieder abgenommen. Der ehemalige Kapitän hatte eine Bordkombination an, auch Chandor Valchaz hatte sich so ein Exemplar übergezogen, da diese auch besser vor der Kühle

schützt, als dieser typische Langrock und die Gusshemden. Es war auch besser so, denn so waren auch diese Tentakel des Symbionten nicht zu sehen, es hätte sich auch noch jemand daran ekeln können. Nach und nach würden die Menschen sich auch an die Chorck gewöhnen. An ein paar Chorck, die sich uns gegenüber loyal erklären, nicht an das Imperium dieser.

Unsere gemütliche Zusammenkunft dauerte noch lange. Für Chandor Valchaz wurde ein Apartment in der Tachyonensiedlung zur Verfügung gestellt, mit einem Doppelbett und einem angestellten Einzelbett, damit er über seine Länge hinweg auf der Horizontalen bleiben könnte und für Saltud fand sich ein Apartment mit Quarantänefunktion. Obwohl er sich an diesem Abend und bis spät in die Nacht als sehr aufgeschlossen erwies, hatte niemand ein Risiko eingehen wollen.

Schon am nächsten Tag gab Yogibär eine Menge an Bestellungen auf, was Kleidung für diese beiden Chorck betraf, Maßanfertigungen, von der TWC bezahlt. Wie die TWC verlauten ließ, stand sie für die „Lieferung" eines Kugelraumer in der Schuld von Chandor Valchaz.

Georg Verkaaik und einige Computertechniker warteten in der Raumstation der kleinen Magellanschen Wolke auf die Daten des Kaisers. Über die Tachkom-Satelliten dort sollte jenes Signal auch noch umgelenkt werden und so auch auf Terra empfangbar werden. Es wäre besser, wenn zwei unabhängige Stationen diese Daten aufzeichneten, um nichts, aber nicht ein Byte davon zu verlieren. Hier war Chandor Valchaz eine weitere Stütze. Er schlug vor, eine volle Aufzeichnung in der APOSTULA mitzuschneiden, denn die Kapazität des Selepets war größer als unsere Speicher, auch wenn der Selepet langsamer arbeitete. Aber Chorcksignale bleiben nun einmal Chorcksignale und damit eignet sich die APOSTULA nun einmal sehr gut. Vor allem bietet der Kugelraumer integrierte Speicher in großen Teilen der nanotrukturierten Außenhülle.

Am achtzehnten März wurde das Hoheitszeichen von Chanorck erstmals aufgefangen. Nach zweimaliger Wiederholung begann ein Datenstrom innerhalb dieser Übertragung, der nach erst nach einem Tag, also am neunzehnten März 2095 endete.

Im Anschluss meldete sich der Kaiser Chorub sogar per Audio/Videostream.

Der Anblick des Kaisers schockierte alle, aber wie es auch bei mir war, trat das ungute Gefühl nach den ersten Worten dieses großen Mannes zurück:

„Hier spricht Chorub, der Kaiser des universellen Imperiums seit über 1200 Klataan.

Es ist mein Wille, dass diese Nachricht auch zurück an das Chorckonium gerichtet wird! Ich habe feststellen müssen, dass meine Basisregeln vollkommen unterwandert und mir künstliche, manipulierte Erinnerungen zugespielt wurden. Das ursprüngliche Imperium der Chorck hatte eine demokratische Grundstruktur und um dem Chaos im Universum vorzubeugen, sollte kein Gegenchaos erzeugt werden. Alle Völker werden sich einmal verbinden, wenn sie keinem Druck unterliegen. Alle Intelligenzen verlieren einmal den Feindschaftssinn, wenn dieser nicht im großen Stil geschürt wird. Alleine die Evolution selbst kann die Feindseligkeitsgedanken in jedem Individuum abschwächen und letztlich auslöschen, je weiter sich ein Volk von der Sammler- und Jägeridentifikation evolutionär entfernt.

Um unser Reich und damit dessen Grundsätze zu retten, übergebe ich pro Forma die Führung des gesamten Imperiums an ein Volk, welches sich Terraner nennt. Diese Übergabe ist an die Grundregeln der Demokratie und an die Freiwilligkeit der Mitgliedsvölker gebunden.

Ich fordere den amtierenden Halumet auf, sein Amt hiermit niederzulegen und eine Umstrukturierung der Verwaltung in diesem Sinne vorzunehmen.

Des Weiteren fordere ich die Exekutive innerhalb des Imperiums auf, ab sofort die Verteilung der Cocktails und die Atemluftbeimischungen zu unterlassen.

Ich erkläre das Kastensystem als unzulässig!

Ich erkläre die Todesstrafe als unzulässig!

Ich erkläre jegliche Rassendiskriminierung als unzulässig!

Ich erkläre Angriffskriege als unzulässig!

Ich erkläre die sieben Sonnensphären als Naturphänomen und nicht als religiöse Bestimmung. Das waren diese noch nie!

Ich erkläre Machtausführungen im Namen von Religionen als unzulässig!

Ich erkläre die absolute Religionsfreiheit, wenn Religionen oder deren Vertreter nicht politische Ambitionen erreichen wollen!

Ich erkläre ebenfalls, dass der Name und Bezeichnung des Chorckonium, also das *universelle Imperium* deshalb gewählt wurde, weil es universell für alle Lebensformen gedacht war. Nicht um eine Lebensform per Kastensystem über eine andere zu stellen!

Die neue Grundstruktur, welche für das große Imperium der Chorck Anwendung finden soll, ist in diesem gesendeten Datenpaket enthalten. Dieses Datenpaket kann von den Terranern über eine universelle Stimme nach deren Gutdünken weiter verteilt werden. Die Terraner sind weiter berechtigt, meinen hier gesendeten Willen immer wieder über eine universelle Stimme zu senden, damit sich so viele Völker wie nur möglich daran ein Beispiel nehmen können.

Ich erkläre, dass ich nach vielen Dezim klarer Konzentration nicht von den künstlichen Erinnerungen mehr beeinflusst war und hiermit mein klarer, uneingeschränkter Wille vorgetragen wurde.

An einen weiteren Erhalt meines ohnehin schon extrem verlängerten Lebens denke ich nun nicht mehr. Ich werde nun meine Lebenserhaltungsanlagen soweit beeinflussen, bis sich eine Funktion nach der anderen einstellen wird.

Ich wünsche allen, die meinen hiermit geäußerten letzten Willen zu vernehmen imstande sind, ein glückliches und freies Leben in einer Gemeinschaft der Selbstbestimmungen. Ich wünsche den Terranern auf diesem rechten Weg zu bleiben und diesen weiter auszubauen und das Chorckonium einmal zur neuen demokratischen Blüte zu führen.

Ich wünsche mir, dem universellen Bewusstsein mit meinem Ableben eine Bereicherung zuzuführen und die Tendenzen des Universums zu heilenden Richtungen zu verhelfen.

Einen besonderen Gruß mit viel Dank verbunden richte ich an die Terranerin, durch deren Einsatz ich erst imstande war, die Realität wieder zu erkennen. Der Segen der Tendenzen sollte dich begleiten: Tamines Santos Reis von Terra.

Hiermit erkläre ich die Übertragung und mein Leben für beendet. Eine Trauer wünsche ich nicht, denn jedes Ende ist eine neue Tendenz und damit auch ein neuer Anfang; Jedes Ende bedeutet eine Aufstockung des universellen Bewusstseins, in diesem wir uns alle vereinen werden, weil wir alle uns schon darin befinden. Des Weiteren hatte mein Leben schon so lange gedauert, dass die Zeit schon nagte.

Ich wünsche Frieden, ich wünsche Verständnis und ich wünsche Einsicht! Achtet das Leben, damit der Tod nicht schmerzt!

Es schaltete sich noch ein letztes Mal das Hoheitszeichen des Kaisers, dann erlosch langsam auch dieses und wir wussten: Der Kaiser war tot!

Trotzdem fand ich Trauer in diesen Sekunden und diesen Minuten. Aber die Worte des Kaisers hatten mir auch Mut gebracht und Zuversicht.

Am zwanzigsten März 2095 erreichte uns eine Übertragung vom Halumet aus dem Halumal und wir schalteten uns dieser Übertragung zu, jedoch über die Verlinkung über die kleine Magellansche Wolke und den dort stationierten Tachkom-Satelliten. Der Halumet Salemon Merdoz co Torch sprach und wir hörten aufmerksam zu:

„Ich erkläre die so genannte Willensäußerung des verblichenen Kaisers als unzulässig, da dieser von einer Terranerin namens Tamines Santos Reis beeinflusst und seine Erinnerungen von ihr manipuliert wurden. Diese Terranerin wurde bereits zum Tode durch Dehydrierung am lebenden Körper verurteilt. Die Verurteilung wird bis zur Ergreifung ausgesetzt.
Des Weiteren wird auch Chandor Valchaz es Sueb zum Tode durch Dehydrierung verurteilt. Er wird beschuldigt, dass er zusammen mit der Terranerin ein imperiumseigenes Missionsschiff gestohlen und es in die Hände der Feinde übergeben hatte.
Haben Sie, Terraner noch etwas dazu zu sagen?"

Georg Verkaaik war es, der immer noch in der Station in der kleinen Magellanschen Wolke seinen Dienst tat. Er antwortete mit sonorer Stimme und mit großer Überzeugung:
„Ich erkläre, dass wir dem Willen des Kaisers folgen und sein Erbe annehmen werden. Das Chorckonium ist nicht Eigentum der Terraner, aber wird eines Tages von den Terranern oder von Intelligenzen, die sich dem Kaiser verpflichtet fühlen in die Demokratie geführt, die Grundregeln des Kaisers werden als Grundgesetzte erlassen.
Vorläufiges Übertragungsende!"
Auch der Halumet schaltete diese Übertragung ab. Er war außer sich! Wäre die Sache nicht doch so ernst, wir hätten ihn fast ausgelacht.
Das erhaltene Erbe konnte sicher nicht direkt angetreten werden, denn sollte sich ein Terraner momentan in der Nähe des Chorckonium sehen lassen, jeder konnte sich ausmalen, was passieren würde. Aber die Saat war gesetzt und nun würden auch unruhige Zeiten für den Halumet beginnen. Um erste Selbstheilungsprozesse für dieses Imperium in Gang zu setzen, werden wir eine universelle Stimme in der kleinen Magellanschen Wolke installieren, die diese Nachricht des Kaisers in einer Endlosschleife ausgeben würde. Dazu kombinieren wir einen Datenkanal mit der Entschlüsselungsmöglichkeit von Audio- und Videonormen der Chorck, sowie nach deren Vorbild auch unserer Normen. Zudem sollte vor einem vorläufigen Beitritt in das Imperium der Chorck noch gewarnt werden.

Wie lange wohl werden wir diese Ausstrahlungen vornehmen müssen? Jahre, Jahrzehnte, Jahrhunderte?
Ich wusste es nicht, aber Chandor Valchaz fühlte sich dem Kaiser verpflichtet und Saltud hatte sich des Kaisers Wille noch einige Male angesehen und angehört und erklärte sich zuerst einmal als neutral. Er wollte ebenfalls in der Weltenallianz der Terraner Dienst tun und die vorgegebene Richtung des Kaisers einhalten.

Die Tage und Wochen vergingen und die Erforschung des Kugelraumers machte Fortschritte. Viele Fragen konnten gelöst werden und Valchaz machte sich hierbei besonders verdient. Die Daten von Chorub waren enorm in ihrer Fülle. Doch Bernhard Schramm wusste: „Wenn Chorub eine unserer Komprimierungsnormen angewandt hätte, hätten wir alle Daten schon in etwas mehr als der Hälfte der Zeit abgespeichert. Aber die Speicherbänke, die die GHANDI zur SMC brachte, sind fast vollkommen beschrieben. Der Gesamtumfang konnte auf 1,4 Zettabyte beziffert werden und die APOSTULA hatte eine komplette Datensicherung in Teilen der nanostrukturierten Außenhülle aufnehmen können. Damit war der Kugelraumer noch um einiges wertvoller geworden."

„Wie lange brauchen wir, um die Daten alle nutzbar zu machen?"

„Zuerst müssen wir nach Prioritäten suchen. Aber die Nutzbarkeit begann schon von der ersten Sekunde der Übertragung an."

Vorläufiger Schlussbericht Maximilian Rudolph:

Ich hatte große Mühen, meine Begeisterung für diese kleine Brasilianerin zurückzuhalten. Gabriella verstand mich zwar, aber die weibliche Eifersucht ist ein Gift, was nicht unwirksam gemacht werden kann. Immer wieder schoben sich Wallungen hervor.

Wieder wurden die Kolonialwelten beliefert und weitere Fabriken entstanden dort. Die Japaner auf dem Mond David, der um Goliath kreist, also im Wegasystem, waren die ersten, die auch schon Raumschiffe dort autark produzieren konnten. Natürlich innerhalb der TWC, wie sie sich auch verpflichteten.

Erste Gleiter und Stratogleiter konnten schon auf Oichos produziert werden. Der nächste Schritt der lieben Oichoschen sollten ebenfalls Kuppeln auf deren Monden sein, wobei einer der Monde dermaßen erzhaltig war, dass mit der Verwertung schon kalkuliert wurde.

Regelungen innerhalb unserer Weltenallianz untersagten aber, dass zum Beispiel wir Terraner diese Erze importierten, denn das war alleine das Recht der Oichoschen, diese zu verwerten. Erzeugnisse daraus konnten dann aber ungehindert in den Handel eingehen.

Wir hatten einen Extrasatelliten gebaut um mit diesem von der kleinen Magellanschen Wolke aus eine kosmische Stimme zu starten. Ich selbst hatte diesen künstlichen Himmelskörper ausgesetzt und aktiviert. Nun befand ich mich wieder für einige Zeit in der SMC. Per dieser kosmischen Stimme werden angepasste galaktische Nachrichten verbreitet, natürlich auch die Sendung des Kaisers der Chorck in laufenden Wiederholungen und wir verbreiteten natürlich auch Warnungen bezüglich der Chorckwerbesendungen. Der Datenkanal hatte ähnlich den Sendungen der Chorck mathematische Elemente enthalten, mit denen Intelligenzformen Schritt für Schritt eine Entschlüsselung und eine Sprachform entziehen können.

Der Abstand zum Chorckonium war ausreichend groß, sodass die Chorck nicht einfach kommen können und unseren Satelliten abschießen, sowie sie es immer wieder mit den Chonorcksatelliten machten.

Diese Sendungen hatten dann aber auch schon bald einen ersten Erfolg!

Die Chonorck, die Rebellen und das Brudervolk der Chorck meldeten sich:

„Hier spricht die Interessengemeinschaft der freien Chonorck zur Rettung von Chanorck. Wir rufen das Volk der Terraner. Wir haben den Willen des Kaisers vernommen und bieten unsere uneingeschränkte Unterstützung an!"

Diese Sendung wurde öfters wiederholt, dann nahm ich Kontakt auf, nachdem ich mich auch mit dem Rat der Neun deswegen auseinandergesetzt hatte. Der Rat der Neun sollte bald eine anderen Bezeichnung bekommen, denn auch Terra stampfte über kurz oder lang ein Imperium aus dem kosmischen Nahbereich und nun kamen die weit ausholenden Schritte schon bis zur kleinen Wolke.

„Hier spricht der Beauftragte des Rates der Neun aus dem terranisch-demokratischen Imperiums Magellan-Andromeda, mein Name ist Maximilian Rudolph. Wir wissen seit geraumer Zeit von Ihnen, von dem Brudervolk der Chorck und wir bewundern Ihre Ausdauer, was den Kampf für die Gerechtigkeit angeht."

Die Antwort kam postwendend:

„Mein Name ist Cronur Miras. An meinem Namen können Sie erkennen, dass wir dem Kastensystem abgeschworen haben. Ich werde nicht lange senden können, denn die Imperiumssicherheitsgarde ist immer auf der Suche nach unseren Wandersatelliten, die diese Sendung verlinken."

Cronur Miras hatte keinen Symbionten! Seine Haut wirkte braun wie ein Nordafrikaner.

Er ergänzte: „Ich hoffe, dass wir uns bald einmal treffen können. Es ist wichtig, dass der Wille des Kaisers verbreitet wird! Wir können nicht zur kleinen Westwurzel gelangen. Wenn die Sendung unterbricht, so wird der Satellit vernichtet und wir werden uns wieder melden. Solche Satelliten werden schon in Kleinserien produziert. Machen Sie weiter so und wir werden eines Dezims eine Möglichkeit finden uns an einen Tisch zu setzen. Ich wünsche den Terranern alle Erfolge und . . ."

Die Sendung erstarb. Sicher war also dieser Satellit vernichtet worden.

Im Chorckonium dürfte mittlerweile alles drunter und drüber laufen. Noch können wir uns nicht direkt einmischen, noch können wir unser „Erbe" nicht direkt antreten, aber der Grundstein war gelegt und! Die Terraner waren nun ein Volk der galaktischen Ebene, auch wenn wir Terra selbst noch geheim halten müssen. Der Trick mit der kleinen Magellanschen Wolke brachte uns Zeit und Spielraum. Wie lange wir dieses Geheimnis noch behalten können, dass kann wohl momentan keiner sagen, aber wir rüsten und wir forschen und wir können unserem gesunden Menschenverstand noch Einiges abringen, sodass der technische Rückstand immer kleiner wurde. Und in Vielem sind wir den Chorck schon voraus! Unsere nächste Aufgabe wird wohl sein, das vorläufig sogenannte X-System zu erforschen. Hier können wir lernen, was mit der Erde noch hätte alles passieren können!

Hier wird auch Tamines arbeiten und viele Terraner werden kommen, um dort zu wirken. Natürlich auch Georg, Silvana, Gabriella und ich. Auch Bernhard Schramm und mittlerweile auch Abordnungen der Oichoschen. Chandor Valchaz kann seine Erfahrungen miteinbringen und Saltud, wenn er einen Sinn darin finden sollte. Vielleicht haben wir dann eine zweite Erde, mit der wir uns weiterhin schützen können und vor Entdeckungen noch lange verschont bleiben werden.

Der zweite Planet des X-Systems, X2 oder intern schon Terra II genannt. Er wird uns zeigen, *Wie man lernt, einen Planeten zu lieben!*

Die Geschichte von Max Rudolph, Gabriella, Georg mit Silvana, natürlich Tamines und den Oichoschen, dem guten Logiker Bernhard, den Chorck und allen anderen wird weitergehen.

Schlusswort:

Die Tibeter hatten in meinen Geschichten eine eigene Welt bekommen und auch die Kurden. Natürlich auch andere Minderheiten, die sich dann aber zusammenschließen mussten, um überhaupt eine ganz neue Welt besiedeln zu können. Hier ist ein neuer Gemeinschaftssinn entstanden. Immer die jeweilige Perspektive holt die Notwendigkeiten ein.

Unsere Erde zu schützen ist eine der obersten Prioritäten! Am besten kann dies nur geschehen, wenn wir ein Beispiel vorgeführt bekommen.

Nach großen Katastrophen wird oft gesagt: Was hätten wir besser machen können, wie wäre dies alles zu verhindern gewesen. Zur Globalisierung gehört auch globales Denken. Und um die Globalisierung kommen wir nicht mehr herum. Als die Mauer noch stand, fragten sich die Seiten immer: Wie geht es wohl unseren Brüdern und Schwestern auf der anderen Seite?

Kurz nach dem Fall der Mauer schon flammten Streitigkeiten auf, die sich nur mit Vernunft beizulegen sind. Auch unsere ganze Welt soll sich nach einem WIR sehnen. Einem WIR, was sich den Problemen mit einem gemeinsamen Lösungswillen entgegenstellt, damit uns ein Schicksal erspart bleiben wird, wie ich in meinem nächsten Buch zu schreiben bereit bin. Es wird ein schwieriges Thema werden und ich werde schonungslos alles aufzuweisen versuchen, zu zeigen, *wie man lernt, einen Planeten zu lieben*, also unsere Erde. Es nutzt niemanden, den Verbraucher zu ermahnen, er soll die Umwelt nicht verschmutzen, wenn Neuerungen von den Lobbies immer solange zurückgehalten werden, bis diese sich auch an den Neuerungen bereichern können. Wie lange brauchte Edison, bis der elektrische Strom, das elektrische Licht die Gaslobby entmachtete?

Ich schreibe weiter und will damit meinen Teil zum Völkerverständnis beitragen. Ich will meinen Teil zu einem gemeinsamen WIR-Verständnis einfließen lassen und wenn jeder ein bisschen etwas dazu tut, zu schreiben oder zu reden, zu handeln oder wenigstens in dieser Richtung zu denken, dann sollte uns ein Schicksal wie von der zweiten Welt vom X-System erspart bleiben!

Hierzu eignet sich Sciencefiction am Besten, denn die Vergangenheit *war*, und die Zukunft *kann noch werden*. Für die Formung dieser haben wir auch gute Tendenzen, die uns begleiten können. Den Tendenzen, die dem Chaos dienen möchten, sollten *wir* die Begleitung verweigern.

Persönliche Anmerkung:

Ich schreibe diese Bücher für den Frieden, für Weltverständnis, für gegenseitigen Respekt, für Fortschrittsglauben, für eine gemeinsame Zukunftsgestaltung und gegen Rassismus, gegen Religionsfanatismus und gegen Ausländerhass!
Auf unserer Welt gibt es nämlich entweder gar keine Ausländer oder es gibt nur Ausländer!
Nach meist ein paar hundert Kilometern ändert sich doch jegliche Perspektive!
Was aber, wenn wir uns doch alle als `Terraner´ bezeichnen würden?

Ich wünsche Ihnen eine gute Zeit, gute Nachbarn, viele gute Tendenzen und dass Ihnen Sol Ihre Wege immer wohl ausleuchten möge!
Auch viele (frische, reine) Oxygene und angemessenen Regen wünsche ich Ihnen.

Ihr Franz X. Geiger